2021·北岳·中国文学主题年选

（丛书主编：王朝军）

2021年
中短篇小说选粹
❂ 家

杨庆祥　高　翔 ◎主编

山西出版传媒集团　北岳文艺出版社

图书在版编目（CIP）数据

2021年中短篇小说选粹.家/杨庆祥，高翔主编.—太原：北岳文艺出版社，2022.1

（2021·北岳·中国文学主题年选/王朝军主编）

ISBN 978-7-5378-6530-2

Ⅰ.①2… Ⅱ.①杨… ②高… Ⅲ.①中篇小说—小说集—中国—当代 ②短篇小说—小说集—中国—当代 Ⅳ.①I247.7

中国版本图书馆CIP数据核字（2022）第046628号

书　　名：2021年中短篇小说选粹·家	出 品 人：郭文礼	责任编辑：王朝军
	策　　划：王朝军	书籍设计：张永文
主　　编：杨庆祥　高　翔	项目统筹：赵　婷　高海霞	印装监制：郭　勇

出版发行　山西出版传媒集团·北岳文艺出版社
地　　址　山西省太原市并州南路57号
邮　　编　030012
电　　话　0351-5628696（发行部）
　　　　　0351-5628688（总编室）
传　　真　0351-5628680
经 销 商　新华书店
印刷装订　山西人民印刷有限责任公司

开　　本　787mm×1092mm　1/16
字　　数　420千字
印　　张　26.75
版　　次　2022年1月第1版
印　　次　2022年1月山西第1次印刷
书　　号　ISBN 978-7-5378-6530-2
定　　价　68.00元

本书版权为本社独家所有，未经本社同意不得转载、摘编或复制

"家"的叙事及其可能性（序）

/高翔

这一次的主题是"家"。我们选择了17篇小说。乔叶在其中一篇小说中提到，"全家"是一个充满弹性的词。以"弹性"形容"家"，无疑是精准的。舒展或者受到压缩的"家"，在时空中变幻着自身形态，体现着人们对于亲密、情感关系的态度。其实所谓"弹性"，除了数量（家庭成员）上的伸缩，还有一点是，时代也参与了为其赋形的工作，而小说作为时代记忆的切片，也许能保留其中的踪迹。

在这个时刻谈论现代意义上的"家"是困难的。当我们浏览了2021年作家们为我们提供的家的"样板间"，我们一边流连，躺在不属于自己的房间想象他人的生活，另一边，也会感到层层床垫与鸭绒被之下的那颗豌豆。当然，这很大程度上是因为作家们把我们惯坏了。

至少有两种写作，让我们感受到现代意义上关于"家"的写作之难。一个是家族叙事。我们在谈论现代意义上的家时，实际上聚焦的是更为"狭促"的家，它主要围绕婚姻关系以及亲子关系展开。家族作为更为庞大的线索，自晚清以来一直是我们所热衷的传统，反叛家族或者继承，都不乏其人。曹雪芹的《红楼梦》、巴金的《家》都是其中翘楚。数量众多的人物与盘根交错的关系，意味着对社会整体的高度浓缩，也符合我们偏爱"波澜壮阔"的口味。就叙事而言，它则意味着复杂、宏大以及更多可能性。每个人物都是一颗种子，理论上，他们都有萌芽的机会，即便一个毫不起眼的人物，也可能穿针引线，成为让故事走向明朗的关键。现代意义上的家庭，则要"干扁"得多，如果家族叙事是横向的，那么现代意义上的家庭叙事则偏向于纵，在一个不大的地方凿出幽深的洞口。这是个危险的工种，一不小心就落入"新写实主义"的窠臼，写砸了的话，还可能落下"苦咖啡文学"的口实。于是现代意义上的家庭叙事遭遇家族叙事的挤压，也就成为不太令人意外的后果。

家族叙事传统所引起的焦虑，相对应的，也体现在婚姻小说写作自身的窘迫上。当然，这种窘迫的来源可能远为复杂。从2021年的小说创作中，拣选纯粹关于婚姻的小说，是编选工作中遇到的另一难题，我们似乎很难在这些小说中找寻到令人满意的样本。即使有，也是一些处于崩溃边缘、濒临破产的婚姻。它们支离破碎的面貌，倒是从一个方面体现了我们时代的症候。个体间冲突的价值与观念，以及社会上盛行的意识形态，反映在小说中，有时会让我们犹疑，它们是否只是对一种发现的再发现而已？因此我们对于小说中体现的种种观念始终保持谨慎的态度。

当然，我们无意苛责作家们的写作，他们付诸的努力令我们敬佩，这也是我们编选本书的原因。以一种"加速批判理论"的眼光来看，困守在特定时间秩序中的当代人，对于"家庭"的观念本就处于一种剧烈变动之中。家庭关系在当代变得如此自由，又如此破碎。罗萨提示以异化的世界关系来描述这种状态，并说明了加速的后果：技术的迭代，带来社会的快速变迁，这种变迁又反照在人们的日常生活中，进而影响生活的步调。我们一面享受时间加速的便利，这不仅涉及信息传递，也包含交通运输；另一面，我们又不可抑制地掉入人为的时间陷阱。对秩序化时间的仰赖，使时间成为神明，大有替代宗教、艺术，成为新的信仰体系的倾向，我们所希冀与焦虑的都凭借它的施舍。现代以来越来越强调的主体性，也使得建造自我有着比建造其他关系更强烈的重要性与合法性，因此体现在时间分配上，家庭关系的维系受到诸多额外时间的侵占。工作与生活时间的无界状态，自然成为时代症候之一。"缺乏关系的关系"（耶基），作为一种现代性后果，诞生了冷漠、疏离，缺乏回应的交流，并在家庭内部开始显影。这构成了当代书写家庭的另一重困境。当家庭内部的关系也变得松散、断裂，那么家庭叙事也将成为一个伪命题。如何在"新异化"的时代重建家庭关系是一项当代课题，这种重建不意味着恢复"家庭"往日的荣光，或者追随消逝的脚步，而是在废墟之上建立新的秩序。以"家庭"为主题编选本书，使我们有机会能够打量当代作家——这些对于时代有着最敏感心灵的人们——对这一情势的体察和思考。

班宇的《缓步》与庞羽的《动物园大堵车》，都将一段破裂的婚姻关系作为小说的起点。破裂作为审视一段关系的契机，为主人公心灵的自我修复提供了某种可能。庞羽的小说围绕一次动物园的观光，将年轻夫妻恋情的终结之旅描绘得不动声色，克制却又惊心动魄。他人即地狱，这一发现若存在于陌生关系中，尚不具备十足的摧毁力，但当根植于曾经的亲密关系时，便显出它的残酷性。班宇的《缓步》是其少见的聚焦微观生活的小说，虽然看起来这是一个略显窄化的视域，但班宇依然可以凭此凝视人性的深渊。它的迷人之处在于它单纯的质地，这种单纯质地并不失复杂与神秘，反倒将这种神秘以文学专有的方式呈现出来。在处理二人关系的时候，班宇并没有着眼于摧毁二人婚姻的实质性因素，而是回到两人相识之初，在排除亲密所带来的盲视之后，这番审视凸显了人性自身所呈现的幽深，这在某种程度上意味着，也许我们从未认识过另一个人。一个巧合是，两位作家在呈现这些破裂关系时，都采用了极简的叙述，一方面，这两个小说都是感伤的，另一方面，却也都是反感伤的。这也代表了当代青年作家的某种共同的审美取向。

须一瓜的《身体是记仇的》、朱山坡的《索马里骆驼》，以及孙睿的《替身》，都可以看作是对现代家庭内在关系的崭新发现。《身体是记仇的》展现了传统关系腾挪到现代社会所带来的可能性及其变形。一个是父亲的合法妻子，一个是父亲与外遇所生之子，旧时正房与庶出所代表的关系在一片新天新地中生成了另外的叙事，从家法赋予地位到现在的国法给予保障，不变的是人的复杂与善变。《索马里骆驼》呈现出的是一段非常规化的亲子关系，在这个家庭内部，父母不再亲近可感，触手可及，而是面目模糊，以至于成为一套神秘的符码，需要不断破译与解读，他们的事迹作为传奇的一部分，从精神层面感召着自己的孩子。而这个小说也从侧面印证了，"父权"失落的现代家庭，带来的也许不仅是对子女束缚的解除，并且归还了一部分原本属于父母的自由。《替身》则是一次立足真实而展开的虚构，"我"的父母总惯性叫"我"的子女为"我"的乳名，使"我"借此发现暗藏在父母与自己之间似乎并不令人陌生的真理：父母眼中的"我"永远是孩子。或者更进一步，"我"的孩子在父母眼中，只是我的"替身"。这种关系的发现，并不只存在于家庭内部，与此对应的外部世界也存在相关的运作规律，实际中存在的"我"，也许从未真切存在，"我"只是"我"的"法身"而已。

叶弥的《启蒙者的餐桌》与乔叶的《合影为什么是留念》，都试图以一种家庭仪式来呼唤衰落的亲密关系。不管是啼笑皆非的关于蒸蛋的厨艺比赛，还是儿子出国前的一次合影留念，二者都将目光投向熟稔的生活片段。然而，餐桌或合影作为和睦家庭的古老表征，早已在当下失去了意指，变得越来越形式化。出于惯性而维持的仪式，让现代人疲于应付。作家们正试图以一种笨拙的方式，维系行将破碎的家庭关系。其背后的原因仍是为了爱与谅解。在两位作家看来，爱是弥合裂缝的唯一方式。

持续加速的时代，与正在成为碎片的所有事物一样，家庭关系与其写作也经受着考验。在这个选本中，无论作家们的着眼点在何处，他们都试图以自己的方式为"家"这块破碎的版图寻找愈合的途径。而他们所提供的范本，为当代写作者与读者提示着书写现代家庭的可能。

目 录

  1 水果硬糖　　　／万玛才旦
 26 启蒙者的餐桌　　／叶弥
 38 蝴蝶飞呀　　　／范小青
109 身体是记仇的　　／须一瓜
139 味甘微苦　　　／鲁敏
167 索马里骆驼　　　／朱山坡
191 合影为什么是留念　／乔叶
209 缓　步　／班宇
226 出　走　／常小琥
246 替　身　／孙睿
267 晚　春　／三三
292 今昔咏叹　　／东君
305 动物园大堵车　／庞羽
317 鸣禽花园　　／李樯
332 空房间　／王棘
371 母　马　／子禾
405 她的云　／丁东亚

水果硬糖

/万玛才旦

我有两个儿子，两个儿子的年龄相差十八岁。

先说说我第一个儿子多杰加。多杰加长得尖嘴猴腮的，村里人都在暗地里取笑他，我也经常为他的长相担心，想着这样一副长相，长大了谁家的姑娘愿意嫁给他呀。多杰加出生后还不到一个月，我们村里一个平时口无遮拦的女人来看月子，她看了一眼我怀里的婴儿，不无担心地说："这个孩子长得这么难看，长大了可怎么办啊？"虽然我知道自己的儿子长得丑，但是还没有人当面这样说过。我心里就把这个女人给恨上了，之后两三年都没跟她说过话。

他长到三岁时，他的阿爸就死了。是病死的，不是什么意外。刚开始我没法接受，后来就慢慢接受了。他从开口说话就说他想念书。我想，不识几个字，人就跟个瞎子似的，在社会上没法混。所以，从他七岁开始，我就让他去我们村里的小学念书了。从小学一年级开始，他每个学期都拿回一张"三好学生"的奖状来。我很高兴地想，他这么聪明，将来也许有姑娘愿意嫁给他呢。我用面粉做好糊糊浆，把奖状都粘在了我家灶房的墙面上。到他五年级时，我家灶房的墙面上贴满了奖状，花花绿绿的，很好看。念完五年级，就算是小学毕业了。

我们这里有个习惯，就是大儿子一般要留在家里继承家业。我只有他一个儿子，自然就要留他继承家业了。我把这个意思跟他讲了。他半晌不说话，最后才说："阿妈，求求你了，我想念书，你让我念完初中再说吧。"他这样一求，我心又软了，继续让他念了初中。

他念完初二，我就下定决心不让他继续念了。初二的最后一个学期结束之后，他依然带着一张"三好学生"的奖状回来了。我用面粉做好糊糊浆，把奖状粘在我家灶房墙面上。

然后，我转过身对他说："家里人手少，你阿爸走了之后，阿妈既要做女人又要做男人，一个人顾不过来家里所有的事啊！你识的字也够你用一辈子了，以后你就别去上学了吧。"

他看着我不说话，不知道在想什么。

一会儿之后，他走过去，把我刚刚粘在墙上的奖状撕下来，揉成一团，扔到了火塘里。随后，"哗"的一声，奖状烧成了灰烬。

我有点不知所措。我看了看他，说："阿妈知道你念书很厉害，可是家里阿妈一个人实在是顾不过来啊！你是家里唯一的男人，你要担负起这个家啊！"

他看着我，说："阿妈，你就让我继续念书吧，以后我来养你，我把你带到城里头生活，以后咱们就不要这个家了。"

我打了他一耳光，说："你别想让这个家败在你的手里，你这样我没法面对你阿爸的在天之灵！"

他也不看我，走过去又从墙上撕下一张奖状，扔到火塘里烧成灰烬。

我叹了一口气，说："你再撕也没用，你就死了继续念书的心吧。"

后来，每到早上，我就发现墙上的奖状少了一张。暑假快结束时，墙上的奖状就全没有了，墙面上空荡荡的，我还有点不适应。

我问他："你把奖状都藏哪儿了？"

他说："我都烧掉了。"

我很生气，瞪着他说："你烧了也没用！你把整个墙烧了，你把整个房子烧了，你把整个家烧了也没用！我就是不想让你再去上学了！我也是个人，我也需要个帮手！"

他看了看墙面，墙面上已经什么也没有了。要是墙面上还有奖状，他肯定又跑去撕下来扔到火塘里烧了，我想。

开学之后，我没让他去上学。他也不说什么，跟着我帮忙干各种家务活。我心里想，儿子长大了可真是好啊！

开学后过了一个星期，他的班主任找上门来了。班主任是个三十多岁的男子，卷发，戴着一副眼镜。我想他一定是看了很多书，上学时肯定也和我儿子一样拿了不少奖状。

他给我献上了一条哈达。这是很高的礼节，我有点受宠若惊，一时不知道该怎么办。

他说："我听说了，你是想把你儿子留在身边给你做帮手。"

我说："我实在没办法了，家里的事情太多了，身边没个帮手我顾不过来！"

他说："这个我理解，可你的儿子是个天才，你不能毁了他的人生。"

我问："天才是什么？"

他好像被问住了，一时不知道该怎么回答。他看了看我的儿子，我的儿子也正在看着他。

他说："就是说，在这个世界上这样的人不多。"

我说："你是说，像他这样长得很丑的人不多吗？"

他笑了，马上说："不是这个意思，不是这个意思，天才不是这个意思，天才跟长相没有关系。"

我更加不明白了，继续看着他。

我儿子看着我俩，笑了。

他显得有点尴尬，又使劲想了想，说："你们这儿的活佛多不多？"

我立即说："不多，我们这边的寺院就一个活佛。"

他也立即说："他就是那样的人，那样的人很少，一百年才出现一两个。"

我立即说："你不要拿他跟活佛比，那样比不好，那样比会折损他的福气。"

他一时不知道该怎么说了。他挠了挠头皮，想到了什么似的说："你儿子每个学期拿来的那些奖状你都看见了吧？"

我看了看墙面，说："当然看到了。"

他继续说:"那些奖状不是随便就能拿到的。你儿子从小学一年级开始到现在,每个学期都拿到了'三好学生'的奖状,这是很不容易的。"

我继续看着墙面,有点遗憾地说:"可惜那些奖状都被他撕下来扔到火塘里烧了。"

老师看了看我,又看了看墙面。他似乎也看到了一些蛛丝马迹,说:"烧了?真的烧了?"

我看了看我儿子,说:"真的烧了,不是我烧的,是他自己烧的。"

老师看着我的儿子。

儿子低着头说:"我阿妈说不让我上学了,我就把那些奖状给撕下来烧掉了。我想留着那些奖状也没啥意思。"

老师看着我儿子,最后才摇着头,说:"那些奖状烧了就烧了吧,也就是些纸片而已,主要是你现在要继续上学。"

我儿子看着我不说话。

我态度坚决地看着老师,说:"你说什么我也不会让他继续上学了!我也不是这个家里的驴,我也需要个帮手,长大了连个帮手都做不了,我生下他,把他养大干什么?"

老师很生气,瞪着我,大声说:"你这是在造孽!"

我也有点生气,问:"造孽?我不让自己的儿子念书也算造孽吗?"

老师更加生气,喘着气说:"当然是造孽!你这样造孽,你死后是要堕入地狱的!"

我有点害怕了,问:"真的假的?"

老师说:"当然是真的!你想想,当初要是宗喀巴大师的母亲不让他去寺院学习经论,会有后来被称为第二佛陀、格鲁巴创始人的宗喀巴大师吗?"

我觉得他说的有点道理,没办法反驳他。

他接着说:"要是她当时不让宗喀巴大师去寺院学习经论,她死后肯定会堕入地狱的!"

停了一会儿,他又说:"你现在不让你儿子继续念书,你死后肯定也会堕入地狱的!"

我相信因果报应,我相信今生来世,我当时真的被他这句话给吓坏了。

下午，卷发老师就带着我的儿子回去了。

第二年夏天，我的儿子初中毕业了，考上了州上的高中。村里很多女人问我："你怎么就生了个这么厉害的儿子？都考了全州的第一名！"

我心里高兴，嘴上却说："我怎么知道，就那样不小心生了个天才呗。"

女人们问我啥是天才，我想起了老师的话，说："就是说那样的人不多。"

我想她们理解不了天才的意思，但没想到她们却说："那样的人当然不多，要不然怎么能考上全州第一名呢！"

高中第一学期后的寒假，他空着手回来了。我有点好奇，有点意外，笑着问他："这次你是不是没有拿到奖状啊？"

他严肃地说："拿到了。"

我问："在哪里？"

他说："我在路上烧掉了。"

我有点遗憾地说："烧掉它干吗？拿回来贴在墙上不是挺好吗？"

他说："就一张纸而已，留不留着都一样。"

我没再说什么。后来几个学期寒暑假时，他空着手回来，我也没再问什么。

高中毕业之后，他就考上了大学。我们村里的那些女人们又都说，我儿子是以全省第一名的成绩考上大学的。她们问我，我就说不知道。她们却说，你儿子是天才，考个全省第一名是区区小事。

其中一个女人又说："听说你儿子到了大学要学医，是真的吗？"

我说："当然是真的，我儿子考了全省第一名，想学什么到了大学都随便选！"

那个女人赞叹着说："俗话说'活佛的母亲死后要堕入地狱，医生的母亲死后要进入天堂'，你可真是有大福气啊！"

我脸上带着笑，心里却骂道："死儿子，将来要当医生了也不告诉我一声！"

儿子上大学前，有一次我问他："你到底有没有考上全省的第一名？"

儿子看着我，笑了笑说："我不是第一名，我是第三名。"

我有点失望，问他："你不是天才吗？你怎么就考了个第三名？"

儿子说："你以为第三名就那么好考吗？我是天才，人家也是天才，考第一名、第二名的都是天才，甚至考第四名、第五名、第六名、第七名、第八名、第九名、第十名的也都是天才！"

我就说："要是早知道你考不上全省第一名我就不让你去考了，咱们村那些女人都以为你考了全省第一名，要是知道你考了个第三名，我可怎么向她们交代？"

儿子说："你不用向她们交代什么了，我以后不回来就是了。"

我说："你要是敢不回来我就打断你的腿，不让你去上大学。"

第一个学期结束后的寒假他就没有回来。他派了一个他的同班同学来跟我汇报他不回来的事。

我问他的同学："我儿子为什么不回家？"

他的同学说："他想寒假打打工，挣点钱。"

我问他："你们在学校开销很大吗？"

他说了个数字，超出了我的想象。他上学前我给的钱很少，远远不够他平时的开销。

我问他的同学："你的生活费和平时的开销是谁给的？"

他的同学说："都是我爸妈给的。"

我问他的同学："你爸妈是做什么的？"

他的同学说："我爸在政府上班，我妈当中学老师，教学生唱歌。"

我感到很伤心，不由得流出了眼泪。

他的同学不解地看着我。我说我的儿子要是也有像你一样的爸爸妈妈，就不用假期留下来打工了。

他的同学说："阿姨，你千万不要这样想，你的儿子很聪明，你的儿子是个天才，你的儿子将来一定会比我们有出息的！"

我问他："他这个学期有没有拿到'三好学生'的奖状？"

他的同学说："大学里一年才评一次。你的儿子下学期肯定能拿到'三好学生'的奖状的，而且还能拿到奖学金。"

我问他的同学："奖学金是什么？"

他的同学说："就是钱，评上了'三好学生'就有钱发。"

我有点纳闷，就问："'三好学生'的奖状不就是张纸吗？怎么换成钱了？"

他的同学笑着说："大学里评上'三好学生'不但有奖状，还发钱呢！"

我问他的同学："他的学习成绩真的很好吗？"

他的同学说："真的很好，是我们班里的第一名。"

大学毕业之后，我儿子多杰加就真的成了一名医生。但是他没有回来，我听说他被他同班一个拉萨的女同学给拐走了，拐到拉萨的什么医院了。拉萨好是好，那里是菩萨的圣地，那里的人们福气多，可是我听说拉萨的女人们不喜欢劳动，家务事都是由男人来做。我真的有点替他提心吊胆了。我们村的几个女的也在到处说风凉话，说没想到我那个天才儿子被一个拉萨女子拐走了，可惜了，还说当初要是不让他上什么学就好了。

接下来说说我的第二个儿子，我的第二个儿子叫多杰太。

多杰太是在多杰加十九岁的时候生的，那是多杰加考上大学后的第二个学期。刚生下来，多杰太的眼珠子一动也不动，脸上没有任何表情，懵懵懂懂的，像是活在另一个世界里。我担心我这次生下的是个傻子。

说到我的第二个儿子多杰太，就不得不说一下他的父亲。我第一个儿子多杰加的父亲死得早，在多杰加三岁的时候就死了。他的样子、他说话的语气我都记得很清楚，有时候还在梦里梦见他。但是我问多杰加对他父亲有没有什么印象，他说他完全不记得父亲是什么样了。

多杰加上了大学之后，因为太孤单，我跟夏天到我们这儿割麦子的一个男人好上了。我第一次看见他，就对他有一种很亲切的感觉。那个男人比我小几岁，他的长相和说话的方式跟我死去的男人有点像，这可能是我跟他好的主要原因。他先是到我家割麦子，我给他工钱。他很能干，力气大，吃得多，割麦子也很厉害。后来他就在我家里住下了，开始帮别人家割麦子，还把帮别人家割麦子挣到的钱带回来给我。

那年的收成很好，粮食都堆满了粮仓。农忙季节过去之后，我也怀上了多杰太。

第二年生下多杰太之后过了三个月，又是一年一度的秋收季节了。男人很心疼我，说今年他来收庄稼，让我好好在家里休息。我有点感动，觉得有一个男人在身边真好！

庄稼收到一半，时值中午，一个女人来找我了。那个女人还带着两个小女孩，两个小女孩的脸蛋红红的，看上去很可爱。她说她是来找自己男人的。我问她找自己的男人怎么找到我这儿来了，她说，她的男人现在就住在我家里。

我一下子明白是怎么回事了。

女人还指着两个小女孩说，这是他们的女儿。两个小女孩看着我笑。我也看着她俩笑了笑。那个女人没有跟我大吵大闹，说等男人回来让他自己决定吧。女人看着我怀里傻乎乎的儿子问："这个是你跟我男人生的孩子吗？"我犹豫了一下，点了点头。她又说："你不会是生了个傻子吧？"我说："不会，我大儿子现在在上大学呢，他是以全省第一名的成绩考到大学里的。"女人看着我怀里的儿子，没再说话。

黄昏时分，男人割完麦子回来了。他看上去有点疲惫。看见女人和两个小女孩，他愣在那里一动也不动。女人看着他，也没说什么。两个小女孩"阿爸阿爸"地叫了两声，跑过去牵住了他的手。女人一下子就哭了起来。她哭得伤心欲绝，完全停不下来。男人不知道该说什么，看看两个小女孩，又看看哭泣的女人，最后把目光落到我和我怀里的小儿子身上。女人哭到最后，嗓子眼也干了，完全哭不出声音来了，一下一下地打着嗝。我那不到一岁的儿子像是受了惊吓一样，傻傻地看着那个不断打嗝的女人。

等女人的情绪稍微稳定下来之后，我对男人说："你还是回去吧，一个女人家带两个孩子不容易。"

男人和女人有点意外地看着我。

女人看着我，问："那你怎么办？"

我说："没事，我一个人带一个孩子顾得过来。"

女人没再说什么，男人一直没有开口。

我就给他们做晚饭，把家里仅有的那条羊腿煮了给他们吃。男人吃了一点，女人几乎没吃。他们的两个小女儿吃了很多，嘴巴鼻子全是油。他们吃了晚饭，我就让他们上路了。外面的夜很黑，我还给他们拿了手电筒。女人很感激我，握住我的手不知道说什么好。我假装生气地骂了她一句："还不带着自己的男人赶快走！"她才跟着男人走了。我看着他们走了很远，之后才回到屋里。

回到屋里时，我那个不到一岁的儿子还没有睡，傻傻地看着我。看着他的样子，我就忍不住大声哭了起来；像那个女人一样，我哭到最后嗓子也干了，眼泪也流完了。

到第二年割麦子时，我的小儿子多杰太长大了一点，但还是不说话，总是傻傻地看着我。我把他用一根绳子拴在地头，一边割麦子一边回头看他。麦田一眼望不到边际，感觉麦子越割越多，累得我直不起腰来。多杰太在地头"哇啦哇啦"地哭个不停，这让我心烦意乱。我又跑过去给他喂奶，孩子喝了奶就睡着了。这时，我远远看见男人和他老婆向这边走来了。

女人远远地就喊："我们帮你割麦子来了。"

我也远远地喊："就你们俩啊？你们的两个女儿呢？"

女人喊："放在我姐姐家里了，没事，放心吧。"

待他们走近后，男人看着已经睡熟的小孩，说："已经长大了啊。"

我也看着小孩，说："还是不说话。"

女人说："有些小孩说话就是晚，不是什么问题。"

我说："不会真是个哑巴吧？"

女人的脸马上红了，说："我上次不是那个意思。"

我说："我说的可是真的，你看他不像个哑巴吗？"

女人说："怎么可能呢！我两个女儿都像话匣子，说起来没完没了的。"

男人也说："这个孩子肯定会说话的，就是个迟早的问题。我听人说，开口说话晚的孩子都是福气很大的孩子呢。"

他们的话把我逗笑了。我说："我也不奢望他有多么大的福气，我就希望他正常、健康，长大了能待在我身边就可以。"

男人说："这个孩子长大了肯定能当你的帮手的，我们好好教育他。"

听了男人的话，我真的希望这个孩子快快成长起来。

男人和女人帮我割完麦子就回去了。村里人对我们的这种关系也习以为常了，早就不在背后说我们的闲话了。

冬天时，大儿子多杰加放寒假回来了。他看到他同母异父的弟弟多杰太，就看着我问："这个小孩子是谁？"

我说:"这是你的小弟弟啊。"

他问:"我怎么会有个小弟弟?"

我笑着说:"你离开我去了大城市,阿妈就给你生了个小弟弟。"

有一天,他去村里的一个聚会,回来就显得很不开心,身上还有酒气。

我问他:"你怎么喝酒了?"

他不回答我的问题,看着我怀里的多杰太说:"他怎么看上去像个傻子一样!"

我说:"你不能这样说他,他是你的弟弟。"

他说:"我没有这样的弟弟,他就是个傻子。"

我说:"他只是还没有开口说话而已,他不是傻子。"

他说:"村里人都说他是个傻子。"

他的表情里还有一点嘲讽的意思。

我打了他一耳光,说:"傻就傻,傻一点更好,傻一点就不用去读什么书了,傻一点就不会像你一样远走高飞了,傻一点就可以留在我身边了。"

之后的几个假期,他就没再回家,我知道他心里对我有怨恨。

多杰太到了四岁时还是不说话,他的眼神和表情还是像个傻子。我心想,完了,自己真的生了个傻子!

那年夏天,我的大儿子多杰加大学毕业了。他让他同学捎话说,他跟着他女朋友去拉萨了,暂时回不了家。后来,他又捎话过来说,他和他女朋友被分到拉萨的一家大医院了。我让他的那个同学捎话说:"你就告诉多杰加,拉萨可是好地方,是菩萨的圣地,他能去拉萨阿妈很高兴,以后只要回来看看阿妈就行了。"他的同学说:"其实多杰加一直跟我说起您呢。"我脸上带着笑,心里却有一股酸楚的感觉,说:"这个孩子终于熬出头了。"

有天晚上,我做了一个梦,梦里我们村嘛呢康(嘛呢康:意为"念诵六字真言的房子",即经堂。藏地各村一般都有自己的嘛呢康,定期举行集会。)的一尊佛像开口跟我说话了。说了什么,天一亮我又全不记得了。

第二天早晨,我醒来时已经九点多了。太阳的光透过窗棂照进了屋里,令人眼花缭乱的。有一阵子,我以为自己还在梦里。

我赶紧起来,走出屋子,看见我的多杰太端坐在一个方凳上看着我。

我感觉他有点不一样,不由得向他走去。走近时,我看见他脸上带着一种神秘的表情，完全不是平时那种傻傻的表情。我正在纳闷，他突然开口说："阿妈，你终于醒来了。"

我好像突然被雷击中了，怔在那儿说不出话来，眼睛里却不由得流出了眼泪。

到了六岁时，他已经能流利地说一些话了。他很听话，一天到晚跟在我的后面，我心里想，生了个聪明绝顶的儿子没留住，这次这个看上去有点傻的儿子终于可以留在身边了，可以作为自己一辈子的依靠了。

那年春天，我带着他正在地里锄草，突然来了几个穿着袈裟的僧侣。我儿子看见了那几个僧侣，就向他们跑过去了。

僧侣们抱起我的儿子，左看看，右看看，嘴里不停地说："这下好了，终于找到了，终于找到了！"

我看着他们的样子，心里很紧张，走过去从他们手里抢过我的儿子，大声说："这是我的儿子，你们要干什么？"

一个年龄稍大的僧侣微笑着对我说："莫大的荣幸降临到你们家里了，你这个儿子是我们苦苦寻找的卓洛仓活佛的转世灵童。"

我被完全搞蒙了，嘴里突然冒出一句："卓洛仓活佛？！我的天哪！这怎么可能！"

几个僧侣也不管我说什么，已经开始向我的儿子磕头了，嘴里还念念有词。

我一听到卓洛仓活佛这个名字，心里一下子想起了许多年前的一件事。那时我还是个十八九岁的小姑娘。那天，我和几个小姑娘去河滩挑水，正在路边休息时，其中一个姑娘突然说："快看，那是卓洛仓活佛！"

我们都往她指的方向看。在我们村子中央的那棵老松树边上，一个人正站在那儿，看着前两天被大风折断的一段奇形怪状的枯树枝出神。据我们村里的老人们说，这棵树已经有一百多岁了，村里人早就把它当作了一棵神树，树枝上挂满了各种哈达、红布条、白色的羊毛之类的。我们再仔细听时，听到卓洛仓活佛看着折断的枯树枝自言自语着什么。

卓洛仓活佛是扎玛寺的寺主活佛，"文革"期间还俗，娶了老婆，还有两个儿子。我们村里有一个他在过去劳改期间的拜把兄弟，所以他会经常来他家串门。他跟其他的活佛有点不一样，平时喜欢喝点小酒。每当他来我们村找他的拜把兄弟，回去时总是有点醉醺醺的样子，嘴里含混不清地说着一些谁也听不懂的话。我平时看见他就有点害怕，总是绕着走，尤其在他喝得醉醺醺的时候。我心想一个活佛怎么能这样，但是我身边的人都说他有很高的道行，我们普通人是理解不了的。

当我们挑着水正要离开时，我看见他快速地朝我们走来了。我们都有点紧张地赶紧放下水桶，双手合十，对他做出很恭敬的样子。没想到他径直向我走来，一只手抓住我的手，另一只手摸着我的手心说："你的小手真是可爱啊！"我当时都不知道该做什么、该说什么，浑身就像触电了一样，麻酥酥的感觉。

他捏住我的手继续说："姑娘，你长得真是好看，你叫什么名字啊，今年多大了啊？"旁边的两三个姑娘也很紧张，赶紧帮我报了我的名字和年龄。卓洛仓活佛还是捏着我的手说："好，好，我知道你的名字和年龄了，我记住你了。"说完，他就松开了我的手，从裤兜里抓出一把水果硬糖给了我，之后一个人摇摇晃晃地往前走了。姑娘们看着我，嘻嘻地笑，我赶紧把手里的水果硬糖分给了她们。她们剥了水果硬糖的糖纸，放到嘴里，慢慢地咂着，都说水果硬糖的味道好。

回去的路上，一个平时不太爱说话的小姑娘悄悄跟我说："能不能把卓洛仓活佛给你的剩下的水果硬糖给我一颗？"我停下来看她，用眼神问她。她继续说："我奶奶可能快要死了，我想让她尝一下卓洛仓活佛给的水果糖。她平常老是说，她死后能让卓洛仓活佛为她念念超度经就好了，就圆满了。"我明白了她的意思，把剩下的水果硬糖全给了她。她有点不好意思地说："一颗就够了，剩下的你留着吧。"剩下的水果硬糖其实也没有多少，就三颗，我让她全部带给她奶奶。她说奶奶一定会感激我的。

看我一副发呆的样子，一个年长的僧侣说："家里出了个尊贵的人中珍宝，是莫大的荣幸啊，你应该感到高兴才对！"

我似乎一下子清醒了，立即说："怎么可能，这怎么可能，不可能，你们搞错了，你们一定是搞错了！"

说完，我抱起儿子就往家的方向跑。我听到后面乱作一团，人们叽里呱啦地喊着什么。

到了家里，我就把大门从里面给顶死了。

没过多久，我听到了一阵杂乱的敲门声，伴着各种嘈杂的声音。

很快，他们拿来梯子搭在我家的院墙上，一个小孩顺着梯子爬进我家院子里，打开了我家的大门。

一下子，外面的人群像潮水一样一股脑涌进了我家的院子里，男女老少都有。很快，我儿子多杰太的脖子就被各种颜色的哈达给围住了；很快，他就几乎淹没在哈达里面了。一些虔诚的信徒已经开始向他磕头了，一些跟他差不多大小的小孩看着眼前的这个同龄人，一脸的羡慕。

我们村一个德高望重的长者走过来向我献了一条哈达，说："你儿子多杰太被认证为卓洛仓活佛的转世，真是我们村的福气，更是你们这个家的福气啊！"

一些女人更是拿羡慕的眼神看着我，说："你真是有大福气的女人啊！大儿子多杰加考了全省第一，上了大学，现在已经是拉萨大医院的医生了。现在小儿子多杰太又被认证为卓洛仓活佛的转世，你这是上辈子积了什么德啊！真是让人羡慕啊！"

那个我曾经给过水果硬糖的小姑娘现在也是两个孩子的妈妈了，脸上脖子上全是肥肉，她挤到我跟前说："你还记得你曾经把卓洛仓活佛给你的水果硬糖给了我吗？"

我说："记得，记得。"

她说："当时我把水果硬糖给我奶奶吃了，她可高兴坏了，高兴了好几天。那时候，我就觉得你真是个心地善良的女人。"

这时，旁边的一个女人接话说："这么善良，肯定是个空行母（女性神祇，有大力，可于空中飞行。在藏传佛教的密宗中，空行母是代表智慧与慈悲的女神——编者）的化身，不然怎么会生出个活佛儿子呢。"

其他的男男女女也说着各种赞美的话，那短短的时间里，我觉得我把世界上各种赞美的话都听完了。

我看着我们村里的男男女女，不知道该说什么好。之后，我看到前面那几个僧侣也进来了，就突然清醒了似的，大声对他们说："我不想让我儿子做活佛，我要他这辈子留在我身边。"

人群中一阵喧哗，我听到有人说，这个女人是不是疯掉了。

那个德高望重的长者走上前说："你不能这样说啊，你千万不能说出这样的话啊！这是神的旨意，神只是让上一世卓洛仓活佛的转世降生在了我们村里、你们家里而已，现在这个孩子已经不属于我们了。"

我更加紧张了，赶紧说："他们肯定是搞错了，我这个儿子到了该说话的年龄连话都不会说，很多人都说他像个傻子一样，你们肯定是搞错了！"

这时，其中一个僧侣微笑着上前握住我的手，说："不会错的，你放心吧，我们已经考察很久了，肯定不会错的。这个孩子将来肯定是个大成就者，他只是看上去不那么机灵罢了，一般大的成就者都有这样的示相，电视里演的济公活佛不也天天喝酒吃肉，醉醺醺的，像个疯子一样吗？"

僧侣说完，微笑地看着我。

女人们也在一边叽叽喳喳地说："你千万不能乱说话啊！你的福气真是太大了！要是我们的儿子能考上个大学或者能被认证为卓洛仓活佛的转世，我们高兴还来不及呢！这么好的事情还需要犹豫吗？"

我被众人七嘴八舌地说得有点晕乎乎的，耳朵里嗡嗡地响，不知道该怎么办才好。这时，我突然发现我小儿子多杰太的脸上露出了一种我从未见过的笑容。他看了看我，又看了看那几个陌生的僧侣。他脸上的陌生的笑容把我吓了一大跳。我突然记起，这陌生的笑容就是许多年前卓洛仓活佛盯着我看时脸上的笑容。这也太神奇了。

几天之后，我只好把我的儿子送到寺院去。去寺院时，我们去了很多人。我们村的村长，几个德高望重的老人，还有我这边的几个亲戚，都去了。还有几个亲戚也很想去，但人数有限，就没能去成。

寺院的迎接仪式很隆重，僧侣们在寺院门口排着长长的队，吹起了唢呐和白海螺。附近村庄的信徒们也恭敬地举着哈达在路两边站立着。这阵势把我给吓着了，有种白日做梦的感觉。

到了寺院之后，我儿子被几个僧侣簇拥着进了一个僧舍，很长时间都看不见他。后来，我接触到儿子的机会就越来越少了。我心里有一种空落落的感觉。

两天之后，我们就回去了。路上，我的眼前总是浮现出我儿子那傻乎乎的样子，心想这么个傻乎乎的家伙怎么可能是大名鼎鼎的卓洛仓活佛的转世，一定是他们搞错了，想着或许过几天寺院就会把他给送回来。

但是十天、二十天、三十天之后，寺院还是没有把我的儿子送回来，我也就逐渐地死心了，心想这个儿子可能就真的回不来了。

半年之后，寺院为我儿子举行了盛大的坐床典礼，我们很多人也去了。坐床典礼上，寺院住持还宣布了他的法名，叫洛桑丹巴，这意味着他的俗名多杰太从此就不能用了。但我还是觉得多杰太这个名字很亲切。典礼上，我突然在人群中看到了我儿子的父亲和他的女人。他们看见我，就向我这边走来。我这才发现他们后面还跟着他们的两个小女儿，她俩显然已经长大了。男人显得有点激动，凑过来说："咱们的儿子被认证为卓洛仓活佛的转世了，我想也没想到啊！"他的女人也羡慕地看着我，说："你真是有大福气的女人啊。"我一时不知道说什么好。

男人依然很兴奋，说："听说今天是坐床典礼，我们就把他的两个小姐姐也带来了，拜一拜，沾沾弟弟身上的福气。"

中午，寺院招待参加典礼的信徒们吃饭。我儿子被几个僧侣抱着走出大殿大门时，还伸长脖子往我们这边看。他的表情有点疲惫，伸出小手臂，指着我们大声说："阿妈，宴会结束了你们不能走啊，你们得留下来陪我啊。"

我的心一下子像是被什么东西击中了，我再也忍不住了，眼泪夺眶而出。我放下手里的碗，头也不回地跑出了寺院的大门。

时间过得真快！那年冬天，多杰加终于回家了，还带着一个女孩子。女孩子叫央金，看上去有点腼腆，说话轻声细语的。央金说她父母是拉萨人，当小学老师。多杰加说，他们今年夏天结婚了，今年过年特意带央金回来让我看看。我对多杰加说，他遇到了一个好女孩，多杰加也说央金很好。

私下里，我问央金："多杰加长得这么难看，你怎么就喜欢上他了？"

央金笑着说："他虽然长得难看，但他是个天才，我就喜欢他这点。"

我也笑了，说："有人能喜欢上他这个丑八怪，也算是他有福气。"

央金就又笑着说："也是我的福气，除了是个天才，他心也很好。"

我心想，央金真是个好姑娘啊！

多杰加回家后一直没有问弟弟多杰太的事。晚上吃饭时，我就把多杰太被认证为卓洛仓活佛转世的事告诉了他，还把他的法名告诉了他。他说了声"我知道"，就不说话了。

大年初一，我们三个去寺院看了多杰太。看见来给他拜年的信徒们都在给他磕头，我就小声问多杰加和央金："你们要不要也拜一下啊？"多杰加装作没听见，走过去坐在了炉子旁边的炕沿上，用奇怪的眼神看着在给信徒摸顶赐福的多杰太。央金跟着信徒们拜了拜，也过去坐在了炉子边上的一个小凳子上。

等信徒们拜完离开之后，我的活佛儿子就招呼管家给我们倒茶。

多杰加和多杰太坐在一起，就好像一个大人和一个小孩坐在一起。他俩坐在一起一点也不亲近，感觉是两个陌生人坐在了一起。我心里有一种说不出的难受。多杰加一直盯着多杰太的脸看，看得多杰太有点不安。多杰太让管家又给我们添了茶。

我们正在喝茶时，多杰加突然问多杰太："你真的相信你是卓洛仓活佛的转世吗？"

多杰太愣了愣，看着多杰加的脸说："相信啊。"

多杰加没再说什么，一直盯着多杰太的脸看。他的表情很奇怪，他的眼神也很怪异。

最后，多杰太有点不知所措，竟"哇"的一声哭了起来。

管家过来瞪着多杰加说："你一个大人，吓唬小孩干什么？"

多杰太还在哭，管家又说他："你一个仁波切，你哭什么哭？不要再哭了！"

我也安慰他，说："多杰太，你不要哭了，哥哥是特意来看你的。"

管家提醒我说："你现在不能再叫他的俗名了。"

多杰加看了一眼管家，说了声"我先出去抽个烟"，就起来往外走了。我在那里很尴尬，央金也显得很尴尬。

过了正月十五，多杰加和央金说要带我去拉萨住一段时间。我说我不去了，家里事情多，脱不开身。

第二天，他俩就回拉萨了。

我继续过我的日子，很少听到他们的消息。

第二年夏天，寺院把我的活佛儿子送去塔尔寺学习了。他去之前，我去寺院送了他。他和他的管家相处得很好，我看着就像一对父子一样。我心里有一种奇怪的滋味，觉得我和我这个活佛儿子之间的距离越来越远了。

夏天结束、秋天刚刚开始的某一天，央金又从拉萨来看我了。她来得很突然，之前也没给我捎话说要来。

央金跟我说："阿妈啦，多杰加特别希望你来拉萨住一段时间，上次你没去成拉萨，这次你可一定要去啊。他最近特别忙，特意让我接你去拉萨。"

我没有说什么，央金又继续说："多杰加这两年老是说起你，经常跟我说他对不起你，说他心里很愧疚。"

我还是没有说什么，但心里已经想哭了。

我和央金吃了晚饭，随便聊了很多。我从央金的嘴里知道了多杰加上班的医院里的很多事情。我突然有点想去拉萨了，想去看看他在拉萨生活的样子。

当天晚上，我就决定要去拉萨了。央金给我俩买了飞机票。我问央金："坐飞机去拉萨很贵吧？"央金说："再贵也坐飞机去。"

第一次坐飞机，我还真是有点不适应。飞机在天上飞了两个多小时后落下了，央金说："阿妈啦，我们已经到拉萨了。"我真的有点不相信这么快就到了拉萨。多杰加来机场接我们了。他很高兴，说："阿妈，你终于来拉萨了。"我说："我就想看看你在拉萨生活的样子。"

车开进了拉萨市区，远远看见布达拉宫之后，我才确信真的到拉萨了。但我还是有一种恍惚感。

看到多杰加在拉萨生活得很好，我就放心了。但他和央金还是没有孩子。有天晚上，我问了央金，她说："阿妈啦，我们现在还在创事业，忙不过来，过两年再说。"我说："你们忙事业，我可以帮你们带孩子啊，反正我也闲着。"央金笑了笑说："过两年再说吧。"

时间过得真快，我到拉萨已经三个月了。虽然说拉萨是菩萨的圣地，但我还是待不惯。我提出要回去后，多杰加有点生气，摇着头说："阿妈，你这人就是个吃苦的命,让你在拉萨待着享几天清福你都享不了,真是没办法!"

我笑着说:"阿妈看到你和央金在拉萨生活得很好就放心了,现在该回去了,家里还有很多事。"

他们又坚持让我坐飞机回去。到了机场,我跟他们说:"等你们有了孩子一定送到我那里,我帮你们好好看孩子啊。"

到了机场,我的活佛儿子和他的管家来接我了。

一见面,活佛儿子就问我:"阿妈,你怎么不在拉萨多待一段时间啊?"

我突然觉得他长大了很多,说:"该拜的地方我都拜过了,再待下去待不惯,我就回来了。"

他说:"回来也好,这段时间我也挺想念你的,以后我也要带你去一次拉萨。"

听到他的话,我很高兴,眼眶都有点湿润了。

他说他开始在塔尔寺学习了,学业很忙。他的管家让司机把我送回了老家,他们打了一辆出租车回塔尔寺了。

回到村里之后,很多人都向我投来羡慕的目光。一些婆婆妈妈的男人女人问得最多的,就是坐飞机什么感觉。我也说不出具体是个啥感觉,就说起飞和降落的时候有点害怕,心脏都塞到嗓子眼里了。

他们听得不太过瘾,看他们的表情就知道。我又说,快,就是快,两个多钟头就到拉萨了。他们好像有点明白了,说这也太快了,以前徒步去拉萨朝圣都要好几个月呢,要是磕长头去拉萨时间就更长了,一年都到不了。我也说确实是太快了,两个多小时就到拉萨了,我也不敢相信。一些男人女人就遗憾地说,他们这辈子可能是没有坐飞机去拉萨的命了,只能祈祷下辈子了。

看他们的表情,听他们的语气,我心里有一种亏欠他们的感觉,不知道该怎么安慰他们才好。

之后的几年里,两个儿子都没有回家。他们都说很忙,抽不开身,但他们时不时寄一些钱给我。

那一年多杰太已经十六岁了,他还在塔尔寺学习。多杰加已经三十五岁了，我听人说他已经是他们那个医院的副院长了，比以前更忙了。我总是在心里惦记着两个儿子，但感觉他俩离我已经很远了。

那年夏天，男人和女人还是来帮我割麦子，我们看着彼此，笑着说我们都老了。女人说他们的两个女儿，一个已经出嫁了，一个在县上读高中。我说两个女儿跟着你们一起长大，真是幸福啊。她说你才是幸福的女人，两个儿子都这么好。男人说，你现在虽然各方面条件都好了，没有个人在身边，也挺不容易的。我一下子沉默了，不知该说什么好。

快过年时，女人疯疯癫癫地跑到我家里哭了起来。我问她怎么了，她回答说，男人突然得了重病，到医院没两天就死了。我看她很悲伤的样子，就想方设法地安慰她。我心里也被一种悲伤的情绪占据了。我对她说，需要我做什么就尽管跟我说。她说男人死之前有一个心愿，就是希望他的活佛儿子能亲自给他念超度经。我问她出殡的日子是哪天，她说三天后。

我让女人先回家了，我一个人下午坐班车去了塔尔寺。

我托一个僧人把我的活佛儿子叫了出来。他看见我就说："阿妈，你怎么来了？"我说："你得跟我回去一趟。"他说："我们正在上课呢，走不开。"我说："你必须得跟我回去一趟。"他问："家里出了什么事情？"我说："你阿爸死了，你得回去为他念超度经。"他愣了一会儿，说："你从来没有跟我说过我的阿爸是谁。"我说："我有我的苦衷，现在他死了，你得去为他念超度经，这是他的心愿。"他有点冷漠地说："但是我从来没见过他。"我说："他见过你，坐床典礼那天他还专门去看过你，有你这样一个儿子他很骄傲。"

在男人出殡那天，他带着几个僧人来念了超度经。男人的尸体被众人抬着往外走时，女人们哭了起来，大家的表情都很悲伤。我注意到坐在僧人们中间念经的我的活佛儿子表情也很悲伤。

我的活佛儿子和僧人们准备回寺院时，我把男人和女人的两个女儿叫到他面前，说："这两个是你同父异母的姐姐，以后她们有什么事，你要好好地照顾她们。"

两个姐姐小声地啜泣着，他抓住她俩的手不断地安慰着。

第二年夏天，女人带着两个女儿又来帮我割麦子了。两个女儿很能干，说你俩年纪大了,应该多多休息。我们两个女人就烧茶做饭,到了中午把热乎乎的饭菜送到地头让她俩吃。吃了午饭,我俩也帮着她俩割了一会儿麦子。她俩不让我俩割麦子,让我俩好好休息。

我刚要坐下来时,突然一阵晕眩,倒在地里起不来了。

女人和她的两个女儿喊来村里的几个小伙子,把我放到一辆拖拉机上送到了乡卫生院。乡卫生院的说,这个病他们治不了,得赶紧送到县上的医院。这时候,我们村的村长也到了,他们又把我放到拖拉机上送到了县上的医院。县上的医院又说,这个病他们也治不了,得赶紧送到省上的医院。村长很生气,问他们是不是在推卸责任,他们的一个老医生语重心长地说,他们不是推卸责任,是为了病人好。

之后,医院用救护车把我送到了省上的医院,只让村长一个人跟着。路上,救护车的声音让我心烦意乱。我问村长:"我是不是得了什么大病啊?"村长说:"没事的,放心,省上的大医院,没有啥治不了的病。"到了省医院做了各种检查之后,医生问村长,他是不是这个病人的家属。村长说,他是我们村的村长,不是我的家属。医生又问我的家属在哪里,村长说我的两个儿子都不在身边。医生就把村长叫进了一个办公室。

过了好久,村长从医生办公室里出来了。他看上去有点沮丧,问我有没有两个儿子的电话号码。我问村长刚才医生怎么说的,村长却再次问我有没有两个儿子的电话号码。我把两个儿子的电话号码给了村长。村长说他去街上打个电话,让我好好休息。村长拿着电话号码出去了,我突然有了一种不祥的预感。

过了一天,我的大儿子多杰加从拉萨坐飞机来看我了。他请村长在外面吃了顿饭,就让村长先回去了。

我大儿子见过医院的大夫之后对我说:"阿妈,咱们需要去成都治疗,那儿有我认识的医生,医疗条件也比这里好一点。"

我直接问:"儿子,你说实话,阿妈是不是得了什么不好的病啊?"

他说:"没事,不是什么大病,能治好的。"

我问:"央金这次没有来吗?"

他说:"她这段时间有点忙,过两天到成都看你。她让你好好养病。"

我又笑着问:"你俩怎么还没要个孩子啊,我一直等着帮你们看孩子呢。"

他说:"我们暂时不打算要孩子,等以后事业稳定下来再说。"

我说:"你已经三十五了,再不要孩子就太晚了,到时我也没精力帮你们看孩子了。"

他只是看着我,没再说什么。

第二天,我们坐飞机去了成都的医院。

那里的条件好像确实是好一点,多杰加好像跟他们也很熟,不停地跟他们说着一些我听不懂的话,又不时用眼睛看看我。

晚上,我问他多杰太怎么还没到,他说,多杰太正在参加格西(藏语"格威西联"的省音,意为善知识,藏传佛教格鲁派寺院的学位——编者)学位的考试,明天就来。

过了一天,我的活佛儿子多杰太也赶来了。他没穿僧服,穿着一套便装,走过来坐在我的病床前,看着我流出了眼泪。

我悄声说:"你不能随便流眼泪啊,你要记住你是个活佛。"

他脸上带着泪笑了笑,看了看周围,说:"怕什么,他们又不认识我。"

我问他的格西学位考得怎么样,他说没那么难,他很容易就拿到了。

晚上,他俩一直守在我身边。

他俩随意地聊着天。

多杰加问多杰太:"多杰太,我还可以叫你多杰太吗?我是你哥哥,我不想用你活佛的称呼叫你,我叫你多杰太觉得很亲切。"

多杰太说:"这个名字我也有点陌生了,但是阿妈一直叫我这个名字,我也觉得这个名字更亲切一点。"

多杰加笑了笑,说:"你现在还认为你就是卓洛仓活佛的转世吗?"

多杰太说:"我记得你以前也问过我这个问题。"

多杰加盯着多杰太的脸:"是,很多年前我也问过你这个问题。"

多杰太笑着不回答。

多杰加催他:"快回答我的问题。"

多杰太这才认真地说:"自从那次你问我这个问题之后,我就一直在想这个问题。有时候,我也很恍惚,想是不是人们搞错了。但是再后来我又想,这些已经不重要了,既然有人给了我这个尊贵的称号,我自己一定要努力，才能配得上这个尊贵的称号。"

多杰加就盯着多杰太的脸看。

多杰太笑了，说："求你不要再那样看我了，我记得小时候你那样看我，把我给看哭了。"

多杰加就笑了，说："你现在已经长大了。"

多杰太说："当然，我不会再像那时候那样哭了。"

多杰加很认真地说："现在我倒是真正觉得，你就是卓洛仓活佛的转世啊。"

多杰太笑着说："你这样说我很高兴，我就把自己当作卓洛仓活佛的转世，好好学习，以后好好为信徒们做点有意义的事情。"

这一刻，我觉得我的两个儿子是那么的亲近。他们坐在我的床沿，离我也是那么的亲近。我心里想，我这一辈子，有这样两个儿子真好！

他俩还在聊着天，我有点困了，就闭上了眼睛，打算休息一会儿。

我听到多杰太对多杰加说："阿妈睡着了，我们出去说话吧。"

听到这话，我的困意又一下子没有了。他们出了病房的门，在外面的走廊里继续闲聊着。过了一会儿，我听到多杰太压低声音问多杰加："说句实话，阿妈的病有没有治好的可能性？"

我听到多杰加犹豫了一下说："阿妈最多还有一个月的时间。"

多杰太停顿了一会儿，说："既然你们的医学救不了她，就不要让她在医院里受苦了。我们带她去拉萨吧，她一定会很高兴的。"

多杰加说："可是阿妈已经去过拉萨了。"

多杰太说："我知道，那是你带阿妈去的拉萨。我也许诺过，要带阿妈去一趟拉萨。"

多杰加说："阿妈其实在拉萨待得不太习惯。"

多杰太说："那是没人陪着她，这次去了我们好好陪一下阿妈。"

多杰加没再说话。我的心里突然涌起一种莫名的感动，泪水不听话地夺眶而出。

第二天，央金也到了。我从她的脸上看到了她心里的伤感。

我却笑着跟她说："我一直等着帮你们看孩子呢。"

她的眼泪涌出了眼眶，说："我们回去就生。"

他们买了后天去拉萨的飞机票。

第二天，办完出院手续，他们就带着我去外面逛。到了一个自由市场门口，央金对我说："阿妈啦，进去了你喜欢什么就跟我们说，我们都买下来。"

我笑着说："我什么也不需要。"

我们去了市场里面，各种东西琳琅满目，让我目不暇接。他们把我带到卖衣服的地方，拿来各种衣服让我试，我说我不要新衣服，身上这身衣服还可以穿个两三年。最后，央金给我挑了一件适合我这个年龄穿的衣服，买了下来。他们让我把旧衣服脱下来，把新衣服穿在了身上。他们都说这件衣服很合身，就像专门定做的一样。

他们又带我去了食品区，问我有没有什么想吃的。各种食品也是琳琅满目，让我看花了眼。央金说着这个好吃、这个也好吃，挑了很多食物。我们到了一个卖各种糖果的柜台，柜台上摆满了各种各样的糖果。

我的视线突然被一种看上去很普通的糖果吸引住了，觉得曾经在哪里见过这种糖，很眼熟。我走过去，拿起一颗糖仔细地看。突然间，我想起来了：那是许多年前，当我还是一个少女时，卓洛仓活佛塞到我手里的那种糖。

一个胖乎乎的售货员过来问我："要买这种糖吗？"

我点了点头。

售货员就拿来一包一模一样的，说："水果硬糖，划算，一包才十块钱。"

这时，央金过来说："阿妈啦，你想吃糖的话给你买个好一点的，这种糖不好，现在都没人吃这种糖了。"

我说我就要这种糖。央金看了看我，没说什么，掏出钱包准备付钱。我阻止了她，说："这个糖便宜，就让阿妈自己买吧。"

央金就没说什么。我从裤兜里拿出钱包，取出十块钱给了售货员。售货员把那包糖给了我。

出了自由市场的门，我撕开那包糖的塑料包装袋，说："来，你们尝尝这种糖。"

他们都有点不太情愿的样子,谁也没有拿糖。

多杰加还说了一句:"阿妈,现在谁还吃这种糖啊,看看这包装,像个假冒的,这种糖肯定不好吃。"

我看着他们,说:"阿妈小时候吃过这种糖,你们也尝尝吧。"

我剥了一颗糖,放进了嘴里。

他们也学着我的样子,每人拿起一颗糖,剥了糖纸,仔细看了看,小心地放进了自己的嘴里。

我嘴里含着糖,说:"你们不要把糖一下子嚼碎了,一定要含在舌头底下,慢慢地品尝它的味道。"

我看他们都照我说的做了,各自把糖含在舌头底下慢慢地、细细地品尝着。

过了几分钟,我说:"来,现在说说,你们都尝到了什么味道?"

多杰加说:"我尝到了一种酸酸的味道,一开始是淡淡的,现在越来越浓了。"

央金说:"我尝到了一种甜甜的味道,一开始是淡淡的,现在越来越浓了。"

多杰太说:"我尝到了一种苦苦的味道,一开始是淡淡的,现在越来越浓了。"

我看着他们,笑了。他们也看着我,笑了,说:"这种糖以前从来没有吃过,吃起来味道还挺特别的。"

我还是看着他们笑。这时,央金问我:"阿妈啦,你尝到的是什么味道?"

我想了想,说:"一开始尝到的是一种淡淡的酸酸苦苦的味道,慢慢地就变成了一种淡淡的甜甜的味道了。"

央金说了声"我也要尝尝你那种糖的味道",就在装糖的塑料袋里翻找起来。

选自《收获》2021年第3期

评鉴与感悟

延续极简的风格，万玛才旦直接以一位传统藏地妇女的自白切入故事。不同于前作中常作为符号意义的女性形象，小说立体地塑造了一位坚韧的女性，从她的视角观察这个混沌无常、散布冲突的世界。

呈现藏地社会传统信仰与现代性的碰撞，仍是小说叙事的暗流。竭力学习现代知识逃离家庭而成为医生的"天才"大儿子，指涉对现代文明的追求；被僧侣找寻而成为"活佛"的小儿子，则代表藏地神圣的信仰。大儿子两次对小儿子的身份诘问，正是作者对现代与传统冲突的直接描摹。作为母亲的"我"恰立于冲突的夹缝，"我"因承着传统信仰，为世俗评价裹挟，但超越这些观念之上的是母亲的本能——"留住儿子"，却最终与儿子们距离渐远。作者以零度情感的冷静笔触叙写"我"对生活的观察，荒诞无常的事件展开背后是"我"对生活持久的困惑与被选择的无力感。小说以"我"的限制视角，向人生的迷思纵深，细腻地剥开藏民对现代生活本身的反思与追问。

"水果硬糖"作为小说的核心意象出现了两次，第一次因与活佛联系而被赋予神圣的联结，在结尾处它已内化为"我"的个体经验。一种水果硬糖，各种人生况味。小说在人物对糖果味道的咂摸中戛然而止，作者无意给出结局的指向，只呈现生活的可能，让读者品味。

（胡志）

启蒙者的餐桌

/叶弥

我爸年轻时爱慕一位女士,那个时候他和我妈已经结婚八年了,有了我这个儿子。他的婚外情,乐果巷的人都知道。他除了要承担大家的道德指责,还得忍受我妈的哭闹。直到有一天,我家来了一位叔叔,带了一篮子鸡蛋。

我妈正在大院门口生炉子,准备烧午饭。叔叔悄没声地站在了我家门口,脸带微笑,准确把握着某种节奏,不紧不慢地跨进院子,手上提着的一只小篮子稳稳地放在我家桌子上,叔叔对我爸轻轻地说:"你不要碰鸡蛋。我马上回来。"

这位叔叔有着神奇的行动节奏,他走过之处仿佛能从此安定下来。这是上天赐予他的本领吗?为什么我爸成天这么浮皮潦草?

小篮子里装的是鸡蛋。很精致的竹编元宝篮。篮子已老熟,透出岁月的老气和光泽,看着让人莫名的心安。

我那时候七岁,看得懂我爸脸上的惊讶,惊讶里还带着无法控制的惊慌。现在是上午十点钟,我爸刚起床刷了牙。他张着嘴,嘴里喷出中华牙膏夹着隔夜酒的味道。我觉得,那位叔叔应该是我家的亲朋好友,趁我不在家的时候来过多次,所以对我家熟门熟路,对我爸也不用客套。可是我爸为什么这么惊讶又惊慌呢?

很快，我听见外面响起邻居们的各种声响，几乎整条巷子的女人都站在门外看那位叔叔替我妈生煤炉。一会儿叔叔替我妈拎着煤炉进了院门。我们的院子里住了五户人家，每家人的炉子都放在廊檐下，烧饭时颇为热闹。我妈对我说："曹叔叔是友谊宾馆的干部，今天是第一次上门，快叫曹叔叔。"

我妈的声音悦耳动听，笑得很是妩媚。这是我人生第一次为一件事难为情，没有一个正常的女人会笑得这么热乎乎、黏糊糊的。她还吊起凤眼，眼梢缓缓地然而用力地朝我父亲扫了一下。我懂，每当她觉得真理在握或表达示威，就用这个方式。

我爸缓缓地坐在椅子上。

门口站满了前来看热闹的女人和小孩，我家很长时间没有这么多人来看热闹了。上次还是两年前政府部门来为我父亲落实政策，给我死去的爷爷奶奶平反，退还房子和存款，补发了许多工资。打那以后，我父亲就从中学语文老师的岗位上辞职了，或者说他从中学语文老师的岗位上消失了。他在银行存着大笔的钱，还不许我妈染指。他说当他跟着资本家父母亲受罪时，我妈正享受着出身于工人阶级家庭的优待。他现在什么也不干，整天在外面游逛，呼朋唤友，吃喝玩乐；上山打猎，下水捕鱼。他说要好好享受生活，把以前吃的苦、遭的罪都补回来。为了延长寿命，让他这个身体多一点人世间的享受，他还听了人家的话，去打过小公鸡的血……

我爸一声不吭。忽然他站起来，气急败坏地对我妈说："我不认识这个人。我也不想看见他。你们忙，我还有事出去。"

他低着脑袋慌乱地走了，脚步错乱，深一脚浅一脚，好像做错事的是他。他从前在家里大声说出喜欢那位女士时，也没见他有过一丝的慌乱。看来世上很多的第一次，今天都在我家碰头了。

曹叔叔对我父亲的背影说："你回来吃晚饭吗？我蒸的鸡蛋是友谊宾馆一绝。国家领导人到宾馆来，都点名要吃的。"

曹叔叔说到这儿，我们都知道他大致的工作了。他看上去有四十岁，不胖不瘦，腰板挺直，说话不急不忙，态度不卑不亢。他穿着藏青色的中山装，每一粒扣子都扣得恰到好处，不紧不松，端端正正。不像我的老爹，穿着见风就飘的阔版衣，还嫌衣服上的扣子限制了他的自由，统统剪了。

最可笑的是，他异想天开，居然把长裤上的裤裆扣也剪了，坐下的时候，露出里面的短裤。他说这就是自由自在的样子。

曹叔叔脱下中山装，露出里面的白色长袖T恤，上面别着一枚什么章，看着很高级的样子。我妈从碗橱里拿出一只大碗，曹叔叔挽起袖子，把篮子里的鸡蛋统统打到大碗里。我在边上数着，他打了十只鸡蛋。然后他从篮子底部拿出一个小油纸包，打开。油纸里包着一团剁得细细的猪肉糜。我好奇地看着他把这团猪肉糜放到一只小浅碗里，撒上一撮盐，与猪肉拌匀，放在木砧板上，小浅碗与鸡蛋碗并排而立。曹叔叔说，这叫"静蛋"，它们成为另一种凝固的状态前，需要静一静，想一想，做好准备，这样才能把它们最好的鲜味调动出来。这也是厨师对它们的尊重。受到尊重的东西自然会全力配合厨师的意图。

我听不懂曹叔叔的话，但是我很喜欢听他的话。听完这些话，这一大一小的两只碗在我心里仿佛有了生命。它们静静地站在那里，沉默的，然而是坚韧的。坚韧的，又是令人愉悦的。它们境界如此之高，把家里所有的东西都比下去了。它们又好像要变什么戏法，要把我看得见的生活一下子变得里外通透，让我不由得满怀期待。一个男孩子的期待是有形状的，我妈和我说过，男孩子的"气"充足又纯净，虽然软，但是有形状。你看不见，但它确实存在。听说有些气功大师看得见小男孩身上的纯阳之"气"，说这种气是椭圆形的，笼罩着小男孩的身体。我现在的期待就像笼罩在我身体周围的气。

我早就厌烦了我爸那一套。从中学辞职下来，他变得咋咋呼呼。三十岁的人，就像一个十七八岁的年轻小混混一样，浑身带着发条，随时随地穿着无扣外套一闪而过，不知蹦到什么地方去了。半夜回家，喝醉了就在巷子里乱吼乱唱，邻居开了窗责怪他："吴有光，你老是这么闹下去，我们真的是暗无天日，没有光啦。"他就回敬人家说："怎么？我托了国家的福过上了好日子，你们就眼红了？"每每想到他的好日子，他总是无比兴奋。即使我睡得迷迷糊糊的他也不管，从被窝里把我拖出来，一个劲地亲我的嘴。他嘴里的酒气混着菜油和各种菜的味道，强横地直朝我肚里灌，直至我临近窒息……

这个曹叔叔安静稳妥，与我和妈妈很配。我喜欢他。他要是挤走我爸来当我的爸，我会接受他。

　　我就依在他身边，东摸西摸，假装对碗筷感兴趣，想听他说些什么。他也很善解人意，或者说，他也想讨好我，就把他和我妈认识的经过告诉了我。他是友谊宾馆的厨师，我妈去友谊宾馆财务室办事的时候认识了他。他对我妈一见之下产生了爱慕之情。他以暗恋者的身份，与我妈保持着不远不近的某种友情。这种友情是复杂多层次的生活催化出来的，不同于任何一种感情方式。昨天下午，就在我爸一觉醒来又出去的时候，我妈决然地去了友谊宾馆找到曹叔叔，把她对我爸的不满和盘托出。以一个女人的直觉，我妈知道这个人会改变她的生活，至于改变成什么样，她不知道。曹叔叔一声不吭地听我妈说完后，陷入沉思。一个厨师的沉思是不寻常的，可能隐藏着看不见的刀光剑影；一个厨师的沉思也是细密的，要不然我们就吃不到经过他们仔细调理的美味佳肴。他沉思后对我妈说："明天是星期天，你在家里等着我，我上午十点钟前来看看你。"

　　曹叔叔相信我妈的话。他也相信我妈需要他拯救。最重要的是，他相信自己的能力，相信自己踏进一个陌生的家庭后不会受到伤害。

　　我妈的工作是吴郭市自行车厂的总账会计。其实她是一个很谨慎的人，但长期和我爸这种人生活在一起，她也变成了一个泼辣率性的女人。当下她二话不说一口就答应了，于是就有了上面那些事情，这些事情让我们的乐果巷像过节一样热闹。

　　我妈妈适时地朝外面喊："你们都看够了吧，我家又没有午饭吃，（你们）还在这里干什么？"

　　院子里的看客们一下子潮水一样退去了。

　　突然，他们又像潮水一样回涌了过来，浪头上挟着我父亲。我父亲回来了，昂着头，脸上一副成竹在胸的模样。

　　我妈吃惊得张开了嘴，摸不清我父亲的意图。一位邻居大妈凑到我妈的耳边，神情诡异地说："哼，他刚才去了小红楼。"

　　提到小红楼，一般是代指庞女士，她一个人住在对面巷子的小红楼里。她就是我爸公开爱慕的那位女士。我爸早就不与他以前的同事朋友来往了，现在他的周围聚集着算命大师、气功大师、落魄诗人、街头下棋者……我去过他们的聚会，香烟、酒、诵诗、哭泣、大笑、残羹剩饭……每个人都在自说自话，企图压倒别人的声音。我爸身边，只有庞女士是他的正经朋友。说到"正经"两个字，指庞女士是个真正有社会地位、受人尊敬的人。

庞女士住在乐果巷对面的巷子里，那条巷子里有一个小池塘，庞女士就住在小池塘边上一幢西式小红楼里。过年过节时，从市政府到区政府都会派人到小红楼里进行节日慰问。我爸对这幢小红楼很熟悉，对小池塘也很了解。因为这幢小红楼是我家的祖业，国家落实知识分子政策以后退还给我爸了。我妈很想住到小红楼里去，体验一下资产阶级的生活，但是我爸不声不响地就把小红楼卖掉了，买主就是庞女士。他们就是这样认识的。

我爸每回说去看小池塘的水波，回忆童年时代短暂的小红楼时光，其实就是溜到她家看她去了，坐在她家绿草茵茵的小院子里。遮阳伞下面，一动不动地坐着庞女士，她总是在看书。我爸只有在她身边是安静的，坐在她身边，陪她看书，给她倒茶、削水果。

她四十不到，没结婚，一个人住着这幢小洋房，用着一个五十多岁的阿姨烧饭和搞卫生，她称这位阿姨为"菊妈妈"。这位菊妈妈不是她的妈妈，她的爸妈十几年前就死了，听说是双双上吊自杀。也许就是这个伤感的原因导致她至今不肯结婚成家。她的身边只有这位又烧饭又搞卫生的菊妈妈，兄弟姐妹们全在美国或英国，都是搞科研的专家学者。至于她为什么不出国，为什么不结婚，为什么神秘地独往独来，没人知道确切原因。街坊邻居只知道她特别喜欢穿裙子。吴郭城的气候属于亚热带季风性气候，四季分明，夏天很热，冬天也时不时地下雪。下雪时她还穿着裙子，样子像在温泉里泡澡一样舒坦，丝毫也看不出她冷的样子。凭这一点就让人肃然起敬。她画眉描眼，戴着珍珠项链，还喷香水，怎么看她都是个有故事的人。经常有孩子傻傻地跟在她后面，眼巴巴地望着她的脖子，希望那里掉下几粒珍珠来。大人们说，她的珍珠项链每一粒都值一辆自行车的钱。

她家里到处是书橱，楼梯边上的墙掏空了，做成一个个放书的格子间，连走廊里都放着一排排别致的藤书架，书橱里放满了书。她坐到院子里的遮阳伞下看书，我爸就坐在她边上。别人告诉我妈，庞女士叫我爸吴弟弟，还把手搭在我爸肩膀上。我妈听了冷笑，"呸"了一声。

我爸刚一进来，我妈就问他："喂，你到小红楼里干什么？找你的狗头军师出主意了吧?"

我爸说:"别瞎讲。我是讨教人家去了。我的庞姐姐做蒸蛋也是一绝了,她说自己第二,没人敢在她面前称第一。"

我妈说:"你是个四体不勤、五谷不分的人,也想来打擂台吗?"

我爸说:"我是一家之主。你是属于我的,有人想用小恩小惠把你勾引走,我当然不答应。"

我妈朝着门外招着手喊:"各位乡邻,你们听到没有?这个人说我是他的,也不撒泡尿照照。我是属于我自己的。"

我妈最后那句话说得比较深刻。女人们要么属于丈夫,要么属于儿子,或者既属于丈夫又属于儿子,总之是属于家庭,没有哪个女人真正意识到是属于自己的。时间长了,"自己"这个词在她们那里早就生锈。今天被我妈一提起,女人们一个劲地点头,一位没牙的老太太一边点头一边哭了起来。

但是我爸反驳说:"你是自己的,我也是自己的。凭什么我心里有个她,你就不停地哭闹?"

他的话赢得男人们一致赞叹。

我妈说:"你不真诚,爱要真诚。要么她,要么我,你要有选择,不能两个都要。"

我爸说:"你不要搞得你死我活的好吧?没到那个地步。你不是心里也有一个人了吗?这个人还厚着脸皮跑到我家来了。"

这时,曹叔叔说了一句话,他声调不高,大家可听得真真切切的:"哈,我看见有人送物资来了。"

他这句平凡的话打破了僵局,大家都哈哈地笑了,松弛了脸面,不再沉浸在紧张高昂的情绪里。菊妈妈从人群里挤过来,接着曹叔叔的话风趣地对我爸说:"吴有光,你的军需官来了,给你送物资。今天你要和别人打擂台,只准赢不准输哦。"她右手捧着一个金边蓝色玻璃盘,里面放满鸡蛋。那些鸡蛋一看就让人垂涎欲滴,个头不大不小,红棕色的蛋壳,仿佛在海边晒过日光浴,被海风吹过,结实而健康。曹叔叔的鸡蛋壳都扔在畚箕里,它们的个头都比菊妈妈的鸡蛋大,颜色是粉红中带着惨白,仿佛在澡堂里工作的女服务员夜里出来被冷风一吹的样子。两种鸡蛋一比,孰优孰劣，一看而知。

菊妈妈的左手也捧着一个玻璃物件，很小，白色的，像一个半开放的花苞形，里面放着一捧什么东西。一个女人在菊妈妈走过她身边时，伸出脖子嗅了一下说："这是发好的干贝。我从来没看见过颜色这么好这么鲜香的干贝……吴有光，你肯定赢了，板上钉钉的事。"

我是长大以后才知道菊妈妈那天拿来的干贝是车螯肉柱，又叫红蜜丁，其鲜无比。它们是庞女士做蒸蛋的独家法宝。具体的步骤也不难：把鸡蛋打在碗里，搅匀。车螯肉柱用清水泡十分钟洗净，加上葱段、黄酒和少许清水，大火蒸二十分钟。取出肉柱凉透后，剁成末，滴上一些鲜牛奶，撒上小葱末，放入搅匀的鸡蛋一起上蒸锅蒸二十分钟左右。

菊妈妈拿来的干贝都是庞女士在家里泡发好的，只要我爸把它放在鸡蛋里一起蒸熟就行了。对于我爸来说，主要问题只有一个，就是鸡蛋里该放多少盐。但他显然无比烦躁，打鸡蛋时就出了问题。他打的鸡蛋壳支离破碎，搅鸡蛋时又把鸡蛋晃出了碗外，用布擦碗没擦干净，弄得整个碗外面黄白相间，黏黏糊糊。他也不管，呼隆一下子就把碎干贝倒进蛋碗里，然后用手进去抓了几把，看上去就是手指头洗了洗澡。

我急忙指指曹叔叔的两只碗，提醒他："爸爸，要静蛋，静蛋。"

我爸看看曹叔叔放在砧板上的两只碗，马上明白我说的意思，说："沸腾的时代，让两只死样怪气的碗滚开。我这种碗才是真正的碗，浑身上下挂满蛋糊。这就叫有福同享。"他把他的美食作品丢进蒸锅里。

他的话还没落，大伙儿就等不及地笑。我妈说："大家看归看啊，要文明地看。"

我家只有一只炉子，有一位邻居拎来了他家的旺火炉子，曹叔叔上前谢了他，接过炉子放在我家炉子边上。他开始了，把猪肉糜倒进蛋碗里，一双筷子在他的手上调弄得让人眼花缭乱。筷子在碗中间旋转，顺时针旋几下，逆时针旋几下。他动作幅度不大，但筷子上很有力道。肉糜和蛋汁的混合品像一幅布一样裹着他的筷子，每一个分子都体面地经过上升和降落的集体运动，汁水一滴也没有溅到碗外面。

菊妈妈悄悄地走了。她总是悄悄地来去，是个特别安静的女人。

这个时候，大家都看出来这场比赛不太公平了。曹叔叔是友谊宾馆大厨，做菜功力深厚。我爸最多在家里偶尔洗个碗，或者偶尔炒个番茄炒蛋。但是仔细客观地想一想，这种不公平的差距就缩小了。蒸蛋是家常菜，大厨做不好家常菜也是常见的。街巷里弄的大爷大妈阿姨叔叔们，能做一手绝妙家常菜的人不在少数。

过了十几分钟，两只炉子上的蒸锅都散发出扑鼻香味。

曹叔叔这时候把炉门关了起来。眼看着煤球的火越来越小，快要没有了，他突然又打开炉门，加上几块煤球，拿起蒲扇一顿猛扇。那煤炉里的火配合着扇子，一下子蹿了上来，蒸锅里的水又开始"咕咚咕咚"地欢响起来。我爸袖着手站得老远，他根本不懂得需要做什么。庞女士和他讲了，蒸二十分钟，他只需要看着手表就行。

二十分钟到了，我爸走上前去端下蒸锅，放在砧板上，捏起拳头朝大家比了一个胜利的手势，赢得一阵鼓掌声。

我妈妈去屋里搬出我家吃饭的桌子，朝大院子里一放，放稳以后，从口袋里掏出一把大大小小的勺子，撒在饭桌上。只见曹叔叔快速地从炉火上端起蒸锅，用抹布在碗口轻轻一捏，他的蒸蛋就被他提到桌子上了。我妈紧接着把一块巴掌大的草垫子垫在蒸蛋碗下面，曹叔叔的蒸蛋碗好似被人扶了一把，挺起了腰，站在领奖台上睥睨众生。我家只有一块垫碗用的草垫子，我爸干瞪着眼，他是真生气了……但他没说话，也没有任何粗蛮举动。

我妈专注地看着我爸，不知道她在想什么。

我爸一生气，穿着连衣裙的庞女士就来了，两个人好像有心灵感应似的。要说这位庞女士，也真是宠爱我爸，从来不到我家里来，这次为了助阵我爸，第一次上门来了。她自是不把我妈放在眼里，眼珠子都没朝我妈转一下。我妈本是个气焰嚣张的女人，不知道为什么，见了她，头颈沉沉的，忍不住地低了几分。没人敢对庞女士说什么，我想我应该说几句。我就问她："你是我爸的相好吗？"这句话代表了大多数人的好奇。

庞女士笑起来，她笑的声音不响也不低，就如诉说着一个悦耳的故事。我喜欢这种自然悦耳的笑声，我妈她们一帮女人要么不笑，一笑就是耳朵的一场灾难。我想，如果庞女士挤走我妈当我的妈，我也是能接受的。

可惜庞女士明确地说道："不是，我不是你爸的相好。我庞爱兰与吴有光永远是好朋友。"

周围的人发出惋惜的声音。本来大家是想看一场惊心动魄的撕扯大战，被她轻轻一句话就消解了危机。那她来干什么呢？

她是来给这场比赛放下一个关键的砝码，当然是放在我爸这边。

今天太阳很好，五月的太阳里装着许多友善的内容。我家门口聚拢的人更多了，不少人吃过了午饭都跑来看热闹。庞女士从口袋里掏出一样东西，这东西像镜子一样拖出一道弧光，光芒所到之处，大家都唯恐避之不及，以为是什么危险的东西。等到庞女士把这样东西朝桌子上一放，大家围过去一看，看清楚是一个圆形的金黄色的扁平玩意儿。有识货的行家说，这是缅甸老黄金樟木隔热垫，垫子边上围的那一圈是真正的黄金，黄金圈上镶的那几颗绿石头也是什么宝石。

这样就必须要说说我家这张饭桌了。我家的这张桌子，是我妈从娘家硬抢过来的。那时候我家很穷，连一张吃饭的桌子都没有。有一天，我妈不知道去哪里借了一辆黄鱼车，她自己骑着。她回来时车上多了一张桌子。她的弟弟和哥哥都曾经过来想把这张桌子接回去，但我妈不让。她的理由也很充分：她与我爸结婚时，家里什么陪嫁物什都没有，拿一张破桌子化解心结，便宜娘家人了。她弟弟和哥哥说了许多话，只有一句话是一样的：谁让你嫁了一个成分不好的人。

后来我家落实政策以后，我妈买了两张老榆木桌子，一张送去了她弟弟家里，一张送去了她哥哥家里。她还让运送的人在兄弟家门口各放了一串一百响的鞭炮。至于那张她从娘家抢来的旧桌子，不过是杂树剖板拼接起来的，然后打磨，上油漆。我爸识树，说这张桌子板大部分是杉木，中间最大的那一块是柳木，四条边是榆木。上面有着各种划痕、油渍，有为数众多的大大小小缺口、蚀伤……这张桌子，我妈和我爸意见一致地留了下来，作为家庭的一员，继续见证岁月的移动。

庞女士把她那个金光闪闪的垫子放在桌上，她的视线停留了片刻，没人知道她对这张陈旧的桌子有什么想法。我爸急忙就从砧板上端起他的那碗蒸蛋朝垫子上一放。他是个不讲究的人，从来掌握不好行动的节奏。他那么粗糙地一端一放，那碗蒸蛋差点跌倒在黄金垫子上，亏得争气，晃了一下，稳住了脚跟。

人群突然一静。

我爸刚想喝声彩，马上忍住了。

我妈嘀咕了一句："要文明啊……"她总是话里有话，但这句话如果是在警示我爸的话，那是白搭了。一来她的声音太低，二来我爸正看着桌子上的两碗蒸蛋，脸涨得通红。

人群继续静。静这个东西外柔内刚，轻盈如水，却有着墙一样的坚固，一时半会儿打不破它。

谁都看见了，这两碗蒸蛋放在桌上差距有多么大，两者一比，高下立分。我爸这碗蒸蛋，碗外的蛋汁也熟了，东一道西一道，像个舞台上的大花脸。而且它看上去气息奄奄，三观不正，站在桌上真是丢人现眼，无法让人尊重它。造成这种状况，也许是没有"静蛋"的缘故，也许是我爸不够尊重它。或者，纯粹就是隔夜酒在我爸的肚子里闹得慌。相比之下，曹叔叔的蒸蛋保持着足够的尊严，不以物喜，不以己悲。它是这么的无可挑剔，气场饱满，刚才像站在领奖台上，现在有我爸的那只碗做陪衬，它更神气了，简直是个打胜仗的大将军，对前来投降的敌手不屑一顾。

再说那只华丽的金光闪闪的垫子吧。它不来还好，一来，更衬出了我爸那只蒸蛋碗的寒碜和渺小。非但寒碜和渺小，越看越滑稽，简直是我爸可怜现状的翻版。

谁笑了第一声，结果大家全都笑起来了。连庞女士和我妈都在笑。只有两个人没笑，一个是我，一个是我爸。我没笑的原因是看见我爸走进屋里去了，我很害怕他走进去拿出菜刀什么的乱砍人，我看见他的眼睛里有泪水，愤怒的泪水。

他确实走进屋里去拿了菜刀。他拿了菜刀走进他和我妈的卧室，提出一只祖传的中式黄花梨老花架。除了那幢小红楼，政府落实政策时，这是返回我爸最值钱的东西，别的东西都流散不知去向。

他把老花架放到饭桌边上，朝花架面上砍了一刀，再把自己的那碗惹人嘲笑的蒸蛋放在上面。这是他的桌子，他的蒸蛋专门用的高级桌子。此举等于无赖讹人，朝自己头上拍一砖，搞点血出来抹到自己脸上。这一砍吓得没人敢笑了，也没人敢尝这两碗蒸蛋究竟哪碗好吃。

轰轰烈烈的一场比赛，一场复杂的较劲，莫名其妙地结束了。

曹叔叔先走。他走过去拍拍我爸的肩膀，表示心有歉意，并且对我说："我也不是你妈的相好，我曹元青和你妈妈永远是好朋友。"

我目送曹叔叔的背影消失在院门外，他的背影和他正面一样显得端庄大方。他什么都是恰到好处，从外形到内心。但是他太正派了，正派得让人心慌。所以我不再想他替代我爸的事。

曹叔叔走后，庞女士也走了。她临走时对我爸说："吴弟弟呀，我没想到垫子会出了这个效果。我是太草率了呀。"

我感到了她内心的沉重，非常沉重。这种沉重与两碗蒸蛋没多大关系。这么沉重的内心，难怪她不肯结婚。她摸摸我的头说："我告诉你一句话，你爸是个难得的大好人，你以后就知道了。"

我爸穿着无扣上衣坐在地上，满心委屈，十足是个弱者的样子。他今天表现得一无是处，说实话，他不像个大好人。

又过了十几年，我谈了女朋友，她家父母不同意我们交往，说我是单亲家庭长大，没有父亲的陪伴，心理会不健康。我就当着她家所有人的面，讲了我爸我妈分手前的那场蒸蛋比赛，一直讲到庞女士临走时，她摸着我的头说："我告诉你一句话，你爸是大好人。"

我当时不懂她为什么这么说，不过这句温暖的话一直回荡在我的心里。随着我爸妈的离婚、分家，各种琐事尘埃落定，我妈有一天对我说："你爸是个好人，可惜我跟他缘分尽了。"

我就问我妈："你们都说我爸是个好人，他好在哪里呢？"

我妈说："你爸悄悄拜师学过气功的。你爸的内功，可以近身打退三个大汉。但是那天，他就是忍住了没有出手。姓庞的肯定知道，你爸和她无话不说。"

所以我七八岁就知晓爱的模样，在爱的引导下，我从没有过迷失和彷徨。我爸是个失败者，但是对我，他是个启蒙者，爱的启蒙者。

选自《作家》2021年第3期

"启蒙者"这个词抽象又宏大,"餐桌"则将小说拉回了市井烟火气中,于是,《启蒙者的餐桌》被两种截然不同的叙述占据。借孩童的视角,一面是沸反盈天、啼笑皆非的蒸蛋比赛,一面是略带稚气、近乎胡言乱语的哲理发现——父亲是个爱的启蒙者,诸如此类。也由于出自孩童视角,很多语焉不详的话语并没有得到最终解答,不过,优点是,小说的讲述纯净、传神、热闹、真诚,动机与叙事的荒诞得以解释。

其实,无论有没有蒸蛋比赛,父母婚姻破裂都是不可避免的,就像最后没有人尝那些蒸蛋,没有人确切地给出胜负定论,父母还是离婚了。叶弥把冲突的高潮设定为一场厨艺比拼,而不是见到疑似"第三者"以后撕破脸皮、打作一团的场面。如果把现实中或许会发生的冲突写进小说,反而"戏剧化",因为发生太多次,难免变成样板戏,最后令人弄不清它是否反过来为现实情况的再发生提供了表演素材。反倒是换成蒸蛋比赛,合理性居然没什么人去质疑,它莫名其妙而又富有趣味,充满着隐喻。在小说中,叶弥习惯回溯历史带给一个普通人从生活图景到精神图景的影响。父亲曾经受制于成分不好,被打压,而今平反,挥之不去的阴影让他用过犹不及的极端方式追逐"自由",以此补偿创伤。那碗用最高级的原料、最华丽的隔热垫、最昂贵的桌子呈现出来却乱七八糟的蒸蛋,就是父亲生活状态的真实写照。(邵帅)

蝴蝶飞呀

/范小青

上部

这日子真没法过了。

那就离呗。

离就离。

说离就离。刘澄明和周晓君,好样的,杀伐决断,当即翻出结婚证,带上户口本、身份证就到了民政局。

服务大厅是敞开式的,有两支队伍,一长一短。他们不假思索,不约而同就往短的那支走过去,到了那边才知道,这是结婚的队伍,那支长队,才是离婚。

没想到,离个婚也排队,还排长队,离婚的人比结婚的人多,这日子真是没法过了。

排就排吧,和婚姻比起来,排个队算得了什么。

办事员是个四十多岁的妇女,面善,和蔼,跟谁都是笑眯眯的。可是她和蔼没有用,找她办事的人,要不就是火气冲天,要不就是冷若冰霜,与她的好态度形成鲜明强烈的反差。

来这里离婚的,都是协商好了的,所以办事员的工作并不复杂,只要手续齐全,盖个章,发个证,就OK。可这位办事员却将简单的事情办得复杂起来,她要反复地询问两个当事人,到底是不是真的商量好了要离婚,有没有真的下决心,会不会反悔,等等之类。好像在做居委会主任和调解法官的事情。

有的离婚夫妇会一一回答她的问题,但也有的心情毛躁,怼她说,你好啰唆,我们手续齐全,你管得着吗?

另一个就说,就是就是,你给我们办就是了,我们两个人的事情,你插什么嘴?

那办事员真是好脾气,被怼了也仍然笑眯眯的,她耐心地说,我小时候吧,我奶奶一直给我唠叨,宁拆十座庙,不破一桩婚,我就记住了。

那个满脸不高兴的即将成为前老婆的人嘲笑她说,你现在,可是天天在拆破人家哦。

那办事员叹息一声说,是呀,所以我就说呀,人生就是如此的促狭。

后面排队的人,不管听清听不清的,都生气,大声嚷嚷,废话那么多,还办不办事了?

也有排队的人情绪并不激烈,他们淡淡漠漠的、平平常常的,甚至客客气气的,好像离婚就是上菜场买个菜那样随便,所以他们还有心情议论如今服务大厅的各种便利。

那倒不假。十年前刘澄明和周晓君来领结婚证的时候,办事人和办事员之间是有玻璃墙隔着的,只留出一个小洞,让你勉强可以把嘴凑到那里说句话,现在全部都敞开了,说话办事忒方便。

有一个人随口夸赞了一下现在办事方便,另一个人就接着说,真是方便群众呀。再一个人就说,方便群众离婚呀,哈哈。

大家都被他说得笑了起来。有好几对本来怒气冲冲的,也忍俊不禁了。

后来终于轮到刘澄明和周晓君了,他们将证件递过去,那个办事员朝他们点了点头,做了一个请坐的动作,他们就在柜台前坐下了。排了半天队,腿是有点酸了。

办事员一一检查了他们的证件,最后才发现,他们没有写离婚协议书,也没有准备单人免冠近照。

紧贴在他们后面的那一对一听,立刻喊了起来,手续都不齐,来凑什么热闹!

另一个就配合说，要不，你们到旁边去写离婚协议书，然后去拍照，让我们先办。

刘澄明回头朝他们看了一眼，心想，你们配合得如此默契，离什么婚嘛。不像他和周晓君，说什么都是反着来的。

这办事员勾过头朝后面的那一对笑了笑，说，快的快的，你们别性急。她又体谅地看了看刘澄明和周晓君，蛮有把握地对他们说，你们两个，是一时火头上吧，哪有你们这样办离婚的，你们都不知道离婚要准备哪些材料吧。她又认真看了看他们的身份证明，对"刘澄明"这个名字似乎有点熟悉，抬头看了他一下，立刻认出他来了，激动地说，咦，咦咦，你，您是刘医生？

刘澄明离婚被认出来，有点尴尬，想搪塞，支吾着说，我，我，我不知道，我没有……

那办事员却不由他搪塞，坚持说，刘医生，去年我爸爸心脏病发作，是刘医生您抢救的哎，您不记得我们，我们记得您，您是我们家的救命恩人哎。

刘澄明赶紧摆了摆手，欲言又止。一个离婚的医生，有什么情绪享受救命恩人的称号呢。

那办事员可激动了，她不理解刘医生的心情，一迭连声说，我知道我知道，刘医生，您别谦虚，您是你们医院心脏科室的骨干。哦，对了，我想起来了，您，好像还是海归吧？

刘澄明苦涩中夹着些尖酸的口气，说，是呀，我就是一只大乌龟——

办事员忍不住"扑哧"一声笑了。

从走进来、排队，到坐到办事柜台前，周晓君始终沉着脸，十分冷漠淡定的样子，可是一听刘澄明这话，她的脸突然涨红了，从椅子上跳了起来，瞪着刘澄明说，你什么意思，你什么意思？

刘澄明冷冷地说道，我什么意思，我没什么意思，她不是说我海归吗，海归不就是……

周晓君打断他说，我知道你什么意思——什么人呀，情况都搞不明白，你是存心搞事情。

那办事员可是一番好心，何况刘医生还救过她的父亲，她是真心要想缓解他们的矛盾,但她不自量力,就问周晓君,这位女同志,你是干什么工作的?

周晓君没好气,怼她说,离婚还要问职业吗?我干什么工作,管别人什么事。

刘澄明阴阳怪气地说,总裁助理呗,不是大秘哦,看看这腔调,就算不知道,猜也能猜得到。

那办事员脸色一嘻,顿时就是一副"我知道了""我有数了"的样子。这让周晓君更加恼火,冲着刘澄明说,你把话说清楚啊,你夹枪带棒想干什……

正在争吵,两个人的手机几乎同时"叮咚"起来,片刻之间,大约都有十几条微信进来了。

两人分别着了慌,周晓君反应更快些,抢先惊叫了一声,家长群!

这声音和刚才说话怼人的声音,简直天差地别,连脸色也大变了,原本一冷脸美人,立马整成一副奴才相,恐惧而谄媚。

那刘澄明更甚,紧紧地捧着手机,凑到眼前,就差舔屏了。

老师在家长群里紧急呼叫刘子辉家长,刘子辉在学校闯祸了,老师让家长赶紧、立刻、马上到学校来。

刘子辉竟然在学校和同学争论离婚好不好,刘子辉打了同学,还说了很过分的话。老师把刘子辉说的话原文发在群里,刘子辉说,今天我们家有大事、喜事、大喜事,我爸我妈终于去民政局了,他们终于走上一条正确的道路——离婚。

刘澄明脸上青一阵红一阵,恼火地说,这种事情,直接就放到群里?游街示众啊?为什么不能私聊?叫我们的脸往哪里放!

周晓君冷笑道,哼哼,在这种群里,你以为你还有脸啊?就是要让你颜面扫地。

刘澄明气愤地说,这属于个人隐私——

周晓君道,就是要扒你的隐私,把你内衣内裤全扒光。

孩子事大,他们也不离了,赶紧的,一人开一辆车去学校。是有点浪费,但是浪费一点汽油却可以省去一点心烦,否则又是一路吵吵呗。

谁让他们两个结缘于辩论大赛呢。

他们是同校同级不同院系,一个在医学院,一个在管理学院,大三的时候,学校组织辩论大赛,两个人各是正方反方的一辩,一开场就杠上了。

真所谓不打不成交,后来越杠越有劲,竟然杠出了恋爱和婚姻。

只是没想到,两个杠精,结了婚,生了子,杠的精神一点也没减弱,尤其是到了儿子刘子辉上小学以后,夫妻两个,简直就是小杠天天有,大杠三六九。

不过,也有例外,只要老师在群里一声令下,两个人就立刻心往一块想,劲往一块使了,一路快马加鞭,很快到了学校。

老师早已经严阵以待,不是一位老师,有五六个老师,由班主任许老师带头,大家一下子将这对夫妇围住,叽哩哇啦,你争我抢,控诉刘子辉。

你家刘子辉,什么人呀,小小年纪,竟然和同学讨论离婚的事情,像什么样子!

你家刘子辉,怎么回事呀,成绩成绩垫底,品德品德落底!

你家刘子辉,简直了,根本不把老师放在眼里,他竟然敢跟同学说,老师都是傻逼。

刘澄明差一点要笑了,但是不能笑,而且,他也笑不出来。儿子上一年级的时候,他还会笑,一年过去了,刘澄明连怎么笑都忘记了。

刘子辉还带坏了其他同学,有家长要联名写信,要求刘子辉转学。

刘澄明来气,嘀咕了一句,刘子辉是谁?人民公敌吗?他只是一个二年级的小学生嘛。

这下子捅马蜂窝了,老师们更抓狂了,哇啦哇啦哇啦。

你们做家长的,是怎么教育孩子的?怎么给孩子做榜样的?

难怪刘子辉如此顽劣,原来家长就是这样的思想。

刘子辉不成器的原因,今天我总算知道了。

周晓君狠狠瞪了刘澄明一眼。刘澄明也知道自己惹祸了,赶紧忍了,讨饶说,对不起对不起,我也是一时心急,我知道说错话了,刘子辉,他就是……就是个人民公敌。

老师才不认这样的无关痛痒的检讨,继续他们的"家长教育"。

你们做家长的,再忙再累,也要把孩子放在第一位,否则,你们忙死累死,又有什么意义?

是呀，你们的事业，就算再伟大，再了不起，教育不好孩子，你们的一生也都是失败哦。

刘澄明不服，但他不敢辩驳。

老师却都明白他的心思，就代他说，你们家长的心思，我们都知道哦，你们就是想说，家长有家长的工作，家长有家长的事业，对不对？对呀，你们专心做你们的事业就是，孩子毁掉，又不是我们老师的孩子，是你们自己的孩子。

怎么就扯得上"毁掉"呢。但老师就是能扯得上。

周晓君可是个暴脾气、刀子嘴，无论在家还是在单位，一向是言辞犀利，巧舌如簧，可是在老师面前，她完全就是另一个人了，除了笨嘴拙舌，就是一味地讨好，一味地点头哈腰。这会儿，她已经感觉到刘澄明身上有一股像是要打架的气息，吓坏了，赶紧把他扒拉到一边，上前讨好老师说，老师说得对，老师教育得对，我们做家长的，一定听老师的话，回去好好教育刘子辉。

老师"围攻"家长的时候，刘子辉掩在走道里，从窗户那里朝办公室探头，满脸兴奋，一根手指朝刘澄明勾来勾去，嘴里说道，屁，屁屁，屁，屁屁……

刘澄明看到了，赶紧出来，刚要开口教训，刘子辉却朝他"嘘"了一下，又挤眉弄眼说，喂，老大，你们没离成吧？

刘澄明觉得奇怪，他和周晓君今天明明是一时意起，控制不住情绪才去民政局的，这刘子辉，一个小学二年级小爷，难道未卜先知？

小爷满脸坏笑，拍了拍刘澄明的屁股说，老大，你们肯定没离成对吧。你们都没有写离婚协议书哎，那个都要一式三份的，你们还没有商量好我到底归谁呢。

人小鬼大，什么都知道，就是不知道写作业。

和小爷扯了几句，刘澄明又被老师提溜进去了，看到周晓君正在代替刘子辉写检讨书和保证书，刘澄明在一边闭嘴罚站。写完了，老师看过，重新修改，再看过，再修改，如此几番才算过关，暂告一段落，老师才把家长放走去上班。

两个人夹着刘子辉把他送到班级，刚刚到走廊上，就有个孩子气势汹汹地冲了过来，对着刘子辉就批评说，刘子辉，今天犯错误了，你罚站！

刘子辉一脸讨好，说，我罚站，我罚站——回头向爸爸妈妈介绍说，这是我们班长，姜司令。

刘澄明一看这个同学小小年纪满身官气就不爽，说，哦，好名字，可惜多了一个字，如果不要那个令字，就是僵尸，僵尸更好。

小班长开腔道，刘子辉家长，我今天正好跟你们谈一谈刘子辉的情况，你们做家长的，自己没有把子女教育好，还赖老师——

刘子辉赶紧凑到他耳朵边上咬了一下，那小班长的脸色顿时和缓下来，满脸堆笑说，行了行了，你们大人要上班的，以后再说吧。说完转身离去。

刘子辉得意地朝自己翘了翘大拇指说，分分钟搞定——我们班长，太好搞了，只要你带吃的给他，他就不罚站。嘿嘿，老大，老妈，你们现在才知道你们的儿子日子不容易吧。平时给个零花钱，还嫌我花得快，说我乱花钱，我这是乱花吗，我这是花钱花在……

上课铃响了，刘子辉这才停止了絮叨，进了教室。刘澄明和周晓君沉闷地走出来。

刘澄明还好，今天没有安排手术，在病房轮值，查房的事情刚才在来的路上已经拜托了同事张医生，所以他今天晚一点早一点问题不大。可周晓君那里，已经接到老板无数个催促了，她是大内总管，她不在，那边就乱套了。

刘澄明听着她手机铃声信息声此消彼长，酸溜溜地道，你们老板，片刻也离不开你哦。

周晓君怒瞪他一眼，甩手而去，把车子发动得像一辆赛车，呼拉的车声中尽是怨气。

刘澄明落个没趣，也无所谓，反正日子是没法过了。

一路已经想好托词，要在主任面前蒙混一下，到了医院才发现主任今天也请假了，这才松了一口气。病房那边的事，既然张医生没有来找他，应该就是一切正常，也懒得去多问。直接到值班室坐下，心情乱糟糟的，梳理一下，也梳理不出头绪。本来是要去离婚的，因为小爷闯祸，没离成，也不知道是应该懊悔还是应该庆幸。

一想到小爷，气就不打一处来，离婚不离婚的，起因也是刘子辉。

开学不久，刘子辉就回来跟家长传达了老师的指示，十月份学校要组织秋游，让家长提前做好准备，一二三四五六七，其中竟然还有买保险这样的要求，说是最少也要求购买一种，买越多种越好。

真是闻所未闻，刘澄明一听就蒙了，问刘子辉，买保险，什么保险？

刘子辉翻个白眼说，我怎么知道，我是小孩哎。

周晓君说，群里有具体要求，你连群都不进，看都不看一眼，难道家长群是我一个人的，你不是家长？

刘澄明说，怪了，我不是家长谁是家长，难道……

周晓君虎着脸憋着气。

刘子辉在旁边起哄说，隔壁老王是家长。

刘澄明进群翻了半天，看到了，果然有要求，要求得还挺细，险种还不少，可供家长选择，也可全买。

交通工龄意外伤害险

旅游人身意外险

旅游意外伤害险

旅游求援险

人寿保险

……

刘澄明瞄了一眼，气得笑了起来，说，到公园去半天，要买这么多保险，谁的主意？我哈哈哈哈她。

刘子辉背靠大山，理直气壮道，老师的主意！

刘澄明说，废话，我不知道是老师的主意吗？我是说，都让家长出钱，保险公司担责，老师是干吗吃的？

老师带学生去秋游，学生的安全自然得老师负责，但是群里的家长谁也不敢说出"老师负责"这四个字。

群里已经有家长小心地提问：能不能就买一种？

老师立刻回复一条：可以呀，列出这么多就是供家长选择的呀。

紧接着又发一条：不过有些事情还请家长考虑周全。

再连发数条，像机关枪扫射，一梭子：家长，你敢保证交通工具不出问题吗？

又一梭子：你敢保证人身没有意外吗？

再一梭子：你敢说你不需要求助求援吗？

那个提问的家长分明有点恼火，但是隐忍着，继续小心求证：那老师的意思，是都要买啦？

老师说：我可没这么说哦，你别曲解我的意思。

再强调：我始终一句话，供家长们参考。

到底买几种，全由你们家长决定。

老师不干预，也没有任何建议。

真是挖空心思，匪夷所思。刘澄明越看越来气。老师越是说得与己无关，就越是觉得老师用心险恶，还可能有猫腻。至少也是老师推卸责任。最好什么事都碍不着老师，什么事情都由家长担着。

刘澄明忍不住在群里发了个言，问老师能不能取消秋游。

老师还没发话，别的家长却已经火冒起来了。说：一天到晚把孩子关在学校，都关成什么样了？

是呀，早就该安排让他们出去散散心。

我家小孩激动了好多天了，如果取消，对小孩太残忍了。

过去我们小时候，春游秋游都是很平常的事情，现在怎么搞得跟打仗似的，竟然还有人提出来要取消，不知怎么想的。

当然，也有站在刘澄明一边的，怒气冲冲地说：怎么想的？就是想着不要给大家添麻烦。

说：是呀，我们家长每天累死累活，才挣几个钱，今天要买这个，明天要买那个。

吵吵了一大堆，老师出来了，老师一出来，家长都闭嘴。

老师说：各位家长，你们以为秋游是老师的主意吗？

继续连发：你们以为老师喜欢带你们家宝贝出去玩吗？

你们以为买不买保险是老师说了算的吗？

几个铿锵有力的诘问句，把家长问得脸红心跳，惭愧不已。反省一下自己，什么事情都往老师头上堆，以为老师最大，以为老师是天，不知道天上有天、天外有天的道理吗？

赶紧拍老师马屁：

老师辛苦

老师委屈

老师不容易

老师两头受气

谢谢谢谢老师

……

片刻间楼就歪了，讨论的话题变了味，既然大家体谅老师，买保险就买保险吧，反正钱都是花在孩子身上。用老师的话说，你们不为孩子，还想为谁？

平时这也买了，那也买了，也不在乎这一次了。

一个问题就这么被老师手到擒来地解决了。

日子过得飞快，眼看着秋游的日子就要到了，老师又出新方案了，光靠买保险还是不保险，老师提出，一个孩子至少得有一个家长陪同一起去，这也是提供亲子教育的好机会。

这个事情并不是昨天刚刚布置的，可刘子辉早不说晚不说，今天起来迟了，上学都快迟到了，他忽然说了出来。

刘澄明一问秋游的具体日期竟然就是后天，立刻断然拒绝：后天我不行，有一台约了两个多月的大手术。

周晓君反应也不慢哦，而且她向来是不甘示弱的，她一边拿了手机翻看家长群，一边说，老师是早就通知了，你没看家长群？

刘子辉说，老妈，你不是也没看吗？

周晓君说，后天我跟老板出差，谈一个三千万的项目。

三千万，拿来吓人啊？刘澄明说，钱重要，还是人命重要？

周晓君说，你除了偷换概念，就没有别的招了。

刘澄明在周晓君这儿基本占不了上风，只得把矛头对准刘子辉，但想想如果骂刘子辉，刘子辉也冤呀，主意又不是刘子辉出的，刘子辉也没有错呀，那就只有针对老师了。

刘澄明气呼呼地说，刘子辉，你们老师怎么一天到晚净出这些馊主意，这一次，我替你做主，就不听她的。

刘子辉说，不行，老师的话必须听。

刘澄明说，干吗，老师如果说得不对，也要听？

刘子辉说，君要臣死，臣不得不死，这都不懂。

刘澄明还想挣扎一下，说，可老师这么布置，明明是强加于人嘛。他瞄了周晓君一眼，试探说，我们可以和老师摆事实讲道理呀。

周晓君脸一冷，说，就你废话多，你试过说服老师听你的吗？一边催促刘子辉，快点快点，要迟到了。

这夫妻俩，谁也不肯让着谁，谁也不肯自己吃亏，在孩子的问题上，所有负担，都是对半，公平公正公开，一天一次轮换，今天轮到周晓君接送，晚上刘子辉辅导写作业。

周晓君拉了刘子辉出门，回头对刘澄明说，你别走啊，我马上回来，这事情今天得定，老师在群里催促报名了。

刘子辉更是乘机强调说，老师说了，今天家长不报名，就取消学生的秋游资格。

刘澄明"啊哈"了一声，还拍了一下巴掌，兴奋地说，取消，取消，让她取消，取消最好。

周晓君哼了一声，说，果然你根本就不看家长群，老师在群里说了，凡是取消秋游资格的，道德教育课扣二十分。

刘澄明立刻喊起来，岂有此理，岂有此理，荒唐，荒唐！

喊过之后，想想还是气不过，又说，家长没有空，就是学生道德不好，什么逻辑啊？

周晓君说，老师的逻辑呗，怎么，你不服，不服你就——她来不及再跟他废话了，拖了刘子辉出门。

刘澄明在家把早餐吃了，稍过不久，周晓君已经返回，气呼呼的。刘澄明说，碰到老师了？

周晓君说，哼哼，连音乐课的老师也这么凶，不就是教小孩子唱唱歌么，跩得不得了，居然说我们做家长没有艺术素养，所以孩子唱歌五音不全，什么呀。

刘澄明心里幸灾乐祸，但表面假作同情，说，是呀是呀，现在老师都不得了了，好像天底下的家长都是他们的奴仆，都要跪拜他们。

看起来，这刘澄明分明是在替周晓君抱不平，可他这么一说，周晓君却又不高兴，反过来又指责他，说就是因为他有这样的不正确的思想，孩子受了他的影响，在学校招老师讨厌。

刘澄明赶紧说，免战免战，时间差不多了，秋游的任务，我在群里报你的名啦。

周晓君板着脸说，我说过了，我不可能，你没听到？

碰到困难了。

这样的困难其实也不算什么大事，甚至是十分日常的，三天两头的，总是要处理的。

他们两家，也都是有老人的，可刘子辉的爷爷正在住院，奶奶陪护，没要刘澄明他们去帮忙已经是上上大吉了。外公外婆身体倒还可以，可惜他们住在外地，照顾儿子一家，女儿家的事情，顾不上。要说临时请他们过来帮几天忙，也不是不可以，但是都怪刘子辉，后天秋游了，今天才说出来。也怪他们自己，没有及时在群里接受老师的指示。

周晓君赶紧联系父母亲，想问一下他们能不能明天赶过来一趟，结果电话一接通，她弟媳就抢了老人的手机跟她说，你知道了吧，你弟弟出轨了，你怎么说？

吓得周晓君赶紧挂断电话。

刘澄明并不知道周晓君为什么打通了电话二话没说又挂了，以为她是不愿意麻烦自家二老，心中愤愤不平，说，是呀，有的人家的老人就是老人，有的人家的老人就不是老人。

周晓君闷了一会儿，说，这次不是写作业，是陪秋游，老人也不合适。

刘澄明说，就算是写作业也不适合呀，孩子交给老人总不是办法。去年你爸辅导刘子辉写题：爸爸＋妈妈＋我＝，你爸说是吉祥三宝，啊哈哈哈哈。

周晓君和刘澄明一路货，既记仇，又嘴不饶人，说，你家好，你家有水平，上次你妈去接刘子辉，刘子辉犯错被老师留校了，你妈冲进学校就骂老师。当时有个看热闹的家长录了视频，后来给我看了，我简直都看不下去，你妈满嘴……她大概还是想给刘澄明留点面子，没有说下去。

刘澄明却不依，说，满嘴？满嘴什么？总不会是满嘴喷粪，我妈她又不是老师。

周晓君说，就那一次，你妈倒是图了个痛快，我跑了老师家三趟，差一点就要跪下了，才算解了老师的气。

刘澄明才不领情，胡搅蛮缠地说，那是你自己乐意。你本来就愿意拍老师嘛，我妈还给你制造了机会呢。

周晓君虎着脸说，是，我就是要拍老师马屁，我就是喜欢拍老师马屁……说着说着，脸色越来越难看，感觉雌老虎要吃人了。

刘澄明才不看她脸色，说，既然二老来不了，还是得报你的名哦。说着就拿了手机进入家长群。

周晓君果然大怒，竟然指着他威胁说，你敢！你敢！

刘澄明也来火了，说，你不讲理是不是，你在家里就这样强横。怎么你跟你们老板打电话，声音都像十八岁少女哦，那叫一个嗲哦。

周晓君脸色顿时铁青了，忽然就说，这日子没法过了。

刘澄明接嘴道，没法过，离呗。

离就离。

两个人就直奔民政局去了。

结果没离成。

秋游的事情还没有解决，刘子辉又闯祸了。

其实刘澄明也知道自己搞不过周晓君，可又不能真的放任刘子辉不管，让他扣掉二十分道德，只得退让了，把早就定下的手术往后挪了一天。科室的相关同事都嫌他出尔反尔，一切的准备工作都要重新来过，十分抱怨的脸色他也忍了。更要命的是病人和病人家属着急呀，马上跑来塞红包了，搞得好像他是因为没有拿到红包才推迟手术的。

晚上回到家里，周晓君脸色较好，今天回得也早，已经把晚饭做好了，老婆儿子都坐在餐桌前等他了。本来也可以扮成一幅母慈子孝家庭和睦幸福图，可是刘澄明不配合，拉着个驴脸，闷头扒饭，味同嚼蜡的死样。

周晓君本来是有和好的意思，见他如此，不由又有些恼火，说，都上了一天班，谁也没闲着，脸拉给谁看呢，谁欠了你呢。

刘子辉还火上浇油，说，唉，还有人更累，都上了一天学了。

刘澄明知道又惹火上身了，但他不想再开战，龇了一下嘴，说，我笑了，好吧。

虽然笑得比哭还难看，但好歹也是一个求和的信号。

可是刘子辉嘴贱，"嘻"了一声说，今天老爸写作业。

周晓君说，那是轮到的，又不是多加的，公平公正，没理由抱怨。

刘澄明气得瞪着儿子说，老爸写作业？你会不会说人话，是我写作业吗？

刘子辉说，当然是你写作业啦，今天老妈轮空。

周晓君听得此言，也不再吭声，收拾了碗筷到厨房去，一边竟哼哼哼哼地唱了起来。

刘澄明气不过，说，不写作业，骨头就有这么轻。

周晓君今天心情好，回答刘澄明说，哎，你说对了，我今天骨头没有三两重，呵呵，我开心，想唱就唱。

他们这对夫妻，就是钉头碰铁头了，一个开心，一个就必定不开心。

周晓君进了厨房，手机却落在餐桌上，一会儿她的手机来电了，刘澄明把她的手机送进厨房时瞄了一眼，果然又是"强总"。每次看到这个"强总"，心里就吃苍蝇，今天要写作业，更是没好心情，说，哈，强总，简洁。

周晓群说，你无聊。

刘澄明说，强总啊？还不如喊声强哥，哈哈，许文强，光头强，什么强不都是强哥吗？

被刘澄明一捣乱，那边电话已经挂断了。周晓君赶紧再拨过去，那边已经在和别人通话，一时打不通了。

周晓君来火说，你什么意思，我们老板是——

刘澄明赶紧打断说，别，别别，我才不想听你们老板的隐私。就算是你的隐私，我也不想听，我还得写作业。一边赶紧离开厨房，以防自己点的火烧到自己身上。

被刘子辉的回家作业束缚，刘澄明从一年多前就开始想过试过无数的歪招，只可惜屡试屡败。

曾经有一阵子，刘澄明接送刘子辉的时候，发现在学校附近的巷子里有几个鬼鬼祟祟的人在兜售什么东西，看不见他们带的什么货，只听到他们低声叫卖，走过路过，不要错过，走过路过，不要错过。

也有一两个家长过去看看。刘澄明起先并没在意，家里的采购任务并不归他管，他省心，懒得多给自己揽事。

　　可是当他看到打探过后的家长奇怪而神秘的脸色，就引发了刘澄明的好奇心，他也去看了一眼，才发现他们兜售的竟然是"代写回家作业"。

　　那三两个贼眉鼠眼的人物，手里举着"代写回家作业"的小纸板，刘澄明过去的时候，恰好听到其中的一个"枪手"在劝导一个家长，你把孩子送辅导班，还不如找我代写，我这才是价廉物美、直达目的。

　　那家长犹豫着说，你们这种街头巷尾的陌生人，靠谱不靠谱？送辅导班，人家虽然也一样尽想着赚钱，但毕竟是正规的校外培训机构，至少安全上是有保障的。

　　那"枪手"说，是呀是呀，他们是有保障，可是你们把孩子送去辅导班，他们只会给孩子增加更多的负担，又不会解决回家作业，回家作业还得你们家长代劳嘛。

　　刘澄明听了，心里一动，忍不住上前打听，你们代写作业，怎么代写，到哪里写？

　　那"枪手"说，到你家里吧。你如果不放心我去你家，那就在街头的公园里也行呀，一手交钱，一手交货。

　　刘澄明说，说句不客气的话哦，看你样子也不像知识分子，你能代写得了吗？一边说一边拿出二年级数学的辅导材料，让"枪手"看，说，这个，因数乘以因数等于积，你说说看。

　　那"枪手"笑道，因数是干什么的，要这个干什么。随手拿出一张纸塞给刘澄明，说，你写个名字。

　　刘澄明警觉地说，写我名字干什么？

　　那"枪手"知道他防范，笑道，不一定写你自己的名字啦，随便你写个谁啦。

　　刘澄明就写了同事的名字，交给"枪手"。枪手模仿了，再还给刘澄明。刘澄明一看，还真像，简直一模一样，调侃说，行，有天赋。

　　那"枪手"吹嘘说，冒充家长签字，小case，保证老师看不出来。老师如果看出来，错一罚十，怎么样？

　　刘澄明晚上回家和周晓君说了，周晓君盯了他一眼，说，怎么，你动歪脑筋动到这上面去了？

刘澄明说，我只是说说而已。

周晓君却不依不饶，说，你不只是说说，你是心里有想法，才会说出来。这样的事情，你想都不要想，你没看到过新闻吗，有个孩子，就是被代写作业的人拐走的。停顿了一下，又加重语气说，听说有的地方的家长居然还把代写作业的人拉到家长群冒充家长，直接让他们去看作业，结果什么事情他都看见了，那还了得，太危险了！

刘子辉好像天生就是少几根筋的，或者是多几根筋的，一说到危险的刺激的事情他就来劲，决不放弃任何机会。他立刻就插嘴说，他想拐我呀，要不我拐他还差不多。

刘澄明说，你一边去。

刘子辉说，老大，万事都有可能哦。万一我真的被拐了，老爸老妈，你们不用担心，我正好免费出去旅游一趟，也不用上学了，玩够了我再回来。如果他们看住我，我就假装生病，他们肯定不想让我死的，我死了他们就卖不了钱了；他们也肯定不想让我生病，病了就卖不出好价钱。嘿，对吧？所以我都想好了，万一他们不让我逃跑，我就装病，我吓唬他们，说我有先天性的……他挠了挠头皮，有点犯难了，问刘澄明，喂，老大，说先天性心脏病不行吧，有先天性心脏病的肯定不值钱，说不定当场就把我咔嚓掉了，那应该说先天性什么病呢？

刘澄明说，先天性神经病。

刘子辉知道老爸在嘲讽他，也只作不知，继续幻想，说，我就不说是先天性的，就说发了急病，肚子疼，他们肯定送我到医院，我就可以溜之大吉了，我乘他们打瞌睡的时候，就从地上爬出来逃走。

刘子辉越说越离谱了，而且还真是个想象的天才，要不，就是神剧看多了。

周晓君喝他闭嘴，他也已经说得口干舌燥，这才闭了嘴。

后来又过了一阵，刘澄明注意到学校附近巷子里的那些人不见了，估计是被驱赶甚至逮走了。可是没过几天，他又发现自家的小区门口出现了类似的人物，只要保安一个不留神，他们就上前和家长套近乎，拉生意。然后被保安追来赶去，一路狼狈。

刘澄明心想，你连小学二年级的因数都不懂，还代写回家作业呢。

不过他也懒得去嘲笑他们，反倒是觉得心里酸酸的，不爽。所谓应运而生，如果不是家长有需求，这种荒唐的现象怎么会发生在光天化日之下。若是真的有家长敢请他们代写回家作业，那家长得是多大的胆量和多大的困难才会选择如此下策。

其实先前各种辅导班刘澄明周晓君也都试过，结果呢，正如那些"枪手"所言，时间倒是耗去了，却带回来更多的作业。刘澄明也曾去辅导班责问老师，为什么上个辅导班还要布置这么多回家作业？本来家长就是指望辅导班替家长把孩子辅导了，结果更增加了家长的负担，真是雪上加霜。

辅导班的老师要比学校的老师客气多了，你态度再差再恶劣，他也不跟你生气。他们深得和气生财之道，态度端正地说，这位家长，你送孩子上辅导班，难道不是为了让孩子比别的孩子学得更多，比别人更优秀吗？

当然是啦。

所以，你们都是望子成龙的想法嘛，想要孩子更优秀，就必须比别人多学嘛。你们出了钱，不就是指望我们让你们的孩子更优秀吗？我们如果做不到，你们不是花了冤枉钱吗？

刘澄明说，你们能做到的唯一办法，就是再增加作业量？

老师说，是呀，要不然呢？

是呀，熟能生巧嘛。

刘澄明简直要抱头鼠窜了。

还有一次刘澄明试图抵抗。写作业到半夜了，他突发奇想，在群里发了个言，问：老师在吗？睡了吗？

老师是负责任的，手机二十四小时开着，就被吵醒了，说：睡了，这么晚了，有什么事？

刘澄明顿时来火了，说：老师你倒睡得香，我和我儿子还在写作业，你当老师的，看得下去？

老师也来火，说：那是你自己磨蹭拖延，别的学生早写完了，你信不信？不信，谁没写完，在群里露个脸，举个手。

老师一威胁，谁敢露脸举手，有屁都得憋着。群里鸦雀无声，一片静默。

老师来劲了，说：你看到了吧，人家都睡了，就你们动作慢，还吵吵吵。

刘澄明对自己说，刘澄明，你就服了吧。

反正一年多下来，刘澄明是厌了服了，对于刘子辉的回家作业，再也没有别的想法了，不再去设计什么歪招了，他也设计不出来，即便能设计出来也不好使。周晓君才不会心软，她是个油盐不进的女家伙。

刘澄明的侥幸心理被彻底打掉了，反正伸头一刀，缩头一刀，就干脆把脑袋送出去了。

他的脑袋一上桌，刘子辉的熊样就出来了，屁股在椅子上一颠一颠一晃一晃，好像椅子上有钉子钉着他，晃得刘澄明眼晕，说，你不会坐吗？用力按了一下刘子辉的肩，把他按稳妥了，问，作业呢，今天什么作业？

刘子辉眼睛一翻白，两手一摊说，作业，怎么问我？我怎么知道？

刘澄明这才想起，作业都在家长群里布置着呢。赶紧拿手机看，顿时急出一身冷汗，他怎么也找不到家长群了。

"群"真是多呀。

微信里一长串的红点点，删掉了又出来，删掉了又出来，怎么也除不尽。

刘澄明也不知道自己到底加入了多少个群，有许多群他自己根本就是糊里糊涂进去的，甚至都不知道是谁把他拉进去的。三人群、五人群、百人群、五百人群，吓死人啊。同学群又分大学、高中、初中、小学、硕士、博士等群。刘澄明还有个幼儿园同学把他拉进了幼儿园同学群，只不过连同拉他进去的那个人和群里的所有人他都不记得他们到底是谁。他们认定他是他们的幼儿园同学，刘澄明也不好意思反驳。还有亲戚群、朋友群、同事群、同行群、海外群、酒友群、牌友群、老乡群、老家群、小区群、亲友群、病友群，还有相互推销群、莫名其妙群、天花乱坠群、不明觉厉群，甚至还有假装认识群。都不算什么，甚至还有一个完全陌生群。群里众群友，没有一个是他认得的。刘澄明思来想去也不得明白，怎么会搞到这个群里，要不就是那些人把真名全改成网名了，要不根本就是拉错了。反正，总之，群实在太多了，一看见群，一看见那些个红点点，他就心烦意乱，焦虑毛躁，以至于到后来，他每天早晨打开手机第一件事情，就是快速删除红点点，晚上睡觉前最后一件事情也是删除红点点。爽。

周晓君斜眼瞄着他说，你干吗，它又不碍你事，你不看就是了，天天痛下杀手，跟它有仇？

刘澄明说，我看着难受，可能我有洁癖。

周晓君"啊哈"一笑，你有洁癖？你别吓唬我，你洁癖的话，猪都会讲卫生。

刘子辉的回家作业老师布置在家长群里，可现在这要了命的家长群没了，肯定是被他手滑不小心和其他烦人的群一起删掉了。刘澄明看了看刘子辉，刘子辉完全是一副无关我痛痒的流氓腔，甚至还幸灾乐祸。

不过还好，就在刘澄明找不到家长群的那一瞬间，家长群重新又出现了。

现在的家长群，比任何群都热闹忙乎，你几分钟不关注，它的楼就建到月亮上去了。你爬吧，你得爬到猴年马月，才能爬上月亮，呵呵。

虽然家长群很快就出来了，但可惜的是，重新再出现的家长群里，老师布置的回家作业刘澄明已经看不见了。只得去敲开卧室的门，打扰到周晓君了。

周晓君听说他把家长群删掉了，怪怪一笑，说，你故意的吧，你心里不平衡，你以为我躲在里边享受清闲呢吧。我告诉你，我今天晚上要做三个PPT……

刘澄明说，小人之心，小人之心，我干吗要故意删除，给谁找麻烦也不能给自己找麻烦嘛。

周晓君也不再多话，划开手机进入家长群开始爬楼。老师的作业是下午布置的，这时候已经不知道爬到哪里去了。周晓君使劲往下拉，拉了半天，终于看到了，交给刘澄明。

刘澄明才扫了一眼，就头皮发麻。我的天，这么多，都是今天的吗？今天是周末吗？

刘子辉在卧室门口跳跃着说，老大，你日子真好过，今天周一。

父子两个，一个愁眉苦脸，一个嬉皮笑脸。回到书房，刘澄明越想越生气，恨恨地说，周一就布置这么多作业，老师想干吗？

刘子辉说，老师说了，周一收骨头。

不等刘澄明发话，刘子辉继续唱他的歌谣：周二揉骨头，周三抽骨头，周四紧骨头，周五敲骨头，周六周日家长让你们松骨头。最后刘子辉模仿老师的口气说，唉，你们这些熊孩子，一会儿紧，一会儿松，搞成一身贱骨头，一生一世贼骨头。

刘澄明听儿子念叨，感觉自己身上的骨头都要被拆碎了，不由打了个寒战，说，别敲骨头了，这么多作业，先做哪门？

刘子辉又是两手一摊，一副不关我事的无赖模样。

刘澄明把刘子辉的作业本拿来看看，看到数学本上有个七十分，顿时有了点积极性，说，先做数学作业吧。

又翻看老师布置的内容，第一项是背诵九九乘法口诀表。刘澄明问道，昨天你背到哪里了？

刘子辉说，我不知道的，不关我事。

刘澄明无奈，只得再查，查到背到五五二十五了。然后让自己平静了一下情绪，揉了揉脸部的肌肉，让它们放松一点。

刘子辉说，老大，你脸疼吗，被打脸了吗？

刘澄明训他说，像你妈，废话太多。

刘子辉说，我妈说我像你，废话多。

刘澄明说，开始吧，复习一下，五五——多少？

刘子辉说，五五二十五。

刘澄明说，好，对头。坐好了，用心，我教你啊，六六——

刘子辉打断他，抢着说，不用你教，我知道，六六三十六。

刘澄明高兴坏了，大大地鼓励儿子说，好，好，太好了，我儿子到底懂事了，已经预习过了吧。来，再背一遍，巩固一下，六六——

刘子辉说，六六三十六。

刘澄明来劲说，好，太好了，下面接着来，七七——

刘子辉抢答，七七三十七。

刘澄明一个"好"字喊出了声，才发现哪里不对，赶紧停住，说，什么，什么什么，你再说一遍，七七什么？

刘子辉兴奋地在椅子上弹来弹去，高声说，别问了别问了，后面的我都知道，我一口气接着给你背：六六三十六，七七三十七，八八三十八，九九——

刘澄明气得接嘴说，九九三十九。

刘子辉生气说，谁让你抢了，我会的，我正要念九九三十九。

刘澄明点了一下刘子辉的额头。刘子辉身子往后一仰，嘴上说，喂，喂，老大，君子动口不动手。

刘澄明使劲把一股气压了下去，重新来过，说，你听着，六六三十六，七七四十九——喂，你两个眼珠子滴溜转，动什么歪脑筋呢？

刘子辉说，爸，后天真的是你陪我……

刘澄明说，别，你别喊我爸。

刘子辉说，那我喊谁爸呢？

刘澄明说，谁愿意辅导你写作业，你喊谁爸。

刘子辉说，没人愿意，隔壁老王也不愿意。

就这样牛牵马棚地念了乘法口诀，已经大半个小时过去了，才开始做题。

第一道运用题：

小明家养了七只鸡……

刘子辉"啊哈"笑了，说，老大，小明家就是你家哎。

刘澄明说，去去去。

刘子辉说，你别难为情了，我小时候，听到我妈喊你小明的。

刘澄明不理睬他，继续念题：小明家养了七只鸡，养鸭的只数是鸡的四倍……

刘子辉说，停，为什么是四倍不是五倍？

刘澄明说，你存心捣乱是不是，四倍就是四倍，我说四倍就四倍。

刘子辉说，那我要是说五倍呢六倍呢。全是瞎说嘛，小明家根本就没有养鸡养鸭，现在哪有人家养鸡养鸭的，小区不允许的，养狗养猫还差不多。

刘澄明朝他拱了拱手，说，小爷，我服了你，这不一定是真的，这就是个假设。

刘子辉说，什么是假设？

刘澄明说，假设，假设……跟一个二年级的小学生，他还真不好解释假设是什么,就简单地应付说,哎哟,假设就是假装吧。

刘子辉立刻把他顶到墙角,理直气壮地说,不行,老师说,不可以假装,假装是道德问题。

刘澄明说,道你个头啊。他继续念题:养鸭的只数是鸡的四倍,养鸭的只数比养鹅少五只,问,小明家养了几只鹅。

刘子辉说,搞什么搞呀,鸭还没搞清,怎么又变成鹅了?

刘澄明说,所以要让你计算嘛。你都二年级了,加减乘除都学了,你自己算呀。

刘子辉说,我自己算?那要你干什么?

刘澄明说,你上学还是我上学?

刘子辉说,这个我也搞不懂。我上学,那老师为什么喊家长写作业?

两个人斗了半天嘴,刘澄明才发现这是刘子辉拖拉敷衍的阴谋诡计,赶紧说,少废话,写……写作业,你不看看都几点了。

刘子辉假装正经了一下,重新念题:小明家养了七只鸡……又奇怪了,说,要养鸡为什么只养七只呢,人家养鸡场……

刘澄明一把夺过他的作业本,三下五除二地把答案写了。

刘子辉一看,高兴坏了,赶紧指着下道题说,就这样,就这样,快点快点。

刘澄明说,你恨不得全部由我来写?

刘子辉说,就是嘛就是嘛,这才像个写作业的样子嘛。

刘澄明接着念下一题:屋里有十支蜡烛,被风吹灭了四支,问,到明天早上还有几支蜡烛?

刘子辉,风大不大?

刘澄明说,风大不大不关你事。

刘子辉说,怎么不关我事,如果风大的话,它先吹灭了四支,后来它又吹灭了几支,题目里没有写,我怎么知道呀。

刘澄明知道他的套路,干脆地说,风不大,后来没有吹灭。

刘子辉说,那会不会有蜡烛没插牢,自己倒下来灭了呢?

刘澄明说,没有。

刘子辉说,那会不会有人要用蜡烛,拿走一支呢?

刘澄明说，没有，什么都没有。

刘子辉忽然缩了缩脖子，眼睛四处转溜，小声地说，喂，老大，你别什么都没有，还有那个呢，就是那个，鬼，鬼吹灯，听说鬼最喜欢吹灯了。

刘澄明气得刮了刘子辉一记头皮，说，刘子辉，你到底是个什么鬼，你是鬼派来收拾我的吧。我最后再跟你说一遍，反正什么鬼都没有，就是十支蜡烛，被风吹灭是四支，还剩几支？

刘子辉把握十足得意扬扬说，这个也太小儿科了吧，用脚趾头想想也知道，减法呀，十减四等于六，还剩六支。

刘澄明起先以为刘子辉答对了，本来嘛，小学二年级的作业，对他这样的海归精英，算什么呢，小葱小蒜都不算。但是就在他点头的那一瞬间，就觉得这题目也太简单了。再一想，发现自己也入了套，气得把课本一扔，教训儿子说，听题，听题，认真听题，跟你说过多少遍，听题的时候要用心，这道题不是一般的减法。

刘子辉故意跟他作对说，啊？老大，减法还有二般的减法吗？

刘澄明火气又上来了，正要发作一下，忽然间手机响了。他还没有反应，刘子辉先反应了，抢着说，医院找你抢救病人。

真是叫这小子一屁弹准了，是主任的电话，说有个心脏病人刚刚送到急诊上，情况十分危急，让他赶紧去会诊。

刘澄明就奇怪了，今晚明明应该是主任值班，怎么还会召唤他去？就听到电话那头主任叹息了一声说，唉，我人在北京呢。

今天白天倒是知道主任请假了，以为他晚班肯定会来的，哪里想到他竟然去了北京，陪女儿去参加艺考提前招生考试去了。

当然主任也有得力的助手，但他似乎对助手不太放心，所以才打电话给刘澄明，让他赶去医院一趟。

那还有什么话说，刘子辉赶紧去敲周晓君的门。周晓君在里边不耐烦地说，又干什么？

刘澄明大声说，医院急电，有危重病人要抢救。

周晓君抱着笔记本电脑"呼"的一下就开了门冲出来，用下巴指着刘子辉说，那，他的作业谁写呀？

刘澄明两肩一耸。

周晓君说，你别指望我，我跟你说过了，我早跟你说过了，我今天晚上要完成三个PPT，明天一早老板要用！

刘澄明说，那怎么办，难道不救人了，见死不救？

周晓君说，你只管救人，谁来救我？

刘澄明说，救死扶伤是医生的天职。我是去手术啊，你以为是闹着玩？手术医生压力有多大，你不会不知道。

周晓君说，是呀，你宁可顶着天大的压力去做手术，也不愿意辅导孩子写作业。

刘澄明说，那是当然，手术是我的本职工作，可是写作业不是我的工作，写作业是老师和学生的事情。停顿一下，想想来气，又说，从幼儿园算起，我写作业整整写了二十五年，刚刚离开了作业没多久，现在又要重新开始写作业。人生啊人生，难道就是作业的人生吗，残忍啊残忍。

刘澄明风一般地刮了出去。人命关天，周晓君也知道今天的作业指望不了他了。听到刘澄明关门声，周晓君顿时崩溃，一下子瘫坐在沙发上长吁短叹。但是仅仅只过了片刻，她猛地又跳起来，一头冲进了书房。

刘子辉趴在桌上睡着了，口水都淌了下来，滴在作业本上。周晓君又气又心疼，把他摇醒，说，你好意思，作业没写就睡着了。

刘子辉费力地睁开眼睛，看了看周晓君，说，啊，老妈，换你啦？我以为今天你们不写了。

周晓君说，你想得美。你说什么，你以为我们不写了，写作业是我们的事吗？

刘子辉说，要不然呢？

周晓君心里着急，不能静下心来辅导写作业，光是嘴上吧啦吧啦教育了一大堆。刘子辉盯着她的嘴巴看了一会儿，说，老妈，你嘴巴上有白的东西，是白沫吧。

周晓君又看了看老师布置的作业，一门数学还没有写完。还有语文、英语、美术，还要求写一篇有关道德与法治的心得。这简直了。周晓君说，刘子辉，道德与法治，你懂什么是道德和法治吗？

刘子辉说，妈，你懂，所以你写作业呀。

周晓君欲哭无泪，就算顿足捶胸也没有用。

刘澄明那边，开车赶到医院，接的是一个女病人，突发心梗，心电图明确显示心肌梗死，急诊医生和主任的两个助手已经进行了抢救，家属也有这方面的知识，病患在送医院之前已经服用了硝酸甘油。

刘澄明再检查了一遍，该上的抢救手段也都上了，病人的情况已经趋向稳定。但是病人的女儿吓坏了，躲在墙角轻轻地哭泣。

刘澄明向家属了解情况，那家属说自己是病人的姐姐，妹妹发病时，她并不在现场，是接了外甥女的电话才打了120的。就再问那个女儿，那女儿一边哭一边自责地说，都怪我，都怪我，妈妈辅导我写作业，她讲的我听不懂，妈妈就生气了，就……

刘澄明看了看这个背着书包哭泣的女儿，说，你几年级？

那女儿说，六年级。

那个当姨的看起来也有四十多岁了，她捂着脸痛苦地说，六年级的作业，太难了，我连题目都看不懂。她妈妈很忙的，有时候让我帮着她辅导，可是，可是，我实在写不了呀。

那女儿泪水涟涟，抽泣着说，都怪我笨，我笨死了。

刘澄明心里不由一酸，朝她伸出手说，什么作业，这么难？

那女儿赶紧把本子拿出来，刘澄明接了一看，心头一凛，完了，他差点连上面的汉字都认不出来了，便立刻想到了刘子辉——过不了几年，刘子辉就要碰上这样的题目了。

一个底面半径是6厘米的圆柱形玻璃器皿里装有一部分水，水中浸没着一个高9厘米的圆锥体铅锤，当铅锤从水中取出后，水面下降了0.5厘米。问：这个圆锥体的底面积是多少平方厘米？

刘澄明的心竟然"怦怦"地跳起来，恐惧已经降临了。这些东西，也许曾经是很熟悉的，但多少年过去，早就扔还给老师了。难道为了孩子上小学，他们真的又得重新从小学学起？

据说无论是学习好还是不好的人，都会做梦，梦见自己考试考不出来，那真是噩梦啊。

刘澄明正在做噩梦，耳边听到有人说，醒了醒了。他赶紧查看病人，果然病人渐渐缓过来了，慢慢地睁开眼睛。

女儿急急地扑上前去，扑到她身边。病人看到了女儿，用微弱的声音说，你……作业……作业写好了吗？

她的女儿和她的姐姐同时回答，一个说没写好，一个说写好了。

病人眼中含着眼泪，分明是要想说什么，可又说不出来。

刘澄明哭笑不得。他早已经注意到旁边主任的两个助手，一直虎视眈眈地守在他身边，就怕他抢了功劳。

刘澄明才不要抢什么功，他心里冷笑一下，表面不动声色，说，好了，我该撤了，接下来的都交给你们了。

两人有些意外、惊喜。刘澄明朝他们看，心想，至于吗，不好好增长水平，靠这一套有屁用，又不是在那些只靠嘴皮子、只靠耍手段的地方，这可是真枪实弹干活的地方，你手里那把刀拿不起来，再大的功也归不到你身上。

他们似乎是想要恭送刘澄明出去，刘澄明朝他们摆了摆手，他们也就作罢了。

刘澄明出了病房，走了几步，就听到身后有声音，回头一看，那个姐姐和那个女儿一起出来了，就蹲在走廊的长椅上，摊开了作业本。那女儿说，姨，姨，你看，这里，这道题。

那个姨一脸苦恼，说，哪里，哪里，上面说什么？

刘澄明去车库开上车，看了一眼时间，已经快十二点了，想到刘子辉的作业周晓君估计也辅导完了，顿时喜乐起来，可回想病房里的那一幕，又不由哀从中来。

这边家里，周晓君辅导刘子辉写作业，心力交瘁。到了快半夜，一直昏昏欲睡的刘子辉忽然来了精神，两眼放光，声音响亮地对周晓君说，老妈，老师说了，明天上午要戴遮阳帽到学校，秋游每个同学都要求戴遮阳帽。

周晓君心里一急，说，为什么明天就要带，不是后天才秋游吗？

刘子辉说，老师说了，怕家长忘记，一定要提前一天就带去。老师说了，有的家长，心思根本不在孩子身上，丢三落四，前说后忘。刘子辉觉得光转达老师的指示不过瘾，干脆又模仿起老师来，昂，你们说说，你们说说；昂，你们的父母，你们的家长，是不是根本就不配养孩子；昂，你们回去，把老师的话告诉你们家长，不得贪污一个字；昂，你们知道为什么要戴遮阳帽，因为太阳一晒，你们皮肤就黑了，或者晒出皮炎了；昂，好了，你们的家长又要责怪老师了；昂，是不是呢，现在的家长，怎么这么难搞呢。

刘子辉模仿得惟妙惟肖，周晓君差一点喷笑出来，可是笑到了嘴边，却变成了怨气和愤怒，恼火地拍了拍桌子，说，家长难搞？到底是谁难搞，到底是谁难搞？你们老师——

刘子辉赶紧说，是我难搞，是我难搞。老妈，帽子呢？

家里没有遮阳帽，这时间都快半夜了，到哪里变戏法变出一顶帽子来呢。周晓君到衣柜里翻出自己的一顶帽子，说，这个行吗？

刘子辉身子一缩，扮个鬼脸，说，老妈，老师说了，要遮阳帽哎。你这个，恶心死了，还有花边，

周晓君说，实在不行，找条围巾把头包起来。

刘子辉说，不行不行。老妈你别动歪脑筋，老师说什么就得是什么，老师说要遮阳帽，就得要遮阳帽。刘子辉越来越兴奋，在椅子上上蹿下跳地说，哎，老妈，别为难嘛，超市里有卖。

周晓君喷他说，几点了，你不长眼睛？

刘子辉样样知道，没有什么难得住他的，说，老妈，24小时超市。

周晓君无法逃脱，只得带着刘子辉出来，往24小时超市去买遮阳帽。心里憋屈，却无处发泄，骂儿子吧，想想孩子也不容易，小小年纪，这都大半夜了也没得睡觉，还在外面跑。可没个人骂骂吧，心里实在堵得慌，嘴里嘀咕说，再这样下去，我要发心脏病了。

刘子辉说，妈，我们班小军他妈，写作业得抑郁症了。抑郁症我知道的，就是天天想自杀哎，还天天想着要怎么自杀，上吊、吃药、跳河、跳楼，吓人倒怪。

周晓君气地说，除了写作业，别的有什么你不知道的？

母子两个，一个扮鬼脸，一个乱瞪眼，大半夜的，还在街头犯冲。

再说那边，刘澄明回到家，进门发现家里静悄悄的，以为都已经睡下，推开卧室门，床上空的，再推开儿子的门，床上也是空的，顿时魂飞魄散，赶紧给周晓君打电话。电话通了半天，周晓君才接了，没好气，说，干什么？

刘澄明说，什么干什么，大半夜的，你们母子两个跑到哪里去了？这老半天你才接电话，你不觉得吓人吗？

周晓君说，你以为呢，被绑架了？那也好，至少今天回家作业不用写了。

刘子辉凑到电话边上，声音响亮地说，老大，老大，我们在——

周晓君推开刘子辉，没好气地对刘澄明说，你儿子，大半夜抽风，说老师关照明天一定要戴遮阳帽到学校。

刘澄明说，不废话了，你们在哪里，我来接你们。赶紧就开了车去接娘儿俩。到了那里，看到母子俩正在僵持，遮阳帽是有卖，但不是儿童的，是大人用的，戴在刘子辉头上，简直像套了个箩筐。

哈哈，哈哈。刘澄明忍不住大笑起来。

周晓君横了他一眼，说，你还笑得出来，你不看看几点了，我PPT只做了一个……这个帽子不行，太大了。

刘澄明说，有什么不行，老师不是说遮阳帽吗，这不就是遮阳帽吗？

两个人就看着刘子辉，等他发话。刘子辉说，看我干什么，老师怎么跟你们说的，你们就怎么办。这口气，就是圣旨不能违抗那意思。

刘澄明说，昂，老师说要遮阳帽，这个就是遮阳帽，完全按照老师的指示办事，没错。

周晓君也不再坚持，她也坚持不动了。帽子虽然大了一点，好歹也是个正宗遮阳帽，五十多个学生，五十多顶帽子，老师也未必会一一检查，应该能糊弄过去。

付款，带上帽子出来，刘子辉说，我饿了。

夫妻俩对视一眼，看出了许多怨气，但也懒得再吭声，都这个点了，谁不饿呢。带了刘子辉，找到一个路边摊，一对夫妻在卖小馄饨，赶紧一人要了一碗。

等下馄饨的时候，刘澄明跟那个男人聊天说，你们好卖力，这么晚了还没收摊啊？

那摊主说，呵呵，不是的，不是的，我们是很晚才出来的，出来早了不行，要赶走的。

那妻子说，赶走还算是客气的啦，搞得不好就砸摊子啦。

那摊主笑道，好在他们都要睡觉，也好在半夜里还有你们这样的人需要，才有我们的活路，哈哈。

正在说着，摊子旁边的地上爬起来一个小孩子，和刘子辉差不多大，原来他一直睡在那里，黑咕隆咚的没人看见。小孩子爬起来，揉了揉眼睛，看仔细了，高兴地喊起来，嘿，老刘！

刘子辉一看，也高兴地喊了起来，哈，打不死的小强。他回头对刘澄明和周晓君说，嘿，我同学，王小强。

周晓君似乎有些疑惑地皱了皱眉，说，王小强？刘子辉，你好像跟我说过，你们班有个同学，门门功课都考一百，是叫王小强？

刘子辉兴奋得脸都红了，好像门门考一百的不是别人，而是他自己。他过去拍了拍王小强的肩，说，就是他，这个奇葩。他本来是在地段生班，被我们数学老师要过来到我们二班的。

见周晓君仍然疑惑、不相信，刘澄明低声对她说，这有什么难理解的，穷人的孩子早懂事嘛。

周晓君才不理睬他，想了想，好像是想明白了，说，我知道了，他爸他妈是半夜工作的，小强放学以后，他们有时间辅导他写作业。

刘子辉"扑哧"一笑，说，鬼呢。

王小强也笑道，才不呢，我放学回家，他们在家里打麻将。

王小强的母亲揪了一下王小强的耳朵，说，你说的，不打麻将，你叫我们干什么，闷死啊？

王小强的父亲对周晓君说，我们家小强，耳朵里有屎，堵住的，听不见麻将声，他专心做作业。

周晓君惊奇地问，难道你们不辅导他写作业？

王小强说，喔哟喔哟，算了吧，他们辅导我，那是帮倒忙。有一回我背不出来，我问他，"明月几时有"下面是什么，他说是"初一到十五"。

哈哈，大家都笑了起来，连一直板着面孔的周晓君也忍俊不住。

王小强说，哼，没文化。

王小强他爸说，你还瞧不起我，你以为你厉害……你们别以为是王小强厉害，他全靠他哥哥帮他。他哥上初三了，辅导他个小学生，还不是小菜一碟。

刘澄明一听到"初三",不知为什么心里就一紧一抽,说,初三了呀,那就要中考了,学业更重,他自己的学习怎么办?

王小强他爸说,随便啦,反正我们也不指望他考高中考大学了,初中毕业,会算账了,差不多就给我们做帮手了。我们也有自己的规划的,等到做大了,我们会开店的,不会一辈子都半夜出来打游击的。

周晓君现在也想起来了,她曾经在家长群看到,有人谈论过王小强的家庭,原本也是正常的家庭,为了给王小强买学区房,差不多倾家荡产。原来夫妻正常上班,一家人生活和还房贷还是能够挺下去的,结果上班的公司倒闭,夫妻双双失业,结果就成了小摊贩,一夜跌到了贫困线。

周晓君想着,心头一紧,好像这样的遭遇也离她不远似的。

热腾腾的馄饨端上来,他们赶紧闷头吃了,避免了更难堪的话题。

一时间大家都不说话了,夜半的街头十分宁静,就听得他们呼啦呼啦的声音。忽然间,几个家长的兜里包里的手机几乎同时间"叮咚"起来,一时间铃声大作。

家长群。

老师真是辛苦啊,半夜还有最高指示。

秋游由家长陪同的计划取消了。老师气呼呼的,在群里把原因都讲出来了,有个家长告状告到了教育局。教育局一听,这是不对呀,秋游确实是学校的事情,不能强行让家长陪同,立刻整改,调整计划。

老师来火呀,一梭梭的子弹连连发射在群里:

这位家长,你赢了

我现在虽然不知道你是谁,但早晚会知道的

你告状告到教育局,算你狠

刘澄明大喜过望,兴奋不已,也不困倦了,连连说,告得好,告得好。本来嘛,春游秋游都是老师的事,叫家长一起去,知道的知道是学校组织活动,不知道的人还以为是旅行社组织的亲子游呢,那个价格可厉害了。

看了周晓君一眼,又补充说,真是虚惊一场,差一点害我们掉进她坑里。

周晓君撇了撇嘴说,你以为不陪秋游就万事大吉啦,你等着吧,该来不该来的,只会更多——

话音未落，又是一串叮咚，赶紧看：

　　请各位家长写一份保证书，明天带到学校

　　保证不把责任推到老师头上

　　保证孩子一切行动听老师指挥

　　保证……

还有第二条：

　　要求家长给学生准备一条绳子

　　具体要求：不得短于两米，要柔软，要能够打结的那种

　　保证书和绳子，必须明天（其实已经是今天了）早上上学时带去

天哪，大半夜的，到哪里去找这种奇葩要求的绳子？

天哪，老师真是想一出是一出，秋游要绳子干什么，上吊啊？

群里炸开了锅，但是没有敢质疑老师要这样的绳子干什么，他们只是互相探讨半夜里到哪里找这样的绳子去。

周晓君反应快，提供了一个可能给大家参考，可以找一条旧床单撕掉，很柔软，又便于打结。

周晓君的主意受到大家的赞赏，但是也有的家长心里不平衡，想和老师作个对，不料周晓君简简单单就把办法想出来了，推不到老师头上了，家长就把怨气撒到周晓君头上，说：哟，这位家长，家里开矿的呀，床单都是随便撕撕的哦。

周晓君没兴趣搭理，收了手机。

刘子辉却有兴趣，手舞足蹈地说，我知道，我知道，老师是要我们用绳子一个一个牵在一起，谁也手不了。

刘澄明听刘子辉这样一说，脑海里立刻想象出那个画面，实在忍俊不住，喷笑出来，说，啊，那算什么，游街？拔河？啊哈哈哈——一根绳上的蚂蚱，啊哈哈哈——

周晓君的心思一直盯在王小强身上，怎么也摆脱不掉。她见刘澄明没心没肺地瞎笑，不高兴地瞪了他一眼，说，自己儿子混成这样，还能这么高兴，不像你亲生的哦。不等刘澄明反驳，她就去问刘子辉了，你说你这个同学王小强，门门课考一百分，是真的吗？我怎么看着不像。

刘子辉骄傲地说，当然是真的啦。

周晓君说，刘子辉，人家考得比你好，你好像一点也不在乎。

刘子辉说，老妈，各人头上一方天，你望子成龙我理解，但是万一你儿子不是条龙而是条虫，那是怎么也成不了龙的。

刘澄明"扑哧"一声笑了。

周晓君生气地瞪他一眼说，就我望子成龙，你不？

刘澄明说，唉，老师听到你这样说，又要教训我们了！昂，你们做家长的，昂，又偷懒，不想辅导，又要望子成龙，想要孩子成绩好，还想要比别的孩子强，做梦吧家长你。

周晓君说，是家长不想辅导吗？现在的小孩，太难管了。

刘澄明开玩笑说，你一管理学博士，都管不好一个二年级同学，哈哈。

周晓君可不想开玩笑，板着脸反击说，那你还医者仁心呢，你对自己的孩子都不仁，还指望你对谁有仁心？

刘澄明无趣，说了一声，你扯远了。回头就指责刘子辉，你看看，人家家长天天打麻将，成绩都这么好。

刘子辉老卯，说，老大，你不懂，那叫乱中取静。

刘澄明说，哦，要不，从明天开始，我也天天找人回来掼蛋，让你静一静？

刘子辉说，行啊老大，只要你把老师布置的作业写好，你爱干吗干吗！

刘澄明长叹了一声，本来想闭嘴了，可他忽然想到一个问题，又回头问刘子辉，现在老师天天要家长签名，家长还要保证你们的作业是对的，你那个王小强同学，他的字是家长签吗？

刘子辉说，才不，那是他模仿家长的。

刘澄明说，我才不信，哪个老师不是火眼金睛，冒名签字都发现不了？

刘子辉说，老师不可能发现的，老师要管五十几个学生。老师说，昂，你们以为我容易吗？昂，五十个小魔头，换你们试试，昂。

怎么不是小魔头，确实个个都是小魔头。有一阵老师突发奇想，学生的回家作业由家长批，这还不够，学生在校的作业，老师也不批，让学生互相交换着批改。美其名曰等于是让学生再学一遍。呵呵。

老师把同学配成一对一对的，互相批发打分。刘子辉配到个不喜欢的女生，骂她是妖精，明明那个女孩成绩很好，题目全对，刘子辉故意给她打了叉叉，最后给了五十九分，不及格。

老师一看分数就来气，骂那个女生，说她学坏了，成绩一落千丈。

那女生哭着回家去告诉家长，家长就来找老师理论，这事情你刘子辉躲到哪里也躲不开呀。

可老师才不理会家长，老师更不会承认自己错了，老师连看都不看，就说，不可能，虽说是让同学互批的，但事后都是我亲自看过批改过的，就是你们家小孩自己没有学好，你们家长自己没有教育好，还好意思责怪别人？

家长来火，把这个事情写在群里，愤怒地发了一大堆牢骚：

真是岂有此理

老师真是强词夺理

老师总是有理

老师完全不负责任

老师……

但是无论这个家长怎么顿足捶胸，却没有一个家长敢站出来支持他，谁也不吭声，群里一片静默。

老师来劲了，说：昂，袒护孩子，那就是自掘坟墓

昂，那都是自己把自己的孩子往火炕里推

连坟墓、火炕都出来了，现在读个书，真是要多吓人有多吓人。

三个人回到家，刘子辉扛不住了，歪到床上就睡着了。刘澄明还记得关心了一下周晓君老板要的PPT做好没有。

周晓君没好气地说，我又不是千手观音。刚才老板给我发微信了，说身体不好，明天不上班。停顿了一下，又有些奇怪地说，身体不好也都是坚持上班的，今天怎么……一边还在操心老板的身体，一边忍不住打了个长长的哈欠，透出了无数积累下来的疲倦，说，唉，真是一年不如一年，精力不济了。

刘澄明说，是呀，70后都被称大爷了，呵呵。

周晓君朝他翻个白眼，说，是呀，我81的，老妇女啦。一边将帽子和撕出来的被单条绳小心地和刘子辉的书包搁在一起，以防早晨时间紧，急急忙忙给忘了。

洗洗睡啦。再不睡觉,天就要亮啦。

不知是不是因为解放了秋游的事情,刘澄明今天心情放松,入睡很快,做的梦也和平时不大一样,通常都是灰沉沉的梦,今天却变得亮堂堂的。他看见周晓君高举着手机,激动不已地对他说,家长群撤群了,没有家长群了,老师再也不会在群里布置回家作业了!刘澄明赶紧掏出自己的手机,试图划开手机,可是手机怎么也打不开,他又是按指纹,又是识别脸面,又是输密码,却始终是个黑屏。刘澄明急得一把抢过周晓君的手机,一眼看到了她的手机屏保,是她和另一个男人的合影,刘澄明气得喊了起来,这是你们强总吧!

刘澄明醒来,一看时间有点晚了,抱怨周晓君,今天我送刘子辉,你也不早点叫醒我。

周晓君却带着点讨好的意思,还露出了一点难得的笑容对他说,要不,今天我来送吧。

刘澄明正想着今天的太阳是从哪边升起来的,果然就听周晓君开出条件了,今天能不能换一下,我送他上学,晚上作业你写?

刘澄明立刻拒绝说,不行,轮到你就是你,没有讨价还价的。

周晓君说,我明天一大早要出差,今天晚上有好多材料要准备。你明天的秋游不用去了,手术也换了时间,今天晚上你写,理所当然!

刘澄明说,理所当然就是按规矩办,这个规矩可是我们都签字画押的,不得反悔的。

周晓君说,那昨天晚上,我还替你写了一大半。

刘澄明说,替是你自愿替的,再说了,你又不是替我,你是替儿子的嘛。

周晓君说,你不讲理。

刘澄明阴阳怪气道,是呀,和讲理的人在一起就是愉快嘛。随手拿起周晓君的手机一看,屏保明明是一幅风景图。

那日有所思,夜有所梦,是谁说的。

刘澄明看着时间不早,不再多话,也不顾刘子辉还没吃完,拉了就走。刘子辉倒还记得帽子和绳子。刘澄明说他,出去玩的事情,样样记得,写作业,就什么也不知道了。

刘子辉塞了一嘴的面包，噎得无法回嘴。刘澄明正要说他一声活该，忽然没来由地就浑身一颤，似乎有什么预感来了。果然，片刻之间，家长群里的铃声叮咚起来，一片混乱。

老师再次发出紧急通知，明天的秋游取消，原因是昨天某学校组织秋游，出事了，教育局叫停了全市学校的外出活动。

刘子辉起先是有点沮丧，但随即又兴奋起来，上蹿下跳，多嘴说，出事？出什么事啦？

刘澄明说，你老师没说出什么事，要你多管什么闲事？

刘子辉说，死人了吧，死谁啦？幸好没死我。

刘澄明反正对这个家长群是一千个一万个不满，无论里边出什么幺蛾子，他都要发表几句，这会儿又义愤填膺地批评说，出尔反尔，随心所欲。

周晓君说，你昨天晚上不是建议老师取消秋游的吗？现在真的取消了，你又抱怨。

刘澄明说，所以嘛，老师说，这一届家长难搞嘛。

刘子辉又插嘴，这一届学生难搞。

周晓君朝他们父子翻了个白眼，说，等着吧，没你的好果子吃，取消秋游，自然会有更难搞的事情让你搞。

话音未落，更难搞的事情果真出来了。老师布置，本周末家长自带学生秋游，下周一上交二十分钟的PPT。这个PPT，要家长辅导，学生亲自动手做，以便老师检查。

一下子群里又炸锅了。

刘澄明第一个跳起来，发言说：取消就取消了，怎么又冒出来家长自带，还PPT？

老师回复说：刘子辉家长有意见，好，欢迎大家讨论。

本来想跟在刘澄明后面一起质疑的家长，气焰顿时熄灭，无人说话了。

刘澄明想还嘴，手机被周晓君一把夺走，说，你还想不想让儿子上学了？

群里沉闷了一会儿，有家长开始曲线救国，小心翼翼地说：刚才看了天气预报，周末两天都有大雨。

另一个家长赶紧跟上：是暴雨。

老师立刻就来火了：

下雨有什么了不起

孩子不是应该在风雨中经受考验吗

做温室里的花朵你们家长不是最反对的吗

下个透心凉，才会有深刻印象嘛

……

老师总是有理。

刘澄明手臂用力一甩，气愤地说，老子不干了。

刘子辉又不失时机凑热闹，喂，老大，你不干了是什么意思，你不干什么了？不干老爸了，不干老公了，不干医生了，不干人生了？

刘澄明刚刚鼓起来的气顿时又泄掉了，不干了，由得了你吗？既然非得要干，那赶紧转嫁危机。他朝周晓君看一眼，说，周晓君，做PPT，你高手，你一晚上可以给你老板做三个，这个任务非你莫属了，哈哈。

周晓君说，你故意，明明知道我出差，要到周日晚上回来。

刘澄明说，那你提前半天回来不就得了。

周晓君说，你以为公司是我家开的？

刘澄明阴阳怪气道，公司当然是你老板开的啦，可你跟你们老板关系这么亲密，不就等于是一家人吗？

周晓君差点背过气去。

这日子真没法过了。

那就离呗。

离就离。

刘子辉来劲说，离，离，带上我个拖油瓶一起去离。

下部

许丽华做梦也不会想到，这么一件小事，最后竟然酿成了如此惊天动地的轩然大波。

如同臭粪缸里的沼气，越拱越浓，迟早会爆炸的。

可是平时许丽华离这个臭粪缸远远的，从来不沾半点边，结果它却爆在了她的头上，说是始料未及，但更像是飞来横祸。

许丽华和姐姐许芳华都在附小当老师，许芳华比许丽华大十岁，许丽华大三开始实习的时候，姐姐已经是这所小学的骨干教师了，备受领导重视。

也许是因为姐姐当老师当得如鱼得水的滋润状态，许丽华一直对小学老师这个职业抱有美好的想法，所以大三那时候她就求着姐姐帮助，想进姐姐的学校实习，希望毕业后也去当个小学老师，

不料却遭到了许芳华的反对。

许芳华说，你真没出息，你学平面设计，到小学也只能当个美术课老师，你的所谓理想都会落到泥土里，埋进去，再也见不了天日。

许丽华不理解，她以为姐姐不肯替她出力，她对姐姐说，你把老师说得如此差劲，可是我看你工作生活都很美满呀。我还记得，从前那时候，我可能还在上初中吧，你才刚刚参加工作吧，家里的东西就已经吃不完、用不完了，保健品把老爸老妈都吃得牙疼上火了，我记得我的牙也是那时候被搞坏的。

许芳华撇着嘴说，哟，现在谁还在乎那些东西呀。再说了，现在和过去可不一样，谁还敢收呀。你今天收了他的，他明天一不高兴举报你，你吃不了兜着走呀。

许丽华说，姐，退一万步说，即便现在物质上好处比过去少一点，但是你的精神享受超爽呀。我可是亲眼看到哦，看那些家长，他们看到你，那眼神，那嘴脸，简直了，太孙子了，就像是看到亲娘老子，不，是天王老子，哦不，也不是天王老子，比天王老子更厉害，天王老子也教不了他的孩子呀。能够管好教好他的孩子，能够把他们的孩子从一条虫培养成条龙的，那是什么人呢，那简直就不是人啊。

许芳华说，去去去，你才不是人，你的眼光太短浅，你看到的都是表面现象，我们做老师的，尤其是做班主任的，那是表面光鲜、内里污糟，就是个垃圾筒，什么脏的臭的都往我们身上倒。

许丽华笑了，说，姐，你夸张了吧，别以为我不知道，像你这样的骨干老师，学校挺你，家长拍你，学生怕你。当然，我也知道，家长拍你，也是因为他们怕你哦，你还有什么不满足的？

许芳华不高兴了，说，怕我？谁怕我？连你也这样认为？现在这世道，

真是搞不清楚到底是谁怕谁。

许丽华自然不想和姐姐讨论现在世界上到底谁怕谁这样深奥的哲学问题，她本身就是个无所谓的人。在她看来，谁怕谁都无所谓不碍事。她并不希望有人怕她，如果需要，让她怕一怕别人，她也不觉得有什么不妥。

许芳华又给许丽华讲了许多老师吃亏的事例，讲述得绘声绘色，可许丽华总觉得，姐姐虽然是以事实为基础，但毕竟说得太夸张太片面，如果当老师真有这么恐怖，姐姐恐怕头一个就逃离了呢。

她想大概姐姐真是不想帮助她，不想让她当小学老师，才故意这么说的。

许丽华有些伤心，恰好那个阶段她又失恋了，双重打击，情绪低落，父母担心小女儿，就唠唠叨叨数落许芳华。

许芳华无奈，也只得顺从许丽华，到学校找领导一问，领导说哎呀许老师你来得太巧了，我们正想要一个学美术的专业人才，还担心找不到合适的人选呢。

许芳华也知道，"担心找不到人选"，也只是个客气的说词，校长对她客气，其实就是对她的工作客气，她的工作做得好，为学校争光，

后来的一切就都如愿以偿了。

等到许丽华正式进了学校，当上了美术老师，又进了家长群，她才进一步看到了姐姐许芳华的工作和生活，也看到其他老师的工作和生活。

老师办公室都是大统间，低年级的老师，无论是哪一科的，都在一间大办公室办公，这样也有利于互相了解互相提供学生的情况，有利于一起做好学生的工作，当然，也有利于一起在背后议论学生，议论家长。

许丽华教低年级美术课。美术课在小学一、二年级，虽然也叫个"课"，但基本上是个摆设。美术老师任务不重，只是因为受重视程度和收入是成正比的，所以收入相对低一点，也算是公平公正的。只要学校没有看中你，让你去干那些杂活琐事，那简直就是个清闲的好去处。

一、二年级，一周两次，平均每周十几节课，就这样，还经常给语文数学英语老师或者班主任借去用用。

教学任务相对轻松，压力也小，但是别人的重视也就没有了，也不受家长追捧，当然骂声也少。家长都很忙，他们没有时间去骂一个小学美术

老师，尤其是小学低年级的美术老师；也一样没有时间去拍她的马屁，似乎也没有必要去拍她的马屁。

许丽华坐在大办公室里，看着这个老师把学生叫来训一顿，那个老师把家长叫来挖苦一番，不是这个角落里学生哭了起来，就是那边角落里家长吼了起来，每天老师办公室就像个农贸市场，鸡飞狗跳。

许丽华刚刚上班不久，就碰上一件惊心动魄的事情，虽然不是她亲身的经历，但是对刚刚加入老师队伍的许丽华来说，真是吓得魂飞魄散。

二年级一班的一个学生有哮喘病，家长担心老师和同学知道了孩子会受到歧视，所以孩子上学后就一直没有说出来，结果该学生上课时顽皮，班主任孙老师按规矩罚他到操场跑步，诱发了哮喘病。其实情况并不严重，本来只要喷一点药就平缓了，但是家长来了后穷凶极恶，又打120，又打110，把孙老师的衣服都撕烂了，最后把孩子弄到医院急救，又不知从哪里找来一张带血的图片发到网上，说是老师把小学生罚到吐血。

一时间网上铺天盖地，孙老师被全网人肉，翻了个底朝天，谈过几次恋爱，家住哪里，爸爸曾经什么什么，妈妈曾经怎样怎样，统统都搜出来了，连她在上大学时的博客都翻了出来，里边有些不成熟的想法，被放大了上纲上线往死里拍，说孙老师本来就是个人渣，说孙老师无德，不配当老师，骂孙老师是畜生，骂孙老师绝子绝孙，甚至有人说孙老师是反社会分子，应该抓起来枪毙。

最后查清事实，哮喘病发作是真的，但是那张带血的照片是假的。后来家长也出面认错，承认照片是假的。但是成千上万的网民还是不肯放过孙老师，他们组成声势浩大的声讨队，连篇累牍地咒骂，没完没了地上纲上线，直至孙老师生病住院还有人不依不饶。

孙老师得了抑郁症，几次自杀，虽未遂，但整个人都废了。

这整个过程，几乎都在许丽华的眼皮底下发生，许丽华怎不心惊肉跳？她和姐姐讨论这个事情，许芳华也害怕，她拍着胸脯说，你说说，你说说，吓人不吓人，和我们班只差一墙之隔呀，我想想也后怕，如果那个调皮捣蛋的学生在我班上，我也会罚他去跑步的，那最后就落到我头上了。

许丽华小心翼翼地问许华芳，学生调皮，非得要罚跑步吗？万一是大夏天，会中暑的，确实是有危险的呀。冬天的话，也是容易感冒的，这个办法，反正是有点野蛮。

许芳华说，那你说用什么办法整治调皮的学生？他一个人调皮，自己学不好，会影响整个班级的，其他家长会对我们有意见的。

许丽华说，总会有比罚跑更妥当的办法呀。

许芳华说，你都不知道现在的学生有多难搞，家长有多难搞，社会舆论有多难搞。

总之，反正，样样不好搞。

许丽华看着姐姐愤愤不平、滔滔不绝地诉说别人难搞，她总感觉姐姐有些得了便宜又卖乖的卖弄心态。

许丽华说，反正我是知道人家家长、学生都捧着你，拿你当女皇，呵呵呵，有你做榜样，所以我也喜欢当小学老师。

许芳华说，你傻呀，你不知道他们在背后怎么骂我的，瞎编派，诅咒的，造谣的，无奇不有。你说老师要好好对待学生是吧，你说老师不要野蛮是吧，你等着看吧，到底是谁比谁更野蛮。

许芳华真是超级有经验，过了没多久，许丽华就看到了一出"到底谁野蛮"的精彩演出。

那天她到高年级老师办公室去找教高年级美术课的朱老师，朱老师正在来的路上，让她在办公室等一下，许丽华就在朱老师的位置上坐下等，对面是六年级的一位班主任李老师。

李老师教书教了三十多年，都快退休了。学校里大家都知道，李老师年纪大了，人也越来越温和，从来听不到她大声训斥学生，即便找学生谈话，基本上也是和风细雨的。

李老师班上有个男生，小小年纪竟然要谈恋爱了，这可是天大的事情，李老师不能太和气了，说他几句，他还犟头犟脑不服气。

老师自然把家长叫来，来的是爸爸。老师一看到这爸爸愣头愣脑满不在乎，就吓唬他说，跟你说个事情，你要有思想准备噢，你别吓着了噢。你儿子，早——恋——了！

那个爸爸冲着低头站在边上像个罪犯似的儿子笑了笑，还竖起大拇指点赞，说，好，好，我儿子出道早，有个性！

好脾气的李老师也生气了，气愤地说，这位家长，我跟你说，这么早的早恋，真是闻所未闻，我教书教了几十年，没有见过。你们做家长的，到底关不关心自己的孩子，到底知不知道他这样的糟糕情况？如果你们不知道的话，今天我告诉你了，你自己看着办。

那爸爸二话没说，低下头扒开头发，把脑袋塞到老师面前，给老师看头上的疤，喏，喏，你看，你看，这个疤，大不大？

老师身子往后仰着，奇怪地说，你干什么？

那爸爸说，老师，这都是拜你所赐。

老师懵了，说，什么什么，什么拜我所赐，你头上的疤跟我有什么关系？

那家长说，老师，你记不得我了？我当年就是你的学生，也是因为早恋，你把我爸叫来了，回去就被棍子打出这么大的洞，缝了十几针，差点翘了小命。

老师真的不记得当年的学生了，刚要解释，那家长又抢了先，说，老师，我告诉你，别的东西好改，遗传这东西难搞。老师你知不知道，早恋也是有遗传的，当年我早恋，你把我父亲叫来，叫他回去打我。

老师说，我不是要家长打骂孩子。

那家长就戗老师说，得了吧，你就是想要我打他骂他，不然你叫我来干什么？你如果不是想我骂他打他，你教育教育不就行了？

老师说，哪有你这样说话的，小小年纪早恋，难道家长不应该教育吗？

那爸爸嗓门好大，态度也强横，好像他是老师，而老师却是家长似的，完全以教训的口气说道，但是老师我告诉你，首先，我儿子早恋，不是在家里恋的，是在学校恋的，在你老师的眼皮底下恋的，谁的责任，一清二楚。第二，也是最最重要的，我告诉你，你休想挑拨我们父子关系，我才不会打我儿子。在你们老师的撺掇下，我的整个少年时代就是在棍棒下熬过来的，最后没被打死，归根结底因为他是我老子，而不是我老师。今天我不能让我的儿子再吃二遍苦，我绝不会动他一根小指头！

老师本来是指望这老子痛扁儿子一顿，结果自己反被这老子训孙子般地"教训"一番，大出所料，顿时哑了。

憋了半天，酸甜苦辣在心中翻滚，不由潸然泪下，说，你们父子，是组团来气我、害我的吧。

那老子气冲冲地说，你哭个屁，你这是猫哭耗子假慈悲，你心里恨不得我们家孩子立刻滚出你的班级。别以为我不知道你心里想的什么，你就是想你班上人人都是优秀生，个个都考一百分，你才能多得表扬多拿奖金。

老师被他训得哑口无言，他还没罢休呢，继续摆事实讲道理，说，老师你天天做着白日梦呢吧，十个指头还有长短呢，你指望五十个学生个个一样；没有我们的不优秀，怎么体现出那些学生的优秀呢；没有早恋的学生，你凭什么摆出老师的臭脸训家长呢。

中间都不带停顿，一口气又说，对了，老师，我早就想找你说话，还没个机会，今天你是主动找我，等于把自己送给我责问啦。我现在问问你老师，你们一有事就叫家长，一有事就叫家长，要你们老师干什么？你们老师都在干什么？在厕所里吃蛆啊？大事小事，有事无事，都叫家长，家长是你孙子？这个要叫家长做，那个要叫家长做，你老师的工资怎么不给家长分一半？

那李老师上了点年纪，一口气没有回上来，脸色发青发紫，差点憋了过去，吓得许丽华赶紧过去帮她拍胸拍背。

那家长的气还没出完，在旁边冷嘲热讽，哼哼哼哼，平时凶孩子的时候，要多凶有多凶，怎么不岔气，今天被家长说了几句，气就岔过去了，演技真棒啊。老师，你是影后！

这事情很快传到低年级办公室，等许丽华回到自己的办公室时，就看见姐姐站在那里，手叉着腰，义愤填膺地大声嚷嚷，李老师太好说话，他是没撞到我手上，撞到我手上，我叫他回炉重造去。

其他老师也都纷纷应声。

姐姐这句话说得并不夸张。在许丽华的所见所闻里，姐姐这个老师要比姐姐口述中的"老师"以及学校的另外一些老师厉害百倍千倍，那根本就不是生活在同一个星球上的。

许芳华是二年级语文老师兼班主任，那是重中之重的位置，学校重视，家长重视。现在的学校每个班级都建家长群，而当初在附小带头想出这招的正是许芳华。她一带头，人人效仿，一时间成为美谈，校方满意，上级肯定，家长便于听命，学生受到约束，真是神来之笔、点睛之作。

许芳华建的群，她就是群主，她当班主任的二年级二班，群名叫作

"202一家人"，二年级二班的其他任课老师一看到许老师建了群，纷纷加入。

一加入群才知道有多爽，真是要多方便有多方便。原先布置作业要在课堂上反复强调，反复叮嘱，还难保有的学生思想开小差，或者偷懒，没有记全，没有记下，甚至记错的，天天都有发生。现在有了群，那真是太爽了，根本就不用跟小孩子啰唆，他们也不爱听，好吧，不爱听就不听，有人替你们听，替你们记。

家长呗。

群里的家长真是一个比一个听话，一个比一个乖，有的家长完全是一副媚态，在许丽华看来甚至很贱，甚至很过分。

办公室里经常听到其他老师东拉西扯，有一句经典的话，说是什么都在涨价，就是人越来越贱。说的就是家长吧。

其实许丽华是理解家长心情的，他们只是为让孩子在老师面前有个好印象，家长的时间、家长的精力、家长的尊严、家长的钱财、家长的一切，什么都可以不要，踩在脚底下也无所谓。

有一天许芳华一脸怒气从教室出来，回到办公室，把教材往桌上一拍，倒水、喝水、坐下，一连串的动作都在告诉大家她又生气了。

她对面坐着和她搭档的教数学的钱老师，两个人互相都十分了解。钱老师一看许老师的脸色，知道了，说，是家长吧？

许芳华"呸"了一声，气哼哼道，居然说秋游买保险是我和保险公司有猫腻，简直了，乱泼脏水啊。反正老师好欺负，什么脏的臭的都往老师头上倒。

那钱老师说，啊，哪个家长竟敢如此胡说八道，是在群里说的吗？我今天没有注意看。

许芳华说，就是在群里，没有直说，但是指桑骂槐，谁看不出来！居然还有家长附和。

那钱老师说，这可不行，布置个活动还能拉扯到猫腻什么的，太过分。这样的家长，必须把他压下去哦，否则只要你一次拿不住，以后次次跟你作。我跟你说，上次有个家长跟我作，说我布置的作业，拍的照片太模糊，手机上看不清，我让她打印出来，她又说家里没有打印机，嘴巴还凶，说没听说过小学生家里必备打印机的。哼,这不明显就是作吗?你没有打印机,那是你自己的问题,你怪得着我啊,你咬我啊?关键是还有个别家长帮腔,也说没有打印机。好吧,我就教教你们怎么才会有打印机。

许丽华满心好奇,她对钱老师的话不能理解,怎么老师一教,学生家里就会有打印机呢。

结果果然,不出两天工夫,齐刷刷的,家长报告,班上五十二个学生,五十二家,全部都有打印机了。

许丽华觉得不可思议,忍不住在她自己的角落里问了一声,他们真的都去买打印机了?

钱老师笑道,哪能呢,我才不在乎他们到底买没买打印机,我要的就是他们对老师——

旁边的另一位老师接过去说,唯命是从。

钱老师说,那是当然,都不听话,那还了得。就算他们心里不服,但是至少现在谁都不敢说家里没有打印机了嘛。那个带头挑事的,就是说没有打印机的那个妈妈,是头一个在群里报告家里买了打印机的。呵呵,爽啊,活活地被我按在地上摩擦,她也不敢有半点不满。

许丽华还在发蒙,钱老师说,小许,你不明白吧,你可以到群里看看,看一看你就都明白了。

许丽华赶紧到群里看钱老师发了什么内容,原来钱老师在群里说——各位家长,向你们报告一个坏消息,最近我们二班的数学成绩已经从全年级第一落到全年级最后了。家长们,加油啊!

这条微信发出后,群里一片静默。

钱老师又发:

说家里没有打印机的家长,打印机不是关键

关键是你们的孩子的努力

化为乌有了

付诸东流了

掉在别人后头一大截了

静默一阵之后,那个带头说没有打印机的家长又带头了:

老师,我家已经有打印机了。

紧接着就是家长纷纷站队表态，家家都有了打印机。

许丽华疑惑道，钱老师，二班的数学成绩不一直是全年级第一吗？没有下降呀。

钱老师说，那谁知道呢？今天第一，不能代表明天仍然第一，对吧？

哈哈哈哈，许芳华早已经转怒为喜，高兴地大笑起来，说，好吧好吧，这个我也会。

许丽华不知道姐姐要怎样把家长按在地上摩擦，她本来不怎么关注"202一家人"群，现在她把手机捧在手上，认真地看姐姐怎么操作。

本来群里很热闹，许芳华一出现，家长就闭嘴，群里立刻鸦雀无声，等候班主任老师指示。

许芳华发言了。

老师的发言基本上都是机关枪连珠炮。

首发：你们以为秋游是老师的主意吗？

连发：你们以为老师喜欢带你们家宝贝出去玩吗？

再发：你们以为买不买保险是老师说了算的吗？

几个铿锵有力的诘问句，把家长问得脸红心跳，惭愧不已。反省一下自己，什么事情都往老师头上堆，以为老师最大，以为老师是天，不知道天上有天、天外有天的道理吗？

可老师没完没了，一发而不可收：

你们觉得老师三头六臂

你们觉得老师一个人可以管住在公园里撒野的五十个小朋友

你们觉得老师能够平分能力照顾好每一个孩子吗

这话可是说到家长的心尖尖上去了，谁不想老师多看着点自己的孩子？于是家长动作整齐划一，集体站队，赶紧拍老师马屁：

老师辛苦

老师委屈

老师不容易

老师两头受气

谢谢谢谢老师

……

片刻间楼就歪了，讨论的话题变了味。既然大家体谅老师，买保险就买保险吧，反正钱都是花在孩子身上。用老师的话说，你们不为孩子，还想为谁？

平时这也买了，那也买了，也不在乎这一次了。

一个棘手的问题就这么被老师手到擒来地解决了。

那几个想质疑买保险的，那几个想取消秋游的家长，都挤在最前面，真是打脸啊，哈哈。

许丽华在群里目睹了全过程，她甚至感觉到了被打脸的疼痛和尴尬，对那些可怜的家长有些于心不忍。她对姐姐说，真的有必要这样吗？你这样做，真是让家长颜面扫地啊。

许芳华说，不是我说你，你太没有经验，你上他们的当啦。我告诉你，那些人没有素质的，有的家长居然连自己的孩子上几年级都不知道。

许丽华简直晕了，连连说，不知道自己孩子上几年级？真的不敢相信。

许芳华说，你等着看吧，你不敢相信的事情多着呢。这些人，要多坏有多坏，他们根本不要颜面，他们甚至完全没有廉耻心。有一次他们惹恼我了，我整他们，我就故意说个事情让他们站队，明明我是错的，我指鹿为马，可他们个个给我点赞。简直了，我看了都嫌肉麻。

钱老师也跟着说，小许呀，你刚来学校，你是没有见识过哦。我和你姐姐，算是很有素质、很讲道理的老师啦。你没听说过吗？城北有个学校，小学生给老师骂了，跳楼了，家长都哭死了，别的家长还说老师没错，在群里列队给老师点赞呢，人家截屏出来的那图，那个点赞的楼，搭得好高好整齐哦，哈哈哈哈。

许芳华和钱老师笑得没心没肺，她们好像是在讲别人的笑话，好像她们不是老师。许丽华听不下去了，她心里想着，我可不做这样的老师，我要做个好老师。转而又想，也得体谅姐姐和钱老师她们的难处和苦衷呀。

所以，幸亏自己是个美术老师，压力没有那么大，也就不需要处心积虑地去对付可怜的学生和可怜的家长。

许丽华进到"202一家人"群里，虽然她不需要在群里多说什么，也从不在群里布置作业，但是她能够看到群里的各种情况，她知道这个班级的学生家长对许芳华老师那是真正五体投地的。

许芳华工作积极，表现突出，她是优秀班主任、杰出语文老师。学校有时候会请家长来给老师打分，许芳华得分都是最高的，家长对她简直是众星捧月，马屁拍得感天动地。

　　有一天许丽华看到姐姐把一个叫刘子辉的小朋友拎到办公室，后来又紧急叫来了家长。那对父母赶到的时候，气喘吁吁，惊慌失措，不知道自己的孩子犯了什么天大的错。

　　那个刘子辉小朋友其实蛮天真可爱，也很热情。许丽华美术课上要讲《蝴蝶》，事先告诉学生她会用蝴蝶标本来演示，并没有要求学生去抓蝴蝶。可是到了上课那一天，刘子辉就捧着个盒子递给她，打开一看，里边是几条毛毛虫，许丽华吓了一跳，要生气了。

　　那刘子辉说，老师，我去公园抓蝴蝶了，可是现在蝴蝶还没有长大，这些是小蝴蝶，等它们长大了，长出了翅膀，就是蝴蝶了。

　　许丽华虽然不喜欢毛毛虫，刘子辉抓的也不是小蝴蝶，而是飞蛾的幼虫，但许丽华还是鼓励了刘子辉小朋友的做法。

　　可能就是因为和大自然有密切的接触，刘子辉小朋友画的蝴蝶也十分生动逼真，许丽华不仅在班上表扬了他，在群里也说了，她以为家长会高兴，会回应她一下，结果翻了半天，也没有看到刘子辉的家长有什么反应。

　　那天姐姐和其他老师一起围攻刘子辉家长，把家长训得跟孙子似的，许丽华在一边看得清楚，她感觉心有余悸。那个妈妈倒是一味地点头哈腰，隐忍退让，可那个爸爸脾气有点急躁焦虑，说话戗人，而且身上还冒出要想打架的气息，只是他自己死命地压抑着，控制着。许丽华真有点担心，怕他一旦失控，不知会出什么事情呢。

　　还好，被老师训过后，那个妈妈主动替儿子写了两份保证书。老师气也消了，把他们放走了，没出什么大事。

　　事后，许丽华听姐姐和其他老师在背后编派非议，说这个刘子辉的爸爸是个医生，还在海外留过学，怎么搞得如此没有素质，搞不好就是假学历、假身份等等。

　　许丽华感觉心里乱乱的，老有一种要出事的感觉，她提心吊胆地问姐姐，那些家长被老师这么教训，都不敢回怼？

　　许芳华说，你不懂，以后有你的苦头吃。你跟我学着点。我告诉你，家长和小孩子一样,都是蜡烛,不点不亮,贱骨头,不骂不听话!

许丽华真是又好气又好笑,忍不住说,姐,不管怎么说,也不能教训家长呀。按理骂学生也是不可以的,但是孩子小,骂几声也就算了,但是骂家长,也太那个什么了吧?

许芳华说,这个刘子辉,包括他的家长,我早就看不顺眼,我这也是借个理由,也是为你出口气,你还怪我态度不好。

许丽华说,我没生气,这么小的孩子,有什么值得跟他们生气的?

许芳华说,孩子小,不值得,可是家长不小了,家长让人生气呀。那个刘子辉,你上次在群里表扬他,他家长一言不发,什么意思,瞧不起老师?

许丽华说,也许他们都太忙太累了,来不及看。群里消息太多,一条信息,转眼就不知埋到哪里去了,挖半天也挖不到的。

许芳华说,忙不忙累不累的,那只是借口,现在都要生存,谁不忙?谁不累?累就对了,舒服是留给死人的。你用心关注一下就知道,但凡家长关心孩子,老师的微信都是第一时间看、第一时间回复的,那种看不见的,多半是假装看不见,或者有意不看。

许丽华说不过姐姐,毕竟她才刚刚进入小学老师这个队伍,而姐姐已经有十年的教龄,积累了丰富的经验,相比之下,无疑是姐姐更了解学生,也更了解家长。只是许丽华性格使然,她不会骂人,别说骂家长,即便一、二年级的孩子,她也从来没有骂过。

开始的时候,许丽华的教学还比较正常,除了有个别学生有点不遵守纪律,但也不是很过分。可能因为美术课压力不大,学生反而还有兴趣,听得进去,所以总体还是顺利的。下课前许丽华就正常地布置了回家作业。

不料却有个学生举手站了起来,提抗议说,老师,回家作业,课堂上不用讲的,群里都有。

许丽华说,同学们,你们要知道,老师现在讲了,你们现在记住了,就减轻你们家长的负担了。

学生说,我们干吗要减轻他们的负担,应该让他们减轻我们的负担,他们天天骂我们——

他们说后悔生下我

他们还骂我是讨债鬼

他们还刮我的头皮

他们还骂老师

小学生叽叽哇哇，纷纷控诉家长。许丽华万没想到，自己正常的教学一不小心居然成了挑动学生骂家长的契机了。

但是即便如此，许丽华还是觉得回家作业得布置，首先是要让学生知道，所以无论学生怎么抗议，她都坚持课堂上布置。

可是过了不久许丽华就发现，群里很少有家长关心美术课的事情，她布置的事情，家长大多爱理不理，即便有回应，也是最简单最干巴巴的两个字"收到"，连个表情也不给，有的家长干脆不应声，也不知道他们看到没有。

许丽华也体谅他们，因为群里的彩虹屁太多。在"班主任老师""语文老师""数学老师""英语老师"后面，常常跟着无数个"老师辛苦了""老师太累了""老师太负责任了""心疼老师哦""爱老师哦""给老师表示表示哦"等等之类的马屁，而且这样的马屁都会在瞬间搭起高楼，把前面其他老师布置的真正需要完成的任务、重要的通知等，都不知道淹到埋到哪儿去了。有些家长辛辛苦苦翻了老半天也找不到，看得眼花缭乱，气得头晕目眩。

不过对于许丽华来说，家长看不看群，回不回复她这个美术老师，问题不是太大。因为她都是双重布置，先在课堂上向学生仔细布置，再到群里发布，基本是双保险。

可是谁能想到如此周到照顾家长照顾学生的做法，却遭到家长的质疑，有个家长在群里说：美术老师，你能不能干脆只管一头。

许丽华看到了，起先她不知道这是什么意思，后来才了解到，她的双保险，在实际操作中往往成了双不保险，学生依赖家长，家长依赖学生，都不上心，一旦耽误了回家作业，立刻就互相推诿，互相出卖，最后搞得完成回家作业最差的竟然就是美术课。

这还不算，因为这位家长在群里说到了美术课的话题，他这句话看似平和，其实里边是埋着火气的，他的火气不敢往其他老师身上撒，正好逮住美术老师开腔。

其他家长都贼精，立马就感觉到了，因为有人带头，他们的胆子都跟着大起来——

是呀，都忙死人了，美术课还来凑热闹

我们够辛苦了，美术课就不要再增加我们负担了

一、二年级小孩，画个画还搞这么认真

数学语文都来不及做，哪有时间画你的花花草草

总之一顿乱喷。

许丽华都不知说什么好了。

这个事情，许芳华在群里也注意到了，她对妹妹说，你看看，你看看，我怎么跟你说的！

许丽华接受了教训，也向其他老师学习，课堂不再布置回家作业，一律改在群里发布，这下家长倒也无话可说了，每次都老老实实到群里去寻找。

许丽华给二年级上课时发现，有的学生对色彩不敏感，甚至还分辨不清，这应该是一年级的基础没有打牢。她主动再替他们巩固基础，布置了一次涂颜色的作业，让学生回家画一个圆，再将圆分割成十二块，在这十二块内分别涂上不同的颜色，然后注明是什么颜色。

这个作业再简单不过，现在的颜料笔色彩繁多，要什么颜色有什么颜色，只有你想不到的，就没有它们呈现不出来的。

但是其实，许丽华最后收上来的作业，简直让她哭笑不得。

有个学生涂的颜色确是五彩缤纷，不过所有色彩无不溢出了边线，像长了角，长了刺，长了肉瘤，整个看上去，简直就是画了一个多彩的仙人球。

有个学生又突发奇想，画成了飞镖盘，没有分割成十二块，而是一圈一圈画成好多圈，涂上黑白两种颜色。这只飞镖盘画得很逼真，可惜没有按照作业要求，属于自说自画。

还有一个更奇葩，只用了一支黑色的笔，只是在每个格子画黑色的时候，用力有轻有重，以区别浅黑、淡黑、微黑、小黑、深黑、墨黑、大黑、强黑、超级黑等等不同的黑。

能想出那么多不同的"黑"来，也真是煞费苦心了。

许丽华将这些特别"突出"的作业放到群里，让家长自己看。因为作业都是由家长签名的，签名的家长到底看没看这些"作业"，它们是怎么从家长那里过关的，更何况，那些形容"黑"的词，有些恐怕不是二年级小朋友能想出来的，很可能就是家长代劳。

家长看到了那些"杰作"，不是先检讨自己的马虎敷衍，却马上开始质疑老师：

老师你这是教的二年级学生吗

老师你确定你不是在幼儿园上班吗

老师你觉得学生都是色盲吗

有的家长还为自己的孩子辩护：

老师你说要区别不同的颜色，孩子能用一支笔画出十几种不同颜色的黑，这是天才啊

老师我们家孩子昨天画这东西画到深夜一点，你不心疼我心疼

也有的家长思维很特别，天马行空，想到哪儿是哪儿：

老师你觉得这些都是圆形吗

老师你说是一年级基础没打好，那关二年级什么事呢

老师你看看人家语文老师数学老师是怎么检查作业的

许丽华本来的目的，是提醒家长检查作业要认真，签名是要负责的，这样的作业能够随随便便签上大名吗，希望家长能够检讨一下自己的问题，结果这座楼一层未建，就整个歪掉了。

并且还不只是歪成了另一座楼，它一下子歪成了好几座楼。其中一座是质疑美术老师的。

还有吹捧班主任的。

有拍数学老师马屁的。

也有I love you这样用英文表达情感的，那是在舔英语老师吧。

总之五花八门。

群，真他妈是个群。

小学的美术课，除了画画还有手工作业，主要是为了培养孩子的动手能力。有一次许丽华根据教材要求，布置了"动手做小帽子"的回家作业，希望小朋友们开动脑筋，发挥想象，利用一切可以利用的材质，自己动手

设计制作一顶小帽子。

　　第二天许丽华收到了各式各样的帽子，有的是用纸做成的，有的用方便面盒子或者牛奶盒重新折叠而成，也有很有创意的，比如有个小朋友，用干花扎成了一只帽子，一看就是妈妈的手笔。那个既调皮又聪明的刘子辉小朋友，捧着半只挖掉了瓤的西瓜递到许丽华面前，兴奋地嚷道，老师，老师，我这个帽子，有想象力吧？

　　许丽华看了一眼，那西瓜皮脏兮兮的，差点沾到她的衣服上。她赶紧后退了一下，让刘子辉捧着西瓜皮坐回座位，才说，刘子辉，你没有认真看老师布置的作业要求，老师是希望你们全部自己动手，先是寻找合适的材料，然后自己动手制作，你这个西瓜皮，没有通过你的制作……

　　刘子辉说，我动手了，我制作了，我把西瓜吃了。老师，吃，也是一种制作吧。然后他又自吹自擂说，老师老师，我给这个作业取了个名字，绿帽子。老师，绿帽子，是不是很赞？

　　许丽华生气地说，刘子辉，你胡说八道，你家长知道你的作业吗？

　　刘子辉理直气壮道，当然知道，这个名是我爸签的，又不是我冒充的。对了，我爸看我给它取名绿帽子，还笑了，还刮了我的头皮。我问我爸笑什么，我爸说，你去问老师吧。

　　许丽华简直张口结舌。

　　刘子辉继续追问，老师老师，为什么绿帽子这么好笑？那红帽子呢，黑帽子呢？

　　许丽华差点憋过气去，缓了半天后，她说出了一句话。

　　这是其他老师天天挂在嘴上而她则曾经暗暗发誓永远不说的话。

　　叫你家长来。

　　刘子辉一听叫家长，急了，没得到她的允许就自己站了起来，也不举手，直接就嚷嚷，我爸爸说了，你们老师不负责任，把作业都压在家长头上，还动不动叫家长。

　　简直不拿她这个老师当个菜，许丽华课后越想越生气，忍不住跟姐姐说了，姐姐说，小事一桩。

　　许丽华又担心姐姐会怎么对付人家家长，问，你要干什么？

　　许芳华说，喔哟，你又要生气，又怕得罪他们。所以嘛，我这一次的动作，你放心，不动声色的，不会得罪他们的。

到了这天中午，"202一家人"群里，就有个家长发言，说：咦，我们"202一家人"，有两个许老师哎，一个叫许芳华，一个叫许丽华。

紧跟着有家长接上来说：看这两个名字，会不会是姐妹哦？

第三个家长说：她们正是亲姐妹哎。

好了，就这么三两句看似无关轻重的发言，群里立刻掀起了巨浪，当然主要是吹捧许芳华老师的，同时也一并拍了许丽华的马屁，最后甚至连她们父母都带上了。

许老师的父母，真是了不起，一下子培养了两个好老师，我们有福了

难怪二年级的美术也教得这么好，原来是许老师的妹妹许老师

有多么优秀的姐姐，就有多么优秀的妹妹

肯定许老师言传身教

肯定许老师传帮带

那个刘子辉的妈妈，也在群里积极发言，说：我们家孩子，本来上美术课没有兴趣，现在可来劲了。

又说：刘子辉一回家，就嚷嚷着要画画。

简直胡说八道。

明明知道是胡说八道，听了心里也是蛮受用的。可是这样的家长，明明是十分不信任老师，才会如此肉麻地拍老师马屁，最后还不是希望这马屁的效果能够落到自己孩子的头上？但是再反过来想想呢，家长不信任老师，那么，老师值得信任吗？

这真是一个先有鸡还是先有蛋的难题。许丽华不去想它了，她只管做好自己这个老师就行。

许丽华曾注意到群里有个家长，天天带头夸老师，老师发条小通知，她也立刻紧跟，又是点赞，又是谢谢，还"此处省去无数个谢"之类。害得其他家长不得不跟在后面说谢谢，说老师辛苦，结果连那条通知都找不到了。

有一次老师发了一张照片，说有两个孩子连午饭都不肯吃，直接就在教室写作业。那个家长又赶紧拍老师，说是老师教育得好。

有个家长看不过去了，说：不吃饭孩子不会饿吗，要是你的孩子饿着，

你还会点赞吗?

结果被那个家长猛一顿扁。其他家长个个跟进。

许丽华后来认识了这个带头的家长,原来是个单身妈妈,社会地位低下,许丽华也就理解了她的心思,如果不拍老师马屁,老师是不会把她的孩子当回事的。

许丽华先前对她的那一点反感和疙瘩,最后变成了尴尬和无奈。

姐姐只是动了动小指头,甚至连小指头也不用动,就解决了许丽华的威信问题,从此以后,再也没有家长在群里质疑她的美术课,也没有学生敢在课堂上对她不恭不敬了。

许丽华参加工作不久,有一天六年级的美术课朱老师请假,学校安排许丽华代一堂课。许丽华认真负责,事先和朱老师仔细沟通过,了解了这堂课的课堂内容和应该布置什么样的回家作业,心中有了数,就踏进了六年级的教室。

许丽华完全不可能想到,她这小小的轻轻的一步,后来居然掀起了那么大的风浪,简直就是小学教育界的狂风巨浪了。

这堂课的教学内容是拍一部小电影,这是根据教材安排的,没有偏离半点,也没有随意增加或者删减任何内容。只不过,教材只是安排拍一部小电影的学习过程,并不具体要求这些内容是课堂作业还是回家作业,或者仅仅就是课堂教学内容,不用做作业。

因为对这个课程不熟悉,许丽华曾经向朱老师表示过有些为难,朱老师轻描淡写说,没事没事,讲课内容我已经准备好了,你上课播放一下就行,别的都不用讲,最后再布置一下回家作业,他们会完成的。

许丽华严格按照朱老师的指导,完成了这次代课任务,在群里布置了回家作业。

拿到回家作业的家长欲哭无泪,这哪里是让小学生做的事情,这都是家长的任务,甚至是家长都很难做好的事情。

那又怎样,你不做?

你不做,你想哪样?

强慧的公司那两天正在转型升级的紧要关口,完全顾不上女儿的回家作业了,她让自己的得力助手、总办的周助从班级群里把回家作业下载打印出来，交给女儿。

周助能者多劳，工作主动积极，但是压力太大，事务太多，也难免出错，有一天居然错把她自己的儿子二年级的作业交给了强总女儿。

那一天强总的女儿竟然没有找妈妈问作业，强总还暗自庆幸，也许女儿成熟了，进步了，会自己写作业了。

周助起先也没有发现自己的错误，直到她的儿子和辅导儿子写作业的老公大喊大叫，她才发现弄错了作业。

好在那天是个周末，有时间及时发现赶紧纠正，否则第二天这样的洋相老师一定会放在群里给大家看，出他们的丑。

强慧的女儿习惯了依赖她，自己完全不动脑筋，稍有难处就给她打电话。强慧不胜其烦，干脆将放学后的女儿直接领到办公室，让她在公司的小会议室里写作业，有什么不懂的，虽然她自己没空，可这么大个公司，总办这边就有数十人马，总有人会辅导一下的。

就这样牛牵马棚，到了这个周末，强慧公司的重大任务完成得差不多了，公司员工也一个个赶紧回去休息了，强慧这才有了点空闲，一有空闲，第一个想到的就是女儿回家作业做得怎样了。

女儿说其他作业都完成了，只剩下美术课的作业。强慧也松了一口气，有一种大功告成的虚脱感。

可是女儿吭哧吭哧的，好像还有话说，又不太敢说出来。强慧问她，你还有什么事？

女儿小声道，美术作业，妈妈你——

强慧一听就来火，说，你好意思说，连美术作业也要我辅导，干脆我替你去上学得了！

女儿这才闭了嘴，灰溜溜地到隔壁会议室写作业去了。

这天下午强慧接待了一位贵客黄子前，他是公司特聘的高级顾问，刚从海外回国不久，强慧急着要请教转型后的公司如何尽快企稳发展，见缝插针地和黄子前约谈了两个小时。

黄子前不仅是经济研究领域的大咖，同时也是一位网络大V，拥有上百万粉丝，又能说会道，口才和文笔都是一流。他和强慧许久未见，相谈甚欢，可是聊着聊着，黄子前忽然停了下来。黄子前一停，强慧也听到了异样，隐隐约约好像哪里有哭声，再仔细听，是隔壁发出来的，强慧心里一凛，赶紧过去看，果然是女儿在哭。

一问，才知道是最后的那门美术作业不会做。

强慧奇怪说，咦，你语文数学都写了，怎么画个画反而难住了呢？

女儿看到母亲来了，感觉有了希望，停止了哭泣，抽抽搭搭地说，不，不是画画。

强慧性子急，说，不画画，干什么，又出什么幺蛾子？

女儿又是"哇"的一声，边哭边说，拍……拍电影。

强慧一听，头都大了，赶紧把作业题目拿起来看。果然，要求学生自编自导自拍，做出一部小电影。

再赶紧到群里翻找，翻得眼珠子都要掉出来了，才看到这个作业已经布置了一个星期，明天周一，必须要交了。

强慧急得数落女儿，你的性子一点也不随我啊，这么笃定啊，明天要交作业，你今天才想起来做。这可不是简单地画个画，是拍小电影，现在都几点了，天都快黑了，怎么来得及？

虽然女儿不敢回嘴，但是强慧话一说出口就知道自己错了。按照现在的行规，作业是布置在群里的，看得到看不到，看了重视不重视，完成得及时不及时，完成得好不好，这些都不是女儿的事情，是家长的事情，是她自己的事情，她不应该责备女儿的。可是一看女儿只会哭哭啼啼，不肯用心学习的没出息的样子，强慧火气又上来了。

黄子前在隔壁强慧办公室听到这边强总大声批评女儿，过来想调停一下，结果他看到老师布置了这样有难度的作业，也有点不服，皱起了眉头。

强慧心里着急，没有办法，只有继续批评女儿呀，你哭，你哭，哭有什么用？你说，你哪里有问题，哪里不会？

女儿指了指布置作业的第一项，就是要自己写一个小电影脚本，说，这个，我不会写。

强慧说，那我叫个人替你写一下，要多少字？

女儿胆怯地小声说，我不知道，老师说，要拍二十分钟的小电影，不知道要写多少字。

强慧想了想，她也不知道，赌气说，二十分钟的电影？谁知道要写多少字的脚本？

黄子前虽然稍有了解，但也吃不太准，疑惑地说，二十分钟？至少得有几千字呀，三千字？

强慧生气地说，平时作文最多也就写八百字，让他们写三千字的电影脚本，老师以为这届小学生都是天才？哈哈。

女儿继续小声说，我不会写，也不会导。妈妈，导是什么？

强慧说，导——导是什么都不知道，还让你们导，那你更不会拍了。

黄子前看过作业要求，说，强总，你别着急，别怪孩子，这样的作业，孩子自己肯定是完成不了的。

强慧气得一屁股坐了下来，长叹一声说，这学上得，比我做公司还难啊。

黄子前再认真看了一遍作业的要求，问强慧女儿说，小宁，这个内容，你们老师课堂上教过了吗？

小宁说，教了。

怎么教的？

老师放了一个小电影，老师说，那个是别的学校的学生做的。

这就算教过了？黄子前也有点来气了，这就算是教了，笑话笑话。如果看一遍小电影，学生就会拍小电影，那岂不是天下所有的电视电影观众都能当编剧导演演员了？

简直了，搞笑吗？

强慧苦着脸说，这不是搞笑，天天都是这样的日子。

黄子前说，才小学六年级呀，老师布置这样的回家作业，这是要干什么嘛！

女儿可怜巴巴地看着母亲。强慧说，这不用说啦，就是让家长做的吧。瞪了女儿一眼，试着再努力，说，写不出脚本，也可以先把素材拍下来。你们老师，怎么说的，要什么主题？

女儿茫然地看着她，两只眼睛像受伤的小鹿，十分惊恐，她分明都不知道什么叫"主题"。

强慧又忍不住性子了，催促说，那你不会问问你同学？看他们怎么样了？

女儿说，我问过黄萌萌了，她爸爸妈妈在外面帮她做，昨天已经搞了一天，没搞好，今天还在外面。

强慧说，什么什么，全是爸爸妈妈在外面做，那她自己呢？

女儿说，她在家看电视。

强慧气得说不出话来。

黄子前说，这方面，我过去是缺少关注的，可今天这一看，我都不敢想象。现在的小学教育，走火入魔到如此程度了。他一边说一边把强慧的手机接过去，说，让我看看你们的家长群。

强慧把家长群点开，手机递给黄子前，小心地说，你千万小心，别随便发言，你都不知道说了什么，就会得罪老师。

黄子前说，你放心，我有分寸的。

黄子前先是@了美术课朱老师，可是等半天朱老师也不出现，黄子前就在群里随手发了一句类似顺口溜的话：老师找家长，家长急急到；家长找老师，老师慢慢摇。

这话其实还是半天玩笑半当真，并没有真正恼火起来。

可黄子前这话一出，立刻就出现了另一个老师，说话很冲：这位家长，老师不是二十四小时守着手机的。

黄子前什么世面没见过，怕你一个小学老师，所以他也不客气，回道：这位老师，家长也不是二十四小时做老师的。

强慧接过去一看，顿时紧张起来，对黄子前说，别说了别说了，这是她们的班主任，很凶的。

黄子前奇怪地盯着强慧看了看，说，你是强慧吗？你强慧怎么瞬间就变成这熊样了？

黄子前不服，也不理睬班主任，他继续在群里@美术朱老师。

又过了一会儿，朱老师终于出现了，当即射出一串：

这堂课我是请假的

我现在还在假期中

是许丽华老师代课的

我把许丽华老师拉进群，你们有什么问题，直接跟她讨论吧

不由分说就把许丽华拉进了六年级一班的家长群，这个群的群名叫

"相亲相爱六一班"。

那时候许丽华正在家里看书,听到手机叮咚响,拿起来一看,知道自己被拉进了六年级一班的家长群了,还没摸着头脑呢,已经遭到劈头盖脸的责问。许丽华简直蒙了,都不敢看群里的发言。

但是家长都是@她的,不看不行呀,她鼓足了勇气,走进了这一片混乱。

虽然群里一片混乱,但只要细心区分一下,这里边还是有区别的。区别不在于家长对她是责问还是谅解还是奉承,而是他们责问的角度和愤怒的程度是不同级别不同层次的。

短短时间,楼已经盖得很高了。

第一个层次,还算比较客气:

老师你会做小电影吗

老师你做小电影能够独立完成吗

老师你是学什么专业的

……

第二层次,讽刺挖苦:

老师你是大学老师吧

老师你教小学是高射炮打蚊子大材小用吧

老师你是不是犯错误发配到小学的哦

……

第三层次,厉害了,上纲上线:

老师你是不是有意整家长

老师哪个家长得罪你了?你株连全体家长啊

老师你是要挑战全体家长的底线吗

……

许丽华本来是个好脾气、慢性子,平时不怎么发火,但是这会儿看到这些无理无端的指责,直指她这个代课老师,好像一切教育上的问题都是她造成的,她当然也会不高兴,也有些不服,就在群里回复说:各位家长,回家作业是布置给学生的,家长只是辅导。

更是一石激起千层浪,群起而攻之。

群里有家长围攻美术老师的时候，其他老师都已经闻风而动了，由班主任牵头，首先就追查到了带头大哥"强者的心"，真以为是强者？吃了豹子胆，胆敢质疑老师、责问老师，还带动其他家长批评老师。

"强者的心"是谁，班主任老师当然知道，但她假装吃不准，其实是故意引导，说：强者的心，你是林小宁的妈妈吧？

数学老师立刻发言：噢，原来是林小宁的妈妈，难怪林小宁这么有出息，数学次次不及格。

语文老师干脆把林小宁写的作文《我的妈妈》截了一段，拍照发到群里。这一段是这么写的：我的妈妈有时候像只老虎，有时候像只老鼠。妈妈像老虎的时候，就是她上班的时候，她很厉害。妈妈像老鼠的时候，就是她辅导我写作业的时候，她老是想逃窜。

英语老师：还什么强者的心呢，她女儿写"I will study hard"（我要努力学习），写成"I don't study hard（我不努力学习），她都看不出来呵呵。

班主任老师说：强者强者，有的也就是嘴巴强一点哈哈。

紧接着就是家长站队，他们共同指责强慧，包括刚才还在批评美术老师的几个家长，一瞬间全部站到了老师那边：

林小宁的妈妈，你不应该对老师这种态度

老师多辛苦，你还指责老师，良心叫狗吃了

听我娃说，林小宁上课看漫画书

听我娃说，林小宁上课睡觉

有其母必有其女

看其女就能看到其母

她架子很大的，家长会从来都不参加的

她家很有钱的，却从来不向老师表示

……

黄子前是网络大V，和别人辩论，对于他来说那是十分日常而普通的事，可他万万没料到，自己一个简简单单的行为，就是在家长群里@了一下美术老师，结果给强总带来了这么大的麻烦。看到老师们家长们的唾沫都要把强总淹没了，黄子前可不是吃素的，一个大V，在网络世界里也算是久经沙场了，什么世面没见过，什么风浪没遇过，还怕你三两个伶牙俐齿的小学老师和一群墙头草家长，所以他硬是不听劝阻，拿着强慧的手机加入了战斗。

他也向老师学习，开始发射一串串的子弹：

老师，你知道我们已经忍无可忍了吗

老师，你知道原本应该是平等关系，现在成了一方仰视和跪拜另一方的丑陋状态

老师即上帝

老师即是天

老师高高在上

老师居高临下

老师你应该狠狠反省自己的态度

还没等老师反应过来，家长们已经抢着上阵了。

赤膊上阵：

这位家长，你想要什么态度

这位家长，老师的态度重要，还是孩子的学习成绩重要

这位家长，我们不同意你对老师的一面之词

不允许你向老师泼脏水

坚决反对你污蔑老师

黄子前只得调转枪口，对准家长：

做家长的，还要不要一点尊严了

家长心甘情愿成为奴隶

家长们无耻而又理直气壮：只要分数能上去，尊严下来无所谓

成绩即成功

分数即荣耀

无聊，黄子前不和他们恋战，再调头向老师发动进攻：

老师利用手中的权力，压迫弱者，胁迫弱者

老师接着战斗：

到底谁是弱者

到底谁是奴隶

……

黄子前舌战群儒：请问，一个人性和尊严被践踏的孩子，你以为他能够成材吗？

他的一个责问，顷刻间就有十条百条的回击。黄子前在群里越聊越生气，不由怒从心头起，干脆丢开这个破群，拿起自己的手机发了一条微博，从拍小电影的回家作业说起，谈了如今小学生家长的负担和压力。

这条微博瞬间就上了热搜，几个小时，阅读量过亿，很快，微信的朋友圈也开始疯狂转发，铺天盖地地点赞，铺天盖地地支持，推波助澜，火上浇油，唯恐天下不能听到自己的心声：

终于有人肯站出来了

终于有人为我们说话了

终于有人敢说出真相了

我们早已经被回家作业逼疯了

我们每天白天上班晚上做老师

黄老师，你是我们的救星

黄老师，你是真正代表人民的

……

"相亲相爱六一班"群里也出现了这条微博，是班主任特意转进来的，说：各位家长，你们讨论讨论，赞成这位大V的说法吗？

班主任又来拉队了。

可是此时已非彼时，此时网络上已经掀起了轩然大波，网民几乎一边倒地站在大V一边，痛骂老师，痛骂学校，痛骂教育制度。

那些在网上发言表达心情的，大多是小学生家长，只不过他们不是云州市附小六年级一班的家长，天高皇帝远，那个班的老师管不着他们家的孩子，所以他们不怕。他们平时积累了太多的怨气，无处宣泄，现在终于有了渠道，终于有了突破口，垃圾闷在肚里子早就烂了发臭，此时不倒，更待何时。

现在轮到六年级一班的家长们犹豫了，他们已经数次改变立场，更换战队，先是跟着一起责问代课的美术老师，等到老师们都出来了，他们立刻又站到老师那一边，指责带头的家长。

平时对老师都是敢怒不敢言，马屁连天，现在看到老师有落井的危险，他们到底是落井下石呢，还是站队挺人呢？

艰难的选择。

可怜的艰难。

黄子前这边，一方面不断接到来电来信，要求采访的，要求去讲课的，主动要向他提供真实情况的，要求他主持公道的，要给他送锦旗的，层见叠出，一浪更比一浪高。

当然，也有反对的声音，虽然所占比重不大，但也是纷至沓来，要来理论的，要来算账的，甚至要来揍人的，都有。

另一方面，网上已经铺天盖地，除了纷纷转发大V的微博，网民对于这个话题的关注度也高出了天际，高到惊人吓人。他们主动参与的积极性得到了最大限度的调动，短短半天时间，发出帖子十几万篇，上传视频几百个，都是平时现实生活中完全真实的事例。

有的是关于小学教学内容的。

比如有小学生写作文，老师乱批改的，一个学生写道：

公园的小河边，美丽多彩的蝴蝶伸展着漂亮的翅膀，欢乐地飞来飞去，它们一会儿飞到河对面，一会儿又飞回到我们身边。

老师把这些生动的形容词都杠掉，只剩下干巴巴的句子，改成：

公园里河边的蝴蝶飞来飞去。

也有离奇的数学题，天才也难以解决：

一个正方形被两条线段分成了4个长方形，这4个长方形周长的和是18分米，原正方形的周长是多少分米？

有莫名其妙的，完全不知道什么意思，什么心态。

根据节奏，写出乘法算式：

叮叮叮，叮叮叮

啊，啊，啊，啊

呜呜呜，呜呜呜

有一类是老师整学生的。

还有是老师恶心家长的。

总之太多太多。面对这些控诉，反对的声音相比之下简直太弱了，只要有人为老师说一句话，立刻遭到围攻、群殴，下场好惨。

一部分老师和替老师说话的家长但凡敢开口申辩一下的，立刻就被巨大的力量踩在地上，踏上一只脚，甚至被恶毒地谩骂：

舔老师屁眼真香

跪老师膝盖真爽

卖你家房子送老师

死你家孩子祭老师

简直了，失控了。

而在六年级一班的这个家长群里，家长经过权衡利弊，终于想明白了，陌生人和自家孩子的老师，到底谁值得他们拥护。

于是，网络上和家长群，简直是冰火两重天，网络上是一边倒地骂老师，家长群里都是挺老师的。

当然连老师都知道，挺老师的大多是表面文章，有人明明不想挺老师，但是别的家长挺了，你不挺，你就站到了对立面，你家孩子还要不要混了？

所以有的家长一边委屈自己在群里挺老师，一边竟然把群里歌颂老师的肉麻内容截屏放到网上，立刻遭到围观、人肉、挖祖宗十八代。

乱象丛生，强慧知道自己闯祸了。

虽然并不是她直接操作，但是黄子前毕竟是用她的手机，用她的群名发言的，她无论如何也逃脱不了干系。再说了，事情再怎么发展，她也不可能去出卖黄子前，人家为了她和她女儿，也被谩骂攻击得遍体鳞伤了。

强慧唯一可以做、唯一可能解决问题的办法只有一个，就是向老师低头。

她给班主任微信，想私聊，可班主任不回复。强慧思来想去，为了女儿，只有厚着脸皮自己先啪啪地打几个耳光，再到群里去检讨。

可是群找不到了，强慧这才发现，自己已经被老师踢出群，急得给老师打电话，老师不接。强慧终于忍无可忍，实名向教育局举报了。

本来只是一堂小学美术课的事情，小而又小，结果却酝酿成了本年度的"头条"。

枪毙带豁耳朵。

先是附小整个学校被牵连了，接着市教育系统被点名了，再接着就是这个城市倒霉，以负面形象上了头条，全国人民都知道了。

上上下下，大家心里都憋屈呀，心里苦呀，真是辛苦干死又干活，抵不住网上一条微博。

但是事到如今，唯有积极面对，积极处理，公开公平，才是最好的办法。于是，很快教育系统的调查组进驻了附小，调查了解家长们反映的情况，并且针对回家作业的负担展开大讨论。

当然，爆炸炸在了许丽华老师头上，许老师肯定是要粉身碎骨的了。各方面只是在等待事态的平息，再给出处分意见。

许芳华替妹妹抱不平，要去和领导理论，许丽华拦住了姐姐，说，不用去了，我已经想好了。

看到妹妹如此平静，许芳华也就放心了。

这段等待的日子，许丽华仍然坐在低年级办公室的角落里，她仍然看到老师们不停地把学生叫进来，学生毕恭毕敬站在面前，接受批评教训。

坐在东南角的那位老师是教英语的，有一天叫来两个三年级的女生，训道，周如馨，蒋雨沁，哼哼，名字倒是搞得像明星啊。怎么，我不发火，你们就对付我是吧？

两个女生都不敢抬头，更不敢吭声，老实得像两块木头。

但是从许丽华的角度看过去，却能够看到她们虽然低着头，却互相扮着鬼脸，龇牙咧嘴，其中的一个，手背在身后，伸出一根中指，另一个眼睛一斜看到了，憋住笑，两个人得意地交换着眼神。

老师看不见她们的鬼把戏，继续说，昂，你们不把我气死，你们难受是吧？……

教训一番，上课铃响了，才放她们去上课。回头英语老师对其他老师说，现在的小孩都是两面派，别看这两个在我面前装老实，骨子里皮得狠，阴得很，就是欠揍。

即便是白天上课时间，家长群也是叮叮咚咚响个不停。许丽华随意看了一眼，看到有个老师在发牢骚说：你们的孩子，爱学不学，跟我有什么关系，我工资奖金半分不少的。

许丽华无声无息地退了群。

这天回家，地铁上，许丽华戴着耳机在听一首歌，忽然听到一声剧烈的惨叫，吓得她一哆嗦，赶紧摘下耳机，看清楚发出惨叫的是身边一位三十多岁的妇女。只见她面色煞白，紧张得不知所措，嘴里直念叨：不好了，不好了，出大事了，出大事了！

大家都关注着她，有人上前问道，你怎么啦，是不是哪里不舒服？

那妇女急得跳脚，后来又哭了起来，说，手机，手机没电了。

话音一落，好多人都"嘘"了起来。神经病啊，有人说。

有人说，手机没电，如此惨叫，我还以为天塌下来了。

那妇女说，就是就是，就是天塌下来了。老师正在群里呼叫，要立刻回复的，晚一刻就是态度不端正，就是……上次我没有及时回复，老师罚我家孩子抄了一百遍课文，一百遍啊——

大家突然就沉默了。

一时竟然没有人说话，只有妇女在那里继续跳脚，不得了了，不得了了，怎么办呀，怎么办呀！

过了一会儿，有人嘀咕了一句，唉，现在的老师，真是……

旁边的人似乎不同意他的说法，立刻抢过去说，真是什么？其实大部分老师是很辛苦的，也很尽心的，只是少数老师……老话说嘛，一颗老鼠屎，坏了一锅粥。

许丽华忽然想笑，我就是那颗老鼠屎。可是她没有笑出来，眼泪却涌了出来。

有人掏出个充电宝，递给那个妇女。她一把抢了过去，连声谢谢都来不及说，插上电，立刻在群里回复老师。一会儿她就破涕为笑了，说，嘿嘿，我动作快，老师表扬了，嘿嘿嘿——

尾声

这一天，轮到刘澄明接刘子辉放学，远远地就看见刘子辉连蹦带跑地出来了，兴奋地喘着气说，嘿，嘿，老大，我们学校，学校出大事了。

刘澄明没好气说，学校出大事，你开什么心，你有机可乘啦？说到有机可乘，突然就心里一激动，说，哎，摊上这样的大事了，回家作业还有吗？

刘子辉说，你以为呢？

刘澄明说，少一点不？

刘子辉说，你以为呢？

刘澄明既垂头丧气，又气不打一处来，说，厉害，厉害，我服，我服。

刘子辉从来就不肯好好走路，好好的路不走，要不就踩在马路牙子上，要不就走出S形来，今天更是走出了新花样新高度，倒着走了。他一边倒走一边看着刘澄明说，嘿，嘿，那个许老师，那个许老师……刘子辉手舞足蹈地说，那个许老师，是我们的老师哎。

刘澄明说，是你们老师又怎样，反正她现在是过街老鼠了。

刘子辉说，其实许老师不凶的，许老师是老师中最好欺负的了。我上次捉了毛毛虫吓唬她，她还朝我笑，说我聪明呢。

刘澄明说，什么什么，最好欺负？你狗胆包天，竟敢欺负老师？

刘子辉说，那当然，凭什么只能老师欺负我们，我们不能欺负老师？喂，老大，要不要我给你讲讲我们怎么整老师的？

不等刘澄明说啥，刘子辉已经开讲。真不愧是刘澄明和周晓君的儿子，绝对亲生。

刘子辉说，老师布置我们在课堂上讲反义词，老师说一个词，我们就说一个反的。老师说天气好，我们就说天气坏；老师说立正，我们就说稍息；老师说同学要尊重老师，我们抓住机会，赶紧说，老师要打骂同学。

老师说，错了，不能这样说。我们说，对的，应该这样说。

后来老师就急了，不再玩反义词，直接骂我们太笨太蠢，骂我们有意跟老师捣蛋。我们就跟老师对着干，继续使用反义词，哈哈哈哈。老师说，不行不行，你们这样太偷懒；我们就说，行的行的，我们那样很勤奋。

刘子辉讲得带劲，刘澄明觉得很无聊，嘲笑说，嗬，你们挺厉害呀，那你们占到便宜了吗？

刘子辉顿时沮丧了，说，要想占到老师的便宜，做梦吧。

父子俩到家，赶紧写作业。周晓君回来时，脸色有些异样，直接就进了厨房。刘澄明追到厨房门口跟周晓君说，告诉你个好消息，我们的苦日子快到头了。我刚才接刘子辉的时候，在学校门口听到家长议论，说教育局在考虑小学生放学后选择性离校方案，如果能实现，那简直就是实现共产主义啦——留在学校就可以把回家作业做完了，哈哈。

周晓君说，那不是增加老师的负担吗，老师愿意？

刘澄明说，所以嘛，这不是教育一家的事情，财政局从财政上把老师的补贴解决掉，皆大欢喜。

刘子辉插嘴说，皆大欢喜是什么，反正我不欢喜。上了一天课，放学了还要被老师管着写作业，我才不欢喜。

周晓君说，也是呀，原来放学就是很晚的，后来大家说要给学生减负，就放得早了，现在又要回到从前，这绕来绕去，到底是要干什么？

周晓君说着说着，气又不能平了，结果都没等把晚饭做好，就憋不住话了，对刘澄明说，跟你说一下哦，我下周要出国，去一周左右，刘子辉交给你了。

刘澄明奇怪说，你怎么突然要出国，你们公司又不是做外贸的，你们跟国外有联系吗？

周晓君说，我要帮强总送女儿出去上学。

刘澄明又急又恼，说，什么什么，强总的女儿出国读书，要你送？为什么要你送，你是他什么人？

周晓君说，我是她助理呀，虽然小孩读书是私事，可是我不帮她谁帮她。

刘澄明两只眼睛瞪得像牛眼，盯着周晓君，感觉是张口结舌了。

周晓君却没他那么激动，平静地说，她去年离了婚，一个人带孩子，本来就不容易，现在公司又是关键的时刻，离不开她，你让她一个女人怎么办？

刘澄明简直目瞪口呆，搞了半天，难道，难道……他嘀咕道，什么什么，难道你们强总，是个女的？

周晓君撇出一丝嘲笑：你以为呢？

刘澄明顿时闷住了，自己平时可没少旁敲侧击地讽刺周晓君，甚至还让周晓君干脆喊强总为"强哥"，真是打脸啊，打得啪啪的。

刘澄明愣了半天，尴尬地挤出一点笑脸，说，呵呵，强总强总，听起来就很强嘛，哪里想到是个女强人呢？

周晓君冷笑一声说，是呀，说明你是够关心我的嘛。

刘澄明没了台阶下，讪讪的，但还是硬找理由说，是，我承认，我们是有点互不关心，可是我也不想这样呀，你说哪有时间来关心，天天为了小爷的回家作业吵架都还吵不完。

刘子辉跳跃着说，喂，喂，老大，你这是拉不出屎怪马桶，不关心就是不关心，怎么又赖到我身上啦。

刘澄明刮了他一个头皮，继续说，什么家庭作业，简直就是家庭作孽，哪天再搞得我来火，我也像大V那样给他网上搞一下。

周晓君说，你得了吧，闭嘴吧，我们强总就是一时没忍住，让她那个大V朋友抓到了机会，现在人家大V倒是名利双收，备受追捧，却苦了我们强总，她那个女儿，还有哪个学校肯收？那女孩子从小就胆小，自立能力很差，现在小小年纪，就要送到国外。

刘子辉又突发奇想，亢奋地说，妈，妈，你担心强总的女儿啊？那你把我也送出去，我去陪她读吧。

刘澄明嘴上说一边去一边去，但是心里明白，一边去不行呀，只得又把刘子辉招回来，也不再和儿子啰唆，反正服了，就乖乖地到群里找作业吧。

周晓君出国那天，刘澄明送她去机场。在机场，强总把女儿交给周晓君的时候，刘澄明认出她来了，不就是有一天晚上辅导女儿写作业辅导得发了病，送到他们医院抢救的那个老总吗。

还好强总并没有认出他来，避免了一点尴尬。强总抱歉地对他说，刘医生，真不好意思，我实在抽不出身，只好让晓君辛苦这一趟。

刘澄明嘴不应心地说，应该的应该的，强总您尽管放心，周晓君做事很靠谱的。

强总搂着女儿舍不得放开，倒是她女儿懂事，说，妈，我到英国就和你视频。现在好了，你可以专心地做你的工作了，再也不会发心脏病了。

强总一脸苦笑，两眼泪花，目送着女儿远去了。

过了不多久，一年一度的先进教师评选又出结果了，许芳华已经是第三次被评上先进，三连冠了。"202一家人"群里，家长们纷纷恭贺许老师，满屏尽是彩虹屁。

就在姐姐再次评上先进的这一天，许丽华的辞职报告正式批准了，教务处长通知她以后，她简单地收拾一下就离开了办公室。

那时候，大部分老师都在上课，她也就没有跟谁告别。

走出办公室，就听到背后有人喊老师。许丽华不以为是喊她的。她来学校时间不长，跟部分同事和大部分的学生还不熟，现在又碰上了这样的事情，人家躲她还来不及，谁还会在意她呢。

可是喊声一遍又一遍，而且越来越逼近了。许丽华这才回头一看，是个小学生，已经站在她身后了。

再仔细一认，就是二年级二班的那个"什么都懂，就是不懂写作业"的刘子辉。

刘子辉一脸油汗，手里捧着一只纸盒子，递给她。许丽华还担心小孩子会捉弄她，有点犹豫。

刘子辉说，老师，老师，你打开看看，你看看嘛。

许丽华没有从刘子辉的脸上看出什么恶作剧的意思，才打开了盒子，朝里一看，里边竟是一只蝴蝶。

非常非常漂亮的一只蝴蝶，蓝色的翅膀上点缀着五彩的图案，有的像眼睛，有的像波浪，有的像云彩，有的像宝石，真是无比绚丽。

许丽华在课堂上给学生讲过，这种蝴蝶叫蓝色大闪蝶，非常稀有，通常只有在热带森林才会看到，老师上课时只能给学生看图片，连标本都不可多得的，可这刘子辉是从哪里搞来一只活的呢？

这个学生，真是什么都行，就是写作业不行。

可是，写作业到底是为了什么呢？

这个问题许丽华解答不了。

盒子里的蝴蝶，起先是蜷伏着，一动不动，过了片刻，它慢慢地动弹起来，后来它伸展开了翅膀，抖动了几下，一道蓝色荧光闪过，它飞走了。

选自《北京文学》2021年第1期

评鉴与感悟

《蝴蝶飞呀》以略带戏谑的笔调,讲述了教育现状中一些引人热议的话题。在"应试教育"向"素质教育"迈进的大潮中,家长、教师和学生三方之间的关系,一直是一个令人深思的话题。在小说里的家长眼中,"家长群"的存在既可能是一个渲染焦虑的场所,也可能是一个利益交错的平台。而身处其中的学生,需要在"作业"的要求下完成相应的任务。于是,作者笔下的某些争论便由此产生。争论方所持的观点,仍是基于自己所处的立场出发的。作者将一些社会热点事件融入小说中,如造假的"血衣","家长群"的论战等。这些夸张的例子背后,隐含着的问题是教育如何真正意义上落实"育人"的要求,如何让学生"愉快而有收获"。当太多的世俗纷争纷纷攘攘挤进教育的殿堂时,我们如何拨开云雾,让学生的"特质"一点点浮现,让教育者的初心与学习者的特点相吻合。小说中,家长也好,教师也好,学生也好,都被赋予了"某类人"的特点,偌大的尘世间未必没有这样的现象。当我们尝试以不同主体的立场,思考作者谈到的这些事情时,"蝴蝶"代表的是作者心目中原始生命力的回归。其实,像"蝴蝶"这样的意象,背后所反映的,是儿童在成长的特定阶段中的生命特质,这一点是我们的教育者和家长群体所应当关注的。教育应当符合人的天性,教育不只发生于学校。作业的设计应当为了人的成长,教育的发生应当为了学生的一切。于今日教育场中的主体而言,上述话语仍是发人深省的。(司远钊)

身体是记仇的

/须一瓜

一

十几年前,牙医小柴第一眼见到让他叫"小姑姑"的人,就尾骨发麻。那种怕,就像背着悬崖边站立的感觉。他说,如果当时她在哭,或者脸上有哭痕,或者哪怕偶尔大哭过——而不是始终在笑,他可能就不会那样从心底发怵。不过,在十几年前的当时,还未跨进祭奠大厅门槛,牙医小柴就感到母亲有点怯场。母子之间互相传感着莫名忐忑,小心庄重地跨入灵堂。一进去,母亲就悄悄戳小柴的后腰,示意按她事先教的对那女子叫妈。灵台边,"小姑姑"仰着尖锐下巴,转过半个脸,对着走向她的母子俩上下左右打量着。她笑着,轻慢的眼风就像评估毛重,还有一点"好戏又来了"的夸张兴致。那个生僻而持久的笑意,在灵堂台边冒着白色的气雾,让少年小柴联想到冰窟里取出的冰块。

母子俩停在她身边。牙医小柴乖巧开口,但几乎是话音未落,他的脸就被风雷所掠,那一掌甩击,手劲之重惊骇了所有人。少年摔在楼梯边,眼镜摔在远远的另一边。有一只手,像小柴希望的那样,马上把它捡了起来。母亲一声非人的怪叫,滑过少年耳膜,就像在玻璃房子外面的叫,声音变形飘渺,少年听而不闻。他的注意力只在"小姑姑"那儿。一掌重击之后,"小姑姑"脸上依然是空姐式的微笑,鲜嫩而明丽。然而,极度的恐惧与愤怒让少年的汗毛尽竖。他不知所措。

"小姑姑"目光乜斜,她的笑脸,缓释着古怪的耐心。她眼神飘忽,并不总看地上少年,更不看其母。少年防护性地死盯着她。那张雪白的额角透出青筋的脸,已经被她的笑搞得丑恶而疯魔。她却时不时斜睨窗外,就像和天上的什么东西较劲。……孩子?嘿嘿……我孩子……窗外或天边的什么东西,似乎一直牵扯着她的魂灵,连小小少年都感到她并不把灵堂,更不把灵堂里的其他人放在眼里——她只是享受着自己一脸叵测的春光明媚,那种兀自明媚的春光,散发着自虐而虐人的窒息感,令整个灵堂恐慌而羞愧:

……还妈?妈呢,妈……她语气轻微得像自我推敲。

……谁是你妈——谁是?!她忽变的狰狞,并不比她的笑容更恐惧,但整个灵堂都接收到了遮天蔽日的盛怒,灵堂变得更为惝惶,更为声屏气敛。

睁大你的小桃花眼!谁是你的烂×妈?——小野种,再叫一声试试?

少年当时觉得她的牙齿又白又细又长,长到不像是人的牙齿,而是一种什么工具。少年不认识这个工具,但它的非人感让他害怕。整个灵堂的非人感也让他不安。他觉得那些蜡烛火苗好像都不会动了。灵堂里大概有七八个人,也许更多几个,他们都像灯下剪影人似的,没有发出一点声音,就像着装整齐的影子。少年冷汗隐隐直冒。他脑中也空无一物,呆望着她又走近自己。走到跟前的"小姑姑",把脚踏在了少年的肩头。小柴眼光下垂,就能看到自己的腮边,一个尖得像凶器的红色皮鞋尖,一转就可以戳他的下巴。他不敢把那只皮鞋推掉或耸动肩头抖开,做母亲的好像也不敢,她想扶持孩子站起来,避开二次伤害,但不知道为什么,那个十三四岁的少年,就是想拖宕在这个费解的恐怖时刻里。他倔强地下沉着小身子,拒绝爬起。

猩红色的皮鞋尖在少年肩头磨拧,像是打招呼:来,……再叫一声,试试?我们再试试看?

少年垂下眼帘,看着腮边的尖头红皮鞋。他觉得它会踢穿他的腮帮。

做母亲的无助地大哭起来,她求助的眼神看向灵台遗像,但显然,活人死人都帮不了她。她用埋怨的神色推搡儿子,顺势把自己盖在孩子身上啜泣。她还是想保护少年,但是,少年愤怒地推开了她,他执拗地去迎对

"小姑姑"的笑脸。这是孩子气的顽固和对抗。果然，他追盯的那张脸，笑容不卸，糯米牙森森。他们四目交接时，她还对他微微点头。她一边嘴角抽缩，这使她的笑充满蔑视。少年隐忍的愤怒和悲怆也许刺激了她。她回眸蹲下，端详少年，一边开始慢慢脱下两只脚踝系着皮丝带的尖头红皮鞋，随着她猛地转身，它们先后飞到灵台长案上。其中，有一只准确地砸在了死者的黑白大照片上。遗像框倒在了百合玫瑰鲜花丛中。一个深色的剪影人急忙去扶正复位。

女子的笑牙，又白又长又细，它们是那么的整齐那么的意气风发。少年低下了头。他心里认输了。他感到屈辱，但不知屈辱从何而来，泪水占领眼眶。他勾紧脖颈，努力化解，泪水还是掉了出来。他再次抬头，是被祭奠大厅里抑制至极的群啸尖叫所惊："小姑姑"光脚走了过去，人们以为她是过来取回鞋子，她却拿起刚刚扶正的遗像框，啐——一口痰吐在遗像上。她还想再吐的时候，死者遗像框被人夺走。

——只有这一瞬间，少年看到她脸上笑容离场。非常短暂。据说，之前和之后的整个丧礼期，她都在笑。这个后来被牙医小柴一直叫"小姑姑"的人，整整笑过了头七。遗像上的死者，第二天就被人用油性黑水笔隔着玻璃加上了一撇上翘一撇下捺的大胡须。死者本来就是微笑着，这两撇风扇叶片一样的奇怪大黑胡须使他的脸快乐滑稽，近似小品海报。凡来祭奠的肃穆人，忍俊不禁又羞愧不安。护持灵堂的人们才发现有人作恶。捣蛋使坏的人是谁，人们心照不宣。赶紧重新翻洗了三张，换上并备用着。

牙医小柴后来想，她在给他添加胡须的时候，一定在笑。遗像上的男人，会和她对着笑，那才是他们夫妻的最后告别。他的风扇胡须会东高西低、越飞越快。遗像上笑眯眯的圆脸男人，那时四十五岁，是她风华正茂、富可敌"邦"的丈夫。也是少年的生父。

二

亲历过那匪夷所思的葬礼的少年，其实弄明白的事，依然非常有限。他浑浑噩噩地去了，懵懵懂懂地回了。最终，他只对女主人，也就是后来被要求叫"小姑姑"的人的笑脸刻骨铭心。还有遗像上的笑脸也在记忆里沉淀下来了。他看到的都是没有两撇风扇胡须的端正遗像，有意思的是，那个作为他生父的遗像主人，少年还是颇为接受，甚至可以说挺喜欢他的笑模样。十多年后，牙科专业学校毕业的牙医小柴和"小姑姑"再相遇时，"小姑姑"揭穿了他亲近他"混蛋"生父的谜底——不就是那一堆野种里，只有你长得最像他！牙医小柴从小就知道自己不像母亲，母亲也一直说他比较像父亲。但是，"小姑姑"的揭批，还是让他有点不自在。这里其实就是隐含了自己对父亲的负面评价。成年后的小柴，比参加葬礼的少年更加忠实呈现了死者的外形：结实圆润的矮壮身材，高弹力的厚臀，饱满的有点歪的天灵盖；随和的圆脸上，有明显的眼下卧蚕。这种卧蚕痕，无须笑，就春意融融，花见花开。一样的偏厚嘴唇，一样的唇痕不清晰，一笑，一样地露出微微内凹的门齿。和牙医小柴不同，父亲爱笑，他有事没事都能让自己脸上笑嘻嘻的，正如小柴在遗像上看到的积极容颜：那没有唇尖的上唇，圆润厚实的舒展弧线，既乐观又安康。这种笑容会暗示你：没事，有我啊。

也许，这个早早就辞职下海的捞金者，就凭借这海纳百川的快乐笑容庇护，一路佛助魔爱、吃苦耐劳、坑蒙拐骗，不断从胜利走向胜利。

"小姑姑"厉声否认十几年前她在那场"混账葬礼"上有"一直笑"，她认为她根本不可能笑。她说我半夜鞭尸都来不及，哪里来笑的心情？而牙医小柴，也从不抗辩。即使十多年后，他几乎成为"小姑姑"的恩人，但见到她，甚至仅仅是想到她，仍然如背对悬崖线而立，他依然发怵。牙医小柴一度认为，这内心的空虚慌张，不是他由心而生的自然情感，是遗像上的父亲在葬礼上传递给他的，他一直在传递，儿子一直在被动地接收。这是父亲的遗产。

母亲说话不讲逻辑，只讲感觉，还总被突如其来的情绪牵引。一直到他湖北专科学校第二学期假期归来，母亲可能预感自己来日无多，才断断续续有一搭没一搭地主动对儿子"忆了往昔"，即使有这样完整讲述的强烈意愿，她的陈述还是为各种感言、臆想、分析与评价切得鸡零狗碎，甚至话头开放到不知其源。当时，病榻前，她的哥哥、妹妹，也就是牙医小柴的舅舅姨姨们，一直简约粗暴地阻挠反对她对儿子说那些"没意思、没屁用"的无聊过去。但是母亲还是不懈努力，见缝插针，给了牙医小柴一个大致轮廓。

其实，十几年前，头七过后，少年就把直接看到听到的信息，做过一个有关父亲的历史拼盘。尤其是奔丧回程前夕，母亲在酒店打出一个涕泪交替的长途电话，假装看电视的少年就此获得了许多骨干材料。当然，通话双方对于事情背景的熟稔，导致对话的跳跃过大，少年听来十分吃力。

这个轮廓拼盘已经不算孩子气的出手了。概括起来就是，父亲车祸暴死，一下子冒出了五个来凭吊的单亲小三——都拖儿带女，据说，还有两三个没有孩子的女人来闹。当时，治丧委员会达成共识——大部分按"碰瓷"处理了。另外四五个被母亲闻讯带来奔丧的单亲孩子，最大的二十岁，女孩，是父亲二十四五岁时生；最小的两岁半——这个小男孩，出生于四十二岁的二婚父亲和二十五岁的"小姑姑"的甜蜜婚姻的次年。太造孽了，这个时段。这让"小姑姑"尤其怒不可遏。牙医小柴的出生，是父亲初婚两年后的私生子。他的初婚，从他三十一岁持续到三十九岁，那时，还没有"小姑姑"，作为陌生的女孩，她甚至可能还没有发育。这八年的第一段婚姻关系里，合法生产了两个比小柴大一岁的双胞胎女孩。少年自己统计下来，在那个非人感的魔幻灵堂上，父亲冒出了有名有姓、婚生、非婚生的后代有五六个。那些孩子们彼此也是沉默的。

除第一个女孩还在澳大利亚读书外，其他四五个还是五六个，好像都到了。他们有的比小柴到得早，有的来得晚。还有半夜赶到的。牙医小柴以为自己经历了最恐怖的葬礼一刻，但母亲在电话里对旁人说，最吓人的是"小姑姑"和两岁半男孩母亲的对仗。那个夜场出身的单亲母亲即使生了孩子，也依然像个紧致的大学生。她的美丽自信足以挑衅"小姑姑"的骄傲，最致命的是，她竟然是在"小姑姑"和父亲结婚后的第二年就有了关系。这个陈述，当众颠覆了"小姑姑"的爱情，嘲弄了"柴邱配"人间仙境的婚姻。"小姑姑"可以不屑、不在意在她之前存在的乱七八糟的女人们，但是，她绝不相信在她和父亲的"王子公主"一样幸福生活里，她的神仙婚姻居然有蛀虫进入。她拒不承认——骗子！都是碰瓷谋财的骗子！

她只承认小柴父亲前婚史里的一对双胞胎女孩。她在灵堂上有过非常失态的嚎叫，夸张炫耀父亲对她的宠溺。她歇斯底里地反复宣称，是她，专享了父亲高天厚地的甜蜜爱情。她当庭铺陈的、民政公章确认的第二段美好婚姻，使祭拜的人们一边偷瞟遗照上父亲纯真无拘的笑脸，一边很不礼貌地悄悄研磨那串爆米花一样的爱情奇闻。而"小姑姑"当庭颂扬的受死者专宠的爱情往事，成为牙医小柴母亲眼里最天真的笑话。比如：

——如果，我和她掉水里，你先救谁？小姑姑说。

——救你。死鬼曾这么说。

——如果我和那俩双胞胎掉水里，只能救一个，你先救谁？

——救你。

——你撒谎！

——干吗撒谎，她们还会帮我救你，我给她们请了最好的游泳教练了啊。

——那不要水了！改火灾。在火里，只能救一个，你救谁？

——救你。

——为什么不救小孩？

——你也是孩子啊。

——说心里话！不许骗人！

——他们有妈妈，你没有啊。

——柴、永、煌！

——真的啦。我对天发誓，如果我骗人，不得好死。

这个对话，是母亲在酒店学着转述给电话那头听的，不知道是否夸张，因为她也是听人们的主观转述。但是，母亲幸灾乐祸的样子，让小小少年确定，母亲并不像她自己以为的那样难过。

牙医小柴没有目睹那个两岁半娃在场的惊魂一刻。据说，"小姑姑"动了刀。众人围抢，末位小三没有被刀伤到，但是被小姑姑突然抄起的祭拜玫瑰花束横扫了脸和脖子。很多条玫瑰刺血痕，让那女子短时破相，次日涂抹的条状碘伏让她也有点像丛林战士；最可怕的是，"小姑姑"一度抢过了那个两岁半的小男孩，她要掐死那个"骗子小道具"。即使末位小三拿出柴永煌抱孩子、柴永煌和小三互喂荔枝等多张亲密合影，"小姑姑"也照样蔑视他们的"狗屁关系"。那个还不怎么会讲话，老是摇头、满嘴"嗒嗒嗒嗒"的小男孩，平心说，真的不像父亲——小柴在不知情的前提下，在灵堂外见过她"丛林战士"一样的碘伏妈妈。当时，她捉住男孩，给他擦口水垫后背汗巾。——两个女人的对峙，据说非常恐怖，"小姑姑"阵阵狞笑，歇斯底里，要砸那母子俩出去；那个女子不慌不忙，拿着汉显传呼，给周围人看死者曾给她的各种情话。"小姑姑"再次指令手下打报警电话后，末位小三把小男孩抱到父亲遗像前指问他是谁的时候，那个不会讲话的男孩居然拍起小巴掌，清晰地叫"把把把"。小家伙口水直淌。

那一瞬间，据说静了场。大家都瞪着眼睛看那小家伙直淌的口水垂挂。这个静场，让末位小三忽然悲愤交加，她第一次失态尖叫，说，报警吧，报！我们做亲子鉴定去！

接踵而来的众小三及后嗣们，确实给灵堂带来巨大的震撼，给治丧委员会带来措手不及的混乱。急于恢复葬礼秩序的至爱亲朋们，不约而同地希望或暗暗齐心，共同逼迫"小姑姑"息事宁人，遵从死者入土为安的最高准则。相比那些张狂的小三，牙医小柴的母亲成为最通情达理的未亡人。而母亲临终承认自己有愧，说，我把他给我的一大笔流产补养费偷偷拿去买了缅玉手镯。我生下你，他气得几个月不理我，后来，他还是来看我们了，笑眯眯地看着你，从此每个月都给足生活费。但他说，逼婚的事，不要想。

三

牙医小柴在往后的岁月里总是梦回那个恐怖的祭奠大厅。在梦里，他一遍遍有如初历般重新感受那里的一切：所有的人都没有离去，他们都停在了那里等他。三壁落地的铁灰色墙布，白色的挽联，围绕长桌、被人摘去黑棕色花蕾的百合花，红得发黑的玫瑰；又细又长又白的牙齿，那个非人感的笑容，猩红的尖头绑带皮鞋，一样会踏在他少年的单薄肩头。每一次梦回，都能让他浑身出汗；每一次醒来，都有好几十秒钟不能让自己迅速领悟那不过是梦。他的情绪总会被梦里的哀伤裹挟着，随波逐流好一阵子。

梦里，那座永远的灵堂，永远在等着他。那些笑脸，遗像上的笑，那个非人感的过分明媚的笑脸，都在意识深处潜伏，有如下水道里的老鼠，随时会冒出来。

牙医小柴完成学业后就孑然一身了。求职艰难。他先是在老家旧矿区小医院做了三年医师助理，自费完成正畸进修后，他就想下海到外面大诊所里干了。但因为文凭差、资历浅，又没有五年执业经历，他四处碰壁。

和"小姑姑"再度关联上，缘起于他的医专同学阿杜。他拉小柴去他老家和他一起承包一个牙科诊室。那正是牙医少年当年为生父奔丧的陌生的省会城市。说是省会，承包的诊室，实际是一省城辖下的镇卫生院里的牙科室，后来景区开发，那个叫四盆水的小镇才有了点知名度。那小镇，自古以来被一条美丽的山涧溪水围绕，如内陆半岛，漫山遍野都是漂亮的竹海。牙医小柴去的时候，刚刚改名为四盆区。外地游客叫它四盆水景区。

镇卫生院是个陈旧的两层L型砖混平顶楼。虽然临街，但临的是一条破旧大街，来往的大都是为生计忙、为蝇头小利而开心的苦穷人。承包的牙科诊室，是承包人自掏腰包、自己动手装修的。它明亮简陋干净，却基本无人问津，长时间生意惨淡。牙医小柴和牙医阿杜，靠低价拉客、高质服务，苦撑苦熬到第二年的夏天，诊所才像终于长了根的水培植物，渐渐活旺起来。暑假过去，牙医小柴拿到了一万多的收入，秋天就突破了两万。到承包一周年后的第三个月，牙医小柴的收入是开张第一个月的十几倍。他还掉了承包金、诊室装修分摊款、X光机等设备款和正畸进修费用。

有一天，牙医小柴接到一个电话。一个喑哑的女声。

"问一下，我不一定做。"

牙医小柴说，没关系，我正好有空。你慢慢说，看我能不能帮到你。

"我是估计你没那个本事。"

牙医小柴说，没事，你先说说看，能的话我尽力。

"有个鬼把你胡吹成华佗。——哼（或者是嘿）。华佗呢。"

牙医小柴连忙谦虚否认，他心里对这个喑哑声音，既好奇又嫌恶。

"没有一个医院敢接（诊）我，省里市里上海北京日本牙医。你个乡下卫生院的小牙医，那些鬼居然硬说华佗转世……哈哈哈哈……"

牙医小柴确定对方是个精神病。他放下电话。电话马上就愤怒地响了。牙医小柴狠狠抄起电话，声音却不敢不温和。果然还是那个喑哑女声：

"你挂我电话?!"

……呃，问你病情你又不说，我没有时间陪你聊天啊。病人在等。牙医小柴保持的最后一点理性挽救了这个不好的发展势头。

"你老实说，你敢接高血压、糖尿病的人拔牙吗?"

牙医小柴傻了几秒钟，耳朵里立刻传过来嗤嗤嘲笑声：

"不是华佗再世吗？我看你——也是个屁。"

牙医小柴在极大的忍耐中和风细雨地解释了高血压、糖尿病的高危所在。也终于问明白了，她说的"那个鬼"——那个推荐人是谁。

喑哑女音的轻慢语气，嚣张自负的挑衅情绪，都没有让牙医小柴唤起少年的记忆。当然，喑哑的女声，只是按她自己的心情发声，她也不可能想起十几年前，在一个特殊场合，她给了一个可怜巴巴又倔强讨嫌的少年一记大耳光。

那个"鬼"是个搞水电还是五金什么的老板，小柴记不得了，反正是个老板。几个月前的一个晚上，牙医小柴要关门时，他进来了，手捂着腮帮，眉头皱着，一脸痛苦的吃人表情。一个机灵的像跟班的小个子年轻人帮着解说，我们老板牙疼大发作，能不能赶紧帮他止疼？大医院里面现在没有值夜班的牙医。看到小柴没有马上说好，那个"鬼"骂了一句粗话，说，快给我弄弄看！人家说你好嘛！

牙医小柴还是暂缓关门接了单。那个"鬼"，真不是好鬼。口腔清洁度太差，可能刚撤离酒桌，张口就腾窜出潲水缸的味道，一股尖锐的脓腐臭鸡蛋味，牙医口罩根本挡不住。小柴顽强抵抗住阵阵反胃，终于像探矿一样查明，那颗痛牙16有个隐蔽瘘管。牙医小柴做了常规的扩根封药处理，收了十块钱。那个鬼，后来知道是一个姓邱的男人，回去说当晚就不痛了。几天后复诊，瘘管已经消失。

对于牙医小柴来说，那个患者给他最深的印象是一张逼人的臭嘴，还有他的奇怪感谢。隔日复诊时，他进诊所连声高呼的不是谢谢哦谢谢，而是——十块钱！——十块钱！他的呼叫致意，惊扰到了好几个就诊病人。这是个有点钱的个体老板，他完整的表达是，痛了我一个多月的牙，你十块钱就治好了它！不得了哇！他说，他在市里去过各种大诊所，看过各种名医、传家老牙医，吊过针，吃过药，煎服了六七帖中药，统统没有用。他家的保姆推荐他来这里，但是他一直觉得保姆能推荐什么东西，肯定是屁一样的乡下牙医。没想到，你这个鬼，还真是神医啊。邱总是一个忙碌的生意人，之后他把自己所有的不良牙齿都交给了"神医"小柴，而且再忙，复诊也基本随叫随到。

邱总是声音喑哑的女人的亲戚，有一天他向她推荐了牙医小柴。那时，她已经牙疼了快一个月，有颗牙（45前磨牙）欲掉不掉，近一个月来没有一家医生愿意拔她的牙。但是，邱老板的建议和邱老板保姆当时的建议一样，在她听来也基本和放屁差不多，她根本看不起：那不起眼的破卫生院，那被人承包的小牙科室，那些穷得狗急跳墙的小牙医，算什么屁东西啊。

　　她的45牙一直在疼，就是不掉落。平时钝痛，时不时会突然炎症发作，或者触碰不慎就会痛得让人发疯。牙医小柴的这个电话，就是45牙大痛发作时打出来的。

　　牙医小柴问明情况，也一口回绝，他拒绝了她。准确地说，是附带条件的拒绝：如果她不按他要求的前提一一做到，那么，他也不敢给一个糖尿病、高血压的人拔牙。

四

　　通过声音，牙医小柴推断那个女人不年轻，但第一眼见到她，他没想到那完全是个面目可憎的老太婆，等他明白这竟是他叫过妈妈的、后来改叫"小姑姑"的女人，简直有被雷劈的感觉。他难以相信自己的眼睛，无法理解眼前这阴沉而衰老形象是怎么生化出来的，也不过就是十三四年的时间啊，当时她最多二十七八岁呀，怎么能有这样的断崖之变？要知道，小牙医一直在这十三四年来的记忆里轮回，那个灵堂一直在他脑海里自动刷新。多少个深夜，小柴不断梦回那个祭奠大厅，那里的人一一在位，他们都没有老去。那只猩红色的绑踝带的尖头皮鞋，依然踩在他瘦小的肩头，依然刺眼地嚣叫着青春和愤怒。在梦里，它们也从来没有褪色过。也可以说，少年根本就没有离开过那里。所以，这个对比太震撼了。

　　十三四年，对有些人来说，真的可以是大半辈子吗？

　　从学校毕业至今，牙医小柴也有四五年的从业经历了。职业使然，他对人们的笑容、表情状态有着病态的职业敏感和研究习惯。他知道，牙齿的好坏，不仅仅是影响容貌丑美，更掌控人的情绪表达，他甚至可以通过表情反推牙齿的好坏。牙齿问题多的人，面部表情一般不自然，神情往往抑郁。甚至年纪还小，人的心理已经被牙齿好坏所左右。他见过一个断了门牙的十龄男童，不断地以手掩面才能回答医生的提问。在老师那儿，他还见过一个二十多岁、因为牙周病几乎失去了整口牙齿的小伙子,那个无牙的青年,委顿、抑郁、卑怯,一副欠揍的窝囊相,开口或者不开口,他都那么小心翼翼。但他自己坚持认为,他天生不爱笑,牙只是一方面原因,更主要的是"外面没有什么好笑的"。老师对学生们说,别听他的,只要给他换一口好牙,他的人生就会发光,就对谁都容易笑。

老师有一篇关于笑的宏文,据说灵感来源于梦境。在老师的梦里,所有的生命都是亮如蛛丝的光。每个人就是一丝光。不笑的人,那丝光就不清亮不透明,就像捂了盖子,连通不到天光。而牙齿,就是那丝光的盖子。真正的、由衷的生命喜悦,会让光丝透亮,接千载、连万宇,和光同尘。老师还说,除了恶牙、恶念,没有东西能让生命不再透亮。梦的尾声,是看不见光丝,只有遮天蔽日的黑线,像漫天的黑雨。老师给的解释是,恶牙和恶念,制约了生命的光华。他勉励弟子,牙医有能力让人间发亮。

柴永煌的遗照上,他笑得很暖和,但是,他门牙微微内陷,犬牙13、23都偏尖,算不上一口好牙,不过他应该算拥有一个不错的人生了。如果用路、桥来比喻人生,那么大部分人都是平面马路、草地小道而已,而柴永煌的人生,至少是一条丰富的立体交叉桥路。

牙医小柴,一进入那个金丝竹篱笆围绕的小院子,窗帘边的"小姑姑"就认出了他。应该是他们父子长得太像。成年后的小柴,简直就是柴永煌的翻版。读书时,初上社会时,他还比较清瘦,承包牙科后,压力太大,小柴变胖了,这和父亲更是翻模拷贝的效果:结实圆润的矮壮身材,高弹力的厚臀,饱满的、有点歪的天灵盖;随和的圆脸上,有明显的眼下卧蚕。这种卧蚕痕,无须笑,就春意融融,花见花开。一样的偏厚嘴唇,一样的唇边不清晰,一笑,一样地露出微微内凹的门齿。

牙医小柴对着客厅茶桌边看他的老妇人礼貌地笑着。老妇人没有回应他的笑容。把他带进来的下人模样的人掩门退出,硬木底的拖鞋,在门外的石阶上笃笃远去。小柴一时尴尬不适,因为照常理,作为患者和主人,妇人应该主动和他打招呼,告知自己的害牙情况,而那个老妇人只是扭头看他,她打量他的寡淡样子,就像看一个值不值得施舍的乞丐。她连起身的意思都没有。牙医小柴当时感到,她是对他的医术毫无信心。

看在出诊费很高的分上,牙医小柴只好自我热烈地进入工作状态。他笑着，指着窗前的躺椅说，那是我说的躺椅是吗——OK，请您躺上去吧，让我看看您的牙。哦插座在哪儿，我需要这个灯照明。小柴举着自己带来的灯。老妇人这才站起来，背倒不厚，两肩却窝着，看起来像一只松散羽毛的鹰隼之类大鸟。她踱到牙医小柴跟前，并没有指明插座位置，而是偏着脸，更加仔细，也可以说是目光轻慢地扫视牙医。对于医生而言，这是非常不礼貌的病人表情。牙医小柴在尴尬中抵御着接收到的蔑视和轻微的屈辱，医患双方就在这样的站位中角力。

老妇人就这样专注又充满蔑视地扫描着他。他以职业的敏锐，看到了老妇人眼眶里浮起一层清亮近无的水光。老妇没有任何脂粉的脸，像一块放久的老姜。她额头高宽，但不饱满；眉毛短促，却不协调地兴旺，尤其是两边眉头的眉毛，逆生勃勃，几乎有在眉头打旋的气势，这使她脸上有一股不屈的犟气。两边眼袋不算大，但上面都有沟痕，就像蝴蝶上下翅膀分割，蝶翼状的眼袋之间，挺立着锋面锐利的瘦高鼻子，难怪给小柴鹰隼类物的感觉。此外，对于牙医小柴来说，很重要的是，她的脸，右腮略大于左腮，软乎乎的垂坠感，这该是45牙的炎症痕迹。

你父亲叫——老妇人说，柴、永、煌。

几乎就是妇人开口的同时，牙医小柴的记忆通道也连通了十多年前的祭奠大堂。是的，那偏脸的看人恶习，乜斜刻薄的睥睨，那又细又白又长、非人感的牙齿，都在驱散岁月模糊的淡雾，呈现出记忆通道的指路标志。它们使灵堂比梦境更清晰。牙医小柴脸色发白。这个女人非人感的笑容，唤起他腮帮的少年之痛，不仅是大耳光，还有那只踏在肩上尖头的红皮鞋。面色青白的年轻牙医，控制不住由内而出的轻微战栗。身体的不适反应，让他更加难堪和愤恨，但他茫然地看着老妇人：周围的一切都有点变形，这一瞬间，时空虚幻而幽暗。

他还是点头了。但因此也辨认出了对方且心绪黯淡，他压根不想再问什么。老妇人却一脸尖刻的自得。拿过老妇人给他的几张检查单子，他边看却边在开小差：十三四年吧，是什么让一个年轻的女人直接变成风干的老妇人呢？

这个朝南的客厅，一下子安静下来。牙医小柴在插座上插线的身影，在落地窗里的阳光下佝偻着移动，仿佛识破妖精的成就感，让老妇人悠然地把自己放在躺椅上，空虚而满足的目光散看着天花板，牙医小柴十分生厌。掌灯的临时助手还没有到，牙医小柴一手持灯，一手持镜，粗略看了个大致。炎症消退了，45牙松动得就像深秋树上的干枯残果，拔除它，应该没有问题。老妇人的心电图、血常规报告单、血糖检测报告，也都显示她的身体在五个月以内身体是稳定的。这是她和牙医小柴第一通电话的医嘱结果。两个月前，第二通电话，牙医小柴说，如果这些指标半年内都是稳定的，你到哪个医院，医生都会帮你拔掉这颗牙齿的。

声音喑哑的电话那头，传来几乎是幸灾乐祸的尖利叫声：就找你！

牙医小柴当然听出这邀约里没有一丁点感激与信任。他觉得自己更像一个被猎捕的对象。可以想见，对方大概是个被害牙逼疯、仇恨所有牙医的变态狂。这么想着，医患连接也就由此莫名达成了。两个月过去了，前一天，接到了她的期满电话，而牙医小柴承包的小科室已经在一个月前被镇卫生院突然收回。院里倒是想收编他们，并承诺给他们干部指标，所有的设备也可以都按原价回收使用，但是，牙医小柴和阿杜，在承包的两年多里品尝了艰难起步到蒸蒸日上的好滋味，再让他们回到领工资的职业，完全是不可能了。心野了，翅膀又般配地硬了。阿杜准备先去深圳，女朋友的家族想让他过去帮忙，利用这个时间断片，他先过去看看情况，应付一下；而牙医小柴，一直有一个高端的个人牙科梦想。四盆水镇五星广场门口有一处，比较便宜；省城摩尔大商城，一个客户介绍的朝北朝湖的夹层店面，位置好，各方面条件也不错，就是大而贵，牙医小柴吃不动。所以，这些日子，在四盆水，他一边在考试，一边注意新址考察，基本上一周干之前两天的活，主要是针对那些复诊患者。X光机、牙椅等设备，都放在阿杜家，有约，就过去集中处理一下。其他时间，都在考察选址中。声音喑哑的女人来电话时，牙医小柴说自己已经没有诊室了，他在婉转拒绝，让她去别的医院。那个女人嘶叫起来：——让我白等？！

牙医小柴屈从了。

奇怪的是，张大嘴巴，妇人嘴里的牙，并没有牙医小柴感觉得那么细，那么长，那么白。牙龈毫无萎缩，牙周整体情况尚好。临时助手从阿杜家带来了麻药针筒、消毒碘伏、卫生棉球等拔牙工具。拔牙的时候，老妇人基本算配合，麻药一起效，牙医小柴就三下五除二，眼明手快地把那祸害她半年的45牙连根拔出。止血情况稳定。看着那颗害牙，小柴屡屡疑惑，即使连根而出，它也是正常的长度，可是，为什么这些牙组合出她的笑容，或者说咧嘴露牙，总给他不安的非人感呢？

纳闷的感觉也不止于牙齿，处理牙齿的过程中，老妇人开始显得比进屋初见时年轻一点，仿佛有一种光正在帮她剥脱岁月蒙上的尘灰褶皱，衰朽寡淡疏离排斥感，也像牙结石一样被时光钻头瞬间磨去，也可能就是牙医自己少年时的眼光，重新把他引领向他少年时眼里的"小姑姑"。小姑姑仰躺，头发后掠，她颞部和颧骨之间有一条蚯蚓似的条状物鼓起，蜡质感般发亮；她的左手背手腕处有另外一条"粗蚯蚓"，这一条更鼓凸，看起来手腕上像缝了一条小肠在皮肤上。牙医小柴脱口而出，你疤痕体质啊。

老妇人睁开眼睛，她听得懂小牙医所指。她重新闭上眼睛的时候说，我的身体记仇。

小助手有课，赶着先走了。牙医小柴和躺在椅子上闭目休息的妇人依然默无声息。老式方格子木地板上的阳光呈焦糖色。牙医小柴觉得小院四面的金丝竹维护了一个令人不安的发黄时光，就像围住了一张旧照片。又测了血压，足够的观察后，确定没有问题，牙医小柴便交代了一二三四注意事项准备离去。那个硬底木拖鞋的声音从院子外渐近地传来，他来得正好。他进来时是空手的，但不知从何时，他手里拿出了一个信封。牙医小柴接过的时候，里面的分量感让他由衷表达了关切和谢意。

当然是微笑着，下眼睑的两道卧蚕，使他的笑温柔而光辉，就像从心灵深处的清泉边冒出的水仙花。这不只是礼貌，而是令人安适的祝福。就是这个时候，连那个穿硬木底拖鞋的人也想不到，已经起身的妇人、嘴里还咬着止血棉球的妇人，忽然一个巴掌甩在牙医小柴脸上，这个位置和十几年前一样，引发的脸涨耳热的疼痛也和十几年前一样。

牙医小柴张着嘴，手慢慢捂在脸上。他眼睛睁得很大，张皇困惑地看那妇人。显然，老妇人也为自己行为所困，她有点吃惊，但更明显的是局促与惶惑。牙医小柴拼命控制自己，忍住了还她一巴掌甚至两巴掌的冲动，最后，他只是狠狠抓住了她苍老内卷的干瘦肩头。

那个该叫小姑姑的人，不等他抓住她，一点老泪，眼药水一样流淌而下。但这只是她一瞬间的脆弱，马上，她扭脸走过他，径直往二楼而去，那个单薄的、双肩内卷的虚弱背影，依然布满傲慢与蔑视。这个恶毒的孤傲背影，蹂躏着牙医小柴的心。他咬紧牙关默默拿起工具，开门而出。金丝竹小院的院子铁门反锁着，他试着操作开门，竟然打不开。他有点躁狂，硬木底的拖鞋声援助而来。那人行云流水般把三张百元币又塞在牙医小柴手上，一边同时为他开了门。

在牙医小柴脑子里，他已经把钱狠狠撕碎，摔在风里，再对屋子方向恶狠狠啐上一口。但其实，他没有，他只是把钱狠狠捏紧，再捏紧，尽管屈辱、费解和愤怒。他失态地吼叫了一声，用力踹了一脚铁门。

那个穿硬木底拖鞋的人对他略微点头，像是礼貌的道别，也像是对更多隐忍的理解。牙医小柴意犹未尽，又狠狠踹了一脚门。

五

牙医小柴从小就觉得母亲是个大嘴巴。回望童年到少年到青春初岁里，年年月月填满了她的声音。她很容易交朋友，也很容易对朋友丧失信赖，不过，她一生挥霍不掉的热情、贴心和轻信，依然使她还是会交结许多新的朋友。她一个普通单位的大龄小会计，因为车辆剐蹭（她的自行车和柴永煌的汽车剐蹭）就和一个男人有了一夜情，有了牙医小柴。简直莫名其妙，但小柴对此毫不怀疑。他母亲完全是可以这样打开人生页码的人。她说，她这辈子从没有见过比他父亲更爱笑、更慷慨的男人。她把那个车祸形容为幸福的人生撞击。好吧。好吧。写作业的小柴，喜欢集邮的小柴，寡言少语的小柴，被母亲和朋友们带去吃麦当劳的小柴，不止一次、不止十次，听到母亲的新朋旧友听了她的单亲浪漫故事，都会用"好吧""好吧"来叹喟她的幸福往事。

也不是说母亲就丑到出嫁困难的地步，在牙医小柴两三岁的时候，母亲还差一点被一个退休工程师娶了。但是，他们家风不太好，几个成年子女都守约似的不给小柴母子一个笑脸。即使柴永煌暗地里塞了一笔还可以的陪嫁费，也没有更坚固那个婚姻。那桩婚姻维持到拿证不到两个月时间就吹了。母亲对自己家人说，无所谓，本来就不可能再遇到笑起来这么让人安心的男人。

噩耗传来，母亲带小柴赶往柴永煌家祭奠的时候，她也和主妇"小姑姑"一样，遭遇了顶级的情感霹雳。她也和"小姑姑"一样，从未想象过这"笑起来这么让人安心的男人"，竟然有这么多有子女的女友啸聚灵堂。在奔丧的去途中，她还是很单纯的。因为她从来就知道，柴永煌不可能娶她，这是第一夜就明确的浪漫事项。关于孩子，柴永煌铁板钉钉地说：这个孩子——我们说好流产掉、你拿了钱却违约偷偷生下的孩子，我再恼火也会对他负责。这就是结果。没想到，牙医小柴一天天长成最像父亲的人，这让柴永煌措手不及地被吸引了。小柴后来明白了，母亲火燎火急奔丧、祭奠亡夫是一回事，但更主要的，是为了儿子的权利，是去讨生活，是去落实未来的。父亲几次说过，他会培养他出国留学的。

一到祭奠前堂登记处，牙医小柴的母亲就陡转心虚。母亲后来在酒店里抱着电话，对那些知心朋友控诉说：简直太可怕太疯狂了！人家说，又来一个！这个孩子比上一个更像。她说，她完全没有能力理解现实——她怎么也就成了一堆职业小三中的一个？她一个这么独立自爱、博览群书的女子，怎么就和那些轻浮女人一样，成了烂七八糟的入侵者？牙医小柴推想，那个荒唐的时刻，估计只有他母亲有那个想象力和胸怀，让儿子叫正房"妈妈"。她不切实际的天真烂漫、自以为是的换位尊重，正是自取其辱的原因。

不好理解的是，牙医小柴发现，母亲始终没有怨恨生父的任何话语，是死者为大，还是她早就知足，死了心？临终前，在舅舅姨姨的反对下，她一个人坚持说完了给儿子的单身母亲的爱情童话版，最后一句依然是乐观向上的：承蒙老天厚爱，你虽然没有获得多少遗产，但是，他们任何一个都没有你像他。他的笑容，是这个世界上最好的东西。儿子，你得到了呀。

大姨说，神经病。

二舅说，呸。

六

把牙医小柴瞎吹成华佗转世的那个"鬼"邱总邱来琦，最后一次来复诊，是一周后。也许是怜悯小牙医诊所被收回的落魄，也许是正好时间宽裕，他和小牙医喝着阿杜母亲泡的老茶梗，满嘴陈香，对牙医小柴说了很多真假难辨的八卦。牙医小柴知道那老妇人是他的亲堂妹后,便把他的八卦当真。挺明显的,大概他们邱氏族人有一个共同的人生看法,并用指代混同的方式表达出来。刚开始,老妇人说,"那个鬼"举荐他时,牙医小柴不知所指,后来几次邱来复诊,小牙医对邱张口闭口的"鬼"指称,也是脑筋频频短路,跟不上趟。比如,他陈述一件事情,有几个人参与,他是这么表达的:"那几个鬼都在场,某某局一个,某某水运公司一个,某某街道办一个",或者"那个鬼,根本不值得信任",又有"这是我他妈见过的最不要脸的鬼!"

老妇人叫邱美丽,是邱来琦唯一的堂妹,也是邱氏家族最漂亮的后代。说是当年以全省公开招考第一名的成绩考进航空公司的头牌空姐。"那时候,哪有后门可走?一个鬼都不认识,就是硬碰硬。"

老邱说到一个黄段子,牙医小柴把刚送进嘴的绿豆糕笑得粉喷出来。他尴尬地寻纸巾揩拭。老邱却不笑,只把粗梗茶喝得吧嗒吧嗒格外响。果然,放下茶杯,他又起一个故事的头:有些鬼东西,你不得不佩服。我有个朋友——老邱看了看手机时间,仿佛是由时间确定给小牙医是讲详版还是简版的故事——这个鬼呢,人不算坏,帮过很多人,也帮过我。他这一辈子,真是叫贵人多、桃花旺,我是彻底服了。矮矮的个子——老邱比画了一个与他同肩平的高度——肯定没有我帅,但是呢,他到处都有女人缘。酒店大堂那种旋转玻璃门,你知道吧,他和一个女大学生同时转进一个格子再一同转出来,好,搭上,开房!去医院割个盲肠还是痔疮什么的,小护士,又搭上一个;开车不小心撞了骑自行车的女人,才出急诊室,马上就搞上;这鬼去幼儿园接小孩——一辈子就接那一次,好,幼儿园老师又到手了。出门捡钱都没有他捡女人概率高!死的时候,哇哈!一大堆女人冒出来分财产!

就是有点钱嘛。小牙医悻悻地,语气有点阴阳怪气。他当然猜出那个"风流鬼"是谁了。邱总反驳说,也不能这么说,有个空姐为他放弃一个比他有钱的香港老板,就不是图他的钱。

那她图什么?牙医小柴说。

唔这个,只能叫见鬼了。空姐说——图他的笑。邱总笨拙地耸了耸肩,这个动作,出卖了他并不理解的态度。但邱总还是说,反正是跟钱没有关系，那空姐不是胡扯蛋的人。说当时，女方家里坚决反对她放弃香港老板，找个二婚的矮子，空姐一根筋就不拐弯。家里人就偷偷托人把她和我朋友的照片给一个看相高人看，高人一看就摇头，说男的下巴凸翘，卧蚕深刻，怕是风流债重，且人中平短，耳垂单薄，恐怕英年早逝。再看女相，眉毛眉头逆生，眉头带箭，这辈子逆境多于顺境，前半生多在是非、失望中。婚事谨慎为好。但女的根本不信那些封建迷信。不过，后来看，好像全部说对了。

邱说他朋友是倒爷起家。八十年代，摆过地摊卖衣服，后来就倒丝袜、电子表，再后来就录像机、影碟机。倒来倒去，暴利滚滚，几千块的录像机，倒到四川卖到两万。后来跟物资部门开除的什么人干，更是旺得不得了。他跟空姐说，都是她旺夫运强。邱是这么形容他朋友的兴旺的：他的死一下子成为特大新闻，才四十五岁嘛，刚刚评为市里十大杰出青年、优秀青年企业家什么什么的。那鬼长得也偏年轻，反正看起来就跟你现在差不多的样子。所以死的时候，没有人不震惊。男人啊，兄弟，成不成功，就看你死后多少女人来祭拜你。你不知道那灵堂场面的乱啊！在野的女人，执政的女人，小一小二小三小四；国内的孩子，国外读书的孩子，最大的二十一岁，最小的两岁。那些傻女人，好像谁也不知道其他女人的存在，她们互相生气互相蔑视，个个都在证明自己的孩子才是正宗——那一个祭拜灵堂，肯定是世界上出警最多的灵堂。警察都快气哭了。那些本来挺悲伤的兄弟朋友，就像看小品一样，躲在卫生间里边撒尿边笑得发抖。看看人家短短的一辈子，却死得像帝王。兄弟们都快羡慕哭了。

所有的女人都在算计他的钱，只有他老婆，算计他的笑。

笑，也用"算计"这个词？牙医小柴很费解，但邱总把手包夹在胳肢窝下，站了起来。

最后这杯喝了吧。牙医小柴说，女人怎么这么傻呀……

不傻怎么当女人？女人要不傻，男人早都死光了！邱总一饮而尽，大步往外走，一边大度地挥挥手喊，别急，小子，你也有机会。女人都爱你这样有钱又爱傻笑的男人。

牙医小柴为新诊所弄得身心疲惫。他联系到了省城一个女同学，游说了很久，她决定向亲戚借钱，然后辞职，和小柴一起在摩尔大厦夹层合作开诊所。她名字都起了好几个，小柴却一直没有办法落实投资款。他急需钱，邱总很狡猾，在电话里说，我可以帮你搞点装修，但我自己缺的就是现金流。就在牙医小柴焦头烂额、心灰意冷的时候，邱美丽打了他的电话，因为她右大牙裂了一小片，小片却没有掉下来，一触动，死痛。她要牙医小柴马上到。牙医小柴一口拒绝，说自己没有空。但是，他隔日一早主动去了，还带了一大捧花农在路边卖的茉莉花。一路上，嘴边都自然浮现着他父亲式的笑意。

在早晨田间剪下的一阵阵茉莉花香里，他满打满算能借到她的钱。怎么没有想到她呢，他甚至想，老妇人还会向他道歉。她打过他两巴掌，道歉是完全应该的，这是她亏欠他的地方。那样，他就可以提出多一点的借款，或者让她以投资的名义注资也行。这都是合情合理的，他有点理解当年他母亲让他叫妈的恢宏心意了。现在，如果她愿意，他完全做好了叫她妈妈的心理准备。

她当然是有钱的。她的钱是他父亲柴永煌挣来的。

在那个金丝竹院子里，他再次帮老妇人解除牙患痛苦。但那个叫"小姑姑"的女人，根本没有露出一丝道歉的意思，她只是让家里的老保姆给他端来了红枣莲子羹。这是上次没有的待遇。她似乎对他每一个巴掌不是健忘就是心安理得。"小姑姑"显然丰润了一些，气色略好，应该是患牙清除后能正常进食带来的改变。这当然要归功于小牙医。但老妇人既不说谢谢，也没有一丝道歉之意，而牙医小柴，因为心怀鬼胎，也因为天性随和，始终保持自发自动的热忱，和她积极聊天。他不敢贸然夸她变年轻变美了。而聊几句他就看出来，老妇人人鬼不分的混乱指代，比她堂哥邱总有过之而无不及。她基本也是把这个人、那些人都替换成"这个鬼""那些鬼"。柴永煌更是"骗子鬼""短命鬼""恶心鬼""流氓鬼""贱骨头鬼"的大本营。

这一次，"短命鬼"柴永煌是回避不掉的话题。

牙医小柴自以为踩准了借款时机。当时，老妇人指着他说，长这种脸的，都该去死。牙医小柴厚着脸皮笑着说，我死了，谁来照顾小姑姑的牙齿？老妇人果然敏感，她像起了鸡皮疙瘩一样狠狠啐了一口，而且，她拿茶杯的手臂已经微微抬起。牙医小柴惊惧地闪念，她又要给他一巴掌，也许，她想泼他一脸茶水。但是，她却闭上眼睛，单薄的胸口有了一下明显起伏。牙医小柴已吓得噤若寒蝉，他确实害怕了，想要逃走。

你家那个自作聪明的近视鬼，现在应该更胖更丑了吧。

知道小柴母亲已去世多年，她嘴边浮起一个轻快的弧线，目光虚空却隐约哀伤。牙医小柴以为自己唤起了她的恻隐心，所以，他从母亲话题巧妙拐到了自己的计划，请求她借款或投资。老妇人突然大声笑起来，夜鸟一样的刺耳笑声，让牙医小柴再次感到她嘴里又白又细又长的非人感牙齿。他终于意识到，它们所以给他非人感，那是因为它们从来不是为了喜悦而展露，而是隐藏的凶器。

牙医小柴站起来，沮丧感和仇恨感如烟雾一样满胀胸膛：这个恶妇，看来是不会支持他的。他准备离去，但是"小姑姑"却抬起二郎腿的足尖，游戏般点踢着他的膝头：也可以呀，六十万无息借你。如果合适，我可能再追加投资。你们不是都很想叫我妈吗?！好，有个条件：你先拍一百张笑脸照片来。就用你父亲送你的照相机，你照去！一百个人的笑脸，真正开心的笑脸。绝不是柴永煌那样的，也不是你这样心怀鬼胎的。你给我拍真真正正的笑脸来，一百张，拍来，我马上打钱给你！

牙医小柴一时喜出望外——这算是什么条件？随便！牙医小柴笑得比柴永煌还柴永煌。笑脸照片，不是随手可得？求学求生行医多年，除掉坏牙，解除牙患，他见过多少开心的脸，还拍不到一百个人的普通笑脸？

"小姑姑"说，必须是陌生人的笑脸，自然的、真心的。被拍人认可自己的笑脸是由衷笑的，就签个字。如果不认可不乐意，被拍摄人可以"撤销笑脸"。牙医小柴马上就想到，可以到相声小品剧场展开拍摄，那里有多少人笑得前仰后合，开怀到爆炸。但是，"小姑姑"一眼看透了他：不许到讲笑话的地方拍，那里的笑，和胳肢窝咯出来的笑一样，它是临时的，空心笑。笑完他自己都会忘了为什么笑。你要给我看真正的、心里面出来的笑。

理解。明白。没问题。牙医小柴如捣蒜的脑袋，一下一下被他控制得缓慢稳重。

其实，牙医小柴是有点困惑的，但他审慎地没有流露，他怕他不恰当的疑问，会让她不信任或不高兴。小姑姑看起来志得意满，仿佛设好陷阱的猎人。之后，她像赶苍蝇似的挥挥手，示意他走。小牙医走到门边，听到身后传来不无作弄感的轻快声音：拍去，去拍！拍好了，我直接加钱改为投资款，我可以写到我遗嘱里！

牙医小柴忍不住回看了她一眼，笑眯眯地甜腻腻地挥挥手。

——滚去，老妇人把嘴里的牙签啐了出来，少给老娘看你的鬼笑。

七

急于弄到钱的小牙医，行动迅速。父亲车祸前给的那个第一代数码相机，当时可能非常昂贵，现在也像古董了。这事是有点莫名其妙，但也符合老妇人的乖张品性。总归是一个弄钱的机会，牙医小柴觉得自己绝不能放弃。

麻烦的是，现在没有诊室了，就没有方便开展的平台了。思来想去，牙医小柴先去了西街。那里有三个女子合租的店面，她们分别在里面各居一角，一个卖女性内衣，一个帮人改衣服，一个专制窗帘、被套。因为先后两个女人的牙都治得非常满意，结果，她们就自动成了牙医小柴的义务广告员。三个女人人缘很好，都是乐观热情、极爱说话的话痨八婆。她们把他的名片贴在店墙上，顾客但凡有说牙疼不适，三个人立刻七嘴八舌，联手举荐小柴。牙医小柴很多顾客竟然都是由她们介绍来的。小柴后来还把病人赠送、自己也吃不完的各种地瓜、玉米、橘子、笋干等土特产送给她们。

小牙医在店里抓拍了几张她们招呼顾客的笑脸照片。没想到，洗出来，她们都不满意。一个说，这笑得比哭还难看，"自然"有什么用？一个说，我笑得太像奸商啦！一个年轻点的说，丑死丑死。三个女人问：你到底要照片做什么呢？牙医小柴又重新解释了一遍，最后，她们还是拒绝在照片后面签字。三个女人，就像传染病一样，一个不肯，个个不肯。小牙医有点生气，觉得她们轻浮敷衍。但她们安慰他说，照片是真的，笑也是真的。但是，这代表不了什么，所以，签字就没必要了。

就好像我们可以说话聊天，什么都可以说，但是，你不能录音。她们解释。

对呀，我们又不是大明星。录音签字好像打官司一样。

不签字我就白照了，就等于你们撤销笑容了。

三个女人一起说，那你就撤销吧。

牙医小柴在西街还拍了几个人，他们的笑容稍纵即逝，只有一个小男孩抓拍成功。他让他妈妈写地址，年轻的母亲同意了，留下了龙飞凤舞的幼稚签名。但是他请求他们母子再合拍一张，母亲摇头了，说，我笑起来丑。小柴说，哪有啊，会笑的人都是美的。你笑起来非常美。

年轻的母亲抱着男孩子就走了。她的拒绝非常干脆。

这个时候，牙医小柴才明白，这个任务并不是他以为的那么简单。他终于隐约意识到，老妇人比一口拒绝还坏，她是成心作恶刁难他。恨意激发了小牙医的斗志，必须拿到钱，何况这本来就是我父亲的钱。必须挫败老妇人。他必须打败老太婆。他终于想到了一个大贵人，一个曾经找他畸正牙齿的小有名气的摄影师。摄影师说，他已经转行拍婚纱。他们约定了见面地点。牙医小柴就早早过去等他。

十字路口，镇邮局外面有个小夜市，晚上比较热闹，卤味红灯，人影憧憧；白天就冷冷清清，地面是清扫不净的油污痕迹。小牙医选了个方便看往来行人的交通遮阳伞的位置，恭候摄影师。

等人的时候，他有了大发现。之前，他以为人们不笑都是因为牙丑或者牙痛，等牙齿改善了，人们就爱笑了。正如老师说的，牙医使这个世界上笑脸多了。但从十字街头的长时间观察中，他发现，南来北往的男女老少的脸几乎没有笑的。有的人似乎刚刚受了气，拧着眉眼；不少人含胸驼背，赌气似的阴沉；有人勾着脖子耷着脸，感觉不是丢了钱包，就是没有钱包可捡而生别人、生地面的气；有的人不明就里得很不耐烦，暴躁着；有的人就是满目凶光，怒行着；有的人一副出门寻死的愁闷相；有的人则像刚被人占了便宜吃了亏，一脸邪火；总之，看起来他们都不怎么快乐。除了两个手扣手的少女是嬉笑而过。小牙医后来数了一下，近百张脸中，有冷漠的，有尖刻的，有愁苦怨愤的，有坚硬麻木的，有沉郁阴鸷的，有警觉执拗的，还有失落的或明显哀伤的，就是没有一张欢乐的笑脸。按照老师的说法，满目望去，世界没有光，这些来来往往的人，就是一条条令人厌恶的黑线。好容易看到几个昂首挺胸、身形欢乐、咧嘴大笑的，走近，却是游客模样的四盆水傻老外。最让牙医小柴绝望的是一对老少爷俩，估计是爷爷来接小学生孙子的。一老一少竟然清一色的沉郁，尤其那个小男孩，一张小脸，少年老成，比爷爷的老脸还要愁闷。

牙医小柴这才有点想哭了：在街头，想找到几张轻松快乐的笑脸，原来是这么难啊，连孩子、老人眼里都满是愤懑与愁苦。他们在愁闷什么呢？老师曾经说过，牙患者中，青壮年不太爱笑的往往居多；年纪大的人，反而很多爱笑，可能是他们活明白了很多。可是，这些行色阴郁、本是活得更明白的老人，为什么每一个脸上也都像个忤逆者、仇恨者？

牙医小柴摸了摸自己的脸，才恍悟出，原来柴永煌的天生笑脸真的十分宝贵，外人是要算计着，才能长时间拥有它的陪伴啊。就此而言，柴永煌的遗传基因看来好像是比较弱势啊。

那个玩摄影的畸牙矫正患者，借给小牙医一个好相机。他说他已经放弃人像摄影了，现在忙着婚纱摄影，这比较能挣钱。他说，我没有时间帮你拍摄，但是，摄影师说，我有几十张不同人物打哈欠的抓拍作品，你要不劝雇主改用打哈欠的，这个很独特，很逗，比笑容精彩有趣的多，即使丑得不像本人了，但拍摄者一般也不生气，就像看漫画。

唉不行，小牙医翻看了几张打哈欠神作，非常丧气，说她就是想难住我，不借我钱，才要拍笑脸的。她自己就不会笑。唉真正的笑，可能比端正畸牙难多了。打哈欠算什么，连狗都会，她才不要。她是以为这世界上所有的人都和她一样不开心，她是在断我的路！

摄影师想了想，说，也是，除去听笑话的人，拍到由衷的笑脸真的难。要靠运气。

摄影师在自己的工作室上天入地，先为小牙医找出了十几张笑脸照片，并答应说会找被拍摄人签名认可。牙医小柴有了基础，信心恢复了一些。

其间，摄影师在自己的简陋工作室用数码机抓拍了几张小牙医自己的笑脸，小牙医没想到，每一张照片都经不住细察。他假以老妇人的眼睛，马上就能看出，那些看起来他在笑的照片上，眼神是心事重重的，哪怕他笑得整个脸皮都往上提升了一厘米。他只是猛一看，真的很像灵堂里的柴永煌，尤其是眼下两道如小舟的欢乐卧蚕。可是，他却没有一点父亲笑容里的慰藉与宽广，更没有一丁点由内焕发出来的积极与快乐感。他的笑容里，只有挣扎与抵抗、策略与心机。

比十几年前的灵堂所占据的黑灰色时空更早的，是几年前燃烧的天际线：一架飞机在降落时忽然发生故障，它急速下坠，在距地面三四十米的距离突然直坠，尾巴撞到了海堤，后座的两个乘客从断裂的飞机尾巴里飞了出去，魂飞百米之外。飞机又打了三百六十度旋，硬生生用肚皮着陆，就像被人撤掉尾巴的巨大死鱼，贴在枯黄的停机坪草地上，随即开始冒黄黑色的浓烟。柴永煌的笑脸，在那黑中带黄、直上九霄的浓烟中，一直定格在乘务员小邱的脑海里。机舱一片鬼哭狼嚎的混乱中，空乘人员在紧急引导乘客逃生。机尾撞击时，小邱腰部已经被撞伤。引导逃生时，一个不听劝阻、非拿行李箱逃生的男子的狠狠推搡，把空姐小邱再次掼在椅边动弹不得。就在她以为自己要和飞机一起爆炸的时候，那个叫柴永煌的乘客——只有这个乘客，停下了逃生的脚步。他把她抱起，跳下了逃生充气滑梯。从死到生，没有语言，那个拯救者只是对她笑了笑。

安全的小邱，什么也看不见听不见了，她只看到一个男人卧蚕如细舟的笑眼，它穿越连接天地的黑烟。安全后的空姐，动辄哭号尖叫不止。故事情节就那么走下去了，治疗、理疗、牵引、瑜伽。柴永煌好像一有空就送花安慰。拯救者夸赞空姐的勇敢，小邱则说乘客是英雄，是最好的心理医生。腰上康复了七成，她就嫁了二婚的柴永煌。然后，因为腰伤，因为大宠爱，她辞职了。柴永煌的笑脸，改变了一个鲜嫩女孩的一生。

这些八卦，都是过往信息拼接而来。信息源主要是邱家那个鬼——邱来琦，还有牙医小柴的大嘴巴母亲。小柴是在老妇人赏赐第二巴掌后，痛定思痛，悟出了他挨打原因的：至少在形式上，他太像他父亲了，尤其是那个卧蚕如小舟的积极笑脸。

八

在畸牙矫正患者的指点下，牙医小柴开始假冒人像摄影师混迹人群。他反戴棒球帽，身穿摄影背心，在街头粗鲁洒脱地寻找模特儿。但是，他遭遇的打击比成功多得多。他在商场外截获了一个提着蛋糕的小姐姐，出示摄影家协会会员的假证件后，牙医小柴请求为她拍几张。她信任并尊重地配合照了好几张。但是，没有一张在笑。无论小牙医怎么启发，她都不笑。

小牙医忍不住说，你张嘴我看看。

提蛋糕的女孩就困惑地张了嘴。

一口好牙！你凭什么不爱笑？！

她对小牙医语气里的不满很敏感，立刻还以不耐烦的颜色：我不会笑！我十几年就没笑过！她几乎把牙医小柴怼哭了。

牙医小柴又找到一个搞会议接待的西服男人。男人配合他的请求，每一张都努力微笑，但他不明白摄影师为什么一直反复地拍。够了够了，男人抱着腮帮子停了下来，说，够多了。我还有事。这是我的地址。

小牙医哀叹地接过他的名片，说，你是假笑知道吗？每一张都是。我在等你真笑啊，你看我不是一直在跟你说话，我等你真情流露啊。

服装整齐干净的男人并不生气，他说，我们一年接待上百个会议，我必须随时保持最友好的笑容。假不假我不知道，但是，笑多了，我的脸会抽搐。我现在就不行了，肌肉一直发紧。但是，我老婆说过，我的职业笑容比真笑更诚恳。再说，你看看满大街，那些笑得好的，哪个不都有职业培训背景？你天真了兄弟！

三个拿着篮球、肩上搭着运动外衣的高中生，三个人合影抓拍得都还不错，但是，单独拍他们的笑脸，全部失败了。一个真的嘴角抽搐，假笑得非常不自然；一个想用做鬼脸假冒一个无羁的快乐脸，眼睛里却是掩饰不了的暗沉与疲惫；还有一个只是用力往两边拉扯嘴角，上庭、中庭依然严肃得像法庭辩论。三个少年还互相揭短：哈哈，老师早就说他笑起来像活死人；喂！红蜻蜓说你是面瘫好不好？还好意思说我，上次说谁的脸一看就是葬礼进行曲！……

年轻人打打闹闹笑着远去。

更多的人，直截了当拒绝了牙医小柴：

——有什么可笑的！艺术创作，不就是"真实"吗。

——现在人的笑脸，都太恶心人了！

——我也想笑一个，但是，我心肺这里，卡住了。

——我不配开心！

——我朋友说，我不笑时非常酷，一笑起来就很淫荡。

——好好的，笑什么？我又不是神经病！

......

但有一对摸奖摸到一件羊毛毯的六旬老夫妇笑得非常动人。合照时，牙医小柴抓拍到老先生为老奶奶整理鬓角发丝的瞬间。两人嘴角的笑意，蜜汁流淌，他们各自的单独照也拍得不错。拍老奶奶时，老爷子在镜头外不知做了什么逗乐表情，让老奶奶笑得上牙齿龈都露出来了。不算美，还有点傻气，但是，真是快乐溢满镜头。

还有一个中年男子也笑得好。一开始，牙医小柴都想放弃这自作聪明的混蛋了，因为一开始，他像警察一样审问他：

你拍这个干什么？

"城市表情"人像摄影大赛？我怎么不知道？

你这会员证是真的吗？有没有参赛通知书我看看，复印的也行。

我怎么知道我这张照片有没有入选呢？

地址还是给你一个吧。电话我不一定都开机。一等奖是三万吗？我一年的工资呀！

如果你获奖了，作为模特儿，我有没有奖金分？

一般都没有吗？哦，那你会额外给我多少？我是说，万一获一、二等奖的话。

爱审查的男子，有非常好的镜头感，他的门牙，21号牙，有点翘，就像一扇大门微启的样子，但他的笑容显得非常自然随性，笑得亲切而春风微醉。小牙医忍不住说，你是我今天拍得最好的几个人之一。

才之一呀。我可是非常努力了。情绪都酝酿得十分到位，对吧。

他真的笑得自然又感动人啊。看他认真签名的时候，牙医小柴心怀感激。

男子说，一看到你的镜头对着我，我就想，笑好点，半年的工资就到手了！你看我的眼睛，一点不空洞，它看到了一万五是很厚的一沓！数钱的时候，我不能伸出舌头用口水沾，我得先靠近有水的地方——卫生。

九

省城的摩尔酒店夹层承租到了刻不容缓的当口。牙医小柴把合计四十七个人的笑脸照片拿到了金丝竹小院。他知道"小姑姑"不会给好脸色，但是他预计他哀求她，也许能先借一部分钱。剩下的笑脸照片，他会继续完成。

牙医小柴照例带给她一大捧他路过茉莉花田时买的花，因为上次她说这个比玫瑰好闻。但今天进院子的时候，那个身份不明、穿硬木底拖鞋的男人，开门就把花接了过去。小牙医说，插到大花瓶，搬到我姑姑房间去。

那个身份不明的人说，她不喜欢花，所有的花。

开局就不祥，照片的结果，果然更加不妙。

那个叫"小姑姑"的老妇人，今天穿一袭长及脚面的灰色薄丝袍，胸口挂着可能有一百零八颗像菩提子一样的长链。这样的龙钟老态，按理是该配一副老花镜什么的，但她的视力好像不错，并没有戴眼镜，就把照片浏览了一遍，然后，像整理扑克牌一样把它们在手里，颠来倒去地洗。无论怎么洗，怎么翻牌，怎么端详，她的脸上都是一副早已预料、不过如此的神情。有时她的脸上也会出现饶有趣味的神态，但看深了，小牙医才感到，她只是在享受自己蔑视与傲慢的意趣。

连半数都没有，还有一大半假笑的脸。

做牙医的，你是不是更容易看到别人哭？老妇人的口吻，有幸灾乐祸，也有调侃的意思。牙医小柴被这个问题弄得发蒙，他太想借到钱了，飞快地说，是——呃，也不是了……

什么意思？

有，但不是经常看到，有的人哭得比较意外。比如，有一个很高大的男人磨牙，打了麻药的，磨着磨着，可能麻药失效了，他疼得把他的手机屏幕捏碎了，他真的哭了，他哭喊，你他妈把我的脑浆子磨出来啦！

老妇人的惊异兴奋表情鼓励了牙医小柴——还有一个女病人，没有哭出声，就是一直默默流眼泪的那种，弄得我很心慌。我说，你是不是很痛，她又摇头。无意间我忽然发现，操作盘上还有一支麻药，我的天！就是说我打了一边，还有一边漏打了。我对她非常生气，我说，姑娘！你痛，怎么都不说呢？

她说，我以为做牙齿都是这样痛的。

"小姑姑"第一次让牙医小柴看到她笑出声的笑。那声音如清水滴玉。小牙医也跟着兴奋起来，又讲了几个职业趣闻。"小姑姑"突然打断了他，说，够了，我不会借你钱，我们言而有信。一百张笑脸照片一到，只要都是我认可的真笑，钱马上就打给你——看在你是那个风流混蛋的鬼儿子的分上。

牙医小柴当场泪水就出眶了。他掩饰地低下头，就势扑通一声跪了下来，没有抬头：

我真的……拼尽了全力……那个承包诊所，病人终于开始多的时候，我从上午开门，干到晚上十一点，三分钟吃一顿饭。那时又要准备职业医师资格考试，我经常回去抱着书就睡着了，醒来，还是看的那一页……很多个早上我醒来，皮鞋还在脚上……小姑姑，如果不是承包的诊所突然收回，本来我可以越来越好，不会麻烦到你，也不会……满街乞丐一样，给人拍照……现在，我拿不出合资的钱，那个市中心的夹层诊所就……

他吧嗒吧嗒一直说，并因为害怕小姑姑赶他走而加快了语速。

老妇人并不在乎牙医小柴是否跪地。她站起来，像一只灰色的鹰隼在房间里游荡，那衣服的动感让小牙医觉得她随时会飞离而去。老妇人哼了一声：你可以不拍呀，谁逼你拍了？牙医小柴再也忍不住悲伤，交替而落的鼻涕与泪水肮脏地滴在木地板上：不被尊重、被戏弄的感觉，让他口干，让他胸口发烫。

老妇人看到了他的泪水，她并不顺手递给他纸巾，她把身子转向了跪地的窝囊年轻人。

好啦，你能像那个短命鬼那样笑笑吗？

牙医小柴错愕。

笑一个好啦。

笑啊！笑一个试试。

牙医小柴第一反应就是，如果他笑得"很父亲"，必定要获得第三个大耳光。她干得出，她甚至控制不住自己。但是，不笑，一切也就结束了。这个狗急跳墙的年轻人太需要钱了，所以他纠结的是，要不要死撑起胆子问她：我笑一个，你是不是就能援手我？尽管他已经知道，自己永远也笑不像柴永煌，形似神不似。父亲那个天真的、宽广的神识，他永远也不具备。

老妇人鄙夷夸张地啐了一口干痰：

现在你明白了吧——你父亲那个混蛋，糟蹋了世上最好的笑。

牙医小柴挣扎抵抗：……如果爸爸当初没有停下来救你，你早就和飞机一起炸成碎片了……

很好，你这么说，非常好——老妇人停在年轻人背后——谢谢你这么说。知道吗，这十四年来，我每天、每天都在问自己，是宁愿和飞机一起爆炸，还是愿意看到笑脸后面长期的欺骗？弥天大谎，没羞没臊，还有成群结队的贱货！他身边那些管钱管账的鬼，一个个心知肚明，到处为他寄抚养费，却上上下下一起蒙骗我。还有你妈那个丑八怪，包括你！他们也一直在给你们这些吸血鬼打钱。这么多年啊——谁告诉我一个字了？没有一个混蛋告诉我真话！满世界都是见钱眼开、没有良知的混蛋们！

年轻人警惕着后背会不会遭遇一脚猛踹。

……每一个晚上，我都能看见你父亲的鬼魂，他还是那么无忧无耻地笑。我不知道一个撒谎成性的鬼魂，怎么还能保持那么好的笑脸，让你相信人间，相信爱情，相信友谊和男人。我只问一句为什么，你告诉我，究竟为什么？——为什么？！

老妇人声音变调，有令人恐惧的颤抖和滑音。牙医小柴不明确最后这句是质问父亲的鬼魂，还是质问做儿子的他。他小心翼翼地扭转一点点身子，一方面是想看她哭泣，一方面也是防备挨踹。就在他转身的同时，那个叫"小姑姑"的脚还是踹向小牙医的肩胛骨：听着！如果可以重选，我宁愿和飞机一起炸成粉末！

有防备的牙医小柴，一把抓住她的脚：刚才，我告诉你牙医故事的时候，你笑了。你忘记仇恨的笑脸，非常好看，非常美。如果我是我父亲，就会马上按下快门，收藏下它。但是我不是他，我不敢造次，我从来没有他的勇气，也没有他的不节制。

"小姑姑"收脚，她转过身去。

牙医小柴感觉她落泪了。她垂臂不动，后来她动了动指头示意他走。

隔天，她致电小牙医，也许……我可以帮你一点小忙。

选自《上海文学》2021年第3期

评鉴与感悟

这是一个披着现代外衣的旧式家庭故事，富商巨贾四处留情，"正房"于愤恨中歇斯底里，"私生子"企图融入家族，一夫一妻制这一现代制度的降临似乎并没有修正小说中家庭本质上的停滞和腐朽，只不过添加了更多的背叛和谎言。作者似乎试图以戏剧性的场景和夸张的感情关系揭示人类的集体无意识：男性的反复不忠、女性的崩溃痛苦、情人对财富的觊觎等。本该以温馨愉悦为基调的家庭被人心的贪欲和狭窄摧毁至一片狼藉。这也正是作者的敏锐之处，即在现代世界发现了以家庭为载体的人心的陈旧性。同时作者并没有在此处停留，她尝试在自己所展现的"丑陋"中觅得一丝能够让生命重新变得"透亮"的东西。小说反复提及"父亲""海纳百川"的笑意，而小柴收集一百个真诚笑容的努力却失败了。这是一个隐喻性质的情节，它直接裸呈了大部分笑容背后的虚假本质，让真诚的笑意变得尤为可贵。但是更加值得注意的是，这一情节凸显的不仅是笑容，更是"真诚"。也许作者自己也没有意识到，最后感动"小姑姑"的并不是小柴对她"忘记仇恨的笑脸"的赞美，而是小柴真诚的眼泪和自我剖白，而这直接穿透了隔阂、仇恨、虚妄，让生命与生命重获连接。

小说的场景描绘极具戏剧性张力，人物的外形及言谈如在眼前，但小说整体氛围转换的连贯性及情节推进的潜在逻辑还需要更为细致的打磨。（韩欣桐）

味甘微苦

/鲁敏

1

薄薄的渔网抛撒到半空,好似巨大的花瓣,张开,渐慢又渐快,悬浮,呈饱满的大圆,瞬时罩住水域。闪闪发亮的铅坠,咕噜噜潜入。略显浑浊的微澜中,小鱼儿们吐出它们最终的几口泡泡。

多美啊。徐雷看了足有几百条这样的短视频,完全入了迷。尤其一个自称小西湖的,撒得特别圆满。徐雷第一次线下约人,就是跟小西湖,兴头头地初试撒网,姿势便十分之漂亮——只是把腰扭过了头,一下勾动原有的腰椎间盘突出症,其痛若穿,当即石化。送到医院,得动一个椎板切除手术。躺在病床上,成了死鱼。

金文拖着的脚步声老远就能听出。她烧了乌鱼汤过来,没用保温盒,汤已半凉,徐雷勉力喝了半碗,一边掀起眼皮留意金文。她还是满身的魂不守舍,替他摇床时忽高忽低,倒碗汤泼洒得满地都是,去水房拿个拖把,回来竟然走错到隔壁病房。徐雷悄声长叹,她的心,真是在外头了。还以为这病房,多少会唤她想起些往昔。

十三年前,他们就是在病房认识的。一个大房间六床病友,他们算挨着,中间只隔一个胃切除的老头,整日昏睡。徐雷和金文都是急性阑尾炎,同病,又同龄,自然就近了。病房本就没有男女,护士什么不看到,医生哪里不摸到，查房也不像现在讲究——还拉起帘子隔开，就是开放的，腰腿全露。金文初时还有羞意，到术后第二天，就跟徐雷互相掀开衣服，比较伤口形状与刀口软硬，聊医生刀法，追念阑尾的功能。徐雷突然说道，他是第一次看到女孩子肚皮，没想到她的肚脐眼那样秀气，女孩儿都这样吗？金文一下结巴了，答非所问，说她可没乱看他的肚脐眼，随即也脱口而出，说真没想到，男人到处都是毛啊，连肚皮下面也有。此话一出，两人都愣住，又争抢着讲起别的。就此，更近了。包括一周后拆线，也是约了同去，彼此帮忙数针脚。到针脚长到皮肉里，模糊不清了，他们还在见面，并共同探索起身体上别的部位。直至结婚，直至生下小雷，直至像许多夫妇那样，没有了浓烈的感情，当然，他们还没有阑尾。

也许她想见识一下有阑尾的男人？徐雷让自己这样想，尽量轻松。这世上，变心之事，最是司空见惯，不是吗？就像撒网，一万个祷祝着，全心全意地抛下去，拉上来，十之五六都不如意。能想得通的。

"你下午，不用特为做汤，也不用过来了。我让隔壁床家属替我打个饭就行了。"他主动这样讲，重音放在了隔壁床，想再试探一下。

金文是机房值夜班的活儿，白天其实时间很空，但这半年多，她总没头没脑地往外面跑，一跑大半天。啥事呢？高中同学聚会、部门政治学习、帮助残疾人的义工活动、免费瑜伽课、郊区奥莱中心大打折。徐雷随意验证过几次，都是明晃晃的说谎。真是叫人心灰，都不能好好掩饰下吗？等到徐雷差不多适应、默认之后，金文都不再费心编什么理由了，随时一抬脚，就走了。

金文默然点头，并无愧色，一边从徐雷手里接过碗，就着他的碗筷把余下的鱼汤倒出来，就着早上徐雷没吃完的馒头木木地吃喝起来。不小心卡到一根刺，拉着舌头干咳了几声，"有点淡了，也忘了放姜。你不觉得腥吗？"

"还好，我吃着还好。"心里有点感念，她还愿意吃他的残菜剩羹哪，那，就还是亲的。

他们一起动阑尾手术的那天，姨娘巴巴地给他送来鸽子汤，说是大补，鸽子可贵哪，姨娘一边催他喝一边讲。这样的时候，徐雷难免还是会想，到底是过继儿子，要是妈妈还活着，要是送鸽子汤来的是亲妈，怎么可能强调鸽子有多贵呢。举起勺子往嘴里送,觉得毫无滋味。那金文隔着一张床,倒眼巴巴地嘀咕起来,说长这么大还从没喝过鸽子汤呢。徐雷有点发窘,叫她拿碗来,金文大大咧咧地,捂着小腹下床就过来了,用你的勺子尝几口好了。徐雷犹豫着,只好替她托着碗。看她噘起两片俊俏的唇,粉红舌头伸出来一带,轻啜进去几口乳白。一时心烦意乱,浮念滚动,像被魇住了,想要凑上去与她同饮;更有种长久的渴望,渴望与她同锅同灶,同席同枕,成为亲亲热热的人。而后确乎成真,成真久矣,却是两样情形了。

"小雷在姨娘那边,都挺好。你放心。"金文洗好碗筷便有点坐卧不宁,嘴里没话找话,笼统地说起小雷,像说邻居的孩子。也是看金文恍惚,不放心,才请姨娘帮上两个月的忙。小雷,真能"挺好"吗,那小子整天想一出是一出。前不久,突然嫌弃起自己的名字,死活要改。其实当初徐雷是费了心思的,想了有半张纸,都觉不够特别,上户口的时间又到了,烦恼与毛糙中,只得急就章了。徐雷给小雷讲道理。许多大艺术家都是这样取的,你不是喜欢孙悟空吗,六小龄童,就是这样的。他爸爸叫六龄童,他哥哥叫小六龄童,小六龄童还被周恩来周总理给抱在手里上新闻呢。可,你又不是六龄童,你啥也不是啊。儿子尖利地指出问题。徐雷一时失语,随即自豪地把这段对话挂在嘴上,转述给别人,也转述给金文。别看是小孩子家,反应多快。金文也笑了,安慰他,一样啊,谁都"啥也不是"。可她脸上显出一种渺茫,那是她最常有的表情。

金文对小雷还是上心的,原先都是她接送上放学,嘘寒问暖,买帽买裤。但这半年,儿女心上,她也一样疏淡了。一出去就没了点,根本接不了小雷。早上,又困睡不醒,起来就急忙忙拖起小雷,跑到学校才发现,不是落了水壶,就是没戴红领巾,没带手工作业。算了,还是统统由徐雷管吧。金文这样子,让徐雷觉得分外亏欠儿子。他自己打小由姨娘带大,有所短少,心里总念着。在小雷身上,三口之家,要尽可能"完整",不能因为金文这样,就一下破散了。

不过小雷很难缠,因改名不成,他翻了脸,莫名其妙地,只肯穿迷彩服、外套、衬衣、鞋袜、帽子,配齐了各种迷彩色。然后动不动就躲到路边上,尝试用灌木丛掩护起自己,怎么喊都假装听不见。这让徐雷想到他自个儿这么大时,那时妈妈才走了一年,刚跟姨娘一起过活,他也是整天想着,要能把自己藏起来就好了,叫姨娘再找不到才好。这一想,便纵由着小雷,如此折腾月余方罢。可最近,又闹起新花样了。风筝。

完全中了蛊,一放学就趴到网上,各处搜"风筝"二字,工艺说明、古鸢图集、日式绘本、童话传说、玩具摆件。每到周末,必纠缠着徐雷带他跑公园跑郊区,跑大桥跑山坡,一路跟着风筝高手跑。还想跟卖风筝的老头儿学手艺摆摊子。徐雷只得见招拆招,勉力地奔命作陪。

这还不算完,小雷提出,要去风筝博物馆看一看,不远,日本就有。当然,这被徐雷一口回绝。小家伙这才将就似的提出潍坊,那里也有博物馆,还有风筝节呢。他把一本年历拍到徐雷面前,翻到下个月,上面早已用红笔标出一串红圈圈。也不用全程,去三两天也可以。他那口气,像是退让了好几大步。打那之后,上学放学路上,就天天儿地聒噪潍坊之行。徐雷面上未置可否,但一想到前因后果就心疼——小雷什么时候开始瞎折腾的?就是打金文"外头有人了"那前后哇。小孩子才不傻,肯定知道妈妈心里没他,冷落他了。这样一想,心里是早就松口了,正准备着张罗起来时,他撒个网躺倒了。又不可能指望金文,她这心不在焉的,搞不好连大人带小孩能一起搞丢了。

"没什么事,我就走啦。"捧着手机硬坐了五分钟,金文还是起身了。她穿了件样式陈旧的外套,蓝色发了灰,腰身难看地勒紧,可能是生小雷前买的。徐雷忍不住提醒道:"过年前我给你买的那两身,也算有牌子的,怎么不穿?越是贵的衣服,越要穿,才拉低成本。"

金文扭回半边脸,眼角似有水亮一闪,"甭管了,我就想穿这。"她那样子,似也在忍辱负重一般。这又何苦,她也不开心嘛。

想起差点儿看到的那个男人。对,他尾随过一次金文,也没有怎样谋划,金文实在粗枝大叶,戴着口罩和头盔,一身旧衣旧衫,好像这便是改头换面,不可能被认出似的。她急于赶时间,破电动车开到有四十码,偶尔还闯红灯,抄近路逆行。徐雷远远跟着,不停踩他摩托的油门,一边替金文的安全担心,心里愈加成了黑洞,黑洞里还有可恶的好奇:那家伙,除了阑尾还有什么呢,能让金文这样分秒必争?

金文最终进了一处老小区,铁丝网在空中缠扭,露天楼道斑驳发黑。

她熟门熟路，停好电动车，又歪着身子拎下充电电池。是靠路边的第二个单元，就在一楼，没有敲门，她一靠近，铁栅防盗门就从里面自动开了。隔得远，暗乎乎中，能看到一个男人的侧影，身量不高，似也是久等的样子。伸出手来，拎过电池，把金文让进去。

他们那动作很简单，不像是有什么，反倒带些哀戚的家常之意。徐雷使劲扭过头，破烂的院子尽头，一株歪脖子老树，叶子都落光了。

2

老展每次都早早地在门后候着。一关门，就上下打量一通她。嗯，不仅外套是旧的，裤子、鞋、包，也是过时的难看的要坏的。挺好。老展点头表示满意，然后才张罗着给她的电池接上电源。

金文也溜一眼老展，还是那猥琐矮小的模样，就算在家里，仍然半提着裤子，像刚从马桶上起来，或马上就要坐到马桶上去。

老展有屎频之症，尤其在吃饭前后、临要出门、上车前后，稍微一点时间上的压迫或空间上的移动，他就会发生强烈的便意，马上就要去蹲马桶。据他说，是痔疮手术做坏了，反落下这毛病，但凡出门，一大半的时间都在找厕所。他第一次跟金文搭话，就是打听哪里有厕所。当时，他们正聚在那个据说是胡大住处之一的欧亚别墅区外头，看人多势众能不能"冲进去"。那是"胡大卷款失踪"讨债群的一次失败行动。第二次、第三次的搭话，依然是讨债苦主的大集合，他一开口，也都是问厕所。

你怎么回事，吃错东西了？闹肚子？金文没好气地问。周围所有人都是情绪恶劣，大家交换被胡大骗掉的数目。30万。60万。83万。听到比自己多的，好像心里多少就好受一些。金文问过别人，也反过来被问。她是前后两次投给胡大的，总共13万。怕讲出来叫人家糟心，便胡乱翻了三倍报出。

从厕所回来，老展仍是那种时刻提着裤子的模样。为表谢意，他对金文小声吭哧道，我刚才跟你讲40万，其实不是，我20万。本想着投到胡大这里，起码能翻个小跟头的。你想，我快退休的人了，还能赚几个呢。你不理财，财不理你。

金文一听到"你不理财……"胸口就直犯恶心。就这八个字，被胡大那几个助手整天挂在嘴边。金文听啊听的,听顺了,便动了贪念,掉到这大坑里来了。我13万,她恨声地,也跟老展小声更正了自己的数目。

老展眼色一闪,意思是两人都要替对方保密,然后嘴里接着诉苦:其实我不方便出来的。也不顾忌金文是女的,也不顾忌讨债队伍左右的吵闹,他指指自己下身,详详细细讲起他的屎频,诸多的痛苦与不便。可群里一招呼,我还得来啊,多个人多份力嘛,能叫上面多重视一些。

其实上面又能怎么重视呢。他们每回出来,都是按讨债群主的指令,到政府东门,到公安机关大楼,到金融监管局,类似这样的地方。并闹不成什么,好不容易聚拢齐了,分分钟就被劝退解散。最好的情况,是有次出来个处长级别的干部,拿着扩音筒跟他们说了几句:胡大跟你们讲二十、三十的利,就信了?前面每个月给分红,你们不也美不滋滋地拿了?哪能尽想好事儿呢。别说胡大这几千万了,外头卷了几个亿十几个亿的,照样跑路。真要是天灾,政府会替你们兜,可这是你们自己惹的人祸,得愿赌服输……这话说得他们也有些哑然了,尤其是群主,给戳得跑气了,再不肯出来牵头,不久还心灰意冷退了群。也有人四处串讲,说群主的那150万,通过第三方说合,私下里给解决掉了。所以……

群里余者一片号啕,骂上面骂下面骂胡大的娘,也有互相劝慰的,用外头更苦的命来自解——做生意还赔本呢,一赔能赔掉几套房子。想想地震台风洪水,但凡碰上一个试试呢。还有股市,一夜睡过来,几百万没了。就我楼上邻居,得个癌,治得倾家荡产啊。要是养个不成器的小孩,或赌或吸毒,那是多少的血汗钱养老钱也架不住啊。没看新闻吗,好好地走在路边上,还能被跳楼的给砸死呢   人就是这样,人比人气死人,有时也能救活人。大家比赛似的,找来各种道听途说的坏消息,弄得外面全像悲惨世界一样,可这么一来,心里真就好一些了。算了,咱们也不能算最惨的。

金文实在不能够算了。13万,确实不算顶多,还没老展多。可这是她的私房,绝对的私房。从能赚钱以来,那时还没谈恋爱呢,所有明面儿上的进出用度之外,但凡有些小零碎,蒙住别人也蒙住自己的眼睛,只管悄悄眯眯往一个账户里投。对这笔私房,她有一个小清单,并随着时日变迁,在不断涂涂改改的增删之中:全功能按摩椅、外教一对一学英语、鹅牌羽绒衣、歌诗达豪华邮轮、紧肤抗衰热玛吉、美国黄石公园、最贵的和牛霜降牛肉。女表一只,牌子还没想好。无非吃喝玩乐用,挺自私的,全是给她自己一个人打算的。可这,不就是私房钱吗?

现在她知道了,这是报应。她发誓——只要能从胡大那边讨回13万本金,就立即向徐雷坦白,并把脑子里那张狗屁清单撕个粉碎,然后把13万都用在别人身上,家里、徐雷、小雷、姨娘、失学儿童、网上求助、赈灾。一分半厘也不会跟自己有关。不仅这13万,这辈子、下辈子,再不做任何关于自己的大头梦了。咒越狠,找回的可能便会大些吧。

老展,看来也跟她一样难以释怀,发现整个讨债群再无动静之后,他约金文私下里见了一面,就在他家,方便跑厕所嘛。金文没多想,一听就来了。她太苦闷了,得有个人一起说说,起码在老展面前不用瞒不用装的。老展那矮矬样儿,也安全得很。

老展倒了一杯白水,开口便向金文分析:大部分人都是起码投了50万以上的,像我们两个,这十几二十万的,实在是小虾米。但小虾米也有小虾米的一丝优势和希望。你想,连群主的150万都能解决掉,我们两个加一块,33万,绝不算多。耐心地等一阵,等大家的潮水退了,我们再悄悄地独自行动,不放弃,一直走到底,走——苦情戏。

讲到这里,他提起裤子跑了一趟厕所,然后才搓搓手,郑重地打开一间紧闭的卧室门。那房朝南,窗户下坐着个人,背对着他们,阳光太强,金文一时都没看清。老展等她眯着的眼睛渐渐适应,才稍带点夸张,像献宝,也像揭秘,把那人转过来。是个轮椅,吱溜溜推近到金文跟前。

叫双全,是老展女儿,生下来就是小脑偏瘫。她妈妈呢,早就跑南方去了。

金文忙站起身,脚步滞住,不敢近前。双全样子挺怪,手腕和手指都向内倒卷,脖子短且缩,头和嘴巴向左歪。最触目的还是胖,把个轮椅挤得满满登登。双全压着眉毛,却又往上翻抬眼睛,瞧了两眼金文,然后伸过来她那肥肥的内卷的右手,摸摸金文的衣襟,算是打了个招呼。继而又扭动脖子,嘴里含混滚了几个音节,冲老展把脸上的肉挤皱起,又松开。那算是笑吧,金文认为。

不是哎,丫头,别替老爹操心了。老展摇摇头,又冲金文解释:家里从没外人过来，她挺喜欢你。我家双全其实啥都明白。可瞧她这，也二十八了呀，能有人要她吗？我既是生了她，就得管她活着，管她到死。所以才把钱投到胡大那儿呀，想着能多一点是一点。现在好了，全玩儿完。他摸摸双全脑袋，不避不让地讲着，语调里听不出痛苦，反倒有几分兴奋似的。多好的牌啊多好的牌。他面露一丝微笑，手里把轮椅又吱溜溜转了回去，仍然让双全坐到窗户下的太阳里去，好像她是一株什么植物，就得晒着。

多好的牌啊。他关上门，更加大声地感叹，有点陶醉于自己的机智。

双全会乐意的，这也算取之于她，用之于她。你想想，要把她推出去闹事，会多么引人注目啊，效果是要翻好几倍的。老展给金文续白开水。可这么好的牌，我打不出手，不是有该死的屎频吗，还没出巷子呢，恐怕就先得跑回家两趟了。所以，我请你过来……老展随后详详细细提出了他要与金文合作的动议，强强联手，不，弱弱联手，由金文推着双全和轮椅出去跑，而且吧，金文是妇女，有优势，随便怎么撒泼，工作人员也不至于太动粗……

工作人员？金文当然已经猜到了。其实从双全的轮椅一转过来，她的心就被捏成了一团。老展太惨了，比她可惨一百倍。想想她那张浮华的小资产阶级清单，简直不要脸。愣是谁，看到这样的双全，能不羞愧吗？要是能叫胡大看到，叫外面所有人都看到这样的双全就好了。老展真是宏才大略啊，舍不得孩子套不着狼。她心里又从疼痛转为喜悦，像一下子被拯救了，从快要触底的深渊里又往上提了起来。事情还不是完全的绝路。

这是我们两个的秘密同盟。老展脸上显出老男人的谋算模样。这不刚转过年嘛，一年之计在于春，市里大活动可多呢，每有好事，必然都有市长、书记、区长、局长什么的出来，剪彩啊讲话啊握手啊采访啊，都是大场面，都会组织群众现场鼓掌什么的，不仅会有记者，现在还时兴搞直播。这些，我自会去打听，我在上头呢，有个老乡朋友。你呢，只要按我指定的时间，到我给你指定的地点，推着双全，去哭，去跪，去打滚，去喊冤，去求青天大老爷为民做主。我想上面肯定有他们的办法，最起码能给胡大或什么中间人捎到话。你想想，哪怕就给咱的33万打个九折八折呢，也值当了。成败关键，就在于苦戏。你呢，要受点累，我家双全是有点重的。

金文使劲儿点头，把桌上的白开水一饮而尽，像喝了一杯烈酒，心里烘地烧起来。她往闭着的房门那边瞅了一眼，别说推个轮椅，别说双全胖，别说扑地哭闹，什么累活丑活她都干，越是没皮没脸越好。

今天在徐雷那儿耽搁了，来得迟，老展都没来得及给她倒白开水，"两点半就得到，你们现在最好就出门。"径直地就去推双全出来，"是二把手副市长，姓杨。区里的书记，姓季。两个都胖胖的，都戴眼镜子。你注意听身边人的称呼。一定要带着姓，带着官职，大声叫唤出来。"老展一边相送，一边絮叨着进行老一套的战略性指导。

是啊，下午她确实也没办法替徐雷做饭送饭，得去城西的桃园市民广场。那里原先有一截子最脏最臭的护城河，现在给整成了治污排污的民心工程，有音乐喷泉，有格桑花丛，有荷花池，有健步跑道，漂亮得不得了。今天搞正式的开放仪式，领导们要去"与民同乐"。徐雷在医院里流露出来的种种心思，她都看得清清楚楚。他越是这样，她越是无法忍受，越是急于出来"行动"。继续憋着气深潜吧，直等她要回13万来，再从头交代，给他一份惊，也给他一份喜，那才是赎罪补过的时候。市里二把手市长、区里书记，够大的了，没准是特别好的一个机会，她热切地想着。

老展提着裤子送她们出门，突然想起什么，又回身取了一小包东西塞到金文包里。她用手一捏，明白了，双全来月事了。她量特别大，就算是成人尿裤，也撑不了两小时。今天这一仗不好打，双全每到这几天，脾气坏不说，还会加倍的沉，要抬她上公交车，得求两个大男人帮忙的。可也有好处，真要被驱赶了，双全会冲他们吐唾沫，吐得又远又准，真是不容易近她的身。

3

帮着照管两三个月小雷，对姨娘来说实在不算个事儿。徐雷过继来时，差不多就这么大。徐雷的生母，是姨娘的表妹，出车祸走的，表妹夫后来另娶。姨娘本也是老姑娘，这等于现成有了儿子，又有了儿媳、孙子。挺好。

把小雷送上学校，姨娘照旧出她的门。看过这一周的天气，今儿最合适了。保温水壶、折叠小马扎、消毒纸巾、吃食干粮，双肩包塞得满满的，管够她大半天的。徐雷成家后,她等于又成了单门独户,最恨日长呆坐无事,总千方百计出门转悠,身上还有一股子风风火火的老姑娘劲儿。

去哪儿呢,不是瞎来,姨娘可都有分教,隔段时间来个主题。寺庙道观、爱国主义教育基地、文保遗址、博物馆、图书馆、市民绿地广场、名人故居或纪念馆、新开楼盘不拘,以不花钱、有看头为主要原则。有了这些类型和范畴上的大致计划,跑起来就有趣多了。

比如寺庙道观,不走不知道,城里的且不论,光是五郊六县,跑一圈就得费时大半年。小山包上,老街顶里头,桥头水边,老远打听过去,慢慢近到眼前,就看到个老庙或小观不惊不乍地蹲着,里头供着尊土像,香火也还续着呢。她跑一家拜一下,心里勾掉一家。到晚上双腿酸胀,挨枕头便着,这一天便过去了,十分的充实。

楼盘也好的,且常跑常新,四面八方都在扩张嘛,过跨江大桥过江底隧道过绕城公路,姨娘喜欢这样不断加码,越甩越偏。有时她也发笑,她这巡游路线大概跟规划局局长或城建局局长什么的也差不多吧,只是没公务车,得靠公交地铁一路转换过去。因路途迢递、颇费周章,去了就特别认真。容积率、楼间距、样板房、二期三期规划、物业情况、周边菜场超市、学校配套。嘿,能瞧上大半天呢,有时还管盒饭。她心里也算小账,还有三年就满七十岁了,到时有敬老卡了,公交地铁全免,也差不多等于坐公务车了。

最近这些时日,姨娘看的是墓园,听起来有点瘆人吧。其实无妨,平心静气想想,跟楼盘的道理是差不多的。

其实她从没想到要转这样的地方。只因年前有个老同事去世,原先都在同一个车间,感情深厚,于是四五个老姐妹约起,找个好天气,一起去墓上小祭。也不是太伤心,老了哪有不死的呢,因而她们有些像郊游。那墓园不大,但清爽紧凑,边角旮旯都利用起来做成墓地,见缝就插地栽着绿油油的小柏树,挺拔地在墓侧站岗守护,把个姨娘瞧得直咂嘴。她挺喜欢。

切,这算什么呀。老姐妹几个七嘴八舌聊起来。四车间的老段长,埋在西北郊那公墓,我去过,拾掇得更好。另一位不同意,要我说,最好的要数殡仪馆边上的西天寺,我替我家老头子、也是替我,就选在那儿。听口气，她们都很熟悉，早有打算的。姨娘听着，有点着急和好胜起来，心里生出迫切的想法。怎么早没想到这个呢，大可以好好地转一转，关键还实用——她不也老大年纪了吗，能指望谁哪。她这辈子的所有事情，都是亲力亲为的呀。跟老姐妹们打听了一圈，心中便排下了这个系列的计划。

墓园一般都在城郊外廓，且爱傍山而建，像今天去的这处，便在岱山脚下，跟她以前去过的一家老庙是一个方向，转三趟公交，摇摇晃晃两个小时也就到了。

确实比上次那家宽绰多了，有个大草坪，一圈子果树，有各种雕像，仙鹤、天使、观音。还堆了个镂空假山，着实讲究。指示牌上扁扁地写着仁字区、润字区、天字区，一一指示分明。姨娘避让开几家前来祭奠或下葬的小型队伍，选了人少的润字区，往深处走。

一路瞧着墓碑上的字文，名字其实很耐看，她会轻声念一下，像是打个招呼。还是三个字的多，大部分取得很端庄、上进。也有的名字，读起来拗口。同穴夫妇是最多的，她喜欢算他们的年纪，看彼此相差几岁。又比较各自走的时间，看留下来的那个独自撑了多久。有的还贴着烤瓷的照片，丈夫是年轻时的戎装，妻子却是老来白头。也有跟自己差不多年纪的，倒死了！不免要替那人算算，是错过了多少年的人间。就这样一路走着瞧着，姨娘都出汗了。这墓地像梯田那样，越往里越是高出几分，一直高到绿树葱郁的岱山，岱山再往上，仰起脖子瞧，便是蓝莹莹的高天。好哇，上有照，后有靠，姨娘半通不通地在心里念叨一句，满意极了。相比上周和上上周看的两处，她最喜欢这家。

时近晌午，正好饿了，她就在那蓝天之下、岱山近边，把随身带的面包给吃了。切片面包配涪陵榨菜，两只茶叶蛋，热烫的红茶水，都是原食滋味，姨娘吃得很舒服。一边吃，一边闲闲地想着小雷。

这小雷，吃喝上不挑，接送学校也简便，公交车直达。可就是没精神头儿，小脸闷得黑瘦。问他怎的，闷声不讲。

前天夜里，听他在梦里呜咽，姨娘披衣服去瞧。见他书桌上摊着本年历，翻开的那一面上打着一行红圈圈，看看日子，倒是近了。姨娘大感好奇，主要也是不放心，想了想，轻轻摇动小雷，还在梦里抽噎的小雷都没等她动问，就开腔讲起风筝、风筝节、风筝博物馆，说了满心要去的潍坊，说了好不容易讲动爸爸答应请假……小雷撇开嘴大哭。

何至于呢。你爸腰坏了，叫妈妈带着去呀。姨娘觉得这根本不是个事。不提妈妈则已，一提，小雷哭得更凶了，绝顶伤心，像触动最大的一个烦恼机关。

我去——不了——潍坊——看——风筝——抽抽噎噎，真要背过气去了，那种梦里的背气。姨娘轻轻拍肩膀，让他重新躺下，复又盖好被子。小可怜儿的。这金文，也真是，那机房夜班，有当无的，叫人代个班嘛。不过，她突然想起来，徐雷动手术那天，在医院看到金文，讲话前言不接后语，是不得劲。也难怪，谁能在医院笑哈哈的呢。除非像十来年前，他们两个割阑尾，那倒是眉来眼去的。姨娘有一搭没一搭地想。

一边抬头看看天，蓝得比刚才空了一些，这样的天上，要是飞几只风筝，肯定再好看不过。别说小孩子，就她这把年纪也想看的。一边收拾背包，东西都吃光啦。双肩包上身，分外松快。挺圆满，可以打道转回了，直接去学校等着小雷放学也行。

岱山到学校，绕点路，转三趟，不绕路呢，得转四趟，都可以。这么些年奔走下来，姨娘对公交线路最是熟稔，尽管这样，每到一个公交站点，一边等车，总还要顺便校验一番，看有无线路或站点的变动。到第二个转站点时，哟，突然发现，301路站牌上新改了一个桃园广场站，白底上五个簇新的绿字。姨娘记得清楚，这一站原先是叫精工电子管厂。

啊是了，早就听新闻说过，那里在搞个大的市民广场，但凡这样的去处，可正是姨娘的巡视范围啊，看到这新冒出来的桃园，很想即刻就去补上这一篇，眼下也正好顺路。不不，少安毋躁，不必要这么急急忙忙的。得专门去一趟，好好地待上大半天，正经坐在树荫下的长椅上不急不忙地吃东西，看景儿。不就是要打发时间的嘛。

301路开到桃园广场站时，公交车堵上了，姨娘也就伸长脖颈瞧了瞧。广场那边果然正热闹呢，乌泱乌泱的全是人，大气球、彩旗、横幅、黄黄绿绿的演出服，四处挤着过马路的人与车，真是堵得一团糟。亏好今天没有上赶着去。姨娘靠在座位上，挺闲适地隔窗看景。

忽见一团人球从广场大红横幅下头向十字路口这边滚动过来，像有一只屎壳郎在后面没头没脸推动着。公交车是密封空调，听不清外头声音，却也有种尘烟滚滚、声浪喧嚣之感。只见那人球一路滚，差不多都要滚到慢车道这边，两个戴白手套的交警扎进去，又见白手套伸出来四处挥挥，人团才慢慢稀了，小蚂蚁似的，各自往不同的方向爬散。

公交车上的人此际都拥到朝向路口的这一侧窗户，看那显露出来的人团的核心。确实，有好看的。

一个被拉扯得歪扭的轮椅，里面陷坐着一个极胖大的女人。看年纪倒是轻，歪头，手指蜷缩，头发披散，衣衫上全是灰，还有水渍。脏裤子被撕扯出个大口子，里头的白秋裤时隐时现。呀，作孽，姨娘一眼就看到那秋裤的大腿处，细长的血印子正慢慢洇成大红花。歪头女人也不自知，正鼓着腮帮积攒口水，然后撮着嘴巴往四处吐。力气不够了，吐不到任何人，全落在她自己脚面上、轮椅上。看得大家都发笑起来，纷纷猜测，这女人多大了，是个瘫子还是个痴子还是装疯卖傻。总之注意力全在轮椅上。

有人在推那轮椅，因轮子歪了，推得很吃力。姨娘稍微搭看了一眼，立即认出来，又觉得认不出。是金文？

姨娘跟金文确实也不亲，尤其不欣赏徐雷跟她的姻缘背景，哪能在医院里头一见钟情呢。但那是拦不住的，也不好拦，到底不是亲儿子。金文嫁过来，也不是亲儿媳，更是客气避让。最主要的，是这金文同样是一般人家出身，身上却有种莫名的矜骄气，好像她只是暂时将就着过过凡人的生活，她实质上是不一样的。就那个意思吧。

可这会儿的金文，简直比轮椅上的歪头女人还不如。虽则好手好脚，却更加的上下邋遢、没法落眼。可能是跌在哪处水洼里了，衣角湿了一大块，没湿的地方，粘着各样的纸屑树叶子塑料彩条，还有痰与口水，灰堆里爬出来一般。更没法瞧的，是她那泼皮死狗一样的疯癫，撅着屁股，难看地矮着身子，一手使劲推那歪歪的轮椅，另一只手巴掌腾出来，冲人群挥舞，嘴里在不歇地龇牙咧嘴，冲人群喊个不停。叫喊什么呢？姨娘听不清，只见她歪开的领口里两根筋暴涨。

亏好听不清，也不忍听。姨娘实在看不懂这一出。金文怎么成这个样子了。想起跟小雷提到他妈妈时，梦里的孩子哭得那样的憋屈。嗔，就说徐雷最近犯怪，还冷不丁跑出去看人撒什么网。原来家里有事。

屁股下一晃，301车慢慢挪动起来，要向路口左拐了。姨娘最后望一眼金文,她低下头,好像才注意到轮椅女人秋裤上的大红花,跺跺脚,艰难地改变轮椅方向,一边四处张望,看来是要找个地方收拾下。哼,这么大个十字路口,一走岔,能多出两里路。姨娘蹦起来,摇摇晃晃跑到前门司机那儿,说:师傅帮个忙。我内急。可别弄脏您车子。看我年纪分上,开个门,赶紧的。

4

金文突然觉得手上一轻,姨娘的老脸现在边上,绷着脸,眼皮挂塌,牙缝里短促道:"向左,过斑马线,上那小台阶,进到穆家巷,里头有个公厕。"

金文忽然感到浑身上下跟熟虾子似的,火烧火燎地红了,恨不能弯起来,藏头抱尾。头一次啊,被人瞅到,还是姨娘。这下可有好的了。

姨娘仍旧不看她,"那边有个穆状元故居。边上就是厕所,示范级的,装了小电视,有残疾人专用,还有母婴房和淋浴间。可好使了,全都免费。"

金文硬着头皮,张嘴介绍:"嗯,这是双全,老展家女儿,身体不大方便。双全,这是我姨婆。"姨娘冲双全咧咧嘴,双全把嘟到嘴边的唾沫咽下了。脚下正好到台阶了,她们合力抬起轮椅。姨娘像干农活似的,六级台阶,她"吭唷"了六声号子。别说,有效果,连双全都跟着哼哼。她一上劲,秋裤上的红花更大了。

台阶后又是一截子石板巷,轮椅歪了不说,又有姨娘在侧叫她烧心,金文直走得满身大汗,抵达终点却是个大安慰。端的好一个厕所!四处铿光透亮,绿植错落有致,一排镀铬椅子虚席以待,并有隐隐熏香扑鼻,简直天上人间。整条巷子,连同边上的穆状元故居,都寂无人声。这么个绝顶气派的厕所,就是她们三个的天下了。

金文也顾不上双全了,先自钻到淋浴间去,哗啦啦收拾,这才看到自己身上头上的不堪,一阵子干呕,恨不得连嗓子眼也翻出来洗上一番。

然后搞双全。果然,纸尿裤在闹哄里给撕裂开,都成开档裤了。金文气得抱怨:"这老展,什么都挑最便宜的。"亏得有姨娘,两个人手脚并用,好一阵折腾,才替双全把下半身给冲洗擦干替换上了,外裤的长裂口,姑且用双全的一根皮筋给扎拢。

"老展,谁啊?"姨娘这才慢悠悠地问。可能是金文多心,她觉得姨娘的口气是伺机而发的,也是瞧不下去了。

这才意识到,自己已好几次脱口提到老展。确实也是这样,每次一浸入到讨债闹事的情境里,就觉得她跟老展、双全、轮椅是完全一体化的,是整个儿的捆绑。那种彻底的交付,倒让她放松。反而是回到家里,在徐雷、小雷身边,三心二意的,人裂成几瓣,很不舒服。有可能……她真是把老展当自家人了。可,老展,他算谁啊。金文咳了一声。

双全身上清爽了,脸上几块肉凑紧,算是露出笑,又晃晃她的歪脑袋,意思是要搞头。也好,手上能有事最好。没带梳子,金文就用手指替双全慢慢地梳,尽量地顺拢。脑子里盘算着,一边跟姨娘交代。

对,就好好介绍下老展吧。金文十分详尽地铺陈开来。屎频、轮椅、老婆跑了、胡大、20万、卷款、讨债群散了、四处扑找大人物。确实没一句谎话,只没提她那13万。涉到自己的参与时,她含糊带过,像只是出于同情,一种见人有难的出手相救。

姨娘听得直咬腮帮子,嘴角纹加深了好几道,几次张嘴,又几次合上。"哦,老展。那不容易。20万血汗钱哪。"她小声重复着,看一眼双全,把眼睛挪开,往上看,似乎让自己用力跳过什么东西,并往更高的方向爬升,"你别看我这一辈子从来没个男人……可我能懂。"姨娘居然脸红起来,带点热情,她轻轻地点头,飞快地看了一眼金文。"你帮帮他,也对。我不会小家子气的。"

金文愕然。姨娘显然误会了,可这误会似又不容去辩驳、推翻,那会是对老人家理解力和整个情感能力的某种否定。

她本来是想着和不是亲婆婆,平常走动也少,就拿老展这么抵挡一番,大概支吾过去就得了。她不愿提她的13万。那不只是秘密,还是自私与愚蠢,以及说不清的耻辱,能瞒下还是瞒下吧。可现在路数不对了,姨娘怎会从她这支吾里想到私情呢,老展那都什么样儿呀,姨娘这还叫"懂"?还这样大义凛然的,表示她没有替徐雷争面子。这太荒唐了,哪儿跟哪儿啊。瞥一眼姨娘脸上还未退却的晕涩,她不得不祭出她的秘密了。姨娘越是自认为她"懂",越是要给出足够的证据。

双全头发很厚，握在手上重重的。厕所门厅的玻璃擦得像没有一样，阳光透进来，直接照在双全的头发上，多亮啊。金文梳拢起它们，又放下，磨蹭着，像一直退到墙角，这才清清嗓子，更为详尽地道出她这一半的原委：

"……你看，这么多年，攒下这13万，没人知道，突然一天这私房没了，也没人知道。现在姨娘你，全都知道了。"金文难看地笑了笑，这就能解释啦，她为何要跟老展混一块儿了。想想也蛮久的了，金文对姨娘轮流竖起两三根指头。从胡大事发，前面连着两个多月的大群行动不算，光是跟老展的这个秘密联盟，也有三个多月了。垂死中扑棱，拖着死沉的双全，满大街地丢人现眼。她可实在，是有些疲沓了。

尤其今天。没想到桃园广场这样的大，前面的节目表演那样的长，也没想到杨副市长还是区里头的季书记，根本就没坐到前排看节目，也没剪彩或讲话，说现在不搞形式主义了。等节目差不多快完，不知从哪里站出四五位蓝黑夹克，看上去也没什么大派头，就随便四处走走看看，笑笑说说，跟人亲切握手。金文蹲在双全边上，一直守在大红横幅附近盯着舞台方向，等她觉悟过来，被簇拥着的那几位已走到后面几排，一时凑不近前了。金文这个急啊，忙放开手，扯起嗓门叫起冤来。既想说清事情首尾，又想着得言简意赅。她语不成句地舌头打架，一边慌急地低头端轮椅下台阶，就这霎时的工夫，再抬头，那一群蓝黑夹克早一阵风地全都不见了。

万事皆是迟了。领导走了，秘书们走了，摄像机也走了。金文这声嘶力竭的一番呼号，该听的没听到，反招来一大帮子闲客，正好演出结束，现在统统都调转眼睛来看双全了。前面的凑近了间长短，后面的要往前面推。挤挤搡搡中，把金文都给绊倒下来。这一倒，众人哄叫，更往前挤了一浪，把她们两个活活地给挤逼到小花圃里去，两排新栽的、根还没扎牢的月季花丛哪里经得住，被侧翻的轮椅和双全的胖身子给辗倒一地。这还了得，刚开放第一天的市民绿地广场！有人叫来了管理人员，后者先是痛心地检点损失，说要罚款，看她们两个，头发、面皮、衣衫上各种勾勾戳戳，实在也是狼狈，挥挥手。你们赶紧的，走吧！

这回，算得上是一次特别的重创吗，也谈不上。一直都是屡战屡败吧。老远就被拦下，被保安拖走，被看热闹的人群围挡住，时间没掐准，地点搞岔了，领导有事临时取消——到最后，差不多都是这样收尾，被人们的好奇和怜悯捆绑住，驱动着，艰难地滚离现场。

金文一口气地讲，讲得太急了，还急里偷闲笑了好几次。她和双全一起跌跤，像大小两个肉球一样滚动。双全的独门武器——吐唾沫，害得看热闹的人想近也近不得。公家人凶狠地气喘吁吁赶来，一见她们两个，反会张口结舌，束手无策。不都挺可笑的吗？她自己可能都没有意识到，她的语速像泥石流一样，带着灾难的气势，而泥石流中的笑，可真有点儿硌耳朵。

姨娘一直闷头听着，脸上一会儿太阳一会儿阴天地变幻不居。能看出来，起码有三四成的，她并不太接受金文新讲的这一段儿。的确也是，她算是好不容易从情感上说服了自己，大义灭亲了，怎么又来了这么一大秃噜子。

"可你，搞私房钱干吗呀？"姨娘最后这样问，语调痛心，更主要是迷惑。好像她能想得通私情，但想不通私房。

都已经讲到这一步了，金文觉得整个人都完全散架子了，再也收拾不起来了。她在心里冲自己嘲笑了一声，索性把她那自私的清单也给供出来了。在厕所里，对着老姨娘讲这些个东西，真有点别扭。这都是她最美好的寄托，并且好像只有保留在内心，才更有那种慎重的美好意味。这一讲出来，就等于是永久的道别吧……可姨娘真不省事啊，她特别认真，如同参加什么推广咨询会，不时地打岔。

这样贵的？鹅牌是个什么，就凭狼毛领子？非得穿它才能去南极？你一定要去南极吗？

按摩椅我坐过的，健康讲座时，我们排队坐过。你这也是带红外降压的吗？更高级？那能到什么程度？哟，哟，说得我都想试试了。

整容医院你也敢去的？还线雕，以为你是个石膏像吗？还热玛吉啥，皱纹能像个熨斗似的，给烫平吗？

豪华邮轮。外教一对一。黄石公园。和牛雪花肉。世界前十腕表。

姨娘越听越来劲，像是突然被启蒙、被开化了似的，满脸的嗷嗷待哺，要知其然，还要知其所以然，知其所以不然，把个金文常常给问住。好在百度也方便，不行就现查呗，好家伙，越查越多，有的连她也不知道。

再说还有双全在边上呢。双全平常看电视多，啥都懂，歪脸上撑出最大的笑，粉红牙龈全都出来了，两只手东捏西摸，老想发表意见。但她注意地克制着，只在听到歌诗达邮轮时，没忍住，含着舌头，两手爪子直抽，嘟嘟囔囔一串，迫切表达了她的意见。

姨娘听不懂，直着急。金文不得不岔开来，讲解下那部美国大片，解释了冰山，并转述双全的劝阻。她着急的是，金文又不是露丝，万一出事，哪里会有一个杰克来给她生命机会呢。这个险不能冒。姨娘听得身子直往后仰，赞赏地直冲双全点头。

而等金文终于开始讲到她本人特别向往，因此都不需要用任何百度的黄石国家公园时，姨娘却又拉回去了，要重新讨论，表示异议。泰坦什么号，那不是一百年前的老邮轮吗，现在不可能出那种事了。再说，她那被皱纹层层包裹的眼睛，像大屏幕上的老年露丝一样，闪烁着平静的深思熟虑。要是我，能死在豪华邮轮，死在大西洋还是太平洋里，我觉得挺好。总之，她用慎重的口气让金文重新考虑，清单上，还是保留邮轮吧。

金文苦笑着点头，接着讲回黄石公园的超级火山。姨娘又连声咂嘴，"活火山我知道啊，我看过地质博物馆。你，连活火山都要去看啊。"带着几分佩服，恍然大悟地直拍巴掌，"怪不得，就说你身上总是傲滋滋的，原来整天憋着这些个。有意思哪，你真有意思。"

姨娘的拍手有点突兀，在空荡的厕所前厅回荡，疲劳中一惊，金文突然有种午夜梦回之感。干吗呀，是在哪里？这个白发老太婆、轮椅上肥胖的歪头女人，她们是谁？在聊什么呢，她们脸上为什么带着那样兴奋的笑意？金文惊讶地瞪视，一边在心里用力地唤喊自己。得了，醒来吧。她的13万，她的私房清单，统统不存在了。金文听到自己语速慢下来，耳边的笑声也压了下来，那些刚刚被热烈讨论的邮轮、黄石公园、霜降牛肉，重新又成为漂浮着的名词了。她的兴致与力气，也一并统统退潮了。就看姨娘吧，她反正是完全地交代了。

姨娘在拍完巴掌之后，手里倒突然找到活儿了，正非常仔细地替双全把粗呢外套上的碎树叶片和断头发一点点摘掉，神情严峻而专注。摘完了还反复检查了一遍，然后才把抿着的嘴松开，吁一串气，开了口。

可她说的是什么呀，简直没头没脑，好像根本没有先前的这一大段，好像她刚打公交车下来,才碰到金文。"我主要就是来给你指一下厕所的。这么大个十字路口,可不好找。不早了,我得接着坐301车,去接小雷。"

也是,外面的天色,不知啥时已暗了下来,巷口里开始有了回家的车声人声。金文嘴里发涩,浑身骨头酸痛,她听出姨娘的意思了,老人家在一番不知是怎么样的斗争之后,决定要替她保密了。

可这并不让她感到高兴,她在心里复盘姨娘今天的所有反应,感觉心里有了个疙瘩,也可能这疙瘩一直就有,可被姨娘这么一点出来,就胀大了,堵在心头,堵成个大石头了。她真是没办法领姨娘的情。姨娘这样,让她觉得自己不仅蠢,还有点脏,脏得像片大乌云,揣着即将裂开的暴风雨,而徐雷,将要毫无防备地被浇个透。

她跟老展,真没什么吗?

其实老展并不是每天都给她任务的,可没任务她也常去,准确地说,是天天去。是实在没法跟徐雷踏实待着,尤其徐雷那种忍让的、装糊涂的样子,还有他烧好饭菜,带着小雷愣是不动碗筷,等她回家才开饭的样子。看不了,还不如去老展那儿。

老展也就是一杯白水,有一搭没一搭地跟她叨咕。没什么话题,主要就谈钱上的事儿。当然了,钱,就能扯到所有的事。比方说,会扯到双全。这双全,打小到大,从瘦子到胖子,从女宝宝到大姑娘,父女两个,可真是闹出太多的尴尬与狼狈。老展呢,讲话有点啰唆,老爱打没用的手势,听起来很吃力。可他模仿起双全来,倒是有一套。冷不丁皱巴起脸,把手里毛巾往头上一搭,缩起脖子,翻起手足,嘴里口舌打架,唾沫子涌出来。可实在太像了。三个人会没心没肺地笑上好一会儿。尤其双全,因为吸了太多空气,笑得都打起嗝来。

双全笑完了,就会从眉毛下抬起眼睛来,极其期待地睃着金文。金文能谈啥呢。除了那倒霉的13万,她跟老展可实在没啥共同语言。老展把毛巾从头上取下,给她续上白水,提示性地问:"你,到底怎么攒的呀,不就是机房值班的吗,能搞出13万?"欲扬先抑的赞赏口气。

"所以才小零小碎的呀。"金文倒有点不好意思。讲实话,她没任何的本事,同时也不愿太明火执仗地吃苦力。所谓的零碎,其实也是她自己的一个算法。比如替同事代班。白天嘛，她并不喜欢在家里拉上窗帘死睡。那太浪费了。只要有同事一喊，她就跑去替人代个半天班。这钱，她是留下的。

　　再比如买东西的差价。这算她特有的巧劲儿，再怎么明码标价、谢绝还价，她也能设法跟营业员谈出总店优惠、员工折扣或样品打折之类的好处。有次家里换热水器，是跟徐雷一块儿去买的，都已约好周末上门安装了，想想不服气，转天就去退了，换了家商场，同牌同款，她跟厂家驻店代表攀出一段老乡关系，生生抠下350块。

　　有一年夏天，工会组织到"农家乐"，看到有家蓝莓农场急招采摘工，那挺好玩啊，田园色彩嘛。金文暗中记下号码，问明条件，次日就悄悄晃荡过去，防晒帽加墨镜口罩，把脸遮得严严实实，十天不到，落下小小一笔外财，顺带还吃个肚儿圆。

　　有时也是个赌气。要过年了，人人做头，店长总监亲自出来，烫个花定个型配个色，优惠价，只要你500块。洗头小伙计在耳边说出花来，什么一年忙到头啦、对自己好一点啦。她冷着脸只管一抬手，你们显示屏上滚着呢，洗剪吹，40一位。完了，她把那460也自欺欺人地给昧进她的小肥猪账户里头了。哼，什么叫对自己好啊，她打算集中起来，大大地好一番呢。

　　这些个，实在也是提不上筷子的，可双全特别爱听，因为她并没什么机会花钱，更没什么能力赚钱，随便听个什么，都是好玩得不得了。金文明白她的乐趣所在，就更加仔细地把每笔钱的前因后果、细枝末节都给讲上一遍，直把双全给说得满意了，老展再推她回南屋窗户下晒太阳去。"13万。不容易哪。"老展回来，把白水往她跟前推了推，一张老脸显得更黑了。金文喝一口白水，舌卜似有滋味，觉得她刚才是把那些钱又重新赚了一遍。

　　有次聊得差不多了，她在老展家里兜兜，四处瞧，想找出张双全妈妈的照片。老展一直跟着她，走到末了，冒出一句："原来有的，她走了，就一张没留。"钱之外的闲话，也就谈过这一两句吧。反正她这里，可打死也不想说起徐雷或小雷，只要一出口，她的13万就更加可耻了。

　　当然每一趟闹事完毕，她送双全回转来，也会在老展家逗留一阵子，把满身的脏污收拾好，一边跟老展倾倒她们的惨败，或是抱怨策略上的失误。这通常跟几个小时前的作战动员有所呼应，像是高开低走的后戏和收尾。相濡以沫的低沉情绪中，她会接收到老展简陋的慰问，还是一杯白水。他从来没拿出比白水更好点的招待。可这刚刚好。你想，她怎么还配喝别的呢，只有老展明白她的疾苦，以及处置这种疾苦的方式。

慢慢消化完当天的糟糕之后，老展又会以他那种自以为是的谋算，有鼻子有眼地讲起下一次的战斗计划。老展会做出点领头人的气派，一边一只手，搭在她和双全的肩上，替他们这个联盟打气：苦肉计嘛，持久战嘛，就得这样，得吃99个苦头，直吃到最后一回，才能苦尽甘来，得到一块小糖。金文也会尽量振作地拉起双全那变形的肥手，满嘴附和：是啊是啊，就凭着我跟双全这样的辛苦，这样的没皮没脸，最终肯定能摇动到那不知在哪里享福的狗胡大，从他那干巴了的良心上掉下一点屑子来。33万最好，33万打九折，也行。

——其实这个时候，金文是最绝望的。她知道这一切都是白费，99场苦头一定会有，但最后那一块糖绝对没有。这样的绝望使她产生了某种敏感，一阵古怪的激情，感到肩膀上老展的手很重很热乎，她于是也更加用劲地攥紧双全的手，脑里闪过自甘堕落的画面：一头蠢猪抱着另一头蠢猪，它们在泥水里打滚，永远翻不了身。她甚至不合时宜地想到了她跟徐雷的最开始，不就因为两人都刚刚割掉了阑尾吗。她和老展，所被割掉的，可远远不只是那节子无用的小肉肠。人们哪，都会因为失去而共同沉陷吧。

……双全在耳边哼哼，很不高兴姨娘的提前撤退，又叫她回家，离开这么漂亮的示范厕所，她更不乐意了。金文劝了好一通，慢慢推转轮椅又参观了一圈，脑子里也在各个角落搜罗检查——其他没了，她跟老展也就这些，并没啥。可老展于她，确实又是个什么，算是个洞口吧，小小的，但能透气，或者，是另一只破罐子，烂兮兮的，一样的有疼有痛，反倒可以彻底交付。金文越是想，越是感到脑袋沉重起来，浑身酸痛之外，还加上了头疼，脚下走一步，太阳穴就疼得一跳。

赶紧地，把双全给送回去，今天绝不在老展那边逗留了。提了电池就回家，蒙上头，狠狠睡一觉。明天，等明天她能够再聚起力气了，再好好想这个问题。她甚至巴望着，也许一夜过去，姨娘改变主意了，一大早就跑去统统告诉徐雷了。能那样最好了。省得她想，也省得她讲了。

5

小西湖心重,其实徐雷跟他也就线下见过那么一次,打过几次电话要来看,劝不住。今天一大早就在楼下等,直候着医生八点半查完房,夹着两只脚进来,局促地丢下两尾草鱼,还有一提袋小杂鱼,有的还在吧唧嘴儿呢,病房里立时一股子河腥气。未等徐雷表谢,小西湖影子一闪,已是走了。徐雷倒给他弄得挺不过意,心想,光是视频点赞不够,等伤好了,再去跟他撒一回网才是。

只有喊姨娘拿回去烧了,正好给小雷补补脑。就不劳烦金文下厨了,她,从昨天那碗温暾的乌鱼汤,到现在,连信儿都没一个。真是堤崩水泄啊,收不回来了。徐雷躺着,盯着天花板上一盏日光灯,一盏紫外线消毒灯,浮想。想到当初结婚的细节,也想到将要离婚的细节,想到家具物用的处置,想到如何跟小雷解释——要给他的"完整",还是不能够了。

姨娘没一会儿就到了,脸色红通通。"真巧,我正好出门早。来,趁热的!"她从保温桶里倒出滚烫的汤,又从怀里掏出手绢包,里头一层塑料袋,袋子里两只小烧卖,"喏,老陈包子铺的。"

热香气裹住眼鼻嘴,徐雷往隔了一张的病床看看,金文从前就是那个位置。那里是空的,腿骨折的男人昨天出院了。真是多少年没喝过姨娘的鸽子汤了,也多久没吃到老陈家的烧卖了。松子在牙齿里隐香,心里起了一阵软弱。他跟姨娘,情分上是亲的,但又不敢当真去亲。那年他都十岁了,妈妈的音容笑貌,记得太清楚了。

姨娘替徐雷把细汗擦拭掉,重新把床放平。闲聊了几句腰部保养的偏方,接着很随意地说:"我呀,最近想出趟门耍耍,跟你借下小雷,算陪我。你给孩子请个假吧,周五一天就行,连上周末,耍三天也够了……"

"啥?您这,打算去哪儿?"徐雷大为惊奇,这话从何说起,怎么冷不丁突然来了这一出。他身边的人这都怎么啦?

"不太远,就潍坊。小雷没身份证,恐怕要去你家拿个户口本。我先回家收拾你这堆鱼,然后去你家,再去火车站。这不节不年的,估计买票都不用排队。"姨娘一口气地讲,不容徐雷打断,像已考虑得极为周全。

明白了。徐雷心口大堵,"这哪儿成。你这都六十七岁了!死小子,还以为他放下这事了,怎么纠缠到你那里啊。"徐雷从枕上昂起头,"就算买票，网上就能买。哪里还要跑来跑去。"

"火车站离大润发就两站路，顺便，我天天要去那边买特价筒子骨的。行行，你别动，网上买就网上买。"姨娘摁住徐雷，"小雷他可没跟我闹半个字。这孩子，太招人疼了。不是为他，是为我自个儿。你想想，我出去玩过吗？"

徐雷心里明镜似的，一百个着急地要拦下姨娘，"所以说啊，你老人家从没出过远门，何况还带个孩子。你外头随便问问谁去，绝不能够的。"徐雷讲到这里，舌头却也打起趔趄。他好歹也算是过继儿子，怎么从来没想过要带姨娘出去转转的。莫非姨娘所讲的，也真是心里话，她想出去见见世面？这想法一冒出来，觉得好受点了，也很惭愧，等腰全好了，他要陪姨娘出去走走。

嘴里还是在劝阻："退一万步讲，就算姨娘你能跑到潍坊，可那边你完全不认识啊。风筝节，什么概念，全是人，本地人外地人外国人，多乱。旅馆肯定爆满，你连叫车软件都没吧，地图导航都没使过吧，哪能摸到风筝博物馆呢？你知道小雷多皮吗，他撒丫子跑起来，我都追不上的，一身迷彩钻到路边，找也找不见，唤也唤不出。"他有意说得语无伦次，病人式地拍床，手总能用上劲的。

姨娘不为所动，等他静下，才笑嘻嘻的，不掩得意，"那我倒是问问你，就我们这城里头的，兵器博物馆、气味博物馆、直立猿人博物馆、中华指纹博物馆、失恋博物馆，知道在哪儿吗，去过吗？"

徐雷哼哼着，不明所以地摇头。

"我，都去过。就我一个人，不上网，也没叫车。怎么着，鼻子下面不就是路吗？区区风筝博物馆算什么，小小潍坊又算什么。别瞧不起老阿婆。"姨娘摆出老姑娘那种过时的飒爽。

徐雷仍在使劲摇头，幅度很小，因为一摇头就摇到了尾骨，疼。但尾骨还没心口疼。都是金文给弄的，她哪怕能有半片肚肠在家里，在小雷身上，怎至于要让老人家出门奔路。他开始打乱拳，"姨娘你不是胃不好吗，还有眩晕症，万一在外头咋的，可是大麻烦。别理小雷，小孩就这样的。还吵过要改名字呢，闹一阵其实就好了。"

"谁还没个想头呢，别说小孩子了，就你，不也瞎折腾着要去看人家撒网吗？一样的。小雷给我看过潍坊的照片，满天都是风筝，真是看一眼就赚了。哪像你这撒网，看一眼，腰坏了。"姨娘顺带着嘲笑起他，气势完全占了上风。

徐雷给她说得惭愧，勉强分辩："你是没看过，其实撒网有意思的，抱在怀里，相当于个大面团子，撒得好呢，摊成一个大饼，要技术不行呢，只能撒成包子、锅贴。"好一会儿，他回过神来，狐疑起来，"姨娘你跑那许多博物馆，干什么呢？"

姨娘嘎嘎大笑出声，显然乐于进一步地解答，"别说博物馆了。12床睡着呢，咱别吵着人家，我就大概跟你说说吧。"小声地，带点吹嘘地，姨娘把这些年来的几个巡游系列摆了一大通，讲到最后，还挤挤眼睛开个玩笑，"就这么说吧，你随便讲上面哪个地方，桃园广场、魏源故居、乾清观，你问我一个好了，那附近的公厕，我全都熟，都上过。"机灵地拉回主题，"我这啊，等于在家门口拉练，拉练成老手，再出市出省，就不在话下了。将来搞不好，我都能去日本韩国呢，能去歌诗达邮轮，能去黄石公园呢。"她嘴里冒出些半洋不土的词来，讲得有点费劲，可也很带劲。她虚拟地拍一拍包，进一步地豪放补充，"左右不过十来万块钱的事儿嘛，哪天回家数数看，也不是拿不出。"

听听姨娘这牛，都吹到哪里去了。徐雷苦笑着，尽量刁难地，又追究了几个问题，姨娘一一对答，显得成竹在胸。徐雷心里真有点儿妥协了，他也情愿姨娘这一趟能成行的。这次腰伤，自己吃苦倒在其次，真正的痛，在两桩事情：一是带小雷看风筝的事，黄了，对不住孩子。二是金文这外心，连手术与病房也不能唤回了。他与她，彻底完了。

"那，实在您坚持的话，车票我来买。旅馆网上替你们订好。各项花销也由我来出，出门不能省。支付宝你有吧？小雷倒也会，我再教教他，那个方便。"徐雷嘴上铺排着，说服自己往好里想，不管怎么说，这算圆了小雷之梦，可等一等——他终于后知后觉地想到，姨娘这一出戏，是不是演得太过了？她怎么就不想到问问金文呢？照理说，他这里躺倒了，理当是金文带小雷出门啊。莫非连姨娘都知道金文变心了吗？就像常说的，所有人都看到绿帽子了，只有戴绿帽子的人最后才晓得。

这样一想，心肝肺脏里又加倍搅动起来。他巴望着姨娘早点走，把小西湖的鱼尽快拿走，那腥气实在逼人。他想专心让自己痛苦一会儿。看看，事情都到这么个人人尽知的地步了，金文还躲闪着。这算什么。她不也把自己给拖累坏了吗，看她昨天那灰不落拓的，早年的好样子全没了。有话直说，离就离，他不会死拽着不放的。

姨娘的大屁股纹丝不动，眼神尖尖的，"你哪里不对噻？养伤的人，心里可不能有事。不论有什么难处，"直盯着，颇有意味地顿一顿，"跟姨娘说说，别拿我当外人。"

不说。就是亲娘他也说不出口。说了有用吗？这可不是跑一趟潍坊的事儿。"没，只是在想打鱼的事。可惜，我只撒了一手，都没能玩到收网。收网更好玩，就跟猜谜似的。那水面，像是死的，啥也看不出，偶尔咕噜冒个泡。小西湖说过，这时就全靠手感了，轻轻地，但最好加速地收拢。水下的力道怪得很，好像有一群鱼在跟你拔河。有时紧，有时松，有时左，有时右，有时它们突然全都松手，网一下轻了，拉来看，缠了几把水草。空军，他们管这叫空军。"徐雷讲讲也有点失笑。他到现在还觉荒唐，他一直是优柔寡断的性子，怎么突然就抽风了，在小西湖的抖音下互动，立时三刻地就要跟着去耍。这人哪，要霉起来，真是奔着跑着，急先锋似的，也要赶着去倒霉。

姨娘盯着他，脸上全是话，嘴角努动，像在寻找化解他的突破口，以及突破后的好词好句。真是叫人紧张的沉默。别说，求您老人家什么也别说。徐雷在心里一个劲儿地祷告。快点走吧，让我独个儿待着吧。

外头一阵拖着的脚步声近了，听出来是金文。徐雷先是吁一口气，随即胸口一阵灼热，恐惧地预感着，拖到这么迟才来，看来终于是想妥了，要来说出她的决定了。得赶紧打发姨娘走，遂又抓紧补了一句："您老人家就别操心了，权当我点儿背吧，啥都凑一块儿了。"

姨娘早已收起神情，面带春风地招呼金文："来得早不如来得巧。记得你也喜欢喝鸽子汤的，正好还有小半锅。"说着，已麻利地盛出一大碗，快步往茶水间打了一个来回，那里有微波炉。

金文脸色灰蒙蒙的，盯着姨娘好一会儿，好像才认出是她。徐雷看到她眼皮明显跳了一下，不大自在地招呼："这一大早的，您就过来了？"她两手空空，啥也没带。连衣服都没换，还是破旧兮兮的苦刑犯样。

"是哎,我这不要出趟远门吗,想请小雷陪我。来跟徐雷商量的。"姨娘不等金文发问,又啰唆了一遍她四处奔走的大能耐,"刚才,就一直讲的这些个。"姨娘摊着手,好像要向金文证明什么。

很怪,徐雷看到金文显出失落的样子,身体变得更加硬撅撅的。"风筝,去潍坊?"她看来是头一次听说,惊怔地用两只手推揉着腮帮子,推成一个接近于笑的表情,"那敢情好呀,一老一少,挺好。"脸上其实看不出多领情的样子,只是在推动牙齿和舌头寒暄。

看看,她对姨娘所说的,根本没往心里去。她甚至都没反应过来,不管小的还是老的,应当是她带着出门才合适。徐雷忍不住了:"不知能不能劳驾你,抽出一点空,去跟小雷班主任讲一下?最好当面请假,毕竟是出去玩。"

金文没听出徐雷讽刺的口气,犹豫一下,推卸:"我也怕见老师的,还是你打电话吧,就说小雷生病好了,横竖老师都会不高兴。"

"呸呸,好好的说什么生病。有徐雷一个躺着还嫌不够啊。对,我突然想起来,放风筝还有个大好处,老话怎么说的,就是放晦气放倒霉嘛,去病衍毒消灾。不光我跟小雷放,你们想,整个风筝节,小十天,所有人都在放呢,那得放掉多少的倒霉啊。看看,我这头一趟出门,可真是出着了,家里什么事情都会好的。"

徐雷这回是真的发笑了,"照这么说,那所有老百姓,所有的长官,直至联合国官员,就整天放风筝好了。"看一眼金文,她黄巴着脸,也笑了一下,可身上仍然紧张得像块铁板。

姨娘还以为得了他们的赞赏,更加乐不滋滋地一拍手,"我还没跟小雷讲呢。真是等不及要看他什么反应咧。那小臭东西,总不会嫌弃我这老骨头吧。"

远远听得微波炉"叮"了一声,姨娘跑去端回,卷起衣角端来,直送到金文嘴边,"热乎的,赶紧吃喽。"热气升腾,金文的脸摇晃着让了一下,凑近。

姨娘重又稳稳地坐下,嘴里咂了一下,脸上使劲克制着,张张嘴,闭上,最终还是开口了:"正好都在。讲个好玩的,你们不要怕。其实这阵子啊,我还逛了好几处的公墓呢,清清爽爽的,挺好。尤其那些枝叶繁茂的老夫妻，左下方挤挤挨挨一长溜红色名字，都是儿媳子孙哪，排着，陪着，大太阳照着，瞧着可真舒服。也难得有个别的，碑石上空落落就一个名字。我要看到这，才会猛然想起，哟嗬，跟我一样，光秃秃的独门独户嘛。"姨娘挤眉弄眼地笑起来，好像这是多滑稽的一个事情。

徐雷赶忙接话，姨娘很少谈及此事，嘴上也顾不得避讳了："姨娘你不是有我们吗？到你百年之后，我、金文、小雷，一样会排在碑上，太阳下陪着你老人家的。"心里却是一记闷痛，谁知道金文的名字那时还会不会跟他排在一起呢。

"倒也不是一定要这样。不过能有你们这一家子三个陪我，当然是我的大福分。"姨娘显然很受用，看一眼正埋头于鸽子汤的金文，她把上身抬直，凑近二人，"我其实是想说——也怪，我怎么挺喜欢逛墓园呢，逛上一次，心里就会很好。嗯，也不能叫好，怎么说呢，就觉得活着吧，挺了不起的，挺不错的。除此以外，都不能叫个事情。你们两个，也想想呢，我说得对吧？能有什么过不去的呢，还有比生死更大的吗？"姨娘放慢语速，像在宣讲天下独一份儿的人生要义。

这无非就是老年人的老话儿，根本抵挡不了心里正漫涌上来的伤感。徐雷还是点点头："姨娘讲得对。没什么事算大事，没什么过不去的。"他有意重复着，倒是希望金文能听进去，别再闷葫芦摇了，说开来吧，放过她自己，也让他死心算了。他看一眼金文，汤已喝得差不多了，高举着汤碗挡在脸上。可她另一只搁在桌上的手，正紧紧捏成个干拳头，好像憋不住了，马上就要挥起来，对着空气搏打一通。

姨娘这才抬起她的大屁股，收拾好保温壶之类，提起小西湖的两袋鱼，窸窸窣窣地往门外走了。

"我……要跟你讲个事。"金文的拳头依然捏着，都没等它松开，就急急忙忙小声开口了。

姨娘的声音忽又从门外传来，她招手唤出金文，十分要紧似的，撑开两只塑料袋，极为满意地与金文分享："差点忘了给你看，瞧，腥得多新鲜哪！直冲鼻子的泥塘味。这个叫小西湖的，也是个好孩子，我还差点怨怪他。"她生硬地拽着金文，直往走廊深处去，声音越来越远，徐雷听不大清了，"加个老太太，效果肯定更加好……不是吹，起码各处的厕所……那清单如果能……我倒也要入个伙呢……"

选自《北京文学》2021年第11期

评鉴与感悟

作者设定了两个接连遭受重创的家庭，并通过一场理财骗局将他们联结起来。一边是丈夫徐雷对妻子出轨的误测，实不知误会背后隐藏着妻子更大的秘密；一边是深陷理财骗局无力挣脱的金文和老展父女。"风筝"成为故事的总意象，自在高远的风筝寄托着丈夫对美满婚姻的渴望、老展父女对安稳生活的希冀、孩子对不良情绪的排遣。故事结尾，误会解开，然而众人能否真正地如风筝般"脱身"仍未可知。宿命般的苦难成为悬顶之剑，使平庸的生活竟也成奢侈。对老展父女生理残障直白赤裸的揭示，无疑彰显了作者暴露人生苦难的意图与决心，传达底层的无力和困顿。尽管"不幸"构造着故事，作品的基调并不绝对沉重，姨娘成为一抹亮色，对欲望的克制、乐观纯净的品质、对新事物源源不断的兴趣，共同铸就着姨娘独立的精神世界，这个世界也向等待救赎的他人张开。姨娘对两代人的照顾正是向苦涩人间传递温情，揭出生活最本真的"甜"的底色。

"味甘微苦"原为中医说法，指药材本是甜的，但尝起来却微微带苦。以其为题便暗示着作者个人的人生认知：当人类处在自我修复的困境里，会有一种强大的本能驱使他们发现生活中的"甜"，最终获取自我救赎的力量。（郑丹桐）

索马里骆驼

/朱山坡

上篇

有一天,我突然接到一个被恳请前往柏培拉的电话。此人自称是我的父亲,语气虚弱,甚至有些哀伤。他说:我快死了,但愿父子见上最后一面。

那一瞬间,仿佛是有人告诉我,在遥不可及的地球背面有一只似曾相识的蚂蚁生命垂危。我没有答应他,尽管电话那一头仍在苦苦哀求,我依然果断地挂了电话。

实际上,我断然拒绝了。我坚信我的绝情和冷漠是遗传自给我打电话的人,他咎由自取。但放下电话之后,我很快产生了些悔意。因为我想起了骆驼。那是父亲留给我的仅有的温暖、动人的记忆。

尽管很短暂。

我没见过几回父亲,对他非常陌生。他离我也很远,仿佛是另一个世界的人。他曾经是援非医生,20世纪80年代初在索马里待了三年。回国后不久,他从省医院里辞职回家,然后一个人离开了中国。当时,我出生才六个月,还在母亲的襁褓里,完全不知道父亲和母亲之间发生了什么事情。据母亲后来的描述,父亲离开那天,我哭喊得特别厉害,好像从此再也见不到父亲那样，哀号得撕心裂肺，最后爬着从床上滚下来，往门外追赶父亲，被高高的门槛挡住了去路。我想，母亲的描述有些夸张了，六个月大的孩子懂什么生离死别？在我的成长过程中，我追问得最多的事情便是父亲究竟去了哪里。母亲的答案模棱两可，经常指着非洲地图，手指滑到哪里，父亲就在哪里。一会儿说在尼日尔，一会儿说在赞比亚，她也没有弄清楚。

后来有一些事情我弄清楚了。父亲援非期间，母亲闹了是非，确切地说是绯闻。匿名信在她的单位满天飞，说她夜里经常用头巾遮掩着脸闪进电影制片厂一个陆姓导演的宿舍，一个小时后匆匆出来，消失在樟树成排的院子通道上。省城并不大，圈子更小，父亲一回国便被母亲的流言蜚语包围，像掉进了粪坑里。母亲替自己辩护，说那是竞争对手造谣，她根本就没进过电影制片厂的大门，跟陆姓导演也只是在摄影棚里见过一次，她应邀前去给女演员们指导印度舞。然而谣言里的细节如此逼真，偷情者的举动神态纤毫毕现，父亲不相信只是空穴来风。母亲有口难辩，一头撞到了省文工团排练场的玻璃镜墙上，头破血流，并意外发现自己怀孕了。事情反而闹得更大。父亲死爱面子，把自己关在家里，不出门见任何人，从早到晚用针扎假人，有时候还扎自己，身上扎满了针，像一头箭猪，直到一年多后离开中国，远走高飞。

我唯一弄不清楚的事情是我到底是不是父亲的亲生儿子。母亲是坚信不疑的，但好像父亲并不那么坚决，因为我看不出他对我有任何父子之情，他连信都没有给我和母亲写过。只是有一次他给他的弟弟写过一封信，让他的弟弟转告我们：他在索马里靠近亚丁湾的柏培拉市。除此之外，我对他一无所知。

我能确定的只有一件事：在世界上我仍有一个似是而非的父亲。

有时候，有可能，还有另一个同样似是而非的父亲。我见过陆姓导演。六岁那年春天，在电影制片厂门口，母亲推着自行车带着我，我坐在后座，双手拉着她的衣服。我们不进去，只在门卫室外往里面张望，与电影制片厂就差一个铁栅栏。进进出出电影制片厂的人川流不息。母亲戴着头巾，阻挡住风，他们没有注意到我们。大约半个小时后，一个高个子、戴白色羊毛围巾的男人从电影制片厂里低着头走出来，眼镜是茶色的，文质彬彬，他旁若无人地从我们身边走过。母亲用自行车拦住了他的去路。

犹如一只鹿无意中撞上一头狮子,他惊慌的表情生动地印在我的脑海,至今仍然清晰。

母亲只和他说了一句话:"我根本就不认识你!别在电影里扯上我!"

他还没有反应过来,母亲已经掉头,背对着他,拂袖而去。

我问母亲:"这个人是谁?"

"什么也不是!"母亲对着我低吼了一声,然后推着自行车急匆匆地把自己淹没在行人里。我回头看那个人。他耷拉着肩,立在电影制片厂门口,远远看去,他的背竟然有点驼,背部靠肩处明显隆起,像一头电影里的单峰骆驼。

我估计那个人就是陆姓导演。两年后,我在晚报娱乐版的一篇电影报道中一眼认出他来。照片上的人跟我见过的他一模一样,连围巾和眼镜都一样。但报道上说,他已经调到西安电影制片厂了,最新导演的爱情电影很快就要跟观众见面了。女主角是一名舞蹈家。

在我九岁那年冬天,已经是寒假,萧瑟之景象随处可见。我在乡下的外婆家,在一块种满番茄和法国豆的稻田里,正在跟外婆挖土豆。父亲突然出现在我的面前。他骑着一匹银灰色的骆驼,似乎一下子便认出我来,对我格外亲热,从骆驼背上的布袋里掏出一把大白兔奶糖,引诱我。但我没有迎上去,哪怕他给我最期盼的手枪,我也不会伸手,因为我不认识他。而且,我被骆驼震惊了。这里从没有骆驼出现过,我还是第一次看见真的骆驼。很高大,腿很长,庞然大物。像是天外来客,或者是电影里走出来的巨怪。有两个驼峰,高高的,父亲坐在后一座驼峰前。它的脖子比我想象中的还要长。它把嘴巴伸向我,先是嗅了嗅,然后露出洁白的牙齿,好像要吃了我。我惊叫着呼喊外婆。外婆的耳朵早就不好使了,感受不到我的惶恐。我使劲摇她的肩膀。她把头从还算茂盛的土豆苗里拔出来,借着夕阳的余晖看清了眼前这个男人。

"他是你爸。"外婆对我说。

父亲从骆驼上跳下来,走向我,说要带我离开这里,去一个遥远的地方。我不知所措。外婆没有反对,或者她因为慌乱而忘记了反对,更可能的情况是她还没有搞清楚眼前发生了什么事情。外婆老糊涂了，经常是今天才对昨天或几天前发生的事情恍然大悟，然后懊悔不迭、捶胸顿足。空旷的田野只剩下我和外婆，现在又加上一个叫爸的陌生人。他长得也很高大，身材瘦长，仿佛有骆驼那么高。着蓝色的运动秋装，白色回力运动鞋，银边眼镜挂在他的脸上，小得明显不匹配，显得鼻子很长。当然，他的脸也长，还有点黝黑，但看上去很俊朗。我感觉他跟其他人的父亲都不一样，但我也说不清是好还是不好。地上一堆土豆孤零零地躺着，远处有几尊新扎的稻草人。番茄熟了，青里透着红。二舅给我制作的手推车安静地站在父亲的脚边，在一匹骆驼面前显得特别幼稚、弱小，我担心骆驼蔑视它，一脚将它踩碎。

　　父亲将我抱到骆驼背上，让我坐在前座。这匹骆驼刚好两个座位，刚好够两个人坐。那是我第一次骑骆驼。我很害怕。好高啊，像坐在悬崖上，外婆顿时显得很矮小。不知道因为什么，外婆的眼泪像土豆一样从她深陷的眼窝里攀爬出来，在脸上滚动。

　　父亲在前面牵着骆驼，到了漉水河，他才上了骆驼。当他要快马加鞭跑起来时，母亲突然出现，从侧面包抄过来，双手张开，披头散发，像一只母鸡拦住了雄狮的去路。

　　骆驼停了下来。仿佛才忽然发现一切都如此陌生和凶险，瞬间明白误入了世界，它有点惊惶，也有点迷茫。母亲号叫着，让我从骆驼上滚下来。如果是在平时，我不会有半点儿犹豫，立马听从母亲的命令，但当我骑上骆驼的那一刻，就感觉高高在上，一切都变得不一样了。我仿佛看到了一个崭新的遥远的世界，很短的时间里便迷恋上骆驼雄厚坚实的背脊。我希望母亲的怒吼变得越来越弱，到最后变成默认。但情况正好相反，她声嘶力竭的叫喊震颤了我。我快坐不稳了，回头看看父亲。他露出了陌生而无力的笑容。母亲拖着我的左腿，将我从高高的骆驼上拉了下来。我重重地摔在地上。

　　骆驼仰起高高的头颅，发出一声嘶鸣。几只昏鸦受到了惊吓，在空中突然折返而去。

　　此时的母亲是省文工团早已经过气了的舞蹈演员。因为颈椎病越来越严重，遍访名医却无济于事。母亲很早便处于休养状态。她经常携我回到乡下，回避那些飞短流长。地里的那些土豆就是她种的，但是种得并不好，草盛豆苗稀，挖出来的土豆偏小、偏瘦、偏扁，疙瘩多，估计连骆驼也嫌弃。

与九年前相比，母亲的容颜衰老了一些，衣着也老土了，还不修边幅，泥污遮蔽脸容也不管，甚至看不出她曾经是省文工团的王牌舞蹈演员。但凡见过她跳印度舞的人没有谁不说她跳得真好。事实上她的印度舞是省文工团的一绝，连访华的印度舞女都自叹弗如。当然，她也漂亮，是真的漂亮。听说父亲就是在看她表演印度舞的晚会上对她一见钟情的。那时候父亲的条件也不差，北京协和医学院毕业，是省里最好的针灸医生，他的成名作是几针下去竟然让一个瘫痪多年的老将军重新站了起来。母亲崇拜他，也很需要他，因为练舞多年，年纪轻轻的她颈椎病却相当严重了。如果这样下去，她再也无法表演印度舞。有一天，她冒昧登门恳请父亲给她治疗。父亲自然十分惊喜。但他没有几针解决问题，而是用了半年时间才将她的颈椎病极大地缓解。母亲感激涕零，但父亲告诉她，病根无法根除，灸针灸理疗将是一辈子的事情，也就是明确告诉了母亲：你这辈子离不开我了。他们相爱了。结婚后，在父亲坚持不懈的努力下，母亲的颈椎病基本上治愈了，但感情却出现了问题。是母亲不顾父亲的劝告，固执而狂热地继续跳她至爱的印度舞。她要取悦观众，体现自己的价值。确实也是那样，她得到了无数的赞美和荣誉。父亲一再警告她，印度舞会彻底毁了她的颈椎，最后可能导致瘫痪而且不可逆转。母亲不听劝告，因为相信父亲精湛的医术会呵护她的颈椎。然而，父亲不是神医，母亲的颈椎还是不堪重负，颈椎病又复发了。有一次，因为颈椎的原因，她晕倒在舞台上，让她颜面尽失。母亲责怪父亲故意留一手，没有彻底治愈她的颈椎病，是因为他企图控制她一辈子，小人之心，自私狭隘。父亲不厌其烦地向她普及医学常识，从中医到西医，甚至印度、南美的巫医，都跟她解释过无数遍，大部分疾病是无法根治的，哪怕习以为常的感冒、胃病、白癜风、高血压，而且治疗效果因人而异，颈椎病也一样。他们开始了旷日持久的争吵。

父亲似乎厌倦了一切。那一年，他申请援非，一走了之。父亲回来后，她以为一切可以重新开始，但父亲离开的步伐更坚决，走得更彻底。父亲出门时说的那句"我再也不回来了"对母亲是一个重大打击。从此她的生活和工作都乱了方寸，日子过得动荡不安，只有回到乡下才稍微宁静安稳一些。于是，我们经常回外婆家躲避尘世的喧嚣。但乡下的日子每一天都寂寞、无聊，漫长得没有尽头，母亲经常一个人坐在长满野菊和狗尾巴草的山坡上发呆，半天不动，我担心她变成狗尾巴草，我和外婆都辨不出她来。

我跟母亲说："我想回省城上学。"

母亲说："省城有什么好？省城会毁了你。"

母亲每隔一段时间便回省城，像一尾鱼，每隔一阵子必须回到水里。她回省城只为做一件事，就是像侦探一样，把隐藏在背后造谣的人揪出来，证明自己的清白。不是为了她自己，也不是为了我父亲，而是为了我。母亲是何等聪明机智的人，她果然成功了。造谣的人竟然是她最好的朋友、同事，也是舞伴，她们一起训练，一起成长，一起演出，经常住在一起。但正是她，一边跟母亲情同姐妹，一边嫉妒母亲的美貌和舞技，以为是母亲压制了她，使得她默默无闻。于是她以匿名信的方式向组织举报母亲私生活混乱，跟一个陆姓导演关系不正常，并将匿名信寄给了所有的同事。母亲一开始万万想不到是她。因为在母亲受绯闻伤害最深、心情最郁闷的时候，是她嘘寒问暖，给予了母亲最好的安慰和无微不至的关怀，让母亲深受感动。然而，有一次，在谈到陆姓导演的时候，她一刹那间慌乱的眼神引起了母亲的警觉和怀疑，在母亲的追问下，那女人"咚"一声跪在母亲的面前。母亲伤心欲绝。那女人向母亲认错赔罪。结果两人在咖啡厅里抱头痛哭。母亲说，只要她第二天在文工团政治学习会上说明真相，承认错误，公开道歉，消除影响，她们还是好舞伴、好姐妹。那女人答应了。母亲回到家里，高兴地对我说，从明天开始，她就可以清清白白地做人了，一切丢失的东西会重新回来。我问母亲，是什么事情呀？母亲笑而不答。她说话的时候正在用洗面奶使劲搓洗脸上的泪痕，折腾了好半天，还是对自己的脸不满意，换了另一种洗面奶继续搓洗，发狠地搓，仿佛要将脸皮换掉。第二天一早，母亲刚要出门，便接到一个电话。挂了电话后，她蔫倒在客厅里，那样子就应该是传说中的魂飞魄散吧。

电话中的人告诉母亲，那女人，竟然在昨夜投河自杀了，没有留下遗书。她带走了儿子的布骆驼。人打捞上来了，布骆驼还在像沙漠一样宽大平静的湖面上漂泊、跋涉。

那天母亲在客厅的地板上坐了一个上午，披头散发，目光呆滞。我躲在房间里，偶尔穿过门缝瞧她，很担心，很害怕她弄死自己。那时候，我多么希望父亲突然出现，哪怕有一个陌生的男人出现在她的面前安抚一下她也好。可是，那天上午屋子里只有我们母子二人。我心里开始恨父亲，甚至诅咒他。

那女人三年前离了婚，也有一个七岁的孩子跟她一起生活。我跟她的孩子一起玩过，我不喜欢他，因为他不爱说话，也不理会我，只顾着玩一只银灰色的布骆驼，时刻提防着被我抢走。母亲悄悄告诉过我，他患有自闭症。后来我再也不跟他一起玩，但我记得他的骆驼玩具似乎会说话，因为他把我晾在一边，跟它交谈，跟它笑。

为了保住那女人的声誉，母亲没有将她诬告的事情说出去，默默承受流言蜚语的围攻。但母亲将此事告诉了外婆。

"天诛地灭啊，这样歹毒的女人不得好死——你为什么要放过她啊？"一向善良、慈悲的外婆也生气了。

母亲淡淡地说："她不歹毒。她死了。"

外婆迅速沉默了，从口袋里掏出她的佛珠用双手不断地捻着。她的嘴唇是颤抖的，仿佛牙齿也在蠕动，把嘴巴里本来要说的话嚼碎吞下肚去。

从此以后，母亲也不再理会那些流言蜚语。只是我和她在一起的时候，她经常无缘无故、不知所谓地从嘴里蹦出句"清者自清"，清晰可辨。我吃惊，她也吃惊，彼时她的神情有点恍惚，瞧人的眼睛直挺挺的，有点呆滞。

父亲不相信母亲是清白的。他在信里就是那样写的：你比发情期的母骆驼还骚，隔着千山万水我也能闻到你的骚味。

有一天，母亲问我："你见过骆驼吗？"我说没有。母亲平静地对自己说："我也没有见过。"我经常偷偷闻母亲身上的气息，实话实说，果然有一种与众不同的骚味，也许那就是母骆驼发情期的气味。

四年前父亲来信说要跟母亲办离婚手续。母亲用怒火将并不长的信笺烧成灰烬，并扔下一句狠话：等我死了再说吧。母亲把这个愤怒写进了回信中，我想，这封信里的怒火足以将非洲大草原点燃。母亲说父亲在非洲有了新女人。是一个女黑人。我说："有外婆那么黑吗？"母亲说："差不多吧。""你见过吗?"我问母亲。母亲又是模棱两可地回答说:"别人说的,不一定是真的,也不一定是假的。"

父亲从骆驼上下来。母亲把我推到道路的这一边,让我跟父亲保持安全距离。然后父亲跟她争吵。主要是母亲在吵,父亲很少回话。母亲将九年来要对他说的话一下子喷了出来,开始是暴怒,怒火伤及了骆驼。它识趣地退到道路的另一边,一动不动地看着前方。前方是黑色的山峦和茂密的树木。

父亲坚决要带走我,母亲拦住他,不让他靠近我。父亲用力推开她。母亲的力气远比不上父亲,眼看就要被突破,败局将至,母亲双手松开父亲,闪到一边,恶狠狠地说:"对,他不是你的儿子!"

父亲愣住了。这么多年,仿佛终于听到了一句真话,他一下子蔫了,露出了绝望的冷笑。但当他和我目光相对时,脸色迅速温暖起来,转身对母亲说:"你又说谎了。你以为这样说就可以阻止我带他离开了?"

母亲也许意识到了什么,双手插头拉扯头发,让内心的怒火迅速平息下来,然后整理了一下自己不那么整洁的衣裳,不敢正眼看我。

外婆站在远处,仿佛她听明白了他们争吵什么,然后向我招手,让我回到她的身边。暮色四合,原野上的一切都变得模糊起来。母亲和父亲对峙着,谁也无法打败对方。我的命运将取决于他们争吵的结果。

结果是我留了下来。父亲也留了下来。

父亲把绳子交到我的手上。我内心有些兴奋,小心翼翼地牵着骆驼,穿过幽暗的竹林。回到外婆家,我把骆驼关进竹栅栏围成的牛棚,然后静静地看它啃着新鲜的草料和蔬菜。它不时抬头看我。我伸手去摸它的头,想跟它说说话。

"它来自非洲,听不懂你说的话。"父亲突然出现在我的身后,笑得比刚才灿烂自然了些,但像是跟我开玩笑。他抚摸着我的头说:"只要肚子里有足够的水,它能走遍全世界。"

从外面到外婆家的路并没有通车,道路崎岖、弯曲,马匹是主要交通工具。骆驼对这里来说是让人惊诧的异物,应该在遥远的西北部才有。村里的人对骆驼充满了好奇,不一会儿,他们便将牛栏围得水泄不通。

"非洲的骆驼,健壮,耐跑。"父亲对他们说,"随便你们骑。它能走多远,你们便能走多远。"

"你真的是骑着骆驼从非洲回来的?"村人问。

父亲沉吟了一下,迅速觑了一眼母亲。母亲站在人群之外远远地眺望着骆驼,一副俯视众生、冷眼旁观、不予置评的样子。我惊讶的是,在那么短的时间里,她竟然已经换了新衣裳,把自己收拾得整整齐齐,光彩照人,终于在一群村妇中脱颖而出。仿佛是从母亲那里得到了准许的勇气,父亲坚定地回答说:"是的。"

一头骆驼从非洲到这里得走多长的路啊。他们有人相信,有人不相信,一下子争论开去。

父亲说:"如果有足够长的梯子,骆驼靠四条腿能一直走到月亮上去。"他们面面相觑又频频点头,把父亲看成一个见多识广的智者——骑着骆驼来的人多么了不起啊。但我不相信父亲的话,即使是事实,也只有通过母亲说出来才是真的。我等待母亲走到中间来,对他们的争论一锤定音。但此时夜幕啪一声掉到地上,浓雾散发开来,谁也看不见谁,只有骆驼仍在黑暗里闪闪发亮。他们一哄而散。

当天夜晚,我和外婆躺在床上无法入睡,即便在黑暗里我们也互相看着对方。我想告诉外婆的是,当我第一眼看见父亲的时候,不需要佐证,我就认定他是我的父亲,因为尽管我们长相并无相近之处,甚至是不同的人类,但我希望我成为像他那样的人,骑着骆驼行走在无垠的大地上。父亲和母亲在隔壁房间,我整夜担心他们争吵起来。但那一夜,比任何时候都寂静,月色也甜美,窗外的虫鸣犬吠让我想到了非洲大草原,还有沙漠里孤独的旅人和驼影,心里希望母亲第二天便改变主意,允许父亲带我走,骑着骆驼,一路到非洲去,从此我便在辽阔的世界上行走。

然而,第二天的结果是,天刚亮,我便看到父亲正在鼓励母亲骑到骆驼上去。母亲穿的白色碎花衬衣,束进了蓝色西裤,屁股丰腴,腰并不粗壮,长腿显得更长。头发像是刚洗剪过,不长不短,刚好及肩。时隔多年之后,那对银色的大耳环重新回到了她的耳垂。脸色红润,脸膛上仿佛跳动着火光。我从没见识过如此美丽的母亲,而且,晚风徐来,隔着三丈地,我也能闻到她身上散出来的气味。对,是母骆驼的骚味。

母亲既害羞,又害怕。驼峰让她觉得高不可攀,跃跃欲试却不敢轻举妄动。父亲喝令骆驼蹲下身来，但骆驼公然违抗命令，目视远方，似乎对这里的一切充满了蔑视。父亲很无奈："平时不是这样的，估计是它不肯向女人下跪。"母亲宽容地说："它迟早会学会的。"在父亲的再三催促下，母亲半推半就地将一条腿踏上了鞍踏，双手笨拙地抓住驼峰，试了几下，终于被父亲托着屁股推爬到了骆驼的背上。像好不容易登顶一座高峰，在驼背上，她兴奋而慌张，四顾无助，满头汗珠。父亲迅速跟着上了驼背，左手搂着母亲，右手牵着缰绳，然后，从我面前旁若无人地走过。在父母眼里，那一刻我是隐形的，连骆驼都看不下去，它用最低的善意瞧了我一眼，仿佛是向我告别，又仿佛是提醒我什么。我心里咯噔一下，但很快推翻了内心的疑虑：不会那样的，不会，怎么会呢？

  骆驼越行越远。等我明白过来时，他们已经消失在遥远的山坳。我哭喊着要追赶母亲，但外婆像老鹰一样紧紧地抓住我不放。

  这是黑暗的一天。到了傍晚，我才挣脱外婆，爬上高高的山，眺望蜿蜒外伸的路。路上空无一人。我抬头看天，遥远的西北角有一块云朵，像骆驼的形状。我死了心，再也追不上他们了。

  此后的十多年，父母音信全无。在他们离开之后第二年，外婆在种土豆的过程中突然倒地去世了，我随二舅到了省城，后来辗转多个地方。随着岁月的流逝，我对父母的恨意渐渐减弱，但他们的形象在我的脑海里慢慢褪色，直到模糊。夜深人静之时，有时候我也会想念他们，嘴里叨念着他们的名字，因为我担心有一天连他们的名字也将从我的记忆里消失。

  十七岁那年，我在省第四中学念书。有一天，我竟然收到了一封国际航空信，来自索马里柏培拉，是父亲写给我的信。信封里除了一页信笺，还有一张照片，照片背面写着"送给儿子留念"，句子的右下角签了母亲的名字和日期。信上父亲质疑我说，他和母亲给我写过不少信，我为什么不回复。此事我无法解释，因为我也不知道那些信为什么没有到达我的手上。这都不重要。我有了自己的生活，这才是最重要的。母亲的照片引起了我的一些兴趣。母亲骑着一头银灰色的骆驼走在苍茫的平原上，道路很长，看不到尽头。背景有些暗淡，但拍照的人给她来了个清晰的特写。她的脸黝黑了许多，但身材依然苗条挺拔，秀发披肩，穿着黑色皮靴、紧身衬衣，跟阳光相比，笑容虽然不够灿烂，但已经是多年未见的甜美了。令我惊喜的是那头骆驼，我认得出来，是到过外婆家的那一头，除了衰老一些，样子并没有多大的改变。甚至可以这样说，因为那头骆驼，我才敢肯定驼背上的女人是我的母亲。这是母亲留给我的唯一的一张照片。

父亲没有告诉我，那时候，母亲刚刚死难。

我没有给父亲回信。甚至，我也没有去信询问母亲的情况。我对他们没有恨，只是冷漠和排斥。但是，我的电脑屏幕背景就是一头骆驼行走在无垠的荒凉的草原上，孤独、冷漠、坚决。

母亲是在三年前春天去世的。父亲在给我舅舅的信中说她死于飓风。后来舅舅也跟我说了。母亲骑着骆驼从乡下放电影回柏培拉的途中遇到了飓风，骆驼受到了惊吓。她为了救骆驼竟被风卷走，扔到了另一个陌生的地方，摔死了。这是父亲的说法。还有一种说法，是我无意中从一册旧《地理》杂志上看到的，说她死于流产。旷野无人，血尽而亡。

母亲的固执是有目共睹的，无须父亲强调。但父亲对母亲的死难并没有多少悲伤，也没有丝毫的自责，而且听说很快娶了一个丧偶的印度女人，让我十分失望。那时候，他在柏培拉开了一家诊所，虽然局势动荡不堪，但他的生意并未受到多少影响，因为每一个索马里人都需要医生和药物。而且，他跟当地的各种势力关系密切，游刃有余，是一个低调务实、不显山露水的厉害角色。

现在他说他快死了。我不知道原因。也许是疾病，也许是出了意外，总之快死了。可是，这个消息只是像一个屁，迅速消散在空气里。

这种漫长的等待犹如绝望的煎熬，我的感受要比他深刻，而且比他早。他直至死亡那一刻也许都等不到他的儿子跟他相见。

但他的话里仿佛提到了骆驼。母亲骑过的那头骆驼依然在柏培拉，只是已经瘦得像一匹马那么大小了。夜深人静时，我突然动了恻隐之心，对骆驼，也对父亲。

下篇

午后，张建中总要在躺椅上小憩一会儿。这个时间段他是不看病的，最好没人打扰他。金灿英站在华光中医诊所的门口看大街上稀稀拉拉的行人。她本意是阻止有人进来打扰张建中，但她身穿旗袍倚门而立的样子像是招揽客人。炎热使得每个人都无精打采，即使突然发生枪战，估计也造成不了多大的惊慌，甚至他们都习以为常，懒得躲避。时间在这里过得很慢，把一天消耗掉并不容易。每当张建中从午觉中醒过来，正好是印度电影院开门营业的时间到了。金灿英回到屋子里，简单收拾一下衣服和头发，从柜子里选一顶小帽子，戴上太阳镜，跟张建中说一声，便朝钻石大街北走，拐过一个街角，到印度电影院看电影，日落时分便回来。几乎每天都是这样，哪怕电影院不营业，她也要去那里溜达溜达，看看有什么新鲜事发生，除非遇到混乱、危险的突发情况，比如政府军警全市搜捕海盗，双方发生混战，这个时候是要躲避的，最好待在诊所。金灿英竟然也习惯甚至喜欢上了这种生活，清心寡欲，内心宁静，没有流言蜚语、明争暗斗，躲在世界的角落里与世无争，地球另一边的人和事不再与自己有关，这样很好。唯一的遗憾是让人变得慵懒、孤独、健忘、不思进取，甚至忘记自己还有一个儿子。

华光诊所在这里存在十多年了吧。柏培拉的市民都知道它，也都认识医生张建中。诊所一直都这样，规模、装饰和摆设都没怎么变过。一间典型的中医药铺，有高高的药柜、长长的木椅，弥漫着五味杂陈的草药气息。在收银台的右侧，有一套简易音响，机子上面压着几张港台金曲的碟子，灰尘压着碟子，碟子下面压着好几封寄往中国却被退回来的信函，白色的航空信封都发黄了。张建中医术不错，人缘也好，关键是每一个索马里人都需要医生和药物。因此除了三年前被战火烧过一回，诊所很少遇到大的挫折。当然，负责抓药的药师倒是更换了几次，现在的药师是从浙江过来的小伙子。有时候，是张建中亲自抓药。小伙子经常跑码头或机场，去接从国内运过来的中药材。金灿英也略懂药，但她不愿意干这活，她不想让自己沾满中药的味道。在这里的生活枯燥乏味，甚至无聊到让她窒息。她跟开便利店的邻居学过一段时间索马里语，还跟邻居学过非洲舞蹈，但很快她便厌倦。幸好，印度电影院让她的生活有了亮光。

印度电影院是由印度人开的。听说原先是一家皮革厂，前几年才由印度人改作电影院。电影院在街角处，两层的小楼房，外墙很破旧了，粉刷过的油漆早已经褪尽颜色，甚至零星散布着新旧程度不一的弹孔。一楼是影院，小银幕永远耷拉着，中间塌陷下来。观众席倒有上百张连体椅子，但断手断脚的,几乎找不到一张完好的椅子,还比不上国内的乡镇电影院。然而,这是柏培拉唯一的一家电影院。经营电影院的印度人是一名中年女性,就像印度电影里的中年妇女那样,身材肥胖,服饰华丽,似乎并不全靠电影院谋生,因为她不经常开门营业,也不太在乎观众的多寡。更让人无奈的是,她只放印度电影。金灿英喜欢看印度电影,因为那些舞蹈让她着迷。在看电影的过程中,她有时候情不自禁地跟着翩翩起舞。因为片源不畅通,电影院放的电影几乎每隔几天便重复,有些电影不知道重复了多少遍,还是有不少观众,其中金灿英是最忠诚的一个。

在观看电影的过程中,金灿英认识了不少当地人。或者换一个说法也行,不少当地人认识了金灿英。因为她的独特和漂亮,穿旗袍,跳印度舞,身材曼妙,东方美人的气质鹤立鸡群。而且,她是中国医生张建中的夫人,一个神秘的女人。金灿英还和电影院的老板印度女人成了朋友。看过电影后,她们经常到电影院二楼的客厅喝茶。经常不止她们二人,还有来自不同地方的人,主要是观众,还主要是女人。印度女人喜欢喝索马里奶茶。这里的奶茶经过印度人改良后,是另一番风味。但金灿英不喜欢索马里奶茶,也不喜欢印度口味的索马里奶茶。她还是固执地坚持喝中国茶,最好是碧螺春,其次是大红袍。是她自带的茶叶,小坤包里随时都有,但不多,很少跟别人分享,就像不跟别人分享她的旗袍。印度女人的索马里语和英语都比金灿英说得好,又是主人,通常都是她在滔滔不绝地说话,谈笑风生,海阔天空,气场很大。除了谈论日益猖狂的海盗,便主要是说印度的事情了。在印度人的眼里,印度是全世界最有趣最神奇的地方,怎么说也说不完。她当然也会跳印度舞,经常是一时兴起便站起来跳一会儿,大家给她打拍子。有时候,她会邀请金灿英一起跳。金灿英也不谦让。但她的颈椎病给她的表演带来了很大的制约,舒展不开,尽管引来了阵阵掌声,她还是对自己不满意,跳完后不断地向印度女人和赞美她的旁人表达歉意。印度女人很喜欢金灿英,有时候还邀她一边喝茶一起听印度音乐。这种雅兴时刻伴着危险,如果对生命的体悟不到豁达之地步,请不要出门,尤其不要到电影院来。有一次,她们在二楼喝茶听音乐的时候,突然有人向她们射击。子弹穿过玻璃窗直奔金灿英而去……印度女人下意识地按下金灿英的头,子弹掠过金灿英的头,打中身后木柜上烧茶的铁壶,发出一声咣当响。铁壶没有被击穿，子弹嵌了进去。大家惊魂未定，印度女人已经站起来跳舞。金灿英吓出了一身冷汗，但她装作若无其事的样子，面带微笑给印度女人伴起舞来。气氛很快恢复到了流弹进来前的样子。

索马里部族混战已经不止一两年了，长期如此，政府对局势几乎已经失控。在柏培拉，人们对打家劫舍的事情习以为常了，不值得大惊小怪。流弹是日常生活的一部分，说不定什么时候穿过你正在端起的饭碗。尤其是近年来亚丁湾海盗频繁出没，引起了国际社会的高度关注，经常有美国、英国、法国大兵来到柏培拉，他们是从亚丁湾上岸的，不一定是为了搜捕海盗，很可能是为了喝酒，或喝碗奶茶。有时候，金灿英也能见到中国士兵，她很兴奋地跟他们打招呼。中国士兵比较害羞，不愿意跟她多聊。他们喜欢到中国餐馆把自己藏起来。还有时候，大批印度士兵涌进印度电影院。那是印度电影院的节日。印度女人很兴奋、得意，免费给他们喝羊奶或奶茶，有时候她邀请金灿英一起给印度士兵跳舞助兴。印度士兵很喜欢中国女人跳的印度舞蹈。金灿英的虚荣心得到了最大的满足，有请必到，直到看到了印度士兵脸上无法隐藏的猥琐和轻佻，才拒绝了印度女人的邀请。理由是颈椎病发作了。然而，印度女人懂得一些医术，用印度的古老手法替金灿英治疗颈椎，竟然收到了立竿见影的效果。张建中警告金灿英，印度的医术不是医术，是巫术，不可靠，只是表面上暂时舒缓了你的病情，像是打封闭针，而且会加重病情，更可怕的是，长期接受印度医术的治疗后，对中医会排斥……金灿英不相信张建中的话，但她也不经常让印度女人替她治疗，因为她发现印度女人并非她想象中那么善良和正直。有时候印度女人会利用印度巫术给当地人催眠，让他们做一些奇怪的梦，并自愿把裤兜里的钱全部掏出来给她。当然，事后她会把钱还回去。钱失而复得，索马里人对她感恩戴德，经常送她一些小物件，比如本地的香料、玛瑙、银头饰、亚丁湾的贝壳，甚至小块象牙。有时候，她不准索马里的孩子免费进电影院，哪怕他们符合身高一米二以下免费的条件。理由是电影院坐不下那么多人。她也不愿意更多的索马里人进去，因为索马里人经常在电影院里闹事，打架，贩卖毒品，策划打家劫舍。有些道貌岸然的观众实际上是无恶不作的海盗。不说嗅觉灵敏的印度女人，连金灿英也能闻到他们身上的海腥味和血腥味。但印度女人不愿关闭电影院。金灿英隐隐约约觉得印度女人背后在做一些危险的事情。

有一天，印度电影院又迎来了一批印度人，包括一些印度士兵。金灿英坐在电影院，夹在他们中间。这是一部印度的老电影，黑白电影。不是歌舞片，也不是神话片，而是一部战争片，中印边境冲突。印度军队同仇敌忾，士气高昂，作战英勇。而中国士兵猥琐残暴，胆怯狡诈，在印军面前不堪一击，被打得满地找牙，狼狈逃窜。印度人看得哈哈大笑，发出阵阵叫好声。金灿英如坐针毡，电影还没结束便离场，跑到后台质问印度女人为什么放这种电影。印度女人说，他们喜欢看，愿意掏钱买票。印度女人劝慰金灿英不要太较真，电影只是电影。但金灿英不高兴，要求印度女人中止放这个影片，今后也不要放，凡有损中国人形象的电影都不要放。印度女人断然拒绝了她的要求："这是印度电影院，不是中国电影院！放什么电影由我说了算。"两人不欢而散。

自从来到柏培拉，那么多年了，金灿英从不向张建中提要求。这次，她从印度电影院气急败坏地回来，一进门便恳求张建中："我们盘下印度电影院吧。"

张建中不置可否，端坐在诊所一角假寐。电影院有什么好呀，局势乱哄哄的，没几个人真正看电影，赚不了钱，况且，印度女人怎么可能把电影院拱手相让呢？金灿英心里明白，张建中怎么可能同意她的恳求呢？她只是嘴上说说而已。早有人告诉她，在她来到柏培拉之前，印度女人曾经和张建中暗中过往亲密，经常到诊所来，名义上跟张建中学习针灸，实际上不应该那么简单。那人还说，傍晚时分，透过诊所半虚掩的门能看到印度女人在张建中面前表演印度舞。更让人吃惊的是，印度电影院是张建中资助印度女人开办的。金灿英仿佛一下子明白了很多事情，比如印度女人对她的热情、看她的眼神、称她为"妹妹"、口里对她的赞美，还有张建中对她去印度电影院的赞许态度……柏培拉不大，但蕴藏着无数的谜。世界上没有绝对的净土，每一颗尘埃都有可能背叛。她没有跟张建中求证他跟印度女人的关系，因为根本就不可能得到准确的答案。似乎她也不需要答案，因为张建中也放弃了对她的追问。她懂得了投桃报李，跟往事和解。似乎是，他们遗忘了世界，也被世界遗忘。金灿英跟印度女人过往如此密切，不是为了监视她，警醒她，阻隔她与张建中的来往，而是因为金灿英需要电影。如果没有了电影,她甚至会将自己遗忘。

还有一件让金灿英不惊也不喜的事情是,她怀孕了。她甚至记不起上一次过性生活是什么时候,张建中很少跟她睡在一起,都是各睡各的房间,像两个国家互相尊重互不侵犯。她准备生下这个孩子。

大概到了秋天。有一天,印度电影院突然被军警接管了,印度女人被抓了起来,听说是因为电影院里私藏海盗,印度女人与海盗勾结,替海盗销赃。金灿英很害怕,生怕牵扯到自己。虽然她没有为印度女人做过坏事。但张建中告诉她,清者自清,不必害怕、担心。"清者自清"是金灿英喜欢用的词,特别是跟张建中为往事、为真相争吵的时候,而这个词能从张建中口里说出来,让金灿英感到十分意外,但也可能是在为他自己辩护。

印度电影院被查封,柏培拉没有了电影。金灿英觉得有些可惜,也很失落,内心里一下子空了许多,日子与日子之间仿佛隔着撒哈拉沙漠。

张建中看得出来,金灿英快成为行尸走肉了。但他也看出来了,金灿英的肚子开始鼓起来。他心里暗喜,只是不露声色。他的脸色永远是阴冷的,沉静得像一只蝙蝠。

大约过了一个月吧,印度女人突然出现在诊所门口。金灿英惊讶地说:"放出来了啊?"

印度女人回答说:"前几天出来了。我是来感谢张医生的,是他把自由还给了我。"

张建中坐在诊所里,正在给病人做针灸。印度女人看不见他,越过金灿英往诊所里前进了两三步。张建中在里面说了一声:"不用谢,我忙。"

印度女人犹豫了一下,退了出去,突然又转身对张建中说:"我丈夫委托我转达他对你的谢意。"

等不到张建中的回答,印度女人匆匆离开了。金灿英一时弄不清楚是什么状况。生活虽然平淡,却处处充满了谜团。

第二天,张建中把几把钥匙交到金灿英的手里。

"这是电影院的钥匙。从此以后,印度电影院是你的了。"张建中淡淡地说。

金灿英半信半疑。然而,钥匙果然能打开电影院的大门,而且电影院已经重新装修了一番,换了新的椅子,连银幕都换了新的。两名索马里员工和一名男印度人热情地称她为老板娘。两名索马里员工负责票务和电影院维护，印度男人是放映员，是印度电影院的老员工。

金灿英惊喜交加，决心好好经营电影院。

电影院被金灿英更名为中国电影院。她搜罗了一批中国电影，不管有没有观众，她都坚持上映中国电影。先是香港的武打片、赌博片，后来是内地的经典电影，除了吸引一些华人观众外，当地人也慢慢喜欢上了中国电影。金灿英终于找到了自己喜欢的事情，整天泡在电影院里，比印度女人还勤奋，她的朋友也越来越多。中国茶取代索马里奶茶，成为电影院的新宠。关键是，她在电影院里感觉跟在国内一样，她是电影院最忠实的观众，哪怕没有一个人买票进来，她也让放映员放电影给她看。一个人也看得津津有味。然而，电影院的经营依然没有超越印度女人，依然是入不敷出。金灿英跟着印度放映员学习、琢磨怎么操作和维修放映机，然后把印度放映员解雇了，她自己放电影，省发一个人的工资。这样电影院就能勉强维持下去。

电影院并非风平浪静。虽然金灿英在电影院门外张贴了多次告示，不欢迎犯罪分子，不欢迎在电影院闹事的人，不准在电影院从事非法活动……张建中还经常请警察巡逻电影院，甚至请警察局长亲自到电影院里坐坐，尽管这个警察头子根本不喜欢看电影。电影院的治安环境很快有了改善，但海盗还是经常到电影院来借看电影之机碰头议事。金灿英有时候分不清他们是不是海盗，但两名索马里员工一眼便看得出来。而且海盗越来越猖獗。有一天午后，售票的索马里员工不愿意卖票给海盗，竟然被海盗开枪打了一枪裤裆。海盗在众目睽睽之下逃之夭夭。警察局长对海盗也没有办法。警察查不到他们，也不打算抓他们。金灿英害怕海盗，憎恨海盗。张建中告诉她："在这里，海盗像你的颈椎病一样根治不了。"

金灿英放下身段，走过三条大街，登门求教印度女人。这是她第一次登门拜访印度女人，尽管印度女人邀请过她很多次。印度女人住在一间皮货公司的楼上，奇怪的是，她有一个丈夫，只是金灿英从没见过。印度女人的丈夫是一个老实的印度人，看上去年龄比较大，身材高而瘦，衣着还算得体。印度女人告诉金灿英："电影院一直是海盗聚集的地方，我们都改变不了。"

"我是来寻找解决办法的。"金灿英说。实际上，不单单如此，她还想看看印度女人到底是一个什么样的女人。

"要么放弃电影院，要么学会与他们和平共处。"印度女人说。

金灿英觉得这是最好的答案，但她不打算往深处谈。她只想像过去那样，跟印度女人聊聊电影。然而，印度女人并不打算跟她聊电影，似乎她对电影一下子没有了兴趣。

"我告诉你吧，电影也不全是好的，有些人本来是好人，是看了电影后才去当海盗、干坏事的。"印度女人说。

金灿英不同意印度女人的说法，跟她争辩起来。印度女人坚持自己的观点。金灿英心里有气，颈椎病突然犯了，无名火瞬间被点燃，对着印度女人怒吼："那是因为看了你们印度电影，中国电影是劝人向善的。"

印度女人充满善意地哈哈大笑，无意再跟金灿英争论下去。她的丈夫却对金灿英流露出鄙夷和恶意的神情。

"是张建中夺走了印度电影院，还让我们对他感恩戴德。你们中国人果然像电影中那样，最擅长阴谋诡计！"印度男人语气中带着愤恨。

关于电影院易手的事情，金灿英心里有疑问，现在已经得到了答案。印度男人的话，她信。

"他应该给了你们美钞和金子。"金灿英说。

印度男人的语气突然软弱下来，说："金钱算得了什么，我们要电影。印度人要看印度电影。"

"中国人也要看中国电影。"金灿英说。

气氛一下子陷入了尴尬的沉默。

金灿英要起身离开的时候，印度男人问金灿英："你爱张建中吗？"

金灿英由于过于惊诧，身子又落到了座位上。印度女人的丈夫盯着她的眼睛，很认真地寻求答案。金灿英稳定了一下情绪，心里想，这个问题如果必须追问，也应该是由印度女人来问呀。印度女人若无其事地搬弄着桌子上杂乱的东西，桌底下原来还有一只肥胖而慵懒的波斯猫。

"很爱。"金灿英坚定地说。

"他也爱你吗？"印度男人不怀好意地问。

金灿英直了直腰回答："当然。"

印度男人叹息一声。印度女人对金灿英露出满是歉意的脸色。此时金灿英发现，印度女人其实并不难看，印度女人胸脯的丰满程度让金灿英自愧弗如，而且完全没有了电影院老板的踌躇满志和飞扬神采，反倒显得温柔、谦卑而贤惠。

"有空请回电影院喝茶……"金灿英真诚地对印度女人说。

印度女人说好。

令金灿英意外的是，第二天，印度男人在前往码头的途中被人乱枪打死了。他是要回印度的，劫匪在光天化日之下抢夺他身上的美钞和金子，他反抗了。这在柏培拉是司空见惯的事情，人们只是一声叹息。

金灿英要跟张建中讨论印度男人遇难的事情，张建中没有兴趣，但他提醒金灿英：不要在电影院反复放陆姓导演的电影。金灿英说，他的电影充满善意，有真正的爱情，适合他们观看。张建中不再说话，只是把砸药的铜锤狠狠地砸在铜盅上。铜盅发出的咣当声像受到了惊吓，夺门而出，远遁而去。

他们心里的芥蒂像沙漠里的昆虫，把各自搞得痒痒的。然而，或许这也是将他们联系在一起的纽带。

有一天，一个陌生的索马里人骑着一头骆驼来到电影院前，要见金灿英。

索马里员工进去悄悄地告诉金灿英，外头骑骆驼的男人不是柏培拉人，是从乡下来的，是一个海盗头目，我们认识他，他杀过人，脾气不好，你得小心点。

金灿英见到了骑着银灰色骆驼的男人。一个年轻的黑壮汉子，脸是僵的，胡子拉碴，明显的特征是少了半边左耳。胯上挂着枪。就他一个人。

柏培拉见不到骆驼。金灿英到索马里三四年了，从没见过骆驼。骆驼的出现让她想起了张建中骑着骆驼在家乡出现的情景，让她惊喜，让她感动，心里一下子原谅了他。

黑壮男人从骆驼上跳下来，走过去对金灿英说："我们谈一笔交易吧。"

金灿英双手叉着腰，逆着阳光看着黑壮男。

黑壮男说："你到我们的部落里放一场电影，我送你一头骆驼……你不能拒绝我!"

金灿英瞧了瞧骆驼,眼前一亮,这不是张建中骑到乡下接她离开的那头骆驼吗?十分亲切,很是喜欢。它似乎认出她来,对她伸出了鼻子,亲热地嗅她的手。

"我们部落里的人一辈子从没看过电影。他们也应该看看电影了。"黑壮男说。

金灿英还在犹豫,因为她从没有离开过电影院到乡下去放电影。但对她来说,放一场露天电影在技术上没有任何难度。

黑壮男担心金灿英不答应,指着骆驼说:"这是我们部落最健壮的一头骆驼,平时只有酋长才能骑它。"

两个索马里员工用眼色示意金灿英不要答应这笔交易。太危险了。

但金灿英答应了。

黑壮男兴奋地笑了笑,露出洁白的牙齿,对金灿英竖起大拇指,并留下了一张写着地址的纸条,骑上骆驼走了几步后回头叮嘱金灿英:"必须是中国电影。"

看着骆驼远去,金灿英对索马里员工说:"我们要用电影改变他们,让他们变成好人。"

张建中知道此事后,发出一阵冷笑。

"就为了一头骆驼?"

"不,是为了善。"金灿英说。

张建中警告金灿英,出了柏培拉,他无法保证她的安全,谁也保证不了。金灿英说她会安全回来。张建中还是想阻止金灿英的疯狂举动,但金灿英很固执:

"你的阻止没有意义。"

第二天,金灿英租了一辆小型卡车,带着两个索马里人前往一百八十公里外的山区部落。卡车上有放映机、发电机,有中国电影。金灿英跟两个索马里人坐在拖卡上,用头巾蒙住了脸和头。风很大,车扬起的尘土将柏培拉遮住了,前面是人烟稀少的荒原,看不到亚丁湾。

第三天,柏培拉的黄昏,一个穿着红色裙子、长发及肩、戴着硕大无比的银耳环、腆着肚皮的中国女人,骑着一头高大健壮的骆驼孤独行走在寂静辽阔的荒原小路上。一个叫罗伯特的比利时摄影师刚好出现在她的身边，多角度给她拍下了十多张照片。其中的一张，半年后登在《地理》杂志上。这是一张多么漂亮迷人的照片啊。但是，照片下面那行文字令人伤感：2000年10月，这个骑着骆驼给索马里三十七个部落放映过电影的中国女人，三个月后在从乡下回家的路上死于流产，那天她怀孕刚好满七个月。

还有一张照片，寄回了中国。

我的父亲名叫张建中，母亲叫金灿英。

篇外

我和舅舅来到了柏培拉。此时，那个自称是我父亲的人已经去世了。这让我们十分意外。四天前父亲已经换了一个地方等我们。他躺在柏培拉医院的冰柜里。我们相见了，只是彼此没有说话。但那一刻，我觉得他并不陌生，反而显得很亲切，就像当年他骑着骆驼突然出现在我眼前一样，他不知道我内心多么惊喜、兴奋。现在，我们告别了，他应该骑着骆驼离开这个世界，我看着他的背影慢慢消失。然而他死得很平庸，也注定以平庸的方式离开。但我会怀念他的。

我首先找到了那头骆驼。它就跪在诊所门外的一棵柏树下。它仿佛认出我来了，艰难地站了起来。它真的瘦得只剩下一副骨架了，毛很长，肚子瘪得像泄完了气的球，驼峰都蔫了下来，眼睛没有一点神采，上百成千只的苍蝇正在蚕食着它。

它主动向我伸出鼻子。鼻子是干涸的。我抚摸了一下它的头。它的眼睛竟然流泪了。

诊所旁边的铺主是索马里人，他对我说，自从女主人死后，它就病了，不肯吃东西，一心要随女主人去天堂，连张医生也没办法。

舅舅是一名兽医，一眼看出骆驼患了什么病。他从诊所的药柜里抓了一服药，让我赶紧煎给它喝下去。

街坊对骆驼愿意服药十分吃惊。

"张医生给它喂药，它绝不肯开口。它宁愿死。"

我给它喂饲料，它闻了一下竟大口大口地啃食起来。我请了几个工人首先把电影院后院修缮，把骆驼安置到它原来居住的地方。是一个有天井的露天房子，重新搭盖了遮阳的草棚。

父亲的后事办完，骆驼的病竟然好了，眼神有了光彩。街坊教会我如何照顾骆驼。

"它是非洲骆驼，不是中国骆驼。"他们提醒我，"不要对它冷漠。要像你妈妈那样爱它。"

当然，我喜欢它。他们告诉我母亲是怎么爱它、照顾它的。

"本来飓风是要骆驼的命的，但是你母亲拼命保护骆驼，激怒了飓风，她才被卷走的。"他们说。

骆驼似乎也认同了这个说法，所以它见到我之后一直很伤心和内疚。我对它的照顾无微不至。一个月后，它恢复了健壮的身躯，跟我也亲密无间。在这里，我听到了许多关于母亲的故事，她的故事要比父亲的更多。而且，这里的人更愿意谈论母亲，赞美母亲。他们在我面前每赞美一次母亲，我心里的懊悔和悲伤就溢满一次，证明我以前对她的恨是不存在的。

电影院重新修缮好了。我跟舅舅商量好了，我留下来经营电影院，他负责经营诊所，把诊所改为兽医馆。

我继承了母亲的事业，骑着骆驼走进那些偏僻的部落，放中国电影。从索马里人纯朴的笑声和眼泪中，我得到了快乐。走在无垠的荒野上，我体会到了母亲的孤独。据两名索马里员工说，为了阻止母亲离开柏培拉，父亲跟她吵了很多架，有一次甚至举起枪要对骆驼开枪，母亲用身体堵住了他的枪口。父亲无力阻止母亲，经常为此担心和懊恼。母亲经常骑着骆驼走上三天三夜，把电影送到了遥远的部落。因为她的美貌和美德，使她在部落中享有崇高的威望。但途中经常险象环生，强盗、劫匪，还有疾病、饥渴，好几次差点命丧荒野。有一次，遇到一伙劫匪，抢走了他们的食物，还要抢走他们的骆驼，甚至要杀了他们。但当看到他们的电影胶片，竟然放过了他们，把食物和水还给了他们。母亲像骆驼一样勇敢和倔强，索马里员工称她为母骆驼。

"在索马里，这是对一个女人最高的赞美。"他们说。

母亲殉难后几年，海盗越来越少。亚丁湾恢复了和平，柏培拉的治安也逐步好转。中国电影院每天都坐满了观众，再也没有发生过混乱。我相信这是电影的力量，是母亲的功劳。

我雇请印度女人回到电影院工作，让她当经理。在电影院，除了只放中国电影的规矩不许违反之外，她拥有其他所有权力。她老了。她对电影院忠心耿耿，兢兢业业。她喜欢上了中国茶，还经常在我的面前真诚地赞美我的母亲。是的，因为电影，母亲在索马里的知名度很高。印度女人把那些有母亲消息的旧报纸翻给我看，我注意到了，她的自豪感和对母亲的爱戴之情在她的脸上互相挤压，似乎担心我不相信。

我在柏培拉找到了爱情。我和印度女人的外甥女相爱了。她是一个妇科医生，曾经是联合国援非医疗队的成员。我们一起骑着骆驼走在无垠的荒野，去往未知的部落，将电影送到人间深处。同时，顺便给当地缺医少药的妇人看病，他们从她的身上看到了我母亲的影子，也称她为母骆驼。

我们的婚礼是在一个偏远的部落里举办的。部落很穷，但他们从其他部落借来了上百头骆驼，披红挂彩，浩浩荡荡，为我们庆祝。在健壮俊美的骆驼中间，隐隐约约中我看到了母亲。她盛装而来，还是那么时尚，那么漂亮。是妻子最先发现了她。她们长时间默默对视。

妻子只是好奇，她似乎没有认出母亲来，直到我惊喜地叫了一声：妈！

选自《长江文艺》2021年第10期

评鉴与感悟

在《索马里骆驼》中，一些似曾相识的元素被重新调配：未成年人的视角，双亲或之一的离去，对家乡之外的想象，给沉闷生活带来光亮的电影院……类似于作者的小说集《蛋镇电影院》，看电影或放电影构成了人物行动意义的牵引线，引线在此又进一步探入辽阔的外部世界，人物再次脱逃，跳出一城一地，跨洋过海来到遥远的非洲。在现代空间中的位置变动，带来了身份经验的更新与跨文化交往的故事，也打破了读者经验预设的叙事框架。

那匹长命的骆驼作为串联起空间转换的标记物，也驱动了心灵的跋涉，带人"前往一个崭新的遥远的世界"。在那里，省城（实际上仍带有小镇面貌）的谣言中伤被远远甩开，特定的电影曾引起流言，如今则以"中国电影"之名开启文化认同,甚至包孕着某些启蒙色彩。又一位出场时声誉不佳的母亲丢下孩子跟男人跑了,却有别于作者的中篇小说《败坏母亲声誉的人》里赌徒式的叛逆,而是在异国另起生活,最终因为深入部落放电影之举获得当地人的赞美——结尾仿佛霍桑《红字》的另一段变奏,又并非以母职的捆绑为代价。至于结尾凸显的中国电影对印度电影的"取代",似乎因为某种"事迹介绍"的语气和新闻化的手法而使事件意义的赋值稍显浮泛。然而在文化地理学的意义上,《索》提供的启示正在于:地理位置和空间迁移也是构成身份的特定成分,它们与那些"想象的共同体"密切联系,但并不同向延伸。(靳庭月)

合影为什么是留念

/乔叶

1

晚饭依然有饺子。自从宝从老家回来,她就开始每天做饺子。宝在厨房探了一下脑袋,说,又是饺子。口气顺畅得很,是任性吐槽的纯天然状态。她应道:吃絮烦了?宝急转弯道:怎么会。饺子好啊,好吃不过饺子嘛。妈妈,下半句是啥来着?我绞尽脑汁都想不起来呢。

舒服不如倒着。

对对对。还是老妈聪明。都说儿子的智商随妈,我这跟您可差远了呀。

这一波马屁拍得明显敷衍,毫无质量,她还是很受用。对于宝,能有什么抵抗力呢?没有。

妈宝男,她知道流行这么一个称谓,带着贬义的调侃。可她还是这么愿意叫儿子:宝。小时是小宝,大了就是大宝。此外还有乖宝、臭宝、香宝、胖宝……各种宝。她最常用的是大宝。这唯一的孩子可不就是最大的宝贝?只是这宝一年到头也没几天能在她跟前闪闪发光地晃悠啊。

必须要有饺子的,今晚。作为最后一顿晚餐。——当然当然,这最后一顿仅限于现阶段。他以后的晚餐还多着呢,无穷无尽,福如东海,寿比南山……自从宝去国外留学后,她就格外在意用词的准确性,绝对不允许有任何不吉利的言语甚至念头。哪怕是不说出口的碎碎念,她也要在心里做出严格的界定和修正。

在老家也是天天饺子。为什么一定要吃饺子呢？宝问。

还不是因为你又要滚了，老祖宗留的规矩，送行的饺子接风的面。

这规矩，到底有什么内涵？

不知道。总归是有道理的吧。

迷，信。

我就迷信了，怎么的？

不怎么的。

和好了面，她还是抽空上网查了查。一个专家说："此乃北方民俗。民俗不是凭空而来，自有其意。饺子外形饱硕，馅料丰富，寓意收获多多、圆圆满满。面条外形修长犹如道路，寓意行程顺畅平安，还双关着'见面'的面。简而言之，就是'长接满送'"。

果然还是有道理的。

宝的这个暑假其实挺长的，从五月末到九月末，算起来足足有一百二十多天。只是因为新冠肺炎疫情，回国的机票不好买。总是买了不久，航班就会取消，反反复复好几回，她终于发了狠，让宝一下子买了三个航班，总算如赌博一般押中了六月中旬的一趟。飞机落地是成都，宝在成都隔离了两周，回到郑州已经是七月初了。在家里待了一周，就跑到了北京某电商巨头企业，说是早就约好的实习，机会难得，不能浪费。这实习回来才多久，就又该走了，去英国读研。

想想也是辛苦。大学四年的课程，宝硬是三年里以优等成绩拿下。每到暑假，也一定会给自己安排实习，第一年去了上海的一个国际公司，第二年去了斯坦福大学，跟着教授做项目，第三年也就是今年了。她看过他做的简历，里面有一摞她看不懂的证书，还有他大学期间的成绩排名，她既惊讶，更疼惜，完全可以推测出这每一行字里浸泡的日夜，是另一种意义的秉烛挑灯和悬梁刺股。想到那些说留学生们都是花天酒地混日子的言论，她就忍不住切齿暗骂：你们懂个屁。

2

六点过后，大小姐和二小姐陆续回了家。大小姐是哥家的孩子，是侄女；二小姐是姐家的孩子，是外甥女。大小姐在公司是行政高管，御姐范儿；二小姐在公司是首席UI设计师，文艺腔。她叫她们大小姐二小姐，宝叫她们大姐二姐。她们则叫他学霸。对于独生子女来说，这也就是最近的血缘关系了吧。她们大学毕业先后到了郑州工作，房租贵，她的房子大，就都容了进来，一住就是五六年，一直到现在。都是纯良可爱的好孩子，在一起很愉快。宝留学后，更凸显出了这两个女孩子的重要。三个女人整天柴米油盐、钗环脂粉，过着过着，也就越来越亲，有时候她觉得自己像个老姐姐，有时候又会觉得自己有一男二女，家底儿厚实得很。

女孩子们换了家居服，便来到厨房，听着她的指令，把饺子馅、面盆、案板、擀面杖、盖帘等一堆家伙什都搬到了客厅的大茶几上，一边看电视一边包饺子。宝和大小姐负责擀皮儿，她和二小姐负责包。宝只擀了一个皮儿就被大小姐开除了劳动权，瘫在沙发上看球赛。三个女人按照熟悉的节奏边干活儿边聊天。大小姐一个月前做了双眼皮儿，说自从做了这个双眼皮儿，公司的人说她发飙的时候眼睛特别大，特别圆，显得更厉害了。还有，骑电动车的时候，感觉那小虫子噼里啪啦往眼睛里飞呀，飞呀。你们可别说我。我只整了眼睛，是最接近于母胎原装的了。公司的女孩子们，谁都比我过分。她们整天左整右整的，都整出了一副标准的网红脸，在刷脸机那里老是撞脸，比如第一刷是张三，后面几个来刷，刷出来就还是张三。总之她们刷一次肯定不行，就得各种找角度，找好几次才能刷到她们自己的名儿。刷脸机笨哪，分不清啊。

哈哈哈哈。

喂，学霸，现在男生们也都可注重颜值了，你也做一个吧。

不做。身体发肤，受之父母。

妈妈在这里呢，同意你做。她连忙说。

您可算了吧。

在"身体发肤受之父母"和"母亲逼你做双眼皮"这二者之间，你觉得遵照哪个才是孝顺呢？她问。

艰难人生，请勿挖坑。儿子远远地白了她一眼。

学霸今天忙什么去了？二小姐问。

吃饭呗。和同学。

吃的啥？

粗粮坊，不过一颗粗粮也没见着。

那很正常呀。商家嘛，主打的就是一个概念。真做粗粮你能吃得下？都是假装粗粮的细粮，和假装荤菜的素菜一样，谄媚你们的胃，安慰你们的心。

你们吃饭都怎么买单啊？AA吗？她比较关心这个。

可以说是项目AA，一个同学请奶茶，一个同学请唱歌，我请吃饭。

那请奶茶的同学可省钱了呀。

大小姐也嘎嘣脆地笑了：我也想说这个。

唉，不要计较这个。再说了，奶茶也不一定便宜。

照相了没？二小姐问。

没。你们女生就是爱照相，也不知道有什么可照的，有什么意义。

就是玩嘛。谈什么意义。

所以手机的美颜功能才开发得那么花哨，就是为了哄你们女生玩。真想不通你们为什么那么爱照相，那么爱合影。

有个古老的固定词组叫"合影留念"，没听说过吗？就是为了留念呀。尤其是合影，更代表着留念。二小姐幽幽道。

为什么一定要合影才是留念呢？留念方式可多得很。

那不一样。

有什么不一样的。还有，留念这个词也很奇怪，留什么念，又不是不见了。

这一次见和下一次见，肯定是不一样的。每年回来，每年照相，你把一年年的照片放在一起看，一定会发现点儿什么。

还能发现什么，还不是大家都老了。

哈哈哈哈。

……

他们在说老。老，如今对这个字，她已经很敏感了。老朋友，老物件，老房子，老家具……老自己。年轻人说起老来毫无障碍，那是因为隔靴搔痒，老人们说起老来自然而然，那是因为水到渠成。而她呢，人到中年，朝着两头张望。一边是回不去，一边是未到来。一边是越来越远，一边是越来越近。远的并不想远,近的并不想近。能怎么办呢?

没办法。只能手里忙活着,默默地听着他们说话。能插上几句就插上几句,插不上就专心致志地听,还努力地想去记。其实能记住的寥寥无几,她也知道。可她就是觉得这个过程很迷人。他们的这些闲话意味着什么?什么都意味不了,但是,似乎也意味着一切呢。

3

突然想起八岁那年,去照全家福的事。那是她童年记忆里第一次照相,也是唯一一次照相。在一个清晨,全家很隆重地出发了。家里原本只有两个自行车,为了去照相,还借了两辆。那种加重的,带着横梁的二八式自行车。春天,麦苗正在返青,绿得生机勃勃,散发出淡淡的清鲜气息。父亲载着奶奶,大哥载着母亲,二哥载着弟弟,姐姐载着她。父亲的车在最前面,像是率领着一支小小的队伍。路上碰到熟人打招呼,问,这一大家子人去干啥呀?父亲回答:去照相。哎哟,照全家照哪。嗯。

印象里,几乎所有人听到父亲"去照相"的回答时,都会"哎哟"一声。那时照相刚刚在乡间兴起,算是一件时髦的事,因此也多半是年轻人的事。全家都去照相,在村里之前应该没有过,所以才会引出那么多"哎哟"。其中蕴含的讶异,恰到好处地印证着专程去照全家相是多么稀罕,让她小小的虚荣心得到了波澜起伏的满足。父亲甚至没有选择镇子上的照相馆,对镇子上的照相馆都有些看不上了。他们去的是市里。

至于为什么会去照相,在整个过程中,很奇妙的,没有人问起,也没有人谈起。仿佛去照这个全家照,是一件极不正常又极正常的事。因为极不正常,所以没人说起。也因为极正常,所以无须说起。逐渐长大之后,一个问号才慢慢画出来:为什么呢,为什么要去照那张全家福呢,在那个时候?

没有答案。

多年之后,她一次次地想起那个场景:四辆自行车。父亲载着奶奶,大哥载着母亲,二哥载着弟弟,姐姐载着她。没有比这更合适的搭配了。照相时的格局是两排,前排坐着三个长辈,奶奶居中,父亲在左,母亲在右。五个孩子站在后排。中间是大哥,左右依次是姐姐和二哥。她和弟弟把着两边儿。也没有比这更合适的格局了。

一切都是那么好。没有多一个人,也没有少一个人。——没有爷爷,但他们并不觉得缺少他。他很早就不在了,不在至少已经三十年了吧,连大哥都没有见过他,连父亲都记不得他的样子。爷爷已经不在这个家里太久,很难想象他和奶奶坐在一起的样子,他于他们而言,只是概念上的亲人。

她穿着一件黑红格子外套,羊角辫子上扎着大红的蝴蝶结,脸上也搽了胭脂。

那张唯一的全家福里,没有一个人笑。

第二年,父亲去世了。

过了五年,母亲也去世了。又过了四年,奶奶也去世了。十年间,老人们都去世了。在老人们陆续去世的过程中,他们又照过几次全家照。照着照着,老人少了,孩子多了。照着照着,老人又少了,孩子又多了。就是这样,人少,人多,人多,人少。让她惊叹的是全家这个词的弹性:可以那么大,也可以那么小。可以人多,也可以人少——好像就是人少人多加剧着照全家照的必要性。在世的活色生香,于镜头里皆得见;去世的沉默寂静,于镜头的空白处也皆得见。

4

饺子包好,坐锅烧水。大闸蟹也上屉开蒸。她早早就在熟悉的店里预定好了八只大闸蟹。刚刚入秋,大闸蟹还不是很肥,要搁往年,她会再往后延一延,等一等最好的时令。眼下还等什么呢?能让宝吃着,这就是最好的时令。

一边在厨房里锅碗瓢盆,耳听着客厅那里聊得火热。

大姐,对象谈得怎么样了?

正谈着呢。

你这年龄,可得抓紧啊。

住嘴。再过几年你就会知道有姐姐在前面为你顶着有多幸福了。

二姐,你有没有三十五岁危机?

你可真能把天聊死。什么三十五岁危机,我三十岁还没到呢。没看今年最火的电视剧吗,三十也不过是《三十而已》,何况是三十五?

不是说性别意义,是说职业意义。IT行业三十五岁就是一个坎儿。

那倒是。要是到了三十五岁,还没做过什么特别有名的大项目,就得偃旗息鼓,该考虑往管理岗转型了。技术更新得太快,三十五岁的老人家一般都跟不上趟。就是勉强能跟上趟,别的也会扯后腿。比如我的领导,那么那么能干,这一两年肯定也得离职,因为想要生孩子嘛。她那个年龄,不能再耽搁了,总是在念叨着得回家备孕。我就等着她走的那一天吧。

你要这么想的话,二姐,别人也会等着你那一天的。

所以我不结婚,不让后面的人等到那一天!

哈哈哈哈。

大姐,你天天早出晚归的,好像比过去更忙了。忙啥呢?

请人喝茶。

喝什么茶?

查人呢,傻瓜。我管纪检这一块,整天负责查人家的小黑料。

能查到吗?

只要查,肯定能查得到。

人人都能查得到?

对。

真可怕。会开除吗?

要看情况。国企开人,都是因为违纪。没有人会因为工作不力被开的,你无论干得多差,最多就是被下放到基层机构。被开的全都是因为收了这样那样不该收的。唉,干得不好就是平庸,干得好呢也容易出问题。这个分寸很难掌握的。

对了,我们是忙上班,你这是忙什么?饭局这么多,社交达人啊。也太社交了吧?这才在家里吃几顿饭呢?大姐问。

每次回来不都是这样吗?两顿正餐,一顿家里吃,一顿和朋友们吃。

这话头让她忍不住了,从厨房里跑出来接茬说:之前你每次回来都能待一个月,这次只待几天,情况不一样,就不能像以前那样分配额度。如果你只回来一天,难道也要分出半天给你的朋友们?家里和朋友们的份子,难道能均等吗?

哦，原来你是这么想的。我想着之前从来都是这样嘛，就没想那么多。

以前这样就对吗？

哎呀妈妈，看把您气的，都说出鲁迅先生的话了——从来如此，便对吗？

哈哈哈哈。

妈妈，别生气。姐姐们都在，可以作证。这样，您说个比例，在家吃几顿，在外面吃几顿，您规定好，我照办。

她没来得及反应，大小姐和二小姐像说相声一样开始了。

我来规定吧。以后呢，只能和你的朋友约早餐，去喝胡辣汤吧。

早餐？大姐你可真想得出来。

哈哈哈哈。

要不这样，你不是说请你吃饭的人太多吗，总有主次轻重之分吧。你可以申报项目，把所有的邀请都报上来，我们几个一一评审，过审的项目就可以安排。

哈哈哈哈。

对了，你还可以这样，把你各路的朋友，海归的、高中的、初中的，足球球友、网球球友、乒乓球球友等等等等，约到一桌上，请一大顿，批发式搞定。

哈哈哈哈。

对了，你还可以这样，把朋友们约到同一家饭店，订好不同的包间，你像我们领导一样，挨个儿去包间敬酒。我们领导管这叫"串摊儿"，是批发的升级版。

对了对了，你还可以这样，每个正餐吃两顿，先在家里吃一下，再到外面吃一下。这样你一天能吃五顿饭，如果还排不开，就再加个烧烤夜宵什么的吧，一天六顿。这样下去，你简直可以搞吃播了。

哈哈哈哈。

别逗了你们。

对了，你实习的感觉怎么样？

好啊。同事们都对我挺好的。我年纪最轻，资历最浅，学历最低，技术最差……

还排比句呢。

实际情况嘛。年纪最轻的不一定资历最浅,资历最浅的不一定学历最低,学历最低的不一定技术最差……我是所有短板俱全。人家都是硕士博士的,也都不嫌弃我,还都主动教我。氛围真的很好。前两天我要走,正赶上团建,就一并欢送了我一下。我都被温暖得快哭了。

可别瞎感动。等你正式入职就是另一码事了。团建的本质嘛,就是表演。表演其乐融融,表演团结一心。

哈哈哈哈。

那到时候再说吧。反正我这个阶段就是享受。

对了,照相了没?

又是照相。没照。为什么要照相啊?

照相非要为什么吗?不为什么也可以照相呀。

如果你非要问为什么,我也能给你一个响亮的答案:想看看有没有帅哥!

5

漫长的青春期,她都不爱照相。因为觉得自己丑。她变得热衷于照相,是从谈恋爱时开始的。谈恋爱后,他说喜欢摄影,约她去旅游,穿着贴满口袋的马甲,拿着个相机,一副煞有介事的样子。他让她站在这儿,站在那儿,摆这个姿势,摆那个姿势,这样逗着她,那样逗着她。照片洗出来,她的笑容很多,他赞她美,她也觉得取景框里的自己不一样了,眉目之间,像是换了一个人。

新婚时,跟着他单位的人去旅行,之前跟他说,要他借个相机,想要多拍点儿照。此时他对摄影已经兴味索然,没有借,说一个关系不错的同事带有相机,可以趁着人家的相机照。两人为此吵了一架。但免费旅游的机会不多,去还是要去的。她远远地和他同事的相机拉开着距离,敬而远之。相照得很少,照出来的也没有一张好的,倒也没什么遗憾。

等到手里宽松了一些,她就补偿似的,前前后后买了好几个相机。带胶卷的老式相机就换过三个,淘汰掉后,就是卡片机、单反、微单,都有。逮住个什么由头就会拎着相机去,照啊照啊。到底也不知道照了多少,还喜欢挑出好的洗印，装册。多年过后，搬家，整理房间，她赫然看到一摞体积惊人的大相册，全是合影，培训班结业的，同学聚会的，同事聚餐的，单位会议的。她毫不犹豫地都扔掉了。小相册里也有很多小合影，她仔细翻检了一遍。曾经不错的朋友，现在居然叫不上名字的，她也毫不犹豫地扔掉了。还有越来越厌恶的那种人，想起来就觉得厌恶的，她也扔掉了，只是扔之前把自己留了下来。可看着自己这半张又觉得怪异，明明是张合影，此时只剩下了一个人，那个被剪掉的人就真的剪掉了吗？末了，她还是把自己也扔掉了，仿佛是殉葬。

和丈夫离婚时，宝正在读高三，已经拿到了七个大学的Offer，都是国际名校。这些Offer仿佛也是他们离婚的Offer，两个人终于离掉了彼此都想离的婚，但还是一起参加了宝的高中毕业典礼。典礼完了，其他都是孩子和父母一起照相，前夫看了看她，她没看他，想要走，又有些踟蹰。终于，前夫说，照个相吧？她没说话。宝这时刚帮别人照了相，那个同学也过来说，我来给你们照。宝便一边揽住父亲，一边揽住她，不由分说地拍了那张合影。她不想笑的，可是宝在揽着她啊，她便笑了。后来看照片，几乎看不见她的笑意。可是她知道，是有的。

照相的时候，又甜蜜，又委屈，又感慨。五味杂陈。

宝后来劝她说，不是什么大事，不重要，不要太在意。

他一连串的"不"让她突然有些懊怨。

既然是这么不重要的小事，那干吗还要做呢。她说。

宝不说话了。不说话的宝有些可怜，她的心迅速地软了下去，跟宝道了歉。宝拍了拍她的肩膀。

出国后，照相成了他们母子之间的一个高频词。为了照相，他们还时常有些龃龉。比如，她让他发照片给自己，他总是顾不上，总是应付她，有一次还发了小火，说：妈妈，我不是在玩，学习任务很重的，你就别烦我了。好像让他发照片，是在陪她玩的一种方式似的。她沉默了一会儿以示情绪，其实也不过是两三分钟吧，便回复道：对不起啊大宝，你忙吧。

宝沉默了两天后，发来了两张照片，说：妈妈，对不起。

她一边掉泪一边回了个大大的笑脸，说：没关系啊我宝。

有一次，他只差给她发来一堆街景，她一张一张地看着，看着看着就气得笑了起来。这个熊孩子,她是为了看街景吗?又不是没有出过国,她稀罕看街景吗?

还有一次,两人半开玩笑地聊起来照片的事,宝说:要不要签个合同啊,比如,每周发一次照片,每次不少于五张,背景要不同,面部要清晰,还要有表情,露出八颗牙最好……母子两个商量着,就乐了起来。

她建了好多个文件夹,收藏着宝发来的所有照片。他的录取通知书,他租住的房间,他去谷歌参观时的临时通行证,他和朋友们去看NBA总决赛,偌大的球场。他去中餐馆吃饭,点了凉皮和肉夹馍,有一次还点了"左宗棠的鸡"。他去哈佛比赛,嫌酒店既远且贵,就在草坪上过夜,买了个小帐篷,照片里的他从帐篷拉链里探出了黑黝黝的脑袋……她统统都分门别类地收藏起来。有空就看,有空就看。

大二回国的时候,宝从老家回来,去洗澡,她偷偷翻了翻他的手机,想看看里面有没有新照片。果然有。其中两张里,多了一个中年女人和一个女孩子,前夫的嘴角微微上挑,表明他在笑。女人则笑得很努力,看着很温柔,温柔得几乎没有形状。女孩子没有笑,十五六岁的样子,脸上绷得很紧,是一副想要拒绝又不知道该怎么拒绝的倔强又尴尬的神情。齐刘海并不很齐,凌乱的那几根头发挑动出不逊和不驯,也隔着虚拟的空间针一样地刺着她,痛着她。

唯一让她舒服的是,宝没有笑。但她还是朝着宝发作了。问宝,为什么要配合拍这张合影,宝用浴巾擦着头发,道:不就是张照片吗。爸爸也不容易嘛。她道:我容易?宝说,都不容易。所以,差不多得了妈妈。

她没话说了。她不希望孩子有后妈,可自己又不能回去。回不去了。还能怎样呢。她的前夫永远是孩子的爸爸,这是决定性的结果。所谓的前夫前妻只是他和她之间的。对于孩子而言,只有亲生父母,没有前爸前妈。

后来,那女人还是带着孩子走了,据说是跟前婆婆水火难容。她听到消息后长长地松了一大口气,再看宝和奶奶的合影,觉得这位前婆婆慈眉善目了许多。

6

饺子煮好,大闸蟹也蒸好了。还有一道清蒸鲈鱼和一个烩菜,是早就备好的料，出菜快得很。烩菜里有竹笋、白玉菇、牛肉、火腿、豆角、木耳、粉条等种种，整个儿就是乱炖。看着品相一般，味道却很不错。

一切齐备，开始吃饭。先吃蟹。如以往一样，每个人都笨手笨脚地剥着螃蟹。到底是北方人，不习惯吃螃蟹，每次吃螃蟹都像是第一次。一边吃一边吐槽螃蟹肉少，没啥吃头。

你们都没有喝过茅台吧？

没有。

要不要喝点儿啊？她提议。

不！三个孩子异口同声。

我希望你们人生第一次喝茅台，是和我一起。

三人全乐了。说喝茅台是什么重要节点吗，重要节点必须喝茅台吗，不喝不喝不喝。

好吧，那就不喝。

家里有两瓶茅台，算起来也存有快十年了。她也从不嗜酒的，可是不知怎么的，看到茅台，她就会想到孩子们。和孩子们吃饭，就会想，要是喝酒一定喝茅台。嗯，将来一定要和孩子们把这两瓶茅台喝掉。

边吃边聊天。聊什么呢？聊杨紫，聊易烊千玺，聊刘昊然，聊韩剧，聊海底捞，聊抑郁症，聊双性恋，聊健身，聊平板支撑，聊动感单车，聊漫威，聊桃总为什么叫桃总，聊死士为什么叫死士，由正播着的"中国好声音"聊到了"乐队的夏天"，聊整天加班，头发都要掉光了，聊买假发片。

终于吃完。宝去了房间，好一会儿都没出来，她便跟了过去。还是在收拾行李。行李总是这样，不到临行时就不可能收拾妥当。巨大的行李箱摊开在地，真当得起一个乱字。不过在她眼里，这是气势磅礴的乱，也是欣欣向荣的乱。她目不转睛地看着宝拎拎放放，取取拿拿。他在家的时时刻刻，她都想跟在屁股后面看着。看不够。

妈妈，你去歇着呗。我整理行李很有经验的，不要担心。他说。

他大多时候叫她"妈"，撒娇的时候才会叫她"妈妈"。她耳中最动听的称呼，就是他口中的"妈妈"。把女儿比作父亲的小情人，把儿子比作母亲的小情人，她曾经很反感，但是现在，慢慢理解了。情人之间爱到最美好的时候、最纯粹的时候，就接近于父母对于儿女的这种爱。情人之爱是血缘之外的极致，父母之爱是血缘之内的极致，有意思的是，情人成家方为父母——血缘之外的极致诞生了血缘之内的极致。也许是两种极致之爱无从映照，就只好互相映照。哪怕映照得有些荒唐，却也在不可理喻中获得了某种理喻。所谓的天地造化，大概就是如此吧。

宝卧室的书架上，摆着几张装框的照片，都是他格外心爱的。小学时的乒乓球队合影，初中时的网球队合影，高中时的足球队合影……从小到大都热爱运动，球队是他业余生活重要的组成部分。她从书架上抽出一本影集，翻起来。宝的照片，她按时间做了排序。满月照，百天照，夏天露着小鸡鸡的洗澡照，幼儿园毕业的全班照，和同学去春游的，在学校操场上跑步的，代表学校去台湾进行交流的，阖家游时在清明上河园穿着武士盔甲的，在家里打扫卫生的，每年过生日的，戴红领巾的，第一次坐飞机的……这本影集旁边，是一本大红色的小影集，装的全是他们三口之家的合影。她摸了一下，到底没有打开。手指微涩，已有淡淡的灰了。

哎哟，又在那儿欣赏呢。有那么好看？宝说。

是啊，好看。

我觉得吧，小时候的照片还挺逗的，长大以后就没啥意思了。

嗯，再放几年，就有意思了。照片如酒，是需要时间来发酵的。

您又抒情来了。

所以，你首先得现在多照，将来才能拥有很多意思。

您可得了吧。

这次回老家，照相了没？

那还用说。

给我看看呗。

在手机里，自己看。

他回老家，照例要照相。和爸爸，和奶奶。这次依然是非常正式的那种照相：老太太坐在前面的太师椅上，他和爸爸立在后面。她看到过几张。十分端庄，甚至悲怆。她不能看太久，看太久会落泪——每一张都可能会是祖孙的最后一张。

可笑吧，这么照相。宝也凑了过来。

可笑什么。不可笑。

妈妈，为什么一定要这么合影呢？

她看着这张脸，思忖着该怎么回答。这张脸，乍一看已经是成熟的男人脸了，在外面也一定会被人们看作成熟的男人——完全民事行为能力人，法律是这么界定的吧？可是，在她眼里，他还是个孩子。突然想起在哪里听到的笑话。一个三十多岁的男人，闯了祸被警察抓捕了，他母亲哭喊着求情说：饶了他吧，他还是个孩子啊。讲的人都乐得不行，听着的人也没有不乐的。可是，此刻，和那位母亲之间，她居然也有了一种荒诞的共感。在母亲眼里，孩子永远是孩子。有错吗？没错。这世界上绝大多数的母亲都会有这样的心理吧，愚蠢得可爱，可爱得愚蠢。

请回答，妈妈。

你二姐不是说了吗，为了留念呀。她笑。

为什么一定要合影才是留念呢？视频也是留念嘛，语音也是留念嘛。

她又陷入了沉默。这个问题貌似刁钻，其实稍微梳理一下就能给出点儿说法，找到像样的答案。比如，因为视频和语音都是需要播放的，都是流动的。流逝流逝，流动就会逝去，当然不宜留念。可是照片，只要你按下了快门，就能将近在眼前的这一刻凝固且被保鲜为绵长光阴。这薄薄的存在啊，就是被截取下来的瞬间真实，就是在无尽岁月里可以被反复验证的瞬间真实，就是有能力打败强大时间的瞬间真实，就是将所有稍纵即逝的珍贵的一切储存下来，以便反哺和抚慰孱弱人心的瞬间真实。

它还那么安静。安静的事物总是有种不可思议的力量，能够让人依托和信任。

——这些个话，作为回答，是不是很像样？

可她没有说。她不想对他讲太多。她不想在这个时候搞一个小型学术研讨会。

这个问题太难了吧？宝很得意。

是啊，挺难的。她说，我们还是在实践中去寻找答案吧。

妈妈——

快点儿，去照相！

7

  但也不是立马就能照的。之前当然得做准备，换衣服，化妆。哪怕是在家里，是和家人一起照相，也得收拾收拾。宝屹然不动，穿着他的T恤和牛仔裤，等着女生们各种打扮后，光鲜亮丽地走出卧室，预备开拍。宝努力经营出一副没脾气的样子，下一句就露了原形：计划照几张啊？

  她们全笑了。

  照到满意为止！大小姐说。这是标准答案。

  每个人都要站一遍C位，每个人都要和宝照合影。然后，是各种角度的大合影。谁在前头显得谁脸大，脸大就是吃亏；自然了，排到最末就是脸小，脸小就是沾光。于是就挨次排到最前头，挨次吃亏和沾光。

  够了吧，我要倒数五个数了。行李还没收拾好呢。宝说。他忍无可忍了。

  于是就按他说的，又拍了五张，他终于解脱了，逃也似的跑回了卧室。剩下她们继续拍。她和大小姐合影，和二小姐合影，大小姐和二小姐合影，三个人一起合影，一起嘟着嘴的，一起做鬼脸的，一起瞪眼睛的，好玩啊，真好玩。对于女人来说，照相似乎就是一种特别好玩的游戏。拍照状态中的女人，或多或少都有戏精的潜质。

  终于拍完，回看照片，再把满意的精修，把不满意的删去。人人都只顾着看自己。相对于自己，她更爱看宝。可是这个宝啊，只有有限的几张能看出他在笑，其他那些里，他的样子就是个路人，衬着女人们戏精的表情，居然也别有一种戏剧化的喜感。

  她又逛到宝的房间，继续看宝收拾行李，二小姐是收纳高手，也过来帮忙参考。一大一小两个箱子，要装多少东西呢？春夏秋冬的衣裤鞋袜，帽子围巾手套拖鞋，牙膏牙刷剃须刀沐浴露，感冒的消炎的跌打损伤的各种药……庞杂得像一个小型超市。还不时有计划外的建议冒出来想要挤进去。箱子早已经鼓胀得此起彼伏，多一点儿都要崩溃的样子，但其实还是能再塞一点，再塞一点。

  她看着她的宝。宝手指上的小肿块，是疣。他在国外已经发现了好几个月，却不告诉她，怕她胡思乱想。自己也不舍得去看医生，怕花钱太多。一回到家，他们就去了医院，确定了是最寻常的疣，她才松快舒展了下来。

不过当晚也没睡着，在某度上查了又查。他们一起呵斥她：查什么查，"某度查病，起步癌症"，没听说过呀。

她看着宝的白牙，衬着他小麦色的皮肤，显得分外白。他一回国就去洗了牙。他洗牙的时候，她也跟了去，一边看着他洗牙，一边和医生聊天。医生问他在哪里读的大学，准备去哪里读研，听到学校的名字，照例赞叹了两声，夸奖了几句。又说几乎所有的留学生回国都必然会去看牙医，因为国外看牙特别贵，特别特别贵。也有在国外的华侨全家利用假期回国内看牙的，因为飞机票和看牙的钱相比简直可以忽略不计，划算极了。

一边看着，她一边用手机悄悄拍着。拍了几张宝的单照，又调到自拍模式，远远地把宝框进镜头里，和宝合影。她调了静音，没有快门声，宝应该没察觉到——抬起眼，才发现宝在斜睨着她。她的脸唰地红了，仿佛是一个被抓了现行的小偷。

你这执念也太深了吧妈妈，为什么呢？宝的语气是嗔怪。有些严厉了。

她突然也有些恼羞成怒。

因为——她一字一句地说着，自己也知道自己在此刻显得很幼稚。幼稚就幼稚吧——在生活中，我们不会永远在一起，但是在合影里，我们可以永远在一起。

切，永远。您这话听着，牙都要倒了。宝轻轻哂笑。

是啊，永远。她也笑。只能笑着，只适合笑。不这么说，又该怎么说？能说这些吗——因为我会死去啊。因为我会比你早些离开这个世界。在我离开这个世界后，你会想念我的，想念我的时候，看照片就是最简便最有效的方式。照片不占什么地方，还真是特别适合留存和思念，嗯，就是留念。

当然不能说。不能。

宝看着她的脸，愣了一下，似乎明白了什么，嘴唇动了一下，却也什么都没说。那一刻，她知道，他仿佛意识到了这是一件什么事。他的小脸很严肃。

8

第二天，她很早就醒了。确切地说，是根本没怎么睡。宝就在隔壁，他的呼吸离她这么近，她舍不得睡。还有些事情由不得要操心，尽管宝安排得井井有条，根本用不着她操心。她刷着英国的疫情，计算着郑州飞广州的航班与接下来的国际航班之间的时间，又去查这趟国内航班的准点率，准点率还行，不至于因为这趟拖累了下趟。又寻思着再给他带点儿什么药，能不能再塞进去几只口罩……

六点多，她轻手轻脚地起了床，煮好了鸡蛋熬好了粥，又去外面买了胡辣汤、肉包子、素包子、水煎包、牛肉盒子各若干，琳琅满目地摆好了一桌子早餐，宝也醒了。两个姑娘也起了床，她们三下两下吃完，和宝拥抱告别，各自上班去。

她又让宝把行李检查了一遍，护照什么的证件也一一又验视过。突然，她想起了昨晚剩下的几个饺子。

再吃两个饺子吧？她问，有些小心翼翼。

好的妈妈。

宝很痛快地把她煎好的饺子全吃了。

他们早早到了机场。他同学还没来，他们便先办着手续。终于，他同学来了，送行的有五六个人，七嘴八舌的，越发显得他们这边冷冷清清。那孩子却是一派心不在焉，有一搭没一搭地草草应对着他们，一边和宝聊得欢天喜地。忽然，她清晰地听见他父母亲在商量要不要再拍张合影，说刚才吃饭的时候拍的照片糊了，得重新拍。商定之后，他们察言观色地跟儿子提了出来，那孩子却断然道：怎么没完没了啊。又是照相，照什么照。别照啦，不照！

一群人都尴尬在那里。她也跟着尴尬起来。突然，宝就走上了前去，拍了拍同学的肩膀，说：时间还来得及，照吧，赶快照。我来给你们照。

那孩子看着宝，有些蒙蒙的样子。宝又拍了他一下，呵斥道：赶快照！

选自《人民文学》2021年第6期

评鉴与感悟

《合影为什么是留念》是作家为一张家庭合影做出的悠长"注脚"。相片受制于取景框，也为自身轻巧的介质所困，但凝固其中的情感记忆却远远超越其所携带的图像信息，乔叶的"注脚"正是建立在记忆上，为相片增加了情感的厚度与力度。齐格蒙·鲍曼曾用"液态现代"精准表述当下世界，从某种意义上说，现代社会所呈现的流体状态，一直以来都试图驱逐人类曾仰赖的稳固与恒久。本雅明在指出摄影术贬损了艺术的灵光时，摄影尚且代表着某种日新月异和先锋姿态，而时至今日，技术的更迭甚至令摄影术也成为人类怀旧的一部分。需要指出的是，在乔叶小说中，合影作为一种怀旧形式所呈现的，不是一种伪饰、廉价的哀怜和挽留，而是对世界"液态化"趋势的某种执着的抵御。

这篇小说中一个最为有趣而残酷的发现，也许是对"全家"一词弹性的体认，生老病死、爱别离苦、物是人非，从一张张合影中即可清晰辨认。凝固的瞬间与现实世界的变动不居，代际间经验与情感的悬殊差距，在完成合影的仪式之后，最终得到了某种谅解与统一。"液态"世界的流动性，加剧着个体之间的差异与分化，而呼唤一种家庭仪式，即情感的重新到场，则是黏合个体关系最为重要而有效的方式。《合影为什么是留念》让我们再次看到了永恒的可能性。（高翔）

缓 步

/班宇

　　木木说，今天我在走廊里唱了首歌。我问，什么歌？木木闭上眼睛，没再说话，好像还轻轻吐了口气。在她面前，横着一块模糊的荧光屏，泛暗的塑料薄膜尚未揭去，上面鼓着不少气泡，像是里面那只企鹅、北极熊和独眼猫在水中各自的呼吸。没有声音。它们的嘴向前努着，短蹼状的双手来回比画，不知到底在讲些什么，没过多久，便又坐着一架墨绿色的灯笼鱼艇匆忙离去，像是要去办一件什么了不得的事情，只留下一长串气泡。大大小小的圆圈，与海水一起，从屏幕里奋力向外涌来。

　　很应景，木木正坐在一艘黄色的潜水艇里。毫无疑问，披头士专辑封面的造型，也是我最初会唱的几首英文歌之一，歌词简单，像童谣。很少有人知道，这首歌是保罗·麦卡特尼写的，鼓手林戈·斯塔尔演唱，跟列侬扯不上太大关系。我也是到了一定年龄才发现，他们乐队那些我喜欢的歌曲，基本上都不是列侬所作。但初听时不会想么多，那阵子，我刚跟小林谈恋爱，她愿意听，我就循环播放，放着放着，她跟我说，以后要是结婚了，想把这张封面画在卧室的墙上，这样一来，每天就像睡在潜水艇里。我觉得有点俗。夜深人静，还要乘船去寻找神秘之海，十分颠簸，心力交瘁。我既没赞成，也不反对。当然，这个愿望最后也没能实现，装修把我们搞得心力交瘁，到了后期，基本是任人摆布，工程队的监理说什么样的吊顶好看，什么牌子的涂料合适，我们就起立鼓掌，完全服从。刚住进去时，家具很少，连窗帘都没有，室内空荡，说话都有回音，像在山洞里。夜间躺在床上，映着外面的光线，小林安慰自己说，还是白墙好，像一张画布，怎么想象都行，潜水艇里也应该有一面白墙。

理发器电机振动的声音时大时小，好像在闹情绪，李可皱着眉，向后使劲甩了几下，这下可好，完全没了动静，她反复推动几次开关，跟我说，哥，没电了，得充一会儿。我说，不急。她抱怨道，不扛用呢，下午刚充的。又转过头去，跟木木说，你继续看动画片，等会儿小姑再给你剪，行不？木木睁开眼睛，跟她说，今天我在走廊里唱了首歌呢。

商场里禁烟，我跟李可不敢远走，躲进休息间里偷着抽。休息间也是仓库，被杂物灌满，相当凌乱，地面上还有一摊没来得及收拾的碎发，我将一块巨大的红色凸形积木拖至门口，斜坐在上面，把烟点着，扭过身体盯紧外面的木木。她打了个哈欠，流出一小颗泪珠，似乎想去揉一揉眼睛，又伸不出手来，围布太长，只鼓出来两个拳头，上下蹿动，找不到出口。她看着乐，我也跟着乐。李可骑在一匹斑马身上，两腿蜷着，身体前后晃荡，问我说，哥，乐啥呢？我抖了抖烟灰，说，没事。李可说，哥，你的腰怎么样了？我说，不太好。李可说，医院怎么说的？我说，三四、四五，骶骨，三节突出，要么忍着，要么手术，别的都白扯。李可说，尽量别吧，听见手术俩字儿都害怕，现在什么症状啊？我说，走路或者站着时间一长，腰疼腿麻，必须得休息一会儿，间歇性跛行，有意思不，三十来岁，武功全废。李可说，那不至于，我有个朋友，家里祖传治疗腰脱，他爸是辽足的队医，我带你过去。我说，辽足都解散了，还队啥医，以后再说。李可说，小林最近怎么样啊？我说，我上哪知道去，应该挺好的。李可说，心真狠啊她。我说，不说这些，赶紧剪，完后我得带她回家做手工，后天万圣节，幼儿园有活动，一天天的，变着法折腾。

八点半，理发结束，李可垂着手臂，与木木同时扭过身子，一齐望向我，眼神期盼，像在征求意见。一颗蘑菇头，也像锅盖，倒扣在脑袋顶上，跃跃欲试地准备接收一些地表之外的信号。不错，这也是披头士的同款。两人的脸上都是头发茬子，眼眶盈着一圈泪水，太困了，我也不由自主地打了个哈欠，然后竖起大拇指，跟木木说，完美。木木说，南瓜。我说，什么？木木说，崔老师告诉我，明天我要演一个南瓜。我说，南瓜很可爱啊。木木说，不可爱。我说，那你想演什么？木木说，不可爱。我说，好的，不可爱。木木说，我什么都不想演。

李可送我们到电梯口，转身回到店里，把自己塞进转椅，盯着动画片愣神儿，跟个没家的小孩儿似的。理发店开了半年多，生意一般，会员卡没办出去几张，前几天又跟我借了一万五，没说做什么，我也不问。知道得越少越省心。我妈一直不同意李可做买卖，不让我拿钱，我都是偷着给。为此，小林当初还很不高兴，每次吵架都提，没完没了。不过现在无所谓了，家里只有我和木木。我们住在自己的小房子里。像歌里唱的，我们的生活如此美满，我们有着自己想要的一切，蓝色的天空、绿色的海洋，还有那艘黄色的潜水艇。听着浪漫，像一个童话。实际情况则难以描述，不过我正在一点点恢复秩序，让一切看起来尽量如常。在这一点上，木木比我做得更好些。

房子是十年前的回迁楼，现在已是弃管小区，大门四敞，任意进出。一、二层是门市，开了两间小超市，一家面馆，一个按摩院，棋牌室倒是有四五家，彻夜不休，这会儿基本上是满员状态，正在酣战。有人站在玻璃窗外围观。我们绕到楼后，走上台阶，经过一条隧道似的缓步台，约有百米，平坦而狭长。我跟木木打过几次赌，比谁先跑到单元门口——总是她赢。后来我发现她对此并无兴趣，对胜负也没，只是为了陪我而已，我也就没什么心情了。缓步台的左侧如悬崖，下面是无声的幽暗，另一侧是住户们的北窗，拉着厚厚的帘布，或用无数的废纸箱堆积遮挡。我时常幻想，里面住着一只等待解救的松鼠，而那些箱子是它的武器，举过头顶便能进攻，也可以作为防御，躲在里面过冬。我把这个想法跟木木讲过。木木说，不对，有一次见到了那个人，踩在箱子上，穿着厚厚的爪子拖鞋，是个女的，不过长得确实挺像松鼠，也许是花栗鼠吧，我感觉。她说，但是，我也想要一双那样的拖鞋。

太平洋上有一座不知名的岛屿，又长又窄，植物稀少，没有居民。这里不是任何一片陆地的支脉，而是直接从海底升起来的，像大海的一截脊骨。它的北面是温水，南面是冷水，走不多久，就能体会到两个不同的季节，一边是不歇的骤雨，一边是充沛的日光。山岩排成纵列，陡峭而锋利。1932年，一艘澳大利亚的科考船发现了这座小岛，刚一登陆，便被眼前的景象所震慑，到处都是船只的残骸，龙骨折成数截，柚木甲板被侵蚀风化，偶见细小的白骨，被风一吹，如在抽搐。总而言之，误入了一座孤零零的墓场。更可怖的是，这座岛屿自己还会说话，船员在岸边能听见有声音从内部传出来，一阵急促而空洞的声响，之后是另一阵，音阶无法分辨，但又极富韵律。有几个水手认为，这座岛是宇宙的窃听器，能听到天体之间的对话。这并不是一个好兆头，类似的说法总会在他们之间流传。夜晚安宁，待到次日，这种声响演变成为巨大的噪声，铺天盖地。他们被迫醒了过来，放眼一看，舱外是数万只企鹅，密密麻麻，形成一道黑白相间的旷野，朝着海岸线不断涌来，将他们的船只团团围住，来回掀动。没人知道它们竟是这样危险，并且如此有力。企鹅的面色阴沉，振着前肢，伸开脖子，长喙一开一合，喉咙里发出叹气似的哀叫，要将不速之客驱逐出境。有位科学家准备仔细观察记录，刚一下船，便被叼住裤脚，几只企鹅甚至跳到了半空，好像会飞一样，不断啄咬着他的衣衫，直至撕烂。科学家大喊大叫，带着满身的伤口狼狈地逃了回去。

听到这里，木木笑出声来，问我，他是怎么逃的？我龇起牙，一边扬着脑袋，一边夸张地挥动胳膊，高抬双腿，向前奔跑几步，然后蹲在地上，捂紧心脏，张大了嘴使劲呼吸。木木也学着我的样子，仿佛身后有企鹅追赶，小声尖叫着来到我的身边。风将一部分变黄的树叶吹落在地，如遗失的海星。我拾起一片，抬头递给木木。她举着叶梗，挡住自己的脸，说了几句听不懂的怪话，便又扑在我的身上，大口地喘着气。我回望过去，数盏吸顶灯的倒影映在窗里，悬于上方，模糊的反光积聚着，照出大面积的灰白色的雾，在夜晚里蔓延。空气很差。秋天总是这样，好在就要结束了，然后是冬天，木木出生的季节，像世纪一样漫长，无尽无休，骤然消逝。小林离开之后，我才意识到，原来我有了一个女儿，一个女儿，每一个时刻里，她都在为我反复出生。

睡觉之前，木木跟我妈通了个视频电话。我妈问她，你想奶奶不？木木说，我想爷爷。我妈赶紧喊我爸过来，说，气人不，说她想你呢。等我爸走到摄像头跟前，她又说，我想看一看奶奶。折腾了几回，她开始用手背揉着脸。我挂掉视频，热了牛奶，又带她去洗漱。收拾卫生间时，木木自己悄悄坐上便盆，半天没有动静，等我晾好衣物，她低声跟我说，爸爸，我尿不出来。我说，不要紧，我们去睡觉。木木说，我怕又要尿床。我说，没关系的，放松心情，尿了再洗，不怕。木木摇了摇头，看看我，又点了一下头。

我把她抱到小床上，装进睡袋，她试着跳了几下，噔，噔，噔，还给自己配了音，神态兴奋，看起来也像一只小企鹅。每天晚上我都会这么想，却没对她说起来过。穿上睡袋模仿企鹅是小林与她之间的睡前仪式。小林无论学什么都惟妙惟肖，还对我们进行过严格培训，比如，如何扮演一只企鹅：两只手放在腰部，掌心向下，指尖朝前平伸，左右手交替下降，身体随之左右摇摆。按此做法，一扭一晃，没个不像。事实上，小林的肢体语言极为丰富，不仅能模仿动物，还会表达情绪。她以前教过我，如果要表示愤怒，就将五指在胸前撮拢，瞬间向上抬动，同时伸开手掌，在心脏里放了一团烟花；如果你爱上了一个人，那就伸出一只手，用另一只手轻轻摩挲这只手的拇指指背。我照她说的做，动作不难，节奏不好把握，小林说我看着像一只正在数钱的狗熊。她的头发遮住半张脸，笑得很开心。很少有人知道，小林的一只耳朵听不到声音，先天性小耳畸形，自学过很长一段时间的手语。

木木说，爸爸。我说，闭眼睛，睡觉。木木说，我有点睡不着。我假装打了几声呼噜。木木说，爸爸，爸爸。我说，嗯？她说，大喊大叫的一天。我说，什么？她顿了一会儿，说，你看过没，那本书。我说，没。她说，我好像看过。我说，家里有吗？她说，我记得有。我说，明天我找找，咱俩看一遍。她说，爸爸，明天，明天我不想迟到。我说，你现在睡觉，我们就不会迟到。她安静下来，但没睡着，在床上蹬了半天，才老实了。呼气声柔和而均匀，像钟表一样，将余下的时间一一剥落。我暗暗祈祷，希望她今晚不要尿床，之前洗过的床褥还没晒干。再去买一件的话，怕是也来不及。

我问过李可，如果你是小林的话，要怎么办，会做出跟她相同的选择吗？当然，我很清楚，这种事情因人而异，不可能存在统一的标准答案，他人的结论只能作为一种参照，甚至起不到任何安慰效果。问题过于复杂，没人真正清楚你生活里的全部变量。选项却总是那么几种，每一个都简单得近乎残忍，无可理喻。中间的推导过程却是极为艰难的。如果要用手语表示，也许是以食指抵住太阳穴，来回钻动几下。

李可想了半天，不难看出来，她很想站在我的立场说话，最终不过是叹了口气，跟我说道，哥，你别问我了，我真不知道。我说，行。李可说，这事儿，有时候想想，觉得自己也有责任，我对嫂子的态度，实在谈不上多好。我说，但也没那么差，过得去，你别多想。李可说，咱家这些人你还不了解，都向着你，无论你说了啥，做了啥，都站在你这边儿，到了今天这地步，我也犯糊涂，不知道是不是害你。我说，这跟你们谁都没关系的。

我有一万种的解释方式，来印证我和小林的行为均无原则性的问题。比方说：既然我们公认的生活是那么正确并且一贯正确，那么，不甘心自己被此俘虏之人，只好通过伪装与冒犯来展示自己的存在。再比方说：这并不是我们个人情爱之事，无所谓奉献与亏欠、忠贞与背弃，而是生命本身存有的无可弥合的裂隙，凡途经此者，必然陷落于一种更大的痛苦、神秘与真实。但这些说法都没什么用。尤其在我跟木木单独面对生活的时候，一切仿佛进入一个科学的、可被计量的体系之中：早上六点五十分起床，七点半出门；周一、三有英语课，下午四点半带着水壶和饼干去接她，再送到培训学校；周二、五是跆拳道和表演课，下午五点半放学；周六上午学半天的舞蹈，前一天晚上，要根据上次的视频将那些动作复习一遍。黄色潜水艇永远消失在深海。客厅里萦绕的，只有《小铃铛》和《蚂蚁掉进河里边》。有只小蚂蚁呀，掉进河里边。它在哭，它在喊，谁也听不见。波里滚，浪里翻，眼看把命丧。嗨呀，嗨呀，多么渴望登上岸。

木木睡得很熟，喉咙里不时发出呼噜的声音，鼻腔也有点堵。我担心是不是今天洗澡时着凉，毕竟还没到供暖的日子，她又很讨厌浴霸，觉得太过刺眼，不够友好。真没办法。我贴在她的床头上仔细听了一会儿，直至声音逐渐平息，然后打开笔记本开始干活，一帧一帧地过，相当无奈，很多想法不写清楚，底下的工作人员就会把视频剪得一塌糊涂，毫无逻辑可言。我以前在台里干新闻，根据百姓提供的线索，每天到处跑一跑，也不觉得辛苦，还比较适应。年初时，家里有些变动，我就申请调去节目组。结果可好，时间虽相对可控，操的心却多出几倍，天天就是个改，上面也没有具体建议，反正就是不断调整，材料就那么多，东删西减，到后来自己都麻木了，看好几遍也不知道到底想表达啥。很长时间以来，台里的效益一直不行，工资方面就更别提，已经压了半年多，人家也不说不给，你管他要，答复就俩字儿：缓发。能挺住就挺着，挺不住就自谋出路。好像从小林走后，我就没往家里拿过什么钱。

　　有时候我想，小林辞职也有这方面的原因，不单是我。她在电视台上了九年的班，连个编制都没混上，确实没多大意思。小林在2010年入的职，我比她早一年多，刚开始根本没注意过她，当时我在跟一个电台那边的主持人谈朋友，关系也不稳定，今天好明天分，打得不可开交，不打就更过不下去。那阵子我自己租房子住，隔三岔五，总有别的女孩过来。她刚发现时，完全不能接受，我一顿挽留，办法用尽，后来又有过几次，她发现了也不提，装没看见，态度冷漠。我妈比较得意她，毕竟嘴上能说，也很会来事儿。我妈有个关系不错的同学在台里当领导，那时还没退，费了挺大劲，好说歹说，给她弄了个台聘，然后我俩就彻底分手了。实话说，我一点儿都不怪她，主要是闹腾几个来回，也没什么热情了，办完这个编制，反而轻松一些，算有个交代。但那时的情绪确实比较差，全台都知道我俩的事情，她倒不太在意，工作照常，谈笑风生，我就不太行，不敢往大道儿上走，觉得特有压力，天天低着个脑袋抄近路，谁也不瞅，戴着耳机，放的都是死亡金属，在草坪上踩出一条荒芜的小径。不是怕谁笑话，也不是因为岁数不小了，连对象都处不明白，而是觉得年龄也不算大，精神却消耗殆尽，一切像是走到了尽头。

　　在此之后，有几天晚上，我在楼上加班，才开始留意到小林。每天下午六点半左右，我在二楼的吸烟室里抽烟，看着其他部门的同事下班往外走，三五成群，有说有笑。小林每次都是自己一个人，背着双肩包，底下挂着一只戴墨镜的熊猫，摇来晃去，不断敲着她的屁股，像一条骄傲的小尾巴。她从不走大路，总是沿着我踩出来的那条小道儿一步一步往前走，且很细心，谨慎躲避两侧的草丛，有时候还要跳一下，如遇礁石。从上面看去，很像是缓慢经过一片凶险的暗绿色深海。我觉得这人很无聊，侵占我的成果不说，内心戏还不少，下个班而已，当自己在打冒险岛。观察了四五回，有点改观。正好我有个新节目，需要跟她对接筹备事宜，就有了一些联络。只要我看到她下班，踏上那条小路，就拨一下她的电话，响一声就挂掉，然后发个信息，说点有的没的。这时，她往往会举着手机停在草坪中央，噼里啪啦地打字，措辞精确，颇有礼节。她回复过后，没等走几步，我迅速再发一条，她停下来，又开始打字，那条小路她经常要走上半个小时。我总是很恍惚，觉得自己正在控制一个游戏角色，个子小小的，脑袋瓜儿上飘着一顶白帽，胃口很好，爱吃草莓和香蕉，走路带风，前面是火焰、滚石、下沉的云彩与横着走路的饿鬼。我按一次键，她就可以顺利逃开一回，双臂摆动，继续前进，去解救被封印的恋人，而我却总想让她慢一点通关。

　　杰克拍着肚皮，打了个饱嗝，说道，今年的收成真不赖，我又可以快活地过冬啦。魔鬼说，好心人，你种了些什么？杰克说，土豆、白菜、西红柿和土豆。魔鬼说，能不能分我一些？我三天没吃过饭了，饿得走不动路。杰克说，那当然，当然啦。魔鬼说，我会保佑你的，亲爱的朋友。杰克说，但是，既然我们是朋友，能不能也帮我一个忙？魔鬼说，阁下，您说说看。杰克说，夏天时，我的皮球不小心卡在树杈上了，一直取不下来，而我又不会爬树。魔鬼说，乐意效劳。两人蹦跳着兜了一圈，来到一棵大树旁边，杰克指向上方，魔鬼望过去，大树忽然伸出双手，将魔鬼死死抱住。魔鬼来回扭动身体。

　　大树说，哈哈。杰克说，哈哈，中计了吧。魔鬼说，这是怎么一回事？杰克说，别以为我不知道你是谁。大树说，哈哈。魔鬼说，求求你，放开我吧，有什么条件，我都答应你。杰克说，我要吃不完的土豆、蛋糕，还有美味的烤肉，我要永远都过这样的好日子。魔鬼垂头丧气，点头允诺。大树说，哈哈。然后松开了手臂。魔鬼叉着腰，跺脚说道，杰克，咱们走着瞧。

大树仰面躺着，一动不动，如被伐倒。魔鬼立在后面，面目庄严，吸了两下鼻子。杰克蹲在地上，双手捂脸，眼睛在指缝间来回乱转。两个女巫走了过来，齐声问道，你怎么了？杰克抬起头，说道，为什么一直是夜晚，我什么都看不见。其中一个女巫伸出手指，对着空气画了个圈，二人若有所思。一个女巫说道，可怜的杰克。另一个说道，他真可怜。第一个说，原来这一切都是魔鬼的过错。第二个说，他真可恶。第一个说，我们来救救他吧。于是两个女巫原地转了一圈，挥了挥魔法棒，指向左右两侧。一段急促的音乐响了起来，几秒钟后，舞台后面冒出来两只胖墩墩的南瓜，夹起胳膊，横挪着步伐来到中央。南瓜的扮相古怪，肚子上套了个橘色的救生圈，脑门儿上还贴了几颗星星，闪闪发亮。女巫说，杰克，这是我们为你召唤的南瓜灯，请你把它带在身边。南瓜们主动移向杰克，将他搀扶起来，三人围着女巫们转了一圈。杰克行了个礼，说道，谢谢，我又能看见啦，世界真美好，感谢你们。两个女巫手拉着手，跳着舞离去。倒在地上的大树忽然叫了一声，哈哈。然后滚了一圈。全剧终。

木木出了一脑袋汗，我用手帕沾了些温水，一点一点给她卸妆。木木问我，你看见我了吗？我说，看见了啊。木木说，我都化妆了，你怎么还能认出来？我说，脱了马甲我照样认识你，今天表现不错，特别可爱。木木说，但是我什么也不想演。

出门之后，她看见了我妈，挣开我的手，直接奔了过去，贴在身上不放，非要抱着。我妈的腰也不好，就让我爸扛着她回家，走两步跑两步，一路乐得不行。我和我妈跟在后面。我妈说，今天吃饺子。我说，行，都爱吃。我妈说，没用。我说，什么？我妈说，学这些玩意儿，白花钱，我感觉没用。我说，现在都学，不能落后。我妈说，以后在社会上谁能当个南瓜啊？像你似的。我说，你也不懂，别管这些了。我妈说，小林咋没来？我说，没告诉她。我妈说，最近没联系？我说，很少。我妈说，可真够一说，这妈当的。我没说话。我妈又叹了口气，说，你这爸当的啊。

吃完饭后，外面下起雨来。木木开始流鼻涕，脸颊泛红，有点发蔫。我妈说，今天别折腾了，在这里住，我给她洗个热水澡，晚上跟我睡，得注意观察，这季节可别感冒了，不好。我躺在沙发上玩手机，我爸在看电视，里面放的是陈佩斯的小品。我想起许多年前，春节联欢晚会过后，总会放一部他演的电影，有时是《父子老爷车》，有时是《二子开店》，都很滑稽，每次我都下定熬夜的决心，却总是看个开头就睡着了，直到现在也没看全过。我们家已经很久没聚在一起过年了。前年我妈生病，在医院里抢救，忙得人仰马翻，白天黑夜连轴转。去年是李可，被传销的骗到广东，好不容易逃出来，也没买上机票，大年三十，打电话就是个哭。今年轮到我跟小林，在家里待到正月初五，哪儿也没去，谁也没见，相互一句话也不说，只是盯着那面白色的墙壁。

木木身上裹着浴巾，脑袋上包着一条粉色的枕巾，被我妈从卫生间里拖出来，两只脚还没完全干，在地板上踩出一溜儿水印。孩子长得就是快，不知不觉，几个月前，一条浴巾也还勉强够长，现在就完全不行了。外面的雨声很大，伴随着隐隐的雷鸣。木木跑来我这边，撅着屁股，上半身趴在沙发上，很急促地喘着气，也不讲话。我伸过手背，摸了摸她的额头，又摸一下自己的，好像我的更烫。这时，手机震了一下，小林发来消息，问我：今天演节目了？我回道，是。小林说，录下来了吗？我说，没来得及。小林说，我跟她视频一下？我说，在我妈家。她就不再回复了。没记错的话，本月之内，这是她第二次跟我联系，上一次是提醒我拍生日照需要提前预约，以及记得去补一针流感疫苗，而还有三个小时，这个月就要过去了。

我本来以为，向木木解释小林的离开是一件很困难的事情，确实不知怎么说为好。李可说，你可以跟她讲，爸爸妈妈虽然不住在一起了，但对你的爱是永远都不会变的。我心里说，你真是没有孩子，这种话讲不出口的。一个问题接下来就是许多个问题。为什么不在一起了，为什么别人的爸爸妈妈还在一起，为什么离开的人是妈妈，为什么对我的爱就永远不会变，你们之间的爱不是变了吗？自己答不上来，就别指望能说服得了任何人。小林刚走时，木木住在我妈家里，天天闹，使劲喊，嗓子都破了，哭得筋疲力尽才能睡着，到了后半夜，经常忽然自己在床上站起来，闭着眼睛说，妈妈呢？我要去找妈妈。我妈也心疼，一边哭，一边抱着她来回走圈，念经似的说着话，唱遍所有能想起来的歌谣，连灯也不敢开。到后来，我妈的身体实在吃不消了,住了次院,我就接回到自己这边。也是奇怪,木木跟我在一起,从没主动问过小林的事情,好像我们之间达成了某种默契。有时我觉得,我跟木木更像是一对恋人,对彼此的前任避而不谈,即便她的存在无法被抹去,像是一块坚冰或者一座岛屿从大海里升起来,横亘在我们中间,始终无法融化与跨越。

关灯许久,木木也不睡,一直在说着话,笑个不停,随后又下了床,跑来我的房间,跟奶奶说,我去看一眼爸爸。她在地上晃了一圈,发现我还没睡,便爬到床上来,躺在我的身边。我妈跟了过来,对木木说,快回屋,几点了都!木木说,但是我还是想跟爸爸一起睡。我跟我妈说,跟我吧,习惯了,让她在这儿睡,我看着她,没问题的。

窗外的雨声渐弱,风却刮起来了,凉飕飕的,从窗户缝儿里往屋里钻,发出一阵阵虚弱的颤声。我给木木又加了层毯子,她蹬掉,我再盖上,她又给踹开了。就是这样,在几乎所有事情上,我都犟不过她,不知道脾气随谁。木木说,爸爸,给我讲个故事。我说,没有故事,睡觉。她说,我睡不着。我想了一下,问她说,你想演女巫,是吗?她说,我不想演女巫。我又问她,那你害怕魔鬼吗?她说,不害怕。我说,其实我觉得,今天的那棵大树更像是魔鬼啊。木木说,不是。我说,为什么?她说,不像魔鬼,不是。我问,为什么呢?她说,大树是辰辰啊。

有一天下班时,刚好看见小林走去那条小路,我跟在身后,走到中间,喊了她一声,她左看看,右看看,又在原地转了一圈,终于发现了我。后来我才知道,单耳听不见的人,很难辨别声音的来源方向,所以在某些时刻,小林的动作显得有些迟缓。她的右耳健全,我们走在路上,她就总贴着我的左边,看起来像在保护我。无数车辆从她身边飞驰而去。我比较不适,总想拉过来一把。听我讲话时,她习惯性地将头侧过来,仿佛集中了全部的精神,极为虔诚,这样一来,我反而不知怎么说为好。

项目的进展并不顺畅,筹备尚未结束,就被上面喊停,我的心情却比从前好了一些。那段时间里,我跟小林相处得比较愉快,她很聪明,经常是我的话只讲一半,她就完全明白了,但会坚持着听完,确认全部细节,再去执行。到了后来,我对她的信任度逐日增加,无论遇到什么事情,都想听听她的看法。她很有耐心，一点一点为我拆解，却极少谈论自己，每次问起来时，她也只是摆摆手，对我说，实在是没什么可说的，人生履历就是这么简单——离家上学，顺利毕业，在台里实习，签合同转正，上班下班，被拖欠工资。我问她，有什么爱好？她说，也没什么，都不怎么逛街，只喜欢在家里听听歌。

我们就在她租的房子里面听歌。我带去了无数张唱片，各种风格都有，一听就是一个晚上，我喝着啤酒，她偶尔处理一些工作，或者准备公务员考试，反正总有些事情要做。她不爱听金属和朋克，觉得吵闹，喜欢古典，但听不太懂，版本复杂，没心思钻研，最喜欢的还是20世纪六七十年代的那些民谣，鲍勃·迪伦或者琼·贝兹的歌。小林问过我，如何看待他们二者之间的关系。我说，贝兹当时的名气更大一些，热衷社会运动，投身其中；迪伦很害羞的，对这些也不太感兴趣，在自传里写过，第一次看贝兹演出时，目光便久久不能移开，觉得她荣耀又圣洁，如花环一般，几乎无所不能，嗓音美妙无比，像是在为上帝献唱，能驱逐世上全部的厄运。小林又问，那你怎么看待我们之间呢？我说，我以前总在楼上抽烟，看着你自己走上那条小路，总会想起一位美国作家的诗句，他说，一片树林里分出两条路，而我选择人迹罕至的一条，从此决定了我一生的道路。小林说，你喝多了？我说，绝对没有。小林撇了撇嘴，没再讲话。我说，那你怎么看呢？小林想了想，说道，答案在风中飘，我的朋友，答案在风中飘。

木木捏了一下我的手，我以为在逗我，便回捏过去，她又用力拽紧了手指，我才反应过来，她是想让我注意到走在前面的那个人。穿着一件棕色的羽绒服，长及脚踝，在这个季节里稍显夸张，半长的头发披在颈后，踩着一双高跟鞋，跋在地面，发出哒哒哒的响声，仿佛抬不起腿来，随时都会晕倒。我想了一下，说，松鼠？她先说，是。又说，不是，是花栗鼠。我问，有啥区别？她说，更小一点，但头很大，还演过动画片。我说，那你要不要过去打个招呼啊？她说，啊，我可不要。

木木对于命名特别严谨，我在手机里收藏了一篇很长的文章，是《小马宝莉》的角色介绍，数目近百。她总会要求翻看讲解，一遍又一遍，从不厌烦。我时常读得眼花缭乱，木木却几乎都能叫上名字来，也熟悉每一匹小马的禀性,甚至对会不会飞、在哪一集出场等细节都了如指掌。最开始她喜欢的是云宝,性格外向,热爱冒险,绝招儿是彩虹音爆。最近比较倾心于月亮公主,有点孤独,略带神秘,被放逐到月亮上一千年,曾对此很不满,企图让世界陷入永久的黑暗,后被感化,经常去解救那些噩梦里的小马。

我们走到单元门口时,长得像花栗鼠的那个女人还没进去,她的双手插在挎包里,像是在找些什么。我和木木停止对话,一起望向她,总觉得她要跟我们说点什么。她看着我们,眼睛瞪得很大,睫毛一闪一闪。我有点不好意思,微笑着对她点点头。她没回应我,而是蹲了下来,将衣服前襟拢在膝盖上,说道,木木?木木往我身后躲了躲。我很好奇,转头问木木,你认识这位阿姨吗?跟她问个好啊。木木摇了摇头。她继续问,记得我吗,我是辰辰妈妈,我们见过的呀。我说,辰辰?大树辰辰?她说,什么?我说,啊,木木有个同学,前几天演了一棵树,也叫辰辰。她勉强笑了一下,说道,应该不是。我说,不好意思,那是我弄错了。她说,木木,你还记得辰辰吗?辰辰很喜欢你呀,总提到你。木木继续往后面躲,背对过去。我问她,你记得吗?她也不说话。我解释道,她就这样,比较内向,遇见生人很害羞,话也少,有空带孩子来家里玩,真巧啊,住在一个楼里。她偏过头去,扮了个鬼脸,想逗一下,可木木压根儿不看她,一个劲儿地拉着我的衣角。她站起身来,朝着我点了点头,说道,好,好。

我们上楼之后,木木好像有点不高兴,脸也不洗,动画片也不看,拎着一只绒毛蜗牛在客厅里走来走去。我说,你今天的表现可不太好,见人也不打招呼,有点没礼貌。木木不吭声,只是看着我。我又说,不过我也不打算勉强你,这没什么的,对吧,不是跟谁都需要讲话,我能理解你。我企图讨好一点,可她还是不理我。

木木睡得很快,我也很困,但还得两个小时才能休息。快洗模式半个小时,混合模式一个小时,婴儿服模式则是先加热到一定的温度,洗干甩净,再进行消毒,共计两小时,这是洗衣机的标准法则,不可侵犯。我在一本书里读到过,洗衣机的语法粗暴至极,无视差异性,所有的衣服在此都是平等的,没有尊卑贵贱之分,一旦被抛入其中,便被迅速地搅拌在一起，不可豁免地混作一团，其符号价值被无情吞噬，在滚筒里，没有幸存者可言。我打开阳台上的窗户，点了根烟，向外望去，觉得世界无非也是一个滚筒，重力作用、正向与反向的轮转、粗糙而强悍的旋律，不断在内部之间摔跌捶打，无可逃脱，也意味着无人生还。我将纱窗拉开，想将烟头灭在窗台外面，忽然发现有人还在单元门口，双手扒着缓步台的栏杆，探着脑袋，也刚抽完烟，与我的步调一致，正在碾着烟头，好像我们同时位于滚筒的某个位置。接下来，也许将一起接受上升或者下降。

我披了件衣服，轻带上门，又摸了摸钥匙，往楼下走。她见到我时，并不惊奇，笑着点点头，问我，木木睡着了？我说，是。她说，她好乖的。我说，今天玩累了。她说，小孩子嘛，还是比较好哄。我说，辰辰也是吧。她没讲话。我又说，不回家吗？晚上凉了，钥匙没带？她说，没，想待会儿，还有烟吗？我帮她点了一根，给自己也点上。她说，你不会扎辫子吧？我说，什么？她说，所以木木总梳着个锅盖头。我笑着说，是这道理，学也不会，没这项技能。她朝着黑夜里吐了口烟，停下几秒，继续说道，你的故事都好听啊。我说，故事？她说，我就住这一层嘛，总能听到你给女儿讲故事，扭来扭去在散步的小蛇，小裁缝智斗巨人，岛屿上的科学家和企鹅，点头或者摇头的锡兵，只是个片段，没头没尾，你们边走边讲，等到了门口这边，我就什么都听不见了。我说，惭愧，乱编的，打扰到你。她说，刚才我知道你们走在后面，想着在这里等一等，兴许能听到个结局，但是也没。我说，不值一提。她说，没，我很喜欢。每天晚上，我都把窗户拉开一道缝儿，搬把椅子，守在阳台上等着。我就躲在箱子后面，有时等了很久，很担心是不是错过了，或者木木发生什么事情，但如果能听得到，就很开心，睡得也好一些。我知道她叫木木，很早就知道，但她不认识我，不要怪她。

我说，她认识你，但不认识辰辰，我们睡前聊了一会儿，她知道你一直在听我们讲话，我一点儿感觉都没有，有些话她故意要说给你听的，不管你信不信，反正就是这样。她说，木木最聪明了，你今天讲故事了吗？我一句都没听见。我说，没有，她给我讲了一个关于魔鬼的故事，很可怜的魔鬼，所有人都想尽办法要对付他，可他根本不知道自己犯了什么错，只是不停被耍弄，不停地许诺，不停地满足他人的愿望，被钉在树上，被困在鼻烟壶里，被放逐到很远的地方。你知道，人们总是那么贪婪，魔鬼却那么软弱，无论躲在何处，最终都会被揭开面目，无可逃脱。真是没办法啊，明明是人们先找到的他，非要来交易灵魂的，也许他唯一的错误就是扮演了一个魔鬼。她说，唯一的错误。我说，对，这也是木木说的。她说，我明天要搬走了，收拾了好几个月，终于把东西都装进箱子里，真沉啊，推都推不动。我说，祝你顺利，希望以后还有故事听，肯定比我讲得好。

我回到楼上时，洗衣机已经停止运转。我拉开舱门，将衣服一件一件抻开、铺平，晾在阳台上。窗户没关，夜风温柔，缓缓吹进来，像在为我披上一层薄薄的衣裳。木木睡得不太老实，嘟着嘴，皱紧眉头，一只小腿搭在床沿上，几乎要挣脱出来，从后面看去，睡袋像是一件很威风的斗篷。我想，她是正准备去解救那些困在噩梦中的小马。手机上有两个未接来电，都是小林打的，时间太晚，我犹豫着是否要拨过去时，收到了一条她发的消息：不用回，没什么要紧的，刚才只是想确认一件事情，现在我知道了。我的另一只耳朵也听不见了。我好像再也想不起来木木的声音了。

春天的末尾，我跟我妈带着木木去了一趟海边。原本这里是一片野海，在我很小的时候，也来过一次，但没什么印象了，只记得在沙滩上铺着一张张巨大的渔网，踩在上面，仿佛随时会被捕获，高高吊起来，放在集市上售卖。如今此处被开发成一个新的小镇，充斥着现代气息，生活便利，建筑设施一应俱全，甚至还有美术馆、剧院和礼堂，无论走在哪里，都能听见一阵轻快的音乐，沁人心扉。木木很喜欢这里，她很忙，每天上午要去海边捡贝壳，中午回来休息，下午去农场里看小花，或者在草坪上打滚，玩到筋疲力尽。我妈说，她自己很久没看过海了。上次来这里时，正怀着李可，行动不便，我也不太听话，我爸更是指望不上，成天跟她对着干，她每天都很累，没有盼头，万念俱灰，夜里偷偷哭上一会儿，也不敢出声，怕吵到我们，当时觉得快要活不下去了，可一晃就是这么多年，也都过来了。

我知道她是在劝我。我假装听不出来，每天尽量鼓足气势，拧紧发条，像一匹童话里的飞马，带着木木上天入地，奔跑不息。我想，只要她开心，我就快乐，只要她愿意，做什么我都值得。我像一株寄生的植物，无法自给养分，只是日夜低语，将命运与她紧紧相依。我再也不需要成为什么，没有愿望，也不想去拥有自我，一点儿也不想。人一旦有了这种意识，就很可怕，像岛屿上丛生的密林，沙沙生长，不止不歇，直至遮蔽全部的光芒与道路，长久困在噩梦之中。我不要这些。

旅程结束的前一夜，木木睡着之后，我自己一个人来到海边，走了很久。没有月光，星星也被隐去，只是一片深色的绿。我脱掉鞋子，踩着沙砾，一步一步迈入大海，温暖轻柔的水浸过我的脚踝，我站立于此，舒了口气，抖抖肩膀，伸出两只胳膊，想要画出一道从未有过的手势，却始终不得要领。波涛涌来，身后寂静，世界如在一侧呼喊。那是一首鸥鸟、海水、岛屿与天空的奏鸣曲，为我竖起一道光亮的墙，时远时近，无法逾越。赤色的暗云落在海面上，发出火焰熄灭的微弱声响，它一刻不停地沉入水底，给予短暂如幻的照亮。接着是引擎声与浪声，贮存许久的音阶，相互抵抗，向前或者退后，保护着的同时也在毁灭。最后是清澈的鸣叫声，如垂冰一般锋利，来自鸥鸟、松鼠或者小马，上古的山林，幽暗的房间，万无一失的梦境。而那些被忘却的声音不在其中，遥不可及，我无从追寻。它曾栖于我的体内，如同昔日的私语，远在此处，如今径自飞行，去往我需要行进的方向，接续不断，消逝于失落的耳畔。总要逝去，也必将逝去，尽管此时，它正如凌晨里悄然而至的白色帆船，掠过云雾，行于水上，将无声的黑暗遗落在后面。

选自《收获》2021年第4期

评鉴与感悟

不同于前作，《缓步》中班宇有意模糊地域性，以缓慢渐进的叙事深入日常生活的内面，在平淡的故事中叩问混沌的当代生活。

黄色潜水艇是小说的核心意象，然而不同于歌中所唱："生活在海浪下……过着安逸的生活"，在现实的颠簸中，多彩的青春"消失在深海"，只剩下生活的一面白墙。这个单亲父亲的故事有交织的两条线索，一条是"我"与女儿木木微妙的相处，另一条是"我"回忆与小林的相处。婚姻的失败、经济的困窘、家人间的龃龉等等都是生活不完全的变量，筑成生存的高墙，高墙内外人物关系细微的变动编织晦涩的情绪之网，笼罩比海还深的生活。

"我"一直试图"恢复秩序"，小心翼翼地维护与女儿的日常。作者将游戏、童话、"我"自编的故事嵌入"我"的现实跋涉中：太平洋上无人的岛屿、可怜的魔鬼、"我"回忆"遥控"女孩在小路行走、"花栗鼠"窃听童话的结局等情节设置不停打断"可被计量"的现实体系，以此向生活的高墙凿壁偷光。然而这些幻想的瞬间终究是现代个体"我"的暗自较量，被卷入现实的"滚筒"中，成为生活的漩涡。当结尾主人公迈入大海，从如常中追寻终将逝去的自我存在时，"缓步"具有了向过往深沉告别的意味，走在狭长的"缓步台"，在晦暗的边缘寻求光明。（胡志）

出 走

/常小琥

那天前妻告诉我:"你女儿李梦正在找你的路上,并且她身上带了一把刀。"

当时我正躺在牙科诊所的椅子上,挂了电话就出溜下来,穿起工服和靴子要走。大夫问我:"你牙不补了?"我豁着嘴说:"不补了。"大夫说:"那我送你个口罩吧。"我说:"行。"腊月里,寒风吼啸,如旧日追问,令我心神不安。我踏着那双硬底皮靴,像只老鸭子一样在路上扑腾着,怎么也飞不起来。前妻从精神病院放出来后,一见面就把我门牙打飞了,现在女儿又带着刀找过来,这是要剁我啊。慌乱中我还没来得及把口罩戴好,那东西就被风给刮到天上去了。

为了表明永不沾赌的决心,当年本人切过自己一根手指头,可后来我还是把给女儿买琴的钱拿走赌了一把。那次明知牌桌上的哥儿几个是联手坑我,可奇怪的是我仍然全押了下去,结果当然是又欠下很多赌债。他们说:"我们知道你老婆厂子在哪儿,孩子上学在哪儿,你别让兄弟要债要到她们那儿去。"

离婚之后,出于各方面的考虑,我就没再见过女儿,这些年只靠汇款维持关系,以至于我都记不起她的样子了。我想问女儿要张照片,或者请她别再屏蔽朋友圈了,可是在聊天记录上,除了那一屏屏金额固定的转账记录，就是自动回复的"谢谢"。她连声"爸"都不肯叫。我也就没有多问，你什么时候来，我去哪接你，还有，你他妈过来想干什么？现在我只能在路上用九根手指头掐来算去。我琢磨着应该不是为了生活费，因为还没到日子口呢，再说我前不久已经付过钱了。要么是她生日和春节快到了，想预支个过节费？反正出不了要钱这个圈。我觉得尽管我们之间没什么感情，可杀鸡取卵这个道理她总还是明白的，想到这儿我就稍微踏实些了。

走到自新路的少年宫，女儿曾经学琴的地方，我判断她会直接找到家里去。本人曾经说过，那栋简易楼的三十平方米，是我留给闺女唯一的东西，她在那儿有单独的房间，有时髦的床和衣柜，她可以随时回来住。现在她回来了。可是我早已经把那房子租出去了，自己搬到酒店的职工宿舍住，不然哪有钱打给她？我本还打算补牙后再去宣武医院开胰岛素，现在只能赶在她之前回到家，否则一旦被她先发现那里已经住进别人，那可就更说不清楚了。

从自新路到简易楼的途中，我依次走过半步桥监狱、北方昆曲剧院、市职工大学和农贸市场。街面和建筑物，被斜阳余烬照出血红色的洞，如曝光过度的胶片，黯寂缥缈，凄丽异常。附近有哪几个赌窝，各兴什么玩法，本人刻骨铭心，我曾经无数次在这条小道上进出，去赌钱去借钱然后输光回来。那时候她总要黏着我，好奇而忠诚地做她妈妈的间谍。为了甩掉她，我指着表盘说，爸爸大针指到几就回来了。如果还不管用，我就骂她，或者踹她，直到她不再跟着我。

我记起她喜欢樱桃，于是趁着菜贩子要收摊，在市场买了一斤橘子。随后我像是初来乍到的异乡人，迟疑地走过一个又一个漆黑的楼门洞。我忽然感觉到有人在身后拍我肩膀，腰部同时被坚硬之物顶住，我只好定住，听任对方把我的兜摸了个遍。"一分钱都没有啊。"是个女孩的音儿。"姑娘劫道儿你可找错人了，况且违法乱纪的事儿咱可不能干。"我说。"劫你，不违法吧。"她转到我身前，两眼虎视眈眈地盯着我。见到女孩留着酒红色烫发，穿茄色漆皮夹克、紧身牛仔裤、绿鞋，我知道这就是李梦，这就是我的女儿。她已经长得快和我一样高了，而且肩膀更宽，腿更长，总之比我健康，比我好看。我的钱花到哪里，一目了然。我捋了捋鸡冠子一样蓬乱的头发，把工服衣扣系好，露出豁牙傻乐。

我偷瞄她的背包，里面鼓鼓囊囊，不知是不是刀。她问："我的房子呢？"我说："借朋友了，你住，我现在让丫滚蛋。"她冷笑，轻声嘟囔："果然这世上没什么是属于我的。"我心里一疼，想想原来刀子在这儿。她眼皮不抬，"你那儿有钱吗？"我笑着轻拍自己的脸，"钱在存折里，存折落在宿舍里。"这话谁都听得出什么意思，但是她说她跟我去拿。我心说你这比劫道还狠啊。转身时，我顺手去摘她的包，她下意识地抓紧，从眼中我触到冷意和凶光，赶紧把手松开。

自新路上，我走在前，她跟在后，像小时候，又和小时候不同，我不知道她的刀何时会捅向我。昏黑夜色下，前路仅被远处街灯映出微亮，我们俩的影子在脚下不断被拉长、压扁、重叠和分离。"晚上甭回去了，我给你找个地方。"我说。可是除了嚓嚓步响，我什么也没听见，手中橘子只好攥得更紧。

我们俩来到一家叫"东方维也纳"的酒店，我把她领到后楼夹道，自己去找后勤主管。我用那只正常的手递给对方一根烟，提出要给女儿安排一张床，反正节前很多人回老家，宿舍空着也是空着。主管把烟挡回去，"老李，过完年，你把你妈也搬过来一起住吧。"我嘬着腮帮子，笑容僵硬。"占便宜占出甜头来了吧？这是水利部下属的四星酒店，以后临时工一律不许住，你也赶紧收拾东西吧。酒店的残疾人指标，明年我得照顾别人。"我扭头看向外面，此刻她已经站到门口，像讨债似的盯着我。

于是在主管和她的注视下，我像蛤蟆一样趴在床铺下，收拾衣物，打铺盖卷。"这你闺女？"主管问我。我抬头，好像需要重新确认似的，说是。我让她叫叔，但她依然无动于衷。一切妥当后，我刚要站起来，主管拿出一个信封，"人家连电工、清洁工带洗衣工，全顶，还管塞小姐的卡片。三份钱，只请一个人就够了。老李你别怪我。不是我，你这辈子连四星级的门都摸不到。"我跪在地上，接过信封，咱知道主管意思，可这份工资我得给旁边的这位，少一分钱，彻底断绝关系。主管见信封已被拿走，随即指着我的脸，"你这身工服，还有那双靴子，都是酒店发的，也要换下来。"我又在她面前弯下腰，用缺损的手指解扣子，晃晃悠悠地脱掉裤子和鞋。中间我摔倒过一次，在主管面前，她没有扶我。

我们重新回到路上，这时候我提的行李比她还多。"操，咱自己掏钱住。"我说。"那可是四星酒店。"她瞪大眼睛。"旁边有家三星的招待所，条件差不到哪儿去。"于是我们俩拎着大包小包和橘子，进了一家半地下旅馆，掏出各自身份证，要了个单人间。

房间狭小低矮，颜色不正，还有奇怪味道。她一屁股倒在床上，玩手机、聊微信，我进洗浴间小便。由于没有坚持打胰岛素，我尿出来的是粉红色泡沫，闻起来还挺甜的。出来后，我要不停地高抬腿，才能找到立足之地。我把行李码好，又给她剥了俩橘子放桌子上。她点了支烟，忽然举起胳膊，看也不看地递向身后。我赶紧接到手里，然后坐在编织袋上抽，门牙没了，我只能用嘴唇夹住烟，嘬起来吧嗒吧嗒响，像老太太。

"她打的？"她问我。我点着头，用手比画起水壶抡过来的轨迹。"活该。""你带刀来的？""我到哪儿都带着刀，跟她学的。"我欲言又止。"你还赌吗？"她又问我。"我想赌也没钱啊，都给你了。""骗他妈谁呢！"我掏出存折，放到橘子旁边。"李梦，这上面都有汇款日期，你看我动过吗。""我不看。"我又把信封掏出来。"拿着啊。""我不要。这仨瓜俩枣的拿着补你牙去吧。"我赶紧把信封和存折捂好，心说谢天谢地。

"你就不问我用钱干什么吗？""你用钱干什么？""你觉得咱俩像吗？"我愣住了。"咱俩长得像不像？"她把头扭过来，手指向脸。我如同得到特许一般，仔细看起女儿。她有一双如新疆女人般大且多色的眼眸，婴儿肥的白脸盘上是黑茸茸的假睫毛和辣椒色嘴唇，还有镰刀状的银耳环。即便被浓妆遮盖，可是那个和我一模一样的鹰钩鼻简直就是李家人的标志。"像啊。"我又露出豁牙说。"我想整容。"她把头扭回去说。我心里一沉，"你要整成什么样，得花多少钱啊？""还没想好，只要不像你就行了。至于钱，你得给解决了，谁让你欠我的。"她把手一抬，示意我可以走了。我在她背后给了自己一记耳刮子，我多嘴问那一句干什么，整容可是无底洞啊，还不如把钱扔下就走呢，孙子再管她。

次日我来找她吃饭，她打开房门后躲进洗浴间，我同时闻到呛人的烟味，即便窗帘只留了一道缝隙，仍可见满屋烟雾，像是焚烧过什么。床头有空红酒瓶、快餐盒与丝袜，橘子根本没动，而且早就蔫巴了，我剥的橘子皮上覆盖着灰烬。我说："你这儿整个一猪圈啊。"然而玻璃门再打开时，她已经换上一袭红色长衣，粗高跟鞋，妆容精致。我走近她，"你这是去哪儿?""和朋友打游戏。""玩游戏用穿成这样?"她不说话,在涂口红。"那行,我先走了。"她"哎"了一声,叫我帮忙系后面的裙带。随后我们的脸一起显现在镜面中。她在脸上比画着,"眼睑应该划开一点,鼻子也要削窄……我怎么越长越像你了。"我忍住了笑,两只手在她身后笨拙地打起架来。很快,裙带就被我缠成了死疙瘩。

在网吧里,几个小姑娘都穿着灰格子毛衣、褐色风衣,还有舒服的浅蓝色围巾,学生气质。这令李梦的强健体型、红裙绿鞋和大嗓门显得格外突兀。可是我那日渐衰退的视力,远远地只对准了她,仿佛她是我可见到的唯一光束。在游戏画面前,她眼中闪现着灿烂的光彩,连我自己也跟着笑了。中间几次,她还激动地和同伴欢叫、自拍,即便整个人被压在合影的最外面。

这里以前就是坑过我的赌场,除了赌桌换成硕大且刺眼的显示器,其他带给我的感觉一点没变。特别是我一坐下,老板随即跟了过来,他告诉我出后门有个地方,要不要玩两把。我说谢了。老板没走,而是坐了下来。"老李,这网吧当初没你开不起来。"我应付着笑了两下。"你每天抱着钱来找我们,跟上班儿似的。"他乐着,做了拎包的动作。"你真牛逼,把孩子扔路边也要进来玩,剁了手缠着纱布还来玩。你丫一玩就是三天三宿不睡觉。我记得你孩子老跟进来找你要钱买饭,好几个哥们儿都给她煮过面,那丫头现在怎么样了?""没联系了。"对方等了一会儿,恢复正经语气:"老李,这人呢就那么回事,你有钱还能有人陪陪你,没钱就什么都别聊了,连鬼都不想看见你。亲闺女也他妈一样。"

那是我有生以来和女儿相处最长的一晚,我望着她瘫坐在椅子上的样子,头戴耳机,那双手像是敲钢琴键一样地打键盘。如果我给她买了那架钢琴,凭她这股劲头,估计现在我就能坐演奏厅里看她演出了。我又想起她那晚战战兢兢地走到我跟前,问什么时候能把琴买回来。至于我又是怎么打她,怎么虐待她的,我已经没那个胆量和力气去想了。这令她好像是一夜之间就长这么大了。她简直太像我了,眼神、语气、抽烟姿势,她怎么想去整容呢?怎么整也还是像我啊!

月光变成蓝色,同伴们相继散去,只剩下李梦独自站在街上,不知该去哪里,又像在寻找什么。我跟了过去。"她们都是你什么人?"她回头看我:"我饿了。"我们俩又走进一家卤煮店,一股咸腥的下水味令我下巴发酸。我给她那碗多加了肥肠、肺头和火烧,告诉她大寒天要吃点热热乎乎的回去。她问我:"回哪儿,是宾馆吗?还是你要轰我走?"我又笑着拍脸。她说:"我要喝酒。"我就跟伙计要了两瓶啤的。她点了一根烟说:"我要喝三瓶。"我说行,接着后槽牙用力,瓶口白烟升起。啤酒沫溢出时,她抢走杯子,一饮而尽,杯底咣当放回。我说:"你这么喝,可喝不到三瓶就倒了。"她大臂一挥说:"老李,你甭跟我这儿装,以前你不是挺牛逼么,号称提一箱子现金进去赌,欠一箱子债才出来。回来就是打我,打我妈。"

我抿了一小口酒,一阵冰凉从心底散向全身。我们俩坐在饭馆正中央,周围空空荡荡,令我感觉自己置身于一座岛上。

"那几年我妈在翠微饭店干,她总能从里面顺出好东西,有白瓷金花纹的盘子筷子,象牙似的,可漂亮了。还有被淘汰的席梦思,软弹簧垫,也可漂亮了。邻居排队进家来看,谁也没见过这么漂亮的东西,他们说她是一个能干的女人。"我为她倒酒,还没倒满,她又一饮而尽。"可那些筷子都被你给撅了,席梦思也被你给剪了,姥爷亲手给她做的嫁妆,漆面衣柜,你也给砸了。赌瘾犯了要砸,输了钱回来还要砸。我记得还有个橘色电视机,电钮开关在右边,砸了三四次都不坏,最后你用开水浇它,那是你干的吧?"

我懒得搭理她,自顾自地低头吃起肠子,由于没有门牙,我只能用后槽牙把肠子咬断。她看我的样子,像是在面对一条啃骨头的狗。

"你他妈说话啊,你骂人的花样不是挺多吗?后来我不管听谁骂人都觉得水平太低,现在怎么哑巴了?"

"我忘了。就算是我干的怎么着吧!钱是我挣的。"虽然女儿讲的东西和我记忆里的一时有些对不上号,可我还是认了。认了,却比不认嘴还硬。这一点确实像狗。"再说我都还她一根手指头了,我欠谁的债也不欠你们的。"

"应该把你整只手都剁下来。当年你一打她就跑,跑慢了后脑勺就被酒瓶子开瓢了。就这天气,半夜你能逼她躲到公共厕所,她在公共厕所墙角里坐了一宿。"

"你没带刀是吧,我给你借去,不剁,你都不是人生的。"

我把断指的手在桌上一拍，刚要起身，却见李梦整张脸像孩子一样扭曲起来，口水混同着酒，从嘴角流出来。

"她倒是跑了，把我留在家里，做作业时你只要在我身后一动，我的心就咚咚直跳。你他妈能绕着床打我啊，我在床上乱窜，疯了一样躲着说爸你别打我了……我妈每天在学校门口卖贺年卡，她其实是想看我，可她倒是把我带走啊。她给我买耐克鞋和格子衬衫，问我将来跟谁过。后来被你看到了，又把我打了一顿，那些衬衫和球鞋多漂亮啊，我都没舍得穿就全被你剪了。你还把我身上衣服都剪了，把我大腿根掐出黑紫色的肿块……"

由于她的哭声过于惨烈，就连街上的路人都要往店里张望。老板出来说要关门，请我们出去。我拍着自己的脸问她："哭完了吗，姑奶奶？"她撇着嘴点头。我又问："你还站得起来吗？"她揉着眼睛摇头。我只好架起她胳膊，彼此紧靠着走回到自新路上。我说："你三瓶纯粹是吹牛逼呢？"她说："我想撒尿。"我说："忍着点啊，你醉成这样，掉茅坑里怎么办？"她身子一滑，不由分说地窝到我怀里。周围如陷阱般的昏黑中，我们俩坐在路牙子上，只有对面的整容广告灯箱可照耀前路。

"我妈说我就是不能让你爸得逞，才和他抢你的抚养权。有一次我们俩对挠，各自手背上全是血道子。"她突然掐住我的胳膊，像有剧痛传遍全身。"后来我明白了，她是一神经病，你如果真想要我，争抚养权你能输吗？既然什么都不属于我，我只剩下身体和这张脸了，我要靠它吃饭，我要整容，你得给我签字。"

"你不学琴了？"我问。

她缩了回去，背靠住电线杆，脑袋乱晃。

"我还记得你等着那架钢琴的样子，你说爸爸快去，然后双手合十，嘟着嘴望着我。"

她低下头，吐。

"还是给钱实际点儿。我饿肚子在街上等你的时候，你管过我吗？我饿得眼冒金星的时候你在干什么？"

反复有强烈的车灯迎面照过来，晃得我们睁不开眼。我看到她那张哭花的脸上还有冰碴一样的泪珠，于是举起断手，伸胳膊替她挡住车灯，像是投降一样。

夜风乍起，女儿开始自言自语，全身紧缩，好像她妈妈就在眼前。

"我不是每月转钱到你微信吗？你都收了啊。"

"那个微信号是她自己弄的。"女儿擦了擦脸，半清醒地笑。

我站起来说："我要走了，回去的路并不长，你跟不跟着我？"她费力地睁开眼睛，问："回哪儿啊？"我说："回家。"

李梦再度睁开眼睛时，发现自己正躺在一张不大却舒适的席梦思床垫上，阳光将棉被照成乳酪色。四周墙壁涂上樱桃色红漆，还有漂亮的百宝阁、水晶灯和布艺沙发。她试探性地叫了一声"老李"后，才发现我正在厨房门口看她。她不敢下床，仿佛生怕这是个一戳就破的梦。

本人擅长煮面，半年可吃下千斤面条，我的糖尿病就是这么吃出来的。可是不得不说，我煮的面条确实好吃，我希望女儿能品尝一下我的手艺。然而她没有吃早饭的习惯，在自顾自地绕房间一圈后，她说："果然只有三十平，而且就一间卧室啊。"我说："你从小在这儿长大的，不记得了？"她说："装修成这样，回忆不起来了。之前这里肯定是个女主人，还是打算长住的，你把人家赶走了？"

我在肚皮上给自己打了一针胰岛素，然后大口吞面，并且把另一碗面推向她。"我不会耽误你什么好事了吧？""大人的事情，你懂个屁。""看来我确实是多余的。你能让我在这儿住多久？""看表现吧。""什么表现？"我用豁牙嚼着面，抬头看她："不提整容了，行吗？""这可是你提的，再提一次，我立刻就走。"

那些日子我每天给她做早饭，下午和她手牵着手去自新路买菜。我拽得很固执，像在对整个世界宣告她回来了。此外，我还会给她零用钱，在她开口之前，我终于可以面对面地给她钱了。此外我要躲起来打胰岛素，要每天清理她留在地漏上的头发团，要记住别碰她任何东西。她则整天抱着指甲油和烟灰缸，窝在沙发上打游戏，用脏话和尖叫跟朋友聊微信，并且在我叫她的时候装死。我也给手机下载了游戏，借此可以反复让她教我，接着我们在游戏里并肩作战。尽管她总埋怨我不懂战术，连累她也被同伴奚落，可是从她的埋怨和冷落中，我居然触碰到了从未感受过的温暖，为了这片刻的感受，我有种粉身碎骨的冲动。

我又在对面的半步桥小学找了一份看管锅炉房的工作，那里不仅包吃包住，值班室里还有热水和空调。我有时会住在学校，因为她毕竟长大了，而且我见她格外注意掩藏自己的身体。别看她总搭配一些夸张的颜色和款式，可她从不穿暴露的衣服，仿佛对各个部位都感到惭愧一样，这有些像她妈妈。然而到了半夜，我还是会在客厅沙发上听见她又在梦里拼力哀求、哭喊救命，可我只能站到她的房间门前，等她或是惊醒，或是继续睡去。那是两个人都备受折磨的时刻。

同时我也感觉到，在给钱和游戏之外，我和她几乎没有交流。每次在餐桌上我总想和她聊点什么，问问学业，或者有没有给她妈打电话，可我什么也不会说，过去的事情更无法重提，一切只能憋在喉咙里。实在没办法，我就用手机放一些钢琴演奏曲给她听。直到她终于用筷子敲着碗说："你省省力气吧，我真要走了。"

后来我用锅炉房发的工资，买下一架被学校淘汰的二手钢琴。我独自把琴卸下车，搬进家里，还没有摆放好，她就让我拉回去。我在不解中按几下琴键，指给她看，正是从前那个雅马哈的牌子，并且示意功能完好无损，甚至音色还很动听。我还让她弹两下试试。没想到李梦发疯一样对着雅马哈字样的标牌连踹几脚，她歇斯底里地叫喊："我不想看见钢琴！我永远也不想看见它！"接着她在我面前用拳头、用椅子、用身体狠命地砸向钢琴。直到她气喘吁吁地趴在上面，直到那架钢琴同样伤痕累累。我本以为那是她的心愿，本以为这架钢琴是一个好的开始，可是从琴身发出的震响，是我听过最悲伤的音乐。我就当是她为我弹的吧。

"你们为什么要结婚？"半夜李梦没有睡觉，在暗幽幽的冷月光下，她躺床上大声发问，像是在念一首诗。

"哦，你妈当年去延安插队，户口也转到外地，返城后她家人容不下她，想落户最直接的办法，只能嫁给本地人呗。"经过塌陷后一般的沉寂，我才有气无力地回应她，"她被家人赶进一间五平方米的砖房，没水没电，还要交给嫂子生活费。那个年代的事你无法理解。"我想起了很多画面，话也就越讲越多。

"她和我第一次见面，就哭着问我能不能尽快定下来。"

"为了户口，她嫁给了你？"女儿打断了我的思绪。

"是啊。"我得意地笑，"我记得她当年舞跳得特好，不过她只能降低条件。那年月就是这样。她不要孩子,我说行,先哄到手再说呗。其实和我比起来,她才是赌了一把。"

"那你们又为什么要的我?"

"为了这个房子。"我转了个身子,冲着她的房间说,"只有把你生下来,这房子厂里才分给我。"

"所以你们是为了这个房子才要的我,而不是什么这房子属于我。"她说。

"嗯?"我没听明白,"这有什么区别?"

"我困了。"她声音立即弱了下来。

此后她并不怎么稀罕这个家,外出也越来越频繁,周末甚至还要带着拉杆箱出行。女儿离开家的日子,我就搬到学校锅炉房里,守着巨大的热能设备,看一眼那个不知真假的微信号。我猜想她可能在网吧刷夜,或者回学校念书,或者干脆回到她妈那儿去了。我不定期地回到家里,没人吃我的饭,没人要我的钱,只有那台体无完肤的旧钢琴做伴。偶尔我会弹响它,令那变了形的声响在空房间里回荡,如同女儿酒醉后在自语。因为要等她回来,这里不好再租出去,我每天过来撅着屁股打扫,让它在整洁中空置,保持原样。比起从前的流窜和独处,如今这更像是某种自我惩罚。

终于我第一次打电话给她妈,走运的是正赶上她神志清醒。我问李梦在不在她那儿。她说:"她自己有腿,既然能跑去找你,也能跑到你找不见的地方。"我听了半天,没有吱声。

"闺女不见了,知道心急了?"她的语调越发严肃,也越发神经质起来,"你丫早干吗去了?"

"我每月转给她的钱,全被你收走了吧?"

"怎么着吧?"

"不怎么着,你记得转交给她就行。"

"别充好人了,律师说你的抚养费必须给到我手里!一给我你丫就没钱,给她就有钱?我警告你,那小白眼儿狼就是一把刚开刃的刀子,她就是过去扎你的!你怎么还没被她扎死呢!"

"我等着呢,被她扎死,我这辈子就圆满了。"我不等她回击,继续冲着电话冷言冷语,"反正我死了,也是和姓李的人埋在一起,没你的地方。

你们家人肯定不要你，你看你到时候埋哪儿吧。"

"你他妈的不是人……"

我呱唧把电话挂了，骂声却还在耳边聒噪。我下意识地舔了舔缺失的门牙，心咣咣跳。

我终于在李梦房间里找出两张身份证和两部手机。我整日不再出门，坐在那架七扭八歪的旧钢琴对面等她。直到她轻推开门，放下背包和拉杆箱，走近沙发推了推我。正午阳光刺目，明暗强烈，茶几上被摊开的身份证件和手机，在沉重的阴影中格外清楚。我问："你到底是谁，有实话吗？"她看向茶几说："我未成年，用假身份证，图个安全。""安全？"我咧开豁牙，眼睛排出黄色液体，"你整天带着刀，还他妈不够安全？"我抓起身份证，像当年甩牌一样，狠狠地扔到地上。她安静地又捡回去。"我现在告诉你的事，也是这几天翻来覆去想过的。""跟你妈讲去！你们俩骗子能聊得来！"她用力看我，直到我冷静下来。

"我是'机构'里的人。"她话音里透出疑虑和疲顿，手指用力抠着身份证，"这几年我一直跟兄妹们在一起，有让我们住的家，有管我们的家长。"像是躲传染病似的，我站起来看她，"家长？你到传销组织里认家长去了？"她把身份证放入包内，手却没伸出来，似乎准备抽出刀子，"你还是坐下来吧。"

我大步走向屋门，用力拽开。她坐在沙发上没动。

"我一姐姐得了肺癌，我这次来是想在家里做个小分享会，帮她面试新人。"

"哪儿是你家，传销窝点，还是我这里？"我问。

"你说过这房子是属于我的。"

这次我无话可说。

"这阵子我一直带她去看病，联系大夫住院，等手术。我和他们相处的时间才是最久的，那种感情更像是亲人。"

"傻×！我就是一傻×！"我把房门撞上，躬身打起自己的脸，"我热烈欢迎行吗！我虚心学习！见识见识你们是怎么个亲法！"

她头陷得更深，用力却轻轻地吐出两个字："谢谢。"和微信里一样。

那晚来了三个人，算上我们俩，共两男三女。李梦面部僵硬，全然不像个主人。新人是那个男的，穿蓝色衬衫，高大，圆脸寸头，戴圆框眼镜。鼓起的大眼珠子里透出反客为主的平静和坚定。其他女孩有相似的工作和口音，我在网吧见过她们。其中一个头发很长，笑容透着虚弱的安静，病态毕现。隔着一张饭桌，男人率先开口，谈及最近在看弗洛伊德，他说人的整个一生都被潜意识和童年支配，所以要时时刻刻和那个自我抗争。无论结果如何，过程都很痛苦。为了让男人加入组织，女孩们完全认同他的话，或者她们本身也没什么看法。"我是通过面部细节来判定一个人的，无论是你的表情、吃相，以及肤质和皱纹，都会暴露出你的经历。"在灯光反射下，男人镜片像点着磷火般发亮，"你们注意过吗？长期遭受家庭打击的儿童，两边嘴角永远是朝下的，眼中充满听话的无助。这种孩子长大后伤口越来越大，同时举止里的不安全感和自我否定意识，会充斥在潜意识里，甚至是梦中。"我看到女儿悄悄低头。"所以书上说，没什么比儿童时期渴望父亲的保护更强烈了。童年不幸的人永远带着灰暗的底色走向外部世界，走向这个你强任你强、不强就灭亡的丛林城市。除非你洗心革面，克服从前留下的恐惧，才能坚信自己能够成功。"我不由自主地说了个"操"，目光转向身边那架旧钢琴。为了挡住琴身上的裂痕和丑陋姿态，我在上面盖了一块淡蓝色花纹的毛巾被。

"您觉得呢？"男人问我。

"什么叫洗心革面？什么叫成功？我不知道，对自己有点要求总是对的。不过我也是刚刚发现，令我变强的是我的孩子。"我没有说"女儿"，因为李梦不让我说。男人看到了我缺损的手，点头。

"我每个月同时干好几份工，送水，看锅炉房，保洁，我还考了电工证。为了攒钱，我他妈补个牙都要去外地的黑诊所。不管出于什么原因，我把钱都给了她。这叫什么，是我欠她的？我不知道。我能想到最好的答案就是我不知道。可后来我发现，就是因为有了她，这些年我才能坚持下来。我没有赌钱，没有找女人，因为我总觉得她在某个地方看着我。我甚至强迫自己别去打扰她。可是如果让我知道，有谁哪一天在打她的主意——"我伸开两条胳膊，在身前比了比肩宽的距离，"我要让那个人知道，我的家里有把刀。我对成功什么的一无所知，可是我的家里有把刀。"

在场的人面面相觑，李梦则看向窗外。我知道我的反常举动会令这场面试起到负面效果，可我没有管住自己。男人颇有风度地说这场谈话令他很有收获，他问我们还会见面吗，随后他又冲我点头微笑。

"你脸皮真够厚的。"夜里入睡前，李梦又隔着屋门对我说，"总共才转过多少钱，不知道的以为你有座金山银山。"

"金山银山也被你们挖空啦。"我大声叫苦，"我连糖尿病都不敢看了。"

"不如你投资我吧，我是会升值的。我给你养老，我给你买大房子，我带你看病。"她的语气高亢且兴奋起来。

"还是我带你看病吧！我拿什么投资你？"半天过去，我本以为她睡着了。

"把这破房子卖了吧。"她语气依然高亢，却失去了那股兴奋劲儿，近似宣示口吻。

"卖了？"我直起身子，"这可是你从小长大的地方，你舍得吗？"

"我舍得。"她说。

"房子卖了，咱们住哪儿？"我两脚钻进拖鞋，躬身坐沙发上。

"住我们家里啊。"

"你们家里？"

"周围几个小区，甚至包括清芷园、朱雀门那种高档住宅楼里，都有我们的机构。而且内部有很多海归和商务人士。得病那个姐姐，她还是老家的高考文科状元呢。"

"得癌症了，还接着干传销？"

她没有出声，我闻到卧室里飘出烟味。

"你怎么会干起这个？"

"哪个？"她反问。

"传销。"我说。

"还能为什么，钱呗。"

"房子不能卖。"

"随你的便，反正我得回去照顾那个姐姐，也不知道她能不能好。况且我连一个下线都没发展过呢，每次都是帮别人面试，眼见一个一个新人混得比我还好。再说我走了，夜里没人犯病，你一个人睡得还踏实些。"

两人无话，屋内只能听见静电流声、窗子被风撞击声以及隔壁的呼噜声。

"我当你第一个下线吧。"

随着咔嚓一声,我抬起头,看见卧室的门被打开了。

"先交五万九。"焦海莲站出来说。

她对我讲起机构是怎么回事儿,他们从不强迫入会,没有直销产品,没有书面文件,每个成员的下线人数控制在二十九个以内,那是法律认定传销的界限。然而按照这个模式,下线可源源不断地交纳会费。

"两年挣到九百万,你就可以撤了。"女儿一条腿架到另一条腿上,职业笑容。

"九百万?"我看着她。

"九百万。入会的每一位兄妹都为了这个目标而来,你见过她们。"

"那你入会这么久,挣几个九百万了?"

"我不一样。"她低下头说。

"你哪儿不一样?"我继续追问。

"你别问了。迟早我要挣到这笔钱,做整容去。"她抬起眼皮,用力瞪我。我把嘴闭上,怕一个人再被她扔在这里。

"其实发展你也是白发展,你肯定会成为死人。"她轻声说。

"咒老子是吧。"

她摇摇头。

"发展下线,更重要的是他有没有继续拉人的潜力。你能为我拉到谁?充个人头罢了。"

我没有说话。

"不过你的钱我只能拿到很少一部分,大头要往上缴。等哪天你后悔了,我们还有退出机制。"

"五万九不至于要命,但也不是个小数。不过怎么还有零有整的?"

"你跟我过去看看吧,有专人给你讲解模式。"她打了个哈欠,头枕在自己肩膀上。

"你要那么多钱,到底想整成什么样?"我继续问。

她张着嘴,在沙发上已打起呼噜。

重新走上自新路时，已是女儿在前，我跟在后。我像是失去双眼的人，要靠她来领路。从前我以为这里只有赌窝，现在才知道每一条街道、每一栋楼里都遍布着传销人员，乃至整座城市的人都进入这张大网里。从前我是赌徒，低头快步，如今我跟着女儿去找组织，像个精神病人一样打量着周围的脸孔，辨别兄妹。我以这样的方式被重新接纳。

很快，我随她步入一个和我家一模一样的小区，甚至连单元楼和房间内部都如出一辙。我们好像又走了回来。接着我被介绍给一个又一个陌生的兄妹，他们和我有着相同的经历，我甚至还遇到了当年打牌骗我钱的网吧老板！我感觉自己正被扒光衣服，站在他们面前。同时我对这里也毫不反感。

第一轮叙旧和聊感情之后，我被一个文质彬彬的女孩接见，就是李梦那位身患重病的姐姐。她向我讲解如何在两年内挣得九百万。她说他们这里有人挣到过这笔钱。我笑着问那人是谁。对方说，他是我们的五星级家长。我看着那女孩的脸，她脸色苍白，吐字讲话非常虚弱，令我不得不相信她的话，好让她省省力气。

那个周末，我和李梦参加了一场盛大的家庭聚餐，当然我们没有坐在同一张桌子前。她和她的五星级"家长"坐在一起，我则和很多新人吃饭。而那个身怀癌症的女孩，并不在这里，据说她已经住进医院了。隔着很多人头我才看到，她的五星级"家长"居然是那天来过我家的男人。旁边有人说他叫李强，这我才意识到那天被面试的人原来是我。吃饭前李梦起头唱了一首《我相信》，那是我第一次听女儿唱歌。尽管她唱得有些走调，却很投入，我发现在场所有人都把目光对准了她。这令她的声音越来越高亢，以至于我这桌不少新人都跟着她唱起来，有些人甚至流下了热泪。那一刻我心里有些乱了，我本来打算当晚就带她走的，可当时的氛围连我自己都大受感动，更不要说我在李梦脸上看到了从未有过的炽烈情绪。唯一的缺憾是，不论我怎么看她，甚至应和着旋律为她拍手，她也没有朝我这里看一眼。直到大合唱时，我知道她是故意在躲避我，她把我拉进这里却要躲避我，我不知道因为什么。

接着在众人的和声中，李梦大声背起会规，那声音像是在朗诵诗歌，并且在震颤中伴有穿透力。我和其他人一样边唱边哭，又和其他人不同的是，我在为我闺女哭。哭泣时我整个人无比分裂，就像当年她妈妈逼我在戒赌和离婚之间选择一样。我从来没有想过，她是否和我一样也有过这种分裂感，但当时我想到了。

歌唱完毕，那个叫李强的男人站起来，每个桌子都立即安静下来。李强讲起大家聚在这个家庭是来之不易的缘分。他依然穿着那身蓝色衬衫，显得胸肌发达，表情也和之前在我家一样平静，此刻还多了一些不可置疑的权威气质。那种氛围下，很多人都处在强烈的自我陶醉中，所有人也需要去信赖一个赚到九百万的模范。"目前的形势，山东湖北的机构越来越多，而且规模非常健全。我们很多骨干的兄弟姐妹，都跑去那里了。"

李强的语气文质彬彬，却透露出极度的沉稳和坚决，他那桌人很多低下了头，其中李梦是低得最深的一个。她依然在流泪，但显然和刚才的情绪不是一回事。

"我想让那些混日子的死人知道，如果不能持续拉来新人，就好好检讨自己，不要浪费大家的资源。"

我看着李梦，她哭得很伤心，李强后面的话也很难听。我不知道这个地方到底是怎么一回事，刚刚大家还在唱歌，热血澎湃，如今却又仿佛要弄死我闺女一样。那天的饭我一口也没有吃，因为李梦也没有吃。

后来李梦一面去医院照顾她的姐妹，一面在卖力地面试新人。那个姑娘的肺癌已经进入晚期，她把自己的钱和下线都留给了李梦。她也忙得没有时间再来见我了。我听到所有新人都在谈论她，说那个姑娘从小就有个赌鬼父亲，自幼遭受虐待，很多新人甚至会当着面问我，认不认识李梦。他们摇着头，脸上露出不可思议的表情，他们说在机构里多惨的人都遇到过，唯独这么惨的没见过。接着不等我继续问，他们又说起李梦的爹有多可恶，他们说他简直就是一个畜生。

我想见李梦，但是这已经很难了，所有的人都在围着她转，他们安慰她，同时答应做她的下线。而我，除了交五万九，得到了一张字据之外，已经被这里的人彻底遗忘。

终于，她肯见我了，在我告诉她我要退出的时候，我仔细看了手里那张字据，那上面有承诺退款机制的条款，有认购股份的说明，还有她的亲笔签字。

我们俩找了个安静的地方，我带她走过护城河沿的拱桥，那边有一片幽深的树林。我们面前是紫色的夕阳，寒风凛冽，这种气氛倒是很适合诀别。

"我要退会。"我说。

她嘴里叼着烟，深吸一口后用力吐出，白气又迅速被风刮散。

"你容我几天。"她拧着眉头说。

"退钱。"我说。

"你逼我？本来你们入会的钱是按股份认购的，退会不退钱是规矩。"李梦不耐烦地说，"我答应退钱就已经仁至义尽了。"

我拿出她给我写的字据，风很大，我必须紧紧地攥在手里。

"你不退钱，我这就把这张纸送到派出所。你刚才那句话，去跟警察说。"

李梦头发在脸前乱飞，她的眉头更加扭曲，不耐烦随之变成委屈，眼含泪滴。

"爸。"

"别。"我说，"在机构里，你是我家长，咱别弄颠倒了。"

她不说话了，很明显她有些慌了，或许是在想那个李强交代给她的话。

"这就没词儿了？"我问，"这还只是我一个人，如果是你所有的下线跟你要钱，你怎么办？"

"我要用这些钱去整容。"

"那不是你的钱。"我说，"这是一个局，那些VIP五星级家长，早把你们当成背黑锅的棋子了。一旦出了事，他们没有任何责任，你才是被推出去的人。"

女儿嘴唇在发抖，而且不再看我，那副表情就像是一个犯了赌瘾的人。我知道，这种情况下，你想把人从赌桌上拉走，那是不可能的。他会剁下自己的手指，告诉你他永不再上赌桌，但是求你让他把这局赌完。

在一辆房车里，我见到了李强。他说上次见面他是客人，这次他来招待我。

我告诉他，我不可能再让李梦离开我，或者说眼见她堕入悬崖而无动于衷，我不可能就这样算了。

"我完全理解。"李强在我面前倒了一杯热茶，诚恳地用那双大眼睛看着我，"您想怎么做？"

"我要立即带她走。"我没有碰那杯茶，因为我感觉整个身体都硬邦邦的。

"我不反对。其实李梦对于我们并没有太大作用。"李强点着头，不好意思地浅笑着，"好像是她更需要我们似的。"

李强见我没有任何反应，语气和表情也只好郑重起来。

"不过您知道很多钱过了她的手，而且也都是她和下线对接。包括得癌症去世的那个女孩，整条线的人和钱都交给她了。"

"我知道，我要找你谈的就是这个。"我紧接着说，"包括字据。"

"其实不必谈什么的，她只要把钱退回来就可以了。"

"我会把钱退回来。我想知道，你们有没有什么保障措施，能让她永远不再重蹈覆辙。她说她死都要留在这里。"

"这你就为难我了。"李强笑了，"不过那种话是我们常会挂在嘴边的。"

李强看着我那只缺损的手指，那上面已经被打磨得十分光滑，甚至还泛着光。

"李梦当初是主动入会的，她讲了很多小时候的事情。当初我之所以让她加入，和您今天的想法差不多。我其实是想帮她。"

"帮她？这些字据是能要她命的。"我用那只残破的手拿出了纸条。"我不知道你是怎么做到让她签这种东西的，反正如果她有麻烦，我会从你的楼上跳下去。死也要臭死你们。"

李强斜着眼看我，脸上有些轻蔑的神情。

"这里没有麻烦。"他忽然又笑起来，"这里只有家人。"

我站了起来，去推房车的门，李强却告诉我，门在身后，我走错地方了。

之后我把自新路的房子卖了，一部分用来还给李强，一部分用作我和李梦的生活。她做好了去做整容手术的准备，但是从机构里出来后，情绪上显得非常低落，就和我当年试图戒除毒瘾的状态一样，因为她那个梦幻的九百万彻底消散了。没有新人再让她带,没有模式需要她去讲解,也没有一笔又一笔的会费转到她手里,有的只是不停歇的骚扰。他们问她,到底什么时候才能拿到自己退会的钱。这里面有些是李强不搭理的,有些是拿到钱后想再敲她一笔的,因为他们每个人手里都有那张字条。那些曾经在一张桌子上和她吃饭,泪流满面听她讲述自己的兄妹,那些和她一起高唱《我相信》的兄妹,如今不断地换手机号,追问她什么时候还钱。

她不敢再出门,不再开口讲话,这时候连我都相信,整容对她来说兴许是个转机。她整成什么样子已不重要,只要那些人不再找得到她。毕竟她还年轻,只要能找到一条属于自己的路,就算我们互不相认也没什么。那段日子对我们两个来说都非常难熬,我整天都在想象着她会变成什么样子,甚至连做梦都会出现许多陌生的面孔管我叫爸爸。直到有一天她告诉我,整容医院已经联系好了,不过术前谈话医生需要见家属。我对此无法拒绝,老实讲,我没想到自己这么大岁数还要经历这些事情,我必须装傻充愣,对自己说这种事如今再习以为常不过了。我甚至想到了她整张脸包扎着纱布躺在病房里的样子。

我被李梦领到了整容医院,那里有很多面部浮肿、表情冷漠的女人,各个年龄都有。我和她一起走进一间医生办公室,看到里面坐着李强,他穿着白大褂,照旧为我倒了一杯茶。我一直站着,没有坐,也没有喝什么茶。我想剁了他,那个念头就像一个高压锅似的狠狠罩住我,可能在一个我都吃不准的时刻,我会扑过去。

李强让李梦去手术间等他,她听话地离开,出门时都没有看我一眼。她看起来就像是个执行口令的机器人。我那时候感觉李梦已经不在了,或者说,她根本就不是我女儿。

李强告诉我,他的本职工作是一名整形医生。我问他想对李梦做什么。随后他从桌子上拿出了手术通知书,那上面有她需要整形的地方,以及手术操作时需要的器械,还有意外风险。我在上面看到李梦并不是要整容,她的手术部位是在胸口的地方。

"这是什么手术?你到底要对她做什么?"我问李强,因为我感觉到,有些事情需要他来告诉我。

"李梦这里曾经遭受过外伤,一直留有疤痕,所以这次手术是要植皮。

这是疤痕修复手术。"

我反复回想，实在想不起当年我伤害过她的迹象，但我也不能肯定那不是我做的。因为我赌输后喝醉了酒，做什么样的事情出来也不稀奇。

"你看过她的伤口吗？"我问。

李强注视着我，点头。

"你签了字，我就去给她做手术。之后她就可以再也看不到那个疤痕了。"

我独自站在医生办公室里，捧着那份手术通知单看了又看。此时李梦已经躺在手术台上，而她的包里，手机声依然铿铿作响，那是她的兄妹们仍然在催促或者威胁她还欠的电话。

选自《芙蓉》2021年第3期

评鉴与感悟

常小琥的这个故事真像是一张揉成一团又悄然展开的废纸，那么皱巴巴的，还沾了水，墨迹逸散，图案和文字均已失真，大概已经难以挽救，使人望而却步，可偏偏这主人公走出一条路来。正如我们无法想象主人公曾经毫无理性地滥赌和家暴，我们也无法理解，这样的主人公如何坚定地洗心革面，在一次次失落之后依然赎罪般养护女儿。结尾的"疤痕修复手术"不愧是神来之笔，点染废纸为金箔，在使我们终于理解了女儿对于"传销""梦幻的九百万"和"整容"的执着的同时，那些难以把握的过往和当下，忽然获得了某种合理性（何况主人公一直把女儿的执着比作自己曾经的赌瘾）。这一合理性当然并不表现为具体阐释，而是形成了某种确证事件缘由存在的暗示，故事和人物因而获得了复杂有机的活性。另一方面，主人公曾经的暴力之罪以肉体疤痕的形式得到了极度强化，但对此的救赎在经历漫长压抑之后也终于获得了最终的希望和可能。关于为女儿辛苦工作攒钱的原因，主人公"能想到最好的答案就是我不知道"，关于主人公转变的原因，我们也不知道，但我们最终都明白了爱和坚持自有其意义。

描写"爱"这一人类基本情感如何不陷于庸俗和简单，如何发现生活水面下潜藏的复杂，打破人性认知的惰性，这篇小说提供了一份令人满意的答卷。（李玉新）

替 身

/孙睿

1

其实从学校到家的这段路,只有两站地。很长一段时间里,我觉得是三站地,因为这段路上出现过几个初中孩子,倒坐在自行车后座上,向经过这里的小学生要钱。没钱的孩子,挨上一脚便可以通过;有钱的孩子,可以免去这一脚,还能得到几句"真懂事""做得好"这样的夸赞。这几个初中孩子成了我放学回家路上的一个站点。路上多了这站,我就感觉这段路被分割成三截,便有了三站地的印象。另一个站点是个桥头,桥下不是总有水,要视雨量多少而定,桥上老有摆摊儿的,变形金刚贴画、玻璃球、砸炮枪、烤红薯、炸丸子,应有尽有,打这儿一过,色香味毕现,到了老师嘴里,成了五毒俱全。

那几个大孩子是在我上小学三年级时出现在那里的。那时候我的零花钱都不够自己花的,被这几个中学生劫走过一次,便很少再把零花钱带在身上,或赶在回家前在桥头把钱花完,结果每天放学都要挨上一脚才能到家。有一次他们没有像以往那样侧摆腿——也就是足球场上的抽射动作——踢我的屁股,而是正抬腿蹬到我的小腹上,给我踹了一跟头,不仅疼,还让我感觉受了奇耻大辱。除了忍住哭,爬起来往家走,我没有别的办法。悲愤中,我看到家门口那条巷子的墙上贴着一张白纸黑字的广告,刚贴上去的，纸还很白，字很黑。是一则教授少林武术的招生信息，字是用毛笔写的，并不好看——当时我觉得字迹的美观程度与武功高强成反比，写一手好字的人，不可能还有时间钻研武艺。纸用的是挂历纸的背面，贴在墙上很亮，被裁成二十一英寸电视那么大，字的留白处，画了一个赤膊拿棍的武者和另一个赤膊持刀的武者——线条勾勒出的两人上半身上还画了两个对称的点儿，用现在的语言说就是露点了——两人正在对决。看着这幅画，我似乎看到几年后，我光着膀子拿着片儿刀，面对劫道者毫不畏惧、胸有成竹的场景。

回到家，我把这个信息告诉了我爸我妈，说我想学武术，但没讲明缘由。我那时候觉得被人欺负，是件丢人的事情，怪自己没本事。我妈当场否决，说好好上学，将来靠文化知识吃饭。我说你不让我学，我连晚饭都不想吃。我爸说男孩子，学武术也未必就能靠武术吃上饭，但强身健体，可以一学，为此他可以把烟戒了。我妈就是不同意。我便不再和她说话，以不去上学相威胁——去上学的话只会每天挨上一脚。三天以后，我妈答应了，这次是她不跟我说话了。我的恐惧，开始从放学的那条路上转移到我妈的沉默上。

2

我光着膀子，拿着片儿刀，面对劫道者毫无畏色。

手起刀落，劫道者人头落地。

导演说，停！——换马老师！

马老师是位家喻户晓的明星，正在拍摄一部中日韩合资的电影，我是马老师在这部戏里的替身。刚刚这套动作，出自日本武术指导的设计，是我拍摄的第七条，本来第六条导演都觉得过了，结果韩国监制看回放的时候发现我露脸了，就说再来一条。

这条也检查了，我腾空转身后及时举刀，用胳膊挡住自己的脸，顺利完成了属于我的工作。

我领了盒饭，坐在树下，拧开矿泉水，吃了起来。两荤两素，每份菜盛放在两寸照片那么大的塑料盒饭槽里，好在菜咸、汤多，可以拌饭蘸馒头，主食随便吃。开机一周后，我摸准了这个组盒饭的热量支撑时间，一般两个小时后就会饿,我给包里备了牛肉干和奶片,用来维持蛋白供应,我得时刻保持身形,无论什么时候脱下衣服,都有隆起的肌肉。

马老师披着衣服,不慌不忙地从房车上下来,后面跟着助理,拿着剧本。这场戏没台词,只需要马老师给出适当的面部表情就行。

制片主任拎着保温箱迎面而过,说马老师,您的餐到了。马老师有些不耐烦,说怎么又吃饭呀!也不管制片主任,只管迈腿往片场走。

人还没到,片场已经紧张起来了,层层递话:马老师来了,准备!

马老师披着的衣服还没从肩上摘下来,我已经扣上了盒饭的盖,连同一次性筷子,扔进剧组的黑色大号垃圾袋。

今天我的戏拍完了,剩下就是马老师的特写了。但我还不能离开片场,得等马老师收工了,我才能走,这是写进合同里的工作要求。明星们只负责文戏,不管武戏,武戏都交给替身。有时候文戏和武戏的界限模糊,比如有的明星会认为爬楼梯也算武戏,应该让替身去完成。当然也可以认为爬楼梯是文戏,这取决于明星当天的心情,明星的心情不是剧组能把握的,好在剧组能控制替身的工作时间。

女朋友正在房间里等我,她是一个名不见经传的编剧,在家剧本写不下去,需要新鲜环境的刺激,我在哪儿拍戏,她就跟到哪儿。她说未知的事物和场所,会让她的格局变大,灵感泉涌,冲破壁垒。我俩是两年前在剧组酒店的健身房认识的,她当时还是跟组编剧,五流都算不上。我为了保持身形,隔天就要去次健身房。当时我正在给一个香港明星做替身,是部功夫片,这是我第二次给他做替身,他点名找我,给他做替身的第一部片子两个月前获了奖。她那时候是写到绝路上去了,对着电脑毫无感觉,就走出房间,跑到健身房,举着两片轻薄的哑铃找灵感,样子很可笑。我看她的发力方式不对,提醒她不要耸肩,上身放松,频率放慢,延长动作收回来的时间。她以为我是健身教练,要卖课,并没有照做,说她只是随便玩玩,然后便去了其他器械那里。第二天,我在现场看到她,她拿着新改好的剧本守在监视器旁,等着给导演看。导演来了,全组开工,拍完男一的脸后,我站在摄影机前,开始拍打斗全过程。接下来的几天里,我又在健身房碰到她几次,她知道了我不是卖课的,开始照我说的方式练习,也知道了我的房间号,来屋里参观我吃的营养品,看我用哪款瑜伽垫和泡沫轮，还一起约在外面吃饭。文戏杀青的前两天，她邀我到她房间，开了一瓶威士忌，诉说各自从业经历，都是小人物的励志，相谈甚欢，喝完我没再回到自己房间。后面还有很多场武戏，她先于我离开剧组，相约回到北京后联系。武戏一杀青，回到北京，我俩就谈起恋爱。

我知道，她跟我好，可能是为了嫁给一个动作明星，至少也是嫁给一个动作演员，可我现在仍是武替，见不到未来。我都有点儿不好意思带她来剧组了，更不好意思回房间面对她，所以在片场傻等，倒让我不那么不安。

3

十岁那年，我按图索骥找到武术班，交了报名费，学了起来。那是我第一次学点东西这么投入，压腿疼我也咬牙坚持，眼泪掉在腿上我也不放弃，经受肢体磨砺的同时，我也在心里制订了计划，出师之前，不要暴露自己在练武，学有所成时定会吓那些初中生一跳——也许到时候他们就是高中生了，或者已经去工厂上班了。

结果才学了两次课，那几个初中生就在那条路上消失了——他们是永远不会出现，还是忙于期中考试，等考完了还会卷土重来，或者另一批比他们手段更残暴的大孩子将出现在这里，这些都不得而知。所以我并有放松训练，一学就是六年，直到初中毕业。中考也因为武术特长，考进市里的中专，毕业后成了一名体育老师。我能把武术坚持学下来，除了来自放学路上的威胁，也因为一块手绢。我是五月进入武术班学习的，到了六月，我爸给了我一块手绢，让我擦汗，是一块印着浅蓝色方格的白手绢。他说，你妈给你买的。手绢我留着一直没用，一是觉得太娘了，练武之人就该满头大汗。二是怕弄脏了，白手绢粘上别的颜色就不好看了。一想到白手绢，我每次都控制不住，非把自己练得汗流浃背。

后来我在我的母校小学教了两年体育，不顾我妈反对，先斩后奏，打了辞职报告，成为一个不再挂靠组织的青年。这时候我已经是一名二十一岁的青年，教小孩立定跳远和广播体操已不能让我满足。

忘了上回学武的时候，我妈不和我说话后，我俩是如何恢复交流的。这次辞职前，我料想到我妈可能又会以不再理我的方式作为对此事的反应，但它跟在更大舞台上翻滚的愿望比起来，显得微不足道。

　　我是在放暑假前辞的职。那段时间我妈也在走退休手续，再有一个月就正式退休，已经不必每天按时上下班。他们单位的传统是每年安排离退休人员和优秀员工去大连度假，可以带一位家属，我妈想带我去，问我学校那边几号开学，单位旅游的日子还没定。我说可能是九月一号吧。可能是我说话的语气流露出我不想和她去旅游的态度，我妈说什么叫可能九月一号，几号上班你不知道吗？我说我不回学校上班了，我妈问那去哪儿上。我说想去北京。我妈一时没反应过来，这个地方太出乎她的意料，她想象不到我的工作和北京的联系。我爸及时问道，去北京干什么呢？我说，去演戏。那时候我已经通过互联网知道北京北三环的路北是北京电影制片厂了，每天会有渴望演戏的群众演员等候在那里，盼着自己被缺人的剧组选中。去了北京，我也打算先站在那里碰碰运气。我的优势是能来两下，拿过我们市青少年武术比赛第一名。我对我妈说，大连您和我爸去吧，我要去北京。我把去北京的计划跟他俩说了，我在我妈脸上看到比我那年跟她说我要学武术时更焦灼的表情，脸上像打了铅，一股向下的力量拉动着她的面部肌肉和神经，那股力度像一张拉开的弓。我迟迟没等到她放出来的箭，或者说她放出的一箭让我无法还手——又不和我说话了。可能她也了解自己的儿子，他想好的事情，不会轻易变更。

　　我说，给我五年，如果不能在北京立足，我就回来，踏踏实实找份工作，直到退休。我爸当着我妈问，立足的标准是什么？我说那时候就二十七岁了。我问我爸，你二十七岁的时候在干什么？我爸说住在单位分的平房里，跟你妈谈恋爱，准备结婚，一年后有了你。我说行，五年后我也在北京有房有女朋友，准备结婚。当时是进入21世纪的第二个年头，谁也预测不到未来中国的每座城市会怎么发展。我离家前的这番话，在当时听起来并不觉得有多飘渺。

　　动身前，我买了张北京地图，把电视上和报刊上常遇到的那些地名在上面做了标识，在家背了一个礼拜，并通过比例尺知道了自己的一拃在这张地图上是多少公里。还买了一部西门子手机，没有买卡，打算到北京后用当地卡。

　　下了火车，我在北京站的报刊亭买了神州行手机卡，用它给家里打了电话。我爸接的，我把号码告诉了他。还告诉他，接打都是一分钟六毛，长途会贵点儿，如果给我打电话被我挂了，别着急，过一会儿我会找到便宜的公用电话回过去。我爸说知道了，然后让我注意一下行李包的底层，赶紧挂了电话，五十九秒。

第一晚睡的是地下旅馆，三十一个床位，一个屋三张床，顶着三个墙角，另一个守着门的墙角放着脸盆架和衣柜。我的床位临窗，窗外是天井，上面两米才是地面。我坐在床边整理行李包，看到了塞在底层的两个牛皮纸信封，信封正面没写字，右下角印着一行红色毛体字，是我妈单位的名字。信封一薄一厚，都塞了东西，伸手一摸，是钱。我扭过身，盘腿坐在床上，面向墙角，身体挡住信封，开始数钱。一个信封里装了两千，另一个里是两百，这时我看到信封背面有字。

厚的那个信封背面，手写了两行字，没有抬头，没有落款：别饿着自己，二十三蹿一蹿，你还能再长个儿，吃好点儿。无论什么职业，个儿高都不吃亏。

两百的那个信封背面，也无抬头无落款，写了半行字：回家买票用。

都是我妈的字。

第一个信封里的钱很快被我花光。留在北京，比想象的难。第二个信封一直被我放在行李包里层，我给自己定下规矩，除了回家，不要碰它。后来无论多难，我也没碰过它，更没动过真把它用于回家的念头。所幸张艺谋开启了中国电影的大片时代，一时间弄得中国导演们好像不拍个大片儿就不是导演了似的，这对中国电影是好是坏我不知道，至少让我在北京活下来了。大片儿，首先得人多，那几年面包车每天一车一车地从北影厂门口把等活儿的群众演员接走。大片儿还少不了打斗场面，于是我有了用武之地。有一次往家打电话报喜，是我妈接的，往常这个时间都是我爸守着电话，这是我家三口的默契，我把近况跟我爸说了，我妈自然也就知道了。不知道为什么，这次拿起话筒的不是我爸，听到我妈的声音，我一时间不知道该说什么，下意识喊了声妈。她答应了。我简单汇报了情况，告诉她我正在宁夏的影视城。她听着，没多说什么。我觉得该说的都说完了，最后问我爸呢，她说出去了，我说你俩身体都没问题吧，她说都挺好，然后我们就挂了电话。这段时长不足两分钟的通话，像针扎进一管堵住的牙膏，在内外力的作用下，让牙膏又能挤出来了。从此，我和我妈又说上话了，尽管不多。

仅仅有了用武之地，距离"在北京有房有女朋友"还差着十万八千里。五年很快过去了，春节回家，吃年夜饭的时候，我爸问，还走吗？其实他的意思是，立足未遂，北漂该结束了吧。但我说，过完十五就走。我妈眉头一皱，说，你怎么说话不算数。这五年里，我只回家过了四个春节，跟我妈总共说了不超过四百句话——也许不止，但我总有种感觉，每次回家和她说的话都没超过一百句。现在，她又不跟我说话了。

使我没有信守五年承诺的是，一起在北影厂门口等活儿的人里，有一个身材瘦小，单眼皮但眼球不小，一笑俩酒窝，武功不如我的人，名叫王宝强，没几年就演了冯小刚的电影，签了当时中国最好的经纪公司。这让不只我一个在北影厂门口等活儿的人认为：再坚持坚持，说不定也能成。

我妈喜欢看冯小刚的电影。那年过完元宵节，我离家时的愿望是能演一次冯小刚的电影，等片子上映，给我妈买一张电影票，就算主动开口向她求和。她看完电影，也就会跟我说话了。一举两得。

结果冯导拍完《集结号》后，没再拍动作戏，我和我妈的关系也僵在原地。

4

认识了编剧女朋友后，我俩住到一起，那年她二十九，我三十五，我在北京西五环有一处没还完贷款的一居室，她搬了进来。年底，她独立撰写的一部网剧播出，豆瓣七点几分，隔年开春，找她写剧本的公司多了起来。她选了一个擅长的题材，开了一个虚高不多的价格，对方答应了，合同一签，便在我那里写起来，对健身的兴趣也淡了。女朋友隔三岔五就要跟制片方和平台开会，不再跟我四处跑。两年多下来，她写了两部剧，都开机了，播出了一部，拿了平台自己弄的一个奖，编剧费也上去了。我继续给不同的明星做替身，从无论真山还是假山上往下跳，用身体对抗驶来的汽车或是砍下的板斧乃至山坡上滚下的石头，被其他明星的替身同行们在戏里暴击，嘴里吐出各厂家生产的血浆。天南海北的剧组都去，有时候给金像奖影帝当替身，有时候给金马奖影帝当，也给金扫帚影帝当过，我不挑活儿。一居室的部分首付就是这么挣出来的。我在这行里算幸运的，至今只骨折过两次，断过一次手指的筋，接上后不影响生活，就是每天早上醒来时，接上的那根筋都发紧，攥攥手就松快了。我一个朋友，五年里出了三次事儿，从威亚上掉下来一次，空翻时候脖子窝过一次，拍跳车戏的时候没落到指定位置，伤得都挺重，住院手术，保险公司认为他是骗保的，进了黑名单，不再给他上意外伤害险，他现在给车上保险都费劲。这行干久了，我们组了一个团队，除了在镜头前展示打打杀杀、飞檐走壁等危险动作，也参与制作烟火爆炸等场面。文戏以外的画面，可以一条龙完成，既出人，又出器材道具，有时还拍出动作场面的样片，供导演参考，挣的不仅仅是替身钱。团队每年接仨大戏的话，大家都能过得挺好。

我在外面拍戏的时候，女朋友顾不上管我，忙活手头的俩剧本，如果此时出现第三个剧本找她写，只要条件合适，她也会接。她说到时候就雇俩枪手，动动嘴，让枪手去写，大编剧都这么干。她对自己很有规划，收入也一直自己拿着。我俩一开始还爱交流各自的片酬，筹划把钱搁一起买大房子，后来就不怎么聊了，特别是这两年，她的收入扶摇直上，我更不能去关心了。

第二个剧本动笔不久，她怀孕了。我说那就结婚吧，把孩子生下来，生就那么几天，不会耽误你写剧本的。她问孩子生下来谁看，我说你我的父母可以帮忙，帮不上的话，就请个阿姨。她说就一居室，哪还有住人的地方。我说把一居室租出去，添钱租个两居或三居。此时北京房价涨得比我的片酬快，靠个人能力，换购大房子不可能，等着女朋友张罗，她没应这茬儿。一个月后，我俩还是领了证，她成为我老婆，在妇产医院建了档，迎接孩子出生。

我是这时候才告诉家里我要结婚的。此时家里只有我妈一个人了，我爸四年前没了，肾病，我往家打电话他不在的时候，就是去医院做透析了。在我爸的葬礼上，我和我妈不得不说起话。七七过后，我妈叫我去相亲，对方是本地人，中学老师，性情稳定，端庄娴静——照片看上去是这样的。我知道这是我妈希望我不要再去北京的信号。我没相，骗她说已经有女朋友了。她问是干什么的，我随口一说，化妆，剧组认识的。我妈说，你成天在剧组，别再找个剧组的了，聚少分多，家没个家样。我说我身边朋友的家都是这样的,我妈说,所以当初去北京就是个错误。我说,已经这样了,然后问她,想不想去北京生活一段时间,也见见我那个女朋友。我妈说,不去,也不见。我知道她会这么说,所以才敢邀请她。最后我也没见她介绍的那位中学老师,待了两天就又回北京了。

当年春节,我是回家过的年。我爸不在了的第一年,我回去陪我妈。初五那天,我妈拿出一个存折,说这是她和我爸这些年的积蓄,她现在有退休金,够她每个月花的,存折里的钱让我拿去买房。她一直关心着北京的房价,吃年夜饭的时候我跟她说了要在北京买房的打算,只是随口一说。于是这个存折出现后,我在北京的那套房子就从计划中的西六环搬到了现在所在的西五环。我妈并不想让我留在北京,但是没有办法,如同她并不想让我爸没,我爸还是没了。

我妈将存折交给我后,整个人焕然一新,宛如一株春雨洗刷后的植物,清新爽利,自在天成。我能理解这一现象,既然我作为儿子不能如她所愿,她就当没有我这个儿子好了,这样她也活得轻松。我妈先送走了我爸,然后帮我在北京定居,无异于又送走了我,孑然一身了。

拿了我妈的存折,本打算初七就回北京的计划不得不取消,那年正月我尽量待到足够晚才离开家。在家逗留的日子里,我妈有意无意说到之前要介绍给我的那位中学教师,她已经跟别人订婚了。话语间不无遗憾,好像我因一时糊涂错失国宝一般。看得出,她也知道说这些于事无补,只图发泄情绪,就像对着我爸的照片想想往事而已,在她那里,本质上我也是一个"没有了的人"。如此一来,我在此后的几年里也轻松起来,虽然这辈子是拍不上冯小刚的电影了,但我也没有那么大的负罪感了。

跟老婆领证后,我给我妈打了电话,并告知老婆已经怀孕的事儿。我妈在电话里淡淡地说,恭喜你,然后问我还是那个化妆的吗,我说不是了,也是剧组认识的,是编剧。我妈说看来你就是这命。这话在我听来,是她对自己的安慰与肯定,证明了她几年前对我放手的策略是正确的,否则我俩现在说不定还在相互撕扯。放手以后,我无论结不结婚、跟谁结婚,就是我自己的事情了,她真的没有过多干涉,对于自己做了婆婆这件事情也反应平淡,还是我主动说,等胎儿着床稳定后,带老婆回去看她。她只说,提前点儿告诉她,她好收拾收拾。

5

  最终我妈也没跟老婆见上面，老婆妊娠反应强烈，不愿出行。邀请我妈来北京，她也没来，说自己脚底长了肉刺儿，走不了太远的路。我们并没有让她走着来。老婆对此并不见怪，她家两代人的关系也很奇葩，她父母在我们对面——老婆给订了家庭民宿——住过半个月。隔着一条街，老婆都被我的岳父岳母弄得想离家出走，赶紧退了民宿，支走他俩。

  预产期过了两天后，老婆剖腹生下一男孩，七斤二两，母子平安。我把一居室租了出去，在更远的地方租了套两居室，这样也不用添钱。自始至终老婆也没伸把手，好像默认养家这类事情就得男人解决。月嫂提前就请好了，她怎么做，我怎么学。一个半月后，她离开，我接手，也能做得像模像样。与其出去辛苦拍片，用挣的钱雇人照顾孩子，不如自己上，我是这么想的。即便不请保姆，俩大人一孩子，家里挑费也高，我又暂时没收入——武戏团队的分红年底才能拿到，如果剧组拖欠尾款，往往更久才能拿到分红。这些老婆也清楚，她说你不是还有积蓄吗，先花着，我的收入存着不动，将来换大房子用。

  我选择暂时不出去工作，还因为颇为流行的产后抑郁症在老婆身上得到验证，跟她说话深不得浅不得，她说这病最严重的后果就是妈妈抱着孩子从楼上跳下去，而且病期长，有的持续到孩子上学……我没什么可说的，只有做。做饭，做家务，给产妇做按摩……后来我觉得，女编剧到了一定岁数，生不生孩子都会往抑郁里走。

  她的父母想来帮忙，我们拒绝了，怕来了加重产妇抑郁。以他们的生活习惯，没孩子都不能长时间在一起生活，这是我俩在孩子出生前就确定了的事情。老婆用她刚刚恢复的元气，赶写制片人催稿多次的剧本，无力再被他事牵扯精力。我自觉承担起除了挣钱以外所有的事情，其实不需要所有事情，光看孩子这一件事，就能把一个大人锁死。老婆需要社交，她晚上出去应酬，我在家看孩子；白天她在家赶稿，我出去买菜，不能让她受孩子干扰，我就推着孩子去；孩子睡着以后，我又要把他吃饭粘得满是饭嘎呗儿的衣服一件件择干净，然后放进洗衣机，趁洗完之前赶紧把地板擦了——北京的土太大，孩子又爱在地上爬来爬去——然后把洗完的衣服一件件晾好,看一眼手机的工夫都没有。入冬了还好,不用天天给孩子洗澡,要不然这一项加上收拾卫生间的时间,又要占去一个小时。终于可以看一眼手机了,"老婆"这俩字在我的微信里是置顶的,头像的右上角显示着红圈,红圈里是个"2",有两条未读信息。我点进去看,第一条是"帮我砸几个核桃",第二条是"砸的时候小点儿声",这是一个编剧妻子对丈夫提出的要求。我照做。不是我爱干活,是习惯了。最开始混剧组,不光当替身,也干过场工和剧务,看到活儿就主动往前冲,这样下回人家才会找我,我才有盒饭吃。现在看到活儿堆在那儿,我的本能反应就是处理掉它,否则我会不安。

我觉得我算是一个合格的丈夫了。即便如此,有一天老婆还是跟我说,离婚吧!

我以为,我不出去工作,收入是少了,但为产后的妻子提供了情绪价值。她并不领情,对我说话越来越横,还开始在电话里骂人,说那两个枪手是猪——为了赶进度,她没等到自己出大名就找了枪手。骂完枪手,又骂平台,说狗屁不懂、不会写剧本的人都爱去平台上班。一不喂奶了,她还开始抽上烟了,晚上八点以后,还得开瓶红酒。我不知道这是因为她觉得自己有点儿小名了,还是产后抑郁所致。我问为什么要离,她说她就是看什么都烦,并特别指出,家里太乱了,待不下去了。我知道,她说的乱有两层意思,一层是视觉上乱,一层是听觉上乱。我说你不能要求一个有了孩子的家庭整洁宁静得像日本茶艺馆,她说所以我才不想再待下去。我说我哪儿做得不好吗,她说让我不用多想。我说那是因为我挣得比你少吗,而且少很多。她说也不是,离了以后,即便有大款找她,她也不会再婚,她不是只对钱有兴趣。她还说我把孩子照顾得挺好,孩子可以归我,她每月出抚养费。我说咱俩可以先分居一段,再好好想想,毕竟孩子才一岁,家庭不完整,影响将来的成长。她说不用了,快刀斩乱麻,你好我也好。我想离了总比她哪天突然从阳台上跳下去好,便答应了。照她所说,孩子跟了我,她可以行使做母亲的权利,一周来看一次孩子,也可以不来,但每月必须按说好的数额转我一笔钱,是抚养费。有几次她多给了,我也都收了。

孩子出生后,一直是我带。前妻只喂了五个月的奶,便投身工作,开始给孩子吃辅食。其实也不能叫辅食了，配合母乳吃的才称为辅食，母乳全撤，我觉得孩子吃的东西可以叫主食了，顿顿主食。前妻本身奶水也不多，所以在孩子不足半岁就断奶的决定并不难下。我猜测，如果当妈的主观上不想喂，奶水自然不会多。

总之，这一切让离婚顺水推舟就完成了。

到了一岁半，孩子能跑会跳了，我觉得我应该出去工作了。需要有人带孩子，便在朋友圈发了条求助广告，想马上找到一位带孩子经验丰富的阿姨，求推荐。很少在朋友圈跟我互动的我妈在底下留言：找到了吗？我私信她，没有。我妈问，怎么突然需要阿姨了？我说我要出去工作，孩子没人带。我妈问我老婆的父母不能来北京帮忙带一下吗，她还不知道我离婚的事儿。我这才告诉她我离婚了。我妈想了想说，那我过去帮你几天吧，但是阿姨你还是要找着。

第二天我妈来了。孙子和她有些陌生，一开始不太敢靠近。平时我和我妈疏于交流，即便孩子出生后，她对我的生活也不是太热情，所以我也没怎么给她发过儿子的照片。

我妈掏出给孩子买的玩具，试图拉拢他，孩子迟迟不敢凑过去。我妈就坐下开始和我聊天，儿子在一旁愣愣地看着，观察着家里出现的这张新面孔。我提醒我妈，可以把外衣脱了。她说了半天话外衣也没脱，好像随时准备要走的样子。晚上吃饭的时候，孩子让她抱了，她把孩子抱进儿童餐椅，然后就不知所措了。我让她先吃，我来喂孩子，主要是给她示范一下。我取出孩子的儿童餐具，把食物剪碎，放在凉得快的平底盘里，一勺勺送进孩子嘴里。我妈很快就吃完了，接过我手里的儿童餐具，换她喂孩子。孩子不拒绝吃，从这时候起，开始接受了他奶奶。

当晚，我妈试着让孩子跟她睡，孩子不干，还是跟了我睡。哄睡孩子后，我开始收拾行李，明天就要去剧组了。我妈出现在一旁，认真地说：最多帮你十天，我可带不好孩子，阿姨的事情你抓紧。

6

我在剧组一边拍戏，一边联络阿姨。万能的朋友圈这次失灵了，没有朋友家的阿姨打算近期离职。我联系了家政公司，推荐了四位阿姨，有照片和简介，我筛出两位，打算回京见见，面试合格就直接上岗。剧组未来三天没有我的通告，我可以回趟北京。

我告诉了我妈，明天回京，把阿姨的事情敲定。主要也是给她安心，让她知道如她所愿，她即将可以离开北京了，怕她待不住。没想到我妈却说你不用回来，阿姨也可以先不找，我可以多带一阵孩子。还给我发来视频，两人正互相喂饭吃，和谐融洽，孩子边喂边笑，我妈的神情也松弛多了，跟刚来那天很不一样，穿着睡衣，有点儿把这儿当家的样子了。我说反正我也约了阿姨，合适就留下，先让她和孩子培养培养感情，等你想走的时候，随时可以走。我妈说不用，阿姨早入住一天，就得早掏一天的钱，犯不上，她现在都应付得来，让我先别想找阿姨的事儿了。

两个月后结束剧组的工作，我回到家，我妈正用小勺给儿子剜苹果吃。剜着剜着，还给自己来一口，俩人共用一个勺。我说，大人和孩子入口的餐具得分开，要不孩子容易被细菌感染。我妈说，我俩这两个月都是这样过来的，连咳嗽一声都没有，感什么染，然后两人的脑袋顶在一起，好成了一个人。

苹果吃完，我妈跟我说，你儿子太像你小时候了。我问，哪儿像？我妈说，长得像。然后又跟我儿子说，你可比你爸懂事儿。我儿子语迟，能听懂话，还说不出来话，就冲我妈笑。我妈也回笑，并在他脸蛋上亲了一口说，真懂事儿！我说，他懂什么事儿了？我妈说，听话。

我一下子全懂了。

我妈的人生又完整了。她把我的儿子当成了我，冲着他喊出我的名字。我知道是她喊错了，却一错再错，始终错成我的名字，还是小名，而不是别的什么名字。儿子还不会说话，却能意会，哪怕喊的不是他的名字，他也知道那是奶奶在叫他，蹬蹬蹬蹬，呼之即来，让干什么干什么。他和我小时候那么像，都嘟囔着嘴，眍䁖着眼儿，鼻翼两侧脸蛋上的肉鼓成两坨，两道眉毛拧在一起，惶惑地看着这个世界。

我儿子成了我的替身。等于我重新开始听我妈的话了，我妈又开始掌控世界了——家里的成年人就我和她，对家庭妇女来说，能在家里做主，就是掌控了世界。

我妈在我十岁开始逐渐失去对我的控制后，又在我儿子身上掌握了控制权。此刻那种真实的喜悦，正洋溢在我妈身上。她笑吟吟地蹲在地上给我儿子洗着脚，还给盆里兑了点儿醋，这是她的偏方，杀菌去脚气。

7

接下来的日子里，我妈把孩子培养得——或者说训练得——能跟上她的节奏了。每天晚上八点半前入睡，早上五点起床，早餐是保健粥，我妈把提前泡好的各种豆子和各种植物放进锅里，熬好后两人一起喝，元气满满地开始一天的生活。超市开门后，我妈会推着孩子去采购。婴儿车底部有个筐儿，我妈就把选购的商品放在这个筐儿里。每次临结账前，都会让孩子挑一件他喜欢的食品，孩子大多数时候都会从货架上拿一袋酸笋。因为我妈爱吃，总做这道菜，炒完屋里臭烘烘的，孩子打小就跟她吃，也好上这口儿，餐桌上有了酸笋，能多吃半碗饭。中午一般孩子睡两个多小时，我妈睡一个小时就够，醒了就躺在孩子旁边用手机斗地主，挡着孩子，防止他一翻身掉下来。孩子醒了，就坐起来看奶奶斗地主，因此比同龄孩子，识数都早。上了幼儿园后，我要是去剧组了，就我妈接送孩子。早晚出门凉，她怕孩子脸皱，就给孩子抹她的雪花膏。我从剧组回到家，闻到一个三岁多的孩子身上散发着中老年女性化妆品的味道，感到踏实的同时，又有种隐隐的不安。

我觉得我妈好像又复出了。我儿子唤醒了她体内沉睡多年的控制欲，她面对这个世界，又展现出勃勃生机，其表现就是把"我家"弄得跟"她家"似的。我不是强调家的主人是谁，我也愿意承认我和她是一家的，但她的所作所为，总让我感觉受到侵略。

我妈在北京的这几年里，结交了小区的一些老年朋友，把孩子送去幼儿园后，我妈就和她们一起去香山，一起去植物园买蜂蜜，一起去小汤山采摘，有了自己的团体，现在出门坐哪路车，比我都熟。她们也知道我妈来自异地，在北京没有医保，平时看病会多开些药，送我妈一些。我妈则把那些治疗跌打损伤的药膏一股脑塞给我，还总给我的杯子里灌满蜂蜜水，说是上厕所时舒服，能让我身轻如燕——可我上厕所时并没有不舒服过。那些美其名曰植物园的纯蜂蜜，每天面向游客卖掉那么多，得动用多少蜜蜂和花朵，能纯才怪，不过是添了糖熬出来的，糖恰恰是最会断送我前程的玩意儿。

还有一次，她举着手机里的一张照片给我看，上面是一对夫妇和他们的儿女，爸爸抱着小儿子，妈妈和六七岁的女儿拉手站在一起，背景是故宫。我妈问我，感觉怎么样？我不太懂她的意思，这四个人我都不认识，谈不上感觉，只是觉得画面温馨。我妈说，这就是当年要给你介绍的那个中学老师。我明白了，照片上的那位母亲就是那位中学教师。原来他们一家四口来京旅游，拍了照片发给她的妈妈，她妈是我妈的朋友，发了朋友圈，我妈在微信上看到，心生感慨，于是拿给我看。我心里突然不爽起来，我妈这是在用这位中学老师的幸福，证明着自己的正确性——如果当年我和中学老师对上眼结了婚，那么此刻我就会出现在这张温馨的画面中，但是我来了北京，做出的是不正确的选择——特别是我又用"子虽未散但妻已离"做了注脚，更显出我妈的这种正确性不可动摇。我妈真的复出了。

我承认，在母子关系上我没有足够的耐心，否则我现在也不会出现在北京。对于我妈的种种，我就睁一只眼闭一只眼，反正在家的时间并不长，出了门我又是自由的。

我彻底恢复了工作，一年有十个月在剧组。亲近的朋友都知道我离婚了，一起喝酒的时候会问我有没有再婚的打算，我说没想过。同龄的朋友建议我最好别想，说我现在这样最好，有自己的亲生儿子，还可以随便谈恋爱，想谈几个谈几个，没有法律束缚。年轻一些的朋友则建议我连恋爱都不要去谈，已经是科技时代了，弄台VR，省钱省心，更省时间，可以完全由着自己性子活。说白了，VR可以当女朋友的替身。我还真觉得此事可行，让他推荐一款，朋友说最好再等等，现在技术不完善，过几年就跟真人没差别了，如果着急，先购置一台也未尝不可，谁谈恋爱也不是一步到位。然后给我发了链接。

还有件事儿也让我对人生有了新想法。本来签好的替身演出合同突然被取消了，原因是主演要亲自上阵，想挑战自己，将来电影上映的时候也能当成噱头宣传，还能把给我的片酬省下来，世界经济萎靡的态势已经蔓延到中国剧组。这件事情的发生，还反映出另一层意思，就是主演把我以前要完成的事情给揽过去了，相当于给我当了回替身，我被解放出来了。

这并不意味着我自由了，而是我失业了。

很久以前我就想转型，别光拍打戏，多少演个角色，但银幕上不流行我这种脸，我脸长。其实也不是脸的事儿，有比我脸还长的人，照样拿东京电影节的影帝。我觉得问题出在两方面：一是出在别人那儿，我以替身的身份入行，所有人都认为我只能当替身；还有一个出在我这儿，我在执行武打动作的时候，会把主角的台词和表情带出来，导演在监视器里都能看到，如果我足够出色，自然会注意到我，不至于连个小角色都不给我，可事实却是如此，说明我演得就是不咋地。现在人过四十，阅历多了，感情也丰富了，我觉得自己可以往文戏方向做些尝试，于是报了中戏的表演进修班，为期一年，去镀镀金。

我在班里岁数最大，那些二十岁的同学看我排练作业时那么认真，问我为什么这个年纪了还来上课，我说自己以前在剧组做枪火特效，觉得演戏好玩，就来学习学习，没说当替身的事儿。我跟着这帮有梦的青年人一起跑组，把自己的照片送到一个个剧组，被各组的演员副导演贴在墙上或扔进垃圾箱，等待哪部戏的某个角色能找到自己。有一次我跑组的时候遇到一位十几年前合作过的导演，那时候他还是中年人，现在的容貌让他看上去已经成了一位老人。我说出和他合作的经历，他不记得了，那时候我还是纯武替，没有导演能记住这样的角色。现在他筹备的电影需要一个中年看车人，工作的地方在小区地库，负责停车收费，升落停车场的进出杆，下了班就回到同层的地下室睡觉。就是这么个人，成了一出悬疑事件的重要拐点，他提供的线索帮助警方破获了一起连环杀人案，让潜藏了十年的案犯落网。剧中他有一场脱掉松松垮垮保安服的戏，露出一身肌肉和背后的一条大龙，从床底下拿出哑铃，原来二十年前他因文身报考警校时被拒之门外，却没有在岁月中蹉跎。

电影第二年上映，颇受好评，这个角色的设置很出彩。我收到前妻的信息，称赞了我的演出。我说谢谢，前妻说有空的时候一起吃个饭吧，我说行，问她要不要带着孩子，她说可以。过了一会儿，又发来信息，说还是别带孩子了，她有事儿要跟我说。

见面后并不陌生，隔三岔五她会来接孩子去她那儿过周末，我如果在北京，也能见到她，但不怎么交流，孩子以外的话一句不聊。这次见面前妻化妆了，红红的嘴唇和打了隔离的脸颊让她看上去容光焕发，但走近再看，眼神还是有些迷散，透着疲惫。我俩约在一个泰国餐厅，地方是她订的，落座后她把菜单递给我，问我想吃什么，我让她看着来。她点了虾、螃蟹、木瓜沙拉、菠萝炒饭还有冬阴功汤，我说差不多了，她说好久没一起吃了，又点了俩。

吃到一半的时候，她说自己这一年的运程开始下滑，之前合作多年的枪手突然在剧本定稿后起诉她，说费用支付少了。官司不撤，项目没办法开机，她得赔偿甲方的损失费，数额巨大。所以无论枪手提出什么要求，她都得满足。官司总算了了，结果甲方的下个项目直接找她的枪手写了，价格便宜。她说，没想到自己被替身给顶了。说完，觉得用词不妥，毕竟我曾经，包括现在，还在做武替，又补充说，你现在转型转得挺好的，替你高兴。我说谢谢，你也会时来运转的。她说自己最近太浮躁了，想跟我复婚，静一静。说得我一愣，不懂她的逻辑，把复婚当成心灵禅修了吗？

前妻说她以前不懂事儿，玩心重，用游戏心态在写剧本、结婚，特别是在生孩子一事上，功利心重，现在特别后悔。我对生孩子和功利这个说法充满疑惑。前妻说她当年生孩子，不是因为喜欢孩子和认可做母亲的生活，而是出于治病需要。她有妇科病，叫子宫腺肌症，表现出来就是痛经，痛得她想把地球炸了。这我知道，我不知道的是，怀孕后她去做检查，大夫给的建议是生孩子有助于减缓或治疗此病。怀孕期间没有例假，不会痛经，孩子出生后要喂奶，其间也不来例假，子宫处于休息状态，让人感到舒适。有些腺肌症患者，病灶较小，因为久无例假，病灶就会萎缩，临床上还有人因此让这个病消失了。当时前妻就是抱着这种美好意愿，才在妇产医院建档的。现在意识到自己的可笑，也意识到自己作为母亲的失职，说自己跟以前不一样了，写的剧本也跟以前很不一样了，我要是有兴趣，可以发我几集看看。我说那挺好，孩子现在也挺好的。我的意思是最好维持现状的安稳。前妻抢过话，说她现在越来越觉得自己欠孩子的，当看到别的妈妈带着孩子在球场参加训练，看到身旁的女性朋友带着孩子去吃必胜客亲子套餐，她就特希望那时候儿子能在自己身边，让她释放一下母爱。说着，她眼含热泪，说自己为了写剧本放弃了孩子，现在品尝到苦果，每次写东西的时候，都感觉屏幕上的文字在质问她，让她招架不住。我想说，那就别写了呗，但没说，只是点点头，表示同情。前妻继续说，别的事情做得越成功，她越觉得徒劳，活在没有生命感的日子里，让她很孤独。我看书少，问她什么叫生命感，她说这是前几天写剧本编的这么一个词，放进主人公的台词里了，现在用习惯了，大概意思就是希望人生的过程有意义，别直奔结果而去。我说你的点我能get到，但是万一复婚后又出现问题呢，而且我觉得一定会出现的，因为孩子在成长，势必给这个家里带来新的问题。前妻说也可以先不复婚，就先同居着，哪怕一直同居，不再领证都行，至少和孩子生活在一起了，像个三口之家。她还说，如果同居的时候真出现不可调和的矛盾，她也不会赖着不走，毕竟她是为了生活更有意义才回来，不是为了存心找气受。说完她去把账给结了。

8

我妈没有料到的是，我儿子到了幼儿园大班的时候，突然要学跆拳道。幼儿园开设兴趣班，有画画、游泳、舞蹈、跆拳道，儿子只选了跆拳道。无论奶奶怎么做工作，说游泳能长大个儿，画画是一技之长，跆拳道其实就是打架——跟当年阻拦我学武术如出一辙，儿子就是听不进去，说爷们儿就得学跆拳道。最近他从幼儿园学了"爷们儿"一词，特爱用，很享受这个词脱口而出时激发的那种豪情。还说跆拳道学好了，也是一技之长，将来可以比赛，也可以去当跆拳道老师。我妈仿佛回到了三十多年前我要报武术班的那个夜晚。我劝我妈，儿子想学就让他先学着，只是个幼儿园的兴趣班，没准儿学着学着就没兴趣了，而且明年就上小学了，离开幼儿园，也就忘了这事儿了。说是这么说，我本意还是希望孩子能一直学下去，未必吃这碗饭，但确实能强身健体，培养意志力。我是过来人，好处无须多说，只是先把我妈应付过去。我妈也没多想，就让孩子学了。

结果一年后，儿子上了小学，还要往下学跆拳道。老师是幼儿园从武馆请的，为了招生，平时就给孩子们灌输各种颜色的带象征着什么。说白带意味着刚起步，还在空白期；黄带代表大地，万物在大地上生长，表示进入到学习阶段；蓝带代表蓝天，万物都向着蓝天生长，说明进入到较高的阶段；黑带代表黑夜，表示人在黑暗中也能发挥潜能，是一种很厉害的角色了。孩子听完动了心，觉得不能停留在白带，得成为厉害的角色。这时候再学，就不是跆拳道老师来学校教了，得去武馆学。我和我妈商议此事，她态度坚决，说如果孙子去上这种课，她不会陪着。孩子这时候突然在一旁插嘴说：那就让我妈陪着！平时很少在孩子话语中出现的他妈妈，在这种时候冒出来了。奶奶说，你妈连自己都顾不过来呢！孩子说，我妈说了，以后要多陪陪我。就这样，他奶奶又追问了几句，便得知了他妈想跟我复婚的事儿。我妈问我怎么想的，我说其实我模棱两可，关键是孩子想让他妈回来。没过几天，在孩子自己回屋睡觉后，我听到我妈说：这孩子跟小时候不一样了。我问是长相变了，还是禀性变了。我妈说，都变了。

然后没过几天，我妈突然提出要离开北京。我并不意外。简单做了挽留，她仍执意要走，对于这些年的北京生活，她说等于她给本来应该来我们家的阿姨当了五年替身。我给她订了高铁的一等座。订票的时候，我有些不舍，同时又觉得，我妈的离开，对于我和孩子，乃至对她，未必不是好事儿。

儿子问奶奶，您走了什么时候还回来呀？奶奶说，不回来了。

9

我妈要乘坐的那趟列车此时像一截白色的线段，横卧在站台前。其实它的真相是一条射线，每日从这头射到那头，再从那头反射回来。我带着儿子来送奶奶，她坐在车厢里，我和儿子站在车窗外，双方说话都听不到，只能互相尴尬地看着。

在我第四次看完手机上的时间把它放回兜里后，也就是眨了几次眼的工夫，发车铃响，列车缓缓启动。车轮碾过铁轨，吱吱扭扭。隔着车窗，我冲车厢里的妈妈摆摆手，她对我点点头，跟孙子招招手，随着这扇窗口移出我们的视线。

吱吱扭扭的声音变得顺滑。儿子跟着车跑了十几米，跟不上了，便停住。我没有跑，走到儿子身旁。那条长长的白色线段正逐渐变成一个白色的点，站台安静下来。

儿子这时候问我，奶奶为什么要离开，真的不回来了吗？我说，因为你长大了。儿子更加疑惑，问，什么意思？我说，就是你越长大越要对你奶奶好的意思。儿子说，我更听不懂了。

拉着儿子的手,看着铁轨上那个白点越来越小,我准备回家,突然间被什么东西压住,竟然迈不开腿——好像地球上还没有第二个人这么在意我,这么想管住我,愿意把我们捆绑在一起——世界上已经出现了那么多替身,却很难找到一个我妈的替身。此刻我无比希望她能把作为我的母亲这个角色好好演下去,无论在北京,还是在老家演。

想到这里,白点消失了。我拉着儿子,转身离开站台。压着我的东西好像也消失了。

一周后,我和前妻住到一起。她找了一套三居,说孩子大了得有间自己的屋子。搬家前收拾东西,那个二十年前我妈塞到我行李包底的信封被翻出,上面写着:回家买票用。现在北京和我家之间修了高铁,回家的车票早不止信封里的这些钱。

跟前妻继续在一起生活的原因很简单,送我妈离京时我在站台上想的那些,又让我回家后开始琢磨,儿子的生命里,是否也需要这么一个无可替代的人呢?或许现在他不觉得,可能再过三十年,就该觉得有用了。

我妈和我前妻,素未谋面,我觉得日后还是有必要安排这两个陌生人见次面,说不定两位母亲会有相见恨晚或似曾相识之感。

选自《青年文学》2021年第6期

评鉴与感悟

2018年,张艺谋用一部《影》大费周章,讲了一个被迫成为替身的小人物如何篡夺正统、反客为主、终成真身的故事。世纪之初推出《英雄》的国师,在近二十年后转向《影》,个中心态变化颇值得玩味。"我要去往何方"这一问题没能得到答案,于是退行回到"我是谁"。但相比于在历史的杂物堆里故弄玄虚地翻拣,孙睿的《替身》将故事发生的场域由迂晦的历史拉到平庸琐碎的现实生活,问题反而被处理得更加清晰明确。

小说中替身关系之复杂,与《影》相比不遑多让:"我"的本职工作是演员的替身;在母亲眼中,"我"曾经是父亲的替身,之后这层关系又被儿子替代；做编剧的妻子有枪手做替身，就连生子也是妇科疾病疗法的"替身"……层层替身关系错综交织，编成一张替身之网。试图摆脱这张网的任何努力都注定徒劳无功，重要的是面对这种与生俱来的不自由，生活该如何继续。

要向死而生，更要向不自由而生。《替身》使我惊喜地看到，孙睿仍旧是那个写《背光而生》的孙睿。他以冷静、克制的方式写悲苦，写迷茫，拒绝自以为是的生活指南，更拒绝刻意的哭天抢地和下流的丢丑卖乖。《替身》中的"我"一如《背光而生》中的米乐与父亲，用最得体的方式保留着小人物的尊严：那就是接受现实，坚持本心——在后疫情时代，选择这样的生活方式，格外考验勇气和信念。

（钟天意）

晚　春

1

　　收到父亲来信，是晚春的一日。外面天气很好，阳光猛烈，扰人多时的湿寒似已祛除。沿街芍药翻香，脂粉调晃悠悠，从皱瓣里钻出来。行人也渐多，带着各自的目标与心事，往暖风中呼出小剂量的声音。我略微拉开窗帘，使房间与外界的光线连通。于是，四周之物变得可以辨认，原本被幽暗侵占的空间都还回来了。

　　信写得很古怪，用一种偏紫的墨水。字迹也潦草，与我印象中父亲的字不同，仿佛写于情急之下。信纸边缘，有两三处同色墨水的指纹，大概是不慎沾了手又拓下的。

润安：

　　父有难，乞速归。

　　见面需谨慎，来信一事切不可让雅红知晓。

　　　　　　　　　　　　　　　　　　　　父　清河

　　信在桌上摆了三天。水仙盆景正值凋敝，几日下来，不少焦炙的花骨落在信封上。

第四天，我清理掉覆在表面的碎花，叠好信，将它与一盒钉针同放进抽屉。中午，便买了车票，从北京回到杭州。

"回"字用得并不贴切，尾随它的宾语理应指向一处故地，一处曾与我相互紧攥，不时会触及哀愁根须的地方。杭州远不及此标准，只不过是父亲再婚后定居的地方。继母在江干区有房产，房屋虽老，面积近百平方米，维持一段中晚年生活也足够。他们的婚姻运转到第九年，其间我到过杭州数次，继母从未露过面。初时她羞赧，或担忧她的在场会打扰我与父亲的交谈，后来又受各种病痛、家务阻挠，始终没能与父亲一起出现。这些缺席的理由，往往都附随着本地特产，由父亲代为送达。

原本没打算住多久，只提一个旅行包的衣物。到清江路的旅馆安顿下，在地图里搜索父亲的住址，相距大约两公里不到。南方炽热更盛，树梢间遍是嘤鸣与由此波动的枝叶之声。走动时不觉得，稍一静立，虚汗从衣服布料下蒸出。就在卫浴间冲洗一新，换上长袖衬衫，棉麻贴身如挠痒。因为担心父亲，我很快往他们家中赶去，中途买一些水果作礼。

寓所位于一个老式小区内，多层建筑的楼房，一度在八十年代末流行。他们住在一楼，进出便捷，只不过每天日晒短暂。冬至凛冽处，阴湿之气把房子养成一个洞穴。我按几次门铃，无人应答，才发现门铃的接线被剪断了。敲门后，听见里面一阵走动声。我不禁心跳加快，配上手表里秒针的转响，形成一种怪异的内外二重奏。

一个女人开门，见到我，微微一愣。很快又热情起来，如一炬忽然被点亮的蜡烛。"润安吗，我见过你的照片。"

"你好，我来找我爸……"

我被她拉进门，不知所措，站在原处不动。门口的地毯很新，绘一只孟加拉虎，背衬浓绿的阔叶林。她蹲下来，一边在鞋柜中翻客用拖鞋，一边和我讲话。

"你爸爸出去散步了。"她把鞋递给我，领我到沙发前，"这里附近有一条贴沙河，你听过吗？是杭州城的护城河，唐懿宗年间开凿的，用来泄钱塘江的水。每天下午，你爸爸都要去那里走一程。"

我坐的位置恰与她相对，这时便看清了她的样貌。她长得很美，瓜子脸，载了一套柔媚的五官。尽管看上去五十岁出头——远小于实际年龄，但脸上集了一些皱纹,将她命中的艰涩外化为一种苦相,也挟带由此积成的阴鸷。所幸她禀性并不严肃,笑时则稍好:眼尾如浪蜷曲,卧蚕松弛,随移动而轻晃;她好像全神贯注地望着某处而笑,又好像什么都没看,只是任由眼睛睁着——倒不是更显年轻,反而是凭美人迟暮之感,唤起了人们的宽容,"她本可以得到更多",接着是一个遗憾却不可挽回的转折语调。

"五点前,你爸爸会回来。"她转头看了一眼墙上的钟。

"好的,谢谢阿姨。"我说。

"叫我雅红就好了。"她低头,又羞涩地笑起来,"雅红有点俗,你不要笑话。我刚工作时,给自己重新起过一个名字:沈临秋,取自'东风临夜冷于秋'一句。我以前是小学语文老师,你爸爸跟你提起过吗?"

"讲过一点,说你每年都评上先进个人,后来就不工作了。"我记得她当年离职与前夫有关,具体不便多问。

"抽烟吗?"她从茶几下挑出一包黄鹤楼雅韵。

"不抽。"

"真好,这样对身体好。除非客人来,我现在也不抽的。"我这才意识到,她说话很柔顺,像一层迎面而来的卷积云。

她把我买来的水果拎到厨房,先后传来水流、开罐、金属碰撞的声音。不久,她端一盆水果来,菠萝削得剔透干净,切成小块,滤过一层盐水;另半边盛樱桃,浑圆的一粒粒,摆盘像一种古代阵法。

"你真会买,这是'春果第一枝'。"她指着樱桃,情绪似乎很好。

2

父亲回来得并不准时,进门已五点过半。乍一见,竟未认出父亲。他的整张脸向内陷落,皮肤紧裹在骨骼和动脉上,侧身时更明显。身体随之枯瘦,他伸手又缩回,举止木讷,与去年判若两人。仅仅用衰老,并不足以概括他的改变。他更像周游过一个神秘异境后,重新返回人间。

雅红责怪父亲几句,替他把拖鞋摆好,又转向我解释说:"你爸爸丢过好几次手机,现在干脆不用了。到时间还不回家,太让人担心了。"

站在父亲身边,雅红像一个晚辈,很难想象他们同榻的无数夜晚。雅红回身入厨房,父亲在门边擦完手,缓缓坐到我旁边。电视机正开着,放一场缭乱的综艺，镜头在几张熟稔的明星面孔上切换。父亲握住我一只手，一言不发。他的瞳孔周围一片悬浊，黏黄的膜若隐若现。当我试图和他说话时，他移开了眼睛。

雅红手艺极佳，厨房端出醋鱼、油焖春笋、豆腐羹。因留了我一起吃饭，又多炒一盆虾仁。我时常一个人饮食，吞咽以效率为重。雅红嘱咐我吃慢些，说这都是时令杭帮菜，细品才入味。三十多年前，她从上海嫁到杭州，如今尽得钱塘气韵。见到她本人，我终于理解父亲当年执意娶她的原因。然而，事态似乎已暗中发生偏转——父亲浑身颓丧，当初的喜色荡然无存。他端着碗，手腕上间歇迸发出细小的抽搐，牵引筷子轻轻敲击瓷碗的边缘。白炽灯下，父亲水泥般的脸色始终不曾缓和，显得褴褛、死气沉沉，使人想起多纳泰罗雕塑的圣像。

在餐桌上，雅红问起我的行程。我如实相告，已请了剩余的年假，可在杭州小住十日。得知我入住快捷酒店，雅红有些懊恼，让我退房住回家里。父亲对此不置可否，好像注意力全集中在晚间新闻。等雅红吃完离席，父亲也停下进食，偷偷把饭倒进垃圾桶。

或许是时机不巧，那天夜晚，房间里弥漫着一种微妙的晦暗。落在父亲、雅红的举止之间，则体现为疲倦与迟钝。八点出头，我起身告辞。父亲想送我回去，雅红记挂他的安全，面露难色。我眼见父亲的身体状况，便也劝阻。往来几次，他只好悻悻妥协，但非要送我到小区门口。

我们从一条细道中穿过，父亲走得缓慢，似在用步伐把黑夜一裁为二。两侧有樟树夹道，走到中段，蜡梅香也急来送行。我又听见与下午相同的鸟鸣，一种不知名的品类。在北京，最多见的是灰喜鹊，偶尔也逢乌鸦群栖，号叫声将狰狞从漫漫长夜之中刨出形状。我正想问父亲，来信究竟怎么回事，父亲先开了口。

"有一件事情，我先问你。"父亲说话时，反应似有解冻，比先前敏捷一些，"你能给我点钱吗？"

"多少？"我疑惑不解。

"我也不确定。五万，你有吗？"

"到底什么事？你怎么弄成这样，是赌博吗？"

小路上不曾设灯，除了高处零散的光线，月亮是眼下唯一的光源。父亲久久看着我，神色闪烁——像在辨认我，或是推敲这一场景在他命运中的意义。不知为何，我突然想起儿时收集的一只蝴蝶标本，通体半透明。我把它藏在一个玻璃盒子里，隔许多年再找到，盒中只剩一撮珠光粉末。

"是雅红。"父亲嗓音低沉，处于一种适合描述秘密的波频，"我怀疑，她在给我投毒。慢性毒药，每次一点点，最后我会死得像患病一样。现在家里全由她打理，我什么都不知道，手里也没钱。如果你给我一点，我可以自己找个地方安顿。接下去的钱，我再想办法。"

"你不要胡思乱想，投毒是犯罪的。"父亲的说辞听来匪夷所思，如果不是因为他过于严肃，我根本不想和他讨论这些。

"从今年年初起，我身体越来越差，经常头晕、胃疼，有时还呕吐。去医院里查，也查不出什么大毛病，可我总觉得哪里不对劲。我以前在农村听说过，这是砒霜中毒的症状，和胃病差不多。"

"你有什么依据吗？"我打断父亲。

"没有，但我知道就是她。她这个人很古怪，一直没什么知心朋友，结婚后也不常出门。最近不知道为什么，经常往外跑，外面肯定有别的男人。"

"怎么会呢，你们好不容易才在一起。何况，她看起来也不像……"我仍然半信半疑，不是信息的逐渐补全，而是父亲言谈中流露的恐惧多少使我动摇。

"对了，有件事情你不知道。"父亲忽然想起似的，"她前夫就是胃病死的。以前说胃癌，忽然又改口了，说是胃不舒服，腹泻、吐血死的，蹊跷得很。"

3

一九七二年是一道分水岭，平稳的生活被拦腰截断，自此分为此岸与彼岸。在踏入该年之前，他们就从历史的依据中得到信号，知道这一年要轮到他"上山下乡"了——孟清河，也就是我的父亲。半年以来，他们常在黄浦江边散步，谈论未来的趋向，从每一个微小迹象中寻找提示。等待，似是唯一可做的事，而这个过程多少助长了他们的忧虑。当时雅红刚满十六岁，是父亲小学同学的妹妹。他年长雅红三岁，因与她哥哥关系亲近，几乎见证了雅红的成长。到了某一个年份,像突然掌握调试的诀窍,模糊的占有欲蓦地转向锋利、清晰,于是两人各自向对方赠献了初恋。

夏日收尾时,父亲收到通知书,他被分配到九江庐山的一个农场。相对而言,江西离上海近,寻常的亚热带季风气候,生活条件也不至过于颠荡。那时,父亲还和几个姐弟住在老南市区的弄堂里。雅红在天井里站着,不肯进去。她拧开公用笼头,冲了很久手,水池底部的青苔浮游于水中。父亲在旧地图册找九江的位置,用食指将它和上海相连,示意雅红看。父亲说,很近的,每年都可以回来。为这件事,雅红已经哭了许多次,往后仍有许多哭泣的机会,但那天她只是点了点头。父亲说,你自己好好生活,我会给你写信。雅红看了他一眼。临别时,雅红告诉父亲,她会一直等他回来。

父亲给雅红的最后一封信,是进农场后第四年写的。写时并未做告别的打算,潦草一段,也不长。紧接而来的日子里,农场突然忙碌不迭。父亲每日凌晨起来插秧,到夜里才休息;又逢开垦荒山,山中荆棘丛生,五斤重的开山锄常常被虬曲的根茎弹回。如此昼夜不停,攒一身酸痛。有时父亲握着锄头,双眼忍不住合上,迷糊之际一心盘算的,只有如何调往九江市里的工厂。等稍加空闲,农场里的青年们组织郊游,或隔三岔五回城看电影,父亲也热衷参与其中。一转眼,便已一年多没向雅红去信了。后来春节回家时,雅红托哥哥将父亲的信件、礼物一并归还,两人不再见面。

那些年里,父亲逐渐明白,那个所笼罩他的世界已改变了侧重点。上海消沉于回忆之中,他的父母离世早,姐弟们各自撑搭生活的一角——那些饭桌上的絮语、从屋顶翻进果园所做的微不足道的偷窃、去遥远的北新泾挑菜、姐姐出嫁时房间里温和的哭泣,像溺水前浮于眼中的幻景。它淡化、消逝,成为梦魇的一部分。而真实生活在这里,尽管他仍然想着有一天回去,但不可否认,只有这个农场才是可以感知的,是他一切生命力量复杂而强势的来源。

过了两三年,父亲如愿入职九江仪表厂。父亲年轻时仪表堂堂,又自繁华都市来,不少热心人为他物色对象。经父亲的一个同事介绍,他认识了母亲。没过多久,几乎是依循着一种顺理成章,两人懵懂地步入婚姻。

在我的童年时代,每逢父母剧烈的争吵结束,父亲便带我去看长江。

我们望着水的尽头，一条深藏若虚的色线，消隐又呈现。青山与城楼相对出，架在浑浊的水面上。黄昏从宇宙的某一面远道而来，衬着翻浪的声音，仿佛世上一切都是松弛易碎的。父亲对我说起九江，"三江之口，七省通衢"，如此反复地介绍。等很多年后的一日，我突然明白过来，唯有异乡人才会用那种端正的口吻谈论九江。父亲失去了故土，成为一层真空的塑料膜，只能靠模仿他人来抵达应有的生活。

父亲从未意识到这一点，他所体察到的，只是无尽的、矢量乱序的压力。他想做出改变，辞职、做生意、喝酒、认识朋友，但都无济于事，或者说有效性极为短暂。最后，离婚的提议在厮打之中落成，又终被双方接受。自此以后，我只在道听途说中知晓父亲的人生。

父亲回了上海。祖宅由大姐打理，念高中的侄子低头钻进矮门，与父亲打招呼。大姐小心翼翼地问他今后打算，他注意到大姐眉眼间的算计——眼下，他是一个外敌，这个拮据的家庭绝不允许他将户口迁入，更不会有他的安身之处。

那天夜晚，他独自散步到外滩。他曾热切盼望重回此地，可真的回来，上海早已面目全非。从前熟悉的店铺都被拆除，黄浦江沿岸增设了栏杆，再也无人下水游泳——隐形的新规则在此滋长，人群变得沉默而端庄。对岸浦东新建了高楼、电视塔，他往跨江望远镜里投了五毛，凑近一看，却发现投一元才能用。他摸遍口袋，找不到任何多余硬币。这一刻，他终于真切地体会到，在离去的那些年里，这座曾赋予他许多生命经验的城市彻底背叛了他。

4

翌日中午，我与陈鹏约在凤起路，想饭后可往西湖一游。陈鹏是我的本科同学，毕业以后，回杭州考了建设局的公务员。我则待在北京，通过相关专业考试，留任财务岗位。读书时，我和陈鹏为球友，每周参加篮球队集训，离校后却鲜有联系。

我赶到餐厅时，陈鹏已入座，身旁还坐着一个年轻女孩。据陈鹏介绍，女孩叫小榛，目前在浙理工读研。我问起两人的关系，小榛一口否认为恋人，说只是在陈鹏办公室实习。陈鹏露出尴尬，却也未加解释。

店里人不多，仿古木雕的窗户一扇扇敞开。天气晴和，一枝翠绿斜逸过来，从里往外望，嵌入窗框，如点缀一幅画。他们已经点完菜，我加了一瓶啤酒。虽然和朋友叙旧，但心中总想着父亲老态龙钟的模样，便不觉对他们提起。我告诉陈鹏，此行主要是来看望父亲的。

"你和你爸不是……"陈鹏有些惊讶，"你们和好了？"

"说不上和好，大家都有各自的生活，最多一年见一次。我告诉过你吗？后来他又结婚了，继母是他初恋，不过看起来过得也不顺心。"我想了想，还是没把父亲怀疑雅红投毒的事情说出来。

"你呢？混得风生水起了吧。"陈鹏笑道，"听说你在北京买房了？"

"陈鹏一直说，你是他们班里最有前途的同学。"小榛给我们倒酒，抬眼向我一望，轻声说，"能留北京真不容易，我毕业也想去北京工作。"

念本科时，我并非最出众的一类学生，只不过凭刻苦拿过几次奖学金。现在工作勉强算中等，除去租金、开支，尚有盈余而已，买房全然是妄言。但见陈鹏似对小榛吹嘘过我，怕扫了他面子，也就没多做解释。

午餐过后，我们移步湖畔。北山街三步栽一棵法国梧桐，正值好光景，满枝擎着鲜嫩绿意。虽然梧桐干茎粗粝，一眼望去，却徒生一种细弱的气息。北山街的一侧临湖，另一侧散布着商铺。正午，人声鼎沸，日光使店里零落的灯光变得不起眼。

踏入白堤，我们已气喘吁吁。小榛对我家里的事非常好奇，不断提问。

"所以，雅红怎么会原谅你爸的？"小榛皱着眉，仿佛过剩的日光惹恼了她。

"他们再次见面，已经过去二十多年，自然就原谅了吧。"我随口说，"也许她对初恋的真挚难以忘怀？"

"你没女朋友吧，真是一点都不懂女人。"小榛笑出来，口气带有一种与她年龄不符的确信。"我一直觉得女性比男性更叛逆，更倾向于靠仇恨，而不是荣耀的记忆生活。怎么说呢，不是狭义的仇恨，你可以想象成一件精制器物上有一个缺口，女人们日思夜想，构建出几百种方式补齐这个缺口，哪怕不值得也会去做。正因为整个过程可能是无意义的，当有一天意识到这一点时，有些人理所当然会索取弥补。"

"你想得太复杂了。当年我爸和雅红分开，完全是顺应时代的无奈之举。命运究竟如何形成，依赖的还是一种巧合。他们那代人经历、境遇都与我们截然不同，凭我们是很难猜测的。"我说，对小榛的长篇大论不以为然。

小榛神秘一笑，不再和我多谈。恰好陈鹏双手夹三瓶饮料，匆忙赶回来。他示意小榛拿温的，小榛偏挑了一杯冷的。陈鹏拦挡不住，欲言又止。天气很热，春至晚境已炙烧起来，穿衬衫都汗流浃背。我们一路前行，突逢一段隆起的斜坡。在波峰稍站一阵，不断有行人、跑步者以各种速度从旁经过。

"我们去划船吧。"小榛拉着我的袖子，眯起眼睛。

"不愧是杭州，钟灵毓秀。"我不禁感叹。

"是还行。但我家在北方，受不了南方的冬天。"小榛说。

5

夏至日渐接近，晚饭后往父亲家去，天色竟还有几分余亮。父亲在旧报纸上练书法，临的是魏碑《张玄墓志》，正写到"君秉阴阳之纯精"。父亲握笔太高，腾空时手依然颤抖不止，笔尖贴到纸面上则好一些。我对书法没有研究，见他端坐少动，好似一尊墓中陶俑。

我一进门，成为屋中一颗制造混乱的行星，把他们吸出了原来的卫星轨道。雅红像早料到我要来似的，殷切地揽我过去，一盘坚果与什锦糖已经摆好。儿时过春节，家中总有类似摆设，往往是母亲从超市买的散装零食。为一两毛零钱，斤斤计较半天，回家则迁怒于父亲的无能：城里来的人有何稀罕，什么都不会干。父母长年争吵不断，瓷碗筷摔过许多次，后来因舍不得浪费，全都换成了木制品。

"润安，我和你爸爸商量过，你就住家里吧。"雅红柔声说。

"但我已经在清江路……"我不知如何拒绝，望向了父亲。

雅红把我领进一间小客房，与上次参观时相比，房间焕然一新。原先空荡荡的板床上，已铺好席梦思垫子。一套藏青色的家纺品置于床上，淡淡的云纹四下舒卷，像广告里一样蓬松，惹人困倦。床头放着一套睡衣，与床单同色系。房间内也做了简单的调整，红曲柳木桌与书橱换了方向，采光得以增亮。桌上摆一个仿宋代的细颈瓷瓶，新簪几支杏花。不久，父亲也踱了进来。

"外面哪有家里舒服。家附近有一个轻纺市场，这些都是新买的，你什么都不用操心，直接住进来就好。你和你爸爸见得少，难得来一次，多陪陪我们也好。"雅红拉着我，她的手透出一阵凉湿之感，我不由得一惊。

"住几天吧。"父亲说。

我勉强点头，却总有一股疑虑，或许出于步入一段复杂生活前自然产生的规避之心。趁雅红去洗漱，父亲小心地关上小房间的门，轻声告诉我："雅红很敏感，说话做事一定要谨慎。既然住在家里，也可以借机察看家中情况，雅红究竟如何下药，外遇到底是什么人。"

说完话嘴唇翕动，是父亲旧有的一个习惯。如今他整个人衰败，像一件划痕遍布的金属器皿，这习惯使他尤显寒酸。我注视着父亲，听他吐完破碎的词语，蓦地发现，自己已比父亲高半个头。我们最后一次去看长江时，我只到他肩膀。"上山下乡"的那几年里，父亲随知青们学了许多苏联歌曲，时常哼唱《莫斯科郊外的晚上》，只是每次歌词都有错乱之处。那天，他唱的是《永隔一江水》——我的生活和希望，总是相违背；我和你是河两岸，永隔一江水。我还想和父亲说些什么，但他担心雅红察觉我们窃窃私语，就拧门前去客厅。

我独自回了旅馆，与前台的女孩商量好退房。一天至此，过得疲乏不堪。刚想去淋浴，手机屏幕被小榛发来的消息点亮。

小榛说，我掉了个耳环，你在哪里看到过吗？我摸了摸口袋，里面只有一张两周前打车的发票。我回复她，我这里没有，长什么样子的？小榛说，是一粒葫芦，用珍珠串起来的，你今天没注意看吗？我说，记得不清楚了。小榛发出一个嫌弃的表情，又接着说，都怪你，应该是划船时掉的。我想起下午时，小榛在船上因日光刺眼而后退，以至于差点被我绊倒。我想理应道歉，就说，真不好意思，过两天请你们吃饭。聊天框里显示小榛一直在打字，但很久才发出一句。她问，你觉得陈鹏这人怎么样？我回忆与陈鹏过去的交集，似乎能想起一两件具体的事情，例如一起在学校门口的拉面摊吃饭，或是球场上细小的摩擦——平淡，充满毫无意义的细节，却缺乏情感上的记忆。我忽然意识到，我与所有人的关系都是如此，相处仅作为一种物理上的陪伴。我回小榛，他这个人挺热情的，怎么了？她

"哼"了一句,说,我家也在江干这边,不如后天请我去电影展。我想来也无所事事,就答应了她。

我躺在床上,虽熄了灯,昏昧的光线透过窗帘流进来。先前的疲倦演变为一种慢性病,让人犯困却失眠。过去家里一共两间房,父母住卧室,我睡客厅的沙发床。半夜常听见房里传出打骂之声,像拉错的二胡弦音,一阵阵摩擦的疼痛渗入脑神经中。久而久之,我不再信任夜晚,我是时刻想着从风吹草动中识别惊变的虚弱动物。

后来,我和母亲搬过几次家,转眼又入大学,留在北京。然而不知为何,我常在梦里回到小时候的家。有一次,梦见面泛莹绿的僵尸从墙里涌出来。我惊恐万分,甚至没察觉自己早就离开了这间房子。

6

依照雅红说的,我在地毯下摸到备用钥匙。圆形钥匙扣,上悬一块蓝色塑料片,表面有密集的波浪式弯曲。握在手中,薄片的边缘在掌心划下凹痕。

打开门,父亲和雅红都不在。房子的朝向整体偏东,这时日照早已移开。逢此时节,闷热像一种浓汤灌进每户封闭的人家,沉寂、窒息。我小心地走进阳台,把窗户推出一条缝,接着在房里四下环顾起来。

客厅的墙原由白漆刷成,因居住多年,墙上偶有淡淡的黄斑。家具实际上并不多,可他们喜欢用重木料,使整体氛围显得浑厚,房间像被某种力量压在地面。餐桌上,父亲前一晚练字的报纸还摊着,到"君临终清悟,神谐端明"就没写下去。"明"字的勾笔有些重,像一滴溅落的墨。桌子左侧摆一个立式长柜,高处有半杯水,杯上雕着鱼类的花纹。

我逐一打开抽屉。第一格中,一堆杂志整齐相叠。两三本与针织有关,其余均属文学类。虽然都是多年前的刊物,品相却十分整洁。抽屉底部有一个男式手表,已不再走动,指针停在十一点五十的位置。牛皮表带几乎烂尽,但仍可看出最靠内的两粒小孔是手工扎的,足见手表主人极其瘦弱。我一惊,想到雅红前夫——那个多年前死于胃病的男人。再看手表时,只觉一股难以言说的瘆人。第二格抽屉则混乱一些,满是瓶装或纸版的药。我拧开一些小罐,彩色药片发出窸窣声响。因为缺乏医学知识,所见不过是一片眼花缭乱。正准备细读说明书，看是否真有砒霜一类的东西，猛地听见了开门声。

客厅正对大门，来不及细思，雅红已经提着两袋食品进来。我们面面相觑，惊吓之余，我什么都说不出口。抽屉半开着，此时像张口吹出一阵嘲弄。一部分已检查过的药，被我放在柜子顶部。我稍稍一动，旁边的杯中水荡起一层波澜。

雅红僵硬地移开脸，我瞥见她满脸苍白，血色尽凝于嘴唇。新烫的卷发垂在肩头，弧度夸张，仿佛她是一个等待觉醒的美杜莎。转身以后，她进了卧室。不久，柔弱的声音穿过门框而来。

"人年龄一大，就成了药罐子。"雅红慢吞吞地说，"这些都是你爸爸的药。有的早上吃，有的晚上吃。药丸都怪得很，你根本没法通过外形看透一粒药丸。"

"他今年变化太大了，到底得的是什么病？"我快速把药放回原处，嘴上应承着雅红的话。

"什么病……"雅红重复一遍，传出似笑非笑的声响，"你知道他的，年轻时不注意休养，现在体质特别差。心血管有问题，去年血糖也开始不稳定。据说这和遗传有关，你爷爷奶奶有得糖尿病的吗？"

"不知道，我出生前他们就去世了。"我说。

"真可怜。"她说话声音本就轻，传播时又折损了一半分贝。

"没办法。也许因为我爸结婚晚，也许因为……"

话说到一半，突然被从卧室出来的雅红截断。她穿上一身缎面睡裙，浅绿色，似经烟雨反复洗漂的新芽，裙休宽松，动作之间，她的肩胛骨忽隐忽现。这时我明白过来，刚才她在卧室换衣服，竟也没关门。熟悉的神韵重又焕发，一丛流焰，一盏新拧亮的灯火。她的面孔富于表现力，笑意从五官波纹中徐徐酿出。因背后意志力的掌控，节制之余，暗露一种机黠。

"你摸摸看。"雅红扶起我的手，从她的腰间划至大腿，"怎么样，丝绸是杭州的特产，可以买给你女朋友。你有女朋友了吗？"

"暂时还没考虑……"一股咸涩在我咽喉里弥漫，如木料被烤得过于干燥后轻轻蜕皮。一开口说话，不自觉变得结巴。

"你要加把劲呢。"雅红低头，转而蹙起眉说，"我真担心你爸爸。他近来瘦得不成样，还总说吃不下饭，我看他是得了心病。"

"什么心病？"听她怪气地一说，似有言外之意，我顿觉心惊肉跳。

"最可怕的就是疑心病，他总觉得有人想迫害他……你知道他有肩周炎吧，上次陪他去医院做针灸，都坐在位子上了，他死活不肯让医生扎金针，说人家想把他弄瘫痪。"雅红摇头，尽显无奈。

我一时说不出话，雅红见我发愣，笑着捏了捏我的手臂，"你不用紧张。人年纪大了，糊涂，在所难免。我不是怪他，只是你有空可以劝劝他，他最听你的话。"

我点头，雅红一笑便走了。

良久，我回过神来，见阳台上的窗已开得最大。内外空气对流，一个个隐形的气体旋涡激涌又散去。外面一条窄道，鲜有行人，浓荫跋扈地统御了周遭一切。一只白鸟收身入群枝，如万花筒转动间变调的元素。蝉鸣更盛，人们永远不知道这些无穷的翼动究竟在召唤什么，只道夏日行将立威，而晚春即逝。

7

千禧年前后，一场嶙峋怪梦迸发于父亲的夜晚。父亲已摒弃深思的习性，只要有路，就往前走，同时将警惕织成一身铠甲——他是以这种步伐压住梦的边缘，旋即一跃而入的。梦境呈粉紫基调，色彩中暗含惬意、松盈，气氛像一个半娱乐性质的康复中心。一种近乎美的东西包围着他，以至于在空无一人之地，他突生与人们拥抱的激情。正当他随心所欲地飘荡之际，整片空间最远处的光线（在梦里，他清楚知道那一束光意味着二〇〇〇年）蓄势袭来。就这样，一个年份化作一条光的长绳，紧紧系住他的脖子，将他悬吊在一棵很高的树上。四面黑暗莅临，如旧友重逢，他感到痛苦而安心。

在漫长的白日里，父亲却从没有过这样的想象力。自从对劳碌而平庸的命运加以默许后，他身上的许多特性已被剥夺。那几年，他在老房子附近租了一间商铺。白天卖水果，晚上就睡在后屋。闲来无事，有些老邻居来看他，顺道挑走一些半烂的果品。他几次想要他们付钱，可总是说不出口。姐姐一家倒是从未出现过，或许在刻意避让他。

没有未来可想，甚至"现在"都只是"过去"的一种投影——这是父亲有一天突然明白过来的。这块区域除了童涵春药店，格局几乎改尽。药店对面，原有一家胭脂店，老板娘是他小学同学的母亲。儿时逢暑假，他和同学各拿一支冰棍，再去前面沪南电影院，花一毛钱买票进场。然而，回沪后又住了好几年，他却根本记不清现在药店对面是什么地方。和老邻居聊天，讲的也是早已消散的往事，以及那些除他们之外再无人认识的逝者。只要稍加出神（尤其夜晚），他会在家附近迷路，过去碎片式的干扰使四周更具迷宫的魅惑性。他踩在尚未干透的柏油马路上，脚底留下魃黑的印子……时代变迁的细小印记，人从这里来来回回，一刻都没有停止过。

父亲和老同学偶有聚会，关于雅红的消息，都是从她哥哥处听来的。雅红自师范中专毕业后，在小学当了多年语文教师。她向来是受风情青睐的人，随气质成熟，魅力更是不动声色地四溢。她似乎对教学颇为热爱，无论课堂或纸面文件，都能交出一份臻于完美的样本。学校领导赏识她，她的学生缘也很好。孩子们乐于赋予她牧羊人的权利，把各种心事倾囊相告，她也尽可能帮他们。唯一美中不足的是婚恋，她以没时间恋爱为借口，逐一回绝旁人的介绍。结果有一天，她突然辞去工作，嫁到了杭州。

父亲要了雅红的联系方式，休三天店铺，独自一人坐高铁去杭州。会打扰她吗？当然想过这个问题，只是好些年里，他为那么多咄咄逼人的命运攻势让了步，不想再替别人考虑了。更何况，他不过想见雅红一面，若她生活美满，他也可放生一些愧疚之心。

他趁夜色的庇护拨通电话，另一端传来嘈杂、聒噪、猛烈的鼓点，背景乐带动他的心跳速率。稍后，噪声下降，风声与雅红的声音混为一道，一种阴晴不定的温柔。他本没想当天就见雅红，但雅红给他留了她当时所在的地址——一家KTV俱乐部。他打车前去，穿过镜面球灯反射的彩光，像钻进一只苍蝇的复眼。中央舞厅里人声鼎沸，烟味和酒气随处助兴。另有KTV和桌球包间，他走了一圈，没看见雅红，或许见了也不再认得出。于是，他回到门口等候，发消息给她。

父亲蹲在门边，各色男女从旁进出，忽然听见有人叫他的名字。他弹跳着站起来，一双明艳而凌厉的眼睛紧盯着他，像要用目光将他固定在某处。他脑中有一个拼凑而成的雅红，拼图取自印象、推演、传闻，可是与眼前的人丝毫没有共通处,她的变化全然超出他的预期。雅红穿着一双玫红色高跟鞋、紧身裙,经风一吹略微发抖。她的脸上敷满白粉,浓妆并未如愿雕琢出美貌,反使她显得落魄。父亲一低头,胸腔里上涌一阵心酸。

父亲说,你怎么在这种地方。雅红半天不语,忽然笑道,这有什么不好的,很多朋友都在呢。父亲问,你们要玩到几点?雅红说,早的话两三点,兴致好就通宵了。父亲一惊,经常这样吗?雅红瞥了父亲一眼,划醒火柴,点燃一根烟。她不屑地吸一口,像咽下一种平淡无味的食物,并把深红的唇印留在烟蒂上。雅红说,我现在又不工作,整天无所事事,除了泡吧、打麻将,你让我干什么去呢?父亲问,那为什么不找份正经工作?雅红说,你受教育受习惯了,很多事情都不懂。父亲问起她丈夫,语带磕绊。雅红出神地望着马路,什么都没说。

两人就此恢复联系,但往来并不频繁。父亲第二次去杭州,天气转凉,雅红穿一件白色棉服,外形与气息都素净下来。在一间临湖的茶馆包厢里,他们久坐,断断续续地讲话。雨水乘混云而来,淅淅沥沥往湖上洒一阵。他们看雨密集起来,水花像微小的流弹溅向玻璃,源源不断,一种怀有强烈表达欲的陌生语言。对外界的视角,被分割成了一滴滴水粒。一片湖景既经水光放大,又因多道水絮乱流而遭拆解——一个重重矛盾并立的世界。

临别时,雅红面露严肃,问父亲,如果我没结婚,你会永远和我在一起吗?父亲有些措手不及,一愣罢,谨慎地点了点头。雅红凝视他,许久只说一个"好"字。

她双手掩面而上,捋过蓬松发亮的鬓角。父亲注意到她的下巴,微微向外突起,一具雅致却平凡的骨骼。接着,父亲听见雅红抽泣的声音。

不出一年,传来雅红丈夫病发身亡的消息。

又过两三年,父亲和雅红结了婚。因雅红在杭州继承丈夫的房产,父亲便迁居到杭州。

8

影展在一家大剧院举办,离我们住处不远。今年主题是好莱坞黑色电影,多上映于二十世纪五十年代。热门的几部早就售罄,余下几场里,小榛选了尼古拉斯·雷的《兰闺艳血》。电影原名作 *In a Lonely Place*,直译"在孤独之处"，但那几年引进的黑色电影，总被起一些香艳名字，仿佛死亡、性本就装在同一个神秘祭坛里。

我们买了上午十点场，放映结束，小榛自然地拉起我的手，往一家西餐厅走去。我食欲尚未展开，只点份意面，她根据自己口味把牛排、小食配齐。点餐完毕，她把菜单倒扣在旁边一桌，靠在椅子上发愣。

"亨弗莱·鲍嘉长得也像杀人犯了，不管什么电影，我看到他都好紧张哦。"小榛说。她和我坐同侧，攥紧的手心有些湿热，像某种海洋动物喷出的黏液。

"那可以不选这部的。"我说。

"你不知道，这电影很邪典。女主角格洛丽亚·格雷厄姆和导演原来是夫妻，拍这部电影时，两人关系已经恶化到极点。你不觉得这个女演员很压抑吗？在应该高兴时，她也死气沉沉的，只靠挑眉毛等一些技巧强打精神。"小榛接着说，"还有一个巧合，现实生活中，男女主角后来都死于胃癌。"

我忽然想到什么，不禁皱眉。"你还记得电影开头的故事吗？一个女人爱上一个海员，于是想办法溺死了丈夫。"

"这没什么特别的，《聊斋》里也写过，最出名的不是潘金莲吗？"小榛不以为然。

"我在想，现实中这样的事情可能很多，只是没人知道而已。"我说。

"这说不准。我同学爷爷去世后，家人总觉得当时爷爷还能救，是奶奶偷偷拔掉了输液管。不过都是瞎猜的，根本没什么证据。"小榛说。

"如果真的有所记恨，为什么不干脆离婚呢？"我说，也是我近来常想的问题。

"图财，图利，不想失去眼下的生活……不过你想得有问题，离婚完全是两回事，程序正义意味着一种裁决。对故事里的女人来说，离婚就是让她暴露在众人面前，承认自己的错误；但我想，她抗拒正大光明的途径，也许潜意识里根本不认为自己有错吧。"小榛推了我一把，笑着说，"故事里都是极端情况，想这些干吗？"

已上桌的菜分散了我们的注意力，牛排刀的锯齿侧对我们，小榛用它顺着纹理切开肉。由于想借鉴小榛的看法，我对她讲了雅红的事情。小榛专注地嚼咽嘴里的肉，我转过脸等她答复，却只看见她的颧骨带动下颌做一场撕拉运动。终于，她露出一种若有所思的微笑，仿佛在触碰问题前已预知了它的解法。这种表情我似乎在别处也见过，但一时想不起是谁。

"多半是你爸瞎想。不过，你可以带我回家，我来看看这个雅红到底什么货色。"小榛说。

下午，小榛回学校办事，我步行往家的方向去。

天气清怡，为了在春意中浸享得久一些，我绕弯从滨江公园里穿过。散步的人不少，三五成群，自说话语调到步伐都怀藏一种绵柔。树木以一种高于寻常行道规格的密度，叠种在路的两侧。法梧、香樟、栾树、掌形的枫香树，由于风为漫天飞絮提供燃料，便可知不远处还有柳树。日光与树枝的影子像一种针织法，罩落于晚春形形色色的衣衫上。在北京，尽管公园里也有清闲的老人跳舞、谈天，但节奏全然不同，不像南方市民自带一种对什么都不在意的气质。

我走了一路，越来越多的心事垒在体内——小榛是家庭之外新的一笔，骆驼背上一根紫红色的稻草，使我只感到自己相较于外界美满地疏离。走出公园，我隔着刷过漆的铁栅栏向里回望：整个公园发着光，看上去遥远、动人，而我是一粒脱离这个星系的变异原子。

我回到父亲住所的门口，摸钥匙时，与正在张探的邻居打了照面：一张3D地图般沟壑横生的脸，乍看难以区分性别。头发向后梳拢，几近雪白一片，细辨才从头发长度上认出她是女人。她一开口，更佐证了这一判断。

"你是他们家什么人？"她朝我笑，还算客气。声音像卷着沙砾，让人想到她喉咙深处翻滚的某种液体。

"我是……孟清河的儿子。"我犹豫着说。

她发出一声又慢又长的"啊"，转而又问："你准备搬来这里？"

"不是，就住几天，来看看我爸。"我说。

"没事，来吧。"她怪异地一笑，像要开导我似的说，"这个女人不好相处，有点疯头疯脑，但对你爸还算可以。有一次你爸在拉面店和人吵架，她冲过去把人骂得狗血淋头。哎哟，特别狠。"

这时，我已打开门，向她唯唯诺诺一番便进去了。

她说的女人想必是雅红，仅看这几天，根本难以想象雅红破口大骂的模样。我倒了杯水，困惑地徘徊在房间里。又打开抽屉，把她那些杂志大致翻了一遍。

一个人的过去像一处涡流，以至于他者与其最深的共鸣不过是一阵痛苦的晕眩。

9

为了跟踪雅红，凌晨六点，我就循着细弱的动静醒来。我屏抑呼吸，动作尽可能轻，迅速换上一身低显色度的灰衣裤。床头柜里，藏着提前准备好的口罩、棒球帽、一本供低头时看的书。听见雅红外出关门的声响，我连忙配齐装备，掐算好时间，尾随出行。

我对这一带已相当熟悉，快步走上直通小区大门的捷径。这一日算不上晴朗，阳光淡得像被稀释的黄油。因是熟人，我尝试和雅红保持着二十米的距离，再远怕跟丢。此前，虽然也在电影里见过跟踪，但亲身躬行还是很紧张。我一边紧跟，一边说服自己：没有人会注意到我，我只是白日街道上的一个幽灵。

雅红的路线有一个常规的开头：一家农贸市场。雅红挑了一点鸡毛菜，又蹲下选西红柿。我佯装闲逛，跨过一个又一个摊位，绕向远处。跟到海鲜铺位时，一股浓烈的腥气扑面而来。我担心身上异味会引起雅红的注意，便去菜场对面一家咖啡店等候。大半个小时过去了，还没看见雅红的踪影。我不由得焦躁起来，唯恐她在我出神之际已经离开。我坐立不安，却也无他处可去。如此又过十分钟，雅红挎着袋子往外走，手中还捧一把韭菜。

接着，她去了一次超市。我格外注意雅红经过药店时的反应，其中有一家，她往里看了一眼，却也没走进去。十一点出头，雅红回到小区里的运动区域。她把手中食物挂在一旁，一抬步，踩上太空漫步机。四周没有人，她费力迈开步子，全神贯注地对抗着机器。我躲在丛荫里，她的喘息声被风隐隐推来，而她始终没停下。

虫群寄宿在绿植之间，此时已在我皮肤裸处留下许多红印子。我匆忙退出树林，为了制造和雅红的时间差，就去外面吃了午饭。

等我下午回家，雅红正在擦地。雅红极爱干净，但她不信任清洁工具的除垢能力，非要每天亲手擦一遍地板。她把头发扎成一束，有一两卷从额前滑落。身上仍然穿着那件睡衣，由于跪在地上，我一眼便从V型领口中窥见她的肉体。细密汗珠在她胸前凝起，像撒过一层糖霜。看见我，她抬头一笑。

"你爸爸在里面睡午觉，这个人哪，睡着的时间比醒着还多。"她匆匆往房间一指。

"他要是先去世，你打算怎么办呢？"话说得鬼使神差，我自己都吃了一惊。

"你想要我怎么办？"她已结束手头的事，搓完抹布，坐到我身旁。为了不影响父亲午睡，她凑得很近，说话如吹气，我这才发现她笑起来嘴有点歪。"老实说，你看他现在的样子，我怎么可能没想过这个问题？人各有命，不能强求，我总要自己生活好的。你放心，就算真那样，我每年也会去看他的，锡箔、香烛、瓜果，一样都少不了。"

她语气平淡，我却听得惊心动魄。我竭力装作平静，回答说："你能想通，是好事。"

"只要你理解，我就满足了。"雅红说。

她轻拍了一下我的手背，一种痒扩散至我全身。我们坐得太近，她几乎贴着我的手臂，我笨拙地往旁边挪了一些。

"我女朋友也在杭州，过两天能来吃个饭吗？"我想拿小榛来救场。

"好啊。"她有点惊异，但很快压了下去，面色欻得泛白。"你什么时候有的女朋友？没想到你真行，口风紧，我一点都不知道。"

"嗯，有了，昨天电影就是和她看的。"我说。

"电影好看吗？"雅红斜目问道。

"还行，五十年代的黑白电影。讲一个女人爱上别人，就把丈夫杀了，伪装成游泳溺死的样子。"我故意本末倒置，改编了故事，一面偷觑雅红的神情。

雅红站起来，低叹一声，凝重如雾凇在她眉目间结起。从我所在的角度看，一种腐蚀性的沉郁使她双目浑浊，似在刹那间露出年龄的本相。雅红轻声说："可怜的女人，一定是找不到其他的出路了。"

10

父亲有一个随身听，深蓝铝壳，款式过时。每日沿贴沙河散步，他就公放音乐——都是几年前他自己用口琴吹的旋律，苏联歌曲。除了《莫斯科郊外的晚上》，还有《喀秋莎》《红梅花儿开》等。他不喜欢《三套车》，说曲调太悲凉。

父亲按下关闭键，音乐戛然而止。静阒环绕上来，慢慢地，我们才重新听见自然界正常的声音。大风逆向吹来，掠过耳膜时如一声声闷鼓。父亲走得很慢，我想扶他，但他推开了我的手。父亲问："怎么样？"

"我把家里的橱柜都翻了一遍，没找到哪儿藏砒霜的。也跟了雅红几天……"趁着单独散步，我本就想把情况告诉父亲。

"我是问口琴吹得怎么样。"父亲不自觉紧张起来，似有一根暗绳，猛地抽束他全身。见他如此，我也没再谈论音乐。我们默不作声走了一阵，父亲终于又问："你看见她和什么男人在一起吗？"

"没有。"我往跟踪的回忆里确认了一遍，对父亲说，"她喜欢在每家店里待很久，对着展示柜反复看，有点奇怪。但我跟了几次，没见什么人和她一起。"

父亲低着嗓子"嗯"了一声。河道似进入景观地带，亲水平台替代了此前的围栏。再往前，竖着几块立面水波纹护栏，上面刻了苏轼游望海楼所作的绝句：沙河灯火照山红，歌鼓喧喧笑语中。近黄昏，西侧有橙色的光斜来，把湖面染得神秘莫测。

"我不相信她，我从来都不信她。"父亲忽然快速地说，"她这个人很情绪化，什么事都做得出来，我一直有点怕她。"

"那怎么结婚了呢？"

我思忖着和雅红相处中的别扭之外，不管投毒是否为无稽之谈，雅红都是一个过于孤独的人——那些对外表的悉心维护，那些怀藏目的的取悦，还有看不见的盘算，对于尚未发生的遭遇的种种预防，或许她也在担心衰弱、失控、再次被抛弃。这点恐惧，足以让她变得凶狠不可测。

"我没别的选择。"父亲叹气，带有一种山雨欲来的低气压，缓缓说，"当时没钱，没地方住，生意也做不下去。想想来杭州是个重新开始的机会，重新开始，听上去多好啊。"

父亲恍惚地继续说着，絮絮叨叨："有时候，我怀疑是自己的问题。我也不相信上海的亲戚，手足兄弟，为点利益就断了联系。我十九岁到庐山，后来又去九江、上海、杭州,没有哪里算得上归宿。周围一起玩的人,换了又换。在九江的时候,别人都回去了,我因为结了婚不能走。厂里老师傅劝我,我还记得他怎么说的:人之所以想不开,是因为他们总是把当下所在的地方看成终点;要往前看,以后路还长。但现在没什么路了,我每天都在想,大概自己离死不远了。这辈子浑浑噩噩,到底做过点什么呢?每次都弄得一塌糊涂。是我自己的问题,怪不得别人。"

"也没人怪你。"我宽慰他,听见自己的声音在湖边消散,像出自另一个人之口——一个疲惫而无能为力的人,靠痛饮安慰剂,以对痛苦背过身去。

"其实还是在九江最安心,不过当时没感觉。"父亲嘿嘿一笑,"你小时候,我一直带你出去玩的,你记得吧?"

只有长江边那些模糊的画面,人来人往,我们在一个嘈杂而开阔的避风港里。忘记父亲与母亲之间的倾危,忘记同样的困境还会循环发生。有一次,父亲告诉我,年轻时他很喜欢晚春的黄昏,感觉世界正向无尽之处延展,野火烧亮每一道深渊。他说的想必是更年轻的时候——真正的年轻,你不会在意现实中暗藏的任何棱角,受伤也不过是诸多体验的一种。然而,父亲并未意识到,说这话时,其实他也正年轻,坐拥对人生走向的选择权。

"我好久没回去了。"我说。

"你妈身体还好吗?"父亲谨慎地问,多有犹豫。自从离婚以后,除了微薄的抚养费往来,父亲从来不过问母亲的事。只要不谈论过往,就会有命运真的被重置的幻觉。

"挺好。她把房子卖了,现在和她二姐一块儿住。"我说。

本以为父亲会追问,或借此表达对这段误入生活的歉意,但他只是背着双手走路。忽而,父亲伸手拍了拍我的背,说:"没关系,至少你赶上了好时代,到处都是机会,好好珍惜。"

"那你们准备怎么办?……你和雅红。"我问。

"和她一分钟都待不下去。"讲完那些以后,父亲似乎舒畅许多。这话说得轻描淡写,像在开一个玩笑。

11

等我开始为这场约定后悔时,早已错过了制止的时机。

在小榛的催问下，我不得不把住址发给她。小榛在陈鹏单位的实习期尚未结束，说下班过来。自上回游西湖后，我和陈鹏再未见面，联系寥寥——或许这是老同学最适宜的社交方式，偶尔一见，平时互不相关。在此之前，我自认与小榛只是一段模棱两可的关系，可不经意间，它已制造出了责任。照小榛计划，她一毕业就来北京求职，同我一起生活。她说得果断又率真，好像除此以外别无可能性，这使我无法回绝。

为了迎客，雅红早就开始筹备：从房间细部的清洁做起，摆置水果、零食，洗切晚饭食材。她穿行于几个房间，偶尔匆忙地向我瞥一眼。临近五点，雅红突然想起还缺饮料，便让我去附近超市一趟。

得益于跟踪雅红的经历，我熟知那个超市的位置。白天，卷帘门缩在顶部，锈迹模糊而遥远。往里走，几乎没有人，空间被一排排货架整齐切割。以前来这里，只顾靠货架遮蔽自己，以免被雅红看见。直到此时，才有机会观察每一层的物品——这些日常生活的切片，雅红也曾迷失其中，反复巡睃而不知所需。我想到小榛将与雅红见面，她又会做出何种评判？这场暗涌丛生的晚餐让我心悸，我却无力阻止。

回杭的这些日子里，我逐渐意识到，也许自身的怯懦正是从父亲这里继承的：真正阻止我们改变的，是基因里不祥的代码，天性中的某种毁灭性；而命运，只不过是一种用以印证的介质。

由于在超市耗时过久，回到家，天色已黯淡。卧室的门都关着，客厅只开了一盏昏黄的台灯，一种古怪的沉寂砌在屋里。小榛还没来，父亲似乎也不在家。雅红独自坐在桌边，连衣裙很宽松，完全掩藏住她的身形，使她看上去只剩一颗头颅。幽暗的蓝色从窗外溢进来，渗入雅红冷峻的面孔。她的五官本就立体，如今阴影往脸上投射，显得格外生硬。

僵持了三五分钟，我勉强开口问："他们都到哪里去了？"

我不敢直视雅红，假装往桌上放饮料。许多餐盘已搁在那里，大部分是熟的，但已无热气；还有一两盆生的，泛腥味。一瞬间，强烈的失措令我体感内陷。我对外界无所知觉，却能感到血液在肢体里流动，以及各处神经同时微微膨胀。

"她不会回来了。"雅红说，声音很轻，如同一种幻听。

"谁？"我吓一跳。

"那个女孩。"雅红说,"你为什么骗她?你在北京哪有房子,你自己户口还在九江呢。"

我本想解释,可张口结舌,不知该说些什么。

"你和她乱说什么,都没关系,但是你记住——"雅红继续说,"男人永远不能骗女人,否则要遭报应的。"

或许因为房间里太安静,雅红的话激起一阵回音。语调阴柔,像一把针轻轻刺进来,我不禁头皮发麻。猛一寒战,想到小榛可能已把我对她说的全盘托出,雅红知晓一切,此刻她俨然是一个审判者,正在计量我和父亲理应受到的惩罚。

我只觉毛骨悚然,呆立在原地,浑身贯穿一种历经山崩地裂后长久不息的麻痹。

12

收到父亲去世的消息,是回京半年以后的事。

那几天,我碰巧发了一场高烧。皮肤皲裂,手尤其蜕皮得厉害,如有火源在不知名之处不断炙烧。舌头也肿胀,轻轻抵住上颌,刺痛难耐。我请了病假,成天躺在床上,以解药物嗜睡的副作用。醒来时,常闻到房间里充满异味——那些不健康的呼吸织出一障迷雾,让我晕头转向。便是在那种状态下,白日梦与现实开始混淆。

在混沌的境遇之中,替代父亲形象的是一只漆黑的硬壳虫。它无规则地到处乱爬,迫使我紧盯它的轨迹。困惑、焦虑、压抑,如波浪迭起,令人窒息。我的脑皮层下似有一张银箔糖纸,窸窣作响,反射各种刺眼的光线。在那些折叠出的镜面碎片上,与杭州相关的回忆慢慢显现。

自那晚以后,我再未见过雅红。第二天,父亲送我去火车站。出租车一路前行,外景流线一般滑动。我们究竟说过些什么,关于雅红、生活,或只是当下不重要的感受。临出发前,我从站台里的ATM机里取了一些钱。父亲不用手机,对电子账户更是一窍不通,他只信任可以触摸的实物。钱并不多,薄薄一沓,父亲把它们折好,小心地放进口袋。我望着他审慎的模样,忽然心生凄凉,为这命运尾声种种有限性的返照。

在后来的一通电话中,父亲告诉我,他已和雅红分居,独自住在上海。

他讲了一个小区的名字，如今已消弭在极不稳定的记忆陀螺中，但也可能我从未记住过，或他说出口时我就不曾听清楚。那段生活或许算得上平静，父亲和管理社区垃圾站的老头关系不错，偶尔去帮忙清扫。作为回报，老头允许他领走一些废弃品。父亲说，你不知道，人们可能把任何东西丢弃，有些明明是新的。

往后不久，父亲就去世了——无须药物、毒剂的催化，他凭自己也能走到这一步。一个陌生号码拨来，告诉我这个消息。对方说，大殓已经结束，我不回去也没关系。他向我告知父亲所在的墓园，目前骨灰寄存在租赁的格子里，将在小寒后入葬。放下电话，我上网检索了墓园的情况。墓园在港口新区，黑底金字的石碑排得密集，逢清明、冬至等大节根本站不下人。官网简介里写道：园内共栽绿植一百二十七种，亭台楼阁一应俱全，造景四时变幻。但我想，那些景象仅仅作为寓意而存，大部分时候，墓园空荡荡一片，只有从东方海面上远道而来的风。

一些更恍惚的时刻，我好像重新置身于杭州。

日落以前，我沿贴沙河而行。是几乎无风的天气，云层瓷厚，边缘沁出一圈荧光的橙红。世界正趋于黯淡、静谧，仿佛河底的妖兽逐渐停止了呼吸。我脚上穿了一双运动鞋，小时候母亲买的打折商品，现实生活中我已经很久没见过它了。我一边往前走，一边怀疑笼罩着我的只是一场梦，但一个人真的能分清梦与回忆吗？快上桥时，我远远看见雅红站在拱桥顶。她的嘴张得很大，面孔狰狞。稍凑近，才听见哭声。一开始尖细，似乎自制意识的藤蔓尚能拉住她的理性；一声声拉扯之间，声音变得越来越响，转为一种骇人的嘶吼，就像猛兽身处绝境时，靠空耗力量来拆解自己，以比死神早一步毁灭自己。

我犹豫着是否要上前，父亲突然拉住我。我一惊，想问他什么，比如我们怎么走到这一步，接下来又要往哪里去。可父亲摇了摇头，或许让我不要轻举妄动，或许示意一切已经结束，或许没什么意思，只是一种停顿。

于是我们站着，对着即将降临的墓园般沉默的春夜，什么都没说出口。

选自《人民文学》2021年第7期

评鉴与感悟

"阴湿之气把房子养成一个洞穴。""门口的地毯很新,绘一只孟加拉虎,背衬浓绿的阔叶林。"开篇后不久,三三便为小说奠定了"鬼气"的基调。《晚春》既可以看作是当代版聊斋,也可以被当作是美国南方哥特小说的一次还魂。自张爱玲以来,所有才情逼人的女作家都似乎难逃这一风格的蛊惑。《晚春》的不同之处在于,它所要表达和宣扬的,几乎是反张爱玲的。三三以一种极为现代的目光打量性别关系,并在其中凸显了女性的力量。如果说这篇小说里的男性都有一种无意识的"趋利性",那么女性则代表着对自我的忠实以及爱憎分明。女性的"情绪化"或"敏感",在三三看来,并不是劣势,而应被当作一项天赋继承下去。对比男性的怯懦,这一天赋使小说里的女性从不戴面具,欢欣、苦痛与嚎叫都来自内心深处。她们以令所有人胆颤的"真实"生活。因此这篇小说,或许也可以看作是作家对一直以来女性身份上存在的善变、暴烈、怨恨等污名化标签的一次反抗。与此同时,这一切又都没有被作家直接表达,而是深埋在小说的地下。弗兰纳里·奥康纳认同一种所谓"终极的现实",就是说,无论发生在过去,还是现在,现实本质上都是神秘的,不可预知的。《晚春》似乎也包含着类似于奥康纳式的对生活的解读,因此在小说的内涵上,它超越了一般现实主义小说所提供的边界。(高翔)

今昔咏叹

/东君

　　有一件事老严一直想跟儿子谈谈。儿子念高一，是走读生，每晚回家就把门关起来，通常是戴着耳机写作业。到了饭点，老严须得击鼓鸣冤般反复敲门，他才会戴着耳机懒洋洋地踱出来，嘴里嚼着口香糖之类的零食，而整个人依旧沉浸在那个rap音乐所布设的碎碎念的幽灵包围圈里。此刻，窗口含着的光透进圆盘壁钟，长针与短针如同一对翅膀，敛起了苍茫暮色。小严的嘴巴一张一翕，仿佛那些流淌到耳朵里面的声音立马就会变成口香糖的气味从嘴里跑出来；随着节奏的变化，他的肩膀与双腿也跟抽搐似的频频抖动。我想跟你谈谈，老严说，你把音乐给我关掉。你说什么？儿子瞥了一眼餐桌，饭菜都还没上呢。老严说，你妈出去旅行了，没人做饭，等一会儿我们出去吃。老严的意思是，趁这空闲时间，他要跟儿子好好地谈一谈。可儿子"哦"了一声，又钻进房间，用脚后跟轻轻地关上了门，仿佛在摆弄一个街舞的动作。老严不喜欢儿子整天沉迷于这种rap音乐。大好时光，就这么玩掉了，可惜。但他一开口，儿子就会用一大堆连说带唱的话给他一顿抢白，其间还夹杂一连串英语、几句从社交网络上学来的韩语或日语。老严望着紧闭的房门，叹了口气，走到小庭院里，在一张竹制躺椅上坐了下来。吱——嘎——躺椅发出了不堪负重的脆响。报纸上说，近来有些中学生偷偷吸食一种叫笑气的毒品，相比之下，沉迷rap音乐、上网玩游戏总比吸食笑气好吧。老严转而这样安慰自己。"春天里"的晚风不带一丝大马路的喧闹，安安静静地吹过来，吹过去。老严在躺椅上前后摇晃着。一些想法也在他脑子里摇晃着。"春天里"这条旧巷弄就藏在老县城的深处，而老严家的庭院就藏在"春天里"的深处。风吹乱架子上的蔷薇花，一朵朵仿佛做错了事的孩子，被父母发现了，便只好躲到什么可以藏身的地方，但慌乱间还是暴露了踪迹。一阵清脆而短促的鸟鸣之后，老严的手机屏幕上弹出了一条微信。妻子告诉他，她已经抵达目的地。随后发来的是一张图片：三根手指齐展展伸出，手指的方向有山，有水，有帆影点点。此时已是三月末，春光在山海之间浩浩荡荡地铺开，不像"春天里"的庭院，春光总是那么局促。回了一条短信，老严依旧斜躺在竹椅上，神情淡漠地望着满架子蔷薇花，前后摇动，摇着摇着，rap音乐的节奏就从他脑子里莫名其妙地跳了出来。

老严年轻时对音乐近乎无感。他在大学里也学过跳舞，但他总是踩不准节拍，以至于教他跳舞的女学长说，严国庆，你跳慢三就像老人家划船。从此，他就不再跳舞。除了念书，他几乎没有什么娱乐生活。他会打台球。放假后，在家里待着，百无聊赖，他就跟几个发小相约来到村口的台球室，他出手很慢，但总是极有耐心地把每一个台球打进网袋里——在那个年代，打台球仿佛也是解决欲望的一种方式。直到大二那年，他跟一个叫麦俊杰的同学混到一起，才知道这个世界原来如此好玩。麦俊杰是个诗人，每每写完一首诗，他就会在晚风中沉吟片刻，然后发出一连串惊叹。麦俊杰曾带他参加诗歌朗诵会，看通宵电影，造访名人，至于深夜翻墙、给麦俊杰的哥们儿站位之类的事他也干过两三回。有一回，他跟麦俊杰一众在小酒馆里喝酒，麦俊杰怂恿他也朗诵一首诗。有酒壮胆，他就站在板凳上，朗诵了马雅可夫斯基的长诗《穿裤子的云》片段。朗诵毕，他发现自己的帆布包不见了。包里有钱，还有一本诗集。麦俊杰说，他刚才注意到邻座有个人眼神不太对劲，他还记得那张布满粉刺的粽子脸。于是，麦俊杰就带着他，穿街过巷，东张西望，在一家卖盗版磁带的地摊边，他们找到了那个粽子脸。麦俊杰二话没说，就捡起一块砖头拍过去。那人倒地，他取回自己的帆布包，跟麦俊杰扬长而去。在他眼中，麦俊杰差不多就是一条好汉。大学时期，他时常跟麦俊杰一道逛马路，以挥发身上的荷尔蒙。有一天傍晚，他们蹲在尚余热气的柏油路边，一边抽着一种廉价的香烟，一边看两条狗交配。然后他们就谈起了女人。麦俊杰把烟屁股扔在地上，用脚踩灭，说，狗干完事掉头就走，就像侠客刚杀掉一个人。那时，他突然产生了一种动身去找一个女生的冲动。但他没走几步，摸摸干瘪的口袋就踅回宿舍了。读完大学四年，他从未谈过一次恋爱，也从未滥用过体内的激情。而麦俊杰凭借一把破吉他、几首情诗，俘获了本校与校外的若干美女。

吱——嘎——吱——嘎——躺在椅子上前摇后摆的时候，他似乎能感受到儿子房间里那种喧闹的寂静。在这个安静的小庭院里，他的内心也是一片轰鸣。天色渐渐暗下来，"春天里"的饭香隔墙飘来。小严打开门，伸了个懒腰，问老严，去哪儿吃饭，还是"田记"？老严说，是的，"田记"。出门前，小严戴上了一顶帽子，帽子是反戴的，大约是觉得这种戴法更酷些。老严与小严一前一后走在巷弄里，黝黑的老房子、森郁的树影藏在一片半明半暗的灯光里。他们走出巷弄来到大街上，便像是突然从昏黄的老照片进入明丽的彩照，眼前顷刻间变得开阔、亮堂起来。二人沿着朝西的人行道并肩而行。小严今年十七岁，已经长到了一米八一，比老严足足高出半个头。因为高和瘦，他走动时身体似乎微微有些发飘。老严记得，十七年前，就是在这条老街上，他跟腆着肚子的苏晓英手挽手并肩散步。十七年的旧时光，如果可以丈量，大概就是一米八一的高度吧。

严国庆跟苏晓英认识半年后，严国庆第一次拉着她的手来到这条老街，并且在这里的老电影院看了一部电影《死亡诗社》。散场后，他送她回家，就跟她聊到自己的大学同学麦俊杰。严国庆说，他是个诗人，我不知道你有没有在我的相册里见过他。没见过也没事，反正你也没见过拜伦或叶赛宁。随后，严国庆就在喧嚣的马路上朗诵了一首麦俊杰的诗。苏晓英撇撇嘴说，诗我不懂哎。严国庆忽然想起，苏晓英是学理工出身的，便露出尴尬的笑容说，那么，你平常喜欢什么？苏晓英噘着嘴反问，那么，你喜欢我的理由又是什么？严国庆说，严国庆、苏晓英，这两个名字念起来挺押韵。

喂，老严，你们吃过晚饭了？老严接到了苏晓英的电话。街头排档的油锅里骤然响起嗞啦一声响，烟气长裙般随风飘摇。咳，咳，老严被一股带着辛辣气味的烟气熏得咳嗽连连，就把手拢在嘴角说话，我这边人声喧闹，听不清楚，什么？敲钟？你让我听听晚钟？哪里的晚钟？

苏晓英总是说，她喜欢那种不仅会骑着摩托车带她去海边吹风，还会坐在树下一整晚给她弹唱情歌的男人，而严国庆显然不是。严国庆是机关公务员，苏晓英也是机关公务员。严国庆打小就习惯于按部就班的生活。结婚后，他们在单位的食堂吃完晚饭，就去县府后面的小梨园散步。二人携手，衬以天边的晚霞。多年后，严太太回忆这段往事时感叹说，感觉我们那时就开始了黄昏恋，老严啊老严，你除了带我去小梨园散步，连舞厅或酒吧都没带我去逛过。老严说，我们好歹也看过几场电影吧。严太太说，如果单位没赠送电影票，敢情你也不会想到去看电影。老严也并非全然不懂浪漫为何物的人。他有一大堆梦想飘浮在枯燥乏味的日子之上，只不过他很少愿意拿出来跟人分享。老严现在是一名三级主任科员（十几年来也就是从"小副科"提拔为"大副科"）。"主任科员"这个职位仿佛就黏在他身上，跟他分不开了，好在老严从来没想过要在个人仕途上图个什么。他只想做一个普通的公务员：冠必正，纽必结，鞋必光鲜，坐在办公室里，双腿必置桌底，不会跷二郎腿。在家里，老严也是至孝至悌，每周必去乡下看望老母，清明必上坟，兄弟姊妹有求必应；结婚以来，老严从来没出过轨，情人节也是必送玫瑰（但严太太是一个实用主义者，总是抱怨玫瑰花凋零得快，不如送一顿牛排）。就个人而言，老严几无任何不良嗜好。其业余爱好是练字，楷书学的是柳公权，行书学的是赵松雪，隶书学的是《熹平石经》。人如其字，走路不快不慢，说话不偏不倚，才华平平，行事稳健，深得中庸之道。老严最大的变化就是每年似乎都会胖一点点。

爸，你为什么总是喜欢去"田记"吃饭？小严说，英姐说你吃饭就认这家老店，很可能跟店老板那个又白又胖的女儿有关。老严说，那个胖女人早就死了，亏你妈还提她？！不过，我是的确喜欢"田记"的老味道。小严说，也难怪，英姐说你连它厨房里的油烟气和后院墙角的尿臊味都喜欢上了。老严说，其实呢，我是最喜欢吃"田记"做的各种猪肉。这一两个多月，我被你妈看得紧，没有好好吃上一顿肉了。谈到吃肉，一块闪烁着红亮油光的红烧肉仿佛立马就跳到鼻子下方了。老严情绪不佳时喜欢吃肉。尤其是肥肉。他常常说，生气使人肥胖。就是这意思。今晚，严太太不在身边，老严决定点三盘肉类的菜，放开肚皮吃，挟私报复般地吃。

老严身高一米七，体重却达八十七公斤。脱掉衣服之后，露出鼓凸的肚腩，看不到一丝绅士风度（如果他当年西装革履也算有几分绅士风度的话）。严太太认为，老严这身材属于腹型肥胖，是"内脏脂肪沉积过多"的缘故。每一次小幅度的运动都会让他气喘吁吁，而下床之后，膝盖都会有些颤抖，但他还是会冲着严太太露出微笑，表明自己已略尽一份绵薄之力。老严，你应该少吃点肉了。严太太事后总是这样提醒她。肥胖常常使他有一种负罪感。他上车（单位接送的面包车）的时候，一个人占了两个人的位置，因此，他总是不停地向身边的同事表示歉意。冬天的时候，他能少穿一件衣服就尽量少穿。平常，他在严太太的监督之下，总是尽量少吃饭（主要是少吃肉）。此举对他来说几乎就是一种认罪行为。但戒肉如戒烟，时有反复。这也是让老严困惑不已的一件事。

吃肉，自然是首选"田记快炒"。这家老店开了二十余年，从未易主，饭菜的滋味和这条老街的世味一样，没有变得更好，也没有变得更糟。父子落座。靠墙的位置挂着一幅字，墙皮剥落，似乎能闻到旧时光里的灰尘气。点菜的权力自然也是归老严所有。一双肥厚多汗的手翻着一份彩色菜单，从表面来看他是在点菜，实则心底里早已有谱。每点一个菜，他都会轻声地征求儿子的意见——圆胖油腻的脸上还渗着笑意——以体现一名机关干部的民主作风。小严是佛系青年，跟老严外出吃饭，点什么菜他通常不太计较。老严点好了菜，小严依旧在低头玩手机。趁这个间歇，老严去了一趟二楼的洗手间，他洗完手，看了看自己的面色。一张原本圆胖而有喜感的脸，也不知道怎么回事，近来变得有些寡苦。嘴角的法令纹、眉间一个"川"字也见深浓。今天下班的时候，在走廊里碰到一位年纪稍长的同事，忽然站住，用一种诡异的眼神看着他说，最近气色好像有点不太对劲。老严说，偏头痛，老毛病犯了。没事吧？没事。楼道里响起一片关门声。老严回头看了看。走廊尽头仿佛就是黑夜。老严想要说什么，但他转过身那一刻就忘了自己方才想要说什么。同事拍了拍他的肩膀说，人往暗处走的时候，总得往亮处想。老严说，是啊是啊。老严在回家的路上把这话琢磨了一下，感觉同事那话里或眼神里像藏着什么。老严用冷水拍了拍脸上僵硬的肌肉，松活几下，就从洗手间回到座位。菜已上来，四菜一汤，其中三盘都是肉类：一盘猪肋条肉，两盅酒蒸肉丸与花雕酒小火炖出来的东坡肉。儿子，咱俩好长时间没有单独坐下来聊聊了，老严提议说，不如点两瓶啤酒吧。小严说，爸，你什么时候来了豪气？老严说，明天放假，喝上一杯啤酒，放松一下。小严环顾四周说，得了，就这嘈杂的环境，父子对饮，有意思吗？父子讨论的结果是：老严点了一瓶啤酒，小严点了一瓶可乐。老严把啤酒倒进杯子，对着杯沿把泛起的白色泡沫哧溜一下吸掉。老严问，你第一次喝酒是在什么时候？小严说，两年前生日，正是世界杯八强赛的时候，麦哥请我在酒吧喝了一杯德国黑啤，嘿，真带劲。小严所说的麦哥自然就是麦俊杰。小严称他麦哥，可见他们的关系非同一般。老严说，这事你怎么没跟我提起？你那位麦哥，哼，也没跟我提起。小严挥了挥手说，那时候我跟你说了，你难保不会冲我吹胡子瞪眼！

  老严跟老麦时隔二十年再次相遇，也是在这条老街上的一家排档。大学毕业后，诗人麦俊杰跟随一位华侨亲戚去了意大利佛罗伦萨（他在一首惜别的诗中依然沿用旧名"翡冷翠"）。翡冷翠，那么好听的地名，有什么理由不去？这一去，杳无音信。再见老麦，已是二十年以后。从前，老麦总是把自己的头发弄得很乱，喜欢让人（主要是女生）看到自己很颓废的样子，但现在，他穿戴光鲜，全然没有昔日的影子。聊天中，他能觉出老麦这些年混得并不怎么样。他除了酒量见长，似乎没有什么地方可以值得一提。喝多了酒之后，从前的麦俊杰就回来了：他每每干完一杯酒，就把空酒杯反过来，在头顶转一圈。然后又倒满了酒。老严惊恐地看着杯中的酒，仿佛有谁投下了一枚深水炸弹。这一晚，老麦当然是喝得烂醉。出门时，老严叫了一辆出租车，问他去哪儿。老麦说，我没有家，我不知道自己要去哪儿。他像河边的树那样歪斜地站着，用牙齿切出每一个冷硬的词语。老严索性把他送进附近的一家宾馆。老麦为什么没有待在翡冷翠，为什么会回到这座县城，以及他是否已婚，婚姻状况如何，老严一无所知。自从老麦跟老严有了接触，他就时常过来，跟老严聊天，抽老严的烟，喝老严的茶。有时候，他觉得烟茶不错，就会毫不客气地带走。他很少跟老严谈论自己的家庭，甚至极少让自己的喜怒哀乐形之于色，但老严能感觉得出来。他郁闷的时候，烟就吐得浓重些；快乐的时候，烟就吐得轻淡些。自从老麦来到严家之后，就带来了一个词：情调。比如喝茶这种事，老严是从来不当回事的。渴了就喝，这不行，老麦说，看你喝茶，就是渴汉的喝法。真正的茶人是一口一口地喝，也不叫喝，是品。严太太说，他呀，过的就是农耕时代的生活。睡觉就是躺下去闭上眼睛和醒过来睁开眼睛之间那一个不长不短的过程；吃饭就是左手拿碗右手拿筷一口接一口进食的过程；喝茶呢，也就是拿起来喝一口再放下来的过程。你要让他从睡觉、吃饭、喝茶中能说出个道道来，那简直是要笑死人的。最后，严太太把老严归结为一个粗俗的、没有情调的男人。是的，我就是这样一个人，老严含着一股怒气说，我在单位里干的是牛马活，对我来说，睡觉就是为了养神，吃饭就是为了有力气干活，喝茶就是为了解渴。谈到居家过日子，老麦就仿佛一位生活家。老麦说，我老家那边有个邻居，姓林，是一个很有情调的人，平常就种花种草养猫养狗，农事一点也不沾，邻居们都说他真是个现世神仙。另一位邻居曾这样对林先生说，我养猪是为了有猪肉可吃，你养猫狗却是为了赏玩。你猜那位林先生怎么回答？他说，我家种花，你家种菜，用处不同，但都是过日子。过年的时候，林先生看见邻居家杀年猪，就笑着说，你们都忙着要过年，我还是闲着过日子呢。老严说，给我一亩三分地，我只种菜，也不会种花的。严太太说，我今天看手机新闻，上面说，美国有一群信奉基督教的土著，平常不开汽车，不用电器，不用电脑，不看电视，不照相。他们蓄胡子，穿粗布衣裳，自己种地，做烤焙的食物。要我说，老严去那里倒是不错。老麦附和说，那个地方我知道的，据说择偶方面跟中国古代一样，一个男人可以拥有三妻四妾，就怕老严吃不消。说完，大笑。老严不吭声，狠狠地瞪了老麦一眼。

　　我想听你谈谈对老麦的看法。老严说。没有看法，小严说，我今天下午刚刚考完政、史、地三门课，最怕人家给我出难题，让我谈谈对麦哥的看法，简直就是让我谈谈对拿破仑的看法、对马克思的看法。老严说，他可是你的麦哥。小严说，更是你的老同学。老严说，我感觉你跟他聊得来。小严说，他聊他的朋克，我聊我的rap，聊得来就行，为什么还要谈谈自己对人家的看法？老严说，也许你不是没有什么看法，而是不想谈论这个话题。他举着酒杯，但坐在对面的人没有跟他对饮。脑子里总有一些让他放心不下的想法。他晃动着杯子里的啤酒，目光透过对面的窗子投向远处，几座高楼若垂天之云，在夜幕下，华灯簇拥着，寂然不动。嗯，晚钟。他记得她在电话里说的是晚钟（而不是"今晚几点钟"）。那一缕余音，仿佛拐了个大弯,忽然又从远处悠悠荡荡传了过来。

他会弹吉他。他会唱科恩那个老男人的歌。他会烙猪油饼。他会给别人家的丈母娘买保健品。他会哄别人家的孩子。他会跟基督徒谈《圣经》。他会跟居士谈佛法。在严太太看来,老麦活脱脱就是个既有浪漫情调又踏实能干的男人。家里但凡碰到什么没法解决的事,他们都会想到老麦。事情解决了,老麦就回一句搞定了,或是摆平了。去年小严考一所公立高中,差了几分,也是全赖老麦疏通关系才进去。老麦跟那所学校的校长也没有多深的交情,他除了托熟人打声招呼之外,还用半文半白的措辞给某校长发去了一条短信,称老严是他的故人,称小严是故人之子。那口吻,仿佛老严已经死去多年,而他要完成的是临终托孤之事。言辞恳切,满屏凄凉,校长手一抖,就同意了。老麦把这事的始末告诉老严之后,老严虽然隐约有些不快,但也不得不佩服老麦的活动能力。

爸,你今天好像有点心不在焉呢。谁?说你呢。咦——真是奇怪,今天好像谁都瞧出我有心事。你有什么心事,还不是老老实实写在脸上?老严和小严相视一笑。

今春以来,因为心绪不宁,老严开始抄经。抄的是《心经》。《心经》里讲什么高深的道理,他没去深究,他只是抄,抄了一遍,再抄一遍。字是抄在一种绘有梅花的花笺上,落款处写着:春天里托钵僧。如果有一道光恰好照在墙壁上,他就把那幅绘有梅花的花笺粘到那里,叉着手默默地打量。朝北的书房,终年不见天日,即便有阳光,也是从斜对面的玻璃窗反射过来的,显得有些虚淡。花笺上的梅花也不是很精神的那种,枝垂着,花只一朵,冷淡如僧。有一回,老麦来了,看到墙上的字,大吃一惊,说这字里居然藏着出世的念头。老严说,我白天默念《心经》,夜晚竟梦见自己杀人,你说这是怎么回事?老麦说,莫非你把经念歪了。老麦谈到佛经,也是滔滔不绝。白昼永无尽头,黑夜永无尽头,生老病死永无尽头,烦恼啊,这世上的烦恼何曾有过尽头?人流中的汤汤物欲,可怕啊,人生了贪念,怕是佛手也难抚平……老严跟老麦一聊,仿佛得了点化,把什么东西都看透了。之后一阵子,那些青青翠竹在他看来,竟是满目蓬蒿;那些美女也不过是一堆白骨。

那么,老严还有什么烦恼?当然有。谁没有烦恼?老严总是苦恼于在需要倾诉的时刻却难以表达自己的烦恼。这烦恼，实在抽象得很，在庭院里它可能是一阵风带来的鸟鸣、椅子摇晃间发出的吱嘎声，在这里，则可能是一阵汤气，甚至可能是镜片上的一团浊白。中年人的烦恼又如何说给眼前这个唇红齿白的少年听？更何况，老严向来寡言，也不怎么偏好抒情。老严意识到，小严长大之后，就不再像从前那样向他倾诉烦恼了，父子之间的交流越来越少，沉默越来越多。而横亘其间的沉默又意味着什么？老严把一个盘子往边上一推，在餐桌上画了一条看不见的线，然后问儿子，我们之间有代沟？小严抬起头，带着一脸茫然说，代沟？我从来没有想过这个问题，也许代沟就是观点不合的一个借口吧。老严问，比如？小严说，比如同样一个问题，你跟麦哥可以沟通，麦哥跟我也可以沟通，但你跟我就是没法沟通。你跟麦哥是同代人，可我一点儿也不觉得自己跟他之间有什么代沟。

老严也不是非常刻板、守旧的那种人，在老麦的影响下，他偶尔也会玩玩手机微信、美篇、抖音。每天饭后，老麦会准时给老严发送一些搞笑视频或图片，其间也夹杂一些网红、网络大V、公知、老左的言论，以及一些可能涉及敏感话题的海外信息。他们坐到一起喝茶，也会谈到这方面的话题。有一次，他们就"美国干涉中国内政"的话题发生了争论。老严就不能理解，美国佬的手臂怎么可以这么长，从太平洋那一端伸到中国。老严越说越气愤，差点要拍桌板，老麦只好摇着头悻然离去。老麦走后，老严打开窗户，无缘无故地冲着一阵风发了一通脾气。第二天，老麦发来一条短信，向老严承认自己的言论的确有过激之处，并且带着善解人意的口吻告诉老严"不要含怒到日落"。日落之后，老麦又来了，照样喝茶、抽烟、聊天。老严后来发现，老麦其实也是一个有立场的人，只不过，他会花点时间跟那些持不同政见者谈谈天气，以此缓和气氛。老严与严太太之间吵架，也多是由老麦居间调解。每回夫妻俩吵得不可开交时，儿子就会给老麦打一个电话：麦哥，你来一下。老麦十分钟之内就赶到了。他坐在他们中间，谈论夫妻生活中的龃龉，也谈到运用阴阳之道慢慢去调节的方法。那时，老严就会把自己的手从下巴挪开，露出略显尴尬的笑容。有时候情况可能更糟，老麦、老严、严太太三人之间，也不知怎么回事，忽呈掎角之势。某回，老严家厨房水槽漏水，老严鼓捣了半天，还是没能堵上漏洞。严太太说，你实在不行，就把老麦叫过来吧。老严不吭声，严太太就自作主张给老麦打了个电话。老麦照例在十分钟内赶到。他瞄了一眼，把垫圈和部件一一卸下，清除其间杂质，然后把水管重新安装上去。最后一道程序是安装柜门，老麦半蹲在那里，对老严说，一字螺丝刀呢？给我。老严不吭声，回头从工具箱里拿出的是一把锤子。我说的是一字螺丝刀，老麦提高嗓门说。那一瞬间，老严忽然觉得老麦面目之可憎，丝毫不亚于美帝，他举着锤子，真想朝老麦的后脑勺狠狠地敲下去。但他的手紧紧一攥之后，突然就松掉了（很多事就毁于一只手带来的非理性。作为一名马克思主义的信徒，他这样对自己说）。水管修好了，门也装上了，老麦拍拍手，茶也不喝一口就走了。你看看，严太太转头对老严说，说你不行就不行吧。那眼神和口吻，好似黑暗中飞来的冰凉的一刀。老严没说话，忽然抡起锤子，把刚刚修好的水管砸掉了。老麦、老严、小严、严太太四人在一起时，老严时常感觉自己像是个局外人。小严过生日那天，老严主张下馆子吃，严太太却主张在家里吃，其理由是：老麦已经承诺，要给小严做几道拿手好菜。那天上午，严太太还特意陪同老麦去菜场买菜。他们拎着两袋食材从菜场回来后，身上散发着一股相同的鱼腥味。老麦烧菜的时候，老严夫妇就充当助手。厨房原本就小，三人转圜其间，老严感到一股莫名的热气。他抓起两条田鱼放在砧板上，提刀去了客厅。老严坐在塑料盆边刮着鱼鳞，老麦极有耐心地传授严太太做田鱼捞饭的方法。过了一会儿，老麦走到老严身边，瞥了一眼说，田鱼是不需要刮鳞的。严太太也从厨房那边伸出头来添了一句：烧饭做菜的事他哪里晓得？老严提刀进了厨房，闷声不响，把菜刀一撂，去一边凉快了。

你有没有发现，你妈最近像是变了个人？怎么个变法？她最近特别爱笑。怎么个笑法？就是坐在镜子前，好像在练习怎么笑。父子俩一问一答，仿佛在探讨一个严肃的话题。小严露出一两排米饭一样白的牙齿说，不会吧，这不是笑，不过是念出哈哈哈几个字。老严说，对，感觉就是念几个哈字。小严说，话说回来，笑比哭好，也比白人一眼、冲人发火好。人家笑笑，你也笑笑好了，你总不会指望她整天冲你板着脸吧。老严说，总之，你妈最近变得有点让人捉摸不透。

起初看到的是身体的变化。应该是去年冬天的某个夜晚，严太太从浴室出来，头发松垂，使得一身饱含脂肪的白肉也微微有些松垂。你胖了，老严说，你知道自己胖了？严太太说，都是你传染的。老严说，肥胖也会传染？严太太说，当然会。此刻，回忆里掩埋起来的日常琐事也因着几句闲话翻了出来，带上了别样的情绪。严太太谈到了他臃肿的身体给自己带来某种压力时，隐隐添加了一层反唇相讥的意味，以致他身体中坚硬的那一部分突然被一种软绵绵的忧伤击中。但他并不知道，自己无意间就她身材发表的一点看法也深深地刺激到了她。自此，严太太开始留意自己的身形变化，她制订了一份增强有氧运动、减少食量的瘦身计划。饭吃半饱，饭后水果通常是秭归夏橙两瓣、巴西绿心奇异果三勺，吃得极有章法；有时苛严至过午不食，晚上只吃一点坚果，或是喝一杯果汁。她不仅在乎自己的身材，还在乎皮肤上的褶皱，甚至连上唇因为油脂分泌过剩冒出一些小白点，也要抹鱼石脂软膏，然后用一种跟明星同款的唇膏精心修饰一番。半年后，严太太就穿上了旗袍自信满满地出门。老严还发现，她穿上旗袍后忽然就变得爱讲情调了。春暖花开，她会折几朵花做瓶插；空虚的时候，她会买一本诗集放在床头翻翻；每逢礼拜天下午她是一定要约几个闺蜜出来喝杯咖啡、看场电影、修个指甲什么的。老严认为，这些都是十九世纪欧洲贵夫人的做派。

  我在这里做一个假设，老严对小严说，在我和麦哥之间如果选择一人做你爸，你会选择谁？小严说，这个假设毫无意义。老严说，我猜想你会选择麦哥。小严说，这一切都是按照你的思维逻辑在推断，我回答是或者否同样毫无意义。老严说，那么，换一个假设：在我和老麦之间如果选择一人做丈夫，你猜想你妈会选择谁？小严说，我不是英姐，自然不能代替她回答这个问题。老严说，你的回答很像外交部发言人的外交辞令。小麦突然笑了起来。笑完之后，小严说，麦哥这人，适合做朋友，但不适合做别人的老爸。老严问，为什么？小严说，因为，他，是，一个，老男孩。

  老男孩，是的，老麦身上有着老男孩的气质。有一回，严太太也是这么说的。他可以做别人的情人，但不能让任何一个女人托付终身。那是一个周末的午后，一只鸟（也许是它的影子）掠过对门那堵爬满薜荔的围墙，严太太叹息了一声。老严似乎觉出了声音中的战栗，便背对着严太太淡淡地问一声，你最近为什么老在床头放一本诗集？严太太一听，居然涨红了脸。老严继续装出一副淡然的样子，跟她谈论一些跟老麦有关的闲话，而她在窘迫间的闪烁其词，让他想起了窗外树叶间的晃影。

　　老严把盘子里最后一块猪肋条肉塞到了嘴里，然后抹抹嘴，摸摸肚皮，一副酒足饭饱状。小严把手机递到他跟前说，你看，英姐又晒出了今晚的菜谱，天哪，全是素食。小严紧接着在底下留言：你这是哪家寺庙的素斋？老严紧跟着留言：听钟，吃素，这日子过的。随后，他又给老麦发了一条短信：好些天没见了，今晚过来喝茶？老麦回复：正在坐动车去上海的路上。问，去上海做什么？回复：看一个画展，听一场音乐会，然后去拜访一位诗人。老严接着追问，是女诗人？没回。你个老流氓，少给我装优雅啦。老严又补充了一句。

选自《花城》2021年第4期

评鉴与感悟

如果说，一种未经反思的生活是不值得过的，那么，作为严家日常生活的闯入者，老麦的出现让老严开始审视自己的生活。在此之前，老严追求的不过是普通的日常——按部就班，行事稳健，深谙中庸之道。而老麦则是理想主义的化身，写诗、品茶、弹吉他，没有家，却有情调。于是，学理工、不懂诗的严太太率先完成了对身体的规训，继而开始追求诗和远方；于是，老严时常感觉自己是个局外人——这种突然的与生活的"隔"以及亲密关系的危机，让老严产生了"焦虑"/"畏"（angst/anxiety）的"情态"（disposition/attunement）——苦恼于无法言说的抽象烦闷，对于自己的肥胖产生负罪感，将少吃肉当作认罪行为等等。在海德格尔看来，这一基本情态（主要是向死亡而存在的焦虑以及直面罪责的焦虑）能够让我们从非本真或者沉沦状态中出来，获得本真存在（authentic dasein）。

然而，心绪不宁的老严最终在一场挟私报复般的"吃肉"狂欢中确认了老麦只"适合做朋友，但不适合做别人的老爸""他可以做别人的情人，但不能让任何一个女人托付终身"的位置，酒足饭饱之后，重新寻回了现实生活中的自我。于是，老麦注定要再次离开，而老严日后的生活大概也正如那家二十余年从未易主的老店，不会变得更好，也不会变得更糟，或许，对于老严而言，经过审视的生活依然会以同样的方式继续下去。（段佳蕊）

动物园大堵车

/庞羽

　　陶明和刘珍决定最后去一次动物园。刘珍去买了一些胡萝卜，陶明去买了一些白菜。刘珍收拾了一下家里，棕色的布袋子里，一袋胡萝卜，一袋白菜。

　　阳光照着，那些建筑物都被照成了扑克牌。刘珍模糊地辨认着，如果陶明出梅花7，她会走进那个方块3大厦。她有一颗红桃。陶明坐在驾驶座上，宛如一颗黑桃——她确定他是真的疲倦了，除了同花顺，红桃等于黑桃。梅花与方块也没什么不同。刘珍靠在副驾驶座上，雨刷来回着。陶明的车就是这样，雨刷会时不时地刷一下。她清楚地看见了车窗上的梅花，那是几天前的雨水痕迹。另外的几撇显示，这是一个梅花A。在一些牌局中，它似乎很大，而在另外的时候，它是一个比方块3还小的筹码。

　　车在行驶着。刘珍坐在车上，陶明也是。他们的婚姻也在行驶，然后抵达。刘珍不清楚抵达哪里，她只是收拾好了自己的行李，再将结婚戒指放在陶明的行李里。他们喜欢去动物园，这一年里，总是这样。第一次去那里的时候，他们正处于热恋中，结婚照还没有拍。他们约好以后经常来看那头大象。一头断了半截尾巴的大象。刘珍趴在栏杆上，看着大象吃苹果。还有一头大象，第二次去的时候已经不见了。那头吃苹果的大象只剩了半截尾巴。

你确定它还在大象馆吗？刘珍问陶明。

难道在水上乐园？陶明反问刘珍。

刘珍不说话了。车在行驶着，它将会在动物园前停住，他们下车，步行去大象馆，看会儿大象，然后各自离开——似乎所有的事都是如此，活着也是如此。他们的人生交叉了一段，被大象用鼻子隔开。

熟悉的一切滑过去。那些楼栋、车辆、树木，正在被某种神秘力量重新切牌。

你买的胡萝卜多少钱一斤？刘珍问陶明。他们之间没有多少话需要再说了，只能说些无关彼此的话题。

三块五吧，陶明说，市场价。似乎觉得说四个字太冷漠，他又加了几个字。

今天天气不错，刘珍说，天气预报说今天是个晴天。

天空挺蓝的。陶明说。

云朵也挺白的。刘珍说。

车还在行驶着。他们俩又陷入了沉默。远处有个风力发电厂，那里有一排白色的风车，帮着白云来回剔牙。

你说，风车转一轮，能发多少度的电呀？刘珍自顾自地问。

八九十百千万左右吧。陶明回答得有些敷衍。

——确实是这样的，开始轰的一下，结尾只有涟漪摆动。

刘珍想起第一次遇见陶明的时候，穿着蓝色的外套、褐色的毛衣。她想起了天空和大地。陶明和她打了声招呼，点了一些饭菜。这个人有点逗，开口就是名字、身高、体重。刘珍不知道体重有什么要紧，但感觉他就是一板一眼的人。于是刘珍也严肃了起来，连自己宠物猫的名字都交代了。

吃了十三顿晚饭后，刘珍的宠物猫跑了，他们俩订婚了。

刘珍曾经问过陶明，如果他们分开了，他会做什么。

我会去买些绿植花草回来。陶明回答得云淡风轻。

刚开始刘珍也并不理解他的回答，真的决定分开时，刘珍准备再去领养一只英短（英国短毛猫——编者）。她还问陶明，宠物店旁边有家花店，要不要帮他带点仙人掌或多肉回来。陶明说他不喜欢仙人掌，他喜欢多肉，因为它们名字总是很别致。于是刘珍买了桃美人和天女冠回来。陶明似乎很喜欢。后来它们都溺死了。

陶明和刘珍骑着共享单车去了那家花店，陶明买了个仙人掌，刘珍在隔壁家宠物店买了只布偶猫。陶明问她怎么不买只英短，刘珍想了想说，这只布偶猫眼睛很蓝。他们又骑着共享单车回家。路过一家煎饼摊时，陶明买了个杂粮煎饼给刘珍，加了一根火腿肠。刘珍抽出火腿肠，逗那只布偶猫。猫叫了几声。陶明也学着它叫了几声。两个人哈哈大笑。陶明把自己煎饼里的火腿肠给了刘珍，刘珍又和摊主买了两个茶叶蛋。刘珍正入神地看着路边的霓虹招牌时，陶明喊了一声，刘珍转过头，他朝她撒了一手的蛋壳碎。

刘珍把毛衣拧干净。陶明在一边玩手游。当初见面的时候，他说过了，将来日子过得简单些。刘珍想想，将来的日子，无非就是他在一旁玩着手游，她在一旁搓着被他用茶叶蛋汁弄脏的毛衣而已。这没什么不好，刘珍挺喜欢这样的日子。直到他们俩彼此都同意了分开。

那只布偶猫还是以前那只英短的名字：毛球。刘珍想象过未来岁月，她坐在摇椅上，旁边是美的的取暖器，毛球躺在她的膝盖上打盹。陶明可能在加班，也可能在打游戏或看电子书什么的。阳光斜照下来，毛球被照出了些许透明，像一团白色的火焰。有些日子，会被美好灼伤的。刘珍慢慢在摇椅上打起了瞌睡。这不，一睡，她头发都白了，燃烧着那段白色的火焰。

毛球活不了那么长的时间。为了避免那一幕的心碎，刘珍与陶明离开了彼此。刘珍问过陶明，这只猫叫毛球怎样？陶明抬了抬头，又点了点头。那一瞬间陶明还是爱着刘珍的。有些是转瞬即逝的，宛如夕光擦过玻璃。刘珍坐在未来岁月的摇椅上，看着太阳垂落。陶明可能还在加班，或者在另一座摇椅边打手游，看电子书。毛球还在，不过是另一只布偶猫，或者英短，或者暹罗猫，或者是一只金毛、一只鹦鹉、一条金鱼。

陶明将猫屋组装好。刘珍才知道，屋子是可以拆装的。当初交换戒指时，刘珍和陶明准备住在这栋房子里，工作，买菜，生儿育女，养一只宠物，偶尔出去旅游，在摇椅上慢慢老去。如今，他俩把这栋屋子拆除了，有的当了柴火，有的作了纸张，陶明取走了一些，筑造了整整齐齐的篱笆，刘珍取走了一些，制作了一只木舟，在人海里浮沉。

陶明在一旁浏览着微博，他说猫狗不能吃巧克力。

刘珍正在打扫屋子，找到了一盘去年情人节陶明送给她的费列罗。她吃了一颗，又吃了一颗。巧克力有点融化了。刘珍的手指沾上了褐色的巧克力渣，她认认真真地舔完了。在她十几岁的时候，曾收到过一盒匿名巧克力，她送给了同桌吃，后来同桌和那个送巧克力的男孩在一起了。也是班级聚会时，刘珍才知道同桌的丈夫就是那个匿名巧克力的赠送者。聚餐之后，有些同学提议去KTV，刘珍坐在包间里，听着他们唱歌。刘珍也唱了几首，昔日同学们又老去了几首歌的时间。散场后，刘珍看着同桌和她丈夫进了一辆出租车，然后一个人回家。路过一家美好超市时，刘珍去买了一盒巧克力。

猫狗吃巧克力会拉肚子的。陶明又说了一句。

刘珍挺喜欢和陶明说话的。他说话总是不紧不慢，有时谈谈天气，有时又谈谈单位的人事变动。谈着谈着，刘珍就睡着了。醒来后，刘珍会给自己煮两个鸡蛋。陶明上班早。刘珍剥着鸡蛋，看着天空像洒牛奶般亮了起来。

你以后要注意，别让毛球碰到巧克力。陶明放下手机，去厨房看看米糕蒸好了没。米糕变得松软可口。刘珍吃了两块，陶明吃了三块，又去冰箱里取了一袋冷冻虾仁：今天炒点芦蒿虾仁吧。

中午，陶明吃完了碗里的虾仁，躺在沙发上睡觉。刘珍咀嚼着芦蒿，从柜子里拿下那一盒费列罗。刘珍觉得费列罗没有记忆中好吃了，于是又泡了袋奶粉。吃了两颗，她把手下的那颗扔进了牛奶碗里。费列罗浮了起来，像一座孤岛。

当物体的密度小于水的密度时，就可以浮在水面上。物理老师说着。

人体的密度与水的密度相仿，当掉入河水中时，只要保持放松，就会浮在水面上。但是人溺水时，肌肉难免紧张，人体密度就增大了。物理老师又说。

所以我们要学会游泳。刘珍自言自语。

你说什么？陶明在沙发上抬起头，我没听清。

毛球会游泳吗？刘珍问他。他总是睡不着，又总是努力去睡。

你可以把它扔进游泳池试试。陶明打了个哈欠。

下周末有时间吗？我们去动物园看看。刘珍喝掉了碗里的牛奶，费列罗流淌着它的褐色，交织着牛奶的乳白。

陶明翻了个身。刘珍想起蒸锅里还有一块米糕。

车辆安静地穿过了白鹭园。刘珍没有看到白鹭。

它们在哪里呢？刘珍问陶明。

或许睡觉去了吧。陶明说。

刘珍困倦地窝在副驾驶座位，从鞋子里抽出脚丫。今天穿了两只不同的袜子，一只白底红条纹，一只红底白条纹。刘珍愣了愣。刚结婚那会儿，陶明总是会提醒她，袜子穿错了，皮肤衣穿反了，手机在刚才你坐的沙发上，还有别忘了带钥匙。刘珍把钥匙圈套在指头上，三百六十度活动着手指转了一轮。钥匙叮珰珰响着。当初结婚时，陶明抱着她转圈，水晶耳环在耳垂翕合贴伏，晶体碰打着，叮珰珰。

前面到驼鹿区了，把白菜和胡萝卜拿出来。陶明依旧是那不紧不慢、起落有致的嗓音。有那么一阵子，刘珍怀疑他的喉咙是个过滤筛。那时，他呼唤梅花鹿的声音也是如此温柔，啾啾啾的。梅花鹿把下颌搁在窗沿上，刘珍往它嘴里不停地塞着胡萝卜长条，陶明用一张纸垫在大腿上，小心地用指甲锉刀切割着胡萝卜。有时，梅花鹿的舌头漏了出来，有时候又喷出了口水。口水滴落在陶明的衣领处，刘珍用纸巾帮他擦拭。有一次，梅花鹿的口水滴组成了北斗七星的模样，刘珍手里的纸巾一糊，像耐克的标志，又像一个勺。刘珍用稍润的纸巾猛地一撮，宛如勺里掂着一个汤圆。

芝麻汤圆。第一年的元宵节，陶明说。

刘珍煮了一锅芝麻汤圆，看着陶明把汤圆汤都喝干净了。陶明喜欢吃淀粉类的食物。他童年时，家境清贫，母亲在工厂上班，为了给几个孩子填饱肚子，总是会备些饭团汤圆放在冰箱里。两个哥哥能分到牛肉饭团，还有一个妹妹，妹妹喜欢吃芝麻汤圆，陶明总是把芝麻汤圆留给妹妹，有时还会饿肚子。长大了后，一个哥哥去了广州，有了个不大不小的公司，一个哥哥当兵去了。陶明和他们没多少联系。关于妹妹的记忆留在了他的十七岁。因为被查出了超生，母亲一直在筹备着罚款，妹妹不见了。妹妹是以母亲胞妹女儿的身份落地的,母亲的胞妹一直没有生养。过了几年,陶明接到了一个匿名电话,有点像妹妹的声音。

"陶先生您好,这里是深圳北极光金融有限公司,我们公司最新推出利润丰厚的理财投资产品……"那个女声说。

"你还好吗?"陶明问。

"像我们新推出的屯商宝理财基金,有着稳赚不赔的性质。投资渠道方便快捷,没有后顾之忧……"

"你是在深圳吗?"陶明又问。

"陶先生您是有什么顾虑吗?"

"我去找你好吗?"陶明带着哭腔问。

后来很长一段时间,陶明会对着一个手机空号倾诉。今天单位发生了什么,以前的同学结婚了,食堂的菜让他吃胖了,他今天相亲的姑娘怎么样,母亲的身体又不太好了什么的。而电话那头只有一句:您所拨打的号码是空号。认识刘珍的半年前,这个号码把陶明骂了一顿,说他是神经病。陶明一个人坐在床上想了半天。原来他以为的妹妹变成了个男的,还有个小孩在他身边大喊着奥特曼。

还要一碗吗?第一年的情人节,刘珍问陶明。

再给我来三个。第一年的端午节,陶明说。

锅里的汤圆汤还要吗?第一年的七夕节,刘珍问陶明。

你再给我盛两个吧,挺好吃的。第一年的中秋节,陶明说。

锅里还剩两个,我都盛给你吧。第一年的重阳节,刘珍说。

都给我吧,只要是芝麻汤圆。第一年的除夕,陶明安静地啜吸着淀粉汤。刘珍想提醒他少吃一点,毕竟这一年他长胖不少,可他趴在餐桌上,汤圆碗里涌动着小小的溪流,汩汩的,一瞬间刘珍很心疼他。一个固执地吃芝麻汤圆的家伙。刘珍夹起一块炖牛腩,搁在陶明餐盘里。不知怎的,陶明眼里泛起了泪光。刘珍调了一个频道,依然是春晚那个小品。电视里的人们笑着,刘珍去厨房小心地盛了第三碗汤圆。

它还在那里吗?陶明问刘珍。

刘珍知道是那头缺了半只耳朵的梅花鹿。它很怯生,体型也比较瘦弱,好几次,为了给它喂点胡萝卜条,刘珍朝车窗外伸出了半截身子。打扫人员示意让她缩回去,刘珍干脆抓起一把胡萝卜条,撒向那只缺了半只耳朵的梅花鹿。

——总是这样,她总是这样。第一次离家出走时,刘珍在长江边坐了很久。长江宛如一条半透明的哈达。刘珍在那里听着风吹动哈达的猎猎响。几艘邮轮涌动而去。刘珍站了起来,朝邮轮挥手。不知道怎么回事,一艘游轮上升起了一只黑色风筝。刘珍继续挥手,呐喊着。如果邮轮真的可以把她带走,她想去她想去的地方,做想做的事,也许她可能会当一个水手,或者一个书画家。或者只是一个工厂女工,嫁给了隔壁工厂的技术工,到了休息日,他出去买点菜肉,她在家里包馄饨,有时候倒班来不及见上一面,他会跑到厕所和她通个电话。她站在江边,手合成一个圆,朝天空喊着。

天空的黑色风筝化作一个点时,刘珍嗓子哑了。邮轮路过了一艘又一艘,宛如纸面上的长短句,或者音谱里的全音符、二分音符、十六分音符。刘珍举起手,用食指和中指夹剪着太阳。等她的手指头沾满了黄色花蕊粉与蛋黄碎,她卧在滩涂上睡了一觉。半夜醒来时,长江水正在舔舐着她的脚趾头。

我想它也在睡觉吧。刘珍打开车窗,却看不见一只梅花鹿。

鸣笛响起。他们面前的,是一长串红色、黑色、白色、褐色的车辆。

它走了吗?第一次来刘珍的出租屋,陶明问道。他指的是曾经的那只英短毛球。那只猫喜欢绕着人的脚丫转,等吃得差不多了,往那个布制灯罩上一坐,圆溜溜的。刘珍不是很明白后来它为什么跑了,一次也没回来看看。

我可以坐在沙发上吧?陶明指着乱糟糟的沙发。毛球已经把沙发垫撕扯得差不多了。

两个人坐在戳着棉花的沙发垫上,谈着小时候的故事、少年时代的经历、求学路上的糗事、单位里的是非。聊得尽兴了,陶明微微躺在沙发背上,打两个哈欠,然后客客气气地告辞。有时候夜里会下雨,陶明总觉得不好意思,还是躲进出租车里回去了。车往夜色里驰骋,雨滴也宛如子弹。

你可以做我女朋友吧?过了那年的七夕之后,陶明问刘珍。

刘珍觉得正确的话语应该是"你可以做我女朋友吗","吧"和"吗"

之间有很大的区别。但她又怪自己多心，于是收下了陶明十一朵玫瑰。

陶明按了一声喇叭。后面有辆车想插过来。陶明性子挺慢的，可有时又不耐烦。比如他会将小型的遥控哨子拴在刘珍的钥匙扣上，等刘珍找不到了，按个开关，钥匙一串就响了。这应该是结婚后半年发生的事，他已经没有耐心分辨刘珍袜子的颜色、皮肤衣的正反、手机的方位，而关于钥匙在哪里，陶明买了个遥控哨子，开关在他的钥匙扣上。

车前方发出了一些声响，有一只梅花鹿从山坡上下来了，在一辆黑色车旁吃着胡萝卜条。

你能把它引过来吗？陶明问刘珍。

刘珍打开车窗，用一整根胡萝卜敲打车舷。

邦邦邦。梅花鹿眼咕噜一转，仅仅只看了他们一眼。它的眼睛形状宛如一只缺了半边的耳朵。

你在敲木鱼吗？陶明说。

刘珍收回了胡萝卜。梅花鹿安静地吃着胡萝卜条，这一串车队都注视着它上下鼓动的嘴巴。

咔吱。刘珍吃掉了一片薯片。那是他们最后一次作为男女朋友的约会。陶明请她看了场电影《流浪地球》，每到车辆损毁、房屋塌陷、子弹弹飞、火箭发射时，刘珍都会趁机吃两片薯片。电影结束，可能整个电影院的观众都不知道她手里存在过一包乐事薯片。

我想大家都闷得慌，毕竟疫情才缓和不久。刘珍对陶明说。

后面的几辆车开始鸣笛，似乎大家都在争抢那只梅花鹿。刘珍还能听见几个小孩在车厢里喊叫。

偏要在今天来动物园吗？陶明长叹一声，趴在方向盘上。

刘珍记得，第一次见她的父母时，陶明趴在餐桌上打盹儿了一会儿。等他抬眼时，刘珍的父母正举着手机，给他拍了一张照片。刘珍后来告诉他，她父母回去就把照片发在了家族微信群中，她姑姑说，这男孩是个实诚孩子。

陶明曾经和刘珍坦白过他的感情史，中学同桌、大学班花、单位同事啥的，基本都是女孩不睬他。他说有几次，他跑到酒吧一个人喝闷酒，早上醒过来时，发现那些女孩把他微信都删了。刘珍一听就乐坏了，说他醉后肯定骚扰了那些女孩。陶明举着手发誓说他没有,刘珍更乐了。陶明佯装生气地问刘珍的感情史,刘珍捉弄他,说挺少挺少,不过就十二个金钗,一百零八个好汉。

嗜!那时的陶明大喊一声。现在也是如此。

为什么我们偏要今天来动物园?陶明嗓音里带着些许无奈。

就像他俩的婚姻一样,直奔约定而去。约定终了了,反而有些无聊,无奈,无所事事。

那只梅花鹿似乎吃饱了,悠哉地往山坡上走去。车队松弛了一些,往前进着。

一个孩子从车顶窗钻出来,大喊着长颈鹿。大人笑了,说那是梅花鹿。孩子又大喊着梅花鹿。一个孩子从另一个车顶窗钻出来,大喊着说,那是麋鹿——

你纠结这些有意义吗?刘珍问陶明。

陶明还在拨那串熟悉的电话号码。刘珍不知道那串数字有什么意义,电话那头的小孩都从奥特曼转成蜘蛛侠了。2、8、5、7,陶明口里念着数字。刘珍把数字记在微信里发给陶明:你可以存在通讯录里。4、3,陶明念完了最后两个数字,他依旧没有存下那个手机号码。这似乎是一个咒语,或者说,是一个谶语。看着陶明,刘珍想起了江边的那只黑色风筝,它远远地摇曳。还小的时候,纺锤就是这么运转的。刘珍逃离了那个纺锤,却被编织进了陶明的生活。

陶明转着方向盘,他们离一头梅花鹿很近了。刘珍朝它伸出了胡萝卜条。那头梅花鹿走向了前面的那辆红色车。马鹿!大马鹿!车内的孩子叫着。大人说这是鹿,不是马路。孩子依然喊着:马鹿!马鹿!

仅有的几头梅花鹿吃饱了,往山坡上走去。车队相对流畅了一些,刘珍吹着窗外的风,碎发宛如蒲公英般飞散开来。

你看看这款婚纱怎么样?刘珍对陶明说。婚纱摆尾很长很阔大,上面的亮片与刺绣宛如数朵蒲公英。

挺好看的,就这款吧。陶明和刘珍都认可了。

婚礼过后,刘珍把婚纱在"咸鱼"上转手卖掉了,在家里太占地方。

这段时间，刘珍老是梦见那件婚纱上的蒲公英飞上了天空，变成了江边的黑色风筝。像少年时一样，刘珍挥手，呐喊。最后刘珍醒来时，布偶毛球正靠在刘珍的脚边，绒毛和呼噜一张一合，宛如江水舔舐着她的脚趾头。

下面到骆驼区了。陶明挺直了身子。你积极点，别浪费了那些胡萝卜。

刘珍点了点头。已近中午，阳光在她的裤子上铺满了褶子。

眼角出现第一道细纹时，刘珍刚给陶明过完生日。正值疫情期间，刘珍在美团上给他订了一个奶油蛋糕。蛋糕上有紫色的芋泥和红色的草莓。陶明刮干净了奶油。他喜欢吃奶油。刘珍吃了剩下的蛋糕胚与水果奶油夹心，然后起身给他煮了莲子枸杞茶。刘珍感觉他胖了不少，自己也胖了。以前上班时，觉得放假挺好，疫情困在家里，反而觉得不自在。陶明连手游都玩腻了，躺在床上追电视剧。连刘珍都把陶明看的电视剧看了一遍。大结局时，陶明又哭又笑。他告诉她，这是他刷这部剧的第七遍。

喂完两只骆驼后，刘珍用纸巾擦了擦手指头上残留的骆驼口水。

你说还要堵到什么时候？陶明用力拍了拍方向盘，一不小心嘀嘀了两声。

前方的车辆仿佛串成了一列多色的火车，时钟宛如车轨上的轮子。

你饿了吗？刘珍问陶明。

难道你用胡萝卜喂我？陶明皱了皱眉头。

又是这样。当然如此。故事确实是这么发生着，又发生过了。胡萝卜清脆地一响，牙齿碾磨着，甘甜醇美的汁液，胃黏膜与大肠杆菌。刘珍吞了一口口水，斜靠在副驾驶座位上。一线阳光照在她的脚趾头上，宛如江水漫了上来。

他们沉默地经过了绵羊区、鸵鸟区、狮子区、犀牛区。

路过狼区时，刘珍朝狼群扔了几根胡萝卜，它们全都凑了上来。

陶明沉默着，刘珍也不知道说什么。相处的这段时间里，刘珍不懂陶明突然的愠怒，陶明不懂刘珍偶尔的伤感。第一次来动物园时，陶明去上洗手间了，刘珍抚摸着凑上来的羊群，陶明回来后，让刘珍去洗手间洗手。刘珍回来后，又摸了摸可爱的袋熊。陶明买了两个棉花糖，阳光晒溶了一点，滴落在刘珍手上。刘珍去洗了手，两只手摩挲着，掌纹搓着掌纹，宛如两头斑马交错着黑白色的身影。

　　这些重要吗？第一次争吵时，陶明摔坏了他的手机，屏幕上，2857与43之间出现了一道裂缝。刘珍对陶明的这串号码并无好感，陶明也不喜欢听她在长江边看见黑色风筝的故事。陶明还会继续吃着他的芝麻汤圆，而刘珍，总是想起姑姑的纺锤。那应该是很小的时候，刘珍家和姑姑家住在一个院子里，刘珍的父母出去上班了，而姑姑总是一个人坐在屋子里拨弄纺锤。一年前，姑姑得癌症去世时，他们在她的遗物里找到了一张女红刺绣图，上面是两只鸳鸯。他们一起送走了姑姑，都是娘家人，姑姑没有婆家。

　　鹭鸶吃胡萝卜吗？陶明问刘珍。

　　一晃神，他们已经驱车到了大型鸟类区。

　　鹭鸶站在那里，身体椭圆纤长，宛如一只只白色的纺锤。

　　陶明拎着白菜，刘珍背着一书包的胡萝卜，两人走进了动物园的非放养区。刘珍扔了几条小鱼给鹈鹕，陶明扔了几片白菜叶给火烈鸟。两人给袋鼠们喂了点胡萝卜，又看了动物表演，海狮顶着褐色的篮球。

　　毛球不会饿了吧？刘珍看着时间，问陶明。

　　回程的路上，车辆又变得很少。刘珍不明白，刚才在动物园里拥堵的车辆，难道凭空消失了？离城市越来越近，树木倒了下去，无数的梅花方块、黑桃、红桃竖了起来。车窗上的梅花A已经不见了，转而多了些其他痕渍，可能是那几只骆驼的口水。

　　他们没有看到那头断了半截尾巴的大象。

　　它是非洲象吗？第一次见到它，刘珍问陶明。

　　看耳朵和牙齿，应该是亚洲象吧。不过我也不确定，毕竟缺了半截尾巴。

　　刘珍没有深究陶明回答里的科学性，两人一起趴在栏杆上，看它吃苹果。

　　今天天气真不错，刘珍说，难怪大家来动物园呢。

　　天空变成了彩色的了。陶明说。

　　云朵很像火烧云哎。刘珍说。

车还在行驶着。他们沉默着。远处似乎还有一个风力发电厂。一只白鹭从白鹭园里飞了出来。刘珍似乎听到了钥匙扣上的遥控哨子叮铃响。

选自《天涯》2021年第4期

评鉴与感悟

陶明与刘珍曾是爱人关系，分手前他们相约再去一次动物园。一路上双方无话可聊，还遭遇了堵车。当"动物园大堵车"被当作小说的标题，为他们此行命名时，浪漫已经消解完毕。作者以反罗曼司的风格讲述了陶明与刘珍之间以平淡的方式开始与结束的爱情。在车上，刘珍的思绪每每从眼前抽离，漫忆着二人相处时的琐屑，含混地讲述这份爱情中的隐痛。时空交错下的意识漫游体现出作者对女性心理与情感形态的出色洞察力。值得注意的是，作者并不希望读者偏信于刘珍的回忆，小说中对于同一件事情的讲述经常出现两个版本，两种叙述被无声地并置，使叙事者与人物之间的关系充满紧张感。比如为动物园之行准备的胡萝卜和白菜是怎么被买来的，刘珍领养布偶猫时陶明有没有同去，都有两种答案。此外小说还会自行揭穿之前叙述上的伪饰，"毛球（指小说中的宠物猫）活不了那么长的时间。为了避免那一幕的心碎，刘珍与陶明离开了彼此。"接下来另一个场景——虽然猫变成了另一只，但陶明还在她身边，似乎是更真诚的愿望。这些叙述技巧都为探索刘珍极富层次感的内心提供了注脚。最后，小说中游轮上空升起的"黑色风筝"在某种意义上附着了存在主义式的思考：如果不愿做一支独自空转的纺锤（像刘珍的姑姑那样），就注定被编织进谁的生活之中吗？也许那只在大海与天空之间升起的黑色风筝知道答案。（张慧）

鸣禽花园

/李樯

1

在另一个空间,你不一定认识我,我也不一定会遇见你。俞红扔下这么一句没头没脑的话,就搬到乡下去住了。这话她不是没说过,五六年前,我们领着女儿在玄武公园的湖边散步的时候,她就这么说的。我敢肯定自己的记忆没有问题,当听到这句话时,我还不以为意,只是想起更多年前我们初识的那个云雾萦绕的早晨。

那年刚放暑假,我们乘坐同一辆大巴回家,座位正好连着。我主动搭话,她倒也大方,只是话不多,问一句答一句。如我所料,她果然也是个大学生,只是专业相当冷门。我笑问,你怎么会选择这个专业?她冷不丁地看我一眼说,宇宙是全人类的终极归宿,更是我的宿命。我又笑了,接着又觉得她的回答挺高妙的,令我有些自惭形秽,也有种没法聊下去的感觉。她的特点之一就是不善聊天,这在以后的生活中得到了更加有力的印证。

我不再吱声,趁车子颠簸的时机蹭她一下。有一次车子拐弯的幅度大了点,她的身体倒向车窗,我则故意不加控制地倒向她这边,还装出伸手去把持前排座位的样子,其实根本没用力。她扭头瞥了我一眼,有些不悦,这时我已经正襟危坐了。

后来我问俞红,当时真的不高兴了吗?她不置可否。

她家并不远,出城往西一个半小时车程就到了,而我还要继续向西,还有好几个小时的车程。但我也跟在她后边下了车。我们认识的时间太短了,如果就此别过,很可能再也不会见面。

她回头看我,面无表情。我指着一块写着云湾村的路牌问她,你家就在这里?云湾村,名字听上去不错。她没回应,继续往前走。我上前夺她手里显得沉甸甸的包裹,她闪开了。她站在那里,回头看着我,过了好一会子才开口说,你快回家吧。

我看了看远处云雾缭绕的青山,以及山脚下散落着的一些青砖白墙的院落,只好掉头离去。

真正踏入云湾村,要等到第二年暑假。那时我们已经确立了恋爱关系,甚至跟其他所有恋爱中的大学生一样,我们也去过两回小旅馆。

俞红家在村落最后边开始爬坡上山的位置,孤悬于村落之外,在山脚下,没有院墙。三间瓦屋前是一片偌大的空地,长满荒草,只有一小块狭长的地方被开垦出来,种植一些黄瓜、豆角之类的蔬菜。紧邻菜地西边有一个小池塘,山上的泉水流下来,在这里汇聚后再流向下游,在村口汇聚成一个更大的池塘。由于池塘底部是裸露的山岩、碎石,即便有一些淤泥,也能得以很好的沉淀,所以池塘清冽无比。池塘里也几乎没有水生植物,一些小鱼儿在水中游来游去,看得分明。

我有些兴奋,绕着池塘跑了好几圈,像一条久别水域的鱼,恨不得一猛子扎进水里。俞红站在房子东侧上山的路口朝我招手,我没看见,她只好喊叫我的名字,我这才朝她跑过去。

小道路口有一棵枯死的老树,叶片全无,干枯的树干和枝杈戳向空中,和周围的绿色形成鲜明对比。我跑到俞红跟前,她看了我一眼,拉起我的手说,走,跟我上山。

山里安静极了,湿冷的气流在密林间浮动,树影婆娑,泄露着天上的光影。我有些害怕,担心突然蹿出一只野兽,或者一条碗口粗的巨蟒。四处张望,终于在路边发现一截米把长的断竹,我捡起它来,紧紧攥在手里。万一有什么事,我可以用它保护俞红,至少我当时是这么想的。

我们沿山腰的羊肠小道向上走,走了个把小时,就没有路了。俞红抓住一些能够顺手抓住的树干、灌木枝条,开始向无路可走的陡坡上攀爬。见她毫无怯意和决绝前行的样子,我也只好硬着头皮跟上去。

又爬了半个多小时,我已经气喘吁吁,眼前终于豁然开朗。一片红褐色的平坦巨岩出现在我们面前,岩面开阔得有足球场那么大。

它和这一带所有山体的岩石都不一样,它们都是花岗岩,这片巨岩却是赤铁矿成分。要不是俞红提醒,我还真没注意到它和周围山体的区别。

也许它们,我向周围划拉一圈说,也许它们都是这种岩石,只是被林木遮盖住了吧。

如果是你说的那样,俞红也向周围划拉一圈说,它们也会像这片巨岩一样寸草不生。

我这才注意到,巨岩之上果然一片荒芜,没有树木和青草,也没有鸟兽经过的痕迹,只有一些被风化的红褐色碎石安静地躺在日光里,使这一片地方怎么看都与周围的群山格格不入,恰如俞红家东侧枯死的老树与周围的绿色植物格格不入一样。

俞红来到巨岩中央,指着一块凸起半米高的岩石说,嘎咱(那一带方言对爸爸的称呼)就是在这儿捡到我的。

2

其实我早有觉察,俞红已经不止一次地萌生去意。

我们是在毕业后第三年领取结婚证的,可是婚后第二年,她就提出想要回到云湾村居住的想法。

那我呢?我问俞红。

你还留在城里呀,继续你的工作和生活。

你什么意思?

我必须承认,我们的感情没有任何问题。我们从相识、恋爱,到结婚买房子,我从来都是积极主动的,尽管这使我看上去有些一厢情愿,但俞红也从未有过不满和怨怼。对俞红的想法,我当然没法同意,工作才刚刚起步,美好生活画卷才刚刚展开,除非你觉得我们没法生活在一起了,可是缘由呢?俞红说没有缘由,也不是没法生活在一起。可是为什么呢?俞红总是一副欲言又止的样子,说不出个所以然来。

接踵而至的妊娠反应，暂时打消了俞红回去的念头。她产下一个跟她模样一般的女儿，一个朋友还帮我们女儿取了个好听的名字：小疼。李小疼也就成了女儿的学名。接着就是哺乳、喂养婴儿这些事情。半年产假，哺乳期的俞红没再提过离开的事。

平心而论，俞红对她的丈夫和女儿没什么不好，家里拾掇得井井有条，我和小疼的衣食住行，也让她打理得有条不紊，从来不需要我操心。她能在每一个早晨，让自己的丈夫衣着整洁地出门上班，让李小疼还在幼儿园大班就过了钢琴十级，三百首唐诗倒背如流。老师对孩子喜欢得不得了，其他家长也很羡慕，纷纷向俞红取经，结果当然都是自讨没趣，俞红根本懒得传经送宝。俞红大学读的是天文专业，本来我还担心这个专业找不到工作，即便找到也得跨专业。我先她两年毕业，已经有了一份不错的工作，便对她说，你最好考研，甚至再读博士，你这个专业想找一份对口的工作，太难了。俞红说，不需要，要不是嘎咱逼着我上学，我连学校门都不用进的。结果她不但找到了一份很好的专业工作，还迅速成为天文学领域的佼佼者，业务论文经常在国际性的学术期刊和论坛上发表。

让我费解的是，俞红做这一切的时候，总给人一种缺乏热情的感觉。她似乎没有爱与被爱的知觉力，没有享受天伦之乐的心理系统。她像个机器人，行使着生活赋予她的每一个角色所应完成的动作。尽管这些动作堪称完美，但总令人莫名地不安。

对这样一个妻子，我根本没有批判的资格。有一次我对小疼开玩笑说，妈妈就像一个超级智能机器人，她都把你调教成一个小天才了。这话不但没有引起俞红自豪的反应，她反倒怔住了，似乎有所警觉。她忘了手里的煎蛋锅，直到发出一股焦糊味，我冲进厨房提醒，她才回过神来。我默默看了她一会儿，她没回应，只是铲掉焦糊的锅底，洗刷干净，重新为女儿和我煎了一锅鸡蛋饼。

是李小疼上幼儿园后的一场大病，再次阻止了俞红回到云湾村的念头。当时我有些气愤，对着已经回到乡下住了一个月还没回来的俞红咆哮：小疼离不开你，我也离不开你，这个家都离不开你。说完，我的眼睛湿了。电话那头的俞红沉默许久，撂下一句"我马上回来"，就挂了电话。

小疼得的是脑膜炎，我吓坏了，除了自责，也把更多的怨气撒到俞红身上。她对此没有任何回应或者委屈。医生要求住院治疗，要进行数次腰椎穿刺和使用大剂量的青霉素，我有点六神无主，却也只好接受医生的方案。俞红却不同意，只让医生开一些又便宜又常规的消炎药和退烧药，说我们吃这些就可以了，不用住院。负责收治的医生有些不快，用圆珠笔点击着桌面，不大情愿地说，是你是医生，还是我是医生啊。俞红并不理会，只抢过医生开具的药单塞到我手上，自己抱起孩子就回家了。

一星期后小疼的烧退了，病状全消，就像只是患了一场小小的感冒。我不放心，又带她去医院化验了一番，病症果然消失了，脊髓液指标正常。不过我还是惊魂未定，你俞红凭什么这么自以为是，自作主张呢？通常情况下，这得要几万块钱才能治好的病，你凭什么就只给孩子拿几十块钱的普通药？

你就知道钱，这是钱的事儿吗？俞红淡淡地说。

从那以后，俞红再也没有提过要离开的事。直到今年小疼五年级毕业，直接跳级进入最好的外国语学校，俞红撂下开头那句话，终于还是回云湾村定居了。

她甚至都不给我谈一谈的机会，也没给小疼哭闹纠缠的机会。

3

这个家就要散了。我感到事态严重。第二天一早，我让小疼换好衣服，笨手笨脚地给她编了两条羊角辫。小疼到镜子前看了看，说没有妈妈编得好。我把她叫到面前，双手搭在她的肩上问，你爱妈妈吗？小疼点点头。

下楼的时候，小疼抬头问我，那你呢？

我没吱声。

我们来到云湾村，俞红却不在家。院门敞开着，几个工人正在院子里忙碌。一位我见过两次的远房表哥正在指挥工人干活。

为了能够回到云湾村安居，俞红曾经把一笔钱交给这位表哥，让他带人把老房子推倒，重新盖起一幢二层小楼。院墙也垒了起来，西墙把池塘圈进来，老树则在东墙的外墙边上，南墙一直延伸到那片荒草地外围的树林边。她买来除草剂，让我背上喷雾器，把那些荒草全部喷了一遍，第二年开春再喷一遍，一年喷好几次。我说你是想种什么吗，如果要种东西，最好不要大量使用除草剂，这会影响作物生长。她说你不用管，让地秃在那儿就好了。

对那片荒地，她似乎另有打算。

我曾劝俞红，嘎咱年事已高，我们把他接到城里住，给他养老送终，你又何必折腾呢？这话说过的第二年，也就是大前年，嘎咱便去世了。他是老死的，无疾而终。嘎咱是个哑巴，一生未娶，穷困潦倒，捡到襁褓中的俞红那年，他已经五十多岁了。村里有人劝他放弃俞红，说你个穷哑巴，拿什么养大孩子呢？也有人家要抱养俞红，哑巴没同意，他认为这孩子是上天送给他的，谁也别想抢走。

哑巴姓俞，女儿来自那片人迹罕至的红色巨岩，哑巴便叫她红红。

因为是被哑巴嘎咱养大的，所以俞红也懂手语。大学几年，俞红就是靠一套流畅的手语在聋哑学校兼职养活自己的。俞红曾经跟我说，要不是自己肩负更重要的使命，她宁愿去聋哑学校当教师。她喜欢带聋哑儿。那是一个无声却神秘的世界，他们的语言和想象力比你们人类精彩多了。俞红说。我揶揄俞红，搞得你们都是外星人似的。俞红的身体一紧，过了良久才缓缓说道，其实我就是外星人。当时我刚刚在手机上订了三张《星际穿越》的电影票，便抱起小疼说，走喽，咱们跟外星人妈妈一起去看看她的家乡。小疼在我怀里笑嘻嘻地朝身后的俞红招手，快点快点，外星人妈妈。我回头看了一眼，俞红怔在那里，面色分明有几分不易觉察的凝重，眼圈里有一层模糊的水雾。

表哥说俞红去附近的村庄了，具体做什么他也不知道。我给表哥递了根烟，问他这是要盖什么，表哥有点诧异。他的表情显然是明白了这样一件事实：俞红并未跟我说过要在这里做什么。他很快恢复了平静，装出一副懵懂的样子，对着那片打过多遍除草剂、如今野草依然茂盛的荒地划拉一下手臂说，红红要把这片地方全部盖上鸡舍……见我立马僵硬起来的表情，表哥不说话了，过了许久才又说，红红这孩子，打小孤僻惯了，你说这，好好的天文学家不当，偏要回来养鸡。

我强忍着愤怒。我想让工人们停手，把他们统统赶出去，这时俞红坐着一辆柴油三轮车回来了，身后还跟着一辆，两辆车上装满了鼓囊囊的蛇皮袋。见到我和小疼，俞红并不诧异，也毫无惊喜。她揽着女儿的肩膀，招呼表哥和工人帮忙卸车。一个工人肩头的口袋绳松了，金黄的玉米倾泻出来，撒落一地。

小疼已经完全懂事了，但毕竟还是个孩子，即便肚里有话，也未必愿意表达，或者还不知道如何表达。她抬头看看俞红，又看看我，便掰掉俞红搭在她肩上的手，扭头走向屋里。我把手里的烟蒂狠狠摔到地上，追了过去。

我把小疼揽在臂弯里，一起坐在沙发上，轻轻拍着她。小疼脑袋枕在我肩上，怔怔地看着窗外。爸爸，妈妈真的要离开我们了吗？小疼问了一句。我的眼泪忽然涌出，小疼也早已泪流满面，终于忍不住钻进我怀里，哇的一声哭出声来。

4

俞红带小疼爬上那片红色巨岩，来到凸起的岩石旁说，外公就是在这里捡到我的。小疼知道这件事，并不惊讶。她仰头看着俞红问，他们为什么把你丢在这里，难道不担心被野兽吃掉吗？俞红微微一笑，没有他们，外公说过，妈妈是上天送到这儿来的。

你是被遗弃的，现在你也要遗弃我和爸爸了。小疼说着又哭了。

不是这样的，俞红坐到岩石上说，妈妈是外星人，你真正的外公外婆，也是外星人。俞红说着解开小疼的辫子，要给她重新编织，但被拒绝了。小疼披散着头发，用衣袖抹了把眼泪，定睛看着俞红，似乎在等一个确切的答案。

俞红看着远方的天空，沉吟良久才说，我是外星人的孩子，你也是，你有一半外星人的血统。

我不信。小疼大喊起来。

你必须相信。俞红抚摸了一下女儿的脑袋，继续说她编织的故事。我的妈妈，也就是你的外婆，她是个罪犯，要被流放到别的星球。几个警察驾驶飞船，押解一批犯人离开他们的母星。可是离开没多久，飞船就失事了，应该是发生了暴动。犯人和警察火并，死了好多人，有犯人，也有警察。慌乱中，你的外公，他是个警察，他差一点打死外婆，可是外婆没参与暴动，只有他们俩成了幸存者。飞船的导航系统、定位系统和通信系统都被摧毁了，外公外婆在宇宙里迷了路。太空里一片黑暗，他们什么都看不见，也不知道飞船正滑向哪里。他们关闭了飞船上的大部分功能，只保留两个人的维生系统，但就是这样，飞船上的能源还是在一点点消耗。患难与共中，他们有了爱情，互相鼓励着要活下去。但不幸的事情总是伴随左右，这一点你要记住，将来你的生活也不可能一帆风顺，但没有关系。对外公外婆来说，我的出现成了他们的不幸，最大的不幸。外婆怀孕了，那就是我，你的妈妈，诞生于漆黑冰冷而又荒芜的外太空。

行了行了，你别说了，跟孩子瞎掰什么呢！我想制止俞红。

俞红幽幽地看了我一眼，眼神里充满爱怜。你最好也听听，我早该告诉你的，但一直没有机会。俞红说着又转脸看着女儿，继续她荒诞的故事。

外公惊喜之余，更多的是忧虑。飞船上的能源眼看耗尽，我的出生，将会加速一家三口的灭亡。在这期间，外公已经修好了导航和定位系统，他们这才知道已经来到太阳系的火星位置。外公清楚，飞船残留的一点能源，根本不可能让他们返回母星了，甚至不可能到达最近一个补充能源的联邦星球。通过探测系统，外公侦测到了地球。外公发现飞船上的能量仅够一个人维系着生命来到地球了，否则就是船毁人亡。外公悄悄把自己反锁进休眠舱，关闭了休眠舱的能源供应。就是那么一点点能源，他也不能用，而是要留给外婆。绝望中的外公忘了计算我的出生也会消耗飞船的能量，所以外婆根本不可能活着降落在地球。

飞船滑进地球大气层燃烧起来之前，外婆已经奄奄一息了。她使尽余力，启动自动导航系统和传动装置，把我送到了这块岩石上。外公死了，外婆死了，飞船也死了，他们就埋在这片红色巨岩下。

所以呢，你是想回来，一点点挖开巨岩，找到飞船和外公外婆的尸体吗？小疼显然有些信了。

对，你妈妈本事可大了，她只要念句咒语就能山崩地裂。我嘲笑说。

俞红吻了一下小疼的额头，微微笑着说，巨岩就是他们的坟墓，飞船则是墓室，妈妈没必要再去惊扰他们。妈妈的使命是制造足够的能源，重新启动飞船，把他们送回自己的故乡。

可你是怎么知道这些的呢？

我们外星人有记忆遗传基因，所以外公外婆的所有记忆，都在我脑子里呢。可惜你有一半地球人的基因,这个基因在你身上便退化了,否则你也能看到妈妈的所有记忆。你能来到我的脑海里,看到宇宙的样子,看到外婆家美好的景象。那里真的很美。

5

由于第二天我要上班,小疼要上学,晚饭后,我们决定回城里。对俞红的话,小疼将信将疑,但被我三言两语就瓦解了。当着俞红的面,我几乎怨毒地对小疼说,外星人都是冷血动物,你妈妈也是,她要走就让她走,咱们父女在这个星球上照样相依为命。从情感上讲,小疼更趋向跟我在一起,所以她连晚饭也吃不下去了,一直躲在屋里嘤嘤抽泣,最后还是俞红把她劝出房门的。

俞红对她说,妈妈会经常回去看你们的,小疼才勉强停止哭泣。

小疼问,那你会带我和爸爸一起离开吗?

俞红沉吟了半晌说,我们外星人的生理结构,能快速调整适应新的生存环境,可是你已经退化了,爸爸更不行,所以你们都去不了。

你说外公外婆是凭着爱的信念才生存下来的,对吗?小疼不死心地问。

是的。

可是你根本不爱我,也不爱爸爸。

不,妈妈爱你们,永远爱你们,可是我们不是非要生活在一起。在另一个空间,你们同样存在,在那里我们仍然生活在一起,甚至要比这里长久。

我生气地把俞红拉到旁边,小声怒斥她,你有完没完啊,有意思吗你。其实这时候我挺担心俞红忽然变回原形,轻而易举地把我干掉。她也许不会消灭小疼,那毕竟是她的女儿,但难免不会干掉我,比如伸出螳螂般的利爪,在我胸口捅出一个大窟窿,或者吐出绿色的黏液,把我溶解掉。我不敢想象俞红的原形是个什么样子,《阿凡达》里那种样子也就罢了,可如果是《异形》里那种丑恶残忍的生物,我该多么不幸啊。

回去的路上,我脑子里一直在想这个问题。天哪,我居然和一个青面獠牙、利爪如锯、腥液黏身的外星人生活在一起。我们一起散步、吃饭、一起睡觉,睡在同一张床上。她倒是不惧怕黄酒,身边也没有一条如花似玉的青蛇。

想到这些，我不禁呵呵笑了。

由于走神，好几次车子差点儿撞到高速公路的护栏上。小疼吓得不敢吱声，双手捂紧眼睛。车子稳定后，我腾出一只手，轻轻抚摸着她的头发，使她安定下来，她也很快就睡着了。直到车子停进车库，小疼仍然睡着，我抱起她。小疼的手臂蛇一样缠着我的脖子，进屋把她放到床上后，仍然紧紧箍着，无法松开。我要掰开小疼的手臂，她突然嘤咛一声，妈妈不要走。我的眼眶一下子湿了。我躺下来，搂紧她娇小温热的身躯。看着她白皙俊俏的脸蛋，我忍不住亲吻她的额头。一个好好的小家庭，说散就散了，今后只有我跟小疼生活在一起了。想到这里，我终于忍不住哭出声来，浑身筛糠似的颤抖。小疼突然睁开双眼，两只眼球发出幽亮的绿光，如星光下黑豹的双眼。

6

俞红返航的计划是这样的：她通过搜索外星人父母遗传下来的记忆，已经确定了太空船的位置，就在那块红色巨岩下。飞船性能良好，只是能源已经耗尽，无法起航罢了。而她要做的，就是收集鸡粪，她说这是目前地球上便于开发利用的最佳燃料。也就是说，只要积攒足够多的鸡粪，她就能顺利起航，把父母送回太空深处的老家了。

我有点杞人忧天，不知道飞船如何脱离那块红色巨岩的禁锢，难道它能像潜水艇浮出水面那样轻而易举地浮出岩石吗？

俞红在院东墙对过的坡地上竖起了二十个巨型金属罐，圆形的，贡银色外身，每个都有十几米高，直径大概有五米。金属罐底部是密封的半球体，顶部也是半球体，只是多了个舱口。俞红和鸡舍工人通过焊接在罐体外的悬梯爬到顶部，打开舱口盖，才能把清理出来的鸡粪倒进罐子里，再关上舱口。每天如此。

对俞红的行为，云湾村的居民们本来就不解，再看到那二十个因立在不同坡度上而高低不一的冰冷罐体，不禁慌张起来。一些传言在村民中间散播，有好有不好。有的说俞红这孩子懂感恩，是回来给她的哑巴嘎咱守孝呢。也有的说她就是个怪胎，从小就跟人不一样，既然在城里安了家，就不该回来。也有的说俞红根本不是回来养鸡的，而是在执行一项秘密任务，要不然她怎么会放弃体面的天文学家不当，回到这个偏僻的地方呢？因为这里不容易被发现，语言也不通，即便有人想打听点什么，也没那么容易。插句题外话，从认识俞红到现在，我确实没学会一句半句他家乡的方言，太难懂了，简直像外星人。

大家的顾虑和隐约的恐惧很快就让俞红打破了。她聘请的五个养鸡工人来自云湾村五个最穷的家庭，现在他们都有了一份稳定的收入。他们以及他们的家人，自然不会说俞红的闲话。俞红还让工人们把所有的鸡蛋分到各家各户，分文不收。大家伙高兴坏了，有的干脆把吃不完的鸡蛋拿到镇上、县城里，换回一些食盐、酱油、洗衣粉等生活必需品。

到了第三年，俞红的鸡舍已经扩大到云湾村的好几个地方，占地数百亩。这当然不是俞红一人之力。是村主任找到了俞红，说你干脆带领大家一起致富吧，咱把村里人都叫来给你养鸡，在外打工的，愿意回来的就回来，还有邻近村落的闲人，总之咱不缺人手，就是穷怕了。于是云湾村有了自己的养殖业、宰杀作坊、包装间、运输队。鸡蛋、活鸡和生鲜鸡肉被一批批地运往外地，甚至连鸡毛也能换成钱。俞红没提别的条件，只要求人们必须把所有的鸡粪收集起来，装进那些巨型金属罐里，否则她就停止供应保证鸡群不生瘟病和肉质鲜美的养殖技术。村民们对俞红充满感激和敬畏，也就不在乎她收集鸡粪这一令人无法容忍的怪癖了。而为了这些，俞红也忙碌起来，整天和村民们打成一片。

俞红的鸡粪罐也远不止二十个了，而是连成了一片，高高低低地占满一片山坡。俞红常常坐到二楼的阳台上，隔着玻璃窗看着那一片金属罐发呆。月光下，银白色的金属罐反射着幽幽冷光，显得陌生而神秘，像一片外星人的墓地。到了早晨或白天，阳光照耀金属罐群，那一片山坡便熠熠生辉，同样陌生、神秘，如外部星球上的一个场景。

按照俞红自认为是外星人的说法，这片金属罐无疑成了他们在地球上的一个能源基地，一片地球上的花园式基地。我开玩笑地问俞红，这么说来，我们的地球也成了你们的联邦喽？俞红正儿八经地回答，我们的技术还不能探测到地球，不过对于那些能够探测到并且有利用价值的星球，我们都能轻而易举地征服。我不屑地"切"了一声，挑衅似的摸了摸俞红的脸蛋说，我的外星人老婆，你还是想一想怎么把这么多的鸡粪罐运上你的飞船吧。小疼也跟着起哄，抱着俞红的腰说，外星人妈妈，你能让其中一只鸡粪罐平地飞起来，我就相信你说的话都是真的。对我，俞红不置可否地一笑，似乎不屑于回答我的问题，但小疼得到了答案。

7

俞红说是经常回来看女儿，其实大多还是我带小疼去云湾村看她。路途虽然不远，但她与我和小疼的距离却越来越远，有种远到天边的感觉。

每次到那里，都不觉得俞红有丝毫的惊喜。养鸡场里有伙房，有负责做饭的阿姨，她做什么，我们就吃什么，俞红从不再像从前那样过问我和女儿的三餐。好在做饭的阿姨每次看到小疼来，都会特意张罗一些花样翻新的菜品，专门送到我们一家三口的餐桌上。通过阿姨的眼神，我觉得村民们似乎知道了一些什么，似乎又一无所知。阿姨的眼神充满对我和小疼的怜悯，尤其是小疼，那么乖巧聪明的一个可人儿，却形同已经失去了妈妈。有一次我去伙房，听到正在切菜的阿姨自言自语说，唉，可怜的孩子。也不知道她眼里这个可怜的孩子是指我、小疼，还是俞红，我想多半是小疼。

俞红也不再过问孩子的穿着冷暖、学习情况，好像她决定回云湾村后，我跟孩子的生死跟她就没有关系了。难道她果真以为，我跟小疼在她的世界里获得了永生？俞红的解释则是，小疼已经长大了，她得学会自己照顾自己。

你说的简直是屁话，我暴跳如雷，指着她的鼻子骂道，从头到脚，你看看你现在还有没有一点女人的样子，还有没有一点妈妈的样子。俞红并不生气，拉小疼来到东墙根那棵枯死的老树下，指着高高树杈间的一只鸟窝对小疼说，每年这个时候，是雏鸟学会飞翔的季节，你仔细观察一下。

我拽着俞红，再次爬上那片红色巨岩。我找人了解过了，它和周围的山体没什么区别，都是赤铁矿成分，只是它的赤铁成分含量更高，所以不能生长植物罢了。我也找医学专家看了你的体检报告，和正常人无异，你不是外星人，你就是个普普通通的地球人。我说。

我们有迅速转化基因，以便适应新的生存环境。

算了吧，那你怎么没变成一条狗？

俞红没吱声，她并不在意这种根本无法聊下去的尴尬。我被激怒了，把她摁到那块凸起的岩石上，褪下她的裤子。这一回我专心探测她的身体，来来回回，感知的结果，和别的女人并无二样。这越发激起我的好奇和疑惑，于是奋力挺进，用力撞击她的壁垒。她的反应和别的女人也没什么区别。她开始抱紧我，高举起双腿，脚尖指着天空。凸起的岩石在无知无觉中下沉，周围的光线越来越暗。我们陷进一个深深的圆形岩洞，一束光打进来，打在我们扭动的身体上。

那天回城的路上，小疼兴致勃勃地向我讲述她的观察结果。那是一种她从来没见过的鸟，鸟妈妈用带有硬刺的木枝筑巢，巢里铺上羽毛、柳絮、干草等柔软的物质。当雏鸟长大后，鸟妈妈便将那些柔软的部分全部撤去，留下带刺的树枝。鸟妈妈把雏鸟拱出鸟窝，迫使它离开鸟巢。雏鸟挣扎着，很害怕的样子，但终究还是被拱了出来。下坠之时，雏鸟拼命扇动翅膀，一下子就学会了飞翔。

小疼还沉浸在观察结果的兴奋和想象中，对我说，鸟的样子真奇怪，难道也是来自妈妈母星上的物种？

我抚摸着小疼的脑袋，又想起俞红眼里不止一次闪过的水雾，终于明白那是她知道自己终将离开我们的不忍和不舍。

我对小疼说，妈妈不是外星人，她只是太孤单了，我们要多陪陪她。

8

那次以后，我和俞红开始异常迷恋那个岩洞。圆形洞口泻进来圆形的光柱，有时是阳光，有时是月光或者星光。洞底岩石平滑，如一张天然的圆形石床。我们无处躲藏，任凭洞口的光线笼罩。我们在这光线里起伏，纠缠，喘息声或喊叫声顺着洞壁飘向洞口，很大一部分被反弹回来。有时我会觉得难堪，便返回洞口，砍一些树枝将它遮住，结果又被俞红搬开了。她躺在我身下，热切地搂紧我，说就让它敞开着，让光照进来。

有一次做爱结束，我揽着俞红的肩膀问她，准备怎么处理那些鸡粪罐。我是心里有谱，觉得她应该不会再离开我们了，才敢这样问她的。俞红仍然没说会不会返回自己的星球，只说她打算把那些鸡粪罐浓缩成丸剂般大小的胶囊，投进她父母飞船的能源舱里，这样飞船就能启动了。她带我从岩洞进入飞船，在里面参观了一番，最后进入一间密室。密室中间悬浮着一只篮球大小的物体，俞红说这个就是飞船的能源舱。见我仍然面露疑惑，俞红继续解释说，能源舱只是一种特殊构造的设备，真正的能源，是来自球心位置一粒芝麻般大小的黑洞。

是的，飞船全部的能源，就来自那粒芝麻般大小的黑洞。俞红强调说。我问俞红，别说是那些鸡粪罐，就是这一片山林，都能装进那粒芝麻大的黑洞里，是这样吗？

是的。俞红的回答不容置疑。

第二天一早，我被一阵惊慌失措的喊叫声惊醒，由于门窗关着，听不清楚。我见俞红不在床上，想她可能已经起床去工作了，便穿衣下床，开门来到二楼的阳台上。这时，我看见一个村民正从山间的小道上跑下来，一边跑一边惊恐地喊叫着，巨岩崩塌了，巨岩崩塌了……

我惊恐至极，第一反应是俞红在不在。我满屋子找俞红，没见到她，又跑到院子里，边边角角找了个遍，仍然没有俞红的影子。我冲回房间，叫醒还在熟睡的小疼，一边给她穿外套一边几乎带着哭腔说，妈妈返航了，妈妈返航了。

选自《雨花》2021年第2期

评鉴与感悟

《鸣禽花园》借助一个软科幻的外壳重构了新世纪以来的返乡叙事。后者的写作以城乡伦理的二元对立为基本框架，早已在自觉与不自觉中将乡土视为可供精神栖居的失乐园；重建乡土，激活大地的价值维度是这些写作的共同追求。而在李樯的世界里，主人公俞红回到农村并非寻求某种乡土价值伦理，而是为回到宇宙做准备；乡土并非故乡，而是小说连通宇宙（遥远故乡）的窗口和起点，文中高悬的、寸草不生的红色巨岩既是主人公的诞生之所，也是她孤绝于人类世界的象征物。

李樯无意展开描绘庞大的宇宙星球联邦，而是聚焦于家庭。一旦世界由地球扩展到宇宙，人类的自然伦理马上就会显出其限度，家庭则最直观地呈现出这种扩展带来的冲击与震撼：如何把握家人之间的情感连接，如何解释两性爱与亲子爱的体验，在小说中变得充满张力与不确定性。俞红是出生于患难之爱中的孩子，却"似乎没有爱与被爱的感知力"，已经足够荒谬；平行时空下的家庭团聚，对于现时时空下的家人，又显得那般残酷无情。而在更广大的时空中，使命与爱的冲突，也显现为集体记忆与个人体验的对立关系。

应该指出，宇宙与家庭的碰撞给小说带来许多不和谐的音符，但这不是作者的原因。李檣尽管借用了"伙伴是外星人"这一常见于科幻与特摄作品中的情节结构，却难以分享其背后的历史记忆——那是人类二十世纪登上月球、迈向宇宙的伟大进军，那种开拓进取、探索未知的精神，已然超越任何既定意识形态的束缚。而当李檣引入宇宙的维度时，这种积极的力量连同辉煌的记忆都已经失落了——美丽的宇宙故乡在记忆中深埋，而真实的宇宙漆黑、冰冷又荒芜。这是小说中绝佳的历史隐喻。（张一川）

空房间

/王棘

李一凡

李一凡低着头,顺着水流的方向往下游走去,后来鞋里进了沙子,他在河边一块大石上坐下来,脱掉左脚的鞋和袜子,抖掉鞋里的沙砾,把湿了的袜子拧了拧摊在石头上。一静下来,他脑中便浮现出在那条巷子里发生的事情,刚刚压下去的屈辱感再次冒出了头。平时他很少走那条窄巷,今天他也不知怎么突然想要抄近路,其实当时他还没走进那条巷子,他站在巷口正犹豫时,听到有人叫他的名字,他们班的宋磊从后面跑到他身边,是宋磊拉着他的胳膊将他拉进了巷子,说问他件事。他被拉进去后发现另外还有俩人在那里,宋磊朝他们点了下头,他发现自己被围在三人中间。他嗫嚅着问宋磊要问他什么事。球拍的事,宋磊说。他新买的乒乓球拍上周被人偷了。他说不是我拿的。另一个男生使劲推了他一把,他差一点跌倒在地,还没稳住脚步,头上又挨了一巴掌。宋磊说,你最好乖乖承认,我们都调查清楚了。他不说话。宋磊从他肩膀上抢过他的书包,拉开拉链将书包中的所有东西一股脑全都倒在地上,并没有他们要找的球拍。宋磊不甘心,又在书包的侧兜里摸了摸,也没有。他看着宋磊将书包扔在地上,还在上面踩了一脚。宋磊说我知道是你拿的,你把它藏在哪儿了?他不说话。他的背上和腿上挨了几脚,后来宋磊从兜里掏出一把裁纸刀,他不认识的那俩人一人一条胳膊将他按在墙上，他感到他们扯着他的衣服后摆，接着他便听到裁纸刀捅破布料的哧啦声。

他跳上旁边一块更大的石头，脱下外套，将衣服背面朝上平摊在石头表面，这件他穿了不到一个月的防晒服后背上，被割了五条超过十厘米长的口子。脑子里闪过的第一念头是千万不能让爸妈看到这件破损的衣服。他在心里盘算着该如何处理这件衣服，若是他们问起他呢？得编个说得过去的谎，必要时还得再编一个谎话来圆这一个谎。说是忘在学校了？或是外婆家，都可以，只要当时能糊弄过去就行。

在石头上平躺下来，把那件防晒服团成一团枕在后脑勺上，他闭上眼，静静地听着流水的声音，想要将一切全都从脑袋里清除——乒乓球拍、宋磊、被割破的防晒服、疼痛、爸妈、家，所有这一切。它们渐渐变得模糊，离他越来越远，仿佛躺在水面上，耳中只剩流水的声音，偶尔有鸟拍翅膀的扑棱声，那可能是一只迅速飞过的喜鹊。他睡着了一会儿。醒来后感觉后背硌得有些痛，他跳下石头，伸了个懒腰，此时太阳似乎比刚刚更炽烈了一些。他三两下将身上的衣服扒掉堆在石头上，赤身走进河水中。水最深的地方才刚刚没过他的膝盖，他在水中躺下，只剩头露出在水面之上，过了一会儿他用手在水底的沙石上支撑着，将头也沉入水中，他在水里睁开眼，水面之上的世界显得一片光亮。他在水中憋气最多憋一分零几秒，他一次次将头浸入水中，又一次次猛地坐起，大口呼吸，直到他厌烦了这游戏。他从水中出来，又在之前那块石头上躺了一气，然后才慢慢穿起衣服。临离开时，他在沙地上挖了一个坑，将那件被割得破烂的防晒服埋了进去，埋好后，他还在上面又踩了几脚。

门没锁，但家里没有人。他估计妈可能在旁边楼上。他们现在住的这间屋子是这个小区的门房，房间朝北是一张木板搭起来的通铺床，床的对面放着一个立式衣柜，衣柜旁边是一张矮饭柜，饭柜顶上放着做饭用的电炒锅电饭锅、锅碗瓢盆、调料、他弟弟的玩具球，朝北的窗户对着大门，朝西的窗户正对着小区院子。旁边二楼三楼是一家旅馆，他们搬过来没俩月，妈就和旅馆老板娘混熟了，现在除了照看门房这边，她还给旅馆打扫卫生，换床单换被罩，每次她和爸吵架时都底气十足，她说她一个女人做两份活，他们一家要不是她撑持着，早就喝西北风去了。

塑料积木和玩具挖掘机乱扔在床上，他一个个拿起扔到靠墙的角落，他从饭柜下面的纸箱里拿了一袋方便面，上床靠着被子漫不经心地吃着，他左手在床单上一下一下地拍着，每拍一下，就有一些细小的碎屑尘埃飞向空中，然后在他停顿的间隙又轻飘飘地落下。他用脚趾夹住那只黄色挖掘机，举起腿，想象一台真正的机器悬在空中，然后轰然掉了下来，砸在他的腿上，又从腿上滚落下去，他毫发未损。他听爸说他以前在工地上干活时曾开过挖掘机，爸吹嘘说他用了一下午时间就摸清了那些门路，他说如果有人雇佣他的话，他会是一个很好的挖掘机司机，说不定慢慢地他还可以和其他人合伙或贷款买上一台小一点的挖掘机。当时他和弟弟听得都很兴奋，他们一脸崇拜地仰头望着爸，他们以前从来都不知道原来他还开过挖掘机，他竟然还会开挖掘机。他们要他再多说点关于他是如何开挖掘机的细节（尤其是他弟弟），爸用夹着烟的手指在空中比画着说，简单得很，你只需要学会控制那根操作杆就可以了——他的话没有讲完就被他们的妈打断了，她对他说，你快闭嘴吧，你要真那么牛，咋现在还天天打零工呢。他张着嘴似乎想要反驳她，但终究还是没作声，他转身端着手机看电子书去了。

下午五点多时，妈从外面回来，她倒了杯水，跨坐在床沿上。他注意到她又烫了头发，发尾烫卷了，颜色也由之前的黄色染成了亚麻色。她探身从饭柜顶上拿过镜子，一边照着一边问他什么时候回来的，他说早就回来了。她歪过头看了眼墙上挂着的表，让他去幼儿园接他弟弟。他下地穿好鞋刚走出去，又听到她在里面叫他回去。她从兜里掏出十块钱，让他回来的路上顺便买些馒头和猪头肉。

妈炒了个土豆肉丝，把馒头热了热，爸还没回来，她说不等他了，我们先开吃。弟弟只吃了几块猪头肉便退到后面不吃了，妈也不去管他——要是爸的话，一定会哄着他再多吃一些。吃完后，她把碗筷堆在锅里，往里舀了一瓢冷水，然后便盖上了锅盖。她坐在床沿聊微信，每次对着手机说完后，她都要点开再听一遍她刚刚发出去的那句话。他搞不懂她为何如此，而且这使得他很烦躁，好在她没过多大一会儿便出去了，有人叫她去打麻将。她出去后，家里立马清静了许多，他总算不用再忍受她那不断重复的话音的折磨了。

快八点时，爸才到家。他看上去有些疲惫，进家后先坐下来默不作声地抽了一根烟，然后才在脸盆里洗了手和脸，他打开饭柜寻找吃的东西，还剩一些猪头肉，馒头估计早就凉透了，他将猪头肉切了，就着吃了两个冷馒头。吃完后他也将盘子和筷子放进锅中。爸问他放假了吧？他说放了。爸又点了根烟。过了一会儿，爸坐起来，对他说，下地穿鞋，我送你上楼上去，早点睡觉吧。

门房的床睡他们一家四口有点挤，每晚他都回他们原先住的那栋楼房去睡。那栋位于城北汽车站旁边的老楼是他爸妈结婚时买的，离城五里地，一般他都是坐公交上去。爸已经将电动车推出来了，他坐上后座，弟弟趴在窗玻璃上对他们挥着手说，拜拜，拜拜。他手搭在爸的肩膀上，电动车启动，他们出了小区，先向东驶去，然后右拐，朝北行驶，经过政府广场。广场上的喧闹曾一度让他驻足，一到夜晚，路灯刚亮起，就有一大帮男女老幼聚集在一块跳广场舞，妈也曾来跳过几次，但她只是凑热闹，她还是更爱打麻将。他们从城中穿过，越往北行驶，道路状况越差，两边的建筑也越来越参差不齐，既有五六层的老楼房，也有用油毡盖顶的平房以及院子，他就是在这一片长大的。

爸把车停在楼下，跟他一起上了楼。他们家在六楼，听人说他们这栋楼建起来有四五十年了，许多原来的住户都已经搬离这里。早就有传言说这里要拆迁，人们也都盼着拆，但过了这么久了却还是一点动静都没有，它似乎被遗忘了。

进家后，爸坐在沙发上抽烟，他将书包放在床上，在沙发的另一头坐下。爸问他考试考得如何，他低下头，嗫嚅着说没考好。爸叹了一声，没再问他什么。他松了口气，站起身拿烧水壶去厨房接了水烧上，又挨个把窗台上的花都浇了一遍。爸将烟头在烟灰缸里摁灭，头向后仰，闭眼靠在沙发上，过了好一会儿，他猛地站起来，说他下去了。

他跑到阳台，趴在窗玻璃上朝外望去，几分钟后，他看到爸骑上电动车离开了。他回到客厅，打开电视机，电视里正播放新闻。家里的电视有线费已经多半年没交了，现在就只能收到这一个台。新闻播完后开始进广告，一个公鸭嗓的男人在推销一种什么药，这人梳着个背头，头上和脸上全都油乎乎的，再加上表情浮夸，看着就让人厌恶。他关掉电视，心想傻子才会听信他的话，买他口中的那个什么鬼药。

房间里空荡荡的。他打开电视柜下层的抽屉，从里面翻出一个烟盒，还有三根，他抽出一根衔在嘴角，用打火机点燃。他对着镜子，看着烟雾从自己口中喷出，他抽烟的动作已然像是抽了多年烟的人，最后他将烟头摁灭在茶几上的烟灰缸中。他倒在床上躺了一会儿，后来突然爬起身，伸手从床与暖气片之间的缝隙里拿出了那个球拍。它是崭新的，他抚摸着它，鼻子凑近拍面的胶皮嗅闻，随之他又想到他那件新买没多久、现在埋在河边沙地中的防晒衣。他从床头柜拿出那颗橙色的乒乓球，他把球拍横过来，把球放在球拍上，开始颠球。他先是站在原地颠着，后来他在屋子里来回走动，球始终都能落在拍面上，发出清脆的响声。他对着墙壁练习击球。隔壁的住户去年就已经搬走了，他不用担心会被敲门，渐渐地，他忘掉了学校、成绩单、宋磊以及埋在河边沙地的防晒服，他的注意力全都集中在那颗不断反弹回来的球上。这天晚上，他在梦中都在打球，不是对着墙壁，而是在一个真正的球台上和某个人对打，他看不清对面那个人的面容，而且他的眼中只有球，最后他猛地一个反手扣球，他听着球在地上弹跳时发出的声响，知道对方没有接住。

徐丽

那段时间李朋每天早晨六点不到就起来，饭也不吃，脸也不洗，就出去了，一直到晚上八九点才回来。这之前李朋已经在家里闲了一个多月没有出去干活了，他们在家隔三岔五就要吵一回，这次他跟他的几个朋友去几十里外的山上刨树坑，说是按数量计算工钱，多劳多得，平均下来一天能赚三四百块。徐丽说不管他能赚多少回来，只要他不整天在家躺着就行，不然她看着他总觉得碍眼，控制不住生气。

俩孩子前几天回村里李朋爸妈家了。那天徐丽在门口饭馆吃了早饭，回去时看到一个男人正在门房那里张望，他的身边立着一个银色的拉杆箱。徐丽过去问他是否要住旅馆，男人回答说是。他扶了下眼镜，说他在外面看到旅馆的招牌，但不知从哪里上去。徐丽指着楼梯口的方位说，旅馆在楼上，我带你去。她问他是从外地来的吧？他说是。他问她是旅馆老板？徐丽回头笑说不是，我就是个打工的。他低声说了声哦。

老板娘不在，徐丽拿出她的那把钥匙开了门，在那张桌子前坐下，从抽屉里找出登记簿，问男人要了他的身份证，在登记簿上抄写他的身份信息。他的名字叫郭峰，一九七八年生，身份证照片上的他没戴眼镜。她问他打算住多长时间。他回答说一个礼拜左右，不过也说不准，可能提前离开，也可能要待更久。他的普通话很标准，听不出有某个地方的口音。登记好后，徐丽问男人要了一百的押金，给了他一把钥匙，带他去了他住的房间。离开时她对他说，要是退房时老板娘不在，就去楼下小区的门房找她。

天黑时，徐丽正准备出去吃饭，她推开门，看到下午那个男人站在门外，她想起了他的名字，郭峰。她问他有事吗？他说他想问一下附近有没有什么比较好吃的饭馆。徐丽说对面那家粗粮馆就不错。他对她说了声谢谢，又问徐丽也要出去吃饭吗？徐丽说是，他便说他跟她一起。徐丽说她要去吃面，他说那他也吃面。他们来到面馆，徐丽点了小碗加豆腐干，郭峰点了大碗加鸡蛋，又点了两个凉菜，要了三瓶啤酒。

确认徐丽不喝啤酒后，他便独自喝了起来。他们有一搭没一搭地聊着天，徐丽从他口中得知他老家是河北的，现在是某化妆品品牌的业务经理，他来这里主要是为了推广该化妆品品牌。徐丽问他怎么不去大城市，反而来这个没多少人的小县城。他解释说大城市也去了不少，小县城也不能不去，而且同样重要。他说得云里雾里的，大部分内容徐丽都听不太懂。后来等他喝完那三瓶啤酒，他们一起回去，门房的灯黑着，李朋还没回来，郭峰问她，就你一人？她说孩子回爷爷奶奶家去了。他对她说早点休息。徐丽说你也早点休息。

电视开着，可她的心思根本不在电视节目上，她只是需要它发出一些声音。她拿起织了一半的毛衣打了几针，过了一会儿发现针法全错了，只好又一一拆掉。李朋九点多时才回来，他灰头土脸地走进屋里，鞋也不脱便倒在床上。她放下手里的东西，推着他让他起来到院子里拍一下身上的土。她让他上楼去旅馆没人住的房间里冲一下，他说他太累了，任她说什么也不去，她说不动他，只好给他倒了一盆水，让他洗头发。夜里李朋发出的鼾声持续地在徐丽耳边折磨着她，再加上天热，她根本无法入眠。她坐起来套上裤子，披了件衣服，来到院子里。她抬头往上望，天上挂着一弯下弦月，二楼最里面的那个房间灯还亮着，窗帘已经拉上，那个男人是不是睡着忘记关灯了？徐丽还记得他喝了三瓶啤酒，应该不会失眠了吧。

第二天傍晚时分郭峰从外面回来，他在门房窗前站住，窗户没关，他趴在窗口问徐丽，要不要一起去吃饭？我请你。她没反应过来，正犹豫间，他已当她同意了，朝楼梯那里走去，边走边说，你等我一下，我先上去换件衣服。几分钟后他下来了，换了一件亚麻短袖衬衫，头发明显也重新梳理过。这一次她喝了两杯他给她倒的啤酒，他要倒第三杯时她把杯子用手掌罩住了，他笑着说他看得出她还能喝，不过他并没有再劝她。他给她讲他几年前在南方城市的经历，她听得很入迷。她从没去过南方，最远只去过一次北京，她对北京的印象不是很好。那时她在服装店卖衣服，住的是地下室，吃的也不好，每天要看顾客的脸色就不说了，还经常挨老板的骂，她没做满三个月就跟老板娘吵了一架，跑回来了。然后她就结了婚，结婚的对象虽是她自己挑的，尽管如此她仍常常感觉自己被拴住了，被她的老公、孩子以及他们共同组成的那个家。

李朋在家休息了三天，这几天时间她没看到郭峰，偶尔想起他，猜测他或许已经离开县城去其他地方了。她看不惯李朋整天躺在那里看电子书，从来不想想如何多赚点钱，一天到晚得过且过。她控制不住自己，寻着由头和他吵架。奇怪的是，每次吵完后，她都会感觉要更轻松一些，过一会儿又会觉得没意思，没劲。她看得出他一定也有这样的感觉，估计身边许多人可能也都有此感受，她知道大部分人都是这样过完一辈子的。

那天徐丽在美发店碰到了一凡的班主任刘虹。那是一个小个子女人，戴一副黑框眼镜，最明显的特征是两颗突出的门牙。徐丽专门等了刘老师一会儿，她们一起从理发店出来，她对刘老师说了些感谢的话，希望老师以后多多敦促一凡的学习。刘老师只点了点头，快分别时，刘老师站住，对徐丽说，放假前班里一个同学丢了一副球拍，私下里有些同学说是一凡拿了。她意味深长地看了徐丽一眼，没再说其他的。徐丽脸一下红了，她问，有人看到是一凡拿的了？刘老师说，没有，只是一些学生私下在说，也不一定是真的，不过你回去最好也问一下一凡。徐丽说好，我回去问问他，给老师添麻烦了。

去年一凡曾偷过别的同学的钢笔，老师查了出来，她被叫去了学校。

她还记得那时的那种耻辱感，回到家后她让李朋狠狠教训了孩子一顿，并让他保证以后不会再拿别人的东西。今年他升了初中，她以为他长大了，懂事了，没想到他还是没能改掉那个坏毛病。晚上李朋回来后她跟他讲了刘老师说的那件事，李朋听后叹了一声说，等他回来了再问问他，看看他承不承认，要是真的，这次我扒了他的皮，我就不信他不记。随后他们陷入沉默之中，那孩子不在眼前，他们心中的气都没地方撒。

李一凡

那天上午一凡刚走进门房就感到气氛不对。爸妈分别坐在床的两边，弟弟坐在他们之间，自顾自玩塑料积木。妈歪着头对着衣柜，头发乱蓬蓬的，她的嘴嚅着，眼睛里积攒的怒气随时都有可能爆发，爸面向墙壁侧躺着看手机电子书，看这形势他们一定是刚吵完架。中午十二点多了他们仍旧僵持着，谁都不去做饭，后来爸掏出十几块钱给他，让他带弟弟去吃刀削面。他问爸，你们不吃吗？爸说，你不用管。他带着弟弟出去了，吃完后他们又在公园里待了好一会儿才往回走，到家后他看到爸正坐在床头抽烟，家里就剩他一个人。爸让他们上床睡午觉，他先将弟弟抱上床去，自己没脱鞋，脚悬在床沿，面向墙壁侧躺着，他听到爸对弟弟说不要睁眼不要乱动。过了十几分钟，他翻过身，看到弟弟已经睡着了，爸还在看电子书。他轻轻地坐起来下了床，无声地拉开门走了出去。爸看了他一眼，没有作声。

他一边走一边在心里算着爸已经有几天没有出去干活了，四天，还是五天？他记得从他放假第二天起他就没出去。这是他们吵架的根本原因。不过他并不太担心，可能等他晚上回去，他们已经和好了，他们一直都是这样。

他在公园的树林里转了一会儿后，抄小路来到姥姥家。家里就姥爷一个人，看到他来，姥爷看上去很高兴。姥爷倚着被子坐在窗边，指着桌子上的香蕉让他自己去拿来吃。他先给姥爷剥了一根，姥爷说他不吃，说上次去医院，医生说他血糖偏高，以后不能再吃甜的了。他问姥爷，最近好点了没？姥爷笑着回答，好啥好，好不了了。姥爷说反正他也活够了，能看得开。他说最好嘎嘣一下，痛痛快快地离开，这样就不用太拖累别人。

他问姥爷能不能看会儿电视，姥爷点点头让他随意。姥爷指着电视旁边的柜子说，那里有牛奶和饼干等其他吃的，想吃什么自己去拿。

姥爷要下地，他双手支撑着往前拖动身体，动作很缓慢，他已经连抬起屁股的力气都没有了，身下的褥子在身体的拖动下堆成了一堆。一凡在炕沿边扶着姥爷穿好鞋下了地，他将姥爷的胳膊架在自己肩膀上，搀着他来到院子里，下了门台，姥爷说可以了，缓缓将胳膊抽回。一凡问姥爷要做什么，还是扶着他吧。姥爷说现在不用扶了，他要去厕所。一凡看着他慢慢朝前走了两步，确定他自己走没事，这才返回家里。一凡拿了一袋饼干，边吃边接着看电视。过了一会儿，电视进广告，他想起姥爷还在外面，他站起来朝窗外望出去，看到姥爷正站在院子里那棵梨树下，他手扶着树干，望着他种的那些菜，像是出了神。

一凡关掉电视，来到院子里。这会儿太阳移动到了云层后面，他看到姥爷头顶梨树的树梢上站着两只鸟，姥爷对他招了招手，指着西红柿秧苗说那里有两个红了的，问他要不要吃。一凡走到姥爷身边，顺着姥爷所指的方向，他看到了那两个橘红色的柿子，他只摘了其中的一个，又从旁边摘了一根黄瓜，拿到水龙头下冲了冲。他将洗好的黄瓜给了姥爷，他们一起在房檐下的椅子上坐下，姥爷坐那把带海绵皮座的，他坐那把旧竹椅。

你爸今天没出去干活吧？姥爷问他。

没，他好几天没出去了。他说。

他们是不是又吵架了？

嗯。

他脱掉鞋子，一只脚架在椅子扶手上前后晃荡着。他抬头望天，天上好多云，一片连着一片。他听到打火机打火的声音，随之便闻到了烟味。他问姥爷，医生说你可以抽烟？

医生没说，姥爷说，不过他就是说了我也还是要抽，抽了几十年了，不在这一根两根的了。

嗯。

你也学抽烟了吧？姥爷问他。他假装没听到，没有回答。

我早闻到你衣服上的烟味了。姥爷呵呵笑道，并给他递过来一支。他犹豫了一下，伸手接了过来。他从自己衣服口袋里掏出打火机，把烟点上。

我差不多也是你这么大年纪学的抽烟。姥爷说。姥爷没去看他。那时候偷偷从家里偷大人的烟丝，用废报纸卷烟卷抽，这一抽就是几十年。

一凡在一旁听着，姥爷的声音有些飘忽，仿佛是风从很远的地方吹来的。他读小学时，爸在外地打工，妈经常将她送到姥姥姥爷这里，那时候姥爷在城里开了一家卖面皮的饭铺，他也能帮忙收拾收拾桌子。每次中午过后，店里没什么客人了，姥爷就带他去吃刀削面，每次都会专门给他多要一个卤蛋，因为他正在长身体。他爸妈经常吵架，每次吵得凶的时候，各种难听的话从他们嘴里互相喷射，但爸从来没说过姥爷一句不好，他倒是常说她们家除了她爸没一个好东西。姥爷总是乐呵呵的，他从不发脾气，姥爷经常说自己活了一辈子，没对不起过谁，为此姥姥说他是个烂好人。

我们这一代都是吃过苦的人，姥爷说，现在你们好多了，你们没饿过肚子，只要肯动弹，总能找到赚点钱的路子。不过你还是要好好念书，走出去就不一样了，你去看看外面，就不想回这个小地方了。

不读书也能出去打工。他说。

那不一样，姥爷说，你爸不是也出去过吗，他不是在外面待了好几年吗，还不是回来了？你不想像你爸妈那样生活吧？

不想。

我就知道你不想。

嗯。他们总是没完没了地吵架。

我知道，姥爷说，他们谁都不让谁。

你和姥姥年轻时也吵架吗？

姥爷呵呵笑了，他说，我们年轻时也吵，夫妻没有不吵架的。

一点也没意思。一凡说。

人活着就是这样，姥爷说，大多数事情都是没意思的。

他扭头看向姥爷，姥爷仰着头靠在椅背上，眼睛半闭着，仿佛就要睡着了。姥爷的身体比上一次见他时又瘦了几分，他的脸灰灰的，如一张皱巴巴的羊皮，看不出一丝血色。他听妈说上个月姥爷又差点昏倒，妈听姥姥说他当时坐着坐着，突然毫无预兆地向一侧歪倒过去，姥姥问他，他只说头晕，姥姥急忙找来他平时吃的药，让他吃下。她不放心，又给他舅舅打了电话，舅舅开车过来，看他那样，立即带他去了市里的医院，后来医生说幸亏没有拖延,不然真不好说会如何。

姥爷胳膊动了一下,扶着椅子扶手站起来,他说他得回去躺一会儿。进到家里,一凡帮助他上了炕,从被垛上拿下枕头,让姥爷侧躺下来。姥爷又指着地上说,家里那些吃的东西他喜欢哪个随便吃,走时多拿一些回去,他说他现在是什么也吃不下也吃不动了。一凡问他是不是又头晕了,要不要吃药,姥爷说没事,就是想睡一会儿,让一凡不要担心。

等姥爷睡着后,一凡悄悄走出家门,他在姥爷刚刚坐的那把椅子上又坐了一会儿。他想起年初有一次他无意间在南房里看到用布盖着的棺木,他回去跟爸说了这事。爸对他说,那是姥爷自己出去看了并找人拉回去的,与谁都没商量就弄回去了。爸说人一老就想得多了,他们连自己以后的事都要自己安排好。一凡想象着姥爷去棺材铺的情景,他闻着木屑的味道,在那些木头以及做好的木头盒子间来回巡睃选择时心里想的是什么?他心里害怕吗?一凡来到南房门口,推开门走了进去,一股尘土的味道,房间角落里放着些用来刨地除草的农具。那具棺木还在这里,棺盖上覆着的布面上落了一层灰,他掀开布的一角,看到棺木表面刷了一层深红色的漆,他伸手摸了一下,随即触电般缩了回来。他后退着出了南房,小心把门关好,仿佛怕放跑什么妖魔邪祟似的。

围墙墙根和窗台下摆着些形态各异的石头,都是姥爷这些年断断续续从外面专门弄回来的,家里也有一些。每次他带回一块石头,都像是捡了宝似的高兴,他在水龙头下用刷子将其清洗干净,细细端详其纹理,仿佛里面存在另一个使其着迷的宇宙一般。一凡记得姥爷带他去河边,他脱掉鞋子,挽起裤腿,走进水中,寻找追逐那些泥鳅和蝌蚪,姥爷则低着头在岸边巡睃,不时弯腰从沙子里挖那些只露出一小半的青石,挖出来捧在手中端详一阵,大多数时候又将其放回原处,那是还不够他收藏的标准。他说,好的石头是不可多得且有灵性的,能遇到一块看上眼的石头也是一种缘分。他还说等他死后,他要告诉他们在棺材里他的身边放一块他的石头,"小一点的就行,不能太大太重,我可不想人都死掉了,再被抬棺材的人骂"。

一凡趴在窗户上朝里窥视,姥爷还在睡着,他侧身蜷缩着躺在炕上,一道阳光落在他的小腿和脚踝上,他的骨头仿佛在发光。

徐丽

李朋到外地干活去了,说是四五天后才能回来。傍晚时,徐丽正打毛衣,一抬头看到郭峰站在窗外,正朝里望着。徐丽走到窗边说,好几天没看到你,我还以为你已经走了。这几天有点忙,他说,吃饭了吗?没吃的话一起去吧。吃过饭后,他接了个电话,说是客户叫他去唱歌。一起去吧。他拦了一辆车,替她开了车门,等她坐好后他才上车,他们的身体互相挨着,彼此都没说话。到了KTV,他跟已经先到的两个女人介绍了她,说她是他的朋友,他又对她说这两位是我客户,当然也是我朋友,有缘相识,我们大家都是朋友。

他喊服务员上了一打啤酒。好久没这么开心了,今天要尽兴喝一顿,为了庆祝我们的相识。他说。徐丽一开始还有所克制,后来随着气氛越来越热烈,她也像是被感染了,开始拿着瓶子喝啤酒,话筒传到她手里,她也不再客气,甚至觉得现在的自己才是真正的自己。后来房间里只剩下她和郭峰俩人,她不知道那两个客户是什么时候离开的,郭峰搂着她的腰,深情地望着她,她想要挣脱,但身体却不服从大脑的指挥。他的手在她身上游弋,他开始吻她,耳垂、脸颊、脖子,很轻很有耐心,她很快便沦陷在他的温柔中,开始回应他,她感觉他们陷在沙发中吻了好久好久。

第二天早上她醒来时脑袋里一片昏沉,她先看到他的脸,然后才意识到昨晚发生了什么。他还在沉睡,一条胳膊露在外面,他们的衣服乱扔在地上,她轻轻掀开被子下了地,光着脚弯腰从地上捡拾自己的衣服,她先找到内裤套上,胸罩袋子被扯断了,她抱着她的衣服来到卫生间,盯着镜中自己的脸,虽然已经生了两个孩子,她的脸还没垮掉。但也快了,她心想。她将胸罩扔进垃圾桶中,重又脱掉内裤,打开淋浴开关,冰冷的水流冲下来,她不由自主地打了一个激灵,胳膊上起了一层鸡皮疙瘩。渐渐地,水温升高了,她仔细搓洗自己的身体,从耳朵开始,然后是脖子、胸部、腰、臀、阴部、大腿、膝盖、小腿、脚后跟,她听到他在外面说了一句什么,她没有回应他,专注于往皮肤上打肥皂。

徐丽从郭峰的房间回到门房,她躺在床上,思绪纷乱,不知接下来该怎么办。过了十几分钟,她听到门被推开发出的吱嘎声,她坐起来,看到是郭峰，他问她能不能找人替她在这里盯一天。她漫不经心地问他什么事，他说他租了一辆车，想和她一起去桃花山。她又问车在哪里，他说就停在门口。她沉着脸问他，我要是不和你去呢？我知道你会跟我去的，他说。她说，我不去。他顿了一会儿，说那他也不去了。那车不是白租了？她说，不能浪费钱。她自己也说不上来为何突然改变了主意。

早已过了看桃花的季节，山上游客很少，路上只碰到几个高中生模样的青年，他们说笑着从他俩身边经过，朝前去了，徐丽注意到其中一个男生回头看了他们一眼，不知他是否看出了他们之间的关系。在山间走了一个多小时后，他俩都出了汗，阳光炽烈，就连风也是热乎乎的，她心里有些烦躁，开始有点后悔跟他一起出来了。她的脚步越来越慢，他跟她说话她假装没有听见，她穿的白T恤，后背和腋下都汗湿了，她直接用手背擦额头上的汗水，也顾不上脸上的妆了。

她又看到那几个高中生了，就在前边不远处，他们散坐在几块大石头上，脚下淌着一道溪流。他俩走近溪边时，那几个高中生已经离去了，郭峰在水边找了个有树荫的地方坐下。溪水不深，很清澈，流的也不急，徐丽先洗了把脸，然后脱掉鞋放在旁边的石头上。她走进水中，弯腰用手往脸上泼水，后来她又往郭峰坐的那边泼水。他的裤子湿了，他叫了一声别闹，她才不听他的，继续朝他泼水。他便也走到溪边朝她泼了起来，她的衣服也湿了，她又是笑又是叫，完全忘掉了一路上的不快。后来她玩累了，他们坐在树荫下歇息，她靠在他的肩膀上，他用手轻抚着她的背。她感觉很轻松，似乎生活中的重负在这一刻统统瓦解掉了，她忘记了她的丈夫、孩子以及他们共同组成的家庭生活，像是又回到了无忧无虑的少女时代。她听到他在轻声哼一首歌，一首她没听过的歌曲，调子很好听。

下午回到县城，她和他一起去还了车。吃过晚饭后，她又跟着他来到他的房间。她坐在他的床上，他打开行李箱给他看那里面的化妆品，各种各样她没见过的牌子，他一一向她介绍着，他拿了一个大盒子装的一整套递给她，说让她拿去用。她问他这一套多少钱，他说外面卖一千五左右，他们拿的话要便宜一些。他将箱子合上，拉好拉链，坐到床上来，他揽住她的腰在她耳边低声说，跟我离开这里吧。她没作声，这一切发生得太快了，她感觉像是在做梦，或许一觉醒来会发现眼前的一切全都是假的。

晚上徐丽一个人躺在床上，翻来覆去睡不着。她脑子里充塞着杂乱无章的想法与念头，郭峰的形象时不时跳出来，他对她说跟我一起离开这里吧，我们去外面的世界，离开这里，去过更好的生活，真正的生活。她幻想一种还未开启的新生活，她深陷其中不能自拔，她确信离开这里她就会幸福。她的理智提醒她现实也许完全不是她所想象的那样，但她潜意识里不愿相信，她觉得自己配得上一种比现在更好的生活，她也相信那样的生活马上就能实现了。她甚至坐了起来，想立即穿上衣服，上楼去找那个即将拯救她的男人，亲口告诉他自己的决定。在心中权衡了一番后，她又躺下了，她不能让他感觉她已经急不可耐。要矜持一些，她对自己说。

李朋提前一天回来了。她从幻梦中清醒过来。中午她打扫完已退房的房间，敲开他的门，他头发蓬乱，一副刚刚睡醒的样子。她快速走进房间，将门关上，推开他凑近的身体，对他说她无法跟他离开。李朋回来了，她说。但这不是主要原因，她说她想了很久，最终做了决定，她不会跟他走的。她说，就当什么都没发生过吧。他脸上的表情有些失落，看来这出乎他的预料，难道他料定他已经完全俘获了她吗？看着他的样子，她莫名感到一种获得游戏胜利的满足。她从来不喜欢屈服于他人的意志，一件事情，只有她想要做时才会去做。这才是真正的她，她想现在他应该知道她是什么样的女人了。

她有好几天没看到郭峰的身影。她想他这次真的没告诉她就自己走了，她内心感到些许失落，她本以为他不会轻易放弃，会再来纠缠她的，她也做好了打算，一定要打定主意，不被他的那些话动摇自己的决定。她终究还未死心，晚饭后走进老板娘房间，询问209退房没有，老板娘从抽屉里拿出登记簿，翻到那天她登记的那一页，然后合上，说，前天就退了。她听后说了声哦，随即将话题带到其他方面。

他突兀地闯进她的生活中，然后又悄无声息地离开，如此匆促而短暂，仿佛不像是真实发生过的事情。除了那一套化妆品，他几乎什么痕迹都没有留下，有时她想要将它们一股脑丢进垃圾桶中，这样每次她往脸上搽面霜时是否便不会再想起他了？然而她终究还是没有那样做，她也说不上为什么。

她突然感到平淡无聊的生活变得比之前更加不可忍受。她做什么都提不起劲，整天郁郁不乐。以前她感到烦闷时，她会想法儿找李朋的不是，寻由头与他吵架，直到她把心中的不快全都发泄出来。可这次不同。她只想一个人待着，心想只要时间够长，慢慢就会把他忘掉的。每次打扫他曾经住过的那间房间时，她都会在里面多待一会儿，她坐在床沿，仿佛又看到他蹲在地上，打开行李箱，向她展示里面的瓶瓶罐罐。

李一凡

一凡独自在街上、公园里游荡，他尽量推迟回家的时间，直到天色完全黑下来，他知道要是再在外面逗留的话，回去后一定会挨揍，这才不情愿地往他们住的那个门房的方向走去。他回去时，爸已经做好了晚饭，过了一会儿妈从外面回来，他们开始吃饭。爸殷勤地给妈夹菜，妈也没有拒绝，看来他们又重归于好了。吃完饭后，爸洗了碗，他们一起看了一会儿电视。后来爸出去发动了摩托，一凡以为爸要送他去楼上，他从床上跳下，妈也站了起来。她说，你在家看一会儿你弟，我跟你爸出去一下，一会儿就回来。一凡想问她去做什么，但她已推门出去了。他看到妈坐上摩托车后座，爸发动摩托驶出了院子。

弟弟问他，爸爸妈妈去哪里了？一凡说，我不知道。弟弟又问，他们还回来吗？一凡说，会回来的。一凡打开电视，你想看什么？他问。弟弟站起来说，遥控，给我。一凡将遥控扔给他，他看着他一个一个换着台，最后调到了动画频道。后来动画片进广告的间歇，弟弟靠着枕头睡着了。一凡关掉电视，上床躺下，过了一会儿坐起来，爬到墙边把灯拉灭。

睡意蒙眬中听到推门声和说话声，他分不清是做梦还是现实，接着灯亮了，他睁开眼睛，看到门房的天花板上的那块大象形状的黄褐色污渍。他半坐起来，妈正把一个蛇皮口袋放在地上，她从里面先后掏出五六个玉米棒子、四五个葵花盘子，蛇皮口袋里还有一截东西，她不再往外掏了。爸从外面进来，他的头发上有一片几乎干枯了的葵花的花瓣，他自己倒了杯水，跨坐在床沿，一边抽烟一边小口小口地喝杯子里的水。妈从蛇皮口袋里拿出五六个绿色果实放在床上，然后把蛇皮口袋塞到床下，一凡认出是青核桃，他们去年也弄回来过。妈拿小刀削掉青皮，用钳子夹碎外壳，剥出白色的核桃肉，她一边剥一边吃。一凡从床上下来，拿了一个青核桃到院子里用石头砸,他使的劲太大,核桃肉都被砸烂了,他的手上染上青皮的汁水,手指变成了褐色,得好几天才能洗掉。

爸抽完了烟,来到院子里说,时间不早了,你得去楼上睡觉了。夜风凉爽,路边的一些烧烤摊还在营业,他瞥见几个中年男人穿着背心坐在马路边的小桌上喝啤酒,他们的说话声被风揉碎,只有零零落落的句子飘进他的耳中。一凡一只手搭在爸的肩膀上,另一只手揣在口袋中,口袋里装着两颗青核桃,他担心它们掉出去。他记得坐车回爷爷家的路上会经过一个村子,穿过村子,再开五六分钟,会经过两棵高大苍老的核桃树(有一次爷爷告诉他那是核桃树),树周围是大片的庄稼地,他猜爸妈很有可能就是从那里弄回来的那些核桃和玉米。爸拿着蛇皮口袋爬上树摘核桃,妈走进树下的玉米地,她把掰下的玉米夹在胳肢窝下——她也有可能藏在路边的什么地方放风,他们说不定还定了个什么暗号,一声狗叫或是猫叫什么的,他们冰释前嫌,配合默契,最后满载而归。

到了楼下,一凡从车上下来,爸脚撑在地上,对他说上楼早点睡觉,明天记得早起,下来吃早饭。一凡"嗯"了一声,走进黑洞洞的楼道,一楼的楼梯灯早已坏掉,他登上楼梯,大声"啊"了一声,二楼的灯应声亮了起来,漏下些许光亮。进家打开灯后,一凡走到阳台,额头贴着窗玻璃朝下望去,他隐约看到爸还在那里,电动车熄掉了,在他身处的那片黑暗中一个红点忽明忽暗,一凡知道那是他在抽烟。一会儿后,他又点了一支,打火机的火光短暂地照亮了他的脸。他咳嗽了两声,红点闪烁了几次后消失了,电动车头灯亮起,他朝前驶去,逐渐远去了。

一凡撒了泡尿,从卫生间出来,他来到客厅,将裤兜里的两颗核桃掏出来放在茶几上。他抬起手,看着染成褐色的手指,忽然对自己带回来的核桃没什么兴趣了。他来到卫生间,打开水龙头,在水流下搓洗手掌,他在手上一遍遍打上肥皂,洗了一遍又一遍,手上的痕迹虽然变淡了些许,但却仍旧顽固地存在着,似乎在嘲笑他。为了不看到它,他不得不把双手插进裤子口袋。他拿起茶几上的核桃,来到阳台,打开窗户,抡圆胳膊将两颗核桃朝外面甩出去,它们呼啸着离他而去,消失在浓稠的黑暗中。他关好窗户,原来期待的那种轻松感并没有出现。

他回到客厅,从沙发靠背后面拿出乒乓球拍和球,坐下来练习颠球,他看着那颗橘黄色的小球一次次弹起后落在球板上然后再次弹起,仿佛永远不会停止一般。他知道这不过是他的错觉,只要他把球拍抽回,球便会掉到地上,它会在地板上弹跳几下,做最后的挣扎,最后静止在某个角落。

球落空掉在地上,弹了几下,最后滚进沙发的缝隙。一凡熄掉灯,躺在沙发上,他突然感觉这一幕像极了几年前的那个晚上。那天妈在外面打麻将,后来爸出去找她,留他一个人在家,他躺在沙发上看电视,隔着墙壁听到那边那对夫妻又开始吵架。他经常在楼道里碰到他们,男人个子不高,酒糟鼻子,小眼睛,凸着个啤酒肚,每次从下面上到六楼都呼呼喘气。女人很瘦,很白,她的眼睛好像有点毛病,可能是斜视。他听爸妈谈论过,说她要不是眼睛,一定能找一个更好的男人,而且就现在这个还嫌弃她呢。先是争吵声,吵着吵着便开始摔东西,女人的声音又高又尖,听起来如撕心裂肺一般,那个婴儿也开始号哭。过了十几分钟,他听到砰的一声关门声,不再摔东西了,那个歇斯底里的女人的声音也听不见了,只剩那个婴儿的哭声。那个婴儿就那么一直哭着,难道他们俩都出去了,家里是不是只剩下那个孩子?后来哭声渐渐减弱了,整个房间一下子陷入了寂静。他从床上下来,光着脚走到墙边,把耳朵贴在墙上,希望能听到一点声响,比如女人哄婴儿入睡的轻声哼唱,或是压低的哭声,但他什么都没有听到,仿佛刚刚那争吵从来没发生过。后来他回到床上,还在等着那边会传来动静,他没有等到,最后他睡着了。

夜里他梦见自己躺在婴儿车上,望着天花板,等待一双手将他抱起来,等了好久也没等到。他想要引起注意,他张大嘴,但却哭不出声,试了几次都不行。他抓住婴儿车的栏杆站起来,在试图翻越出去时跌在地上,不过他并不觉得痛。他站起来,好奇地打量整个房间,他被它的变化震惊到了,电视旁边的置物架横躺在地上,他闻到一股难闻的气味,可能是沙发边上那汪透明液体发出的,他以前在爸爸的口中曾闻到过这味道。他小心地避开地上的碎玻璃碎瓷片,来到半开着的门边,楼道里一片黑暗,他与之对峙了几秒钟,最后打开门,迈开脚步朝着黑暗走去。

徐丽

徐丽生了一场病。李朋唠叨她前天早上洗完头发没吹干就出门,要不也不会感冒。放在以前，她会让他闭嘴，和他大吵大闹，如今她任他说什么都充耳不闻。他为她倒水拿药，她默默接过来喝下，喝完重又背对着他躺下。夜里她不知自己是睡着还是醒着，她在黑暗中气喘吁吁地奔跑，也不知为了什么，她浑身乏力，终于跌坐在地上，她仰面躺下来，身体不由自主地开始向下坠落，她控制不了自己，同时她感觉自己的心正在一下一下往外冲撞。时间像是静止了，她身体的疼痛像是被放大了一千倍一万倍。

她隐隐听到有人在说话，感到一只手放在了自己的额头上，有人抓着她的肩膀摇晃。她睁开眼，看到一张男人的脸，她醒了过来。李朋在说话，但她听不明白他在说什么，他扶她起来，帮她穿衣服，她一点劲儿也使不上。她感觉还像是在梦里。徐丽再次醒来时发现自己躺在一个陌生的房间的床上，白床单已经泛黄，她的手背上插着针头，李朋坐在床边的一把椅子上看手机。她动了一下腿，李朋俯身过来，问她，醒来了？感觉好点没？他把手放在她的额头上试体温。她说她口渴，想喝水。她的嗓子已经哑了。

连着去诊所输了四天液，徐丽的病总算慢慢好起来了。母亲来看了她一次。李朋出去了，母亲坐在她的床边，絮絮叨叨地跟她讲家里的事，她说她父亲的身体怕是很难好起来了，为了照顾他，她没法出去干活，她哥一家也让她忧心。"前几天你侄儿过来住了一个多礼拜，说你哥和你嫂子吵架吵得要离婚，你嫂子回她娘家去了。我过去看了一眼，家里灰锅冷灶的，估计好几天没开过火了，我说你哥，你哥还嫌我烦，让我不要管他们。你说我能不管吗，他们要是离了婚，孩子怎么办？"母亲一边说一边叹气，徐丽看母亲再说下去就要落泪，便赶紧安慰她说没事的，哥他们一直都那样，过几天就又好了。她将话题岔到其他方面，母亲眼眶里的泪水总算没掉下来，又坐了几分钟就匆匆走了，她放心不下留徐丽父亲一个人在家。

那天接到郭峰的电话时，徐丽一时竟没听出他的声音，直到他又叫了一声她的名字，问她有没有在听，她才明白电话那边是他。她问他有什么事吗？他说他为了她又回来了，现在就在金色宾馆，想跟她见面，他说他有很多话想对她说。挂断电话后，他又发了一条信息过来，是他住的房间号。

犹豫了三五秒，徐丽还是决定去见他。她换了一条裙子，重新化了妆，她的内心中涌动着一种莫名的喜悦，走在去往金色宾馆的路上时，她一遍又一遍地想象他离开后如何想,他想到忍不了了,又回到这里来乞求与她见面,同时她也发现自己也是希望再见到他的,尽管她本来已经打算将他忘掉了。她想一会儿见到他要告诉他,为了他,她还生了一场病。是的,她心想,之前的那一场病是因为他才得的。

在做那个决定以及之后与郭峰坐在离开县城的火车上时,徐丽根本没来得及想她的丈夫、她的父母和两个孩子,那时她完全沉浸于她自以为的爱、她幻想的未来中无法自拔。她坐在窗边,头靠着郭峰的肩膀,还搂着他的一条胳膊,满足地嗅着他身上淡淡的烟草味和汗酸味,车窗外那些她所熟悉的景物飞速后退,她也全然没有注意到。后来当她试图回忆当时的情景时,发现自己像是陷入了一片氤氲的迷雾,事过境迁后,关于美好感觉的记忆往往最先退场。

他住在城南的一个旧小区,上楼时他已经跟她说了他因为经常出差,屋子乱得很。她虽已有心理准备,但门打开的一瞬间她还是被她看到的惊到了,她无法想象一个人竟能将房子住成这般模样,地上、沙发上——她所能看到的地方都杂乱地堆着东西,门口立着一排空啤酒瓶,几双运动鞋横七竖八地躺在酒瓶旁边,鞋里还塞着脏袜子,一股辨不明白成分的酸臭味充斥于整个屋子中。她呆立在门口,不知该往何处下脚。郭峰穿过房间,走到窗边打开窗户,将沙发上的杂物收拢起,抱到了另一个房间,又拿起扫把将地上的垃圾扫到一边,为她清出了一条道。坐在沙发上时,她心里想的是在他的房间里没看到有女人存在过的痕迹。郭峰告诉她这房子是他租的,他说对他来说这就是个出差回来睡觉的地方。男人都是这样,她心想,这也是每个男人的生活中都需要一个女人的理由。

趁郭峰在打扫屋子,徐丽掏出手机,开了机——昨晚她确定了不回家而是要跟郭峰离开,便将手机关机了,她怕李朋打来电话,自己的决心会动摇——短信提示有三条未读信息,不出意外都是李朋发来的,意思都差不多,问她在哪里,让她赶紧回家。她不知该如何回复他,正纠结间,有电话打了进来,是李朋。她条件反射般按了挂断,她心虚了,她根本就没想好如何跟李朋说这件事,她害怕在电话里听到李朋对她的质问。

停了不到一分钟,来电铃声再次响起,徐丽又一次按下了红色按键,又连着按了几下音量下键,将手机设置成静音模式。她心想他会一直拨打的,他一定气疯了,她能想象他火冒三丈的样子。屏幕再一次亮了起来,她握着手机的手不受控制地颤抖起来,或许最好站起来,走到窗边,将那个与过去相连接的设备从窗口扔出去。但那样真就能完全切断与过去的联系吗?不,不会,这是你必须要面对的,不能逃避。她在心里对自己说。但现在她还不能接李朋的电话,她会激怒他的。她决定还是先写一条短信告诉他这段时间发生的事情,她一个字一个字地组织语言,一遍又一遍地删掉已经写下的重新开始。他的电话还在不停地打进来,每次按下挂断键后,再看自己已经写下的那些话,她都觉得那些文字既矫情又虚伪。她突然从来没有过地对自己感到厌恶。写了删,删了又写,最后她只写了短短两行字——李朋,我爱上别人了,我想跟他一起生活。不要找我——便匆匆按了发送。信息发出去后她又将手机关了机。屏幕熄灭后,她松了口气,突然发现郭峰不知何时已经坐在了她的身旁,他什么都没说,一把将她拉入自己怀中,徐丽眼中的泪水一刹那间溢出了眼眶。

因为这事,母亲在电话里骂她劝她求她,甚至说要与她断绝母女关系。母亲在电话里说,丽丽呀,你把我们家的脸丢尽了,你知不知道,人们看我们的眼光比刀子还利,我和你爸现在连街上都不敢去了,臊得呀。她听完什么话也没说,将通话挂断,除了对父母感到愧疚外,她心中涌上一丝不甘,凭什么,那些外人凭什么指指点点!她决定开启新生活,以此筑起一道自我保护的堡垒。她不去想过去,一心只想拥抱未来。郭峰的房子最先成为她施展自己未来计划的舞台。她无法忍受住在这样的环境中,这不符合她对未来生活的预想,她决定按自己的想法改造它。郭峰对此没有异议,他全听她的。

连着几天,徐丽一个人干劲十足地进行着自己的改造计划——郭峰回去上班了——先是将那些没用的东西全都清理掉,然后进行彻底的清扫,之后她又买回涂料,自己动手刷了墙。夜里躺在床上,除了身体上的酸痛,她的心因对两个孩子的想念与愧疚而备受熬煎,她心想他们这辈子怕是都不会认她了,再说她哪还有脸再见他们?她的半边脸浸泡在泪水中,旁边的郭峰早已经睡着。她看着他的后脑勺,心中升起些许怨恨,自己落到今天这地步,全都是为了他。

一天晚上，郭峰下班回来跟她说今天他接到一个电话，是同他一起长大的一个发小打给他的，发小告诉他说昨天有一个男人坐车来到镇上，见人就问认不认识郭峰，还问知不知道他如今住在哪里。

那人在镇上待了两天才离开，几乎把满镇上的人问了个遍。人们问他找我做什么，他说前几年借了我的钱，最近总算翻身了，想把钱还给我却联系不上我了。我那发小问我真有这号人吗，我搪塞说我早想不起来了，应该没多少钱，没想到还有这样的人。我问他有没有人告诉他我的住址或电话，他说我离开镇上这么多年了，除了他，应该没人和我有联系。他没告诉那人，他说他总觉得这事不太对劲，要真像那人说的，那这人可真是个难得的好人，他不太确定那人是不是在撒谎，什么都没跟他说。

一定是李朋。徐丽说。

我能想到的也只有他。

他是怎么知道你的老家在哪儿的，我没想到他会……徐丽没说下去，事情发展到现在这般地步，说什么都没用了。

我也能理解他，郭峰说，你也不用担心，我已有好几年没回过镇上了，镇上没人晓得我住在哪里，再说最近这两年我住的地方也换了好几个了，他找不到我们的。

好一会儿后徐丽说，但愿吧。

晚上，徐丽在床上辗转反侧，她一闭上眼，脑海中就浮现出李朋在一个陌生之地寻找她的画面，她想不通他为什么如此难以放下，他们在一起的这些年不过是互相折磨，彼此消耗。难道他真的以为找到她就能挽回吗？不可能了。他做的这些不过是徒劳罢了，他这是折磨自己。

他们都不再提这件事，好像它从不曾发生过一般。但是，每次自己待在家里，或是出去买东西时，她内心中总感到不安，她想象李朋突然出现在自己面前的场景，她该如何面对他。他呢？他的脸上会是一副什么表情？她想象不出来。

李一凡

夜里他从梦中醒过来。月光穿过阳台玻璃洒落在床上、地板上，他感到一阵恍惚，不确定这是不是另一场梦。他下地趿拉着拖鞋来到厨房，从水龙头里接了一杯冷水一口气喝掉，回到客厅，他下意识地看向电视机上方，那里原来是挂着钟表，现在只剩下一个圆形的空白印子。他走到床边，从枕头下拿起手机，点亮屏幕看了眼时间——没有解锁——又将其扔在了床上。现在是凌晨两点，没有人会想起他，此刻的他也对别人以及世界上正在发生的那些事不太关心。

　　他在那张已经破旧不堪的沙发上坐下，点了一根烟。他忽然想起还有不到一个月他就要三十岁了。他这次回来不打算走了，今年年初他们租的那间隔出来的小单间房租又涨了，他还记得上门通知他们的中介那一副你爱住不住的嘴脸，但他最后还是忍了。大专毕业后他去了北京，做过多少份工作他自己也数记不清了，他见过那么多人，早已习惯了在各种人面前低声下气地说话、忍耐。不过离开北京的想法是他女朋友薇薇先提出来的，那天她对他说怀孕了，想把孩子生下来。震惊之余，他感到他们的生活突然之间产生了一种新的可能，他抱住女朋友的肩，在她脸上嘴上连亲了好几口。后来他平静下来，他们依偎着坐在床沿，他说如果她生下这个孩子，他们在北京的生活会很艰难。她顿了一会儿说，不如我们就离开北京吧。她说她自从知道自己怀孕后就在想这件事了，离开北京。他请她给他一点时间考虑一下这件事，可实际上他当晚便决定第二天去了公司就辞职。他对薇薇说他们可以回他老家县城，把公积金全取出来，再加上这几年的积蓄，足够在县城买一套房子了。三天前他一个人先回来了，薇薇公司还有些事情，要到月底才能离开。这样也好，他可以先回来安顿一下，等她来时不会太手足无措，免得到时她心里对这座小城失望，甚至对他们的决定产生怀疑。

　　一凡又想起那个夏天。夏末时他母亲抛下他们父子三个与另一个男人私奔了，那时他和弟弟在爷爷奶奶家，有人说那个人是给街对面超市送货的，也有人说是他们住的门房楼上旅馆的一个旅客。对他来说那个人是谁他一点也不关心，他恨的人是她，他听说父亲出门寻了一个星期，最后一脸沮丧地独自回来了；过了段时间外婆来看他们，父亲对外婆说，如果能联系到她的话，给她捎个话，让她有空回来把离婚手续办了，他说自己不会纠缠她的。

　　暑假结束后他和弟弟回学校上学，父亲把看门房那份工作推掉了，他们搬回了城北六楼的房子。一凡再次见到母亲,是在两年后外公的葬礼上,她比他记忆中瘦了不少,他记得穿着孝服的她像一个幽灵般总是在他周围盘桓,每次他一发觉她走近要和他说话,他便会走开。后来她似乎放弃了那个打算,但他仍能感觉到有双眼睛在默默注视着自己。从坟地回来,吃过中午饭,舅舅带他来到隔壁屋子,他推开门看到她坐在炕上,立马掉头往外走。他听到她追上来的脚步声,她在背后叫他的小名,他跑出外公家的院子,朝家的方向走去,他知道她在后面看着自己,自始至终他都没有回头。晚上吃饭时爸问他,见到她了?他"嗯"了一声,爸没再问其他的,抽完烟便去睡觉了。不知从什么时候起,他们都变成了习惯沉默的人,每次过礼拜回来的两天时间里,他们说的话加起来几乎不超过十句。那时爸去了水泥厂工作,早上不到六点他就起来骑摩托去厂里,一直要到晚上八九点才回来,他走时会把当天的饭钱放在电视机下的抽屉里。很多个夜晚,爸一个人坐在小饭桌前喝酒,而他窝在沙发里看漫画,他们彼此都沉浸在自己的世界里,几乎从不交流。

他永远不会忘记自己在这间房间里度过的那些孤独的时光。他记得他经常一个人对着墙壁打乒乓球,一个人看黄色录像带手淫,临摹漫画里的人物形象。他很少下楼,感到闷了时他就走到阳台,打开窗趴在窗框上朝下望,朝远处望。下面是一片铺着黑色油毡的平房屋顶,正前方不远处是他待了六年的小学——如今已经拆掉,建了百货大厦——然后是县城里的街道、树、楼房,再往远是村庄、荒地,最远的天边卧着的是睡美人山。

读初中、高中那几年,下了晚自习回到宿舍躺在床上后,他经常不由自主地想象此时此刻爸一个人在家里正做什么,喝酒还是看电视?他清醒着吗?她走的那年冬天,有一次他周五从学校回到家里,晚上十一点多了爸还没回来,他疑心他会不会是喝了酒骑车出了什么事,或是在工厂出了意外,有没有可能他像她一样厌倦了这样的生活离家出走了……他急得在房间里来回走却不知该怎么办,过了好一会儿,他努力镇定下来,在心里自我安慰说不会有事的。他在沙发上坐下来,打开电视,屏幕里正在播放一个关于跳伞的节目,运动员从飞机上跳下来,伸展双臂在空中滑行一段时间后,背上的降落伞轰然打开。他想象着若是他没能及时打开降落伞那他会摔成什么样子,在生命最后的几分钟里他脑海里闪现的会是什么样的画面，他在空中的几分钟会不会想到死亡……他想着这些，歪在沙发上睡着了。第二天醒来，他发现爸还没回来，他下楼用小卖部的电话打爸手机，爸在电话那头说忘了那天是星期五他会回来，说和工友喝酒喝多了，在外面凑合了一晚上，叫他别担心。他回答说"哦"，挂断了电话。从小卖部出来，寒风吹在身上刺骨的冷，尤其是脚上，他这时才发现自己是穿着拖鞋跑下来的，一只脚穿着袜子，另一只光着。这些记忆提醒他，他们曾共同度过一段晦暗至极的时光。好在他们都撑过来了。

徐丽

　　整天在家里待着，徐丽渐渐开始感到无聊，她跟郭峰说她也想出去工作，郭峰想了下，问她愿不愿意做化妆品销售，可能会比较累。徐丽说她不怕累。两天后她便去离家两站地的一家化妆品专卖店上班了，郭峰认识这家店的店长。晚上他们吃饭时，他问徐丽感觉怎么样。徐丽说，还好，还在适应中。郭峰说，你先试两天，要是觉得太累或者不适合，你就别去了，咱们再找其他的。徐丽说，我感觉我还挺适合做这一行的，我喜欢和陌生人说话，我今天刚上班，我们同事就跟我说我表现得比她刚来时强多了。郭峰点了点头，说她身上的确具备一种让人能快速地对她产生信任感的特质，他说他第一次见到她时就觉得她很亲切。

　　关灯后，躺在床上，徐丽忍不住又开始想自己现在的生活发生的变化。她曾一次次将这段时间与她过去十多年的婚姻生活做过对比，最终她得出结论：过去的她一直在随波逐流，她一再地顺从、忍让、逃避，过去的她从未问过自己真正想要什么样的生活。当然，就是现在她也并不是完全清楚自己到底要过一种什么样的生活，但她觉得自己在前进，她在学着控制自己的人生，而不是像过去那般完全陷于其中。

　　那天快下班时，徐丽突然接到母亲打来的电话，她接起后，电话那边传来哥哥的声音。哥哥说，丽丽，我们昨天刚从医院回来，爸快不行了。徐丽从网上订了晚上七点半回县城的车票。她到家后跟郭峰说了这事，郭峰想要陪她一起回去，徐丽想都没想就拒绝了他的提议。她说我要是带着你回去，我怕我妈会因此再气出病来。郭峰沉默了几秒钟，说，好吧，你自己照顾好自己。他们出去吃面，徐丽只吃了几口便不吃了，她说她吃不下。郭峰送她到车站，在附近的超市给她买了些面包和水果，让她在火车上吃。

在火车上，徐丽想起当初她和郭峰离开县城时的情景。她记得他们坐的是清晨的那趟车，不到六点他们就从酒店出来，那时天还没亮，路上空荡荡的，一个人都看不到，他们等了好一会儿才终于等到一辆出租车。差不多的场景，人的心境却截然相反，那时的喜与此刻的悲都是具体的。火车进入山洞，车厢内暗下来些，徐丽忽然感觉有些恍惚，像是从一个梦中惊醒过来，茫茫然不知身在何处。

她到家时已经快十二点了，院门没锁，她推门时狗叫了两声，接着她看到屋里的灯亮了起来。她走进亮着灯的房间，看到妈在靠墙那边侧躺着，哥在进门这边，盖着被子的爸夹在他们中间，爸闭眼平躺着。哥和母亲都坐了起来，徐丽把包放到饭柜子上，走近炕沿，俯身附在父亲头边，轻声叫了声爸。父亲没反应，哥用手指试了下父亲的鼻息，低声说还在出气，是昏过去了。

第二天吃早饭时，父亲短暂地醒来一会儿，哥哥在他耳边说丽丽回来了，父亲"啊"了一声，眼睛望向她说，丽丽回来了啊？她握住父亲的手说，爸，是我，我回来看你了。父亲说，好，回来就——话还没说完，眼皮又阖上了。趁母亲在厨房洗碗，哥哥告诉她说两个多月前，父亲摔了一跤，他连夜开车送去医院，住了半个多月才出院，回来后也每日按时吃药，但还是明显大不如前。前天晚上正吃着饭，突然就晕倒了，先去了大同五医院，医生计去太原，到了太原送到急诊，做了一堆检查后，主治医生过来说是脑部出血加大面积梗死，现在做什么都起不了作用了。哥哥说，现在饭已经一口也吃不下了，牛奶和稀饭也喂不进去，大部分时间处于昏迷状态，只偶尔醒来一会儿。徐丽脸上又流下泪来，她将头转向窗外，一句话也说不出来，太阳出来了，她看到院子里父亲以前常坐的那把藤椅，以后再也看不到父亲坐在那里晒太阳的背影了。

嫂子带着侄儿翔翔来了，嫂子见到徐丽，只问了她一句昨天几点到的，之后便不再说话。母亲坐在父亲旁边，隔一会儿就俯下身去试一试他是否还有呼吸。哥去院子里抽烟，嫂子坐了一会儿，也去了院子。隔着窗子，徐丽看到嫂子走到哥哥身边，在对他说什么。过了一会儿，他们一起进来，嫂子让翔翔自己拿钥匙先回家去。没有人开口说话，他们都在等待那个时刻的来临。

母亲突然说，他呼吸变快了，他们几人一齐凑了过去，躺着的父亲喉咙里不断发出浑浊的咯咯声，他的胳膊不住颤抖，眼睛睁着，瞳孔已散大，这种状态仅持续了几秒钟，现在父亲的身体僵在那里不动了，他的呼吸停止了。母亲扑在父亲的身上哀哀哭泣，徐丽大脑中一片空白，她听到哥在对嫂子讲话，他让她去堂屋拿早已准备下的寿衣，说完他自己也出去了，他知道自己此时该做什么。

请人将棺材抬进堂屋摆好后，哥哥将换上寿衣的父亲抱进了棺木中。中午吃饭时，哥说他一会儿去报丧，让嫂子下午去买做孝服的白洋布，徐丽和母亲一起去买灵前的贡品、香纸等一应杂物，布买回来就先缝孝服。他说她们三人肯定缝不过来，让母亲打电话多请几个亲戚邻居家的女人来帮忙。他说完后，问母亲有没有说漏了的，母亲说她能想到的他刚刚都说了，就先紧这些去办吧。

徐丽跟哥一起走到院里，她将哥拉到墙角，从口袋里拿出一沓钱，递到他手里。徐丽说，哥，葬礼的花销我和你平摊吧，这是一万块钱，你先拿着用。哥问她，这钱是你自己的还是谁给你的？你要是——徐丽说，这钱是我自己挣的，你拿去用吧，不用担心我。哥这才将钱收下。

母亲请了三个人来帮忙缝孝服，都是跟他们家沾点亲的，按辈分，徐丽应该叫她们表姑、表婶。嫂子针线活不好，去忙其他的了。徐丽知道自己的那些事镇上的人一定早都听说了，而且流传的版本一定比她自己经历的更加曲折丰富，容易让人产生联想。徐丽心想，如今她成了那种人们会在她背后指指点点的人了。徐丽向三位表姑表婶问了好，她们则简单问了问她是什么时候回来的，从哪里回来的，之后她们便把话题转向其他方面。徐丽像局外人一般坐在一边，她们说的话她基本上一句也没听进去，她看上去是专注于手中的活计，满脑子里却被她们回去后会如何向别人讲说她这一想法充塞。她们的讲述会成为新的素材，被加入原来的各个版本的故事中去，这会让原本已将她淡忘的人们再一次将目光聚焦到她的身上。想到此，她感到心里像被针扎一般痛，她自问自己这是怎么了，为什么内心中原本坚定的东西竟顷刻坍塌。

晚上徐丽和母亲在一个屋子睡，躺下熄灯好一会儿后，徐丽听到母亲叫她的名字，这还是她回来后母亲第一次跟她说话。她说，妈，怎么了？她等了一会儿，才听到母亲说，你爸下葬后你和李朋去把离婚手续办了吧。徐丽"嗯"了一声。她不确定李朋会不会痛痛快快地和她离婚，她不想因此完全和他扯破脸，毕竟打破原来平静生活的是她，再说还有孩子们呢。你不用担心李朋那边不同意，母亲说，他跟我说过，他要和你离婚。

父亲葬礼结束后，徐丽去了以前的家里，她是去找李朋一起去民政局的，她提前跟他打过电话说好了的。按理说她可以和他约在外面碰头，但她想看一下自己离开后他们的生活。她没见到两个孩子，李朋说一伟前几天回了他爷爷奶奶家，一凡和同学出去打球了。徐丽心想也有可能是听说她要来故意躲出去的。她环视整个屋子，并不像她想象中的那般脏乱。李朋像是看出了她的心思，说平时家里都是一凡打扫的，一凡像是一夜之间长大了，比从前懂事了很多。没再多说其他的，他们带着需要的资料来到民政局，等了不长一会儿，很顺利地办完了手续，然后各走一边，背道而驰，谁都没有回头。

离开时，徐丽买的是夜里十二点的那趟车，清晨五点半到达太原，下车时正好能看到那座城市醒来的样子。不到十点，她就打车到了火车站。从家里出来时，母亲硬往她包里装了两个鸡蛋、一个苹果和一个面包，并送她来到大路口。徐丽让她回去，母亲说等她打到车了再回，她们站在路灯下，似乎都不知道该对彼此说些什么，只能一起望着道路的远方，以此打发分离时刻到来前的这段时间。徐丽不知道母亲在想什么，她已经将悲伤隐藏起来了，她说人总是要死的，先走的人还能少受点罪。父亲下葬那天，从坟地回去的路上，哥跟她说他本想让母亲搬去和他们一起住，可母亲不去。母亲说等她动不了了，随便他们怎么安置她，现在她还能养活自己，谁也不麻烦。徐丽估计她是不愿每天看嫂子的脸色。

火车发动了，正在快速前进，将她的故乡与亲人全都抛在身后的黑暗中。车厢里逐渐安静下来，她斜对面那个之前一直吵闹不停的小孩，此刻已枕着母亲的腿睡熟了。徐丽闭上眼，脑海中浮现出一凡的模样，她又想起在父亲的葬礼上那孩子对自己的冷漠态度，他都没用正眼看她一眼，他心里还在怨恨她。这两天每次想到一凡离开时倔强的背影，徐丽的心就像是突然被攥住般难受。以前她总自我安慰，以后可以以其他方式补偿一凡和一伟，可现在看来，他们之间感情的沟壑只会随着时间的推移越变越宽。后来她靠着车窗睡着了，醒来时一阵恍惚，感觉像是过了很长时间，又像是身在记忆中的某个相同的场景。

李一凡

敲门声响起时，一凡还在床上躺着。夜里醒来在沙发上坐了很久，回忆如潮水般将他裹挟冲刷，直到烟盒里的最后一根烟抽完后，他才又重新回到床上。他穿上衣服，下地去开门，他知道门外等着的人是父亲，他回来前给他打过电话。

才起来？父亲进门后打量了他一眼，问道。

他"嗯"了一声，转身走进卫生间，用冷水洗了把脸。他出来后看到父亲站在茶几前，茶几上的烟灰缸里插满了烟头。父亲弯腰拿起烟灰缸，将里面的烟头和烟灰倒进垃圾桶，然后才在沙发上坐下。父亲拿起烟盒打开看了一眼，将其扔进垃圾桶，他从上衣口袋里掏出自己的烟，递给一凡一根。一凡走到床边坐下。

怎么忽然想回来了？你在北京过得不好吗？父亲眼睛望着对面的墙壁问道。一凡抬头看着父亲的侧脸，他的鬓角已变成灰白色，不过脸色很不错，感觉比他上次回来时又胖了些。

也不是过得不好，一凡说。为了够到烟灰缸，他往沙发那边挪了一点。只是不想待了，我和我女朋友打算结婚。

啥时候交的女朋友？父亲问，也没听你说过。

快两年了。一凡说。他想起父亲决定再婚时也没有提前和他说，他是从弟弟的口中知道的，那时他正在外地实习。他们没有办酒席，就只是两人搬到了一起住，那年冬天他放假回去，才见到了弟弟向他说的美娟阿姨。

他对父亲说女朋友过几天来，他这几天想先看看房子。父亲指着地板说，不行可以先住这儿，就是老旧了些，这几年都没怎么住人。一凡没接他的话，他从没想过和他未来的妻子住这间房子。他问父亲，这里好多年前不是就说要拆迁吗？怎么到现在还没拆。父亲说，一直都在传要拆了要拆了，就是没动静。父亲站起来说，走吧，到下边去吧，你阿姨听说你回来了，早上专门去菜市场买了一只土鸡。一凡说，我脸还没洗呢，时间还早，一会儿再下去吧。父亲说那也行，他走到门口，又转过身对一凡说，你别忘了啊，早点下来。

父亲打开门走了。一凡盯着墙壁发了会儿呆，伸手在口袋里摸烟盒时，想起他带的烟昨晚抽完了。他下楼去买烟，走到以前的小卖部门口，他看到眼前这间平房的铁皮门用一条铁链锁着，窗子也用木板封了起来，显然有些日子没人住了。

转身离开时，他突然生出一种沧海桑田般的感慨。世界每时每刻都在变化，时间是一条大河，每个人都在自己的漩涡里溯洄挣扎。

李朋

回去的路上，李朋心里还有点不可置信。一凡之前都没跟他提过交了女朋友，现在却突然告诉他说打算结婚了。他当然感到高兴，但更多的是感慨，转眼间一凡都要结婚了。在李朋印象中，一凡一直还是那个不爱说话的少年，他记得自己一度很为一凡担心。一凡不像他弟弟那么开朗，有什么事都憋在心中，多数时间都沉浸在自己的世界中。那些年李朋没少在心中怪罪前妻徐丽，因为他记得一凡以前不像这样自闭，他是在那件事之后才变成这样的，他认定一凡性格的改变是妈妈与人私奔产生的后遗症。

回到家，李朋看到美娟正在收拾鱼，美娟抬头问他，一凡呢？咋没跟你一起下来？李朋说，他一会儿下来。他问用不用帮忙，美娟让他剁鸡肉。他剁好后又问还有什么，美娟说，其他的不用你管了。他跨坐在炕沿，点了一根烟，烟抽完后，他对美娟说，一凡要结婚了。美娟转过身来，在围裙上擦了擦手，问他，什么时候？李朋说，我也不知道，他没说，估计就最近吧。美娟说，他也没提前和你商量？李朋说，没，他说他这次回来不走了，他们打算在县城买房子。美娟"哦"了一声，说，这样也不错，彼此还能有个照应。李朋说，我打算过几天去银行把那几张存折取了，估计他们没那么多钱。美娟说，应该的，咱们能帮他们多少就尽力帮多少。望着美娟的背影，李朋心中感到一阵温暖，她总是那么善解人意。

一凡过来时，饭菜都已经做好了，美娟往桌上端菜，一凡过去帮着拿碗筷，李朋取了一瓶酒，他要和一凡喝一杯。他们父子俩即便是喝酒也没什么话说，差不多是各喝各的，倒是美娟一直在和一凡闲聊，她问一凡的打算以及他女朋友什么时候过来，问他和他女朋友认识多久了，她是哪里人。一凡都一一回答了。美娟又问他们打算何时办婚礼，一凡说还没确定要不要办，他说他们都觉得婚礼办不办都无所谓。美娟说怎么能无所谓呢，要办的，就算你女朋友没意见，她爸妈那边肯定也不同意，该走的形式一个也不能少，毕竟一辈子就结一次婚。李朋也在旁边说婚礼还是要办的，女孩子可能嘴上不说，心里一定会在意。一凡只点了点头，没说什么。

吃完饭又坐了一会儿，一凡便去看房子去了，美娟洗完锅去了店里。李朋睡了一觉，醒来时已经四点多了。他起来出去撒了泡尿，回来后从立柜里取出放存折的夹子。他将几张存折上的数字口算加了一遍，又用手机上的计算器加了一遍，一共是十六万八。他一边念叨着十六万八，一边将存折叠好重新放回夹子里，把夹子藏回了立柜角里。

第二天李朋拿了一部分存折去银行取了十万块钱，他新办了一张卡，密码设的是一凡的生日。他将取出来的钱存进卡里。从银行出来，他给一凡打电话，接通后，他先是问一凡昨天看的房子怎么样，一凡说还可以，但他想再多看几家。他问一凡现在在哪里，一凡说在家——他说的是城北的六楼。李朋对一凡说自己有事跟他说，这就上去找他，说完他挂断了电话，回家去骑车。

听他说卡里有十万块钱时，一凡眼神中流露出些许惊讶，并将卡推向李朋。一凡说我这几年工作攒了些钱。李朋说，你拿着吧，买房子、办婚礼需要不少钱，你攒的那点不一定够，要是还差着，你再跟我说，我再想办法。一凡看着那张卡没说话。李朋又说，我这个做父亲的没什么大本事，能帮你们的也有限，我老了，以后做什么要靠你们自己了。一凡拿起烟盒抽出一支烟给他，他点着吸了一口，然后朝门口走去，他说，我回去替你阿姨看店了。

一凡的女朋友薇薇来了，李朋没想到她竟会是个性格如此活泼的女孩，他原本以为一凡会喜欢和他性格相像的，文静、内敛的女生——不过他看得出来，他们的确很相爱，薇薇来后，一凡嘴角的笑意明显多了起来。薇薇来之前，一凡在名府雅苑租了一套两居室，薇薇来后他们就住进去了。一凡说城北他们家那个房子太老太旧了，他懒得收拾，而且那里也太偏了，生活在那里很不方便。另外，一凡带薇薇一起去县城里几处在售楼盘看了一圈，最后在城西买下了一套房子，他们打算等办完婚礼后就开始装修——在他和美娟的劝说下，一凡最后终于妥协了，他说那就办吧，他不想让他们失望。

那天吃晚饭时，李朋提醒一凡确定了日子后记得先通知他母亲徐丽。他看一凡没接话，就说，要不我让你舅舅跟她说。一凡抬起头说不用了，他说他自己通知她。李朋没想到第二天见到了徐丽。她去了他的水果店，那时美娟回去了，她进去时他正在盘货。他问她怎么来了，她说一凡给她发了短信说他要结婚了，她去了城北的房子，那里没人，她不知道一凡住在哪里，就来这里了。她说她想过来看看，有没有她能帮得上忙的。

李朋给她拿了一把椅子，他问她什么时候回来的。徐丽说，回来一个多月了，我妈的身体不太好，她又不愿搬去我哥家里。看来她到现在还是一个人。几年前李朋曾听人说她那个男人出车祸去世了。自从去办离婚手续那次后，他一直没再见过她，如今看来，她似乎已经从那失去的悲痛中走出来了。他不知道他们有没有结婚，不知她后来的生活是否幸福。

在椅子上坐下后，徐丽说，没想到你竟还能做成生意。李朋说开这个店是美娟的主意。徐丽说，我猜也是。她画了淡妆，褐色的头发估计烫过，他在她身上虽也能明显看出变老的痕迹，但似乎又与他每天见到的那些女人不同。他心想，自她跟随那个男人逃离那一天算起，她在那座省会城市生活了也快二十多年了，如今可以说是一个真正的城里人了。他听人说她在那里与人合伙开了化妆品专卖店，不知她现在坐在这里，看着他在这些菜叶子之间忙活，心中会产生怎样的感觉。他忽然又觉得自己想多了，她来这儿不是为了来看他的，她是为了一凡才来的，说白了，若是没有一凡和一伟，他们俩现在就是两个毫不相干的陌生人了。

她问他，见到一凡女朋友了？李朋点头说见到了。她又问他，那女孩性格如何？李朋点了根烟，说，挺好的，开朗，也善解人意。她"哦"了一声，说那就好。她说她没想到一凡他们会决定回这个县城来安家，他们回来做什么工作呢？她说，如今的年轻人都在往外走，这里机会太少了，哪怕就是去太原，以后发展的机会也比这里多得多啊，不知他是怎么想的。李朋不知该如何接她的话，她说话的语气让他很不适。他眼睛瞟向一边，自顾自地抽烟。她叹了口气，说，我说的话他也不会听的，随他自己吧，每个人有每个人的活法。

徐丽在李朋的店里只坐了十分钟不到，临走时她说，我在百姓红饭店订了一个包间，后天中午大家一起吃个饭，我已经跟一凡说了，他也答应了。对了，你别忘了把你家的带上。李朋"嗯"了一声，又说，行，知道了。她转身推门出去了。

李朋在徐丽刚刚坐过的椅子上坐下，又点了一支烟。他透过烟雾朝外望去，她的身影早已看不见了，往事却又一幕幕浮现在他的眼前。当年他看着徐丽发给他的信息，说她要跟别的男人一起生活，他愤怒地一脚踹翻了电视机，忍不住破口大骂——尽管她不可能听得见。后来他骂累了倒在床上，自言自语说，你想就这样和别的男人远走高飞，门儿都没有。他越想越觉得自己窝囊，恨自己竟连一丝迹象都没察觉。他去找了旅馆老板娘，她一开始先是说不知情，也没想到会发生这样的事。他不相信，她不可能什么都不晓得，他站在那里不动，死死地盯着她，意思是她若不把她知道的都说出来，他是不会走的。然后她开始说了——他想或许她本来也是打算说的，不仅是要跟他说，还要和她认识的其他人说，以一种神神秘秘的姿态——她说之前她（徐丽）对一个房客很关心，记得那个人退房两天后，她曾问起过那人，当她听说他已经离开，脸上的神情看上去很像是失落。他有点不耐烦，说我不想听这些，我要他的入住登记。有，有，她忙不迭地说，像是很害怕他。她从抽屉里拿出了那个记录本，递到他的手里。他看得出那几行字是她（徐丽）的笔迹，他将那一页整整齐齐地撕下来，叠好揣进上衣口袋中。

他先坐火车，然后又转汽车，终于来到这座灰扑扑的小镇。他先找了一家小饭馆吃了顿热乎饭，之后走上街头。水泥路面坑坑洼洼，阳光炙热，他贴着墙根前进，看到前面不远处的树荫下坐着两个中年男人，他走过去在他们旁边坐下，然后掏出烟盒，抖出两支烟朝正看着他的男人递过去。他们问他从哪里来，他回答后，他们又问他来这儿做什么。找个人，他说。

然后他说出那个名字，问他们，知道这个人吗，这人在不在镇上。其中一人摇了摇头，说没听过，镇上没这号人。另一个人手伸向空中，若有所思。此人留着络腮胡，头顶光秃秃的，看上去年纪要大一些，他思索了一会儿，说，这不是卫强家那个孙子的大名吗？他老早就出外头去了。李朋强忍着这人的口臭问，你们知道他现在在哪里吗？这次那俩人一起摇起了头。秃顶的人开始讲起那个人的身世：他是由他爷爷养大的，那个人两岁时他娘便得病死掉了（那女人不是本地人，是那人的老子从外面带回来的，也没办婚礼，她来镇上后几乎没人看见她出过家门，后来就悄没声地得了病，死了），他老子在他四五岁时出去打工，后来就没再回来过。他爷爷是个老鳏夫，等他长到十三四岁，老头子管不了他，他就辍了学跟人去北京打工，每年只过年回来几天，每次回来都要给他爷爷买好几箱烟酒，再后来老头子也埋进了土里，就没再见过他了。李朋抽完那根烟，将烟蒂扔在地上，用脚碾了两下，问，有人知道他现在的下落吗？秃顶的人说，说不好，或许有人还跟他有联系吧。李朋拍拍屁股上的土，朝一边吐了一口痰，迈开脚往前朝镇中心走去。

　　他问了好几个人，都说不知道那个人如今身在何方。为了应付镇上人的盘问，他还专门编了一套谎话，说自己欠了那人的钱，是来还钱的。他在说这话时，心中不免感到既可气又可笑。天黑了，他在镇上唯一一家旅店住下。他清楚找到他们的希望渺茫，但他就是不甘心如此放下。

　　第二天李朋继续在镇上打问那个人的下落。有人说听说他还在北京，也有人说前几年在太原的街上见到过他，他们中一个人说听说他发了笔不小的财，另一个人说他好像犯过事进去过，不知道什么时候出来的。后来他们反问李朋是什么时候在何处认识的他，那时他在做什么。——本来镇上的人几乎已经将这人完全忘记了，但经他这一打问，他们又在彼此的追忆与讲述中重新复活了他，那些上了年纪的人开始感叹那个人的悲苦命运以及他的不服输与能折腾，他们的语气中带着惋惜与同情等多种感情成分。李朋心里清楚，再在这里待下去已经没有任何意义了，但他还没拿定主意，是回去，还是去北京、去太原追寻他们。从家里出来时，他没想到找一个人会这么困难，本以为知道他的老家在何处，顺藤摸瓜找到他本人会是轻而易举的事情。他把事情想得太简单了。那时他的身心已被愤怒填满，出发时包里还带了一把弹簧刀，后来在火车站被扣下了。

晚上旅馆房间里闷热难耐，他穿着拖鞋和背心来到街上，走到街角处那个烧烤摊前坐下，点了些烤串，要了两瓶冰镇啤酒。旁边桌上是几个年轻人，他们说话像是在吵架，后来结伴离去了，烧烤摊就剩他一个顾客。他看了眼手机，已经十一点多了。回去的路上，他看着两旁陌生的街道，感觉像是走在梦中。他问自己为什么会在这里，过了一会儿想起他是为了徐丽才来的，可他印象中徐丽好像已经离开他很久很久了，久到他一时竟记不起来她的样子。

虽然一凡之前说不大办，但该请的亲戚怎么也不能不请，不然人还以为你看不起人家，算下来，怎么也得摆上十一二桌。最后他们说好了婚礼和酒席的钱都由徐丽来出。她本来还要给一凡钱让他们买车，一凡没接受。一凡说他和薇薇都没考驾照，目前也没有买车的计划。徐丽又说，那就等你们装修用。李朋感觉徐丽像是在和他较劲，他为一凡买房出了十万，看样子她也要拿出同样多或是超过他的钱来给一凡，但他能看出一凡原本想都没想过要他们的钱，他心想他们此举何尝不是为了让自己心里有个安慰。

在婚礼上，当仪式进行到新郎父母亲讲话的环节，司仪将话筒递到李朋的手里时，他看到所有人的目光都聚焦到自己的身上，之前想好的那些词他一句也想不起来了。他看向一凡和穿着婚纱的薇薇，还有另一边的徐丽，结结巴巴地说自己实在太高兴了。他看到下面不少人在笑，自己也咧嘴笑了一下。他的额头上已冒出几粒汗珠，主持人问他有没有什么话想对新郎新娘说，他半转过身来，顿了一下，然后说，我希望你们互相珍惜、包容，不离不弃。他就说了这么短短几句，说完"不离不弃"，他把话筒还给主持人。主持人问他，没其他想说的了？李朋说，没了。然后是徐丽讲话。虽然自己已经讲完了，李朋仍旧感到紧张，他的脑子里像是装着一台发动机般轰隆隆地响着，至于徐丽说了什么，他一句也没记住，只知道她讲了挺长一大段话，讲到后面还落了泪。她最后一句话音甫一落下，礼堂里随即爆发出一阵热烈的鼓掌声。这种气氛让李朋感到很不自在，好在仪式马上就结束了，人们开始专注于吃饭和喝酒。

前一天晚上美娟就提醒过李朋，今天要记得少喝点酒，她说到时客人们主要靠你和徐丽二人招呼，到时别人敬你酒，你就稍微意思一下就行了。李朋说，放心吧，我心里有数。他带一凡去一桌一桌敬酒时还没喝多，后来别人又来找他敬酒，每个人都在向他祝贺，他越高兴，喝得就越痛快，渐渐地把美娟的叮嘱抛在了九霄云外，而且越喝越觉得清醒。美娟过来跟他说少喝点，他拍着她的手说放心，但显然他此时就已经喝多了，还没等众人散场，他就先趴下了，他们不得不找了个人将他送回家。

　　第二天吃早饭时，美娟告诉他说，前一天散席后多亏了徐丽一直在酒店门口招呼，她在那儿送走了最后一位宾客，最后与美娟、一凡确认过没其他事后才回去的。李朋只是听着，整个人恹恹的，毫无说话的欲望。昨天酒喝得太多了，现在虽然醒来了，头却疼得厉害，浑身上下都不舒服。他只喝了一碗白粥便放下了筷子。美娟说他现在整个人还是木的，劝他出去溜达溜达，晒晒太阳，出点汗，就不那么难受了。李朋喝了一大杯凉白开，戴上帽子出去了。

　　走了不大一会儿，李朋便觉得热了，他摘掉帽子，用手背擦掉额头上冒出的汗珠。算起来，他有十多年没喝醉过了。曾经他是离不开酒的——在他们家里没有女人的那几年——那时他无法想象，若是不喝酒，该如何度过那一个个漫漫长夜。他记得有一次，一凡住校，家里就他自己，他喝多后衣服也没脱就躺下睡着了，半夜因口渴醒过来，后来再也睡不着。他打开电视机看电视，各个电视台挨个切换了一遍，最后返回到体育频道。电视里正在重播一场游泳比赛，一千五百米自由泳，他嫌声音吵，按了静音。他并不是体育爱好者，之所以选择看游泳比赛，是因为没有剧情，不用动脑子，或许还能起到催眠的作用。每一个运动员都在奋力朝前游，但渐渐地有人被甩在了后面，后来屏幕中只剩下游在最前面的三个人，李朋心里却在想后面的运动员，他甚至为他们而感到伤感，距离已经拉得太大了，他心想后面的人一定也知道鲜花和掌声已经跟他们没关系了。他没看颁奖就关掉了电视。他还是毫无睡意，天气也热，于是便起来穿上衣服来到外面。他漫无目的地在空荡荡的街上游荡，直到天色渐渐变明，有清洁工出来扫马路，他才拖着疲惫的身躯慢慢朝家里走去。

　　如今回忆起来，那段充满苦涩的时光仍旧清晰如昨。他虽不愿去想，但相关的记忆却总是不由自主地在他的脑海浮现，而那些他曾经觉得美好的过往在记忆中变得越来越模糊，仿佛他这一生都是浸泡在苦水中一般。其实不是的，他自己知道，人生中更多的时间是在无聊与麻木中度过的。他不喜欢多想。他对自己如今的生活就比较满意，每天守着那个几平方米的菜店，日复一日地重复。在他看来，无论怎样的生活都是生活，故而他能理解一凡选择从北京回到这座小县城来的决定。

一凡和薇薇去南方玩了两个礼拜，回来没多久，一凡就在万人商城对面租了间门面房，他们准备开一个花店。李朋听一凡的意思，开花店是薇薇的主意。回到家后他把这事跟美娟也说了，他不住地摇头说，不是泼冷水，开花店不一定能挣到什么钱。美娟也说小县城里怕是没什么人会经常买花，倒不如开个水果店、玩具店什么的。最后李朋说，既然他们都决定了，就让他们试一试吧，那儿的位置不错，说不定能成呢。

转眼到了五月份，一凡的花店已经开业一个多月了，李朋去看过，店不大，架子上地上全是花花草草。店里主要卖鲜花，也卖盆栽，还有些比较别致的花盆。李朋问一凡生意如何，一凡说现在看来还可以，不至于亏本。那就好，李朋说。一凡说他前几天和薇薇去医院看了外婆。李朋问是什么时候住院的，一凡说他听他舅舅说已经住了一个多礼拜了。李朋问，你妈也在那里吧？一凡"嗯"了一声。他们似乎都不知该说些什么了。李朋站了一会儿，说有什么事的话就打电话，然后便回去了。

回家的路上，李朋遇到一个以前和他住同一栋楼的熟人——他想不起此人的大名叫什么了，只记得人们都叫他老杨。他们站住寒暄了几句，互问了各自的近况，老杨现在还在城北那栋老楼里住着。老杨告诉他说那楼估计快要拆迁了，这次是真的，楼底下已经贴出告示了，现在还不知如何补偿，估计过些天会有人挨家挨户上门去说吧。他们互相留了电话，老杨说要是有人去谈拆迁的事就给他打电话。李朋掏出烟盒，抽出一根烟递给老杨，说那就麻烦你了。

过了两三个礼拜，就在李朋快要忘记这事时，他接到了老杨的电话，让他回老房子这边来，说谈拆迁的人来了。他到时，楼下已经聚集了一群人，都是这栋楼里的住户。此楼早已破旧不堪，人们盼拆迁盼了十多年了，现在终于等到了这一天。拆迁方提供的补偿方案也有诚意，故而当天下午到场的人，大都当场就签了拆迁协议。

虽然已经搬出去住了，但一想到这间房间以及整个这一栋楼将化为一堆瓦砾，最终将被从这世界抹掉，李朋心里还是感到些许失落。他记得一凡两岁时，他从一个铁路工人手里买下了这套房子，虽然只有不到六十平方米，但想到从此一家人终于不用再租房子住了，他们都满心喜悦。因为没钱，买下来也没重新装修，自己刷了一下墙，便迫不及待地搬了进来。他们一家人在这小小的房子里住了十几年，那些看似漫长的岁月悄然滑过，如今一切都在浑然不觉中变了模样。

他环视整个房间，暖气片所在的墙角还残留着不知是一凡还是一伟小时候的涂鸦。房间里的东西他之前整理过一次，扔掉了许多，一些有用的都拿下他们现在住的地方了，现在就剩隔壁一凡以前的屋子里堆着一些杂物。李朋打电话给一凡，跟他说了要拆迁的事，让他有空上来看看房子里有没有他想要带走的东西。他在心中犹豫要不要告诉徐丽这事，后来想到她这些天一定还在医院照顾她母亲，决定还是等以后再跟她说吧。

日子一天天划过去，李朋有时候会不自觉地观察别人——来店里卖菜的人、路上看见的陌生人等——脸上的神情，不知道是不是自己的错觉，总感觉他观察的那些人都和他一样无精打采，都像是没睡醒一样。六月初徐丽母亲去世了，他也去参加了葬礼，老太太活了八十七岁。他听他以前的大舅子说，最后这次送进医院，老太太已经没有意识了，是在昏迷中离世的。从坟地回去的时候，李朋和徐丽同行了一小段路，她眼睛哭肿了，脸色也很不好看，与他记忆中一凡结婚时的她简直不像是同一个人了。他想安慰她几句，却想不到合适的词句。

晚上吃饭时，他与美娟说起徐丽母亲，他记忆中这个曾是他的岳母的女人一直是个勤劳而要强的女人，那些年每次他和徐丽吵架，徐丽回娘家去住，过几天他去接她回家时，岳母总要挨个数说他们，直到徐丽父亲都听得不耐烦了，让她少说几句。后来徐丽离开他后，她还经常去家里看他和两个孩子。他有时有事时，也总让俩孩子去外婆家。过了一会儿，他又说，好在老人活着时没受什么磨难，能像那样在无意识中离开这世界也算不错了。

过了几天，美娟叫了一凡和薇薇来家里吃饭。他听一凡说徐丽已经回太原去了。一凡还说徐丽劝过他们几次,希望他们和她去太原发展,甚至还承诺说让薇薇替她打理店铺。李朋心想,她说了那么多,仍旧没能打动一凡他们,内心中一定会感到些许失落吧。她一定也是想要弥补她对一凡的亏欠,但有些东西是无法挽回的。李朋记得一凡曾跟他说过,他并不怨恨徐丽,但却对她始终有种疏离感,这在他们彼此心中都能感觉得到。

　　老房子拆除那天,李朋和老杨等一众人站在远处观望,他们先是听到一声爆破声,接着看到原来的房子上空腾起一阵烟尘,尘埃漫天。众人不自觉地往后退了几步,他们眼望着曾经住了几十年的房子化为一堆瓦砾,没一个人说话,气氛显得格外沉重。爆破过后,几辆大型挖掘机轰鸣着开上了瓦砾堆,不知是谁最先拿出手机拍照的,后来他们一个个全都掏出手机,对着那个方向拍了起来。李朋拍了几张照片,发在他们的家庭群里,只有一伟在下面回复了一个动画表情。他又将照片发给了徐丽,徐丽没有回复他。他内心中感到些许失落。

　　晚上李朋睡不着,白天看老房子爆破的场景又浮现在他的眼前。他任由思绪信马由缰,从老房子想到过去的岁月、一凡和一伟的变化,以及他们的未来,像是一个绕不过去的坎儿一般。后来他又不可避免地想到了徐丽。他想象她在千里之外的一间房子里辗转反侧,她从床上起来,穿着拖鞋在客厅里来回踱步,可能怀里还抱着一只猫或小狗——她会养宠物吗?若是放在以前肯定不会,但人总是会变的。这些年她或许养成了独自喝酒的习惯,他想象她熟练地打开一瓶红酒,倒进擦得锃亮的高脚杯中,手指捏着杯子的细柄轻轻摇晃着,她抿了一口酒,接着走到窗边朝外望去,她的背影瘦小而单薄,身后的房间显得空荡荡的。渐渐地,她的形象变得模糊了,李朋沉入了睡眠的无意识中。

选自《中国作家》2021年第3期

评鉴与感悟

"时间是一条大河,每个人都在自己的漩涡里溯洄挣扎。"

《空房间》通过儿子、母亲、父亲三个切换的视点构成章节,讲述了一个困窘的县城家庭从裂痕到破碎,再到经年以后即使双手握住残片,也因为时间结成的茧过于厚重,不再流血,以麻木与习惯达成一种被动和解的故事。溺水的人会本能地抓住身边的一切共同沉沦,同游者拍水时的漩涡与浪会成为彼此的阻力。这个故事里的人,都在时间的河里泅泳、挣扎,他们拥有自己的漩涡,又不可避免地相互影响,独处时孤独,相见又相互折磨,拉扯着沉入深渊。

李一凡在旧房里一个人打乒乓球,他何尝不想得到父母的温暖,然而,事实是,父母时常争吵,对他缺乏关心,带给他的只有无尽的失望,母亲的出走则成为他心上无法抹去的隐痛。徐丽渴望积极向上的新生活,渴望丈夫的体贴,可实际上丈夫的颓废不成器、家庭的拖累,反而折断了她的翅膀。徐丽是这个家庭里最早意识到漩涡的存在,发现漩涡正在相互影响、共同沉沦的人,所以她奋力游出了那片水域,可是最后她才发现,原来时间的河是没有岸的,她永远处在自己孤独的漩涡里,并且血缘与地域始终在招引着她的漩涡往来时去。

或许死亡才能结束一切,这也不过是对个人而言。对于一个家庭来说,大河里的每一道浪涛都似曾相识,上演着颠扑不破的轮回。就像李一凡发现父母偷摘核桃和玉米的那个夜晚,他奋力往窗外扔掉自己拿回家的两颗青核桃,却没有感到轻松,因为他自己也偷窃了同学的乒乓球拍。或许,他恍惚触及了生活真相——这是注定失败的一条航路,而他永在其中。(邵帅)

母 马

/子禾

1

岁羊婚宴一结束，陈拴梅就恍恍惚惚觉得有事要做，可死也想不起要做什么。第二天下午，看到苹果树下洇红了积雪的几片喜纸，才意识到忘了去接他，一阵心惊。近来总忘他，这让陈拴梅很不安。于是，急急忙忙去厨屋用塑料袋提了些宴会剩下的油果子、虾片、雪碧等，去了傻宝贵家。

两人灰头土脸，呆笑着，看着陈拴梅。每人手里拿一个玻璃瓶，傻宝贵拿的是罐头瓶，曹拉拉则是白酒瓶，里面都装满了红红的野酸枣。曹拉拉头上沾满柴草，头发像干枯的莎草，垂在肩头，遮住了耳朵，也遮住了嘴角那个浅浅的疤痕。

看到男人如今这个样子，和傻宝贵站在一起，陈拴梅感到一阵急遽的锥心之痛。但她极力掩饰着，将从家里带来的两塑料袋食物递给傻宝贵，说岁羊结婚这几天多亏他照顾曹拉拉了，又说了些感谢的话。傻宝贵看看她，又看看曹拉拉，犹豫着接过两只沉甸甸的红色塑料袋，结结巴巴地说："客……客气什么？"

她走到曹拉拉身旁，将他拉到一边，拍打他衣服上的灰土，瞬间，周围就腾起一团污浊的尘雾。她又向傻宝贵要了一盆清水，给他洗了脸，洗了手，再将一绺一绺灰黄、灰白的长发顺到他黝黑的耳朵后面。这样，曹拉拉嘴角的疤痕就出现了，像一丝若隐若现的笑意，斜在嘴角下，加上迟滞的眼神，使他看上去像沉浸在一个美梦中。

回家路上，她不止一次感到欣慰，儿子岁羊的婚事总算办成了。无论如何，让傻宝贵提前将曹拉拉带走是对的，谁知道这样一个人会闹出什么意外。婚宴前一天，来帮忙的人都说这事处理得好，说陈拴梅有脑子，她只是笑了笑，没说那其实是曹岁羊的意思。

曹拉拉刚出事那年，她跑遍邻里八乡，问了多少神多少医生，没得到什么好消息，但他们也都没把话说死，他们说："这情况，说不准哪天一觉睡醒，就好好的了。"第二年秋天，他确实短暂地恢复过一天。那天早上，她还没起床，他就起了，自己下炕，趿拉着鞋去院里的苹果树下摘了两个已经挂色的苹果，津津有味地吃起来。她惊得一骨碌爬起来，怔在那儿盯着他，他看她一眼，反而说："怎么了，还没睡醒？"好像魔怔了的是她。突如其来的欣喜使她感到什么都不真实，果然第二天一早，他又呆了，像晚上丢了魂。可短暂的恢复并不是幻觉，不止她一个，村里不少人都知道曹拉拉又好了。她去问神，又问医生，他们都说有些病人会这样，"间歇性的"。

陈拴梅给他洗完头，让他坐在台阶上，自己去房间拿换洗衣服。他们的房间此时在一片幽冷的阴影中，已经晒不到阳光了。另一边，阳光好似一块长方形的幕布，一角铺在院子里，一角折在房屋的墙壁上，曹拉拉正坐在那条折线上，仿佛这块幕布只要两角一拢，就会将他裹走。他坐在那儿，一手抱着酸枣瓶，一手放在膝盖上，一绺一绺披在肩上的头发还挂着水珠，胡子在阳光下发黄，神情忧郁，眼神空洞，像个影子。

陈拴梅感到一阵心惊，仿佛那幕布正在收起，他正在被带走。她赶紧跑过去，抓着他的手，将他带进了房间。换上干净衣服后，他看上去精神多了，完全不像个疯子。她拿起柜子上那块长方形的小镜子，吹掉灰尘，伸到他面前，让他看看自己。他的眼睛慢慢转向镜子，看了一会儿，嘴角微微一缩，笑了。

在镜子里，那笑意只是一闪，但陈拴梅看到了——那是真正的笑。那一刻，她心跳加速，比任何时候都相信曹拉拉会好起来。她放下镜子，看他头脸毛糙地站在那儿，觉得自己应该做点什么，可那念头却很快闪掉了。

直到看见台柜上的剪刀,她才意识到要做什么。她拿着剪刀走过去,但他躲开了,含混又惊恐地小声喊着:"刀,刀……"

"别动,"她抓住他,让他坐在一把靠背椅上,"别动,头发给你剪剪。"

"刀,刀。"他依然含混地喊着,眸子快速闪动。

"坐下,"她抓着他的胳膊,使了点劲儿,"头发剪剪,精神……"可话还没说完,她就趔趄着倒在了炕沿上。她这才意识到,他推了她一把,那么突然,以至于她想不起他推在她身体的什么部位。沉闷的痛感即刻尖锐起来,她惊恐地看着他,眼眶中涌出两行眼泪。她又一次感到深深的恐惧。

曹拉拉还站在那里,怔怔地看着她,不安地小声嘟囔着:"二月二……小梅,别怕……"她擦掉眼泪,瞬间觉得他特别可怜,像被吓坏了的孩子。"不剪了,不剪了。"她放下剪刀,放弃了为他剪发的想法。那一瞬间,她的脑海中闪过一个模糊的念头:这样一直不剪,他的头发会长到多长?

半夜,曹拉拉将手伸进陈拴梅的被窝。半睡半醒中,陈拴梅还像以往一样,惊讶地以为他好起来了。然而,他只是抓着她的手,像害怕走失的孩子。她醒了,醒了就再也睡不着。夜晚那么安静,透过窗子可以看见苍穹中隐约的星星。

那个很灵验的神婆婆曾说:"留意那事。那事可以,人就有希望。"陈拴梅曾在夜深人静时轻轻试探过,手伸到他裆部,那东西像一只蜷缩的小猫。她轻轻揉搓,感到它在微微膨胀。她喉咙一紧,浑身浮起一层燥热。然而,那膨胀很快就消失了。他被弄醒了,瞪着眼睛盯着她,惊恐地往后缩缩屁股,"我不知道,我真的不知道。"她放手了,两颗滚烫的泪珠从眼角滑落下来。

天麻麻亮她就醒了,而他已经起身,盘腿坐在炕上,扭头看着窗外。她看了一眼窗外,苹果树的树冠灰蒙蒙的,像一团雾浮在微白的晨光中。她赶紧从炕角找来那件蓝毛衣,从他头上套下去。"不穿衣服,感冒了怎么办啊。"她小声地嘟囔着,但没有任何回应。她已经习惯了。她又抓过他的棉毛裤,要绕到一旁给他穿上。

绕到前面她才发现,他嘴角的疤痕微微缩着,他在微笑,对着灰白的窗外。由于盘着腿,秋裤绷得紧紧的,裆部显露出阴囊的轮廓。他的一只手轻轻搭在那肉物一侧。她忽然怔在那里,耳根感到一阵燥热,她知道曾经从那里得到过灼热的战栗。随即，一阵浓烈的苦涩漫过她的身体，那燥热快速退却了。

为他穿好衣服后，她开始整理床铺、扫地。这是比吃饭还重要的事，因为她知道他喜欢整洁，她希望将一切都整理得整洁些，再整洁些，这或许会帮他早点好起来，就像第二年秋天那次一样。岁羊还没娶媳妇时，她担心儿子会因为有这么个疯爸娶不到媳妇，现在儿媳已经娶了，她唯一的希望就是让他一点点好起来。她无数次想过，只要他能好起来，她愿意付出任何代价。

下午三点多，陈拴梅和曹拉拉坐在院里晒太阳，有人拍打院门，接着就是曹岁羊的声音："妈，开门，我们回来了！"他送媳妇去延安回门，这就回来了？她吃了一惊，赶紧站起来，一边回应一边抓着曹拉拉，将他带进自己房间，从外面锁上了门。曹岁羊说回来之前会打电话，但她没接到电话。现在可怎么办？要是儿媳见到曹拉拉，该怎么办？没有哪个女孩愿意有这么个公公。惊慌和忧惧让她头皮一阵阵发麻，喉咙里卡着一点东西，生硬如铁。

陈拴梅开了院门，曹岁羊劈头就说："干啥呢，半天不开门？"儿媳贾小琴站在一旁，肩上挎着一只黄色的小皮包，脸上挂着微笑，喊了一声妈。那声音让她心中陡然涌起一阵温暖。她赶紧用手背擦擦又要流出来的眼泪，招呼他们进门。

她站在门旁，看着曹岁羊和贾小琴走进院子。贾小琴身材瘦小，红色羽绒服，棕色皮靴，灰色毛线帽，眉毛画得很粗重，一双杏仁眼，脸白白的，颧骨突出，嘴唇很薄。陈拴梅以前不是没有细细看过，但这一次，她忽然感到担忧：这个高颧骨薄嘴唇的女人，如果发现曹拉拉，可怎么办？

等他们安顿下来，陈拴梅找机会到院外喊儿子来帮忙，曹岁羊嘟嘟囔囔问她做什么，她盯着院门口，压低声音，焦躁地说："回来前怎么不给个电话？"曹岁羊没明白她的意思，歪着头。"你爸还在家里呢，"她焦急得几乎要跳起来，"这下可怎么办？"曹岁羊立刻一副大事不好的样子，可在她快要哭出来时，他又嬉皮笑脸说贾小琴知道，只是瞒着她父母。

下午饭快吃完了，陈拴梅才猛然想起曹拉拉还关在房里，她赶紧放下碗筷，去了房间。曹拉拉抱着他的酸枣瓶，盘腿坐在炕上，直直地挺着身子，看着窗外，嘴角微微缩着。从他的角度看向窗外，苹果树树顶上还浮着一点淡淡的金光，其余部分则已幽冷起来，仿佛沉入了海底。苹果树后面是儿子和儿媳，但只能看到头顶，仿佛也沉入了海底。

她带他来到墙角的小饭桌旁。曹岁羊端着饭碗站起来，让出一只小板凳，什么话都没说。贾小琴放下碗筷，站起来欠欠腰，叫了一声爸。曹拉拉依然抱着他的酸枣瓶，怔怔地站在那里，眼神涣散，像是在看这个陌生的年轻女人，又像是什么都没看。

"掌柜的，"陈拴梅拽拽他的衣服，"这是岁羊媳妇，小琴。你一直念叨给岁羊娶媳妇，你没给娶成，"一阵哽咽，使她不得不停顿下来，"你没给娶成……岁羊自己娶了媳妇。你看，多好。这还是你第一次见。"又哽咽一下，"你要是哪天……"她还要说下去，但被曹岁羊打断了，"行了行了，"他指指小饭桌，"赶紧吃吧，都凉透了。"

陈拴梅附和着说："对对，快凉透了。"顺手将曹拉拉拽到旁边，让他坐在一把小板凳上。可他不坐，向前挪了两步，将手伸向刚坐下的贾小琴，手悬在她头顶上。贾小琴赶紧放下碗筷，又站了起来，看着这个初次见面的长发男人。曹拉拉忽然展开手掌，掌心里一粒圆圆的酸枣，红得有点发黑。贾小琴笑了笑，看看曹岁羊，看看陈拴梅，又看看曹拉拉，这才接过来，说："谢谢爸。"

陈拴梅不知说什么好，只是尴尬地冲贾小琴笑了笑。这时，曹拉拉又转向儿子曹岁羊，伸出手，也是一粒酸枣。曹岁羊警觉地看着，没接，自言自语般说："什么玩意儿？"

"酸枣，你结婚那几天，傻宝贵带你爸摘的。"

曹拉拉的手还直直地伸着。陈拴梅看着曹岁羊，示意他接过去，但曹岁羊仍然不动。"给我吧。"她自己接过了那粒酸枣。曹拉拉又从瓶子里倒出一粒，再次伸到曹岁羊面前。曹岁羊已经放下碗筷，但仍然只是斜眼看着，就是不伸手。

"哇，很甜呢，"贾小琴已经把酸枣送进了嘴里，"还有点酸味儿，真好吃。"贾小琴看着曹岁羊，示意他接过去。曹岁羊又犹豫了一会儿，终于接了过去，但并没吃掉，他将它捏在手里。陈拴梅终于安下心来，要是曹岁羊不接那粒酸枣，真不知会发生什么。

2

早饭做好后,陈拴梅端半盆水去院里给曹拉拉洗脸,可发现人不在。院门半开着,她心里一慌,赶紧跑出院子,门前老杏树上,呼啦一声惊飞一群麻雀。这时,贾小琴从院外的厕所出来,喊了一声妈。陈拴梅焦急地问她:"你爸怎么不见了,你看到没有?"

"刚才,"贾小琴一开口便意识到了什么,顿了一下,怯生生地说,"刚才,我开门时还在院子里。"陈拴梅看了贾小琴一眼,没再说什么,匆匆往村路上走。贾小琴也跟了过去,满脸不安。井畔小泥屋旁边有个人,陈拴梅手搭在眼睛上看了半天,看不清,让贾小琴看,贾小琴看了一会儿,告诉她不是。

陈拴梅又往另一个方向走,想着他可能在苹果园背后。一过墙头,果然看到曹拉拉在那儿,一男一女两个小孩站在他面前,仰着头,伸着手,恭敬地看着他。他则全神贯注,正在从他的瓶子里倒酸枣,要分发给他们。阳光打在他们头上,闪耀着一点白光。

陈拴梅回头看看贾小琴,微微笑了一下。贾小琴站在她身后,回应着她的目光。陈拴梅感到一种贴心的温暖,仿佛贾小琴不是儿媳,而是自己的女儿。她为前几天怀疑她可能薄情寡恩而感到不好意思。"小琴,你在这儿看着你爸,让他再晒会儿,"她用眼神询问贾小琴的意见,"我回家盛好饭,再喊你们。"贾小琴点点头,向曹拉拉走去。

陈拴梅刚进院子,曹岁羊就从房间里出来了,一副没睡醒的样子,划着手机,随口问她:"小琴呢?"陈拴梅说在苹果园背后,是自己让她在那儿看会儿曹拉拉。没想到曹岁羊却说:"整天要人跟着?"音调随意,像随口一说,但她听得出话里有多少不满。

馒头已经热好,她盛了四碗小米粥,将菜和粥都端到院子里,才出门喊贾小琴。曹岁羊站在路边抽烟,双手划拉着手机。贾小琴带着曹拉拉从苹果园背后出来了,让她没想到的是,贾小琴竟然牵着曹拉拉的手。她心里即刻一阵微微的酸涩,出于感动的那种酸涩。

曹岁羊看到贾小琴牵着曹拉拉的手,使劲吐掉嘴里的半截烟头,怪声怪气地说:"怎么还抓在手里?"顿一下,"整天跟着,看着,还要抓在手里?"

贾小琴听了这话，一愣，马上说："爸还不想回来，我拽回来了。"

"小琴，"陈拴梅赶紧说，"你和岁羊快回去吃饭，我来。"她走到他们身边，抓住曹拉拉的袖子。贾小琴这才放手，但并没有自己回去，而是随着他们的步伐。曹拉拉依然抱着他的酸枣瓶，走在中间，脚步缓慢，像是为了显得庄重，这使得陈拴梅和贾小琴走在两侧如同两个沉默的侍从。曹岁羊还站在那儿，歪着头，直愣愣地看着他们走过来，脸上露着一种怪兮兮的哂笑。

吃饭时，曹拉拉一直歪头看贾小琴，眼神迷惘，像一个羞怯的男孩。"快吃饭，"陈拴梅拽拽他的袖子，"吃完带你出去。"但他依然盯着贾小琴，入了迷一般。贾小琴一时尴尬，不知所措，只顾埋头吃饭，耳根都红了。曹岁羊气呼呼地将碗筷拍在小方桌上，起身点上一支烟，往后退了退，冷冷地看着。陈拴梅又拽拽曹拉拉的袖子，她感到不安，所以这次使了点劲儿，曹拉拉差点倒在院子里。但还是没能阻止他，他依然着魔一般呆呆地盯着儿媳，嘴角挂着那点儿干枯的微笑。曹岁羊眼神冷酷，陈拴梅能感受到他眼神和呼吸中的恼怒。

"你干啥啊，你说你干啥啊？"陈拴梅带着哭腔喊起来，随即站起来，更使劲地拉拽，"起来，起来，去房里吃。"曹拉拉倒在地上，又挣扎着爬起来，眼睛依然看着儿媳。贾小琴早已放下碗筷，站在台阶上，手足无措地看着眼前的一切。

"吃饭也要抓着？"曹岁羊终于开腔了，冷笑着说，"什么毛病？"

贾小琴拽拽曹岁羊，拉着他出了院子。陈拴梅将曹拉拉带进房间，又从小桌上端了些吃的过去，边走边流眼泪。刚刚还令她感动的平静生活，不过半个小时就破碎了。她不知道问题出在了哪里，但她清楚，以后一定不能再这样了。曹岁羊在想什么，她心里清楚，他的冷笑以及冷言冷语，都让她不寒而栗。

夜里，快要入睡时，陈拴梅又被曹拉拉的鼾声吵醒了。脑子里像吹进了一阵清风，一下清醒起来，但又不完全清醒，她睁眼看了看窗外，月光像霜一样。她再次想到早上的事情。他死盯着儿媳的样子让她疑惑，她本来以为因贾小琴对他和气，他依恋她，但又觉得其中还有些别的什么。这么想着,她将手伸进他的被窝,摸到他裆里的肉物,隔着秋裤轻轻揉搓,但没有任何动静。而想到儿子和儿媳正睡在对面房里,她又立刻收了手,她甚至忽然为自己感到羞耻。

终于睡着后,陈拴梅做了一个梦,梦见曹拉拉的病好了,又在梦里纳闷他是什么时候好的,怎么连她都不知道。她隐约看到他坐在炕头上,就问他要去干什么。他温柔地低声说——对,那声音低而轻柔,但她听得很清楚——他说:"我还能干啥去,我念经去。"她高兴得几乎要喊起来,心想自己不能再睡了,一定要醒来给他下碗鸡蛋面,不能让他饿着肚子出门。她的手乱划了好久,才发现曹拉拉没在炕上,瞬间从梦中惊坐起来。

炕上果然没人,只有一床旧被子团在炕边上。陈拴梅的心几乎要蹦出胸膛:他不见了。她的脑海中闪现出一个念头:他的病真好了,自己出门念经去了。但同时,她又不敢相信。窗外的天穹已略微透出一点灰白,天快亮了。她的眼睛再扫过去,才发现房门半开着,投进来一点模糊的灰光。陈拴梅这才意识到大事不好,慌忙跳下炕,一边穿衣服一边往门口跑,到门口又返回来,爬上炕,在黑暗中摸到他的衣服。

院里漆黑一片。她摸索着走到院门后,一摸,才发现院门从里面关着。这时,她听到一点微微的喘息声,从院角传来。她以为是曹拉拉,但往前走两步再细听,才知是贾小琴,喘息变成了压抑的呻吟。她想转身走开,却发现窗前贴着一个人,黑黢黢的。是曹拉拉,身上穿着昨晚没脱的毛衣毛裤,浑身颤抖着扒在儿子房间的窗台上。她摸到他的手,那么冰凉。她拽他,但他纹丝不动,甚至头都不回一下。屋内的喘息声继续从门窗的缝隙间传出来。她不敢出声,一个劲拽着曹拉拉,只想悄悄将他拽回自己房间。

可就在这时,曹拉拉打了个喷嚏。屋里的呻吟戛然而止。陈拴梅一急,抽泣起来,但那声音不像哭声,而像刀子刮在肉上,刮出了声响,沉闷,疼痛,绝望。

"日他妈!"是曹岁羊的声音,紧接着屋里的灯亮了,院里的灯也亮了。曹拉拉还死死扒在窗台上,浑身颤抖着,隔着玻璃往屋内看。听到她的哭声,他只是微微愣怔了一下,连看都没看她一眼。痛苦在陈拴梅心里翻滚,惧怕、慌乱又使她的大脑和身体变得麻木,她也开始浑身颤抖。冰冷的空气从四周漫过来，在灯光下，她几乎能看到它们的阴影，它们像雾一般飘动，慢慢围拢过来，侵入她和他的影子，然后是她和他的身体。一阵慌乱的手足无措后，她终于回过神来，又一次上前去拉扯，但曹拉拉依然拼命抓着窗子上的钢栅栏。

一声沉闷的响动，房门开了。曹岁羊上身穿着一件红色秋衣，外面披着一件羽绒服，下身只穿一条宽松的睡裤，裆部高高撑起。他一出来就恶狠狠地盯着他们，什么话都不说。陈拴梅瞥了儿子一眼，不敢再看。

"要死了吗，"陈拴梅带着哭腔喊起来，"你撒手啊。造孽啊。撒手啊。"但曹拉拉依然紧抓着窗户上的钢筋，回头看了一眼刚出门的曹岁羊，继续向窗子里面张望。

"有病啊！"曹岁羊咬牙切齿地向他们走过来。

"我睡到半夜，"陈拴梅慌忙解释，"我睡到半夜，人不见了。我……"

"日他妈，想干什么？"曹岁羊没理她，径直走到曹拉拉身边，"放不放手？"像眼前这个人存心要和他过不去。说着，他抓住曹拉拉的衣服，使劲往后一拽，毛衣被撕裂了，但曹拉拉就像粘在了那儿，双手仍紧抓着钢筋。

"你去睡吧，"陈拴梅带着哭腔说，她怕极了，"你去睡吧，我好好给说一说，我好好说一说，带回去……"

"这么搞，还怎么睡？日他妈，我就不信。"曹岁羊开始在院里找什么东西。

"你就别管了，"陈拴梅哭起来，声音里充满了克制和乞求，她怕发生什么事，她说不清，但怕得厉害，"你就别管了，啊？你就别管了……行吗？……啊，岁羊……"

曹岁羊完全不理她，没找到东西，他干脆脱下自己的拖鞋，抓起来啪的一声就打过去，一连好几下，打在曹拉拉抓着钢筋栅栏的手上。但曹拉拉依旧不松手。曹岁羊一边嘟嘟囔囔地咒骂着，一边继续抽打。

"你就别管了，你别打了，"陈拴梅哭声凄厉，一声大一声小地央求曹岁羊，"岁羊——你别打了……他什么都不知道……他就是个傻子。他什么都不知道……你别打了……"

"傻子，就喜欢，看别人？"曹岁羊咬牙切齿地嘟囔着，每个字似乎都是从牙根上拔出来的，"啊，以前……打我……的时候，怎么……一点……

一点不手软，啊？"

曹岁羊意识到这样没效果，终于停手了。他穿上拖鞋，凑过去，用手扳曹拉拉的手。曹拉拉松开手，大喊一声，转过身来抱着曹岁羊的胳膊咬了一口。曹岁羊尖叫一声，推开他，紧跟着一脚踹过去。咣的一声，曹拉拉踉跄着后退几步，脑袋着地，倒在那儿不动了。

陈拴梅呆在那儿，过了四五秒钟，再次哭起来，仍然捏着嗓子，声音像尖利的唢呐，像要刺穿罩在院子上空的黑暗。哭了一声之后，她惊恐地发现自己出不了声了，冰冷的重击让她心脏剧烈疼痛，但所有的声音都出不来，她感到五脏六腑都在紧缩，曹岁羊和贾小琴在颤抖，房屋及屋檐下的灯泡在颤抖，整个院子在颤抖，漆黑的夜空和夜空中的冷气也在颤抖。她心中那许多不祥的预感，此时都汇集成了河流，咆哮着，狂奔着，冲击着，但她出不了声，无法释放，她心里的所有都无法让别人知道。

突然，一阵酸涩的痒感在陈拴梅的身体里快速传开，瞬间充溢了鼻腔、口腔，她打了一个响亮的喷嚏。随即，曹拉拉一骨碌爬起来，啊啊地大喊着，开始绕着院里的两棵苹果树快速走动，走着走着跑了起来。陈拴梅回过神来，愣了好一会儿，又打了一个喷嚏，这才小心翼翼向他靠过去，想安抚住他。可一看到她过来，曹拉拉又喊起来，不断后退，绊倒在屋檐下的台阶上，这次只是坐倒，所以很快又站起来，继续跑动。

"掌柜的，你停下，"陈拴梅一边谨慎地靠近一边说，"停下，我们进屋，睡觉，啊，不要再折腾人了，啊？"但她一靠近，他就跑起来，像头被围困的瘦狼，吓破了胆。

贾小琴还倚着门框，手足无措地站着。曹岁羊点上一支烟，开门出了院子。这时候，曹拉拉安静下来了，缩着脖子，颤颤巍巍，呆呆地看着院门方向。陈拴梅慢慢向他靠近，"不怕，不怕，"她说，"我们回屋去睡觉。"就在她快要靠近时，曹拉拉狂奔起来，冲向院门。陈拴梅即刻发疯般喊道："岁羊，挡住你爸！快！挡住你爸！"

可她听到的是咚的一声，然后是腾腾的奔跑声。院外漆黑一片，什么都看不到。过了三两秒钟，陈拴梅才看到一支还没有熄灭的烟头扔在地上，曹岁羊就倒在旁边。她的脑子里，曹拉拉一下子被挤走了。"岁羊——"她声音沙哑，充满了惊慌和恐惧，"岁羊——"好在曹岁羊呻吟了一下，又呻吟了一下，接着诅咒起来，"日他妈！"陈拴梅的心又一次狂跳起来，仿佛刚才心跳暂停了，她呆呆地向儿子走去。贾小琴也跑过来，喊着曹岁羊的名字。

陈拴梅和贾小琴一起将曹岁羊搀进房间里，曹岁羊不停地摩挲着头，不住地咒骂着。贾小琴惊慌地看着陈拴梅，她回看了贾小琴一眼，但眼神里除了疲惫什么都没有，她没能给这个吓坏了的女孩任何东西。

院子彻底安静了，安静得像一个可怕的深渊，像从来就没有任何揪心事，没有忧虑，没有恐惧，没有任何阴霾——不，不是没有，而是被曹拉拉带走了。陈拴梅忽然觉得轻松了，重担自行消散了，同时心里又空落落的，像没了魂。眼前的一切都那么不真实：曹岁羊摩挲着自己的头，一直在说着什么，但她听不清；贾小琴还那样惊慌地看着她，像在等待她给出下一步的指令……一切那么崭新，又那么陌生。

不知道过了多久，陈拴梅感到一阵心悸，似乎胸腔中被什么东西抽去了一大口气，心慌得厉害。"你们睡吧。"她这样说着便出去了，带上了房门，关掉院里的灯，出了院门。

浓重的黑暗吞没了一切形状，也吞没了一切声响。寒冷使她全身不停地颤抖着，身体轻飘飘的，一切都显得不真实。院门口那棵老杏树黑黢黢地立在旁边，像黑色的冷气因为太冷无法流动，缩成了模糊的树形。她隐约看到了苍穹中的星星，细看却什么都没有。

到村路上，她的眼睛才稍微适应了这黏滞的黑暗，路边的房屋、麦草垛和树木，渐渐地显露出一点隐约的轮廓来。陈拴梅鼻子一酸，感到喉咙里像塞了一根棍子，眼泪簌簌落下，悲戚的哭声早已在胸腔中回荡。她蹲下来，双手抱着脸，将声音压在怀里，长长地呜咽一声，同时快速抹干泪水，在黑暗中站起来，继续向前。她不能停下来。

她不知道去哪里找，只是本能地往方场方向走去。寒冷的空气刮着她的脸，刮着她的耳朵，刮着她的身体，也刮着她的意识。到十字路口时，哪里传来一点凄厉的叫声，她猛然站住了。是他在哭？她凝神细听，又是一声，像是在哭，又像是在叹息。

那声音来自村店后面的洋槐林。陈拴梅慢慢走过去。快到洋槐林边时，她轻轻呼唤："是你吗？你在哪儿？别怕，是我。"顿了一下又说，"你别怕，有我，别怕。"那声音没再出现。她已经站在了洋槐林边上。这是一片低于地面的树林，下雨时林间会聚满黄褐色的雨水，不下雨时，可以看到人们倒进来的各种垃圾，油瓶、鸡毛、牛羊的胎衣、破破碎瓦、农药瓶等。她不敢再往前走了。她又一次压低声音喊道："掌柜的，你出来，是我。"依然没有回应。静默了几秒钟后，她听到一声惊慌的尖利鸟鸣，紧接着是一阵扇动翅膀的声音。她瞬间起了一身鸡皮疙瘩，赶紧转身跑开。是一群老鸦，夜里太冷了，老鸦在哀号。

  陈拴梅继续向方场走去。天快亮了，黑暗非但丝毫没有减淡，而且似乎还在加重。在下霜，细碎而冰冷的飞沫纷纷地落在她脸上，像为了让她更清醒些。她不小心踢到了路上的一块石头，石头咣啷啷滚动起来，惹得不知谁家的狗呜呜低叫了几声。方场也一片死寂，只有飕飕的冷气在空中回旋。涝塘周围那些柳树黑黢黢的，像是浮动在黑暗的空中。方场边的那棵老杏树还斜在那儿，树冠依然不安分似的伸向一边，罩着树下那个不知弃置了多久的石碌碡。再往外就是延绵的沟壑了，一片阴冷的灰色，陈拴梅知道，那灰色的最深处，正冰冻着一条可怜的小溪。

  她看到一堆跳跃的火，在沟壑中，看上去很远，但细细一看又很近。是他在烤火？这个念头让她有了一些欣喜，但很快又被她否定了：他怎么会烤火，他那样子怎么会烤火？但她还是想去看看怎么回事，如果不是他，又会是谁。很快，她到了下沟的坡路口。她停了一下，那火依然在跳跃，她继续下坡，往沟里走。忽然，路边的麦草堆中跳出一只猫，大叫一声跑开了。她怔在了那儿，心脏狂跳，像要撞透胸口。她感到全身像敷了一层霜，寒毛直竖，冰冷正在顺着她的脊椎快速流动。

  当她再往远处看时，那堆火不见了，她心中焦躁，仔细看，还是没有。她脑子里闪过一丝令自己惊惧不已的念头，立刻转身跑上坡口，脚掌麻木地拍打地面，像两根木槌敲击冰层。跑到方场边，她停下来又一次回身远望，仍然没看到那堆火。她再次感到浑身冰冷。

  不知谁家的公鸡叫了，声音沙哑、虚弱，接着又有几声鸡叫，笼罩在空中的黏滞的黑暗似乎在变淡，苍茫的灰白又一次弥漫天际。村路两边的房屋、麦草垛、杏树、杨树，轮廓分明起来，到自家门前时，她看到那棵老杏树也卸掉了最冰冷的那层黑色。杏树旁边是曹岁羊的白色轿车。铁门依然虚掩着：没有人进去，也没有人出来。

陈拴梅加快了脚步，往井畔方向走去。天真的快要亮了，她有点着急，她想在天亮前找到他，将他带回家，以后留心看护，让今天的事像没发生过一样。过完年，儿子儿媳会继续去城里打工，她继续照顾他，给他吃好，穿好，让他心情愉快。她相信到年底，他就会变好——至少会好转。

一路上依然没有他的影子。她绕到井畔的小泥屋前面，但发黑的木门上绑着铁链和铁锁。她想到，傻宝贵每天天不亮就出来遛牛，曹拉拉有可能跟他去了。这么想着，她立刻向傻宝贵家走去，但走了十几分钟，她又停下了。

陈拴梅想到那天下午带他回家的情形。他时走时停，每当他停下来，她总要回身去拽他一把，一拽，他又跟着她走。偏西的太阳照着他们，影子斜在前面，像引路的小狗。快到井畔时，他停下来，看着路边那个已经废弃多年的孤零零的烤烟房，含糊不清地念叨着什么。那天晚上睡觉时，她想到他嘴里念叨的是"烤烟房"三个字。十几年前，他们还年轻，每个夏秋交替时，他们都要在那个烤烟房里守火，保证炉火不熄，如此才能将烤烟房里的烟叶烤得金黄透亮，卖上好价钱。她相信是烤烟房让他想起了什么。

她又返身往井畔跑。天还没有全亮，树上的麻雀叽叽喳喳地跳跃着。零星几个早起的人打开院门，正在将塑料尿桶中的秽物提出来，倒进麦地里的粪堆上，粪堆上腾起一股微弱的尿雾。但没有人注意到她，她跑着，很轻，像在贴地滑翔。

3

这条石子小路一直通到那条水泥村路上。两条路相接的丁字路口，立着那个井畔小屋，此刻它显得比任何时候都矮小。小泥屋不远处是废弃多年的老机井，锈得发黑的铁水管还架在路边，水管连着青砖砌成的大烟囱般的台子，台子被一圈铁栅栏罩着，里面就是井。

烤烟房就矗立在路边的麦地里，距离老井十来米。陈拴梅第一次发现它有点斜，像一个站了太久的人累了，歪着肩膀。烤烟房阴面的墙角下堆着一溜蓝莹莹的积雪，长方形的门洞开在靠路的墙上，不足一人高，黑乎乎的。她站在那门洞前，心脏又一次加速跳动，她不敢凑近，她怕老鼠，她知道里面必定满是老鼠，可能还有其他什么。但她更怕另一种东西，那会让她像正在空中消散的霜雾一样，无所依存。

　　但她终于还是将头探进去了。从门洞中陷进来的那点暗光被她挡住，烤烟房里更暗了，只有屋顶的通气口还透着一些微微的光亮。略微适应了里面的黑暗后，陈拴梅看到，一个角落里扔着几团白纸，另一个角落里团着一堆暗黄的柴草，草堆上躺着一个黑色的东西，像个人。她心里一沉，小心翼翼摸过去，但只是一捆高粱秆。另两个角落里什么都看不清。她想凑过去摸摸看，腿脚却不听指令，失去知觉一般。

　　忽然，她听到了一阵细微的咯咯声，谁在咬牙，打寒战？她吃了一惊，随即意识到她自己并没有咬牙。那声音来自左前方的黑暗中。她伸着手，慢慢凑近，很快就愣在那儿了：她摸到了一只冰冷的脚。那脚已经麻木，她摸了好久，它才倏然缩回去。接着，又是一阵细微的咯咯声，不是别的，是人在打冷战，也不是别的谁，就是曹拉拉，上下牙互相撞击着。她顺着他的腿摸到身上，摸到抱在怀里的一双枯瘦的手，像扔在地上的铁耙一样冰冷。过了好一会儿，那手甩开，惊慌至极，像是在甩掉一只爬上身的老鼠。

　　接着，曹拉拉含含混混地喊起来，声音很轻，颤抖着："不是我。我不知道。"停了一会儿又说，"小梅，别怕。别怕。"陈拴梅憋了一早上的眼泪终于涌出了眼眶，她不再去阻止，而是让眼泪肆意流出来，混杂着她自己根本无法说清的许多东西，像失重的河流一般，从高处跌入地下，形成了暗河，震颤着吼吼奔涌。

　　但寒冷又让她收了声，眼泪几乎要在她脸上结冰，她感到阵阵刺痛。用袖子擦擦脸，她又往前凑了凑，摸到他的头发和脸。这时她才发现，他刚才是在说梦话，他睡着了，在睡眠中颤抖着。她坐过去，双臂抱着他，将他的头揽在怀里，像抱着一块石头。她用双腿夹着他的脚。过了好久，她终于感到他的身体有了一点温热，慢慢放松下来，寒战不再那么剧烈。

　　没过多久，烤烟房内的一切就看得一清二楚了。天完全亮了。陈拴梅慌忙跪起来，将曹拉拉摇醒，拽着他的衣服，要把他拉起来。但他缩着头，翻着眼睛，可怜巴巴地看着她，一动不动，像一头倒地不起的病牛，并且又一次战栗,牙齿咯咯地响起来。她看到,他眼球浑浊,布满血丝,眼中充满了恐惧和不安,像不认识她一样。她知道他被冻坏了,必须赶紧回家。

"起来,"她继续拽他,"起来,我们回家。回家,睡在炕上。"但他还那样呆呆地看着她,还是那样,眼神中饱含恐惧和顽固,仿佛不认识她。"起来啊,"她颠三倒四地喊起来,"起来啊,起来回家,啊,回家,回家,起来回家,起来啊,你,起来啊,啊……"话还没说完,声音就喑哑下来,直至没有,像枯水被彻底埋入沙土。紧接着是半声凄怆的悲鸣,像来自深沉的地层之下。几只老鼠吱吱大叫着,从门洞中蹿了出去。她吓了一大跳,另一半的悲鸣顿时被惊恐打回腹中。

惊吓让她冷静下来,似乎也一下子将什么都想明白了:明白了没什么大不了的。透过洞门可以看到,太阳已经一竿高了,阳光照在墙角。过了一会儿,陈拴梅起身从烤烟房里拿了些发黄的麦草出去,铺在洞口的墙角,又拽拽曹拉拉的手,指指刚铺好的那些麦草。曹拉拉颤抖着站起来,跟着她,惊恐不安地走出去,坐在墙角下。太阳正好照在他们身上。

阳光很好,正在快速地驱散夜晚残留在大地上的寒冷。麦地里的霜大多已经消散,墨绿的麦苗上闪动着晶亮的微光。路边的杏树上,零零散散飞着一些麻雀,显得十分轻快。

快中午时,曹岁羊和贾小琴来了,开着车。曹岁羊摔上车门,站在他们面前,歪着头瞪了他们好一会儿,没说话,最后点了一支烟吸起来。贾小琴站在一边,不安地看着她,轻轻喊了声妈,过了好一会儿又说:"妈,带我爸回家吧。"陈拴梅没说话。曹拉拉身上沾满了土灰,依然缩着头,呆呆地盯着自己的脚,牙齿在打架。

"搞什么,要搞什么呀?"曹岁羊说。

"我……我劝了一早上……"

"想干什么?啊,你说你想干什么?"

"岁羊!"贾小琴拽了拽曹岁羊的袖子。

"你们先回去吧。"

"我们先回?你们,就在这里?啊?像什么样子,人家怎么说?"

"就不要管别人怎么说了!"

"不要管别人怎么说?你不管,我也不管?人家说我,还是说你?"

"岁羊，你听妈说！"贾小琴冲曹岁羊喊了一声。

"我有啥办法……"

"我就不信，"曹岁羊说着，向前一凑，一把抓住了曹拉拉的手，"走！回家！"曹拉拉被拽了起来，浑身颤抖着，身子缩紧，嘴里又开始"啊啊"乱叫了。

"岁羊！"陈拴梅带着哭腔喊起来，声音虚弱又沙哑，"岁羊——你就别管了！你回去吧，你们回去吧，你别管了，你就别管了。行吗，啊？"说出的话变成了呜咽。

"岁羊——"贾小琴又喊了一声。

曹岁羊这才松开手，曹拉拉猛地后退，撞在墙上，顺着墙坐下来。曹岁羊点了一支烟，猛吸一口，咬牙看看陈拴梅，又看看曹拉拉，然后转向贾小琴说："走。"贾小琴看看陈拴梅，说："妈，你好好再劝劝，我回去给你送些吃的来。"

陈拴梅没再劝说，只是陪他呆呆地坐着。贾小琴中午带来些菜和馒头，她收下，让她回家去了。快下午时，她才发现他发烧了，烧得厉害。她回了一趟家，从家里带来一只热水壶、一个杯子、好几盒感冒药、一把笤帚、一把铁锨。喂曹拉拉吃完药，陈拴梅又将烤烟房内的各种脏物铲出去，平整了地面，堵了墙根上的窟窿，尽可能将里面打扫干净，然后再次回家，找来几个钉子、一张旧凉席、一床被子、一床毛毡和褥子。她先在烤烟房内的地面上铺了一层厚厚的柴草，再将毛毡和褥子铺上，成了草床，凉席钉在门洞后面，成了门帘。

然后，陈拴梅将曹拉拉搀进烤烟房中，让他躺在草床上，盖上被子。她自己又回了一趟家，带了些吃的，又拿了一床被子，还拿了曹拉拉那身灰色中山外套和雪地靴。她出家门时，曹岁羊愤愤地盯着，似乎恨不得将所有东西夺过去扔在地上，但贾小琴一直紧紧抓着他。陈拴梅颤动着嘴唇说："没事，你们就在家。闹腾几天过去了，就好了。没事。"

"没事？这还没事？"

"岁羊！"贾小琴喊道，"你就少说两句不行吗？"

陈拴梅把新带来的被子也盖在曹拉拉身上，又将他的衣服也盖上。天还没黑，但因为遮了帘子，烤烟房内已经什么都看不清了，只有房顶的通气口中还透进一点灰光。她贴着他和衣躺下，抱着他，脸贴着他滚烫的额头。她发现他在流泪，泪水缓缓涌出眼眶，由温热变得冰凉，濡湿了她的脸。但同时，他还打着鼾，含混地说着什么。她没有动，只是轻轻地搂着，两个人的身子隔着衣服贴在一起，过了很久才慢慢生出一些温热。

第二天，陈拴梅回家提了一桶水，还拿了一个洋瓷盆、一条毛巾，又回去一趟，拿来了那个酸枣瓶。曹拉拉还是那样，睡睡醒醒，昏睡了整整三天，第四天早上醒来时，虚弱得坐都坐不起来，灰黄的头发乱糟糟地蓬着，眼窝深陷，本来黝黑的脸变得乌青、苍白，嘴唇干裂，翻卷着一层死皮。她赶紧递给他一杯水，他犹犹豫豫接过去，一口喝干，舔舔嘴唇，竟然说："还要。"她愣了一下，又倒了一杯给他，他这次喝了半杯，喝完后咂咂嘴，竟然又说话了，"好。"顿了一下又说，"在天愿作比翼鸟。"

"胡说啥呢？"

"在地愿为连理枝。"他又说了一句，眼睛始终呆呆地盯着凉席帘缝隙中透进来的光。说话时神情漠然，说完又陷入了一种失魂落魄的状态，垂着头，眼神灰暗。两句话她都听清了，但她不明白是什么意思，她不知道什么是比翼鸟，也不知道什么是连理枝。

屋顶的通风口透进来一点光亮，隐约泛着丝丝微蓝。北风在外面呜呜，她能想象，夜空晴朗，星月明亮。烤烟房中不知哪里吹来一点微微的凉风，但两个人裹在被子里，并不觉得冷。曹拉拉感冒好了之后，每晚睡觉，她照例给他脱掉毛衣毛裤，她自己的毛衣毛裤也脱掉。她搂着他，他面向她侧躺着，身体贴在一起，他的鼻息轻轻地吹在她脖子上，痒痒的。她试探着将手伸到他的裆部，隔着秋裤轻揉那团肉物。她一直牢记着那个神婆婆的话，但那毛茸茸的东西始终没有反应。

烤烟房变亮堂了，他们铺上了柔软的新被褥，舒服得像在婚房里。房顶的通气口变成了明亮的天窗，透过天窗，不但能看到墨蓝的苍穹，还能看到玉盘一般的月亮。曹拉拉摸着她的手，小声说："脱掉。"她大吃一惊，心里漾过一波比任何时候都让她更心动的愉悦，她一反手就脱掉了捆绑着她的秋衣秋裤。她感到自己浑身燥热。他的手已经伸了过来，抓着她的胳膊，轻轻一拉，她就翻身趴在床上。还像以往那样，她不清楚自己在想什么，可他翻身，已经趴在她身上了。

他趴在她背上，可丝毫没有动静。她问他："你咋了？"没有回应。她又问道："这钱谁给的？"——她很奇怪自己为什么那样问，但她听得很清楚，自己就是这么问的。烤烟房的地上确实放着一堆钱。依然没有回应。一会儿之后，他滑下去安静地贴着她睡着了。她热极了，浑身大汗。她想到，热是因为已经春天了，而他们还盖着冬天的被褥。但很快，她又感到浑身冰冷，这让她很烦躁，为什么春天还会这么冷。

　　陈拴梅惊醒时，天已大亮。这是一个梦，她不愿相信这只是一个梦。她没盖被子，躺在那里，手脚冰凉，浑身酸痛。曹拉拉就坐在一旁，怀里抱着那个酸枣瓶子，怔怔地看着凉席缝隙里透进来的光。他浑浊的眼珠中闪过一丝光芒，但随即就消散无影。头发一绺一绺黏结在一起，垂挂下来，遮住了耳朵，像一尊粗糙又笨拙的雕像。她心里瞬间弥漫起比以往任何时候都更浓的悲哀，因为她想到，即便有一天她死在他身旁，他也不会知道。

　　盖上被子，愣怔了很久，陈拴梅才感到头昏脑涨，伸手摸摸额头，滚烫得连自己都吓了一跳。她挣扎着坐起来，穿好衣服，找了一把感冒药，昏昏沉沉吃掉，然后给曹拉拉穿上衣服，将他带出烤烟房。他抱着那个酸枣瓶，坐在墙角下晒太阳。她头重脚轻地回家做饭，取饭。当她为全家人做好饭，又带了些饭菜来到井畔时，看到他远远朝她走来，两只手笼在袖子里，酸枣瓶抱在怀里，步伐庄重又匀称，就像他以前为人家念经时那样。

　　他身后跟着四五个小孩子，默默地跟着，不吵不闹。到一棵老杏树下时，他停下来，盘腿坐在麦地里。她这才明白，他不是在向她走来。那些孩子也中了魔一样，学着他的样子盘腿坐下，围着他，坐成一个半圆。他倒了倒酸枣瓶，挨个儿给每个孩子一粒酸枣。待走近些，她才听到那些孩子在齐声说："在天愿作比翼鸟。"顿一下又说，"在地愿为连理枝。"她过去看看那几个孩子，让他们去别处玩，那些孩子没说什么，却一个个勾着头不愿走开。

　　她将他拉到烤烟房门口，拿出馒头和菜碟，让他吃饭。他拿过馒头，撕下一小块，给一个小孩，又撕下一小块，给另一个。其中一个孩子不要，他就撒开手，那块馒头掉到地上。很快飞来几只麻雀，躲躲闪闪地伸着脖子跳过来，试着啄食，又不敢靠近。他微微转头，似乎在示意什么，孩子们往旁边挪一挪，一只胆大的麻雀跳过来，将那块馒头啄走了。这时候，陈拴梅有了一种惊奇的感觉：她已被他堵在某扇门外了。

陈拴梅中午又吃了一次药，但高烧没退，头疼、头晕、浑身酸痛，都在加剧，脑袋里总有什么在嗡嗡作响。在烤烟房内裹着被子睡了一觉，猛然惊醒时，她发现自己大汗淋漓，额头凉飕飕的。她拿来毛巾擦了擦汗，坐起来，感觉浑身轻松了不少，可刚站起来就一阵天旋地转，再摸额头，依然滚烫。

她想早点回家做饭，饭后好早点休息。到井畔那小泥屋旁，听到吱吱的叫声，她抬头一看，小泥屋门槛下有一只瘦骨嶙峋的老鼠，再细看，那老鼠身旁竟然聚集了一堆粉红的小老鼠。一阵恶心，紧接着，她感到像是在噩梦中掉入了一个漩涡。碗碟在地上破碎的声音，老鼠尖叫的声音，都像前世记忆般迅疾一闪——她意识到它们在快速消退。

醒来时，陈拴梅躺在自己房间的炕上。窗外一片灰暗，大概在下雪。头还在疼，还在晕，但她赶紧起身下炕，穿上鞋来到院子里。是在下雪，已经落了厚厚一层。贾小琴从他们的新房里跑出来，到她面前，说："妈，你醒来了？"

"你，"才说了一个字，陈拴梅就猛然停下，她感觉一开口粘在一起的嘴唇像要被撕裂，顿了一下才接着说，"你爸呢？"

"你昨天……在井畔晕倒了，"贾小琴一开口竟然抽泣起来，肩膀一耸一耸，"岁羊背你回来的。我爸……"她抹了一把眼泪，"我爸还在那里，昨天傍晚和今天早上，岁羊都去送了饭。"

见贾小琴哭，陈拴梅也鼻子酸起来，她过去拍拍儿媳妇的背，让她别哭，又说要去看看曹拉拉。贾小琴说她病还没好，要和曹岁羊去看，陈拴梅拒绝了，她说："没事，我去。你爸，"顿了一下，又说，"是个可怜人。"话还没说完就转身出了院子。

雪很大，到烤烟房时，雪落得她满身都是。曹拉拉站在烤烟房屋檐下，也满身满头的雪。他依然抱着那个酸枣瓶，手冻得黑红，呆看着面前的麦野以及麦野上几个零落的坟头，看着麦野边上村人的院落，看着大雪纷纷扬扬将它们覆盖。他旁边的墙根下，还落着几只机警的麻雀，跳跃着，偶尔跳到雪中啄几下，很快又跳回来。

陈拴梅到他身边时，曹拉拉转过头来看了一眼，似乎笑了一下，那眼神像是看到了一个太熟的人，根本无须打招呼，又像是看到了一个完全陌生的人，目光草率——看她一眼，仅仅是因为她站在了他身边。

4

天色很早就暗下来。曹岁羊的车一直在外面轰轰地响着。陈拴梅赶紧吃完，又喂曹拉拉吃了半碗面，将三只碗放在洋瓷盆里，端出烤烟房。外面已经一片苍茫，麦野和村庄都被吞没，而雪还在下。曹岁羊下车来，从她手中接过洋瓷盆，放进后备厢，然后打开一个后车门，对她说："走吧，天都黑了。"

"去哪儿？"

"去哪儿？你说去哪儿？"

沉默了好半天，陈拴梅才说："你爸还在这儿。"

"你叫他，都回家。住在这里算怎么回事？"

"你又不是不知道。"

"那就你回。"

"把你爸一个留在这里？"

"不然呢？"

"你们回吧，"曹岁羊的语气有点刺痛了陈拴梅，也激怒了她，但她只能默默将这些化成委屈，压在心底。顿了一下，她才叹了口气说，"我放心不下。"

"他自己在这里不是挺好？又不是没给送饭。"

"妈，你感冒还没好。"贾小琴不知什么时候下了车，站在曹岁羊身边。

"我没事。你们回去，"陈拴梅长叹一口气，"我怎么放心得下。"顿了一下又说，"把他一个扔在这里，人家怎么看。"

"人家怎么看？"曹岁羊突然提高了声音。

"我不放心。"陈拴梅知道儿子的意思，赶紧收回话头。

"人家怎么看？"曹岁羊瞪大眼睛，不依不饶，"你们都住在这里，人家怎么看？你说，人家怎么看我？都在说我，"他反着食指，指指自己的胸膛，"说我曹岁羊，娶了媳妇，赶走了爹妈。你说人家怎么看？"

"岁羊！你有话好好说！"贾小琴喊道。

"和你们没关系啊，"陈拴梅感到自己又一次颤抖起来，"我和你爸来这里，和你们没关系呀。岁羊，是你爸病犯了。谁日他妈乱说？这和你们没关系呀……"

"你说没关系就没关系？"

"那你要我怎么办？"陈拴梅感到胸腔要塌陷。

"妈，你就回家住吧，"贾小琴说，"饭我们送。你不能带病在这里。你说你要是出个什么事，我们，我们……"

"我吃过药了，"听儿媳这么说，陈拴梅的声音又柔软起来，"已经好了。"

"一个疯子还不够，难道非要一下子疯两个？！"曹岁羊吸口烟，恨恨地嘟囔着。

"岁羊——"贾小琴赶紧喝止了他，转向陈拴梅，"妈，你先回家住，我们慢慢劝我爸。实在不行，等你病好了，可以再来照顾。"

"我跟你说明白吧，他回不回是一回事，你回不回是另一回事。"曹岁羊又一次提高了声音，"今天你要是不回，明天我们就走。你自己掂量吧。"

陈拴梅就这样回了家，心里压着满腔的委屈与悲哀。回家路上，她一直面向窗外偷偷抹眼泪。她不敢让儿子看到，她在心里一遍遍告诉自己，已经失去半个丈夫，不能再失去儿子。她甚至意识到，她最在乎的并不是曹拉拉，而是儿子曹岁羊——她怕失去他，如果失去儿子，她就真的一无所有了。她必须为此压抑自己的委屈。

回家后，她吃完药就睡下了，半夜被梦惊醒，醒来时浑身大汗。她梦见曹拉拉一个人睡在烤烟房，外面下着大雪，怪的是虽然下着雪，天上竟然有星星。她半夜去看他，掀开凉席帘时惊得跳了起来：他身旁盘着一条白色的大蛇，晃动着脑袋，盯着他，眼睛红红的，像嵌着两粒火。他躺在那儿对她说："你回去吧，我没事。"她又吃了一惊，没想到他又可以说话了。可就在这时，那白蛇猛然回头，身子一挺，向她弹过来。陈拴梅大叫一声，惊醒了。

曹拉拉可能有危险，但她马上又意识到，现在是冬天，不可能有蛇。或许这预示着什么好事？她想。但这么让人心惊肉跳的梦，又能是什么好事呢？窗外透着一点积雪的白光，大雪已经停了。正是冷的时候，他一个人躺在那里，就算有两床被褥，也还会冷，她想不该撇下他一个人，但她知道曹岁羊说到做到，而要是那样的话，这个家就毁了。她该怎么办？

陈拴梅感到心脏要被巨石击碎。她想连夜爬起来去看看他，赶在天亮前回来，但她浑身虚弱无力，身体就像一张纸，使不上一点劲儿。瞬息之后，她感到心里的劲儿也在溃散，心一下子没了，什么都感受不到。这让她感到可怕，好像突然间，一切都和她没关系了。她怔怔地躺在炕上，感到自己像个死人一样，眼泪从麻木的脸上滚落下来。

三四天后，陈拴梅口腔里、身体里、心里的苦涩，才有了一点儿减弱的意思，她又一次感到饥饿，感到悲苦，感到想哭，但眼睛干涩，没有眼泪。这些天来，都是曹岁羊和贾小琴在给曹拉拉送饭，每次送完饭，贾小琴会到她房间里说："妈，我爸的饭已经送过去了。他挺好的。"她昏昏沉沉地听着，无动于衷。

又过了几天病才痊愈，之后陈拴梅去烤烟房看过曹拉拉几次。确实像贾小琴说的那样，他挺好的，还是抱着那个酸枣瓶，有时带着几个小孩，在那条石子路上晃荡。她隐约觉得，他似乎真的不需要她了，这让她心里很不是滋味。

一天早上，天刚蒙蒙亮，陈拴梅起床倒尿桶，一开院门，吓了一大跳：一个人靠着水泥门框站着，手笼在袖子里，头发、胡子和眉毛都结了一层白霜。是曹拉拉。他一看见她就说："酒，酒。"她愣了半天，才慌慌张张地一边回应着一边带他进院子。到房间里，她赶紧倒杯热水给他，他接过去就喝，可水杯刚到嘴边就被摔在地上，太烫了。她又倒了一杯，用两个杯子传着降温，再递给他。喝了几口后，他说："酒。"陈拴梅这才想到他在门口说的是"酒"，又手忙脚乱打开柜子，给他找酒。

找到一瓶白酒和几只小酒盅，陈拴梅接连倒了三四杯递过去，曹拉拉都仰头喝掉了。她惊慌又激动的心，这时略微平静了点，眼眶里却滚出两颗泪珠，她赶紧用袖子擦掉了。愣了半天，她才问他暖和点了没有。曹拉拉艰难地说："暖和……"似乎还想说什么，但如同冰块滑进水中，剩下的话又不见了。

喝了几杯后，陈拴梅扶他上炕躺下，盖好被子。他闭上眼睛，过了不到一分钟，就微微打起鼾。天完全亮了，阳光已打在院里那棵苹果树的树顶上。她坐在炕头，看着他到处沾着土灰的脸和头发，本想拿毛巾擦一擦，转念又放弃了。她擦擦眼角的泪水，找来那块长方形的小镜子，看了看，又擦擦眼睛，这才出了房间，从外面将门关上，套上了锁。

做好饭后，陈拴梅又回到房间陪着曹拉拉。他醒来时，已近十一点。小饭桌还摆在院子里，阳光明亮，似乎比前些日子温暖了许多。曹岁羊和贾小琴已经吃过，但都坐在旁边看着曹拉拉吃。他吃得很慢，比以前还慢，夹一口菜，慢慢咀嚼，吃掉，再颤巍巍地夹下一筷子。饭前，她用热毛巾给他擦了擦手和脸，手和脸黑黝黝的，枯瘦如柴，但还算干净，只是头发和胡子还一绺一绺黏结着，显得肮肮脏脏。她想等他睡好吃好，再慢慢为他清理。她再也不敢操之过急了。

"好吃吗？"

"吃。"

"多吃点。"

"吃——点。"

"这是小琴，岁羊媳妇。"

"岁——羊媳——妇。"

"快吃饭吧！"曹岁羊冷淡地说。但陈拴梅听得出，那语气中多少有一点欣喜。

这一次，陈拴梅比任何时候都小心翼翼，完全顺着他，洗头、洗脸、吃饭、睡觉、穿衣，他说怎样就怎样。曹拉拉也没像上次那样第二天就又不省人事。他虽然还显得迟钝，但清醒状态已维持了七八天——仿佛她所有的付出，终于得到了回报。他只知应答别人的话，但她已经很高兴了，她知道，即便永远只能这样，也值得谢天谢地。

腊月二十八一早，陈拴梅就在纠结要不要带曹拉拉坐儿子的车去赶集。要置办年货，她已经跟他们说过好几遍，让他们自己去，随便买些东西就行了，可曹岁羊非说他们不知道买什么。贾小琴说："妈，就带着我爸，让他出去转转，老窝在家里，不利于恢复。"陈拴梅觉得儿媳说得或许有道理，就含含糊糊答应了，又为他换上刚洗干净的灰色毛呢中山装。

街道两边摆满了货摊，充斥着喧闹的叫卖声。曹岁羊气呼呼的，不断摁着喇叭，嘟嘟囔囔说："说了早一点，早一点，不知道在那儿干什么。看看现在，人这么多，车停在哪里？"贾小琴赶紧说再走走看，肯定有地方停。车子就在人群中缓缓向前移动。在接近街道另一头的老剧院里，总算找到一处空地停车。那里也摆满了货摊，中老年人的衣服、熟食，还有专卖大葱和大蒜的。

"人这么多，"下车时陈拴梅喃喃地说，她有两年多没来街上了，"人太多了。"

"妈，要不你就和我爸在车旁边吧，"贾小琴明白她的意思，"我和岁羊去买，一会儿缺什么你说一声，我们再去买。"

儿子儿媳离开后，陈拴梅才发现离他们二三十米远的一个角落里，竟然还有一个卖蜂蜜的货摊。一个长着灰白络腮胡子的黑瘦老头坐在几桶蜂蜜后面，不停地念叨着："野蜂蜜，今年的野蜂蜜。"旁边站着一个小女孩，双手笼在袖子里，怯生生地看着人，穿着一件脏兮兮的土黄色旧羽绒服，一根辫子梳得很潦草，很长，都快要垂到腰上了。不知道那女孩是他小女儿，还是他小孙女。最令她惊奇的是，他们身后不远处，一个水泥电线杆上竟然拴着一匹马，一匹灰色的马，微微低垂着头，温顺地站在那里。马在有鱼乡并不常见，不知道这马是从哪里来的，但她随即确信，那马就属于他们，卖蜂蜜的人。

货摊摆了好几排，那座雄伟的平顶水泥戏楼被隔在后面，戏楼横梁上镶嵌着几个红色的大字：有鱼乡剧院。"乡"字上面是一个红色的五角星。戏楼周围的电线杆上，拉满了晾衣绳，晾着红红绿绿的衣服，后面是一排破平房，墙上贴满了广告。

陈拴梅再回身时，刚才还在身边的曹拉拉不见了。她即刻慌乱地转着身跑动起来，一边四下寻找一边喊他："掌柜的，掌柜的！"她眼睛扫过衣服摊、蒜摊、葱摊，看了小贩们的货车背后，又瞥了一眼蜂蜜摊，都没有。她意识到，他可能跑出剧院去了，于是小跑起来，向剧院门口去，可跑了几步就停下了。她瞥见他了，就在蜂蜜摊后面不远处，站在那灰马前。

她放慢脚步，向他走过去。绕过蜂蜜摊时，那灰胡子老头直勾勾地看着她，喊道："蜂蜜，野蜂蜜。"她已经绕过了蜂蜜摊，他还在说，"今年的野蜂蜜。"那小女孩也直勾勾地盯着她，她回看时，小女孩又快速低下了头。陈拴梅靠近时，灰马缓缓抬起头来，扭过脖子，深沉地看了她一样。

它的眼睛那么浑浊，几乎看不到光，充满疲惫，却没有任何惊慌和防备，像认识她似的。但很快，它又扭过头去，在地上闻闻嗅嗅。

曹拉拉转过身来看她一眼，似笑非笑地说："母——马。"说得那么艰难，好像不是说出了这个字，而是发明了这个字。但陈拴梅听清楚了，"对，马。灰马。"她赶紧回应，声音中充满了母亲般的欣喜。

"灰——马。"

"卖蜂蜜的人，"陈拴梅指指那个老头和小女孩，"他们的马。"

"马——他们——马。"依然十分吃力。

"想吃蜂蜜吗？野蜂蜜。"

"蜂蜜——"一顿，随后又说，"马。"

"走，"她抓起他的手，"我们去买点蜂蜜。"

陈拴梅带着他走到蜂蜜摊前。三只白色塑料桶，三半桶晶亮的蜂蜜，一桶颜色亮些，一桶颜色暗些，一桶干脆白白的。她指了指颜色较浅的那桶："来二斤吧，装两瓶。"老头颤颤巍巍地从一个白色泡沫盒里拿出两个大大的罐头瓶，又拿出一只木勺，小心翼翼、一勺一勺地从桶中舀起来，装入罐头瓶。

等老头终于称好，陈拴梅一抬头，发现曹拉拉又去了灰马那里。她接过蜂蜜，付了钱，顺口说："你的马？"

"啥？"老头像没听懂她的话。

"那是不是你的马？背后那个。"她笑了笑。

"哦，"老头转头看一眼后面，"不知道，不知道是谁的。"回过头来，顿了一下，又说，"一大早就在那儿。那马太瘦了，太老了。一匹老母马。"

"你养过马？"陈拴梅没头没脑地问。她发现那小女孩一直在扭着头看后面，看曹拉拉和那匹灰马。

"没养过。"那老头说，"没养过也能看出来。你看多瘦。"

陈拴梅问的不是这个意思，但没再追问，微微一笑就走开了。她走过去，站在曹拉拉身旁。那马身上很干净，确实很瘦，尾巴长长的，时不时甩动着，头依然低垂着，像是在地面上回忆草料的气息，又像只是累了，在休息。它头上套着简陋的笼头，由各色花布搓的绳子绑成。缰绳也一样，缰绳很细，松松垮垮地拴在电线杆上。戏楼投下的阴影已在缓缓移动过来，但马还能晒到太阳。

阳光落在灰马身上，也落在曹拉拉身上。他今天看上十分精神，灰色中山装依然合体而庄重，干爽的长发微微飘动着，看上去很潇洒。他侧身站着，阳光照在他背上，照亮了他的鼻头。灰马的半边身子，都照到了阳光，但它确实太老了，阳光照在它身上，也依然一片灰色，感觉不到一点光芒闪耀。陈拴梅想，该给这马加点粮食了。她想伸手去摸摸它的脖子。但这个念头一闪而过，灰马好像也根本没有理她的意思。就在这时，曹拉拉伸出手，摸了摸马的额头。那马突然抬起头来，呼呼地喷着鼻息，将头凑近他，好像他变成了一种食物。曹拉拉吓了一大跳，惊叫一声，连连后退。

"疯马！"陈拴梅抓着他的手，赶紧带他离开。她看到那老头用小木勺在一只桶里一舀，指头蘸了一下，伸到小女孩面前，小女孩远远地看她一眼，脸上漾出些微笑，张嘴吮吸了一下老头的指头。老头看看被吮吸过的指头，又伸到自己嘴里，随即也一脸甜蜜。那女孩一边微微地嚅动着嘴巴，一边看着他们笑。

陈拴梅把曹拉拉带到车旁，把两瓶蜂蜜放进车里，刚转身，又猫着身子从车里拿出一瓶，打开，像那个老头一样，用食指蘸了一下，连着淡黄的蜜丝，伸到他面前。他像那个女孩一样，很自然地张开嘴，吮吸了一下。一种东西掠过她，让她内心一颤。她看到他短暂地怔了一下，然后一脸甜蜜，缩缩嘴角，笑了。阳光打在他脸上，使这笑容那么明亮，不真实一般。然后，她也吮吸了一下这根指头，仅剩一点淡淡的甜味，但她还是笑了笑。

"甜不甜？"

"甜。"

她带他坐进车里，不觉中竟然睡着了。曹岁羊砰的一声关上后备厢时，她才惊醒，下了车。太阳已经偏西，戏院的一大半都浸在阴冷中。灰马还在那儿，在阴冷中，不安地左右走动着，更显得瘦小，甚至猛的看上去是模糊的，就像一抹灰白的影子。一些小贩已经在收摊了，那个卖蜂蜜的老头和他的女孩儿还在那里，抖抖索索地站着。戏院入口处几乎没什么人了，从这里看出去，街道上的人也少了一大半。集快散了。

"妈，你看还缺不缺啥？"贾小琴问。

陈拴梅走到后备厢前，看了好半天，才问："大香买了吗？"

"你没让买大香啊。"曹岁羊刚要点烟，手停在半空中。

"忘说了，"陈拴梅自言自语般，"大香要买，没有大香，炖肉不香。这么多肉。"

曹岁羊没再说什么，转身往街上走去。这时候，陈拴梅发现曹拉拉又跑到那匹马跟前去了，贾小琴远远地在后面跟着。她关上车门，也跟了过去。两个穿黑色羽绒服的老太太，嘴里嘟嘟囔囔地从卖蒜的小贩那儿过来了，在蜂蜜摊位前停下来，对那老头说着什么。卖蜂蜜的老头和他的女孩儿站在那儿，看着她们。

"主赐予我们一切，衣食住行。"其中一个老太太这么说，她六十来岁，胖胖的。陈拴梅还是第一次听到有人这样说话。那老太太又说："敬拜主，主就能保佑我们吃得饱，穿得暖，保佑我们四季平安喜乐。"

"我们不管做什么，享乐也好，受苦也罢，主都是看着的。看得一清二楚。"另一个老太太说，她年龄大些，瘦一点，"我们受的罪，主也替我们受了一份，我们要敬爱主。"

"你卖的蜂蜜，也是主赐予的。主赐予了我们生活。"

经过她们时，陈拴梅看见她们怀里抱着一沓黄黄的纸，那个老头和他的小女孩，各人手里也拿着一张。纸上有字，一角还画着一个人的半身像，长长的头发，另一角是一个斜斜的十字形木架子。她瞥了他们一眼，绕过蜂蜜摊，向曹拉拉走去。

可还没走两步，就感觉后面有人追过来，陈拴梅略微回头，发现是那个瘦一点儿的老太太。老太太一手抱在胸前，揽着那沓黄黄的纸，一手挥动着其中几张，喊道："姊妹，姊妹，你等一下，你等一下。"声音又大又尖。就在这时，陈拴梅感觉身后有什么东西跑来，随即眼角就瞥见了——是那灰马，缰绳拖在地上，惊恐地向她扑来。她连连后退，跌坐在地。紧接着，跟在她身后的那个老太太也倒在了地上，她怀里的纸，瞬间撒了一地。

贾小琴跑过来扶起她，问她有没有事，她没回答，只是惊恐地看着已经跑到戏台下的灰马。曹拉拉这时走过来，站在她身边。倒地的那个老太太也站了起来。大家都在看那灰马。它不安地在戏台周围兜了几个圈子，竟然找到上戏台的偏门，肩头一耸，上了戏台。灰马来到戏台中央，嗅了嗅地面，又抬头看看台下正在看它的人们。然后，它从戏台上跳下来，绕过戏院中的货摊和车辆，向街上信步走去。快到戏院门口时，几个年轻人吼吼地喊起来，这一喊，灰马奔跑起来，脖颈上灰色的鬃毛像流苏一样剧烈地颠簸着。

灰马很快就不见了，像根本没在这儿待过一个下午。两个老太太已经捡完了所有撒在地上的纸。还有两三张粘在地上，都是被马蹄踩过的，一张踩在字上，一张踩在人像上。她们显然不打算要那几张了，她们在整理没被踩过的，一边整理一边自言自语地说着："日他妈，哪儿来一匹死马？"曹拉拉走过去，捡起被马踩过的那两张纸，伸到她们面前，等她们接过去。陈拴梅看到那两个老太太抬起头，似乎愣在那里了，愣了好一会儿才默默接过曹拉拉递给她们的两张纸。

"走啊，干吗呢？"曹岁羊买大香回来了。

陈拴梅赶紧走过去，拽着曹拉拉走开了。过了几秒钟，那两个老太太又追上来，在后面喊道："姊妹，姊妹，你等一下，我有话和你说。"他们已经到车子旁了。曹岁羊不耐烦地对两个老太太说："你们能有什么话？快走，快走，找别人去，邪门歪道。"

"你拿着这个吧，"一个老太太似乎知道无法靠近，便拿了几张纸，快速对折，扔了过来，"你拿着这个吧，你回去看看。"然后走开了，边走边不甘心似的回头张望。

曹岁羊和贾小琴都上了车。陈拴梅想捡起那几张纸看看，又有点犹豫，她知道如果捡起来，儿子又会嘟囔。要上车时，曹拉拉弯腰，将那几张淡黄色的纸捡了起来，回头看看那两个已走远的老太太，又转过身来，伸到陈拴梅面前，呆呆地说："走了。"

"走了，走了。"陈拴梅接过那几张纸，"现在就走，上车吧。"

5

年三十儿一大早，就听到咚咚的放炮声，贴对联、挂灯笼、敬神、上坟、放鞭炮，这些以前由曹拉拉做的事，现在全由曹岁羊做了，而炸油饼、蒸包子、炖肉、煮菜，这些事情还要她来做。贾小琴跟前跟后帮忙，她心里暖烘烘的。

晚上，一家人吃团圆饭。电视里正在播一个歌舞节目，海蓝色的背景闪闪发光，像海面一样波光粼粼，一帮小孩小鸟一般，叽叽喳喳地唱着、跳着。贾小琴给曹拉拉倒了一小杯白酒，又给陈拴梅和曹岁羊分别倒了一杯，自己倒了一杯雪碧，端起杯子说："岁羊，咱们敬爸妈一下吧。"曹岁羊不情愿地撇撇嘴，眼睛仍然看着电视，但手还是举起了杯子。

喝完酒，陈拴梅对曹拉拉说："你不是有红包吗？拿出来给小琴和岁羊。"

"有——红包。"曹拉拉说，但眼睛依然看着电视。见他没动静，陈拴梅就从他的衣兜里掏出两个红包，往他手里塞一个，说："这个给小琴。"

"给——小琴。"

"伸手，给小琴要给呀，伸手。"

曹拉拉迟缓地抬起手，把红包伸到了贾小琴面前。"小琴，你拿着，"陈拴梅说，"你们结婚时，你爸生病，给不了。现在补上。"贾小琴看了看曹岁羊，犹豫了一下，把红包接了过去，说："谢谢爸，谢谢妈。"

"还有一个，给岁羊。"

"给——岁羊。"这次知道怎么做了，曹拉拉把红包伸向儿子。

曹岁羊微微回过头来，但只是看着，却不接。陈拴梅说："岁羊，你爸给的红包，拿上。"曹岁羊还是不接，也不说一句话，气呼呼地翻着眼睛。陈拴梅猛然想起，已经十三四年了，从他那年说不再学阴阳手艺起，曹拉拉就再也没给过曹岁羊一分钱，连压岁钱也没给过。她感到喉咙里有东西梗了一下。曹拉拉还直直地伸着手，红包在他手里微颤着。

"岁羊，拿上，"陈拴梅赶紧又说，"你爸好不容易好点儿了。你也大了。拿上。"

"他好了，我大了，我懂事了，所以，"曹岁羊梗起脖子，看着陈拴梅，"我就要哄着他，配合他？"她看到曹岁羊眼睛里闪动着一点儿泪花。

"岁羊，拿上，大过年的。"贾小琴劝了一句。

曹岁羊又犹豫了好一会儿，才终于接过了红包。本来要一家人等到十二点跨年，可十点多的时候，曹拉拉就打起了盹。贾小琴提议早点儿放烟花。陈拴梅给他穿上厚衣服，自己也加了衣服，一起来到院外。

距离十二点还早,但四周已零星响起了花炮声。在红灯笼光的映照下,地面敷上了一层淡淡的红色,这红色似乎能减淡冬夜的寒冷。陈拴梅和曹拉拉往村路上走了走,能看到好几家大门口都映着一团红红的光亮。夜色被这些灯光和炮声摊薄了,轻轻地浮动在村庄上空。陈拴梅希望年三十晚上能下一场雪,现在看来是下不了了,苍穹高处,繁星点点。

　　曹岁羊从院里提出一个四四方方的烟花,拿着一支烟,来到场院中间,孩子般高兴地说:"放花咯!"小心翼翼蹲下来,用烟头点燃了引信。明亮的火光唰唰迸发,那么迅捷地,向着花炮蹿过去。引信烧完后,一切陷入死寂,但这死寂仅仅存在了两三秒钟,接着唰的一下,地面喷出一道火光,蹿上夜空,嘭——唰——火光应声散出各色的火星儿,炫丽地燃烧,而后几乎于瞬息之间消散在夜空中。接着又是一次,又是一次,总共九次,直至最后彻底静寂。

　　进屋后,曹拉拉很快睡着了,陈拴梅怎样都睡不着。过了好久,外面的花炮声逐渐多起来,嘭嘭地响着。曹岁羊房间里的电视机一直开着,这时候开始唱歌了,一群男人和女人交替着唱,声音嘹亮:"难忘今宵,难忘今宵,无论天涯与海角……青山在人未老……"晚会要结束了,快十二点了,她想,这一年终于要过去了。

　　正月初五一早,曹岁羊就带着贾小琴去延安给老丈人拜年。

　　初七头一天耍社火,吃完上午饭,陈拴梅带曹拉拉去庙院,这几天他总在念叨社火。老远就听到咚咚的鼓声,小孩都聚集在村里的戏台上,等着画脸子。几个画好脸子、穿戴好戏服的,踩着跷,龇着牙,舞动着手里的木制大刀或红缨枪,走来申去。一个画着大花脸、戴着羽翎帽的,踩着高跷,一手抓着一根有黑色斑点的金羽翎,挥动着大刀走过来,突然手一松,金羽翎就像毛茸茸的鞭子,刷在曹拉拉脸上。随即,那花脸又晃动着头部,像戏里那样,夸张地大笑起来:"哎——嘿嘿哈哈哈——"

　　曹拉拉啊啊地惊叫起来,慌忙躲到陈拴梅身后,她拉着他躲到一边去了。戏楼坐落在一个地坑里,外面是灰秃秃的沟壑,里面是两孔窑,药王洞和王母祠,一个保村人平安,一个保子嗣繁盛。她带他走过去,站在药王洞门外的一侧。药王洞的门大开着,她往里面看了一眼,那尊雄伟的药王塑像前,昏黄的油灯跳跃着,石头凿成的大香炉中插满了香,香烟缭绕。

进门处放着一只铁桶，满满一桶水，阳光落在上面，反射出幽幽的碎光。

大鼓仍然咚咚地响着，小孩子跑来跑去，大人们也乱攘攘的，一边说着闲话一边看热闹。太阳暖烘烘地照着大地，陈拴梅忽然觉得一切都像假的一样。她相信有那么一会儿，她站着睡着了，所以社火队不觉间就装扮好了，长长一溜儿画着脸子的人，站在药王洞门前，准备敬神了。敬完神，他们就要出发了。她拉着曹拉拉，往旁边让了让。最前面是春官，再是男女丑角，然后是锣鼓，再是装扮起来的角色，他们都踩着跷，站成一排，挥舞着各种道具。陈拴梅看到了孙悟空和猪八戒，还有红脸关公和黑脸张飞。

春官穿着一件黑大衣，头戴礼帽，鼻梁上架着一副黑色圆眼镜，身上斜挎一条闪耀着金线的红色绸被面，一手拿本书，一手拿把羽毛扇。没病时，曹拉拉是方圆最好的春官。社火进户时，每个人都希望曹拉拉能在他们家多说几句春辞，所以一个劲儿往他口袋里塞糖果。想起这些，陈拴梅鼻子又阵阵发酸。

开始了，先是一阵雄赳赳的锣鼓声，锣鼓一歇，春官就向空中挥舞一下羽毛扇，铿锵有力地喊道："敬天敬地敬祖宗！"又一阵锣鼓声，又一次停歇，春官再挥动羽毛扇，"一元复始一元新！"同时，有几个人跪在神像前上香、烧黄裱。又一阵锣鼓后，春官喊道："改革春风吹满地，勤劳人民共沐浴！"一阵更起劲儿的锣鼓后，放起炮来，八九串几百响的鞭炮同时被点燃，噼里啪啦炸开来。炮花满天乱飞，花瓣一般纷纷落地，烟雾弥漫。社火队像一条长龙，开始调头，他们往村里去了。社火会把神灵的护佑带给每户人家。锣鼓声恢复了一响一停的节奏，春官喊道："勤儿孝女敬神仙，神仙保佑咱平安！"

该回家了，可探出手找曹拉拉时，陈拴梅才发现人不见了。她一下子紧绷起来，快速转身寻觅，周围连个人影都没有。可刚刚还在，放炮时，他还抓着她的衣服。"掌柜的！"她喊了起来，她听见自己的声音凄厉而焦躁。还没走出庙院的人群中，有人像听到了什么，笑着微微回头看她一眼，很快又转身走了。她焦急地打着转，四下寻找，但人群后面并没有，庙院的各个角落里也没有。"掌柜的！"她又喊了一声，传来的是若有若无的回音。

她感到脑袋像要炸裂一般生疼。她想，他可能混到人群前面去了，刚一抬脚，隐约听到哪里传来哗啦的水声，再细听，又一阵水声。她即刻转身，循声望去，看见他在药王洞里，正在那铁桶前洗脸，旁若无人。头发已经湿漉漉的，滴着水，灰色毛呢中山装的袖子和衣背都弄湿了一大片。他还在撩水，一边撩水一边嘟囔："沐浴。沐浴。沐浴。"她呆在了门口。落进药王洞的阳光像一把会生长的刀子，尖尖地、深深地印在地面上，她的影子就落在那泛红的光上。而曹拉拉和那只桶已完全在阴冷中了，桶里的水黑幽幽的，晃动着。

"掌柜的，"陈拴梅开口了，但一开口，她的心脏又一次猛跳起来，她感到不安，"咱们回吧，回家，回去好好洗。"他没理她，依然一边撩水一边说："沐浴。沐浴。"她想再次开口时，他开始脱鞋，她慌了，扑过去抓住他，喊道："你干啥啊，你干啥，啊？"但一只鞋已经脱掉了，紧接着，她被推倒在地。不疼，像个过于突然的梦，她又愣在那儿了。当她回过神来时，他已经脱掉了另一只鞋，也脱掉了袜子，赤脚跳出了药王洞，含糊不清地嘟囔着："上马。驾。驾。驾。"狂奔起来。

陈拴梅赶紧爬起来，追了出去。他已经出了庙院。她用尽全力奔跑，身体很快失去了所有知觉，唯有一个声音在她头顶回荡着：跑，快跑，抓住他，一定抓住他，不能让他跑了。他们一前一后跑着，沉默地跑着，很快就追上了社火队。一些看社火的人惊讶地回过头来，脸上的笑容瞬间凝固，接着像河水遇到奔跑的巨石，自动分开，画了脸子的那些古人也都龇牙咧嘴地自动分开，锣鼓渐渐停下，声音也在让路。

这时候，陈拴梅才想到喊人帮忙，她喊道："抓住。"但声音太有气无力了，"抓住，抓住我掌柜的。"而曹拉拉已经快要穿过整个社火队伍了，春官扔下手里的书和羽毛扇，向他扑过去，但像触电一般，一下子就被弹出去，倒在地上了。

一切都静止了，只有他和她还在跑，他在前面开路，她在后面追，穿过惊恐不已的人群和社火队。跑出社火队一百来米时，陈拴梅感到如同被谁扼住了喉咙，胸闷气短，心脏猛跳，似乎要在最后一击下撞碎胸膛。她终于扑倒在地上了，而曹拉拉还在前面跑着，一跃一跃地跑着，像骑着一匹马，湿头发随着他的步伐一起一伏地颠簸着。那一瞬间，陈拴梅想到了剧院里的那匹灰马，那天下午，从幽冷的阴影中、从人们惊讶的注视中跑出戏院时，那灰马的鬃毛也在它身后起伏颠簸。那马，那么老，那么瘦，那么小。

半个多月后，陈拴梅听人说在街道上碰到了他。她思前想后，最终还是硬着头皮征求曹岁羊的意见，她是不是应该去看看。曹岁羊沉默半天，发动汽车，带她和贾小琴一起去了有鱼乡。车子停在路边。正月的街道上人不多，一下车，她就看见了。

他确实在街上，就在十几米外，站在一辆婚车前，婚车前窗开着，车里人笑嘻嘻地看着他。他站在阳光中，神态庄重，脖颈上挂着闪闪发亮的红色绸缎被面，灰黄的头发依然垂在肩头，还穿着那身灰色中山装，只是多了一双白色的旧运动鞋。周围站满了人，都伸长脖子看着。她隐约听到他在说："在天愿作比翼鸟，在地愿为连理枝。"随后，车里有人递出一张闪亮的红色钞票。他身后跟着两个老太太，她们穿着黑色羽绒服，就是她腊月在戏院里见过的那两个。她们接过了那张钞票。婚车开走后，又有一对年轻人走过去，站在他前面，他抬起手，在他们头顶晃了一下，像是摸了一下他们的头发。年轻人相视一笑，走开了。

曹岁羊向他走去，贾小琴一愣，小跑着跟过去。陈拴梅的心脏又一次猛跳起来，她心急如焚，身体却呆在那儿一动不动。她不知道曹岁羊要干什么，也不知道自己能做什么，并且似乎一下子失去了所有力气，没法再做任何事情。一阵眩晕像不经意的闪电传遍她全身，大脑里即刻升起一片迷雾。几秒钟后，再次回过神，陈拴梅有了一种如释重负的感觉，拧巴了那么久的心似乎终于放松了，像某种东西被彻底耗尽。

她长长地舒了一口气，再次睁开依然眩晕的眼睛，看到这样一幕，仿佛一个幻觉：曹岁羊和贾小琴牵着手站在他面前，正像刚才那对年轻人一样，惨白的阳光在他们头发上微微闪耀，他们身后是松树投下的淡影；而他，站在他们面前，正像一个陌生人站在另外两个陌生人面前——神情庄重而淡漠，正要抬起胳膊。

选自《山西文学》2021年第2期

评鉴与感悟

父子冲突的主题是二十世纪启蒙思潮的一条支流，在新文学百年历史中，曾一度与进化论合谋，汇入到颠覆传统、破除封建、反抗父权的大合唱之中。小说《母马》是这一写作传统的延续。

小说中父亲曹拉拉的痴呆或许是冲突力量失衡的隐喻，但并不取消冲突结构本身，于是我们看到了小说对传统主题的变异和创新：传统父子冲突内部的第三者——作为妻子和母亲的陈拴梅一方面无法分享家庭中空缺的权力，另一方面却要独自肩负冲突结构带来的精神重压。这意味着主题所包含的某种宿命感。子禾精确地捕捉到了这一点，他选取了陈拴梅的第一人称视角，以高度密集的心理描写刻画了她摇摆于丈夫和儿子之间的孤独感和虚无感。这是一个必须依靠丈夫和儿子才能自我实现的女性形象，舍此，这一形象是无声的。无声是陈拴梅最大的悲哀，这个内心积压着惊惧、苦楚和忧愁的女人，在无数次想要宣泄、释放和爆发的瞬间，感到了声音上的无力，所有的郁结在最后都只能化作一声声急促的尖啸和低长的呜咽。而这些语言上失重的瞬间也给读者带来了阅读上的晕眩感。

那么，小说的标题，那匹登场于小说后半部、挣脱了缰绳的奔跑的母马，是不是陈拴梅最后走出困厄的象征呢？或许是的，毕竟，那匹母马衰老，瘦小，同样疲惫，眼睛浑浊。真正象征性的一刻在于结尾处的那场追逐，"一切都静止了，只有他和她还在跑"。可在下一刹那，如同失声一般，陈拴梅像是被扼住了喉咙，她摔倒在地，伟大的突围结束了……（张一川）

她的云

/丁东亚

1

她在清晨的鸟鸣声中醒来,将半旧的窗帘收拢,光亮从半开的窗口涌入。秋雨淅沥,落降在G城的街巷、湖面与矮山。雨中摆动的枝叶划擦着玻璃窗,轻柔地响动,仿若她收养的那只流浪猫在抓咬沙发或柜橱。她盘膝坐定,腰背挺直,闭上眼睛,试图在冥想中与此刻的宁静合二为一。隔壁房间的父亲举起拳头,砸向了冷墙。

这是他起床的信号。但这日项婉莫名产生了抗拒。四年来,为了使之欢心,她几乎用尽了全部气力。仿佛是为了清偿,如今她成为母亲的替身,为父亲洗衣、做饭、洗澡,犹如照看婴儿一般照拂他的一切日常。周末时候,项婉会推着他上街,或去公园散心。那时他坐在轮椅上,像个孩子一样不时东张西望,时而遇到水果摊、甜点店,抑或是玩具屋,他便疯狂地打着手势索要。倘若项婉拒绝,他喉腔里即刻会发出一阵嘶哑的干号。之后,项婉不得不停下,用手捂住他的嘴巴,在陌生人敌视的目光里瞬间妥协。

项婉没离婚前,父亲一直由保姆看护,但每一个都没能撑过一个月。她在不解中想要一探究竟,她们似乎都羞于启齿。从项婉手中接过工资,拎着包裹拉门走出那一刻,她们又仿佛约好一般,会大声骂道:不要脸的老东西!

最后一个保姆离开后,项婉确信父亲一定对她们有所不敬,至于是语言上的挑逗——那时他还没有出现运动性失语——还是肢体上的冒犯,她又无从得知。同时,令项婉疑惑的是,为何苍老和疾病没有夺走他全部的情欲。母亲在世时,私下从未向项婉抱怨过半句,甚至对丈夫中风后的顺从和乖巧甚感欣慰。时逢节日或假期,项婉都会开车过江前来,路上不忘去商场购置礼品,帮母亲采买粮油。中午,他们一家三口围着饭厅的红木餐桌,一起分享丰盛的午餐,笑谈邻家长短或近期的新闻事件。饭后,父亲在客厅看电视,她和母亲会到小院里的凉亭下说话,或去马路对面的月湖公园走走。更多时候,项婉会住下陪父母一晚。

如今,幸福的光阴一去不返。父亲第二次中风后,项婉的母亲便在一场持久的梦中永远睡去。未及从悲恸中抽离,一个项婉往时相熟的年轻女孩,在初夏的一日傍晚带着牙牙学语的女儿上了门。在此之前,女孩已在她的记忆里变得模糊,犹如某个项婉已记不起名字的同学或邻居。女孩按响门铃,项婉把剪好洗净的葡萄盛放在彩色玻璃盘,应了一声。

开了门,项婉先是一惊。女孩喊她婉姐,她才猛然想起对方是先前租住在十二楼的小温。她们在一次夜跑中结识,有过短暂的交往。

"小温?是你吗?"

"是我。婉姐。"小温佯笑,俯身将女儿抱起。

"这孩子?"

"是我女儿,婉姐。已经一岁四个月了。"

"哎呀,多漂亮的小姑娘。真是没想到,你都结婚啦?!"

将母子俩迎进屋,项婉端来水果劝让;小温低着头,紧紧抱着孩子。

"是不是遇到什么事了?"她关切道。

"婉姐——"小温抬起脸,泪水倏然落下。

"遇到什么事了,跟婉姐说说,不哭……"

项婉把纸巾递过去,小温顺势将孩子递给了她。

孩子咿咿呀呀,像是要说些什么,不时将小手放在嘴巴里吸吮、轻咬。项婉内心顿时涌现一股无可名状的欢喜。她逗弄着孩子,在她小脸上亲吻了两下,举起又放下,孩子发出一阵清亮的笑声。

"你看她笑得多甜啊,像你呢。"

小温没答。

待项婉仔细端详起孩子,才猛然心生惊恐。孩子的眉眼实在像极了那个与她同床共眠者。

把孩子还给小温,项婉起身走到窗前。尽管她一向活得坦然、洒脱,此刻却有了身处荒原的感觉,四周草木皆兵。

雨水来得格外及时。雨中看不清的车道,让项婉想到野芷湖上通往小渔村的那座浮桥。看得见时,它是连接两岸的路径;看不见时,它就成了一处秘密通道。

"是他的,对吧?"

终于,项婉转过身,选择了直面。

新的一天到来,项婉满怀幸福和感恩。梦中那列载满鲜花的火车,还在虚无的梦境急速前行。尽管去向不明,弥漫四野的香味,却仿佛依稀可闻。项婉知道,悲伤的记忆犹如晴空的云朵,需要一个巨大的棺木盛放,才可把繁多的画面一一装下,埋入九尺黄土。她必须像一只飞蛾那样,学会在黑暗中飞翔,尽快找到光明。这也是她决定前去赴约的原因。那场在虚拟空间持续了近一年的交往,已让她灵有所慰,甚至引起了她肉体的渴望。尽管她已四十四岁,眼角和额头有了细纹,却依然相信爱情能够温暖她后半生的荒凉。

下了床,从衣柜里找出那件焦糖色长袖针织连衣裙,换下睡衣,项婉拉开房门,步入卫生间。洗漱时候,父亲隔着门嘶喊了一阵。她假装没有听到。摆放好牙具,清洗了头发,在客厅吹干,她才推开父亲房间的那扇白色木门。

一股腥臊的气味扑面而来。项婉猜到,像此前不久的那晚一样,他又把尿拉在了床上。那只瘦小的黑猫轻声唤叫着走来,用头擦摩项婉的脚踝时,她已怒不可遏。但斥责的话语尚未出口,她父亲首先败下阵来,羞愧地把脸转向了一侧。

"呃(我)咗(做)梦……"他半握着颤动的拳头,企图解释。

"你想说你又做梦了是吧?"项婉抢过话,训教起来,"你想说你以为自己去了卫生间，是尿在了马桶里的是吧？你以为，什么都是你以为！给你穿纸尿裤，你嫌不舒服，睡在尿湿的被褥上你就舒服了？"

"呃，不穿……"

"不穿是吧？不穿你就继续在这床被褥上睡。"

项婉把干净的衣裤扔到父亲面前，话里分毫不带商量的余地。

"不穿……臭（丑）……"

"你还知道丑啊，尿床就不丑了？"

僵持的结果是，项婉再次妥协，只是严厉告诫，这样的事情以后若再发生，她绝不帮他清洗床单，也不再为他晾晒褥子。父亲才在得胜的喜悦中乖乖换上了衣裤。

2

艾姐拎着新鲜的排骨和青菜进门时，项婉正在给父亲喂饭。红枣小米粥，养胃补气，搭配的是清炒土豆丝。楼下早餐店买回来的面窝油腻，她只允许父亲吃一个解馋。

简单打过招呼，艾姐将肉和菜放进冰箱，却没像平日一样离开。

电视是开着的。播放的是电视剧《大江大河》。作为项婉自救的武器之一，似乎只要电视开着，她就不会被轻易打扰。

艾姐在客厅沙发一头坐下，盯着屏幕上闪变的画面，双手不时交替擦摩。项婉把喂粥的瓷勺放下，侧身看了她一眼。对于这个被请来做饭的乡下女人，她一直颇有好感。除了每天的分内工作，每个周五下午，她都会提前两个小时前来，将所有房间的地板和玻璃窗擦洗一遍。等项婉下班回来，她已烧好饭菜。甚至不止一次，项婉在进门时心生错觉，误以为母亲尚在人间。然而，有了以往的教训，与家政公司签订合同时，项婉还是附加了一条条款，即被聘人在规定的职责范围内，不得与她父亲有任何亲近行为。甚至与艾姐单独约谈时，她亦当面重申了这一条款，强调说，即使他大小便拉在裤子里，也不许帮忙为之更换。

"这样子不好吧……"艾姐欲言又止。

"我知道你想说什么。"项婉打断她，说，"你是想说这样对待一个老人很残忍对吧？其实我是为你好，或者说是为我们俩好。有些事情你不了解。

我不想平添不必要的麻烦。"顿了顿，她又更为直白地说道，"惹麻烦的不是你，是我爸。"

项婉记得，艾姐第一天到来，就像此刻一样，进了门，在沙发上坐下，一声不响。

用纸巾将父亲下巴上的粥渍擦掉，她离开餐桌，来到艾姐面前。

"艾姐，有事吗？"离婚后，项婉变得越发干练和果决。柔情的一面，如今她只愿留给自己。

"也没啥事……"

"是该加工资了。"项婉想了下，猜到这是唯一的可能。何况涨工资的条件是她提出的，每干满一年，她就给艾姐每月加两百块薪酬。"我刚算了下日子，的确已经过了两周，是我给忘了。"

"不是，不是工资的事。"艾姐看了她一眼，即刻否定，"是我男人他瘫了。儿子和女儿让我回去……"

项婉愣怔了一下。想到疾病不会在谁准备好的时候才如约而至，她只得同意。

工资结清，她又多给了艾姐一千块，算是对其额外的奖赏。

同一家家政公司的电话，项婉打了三次才有人接听。前台告诉她，新到的家政人员还在培训，一周后才能上岗。想到学年伊始，要请一周长假，年级组长那张猥琐的马脸瞬时浮现在项婉眼前。

事实上，从进入那所私立学校伊始，他就盯上了她。无人的时候，他会突然出现在项婉身后，借以玩笑的方式将她抱住。言语的暗示和撩拨，更为露骨。然而，项婉并不害怕，忍让是为了等待时机，将他的这一恶劣行径公之于众。那次新年教师联欢会上，他挨着项婉坐，不时附耳向她透露即将上演的节目内容。项婉抱着臂膀，未做任何回应。表演小品的三位老师穿着民国服饰上了场，灯光变暗，音乐声起，他冰冷的左手落在了项婉的臀部。

"你到底想怎样？！"项婉起身，高声吼叫道，"想摸回家摸你妈去！"抬手给了年级组长一个响亮的耳光。

众人的目光随之聚来。

联欢会在她走后草草结束。晚宴上，项婉成为大家谈论的焦点。甚至此后漫长的一段时日，男教师们聚在一起，还在探讨她究竟被摸与否。

新学期第一天，他们被校长同时请到了四楼那间宽大敞亮的办公室。进了门，项婉径直走到窗前，背对着他们。天空阴沉，冷风吹彻。对面老宅屋顶和楼下车棚上的积雪，白得让人寒意陡生。进门前项婉已想好，若校方对年级组长过于偏袒，她就离职。意外的是，校长首先向她发难，质问她为何应聘时没有如实说明被辞退的事实。

惊慌是必然的。项婉转身看着校长。但年级组长嘴角的笑意告知她，解释多余而无力。

"是。我承认，那次是我失控了。"项婉思忖道，"但我不想因为一次错误，就断送掉我热爱的职业。"

她本想以此表明自己对教育事业的热忱，却不想也为年级组长找到了被免除惩戒的理由。

"你看，人无完人，对吧？谁还能不犯错呢。"说完，校长从桌上的烟盒里抽出一支烟，轻松点上，"你们回去吧，这事以后谁也不许再提。"

那无疑是项婉人生和事业上的一个污点。殴打学生事件，使她一度成为学校和小区的热点人物。从派出所回来那晚，明月高悬，天空明净。她从车子里出来，一眼就看到了楼栋栏杆上的白布黑字条幅：恶师无故殴打学生，天理不容！

丈夫把车停好，来到项婉身边，她走上前，用力将横幅扯去。

作为老师，事实上项婉一向口碑优良，从未对学生有过训斥或责罚。她清楚，适当的手段与管教能够有助课堂秩序和教学质量，像他们的父母一样心软，只会致使放纵，但无疑有违她一贯秉持的来自蒙田的教育理念。所以在教学中，她努力激发孩子们的求知欲和热情，认定知识的积累固然重要，但把学生培养成只懂驭书本的驴子，是一件失败之事。对于新教授的知识，她亦希望学生能够举一反三，融会贯通，并一遍遍告诉他们：吞进的是肉，吐出的还是肉，说明你是生吞活剥，消化不良。课堂上，她一如生活中一样，笑颜相对，语调迷人，深受学生们的喜欢和爱戴。

"你为什么要打她？"做笔录的警察问了三遍，项婉才将思绪从游移中收回。

倘若不是学校医护室的医生早已下班,她会第一时间将那个被同学殴打的学生送去那里。项婉提出陪他去医院,男孩强烈拒绝,她才将之带回家,为他受伤的耳朵和眼角做了简单处理。若是之后项婉让他回了学校,抑或留他在家过夜,丈夫没有出差未归,也许此后就不会生发流言,更不会让那个为捍卫其青涩爱情的小女生萌生怨念,在课堂上当面质问她是不是睡了学生,以致有了眼下难以收场的僵局。

"他是不是在你家过了夜?还洗了澡。"

"是。"项婉不否认事实。甚至男孩进浴室洗澡前,她还找了件丈夫的浴袍给他。

"那你们到底有没有……"

"没有!"项婉高声说道,"他是我的学生,我怎么可能……真是无耻!"

"不许骂人!问清情况是我们的职责。"

讯问没再继续。做笔录的警察让项婉确认了记录。签了字,她被关进了隔壁的一间空房里。

坏情绪的危险,是它会将错误放大,就像在浓雾之中探看物体。那一刻,她们无疑都失去了心智。只是项婉更无法自控而已,仿佛那时她必须将痛苦以抽打的方式释放,才能让对方明白这一侮辱对她造成了何其深重的伤害。

3

楼上的钢琴响起时,雨水歇了。曼妙的音符为秋风披上了一层薄纱。素云坐在钢琴前,细长的手指在琴键上起起落落。项婉和她相识在珞狮巷一间灯光昏暗的酒吧:一个孤独者夜晚慢熬时光的好去处。那晚素云走进来,在吧台的高凳上挨着她坐下,要了一杯 Grasshopper(绿色蚱蜢),她们的目光此后有了第一次交集。那时项婉刚从与丈夫共居的房子里搬出,回到那栋红墙外体的陈旧老楼。阅读和夜跑的习惯,暂时被夜饮代替。晚上为父亲洗完澡,将他抱上床,为之盖上松软的薄毯,空调调至睡眠模式,关了灯,她就出门,去不同的酒吧或小店独酌。但项婉从不烂醉,放纵仅止于微醺。酒吧里前来搭讪的男人,攀谈中她亦从不表现出一丝暧昧。肉体的狂欢,在与丈夫彻底分开那晚,仿佛已被她耗尽。

从派出所回去那晚，在卧室换上宽松睡裙，项婉决定跟丈夫友好地谈一次。她清楚，那无疑是他目前最为期待之事。了断，对他意味着可以迅疾组建新家庭，与第三者一同光明正大地抚养女儿，再不用小心提防；她也不用继续跟眼前这个背叛他们婚前誓约的男人朝夕共度和冷战。隔着客厅的条几，项婉抱着靠枕蜷缩在沙发里。他席地而坐。初夏的凉风从窗口灌入。灯光明亮无声。

他们默数着淋浴喷头滴落的水滴声，等待着对方开口。淋浴喷头坏掉已有半月，他们谁也没想起去更换一个。

"你不该打他。"是丈夫先一步打破了沉默，"这样你会失去工作的。"

"这不是重点。工作没了可以再找。"

"是我对不起你。"

清泪从她眼眶滚下。

"现在我也不知道该怎么收场……"

"再简单不过。我走，你们好好过。"项婉揩去泪水，断然说道。

那个清寂空荡的夜晚，他们后来是在客厅的灰蓝色地毯上度过的。她紧紧地抱着他，一刻也不想分开。等他第三次将手探向她的睡裙底部，项婉没再抗拒。她确信，这会是他们的最后一夜。她不想再见。也不愿再见。却比以往任何时候都更为放肆和放荡。想要让他记住，与一个怀着恨意的女人做爱，会是如何的铭心刻骨。就像她在他左臂留下的那枚血红齿印。

"我见过你。"素云忽然搭话，看着她，"我们住在同一栋楼里。"

项婉有些惊喜。同时又不太确信。

"你妈妈'走'的时候，我和我妈去过你家。"

她依然没能记起。

"我叫素云。住402。你叫项婉对吧？"

让项婉奇怪的是，这个同一栋楼里住了二十多年，上过同一所小学、中学的眼前人，她竟没有任何印象和记忆。

眼下，她们已成为朋友。周末无事，项婉会像那些前去学习钢琴和舞蹈的孩子一样，按响402的门铃。素云会把自己新写的歌曲唱给她听，或为她弹上一段钢琴曲。新近读到的书籍，往往是打开话匣的引线。素云推崇伍尔夫，甚至精神气质也与之相像：一面澄明，一面黑暗；一面是创造，一面是毁灭。两极分明。不像项婉，冰冷的外壳是为与外界刻意疏离，心藏无尽的温情与柔软。夜晚是她们另一种共同的热爱，素云是云游，项婉是奔跑。仿佛只有自然回到初态的夜晚，才能为她们带来片刻的静谧与甜蜜，宛若是回到了母体。只要有可能，项婉每晚十点会准时出门，穿着轻便跑鞋与合身的运动服，沿着公园湖边那条水泥跑道慢跑一小时。

那时她只需关注自己的呼吸。夜晚的谜面，无须猜度。呼吸越发变得急促，她感到了从未有过的松弛和愉快。

这天前来，项婉是想告诉素云，她决定去见那个素未谋面的男人。见面地点，定在春风路上的"芦溪菜馆"，时间六点一刻。尽管她一向饮食清淡，偏爱素菜，也在微信上对之坦言，但对方还是坚持去吃那里的黑山羊肉和旺阁风味鹅。离开故乡多年，他口味的固守，让她误以为是其念旧的象征。

房门打开，项婉还是进了屋，像往时一样，脱了鞋子，在墙根摆放的坐垫上抱膝而坐。像素云一样，初见安娜和舒娜那对姊妹花，她心里就生发了爱意。她们聪明乖巧、嘴甜，实在惹人心疼。

此时，项婉专注地看着她们，犹如在看着彼时的自己与学生。她站在讲台上，面对着几十双求知若渴、目光清澈的少年与少女。他们凝神听讲，眼睛不时眨动，让她倍感欣慰。只是如今她已不再是他们的良师益友，课堂亦变得严肃呆板。

小舒娜进步飞快，贝多芬的那首《致爱丽丝》，她已弹得熟练。等她弹完，素云上前，将小舒娜从椅子上抱下，开心地轻吻了一下她的前额。素云也有一个一起长大的妹妹，但为情所困，如今已是普度寺最年轻的比丘尼。

事实上，项婉也有过一段鲜为人知的姐妹时光。十二岁那年暑假，父亲因去外地参与一处明朝古墓的挖掘工作，外婆生病住院，她被姨妈接去了乡下。十四岁的表姐将她迎进门，成为她同睡一室的临时玩伴。清晨，她们沿着十里江堤奔跑、嬉闹，江面生起的凉风轻抚着她们的脸膛。从弯曲的河道处返回，她们坐在江边看采沙船采沙，先前逆着水面追逐她们影子的阳光，照晒在她们和采沙人的脊背，部分热量为江滩与流水吸入。姨爹立在江滩上撒网捕鱼，她们就提着木桶，尾随收获；他在芦苇丛深处布下陷阱，猎捕雉鸡，她们便在一丈外隐蔽起来，静静蹲守。雉鸡的棕黄色翅羽和横斑尾羽毛，她们对镜插在发辫里，装扮成野人，在房间或后院玩野人追杀游戏，不时发出沙哑的吼叫。傍晚时分，她们躺在门前的青石板上，看一阵远天之上的游云，表姐便教她背唐诗，她教对方从父亲那里学来的语意不明的古时童谣：

　　狸狸斑斑，跳过南山，
　　南山北斗，猎回界口，
　　界口北面，二十弓箭。

母亲前来接她回城那天，姨妈的召唤声从厨房传出，表姐竟没有应答。她起身，看着侧面和黑发上洒落着余晖的表姐，觉得她像一个天使，是那么的圣洁和安宁。

"姐姐，姨妈喊我们呢。"

"嗯。"

表姐坐起，托着下巴，呆呆地盯着脚边探寻回家路径的蚂蚁。

她学着表姐，也托起下巴，表姐看着她，忽然笑了。

"小婉是个小美人呢。"

"比姐姐还好看吗？"

"可不是！"

"姐姐不开心吗？"

"没有呢。"

"姐姐骗人。"

"没骗人。姐姐就是心里乱。"

"姐姐是有了喜欢的人吗？"

"才没有……"

表姐脸一下红了。

项婉希望安娜和小舒娜以后有了喜欢的人，也像她表姐一样，不失纯真的羞涩。

4

出门赴约前,项婉把淋浴室的门反锁,冲洗了很久。热水从她脖颈和肩上流过,让她心情舒畅。疲累的时候,她会冲洗得更久。甚至有几次,她握着淋浴喷头,忽然哭出了声。后来躺在床上,她思考自己为何哭泣,却没有找到一个可以说服自己的理由。像她小时候学骑自行车一样,明明摔倒没有伤到,看着父亲向她跑来,眼泪还是会止不住溢出。

我们来到这个世界,首先学会的就是哭。素云告诉她,和吸吮妈妈的乳头一样,那是一种本能。

雾气在窗外黑夜里弥漫的一个冬日夜晚,她们并肩躺在素云的那张松软的大床上说话。素云讲述妹妹令人心碎的爱情,项婉心里会一阵阵难过;素云诉说年轻时候爱过的不同男人,她羡慕中时而会春心萌动,渴望他们也曾是自己人生的过客。素云曾是歌手,去过许多她仅知道名字的城市,而项婉坚守着一座城,只与一个男人有过肌肤之亲。事实上丈夫以同学的身份约她去坐云霄飞车前,项婉的确跟一个给她写了十七封情书的男生去看过一场电影。他们坐在十一排中间位置,电影恐怖的画面映现,男生竟忽然尖叫一声,抓住了她的手。从电影城出来,她就没再私下与之见面。她不相信胆小或怯懦的男子能给她带来安全。那似乎也是丈夫为何深深吸引她的缘故。他胆大而心细,幽默中又不乏趣意与引逗。只是如今他已属于另一个女人。他们活泼聪明的女儿会一遍遍叫他爸爸,缠着他去游乐场,听他为之读讲睡前故事,等女儿睡了……每每至此,项婉便不再多想,曾属于他们的激情,一如醒来被遗忘的梦境,已随风而逝。

素云说她爱过一个浪漫的诗人,他生性多情,与她做了爱,便从被窝里爬起来,开了灯,在酒店或家里的书桌前奋笔疾书,把新写的诗读给她听。素云告诉她,天才和疯子都是上帝的弃儿,只有诗人备受宠爱,但又会在盛名与绝望中孤独一生。

"为什么呢?"她问。

"因为他需要不断更换爱人,假装每一个都是他的缪斯与归宿。"

"他们,你最爱的是哪个?"

素云从抽屉里拿出一本深蓝色封面的小说集递给她。项婉打开,目录前一页上印着：

　　献给云
　　除了天空，她无处不在。

　　她是谁的云呢？去往春风路的途中，项婉撑着伞，踏着雨中湿漉漉的落叶，不断想到小说集上的献词。
　　母亲曾是父亲的云，素云是小说家K的云，父母是安娜和小舒娜的云，她呢？
　　云是雨做的。项婉想，此刻她属于自己。

　　餐馆一楼靠窗的位置，已被先到的食客占据。最后那桌，是一家三口。女孩抱着臂膀，背对着父母，像是在跟他们赌气。项婉选了一张双人桌坐下。女服务员拿着菜单向她走来时，她忽然有了劝慰的冲动，想要像更早以前对怀有困惑的学生所做的那样，在女孩身旁坐下，告诉她，每一个留伴在父母身边的孩子，都会对父母失望又依恋，他们无私的爱里，总含有几分不可名状的控制。
　　点餐前，女服务员为她倒了一杯大麦茶。得知她在等人，又转身离开。
　　雨点越发密集起来。后院小花园错落摆放的盆栽花木，绿意诱人，让她想到它们有力的根部和柔软却坚不可摧的种子。之后，她目光落在了遮阳伞下隔桌对坐的两个抽烟的姑娘身上。从她们口中吐出的蓝色的烟雾，在雨中的灯光里飘散、坠下。头发下半烫有小卷的姑娘，下巴尖尖，神色倦懒，每一次将烟灰抖落在烟灰缸里，都会轻叹一声。
　　不知为何，她一时竟莫名欢喜起来，犹如卡在喉间的鱼刺，被医生用镊子取出后一般轻松愉快。事实上，那并非无端的欢喜，因为她早已知道，那个她在白纸上虚构的男人并不会到来。此后，她会大方地点上一桌丰盛的菜肴，继续等上一个时辰。等到饭菜彻底变冷，她起身，像从前一样，喊来服务员，将一筷未动的饭菜打包带回。
　　江岸酒店的房间，她提前一周已经订好。雨夜的长江，深远辽阔。步入房间一刻，她就会暂时把俗世的一切烦恼抛却，把素云送她的那瓶葡萄酒打开，窝在沙发上一杯杯喝下。电视无声开着。她浑身赤裸。抱着头哭一阵，喝完一杯，斟满，她又笑一阵。醉了，她便爬上床睡觉。

翌日一早，她会在轮渡的汽笛声中苏醒，在父亲醒来前赶回，继续做他孝顺的女儿。接下来的一周，她会把他照顾得无微不至，在心生厌恶前，一次次拥抱他，为他买下所有她能够支付起的物品。她会清洗地板、厨房、玻璃窗，让新到来的保姆看到一个被打扫得亮亮堂堂的家。倘若素云问起约会之事，她会忻悦笑答，如实相告：什么也没发生，但该发生的，他们都没有错过。一如欧几里得《几何原本》里的一个定义：面之端是线。以此推理，他们无疑是两条永不相交的平行线，又在面里融为一体。

选自《当代》2021年第6期

评鉴与感悟

《她的云》给我的第一印象是，小说与刘庆邦写于2012年的短篇小说《习惯》在人物设定、故事背景等方面高度重叠——骚扰保姆的瘫痪父亲，不堪其扰的一个又一个保姆，辞世的母亲，丈夫角色缺失、独自承担家庭责任的女儿……这或许意味着，从2012年到2021年，近十年的时间跨度之后，小说及创作者们所关心的某些生活核心问题其实并未改变。又或是说，在我们以为进化论适用于一切生活场时，小说已经以它平淡而尖锐的面目传递给了读者一个略显残酷的密语：生活不曾改变，波澜不惊中包孕着永恒纠缠的琐碎和难以启齿的隐秘。

但显然，《她的云》的着眼点与《习惯》不同，它面向着不同的群体。项婉身上集合着当代社会和家庭所能带给一个女人的最平凡又最困扰的外力挤压，它们无一不在剥蚀着项婉疲惫的肉体。家庭、工作、婚姻，项婉几乎事事不如意，性的张力穿梭在烦心事之间，一切的麻烦似乎与原始欲望和由其带来的权力扩张脱不开干系，项婉活得越来越沉重——好像这世上每一个挣扎在生活中的人。"献给云／除了天空，她无处不在。"素云的出现为项婉一潭死水般的生活带来一线生机，名为孤独的灵魂获得启迪，觅得痛快呼吸的"寂静花园"，得以暂时腾飞，而那些受伤过的痕迹会在"为自己而活"的旨归中得到抚慰。（易嘉欣）

声 明

本套"2021·北岳·中国文学主题年选"收录了本年度众多优秀文学作品。在编选过程中，我们及各选本主编已尽力与大多数作者取得了联系，但仍有个别作者因故未能取得联系。见此声明，烦请来电，以便奉送样书。

联系人：高海霞

电　话：0351—5628691